LES GARÇONS DE BILOXI

DU MÊME AUTEUR :

Chez Robert Laffont :

Le Droit de tuer
La Firme
L'Affaire Pélican
Le Client
L'Héritage de la haine (Le Couloir de la mort)
L'Idéaliste
Le Maître du jeu
L'Associé
La Loi du plus faible
Le Testament
L'Engrenage
La Dernière Récolte
Pas de Noël cette année
L'Héritage
La Transaction
Le Dernier Match
Le Dernier Juré
Le Clandestin
L'Accusé
La Revanche
Le Contrat
L'Infiltré
Chroniques de Ford County
La Confession
Les Partenaires
Calico Joe
Le Manipulateur

Chez Lattès :

L'Allée du sycomore
L'Ombre de Gray Mountain
L'Insoumis
L'Informateur
Le Cas Fitzgerald
Les Imposteurs
La Sentence
Les Oubliés
Le Cas Nelson Kerr
La Chance d'une vie
Le Droit au pardon
Son nom sur la liste
Le Réseau
Les Adversaires

Chez Oh ! Éditions / XO :

Théodore Boone : Enfant et justicier
Théodore Boone : L'Enlèvement

Chez XO Éditions :

Théodore Boone : Coupable ?
Théodore Boone : La Menace

www.editions-jclattes.fr

John Grisham

LES GARÇONS DE BILOXI

Roman

Traduit de l'anglais (États-Unis)
par Carole Delporte

JC Lattès

Titre de l'édition originale :
The Boys from Biloxi
publiée par Doubleday,
une division de Penguin Random
House LLC, New York

Ce récit est une œuvre de fiction. Les noms, personnages, lieux et événements sont le fruit de l'imagination de l'auteur ou sont employés de manière fictive. Toute ressemblance avec des personnes réelles, vivantes ou non, des événements ou des lieux, est entièrement fortuite.

Maquette de couverture : Le Petit Atelier
Photo © Carmen K. Sisson / Cloudybright / Alamy Stock Photo

ISBN : 978-2-7096-7370-9

Première édition mars 2025.

I.

LES GARÇONS

1.

Sur la côte du golfe du Mexique, il y a cent ans, Biloxi était une station balnéaire animée et une communauté de pêcheurs. Parmi les douze mille habitants, certains travaillaient sur les chantiers navals, d'autres dans les hôtels et les restaurants, mais la majorité tiraient leur subsistance de l'océan et de son abondante réserve de fruits de mer. Les travailleurs étaient des immigrés d'Europe de l'Est, la plupart originaires de Croatie, où leurs ancêtres avaient pêché pendant des siècles dans la mer Adriatique. Les hommes trimaient sur les goélettes et les chalutiers qui récoltaient les fruits de mer dans le golfe, tandis que les femmes et les enfants écaillaient les huîtres et emballaient les crevettes pour dix cents de l'heure. Une quarantaine de conserveries étaient regroupées dans une zone appelée Back Bay. En 1925, Biloxi expédiait vingt millions de tonnes de produits de la mer vers le reste des États-Unis. La demande était si forte et l'offre si abondante que la ville pouvait se vanter d'être la « capitale mondiale des fruits de mer ».

Les immigrants vivaient dans des baraquements et des petites maisons à Point Cadet, une péninsule située à la pointe est de Biloxi. Leurs parents et grands-parents, polonais, hongrois, tchèques, croates, avaient rapidement assimilé les coutumes de leur nouveau pays. Les enfants apprenaient l'anglais, l'enseignaient à leurs parents et parlaient rarement leur langue maternelle à la maison. La plupart de leurs noms de famille, imprononçables pour les douaniers, avaient été modifiés et américanisés au port de la Nouvelle-Orléans et à Ellis Island. Dans les cimetières de Biloxi, les pierres tombales portaient des noms tels que Jurkovich, Horvat, Conovich, Kasich, Rodak, Babbich et Peranich. Elles étaient disséminées un peu partout et se mêlaient à celles des Smith, Brown, O'Keefe, Mattina et Bellande. Les immigrés étaient très attachés à leur clan et se protégeaient mutuellement, mais dès la deuxième génération, ils s'étaient mariés avec les anciennes familles françaises et britanniques.

La prohibition était toujours en vigueur et, dans tout le Sud profond, la plupart des baptistes et des méthodistes menaient une vie vertueuse. Le long de la côte du golfe, en revanche, les personnes d'origine européenne et d'obédience catholique voyaient l'abstinence d'un mauvais œil. En réalité, Biloxi n'avait jamais été sobre, en dépit du dix-huitième amendement, qui interdisait la « fabrication, la vente et le transport des boissons enivrantes ». Quand la prohibition s'était abattue sur le pays en 1920, Biloxi ne s'était guère sentie concernée. Ses bars, ses bouges, ses honky tonks, ses pubs de quartier et ses clubs haut de gamme avaient même prospéré. Les bars clandestins n'avaient pas lieu d'être, car on trouvait de l'alcool partout, ce qui ne posait de problème à personne, pas même à la police. Biloxi était devenue une destination populaire pour Sudistes assoiffés. Ajoutez à cela l'attrait des plages, les délicieux fruits de mer, le climat tempéré et les beaux hôtels, le tourisme était florissant. Il y a cent ans, la côte du golfe était surnommée « la Riviera du pauvre ».

Comme toujours, les débordements incontrôlés avaient fait tache d'huile. Les jeux d'argent étaient, avec l'alcool, parmi les activités illégales les plus recherchées. Des casinos improvisés avaient vu le jour dans les bars et les clubs. Le poker, le black-jack et les jeux de dés se déroulaient au vu et au su de tous. Dans les halls des hôtels à la mode, des rangées de machines à sous carillonnaient, au mépris flagrant de la loi.

Les maisons closes avaient toujours existé, mais elles demeuraient des lieux tenus secrets. À Biloxi, ce n'était pas le cas. Les nombreux bordels recevaient non seulement leurs fidèles clients, mais aussi des policiers et des politiciens. Beaucoup étaient situés dans les mêmes bâtiments que les bars et les tables de jeu, de sorte qu'un homme en quête de plaisir en avait à portée de main.

Bien que moins accessibles que le sexe et l'alcool, les drogues comme la marijuana et l'héroïne étaient faciles à trouver, en particulier dans les music-halls et les bars.

Les journalistes peinaient souvent à croire que tant d'activités illégales soient ouvertement acceptées dans un État si conservateur. Ils avaient écrit des articles sur les mœurs débridées de Biloxi, en vain. Aucune autorité ne semblait s'en alarmer. « Bah, c'est Biloxi », répondait-on. Les politiciens s'insurgeaient contre la criminalité et les pasteurs y consacraient des sermons, mais il n'y avait pas de réels efforts pour « nettoyer la côte ».

Le plus gros obstacle aux tentatives de réforme était la corruption endémique de la police et des élus. Les flics gagnaient si peu qu'ils acceptaient les pots-de-vin et fermaient les yeux. Les politiciens locaux se laissaient facilement acheter et ne s'en portaient pas plus mal. Tout le monde se remplissait les poches, tout le monde s'amusait, alors pourquoi gâcher la fête ? Personne ne forçait les buveurs et les joueurs à s'encanailler à Biloxi. S'ils n'aimaient pas cette ambiance de débauche, ils pouvaient rester chez eux ou aller à la Nouvelle-Orléans. Mais s'ils choisissaient de dépenser leur argent à Biloxi, ils ne seraient pas inquiétés par la police.

En 1941, l'activité criminelle connut un essor important quand l'armée construisit une grande base d'entraînement sur le terrain de l'ancien Country Club. La base aérienne fut baptisée Keesler, du nom d'un héros de la Première Guerre mondiale originaire du Mississippi, et ce nom devint rapidement synonyme de débauche pour des dizaines de milliers de soldats en pleine préparation militaire. Le nombre de bars, de casinos, de maisons closes et de clubs de strip-tease augmenta de manière spectaculaire. La criminalité aussi. Les soldats inondèrent la police de plaintes : machines à sous truquées, roulettes louches, croupiers véreux, boissons fortement alcoolisées et prostituées aux doigts collants. Les propriétaires, qui gagnaient de l'argent, ne trouvaient rien à redire, pourtant les bagarres étaient monnaie courante, de même que les vitres et les bouteilles de whisky cassées. Sans parler des filles qui se faisaient agresser. Comme toujours, les polices protégeaient ceux qui leur graissaient la patte, et les prisons étaient remplies de GI. Plus d'un demi-million d'entre eux étaient passés par Keesler, en route pour l'Europe, le Pacifique, puis par la suite la Corée et le Viêtnam.

L'industrie de la débauche était si rentable à Biloxi qu'elle attirait la faune habituelle des milieux interlopes : criminels, hors-la-loi, contrebandiers, trafiquants de rhum, escrocs en tous genres, tueurs à gages, proxénètes, briseurs de jambes, et une classe plus ambitieuse de barons du crime.

À la fin des années 1950, un gang hétéroclite de malfaiteurs violents, surnommé la « Dixie Mafia », s'installa à Biloxi avec l'intention d'y établir son territoire et de s'emparer d'une partie du marché du crime. Avant la Dixie Mafia, les propriétaires de clubs se faisaient concurrence, cependant, comme l'argent coulait à flots, la vie était belle. De temps à autre, il y avait des échauffourées et des meurtres, mais aucun groupe ne cherchait vraiment à prendre le contrôle.

Hormis l'ambition et la violence, la Dixie Mafia n'avait pas grand-chose en commun avec la Cosa Nostra sicilienne. Ce n'était pas une famille, si bien que la loyauté n'entrait pas en ligne de compte. Ses membres – que le FBI n'avait pas vraiment pu identifier – étaient un assortiment de *bad boys* et de marginaux qui préféraient le crime au travail honnête. Il n'y avait pas d'organisation ni de hiérarchie établie. Pas de parrain à sa tête, des briseurs de jambe au bas de l'échelle, et une flopée de truands entre les deux. Au fil des années, un patron de club parvint néanmoins à consolider ses avoirs et à asseoir son influence. On le surnommait « le Boss ».

La propension à la violence de la Dixie Mafia stupéfiait le FBI. Tout au long de son histoire, alors qu'elle s'étendait vers le sud et la côte du golfe, elle sema un nombre impressionnant de cadavres, et pratiquement aucun de ces crimes ne fut élucidé. Cette organisation n'obéissait qu'à une seule règle, un pacte de sang absolu : « Ne jamais rien balancer aux flics. » Ceux qui le faisaient se retrouvaient pour toujours dans des fossés. D'après les rumeurs, certains crevettiers déchargeaient des cadavres lestés à vingt milles du rivage, dans les eaux chaudes et profondes du détroit du Mississippi.

Malgré sa réputation d'anarchie, la criminalité à Biloxi était contrôlée par les propriétaires de clubs et surveillée de près par la police. Avec le temps, les lieux de débauche s'étaient regroupés dans une partie de la ville, un tronçon d'un kilomètre et demi de la Route 90, le long de la plage. Le « Strip » était bordé de casinos, de bars et de maisons closes, que les citoyens respectueux de la loi pouvaient facilement ignorer, évitant ainsi les ennuis. À l'écart du Strip, les gens menaient une vie normale. Biloxi avait prospéré grâce aux produits de la mer, aux chantiers navals, au tourisme, à la construction, et à une formidable éthique du travail forgée par les immigrants et leurs rêves d'une vie meilleure. La ville avait bâti des écoles, des hôpitaux, des églises, des autoroutes, des ponts, des digues, des parcs, des espaces de loisirs, et tout le nécessaire pour améliorer la vie de ses habitants.

2.

La rivalité débuta par une amitié entre deux garçons qui se ressemblaient beaucoup. Tous deux petits-fils d'immigrés croates de la troisième génération, ils étaient nés et avaient grandi à « la Pointe », le surnom de Point Cadet. Leurs familles vivaient à deux rues l'une de l'autre. Leurs parents et grands-parents se connaissaient bien. Ils fréquentaient la même église catholique, les mêmes écoles, ils jouaient dans les mêmes rues, sur les mêmes terrains vagues, ils allaient sur les mêmes plages, et pêchaient avec leurs pères dans le golfe pendant les week-ends de farniente. Ils étaient nés en 1948, à un mois d'intervalle, de jeunes vétérans de la guerre qui avaient épousé leur amour de jeunesse et fondé une famille.

Les jeux de leurs ancêtres n'avaient guère d'importance à Biloxi. Les terrains vagues étaient consacrés au baseball et à rien d'autre. Comme tous les garçons de la Pointe, ils avaient commencé à lancer la balle et à manier la batte alors qu'ils marchaient à peine, et ils avaient fièrement revêtu leur premier maillot d'équipe à l'âge de huit ans. Dès dix ans, ils s'étaient tous les deux fait remarquer.

Keith Rudy, l'aîné de vingt-huit jours, était un lanceur gaucher au jet puissant et imprévisible, qui effrayait les batteurs. Il frappait aussi du côté gauche et, lorsqu'il n'était pas sur le monticule, il se trouvait dans le champ extérieur, sur la deuxième ou la troisième base, conformément à ce que ses entraîneurs attendaient de lui. Comme il n'existait pas de gants de receveur pour les gauchers, il avait appris à attraper et à lancer la balle avec la main droite.

Hugh Malco était droitier et projetait la balle avec encore plus de puissance et de précision. À treize mètres de distance, il était terrifiant à affronter, et la plupart des batteurs âgés de dix ans préféraient se retrancher sur le banc de touche. Un entraîneur l'avait convaincu de frapper du côté gauche, en partant du principe que la majorité des lanceurs de cet âge étaient droitiers. Babe Ruth frappait du côté gauche, tout comme Lou Gehrig et Stan Musial, trois stars du baseball américain. Bien sûr, Mickey Mantle était capable de frapper des deux côtés, mais il faisait partie des Yankees de New York. Hugh avait suivi le conseil de son coach ; il était une bonne pâte et il voulait gagner.

Le baseball était leur univers, et le climat chaud de la côte leur permettait de jouer presque toute l'année. Les équipes de la Little League étaient recrutées à la fin du mois de février et débutaient le championnat à la mi-mars, à raison de deux matchs par semaine pendant au moins douze semaines. La saison régulière terminée, le baseball sérieux commençait par les All-Stars. Biloxi avait dominé les éliminatoires et on s'attendait à ce qu'elle se qualifie pour le tournoi régional. Aucune équipe ne s'était encore rendue à Williamsport pour le grand show, mais chaque année, l'optimisme était de mise.

L'église était importante aussi, du moins pour les parents et les grands-parents, mais pour les garçons, la véritable institution était les Cardinals de Saint-Louis. Il n'y avait pas d'équipe de la Ligue majeure dans le Sud profond. La station KMOX de Saint-Louis diffusait tous les matchs, avec les célèbres commentateurs Harry Caray et Jack Buck, et les garçons connaissaient par cœur les joueurs des Cardinals, leurs positions, leurs statistiques, leurs villes natales, leurs forces et leurs faiblesses. Ils suivaient tous les matchs à la radio, découpaient les scores dans le *Gulf Coast Register*, puis passaient des heures sur les terrains vagues à rejouer chaque manche. Ils économisaient le moindre centime pour acheter des cartes de baseball, et les échanges n'étaient pas à prendre à la légère. Topps était leur marque préférée, principalement parce que le chewing-gum durait plus longtemps.

Quand l'été arrivait et que l'école était finie, les rues de la Pointe se remplissaient d'enfants qui jouaient au corkball, au kickball, au Wiffle ball, et à une douzaine d'autres variantes du baseball. Les plus âgés allaient sur les terrains vagues où ils formaient des équipes pour s'entraîner pendant des heures. Les grands jours, ils rentraient à la maison, faisaient le ménage, mangeaient un morceau et reposaient leurs membres fourbus avant d'enfiler leur maillot et de retourner en vitesse sur les terrains officiels pour disputer de vrais matchs, qui attiraient une foule de parents et d'amis. En début de soirée, sous les lumières des projecteurs, les garçons se donnaient à fond et s'invectivaient sur le terrain. Ils se régalaient des acclamations des supporters et ne cessaient de se dénigrer entre eux. La moindre erreur entraînait une avalanche de huées. Un home run réduisait le banc adverse au silence. Le lancer d'une balle puissante jetait un froid sur le camp ennemi. Une mauvaise décision de l'arbitre ne pouvait être contestée, du moins par les joueurs, mais les supporters l'invectivaient sans scrupule. Et partout, dans les tribunes, les parkings, et même sur les bancs, les radios retransmettaient les matchs en direct sur la station KMOX, et tout le monde suivait le score des Cardinals.

À l'âge de douze ans, Keith et Hugh vécurent une saison magique. Keith jouait dans une équipe sponsorisée par DeJean Packing. Celle de Hugh était financée par Shorty Shell. Tous deux avaient dominé la saison et leurs équipes respectives n'avaient perdu qu'une seule fois, l'une contre l'autre, d'un point d'écart. À pile ou face, l'équipe DeJean Packing s'était qualifiée pour le championnat, où elle avait massacré une équipe de West Biloxi. Keith avait été lanceur pour les six manches, et avait réalisé deux doubles, un but sur balles et deux home runs. Hugh et lui avaient été élus à l'unanimité des Biloxi All-Stars et, pour la première fois, ils étaient officiellement coéquipiers, même s'ils avaient disputé ensemble un nombre incalculable de matchs sur le terrain vague.

Avec Hugh qui tirait du côté droit et Keith qui terrifiait les batteurs du côté gauche, Biloxi était le grand favori pour remporter un autre championnat d'État. Après une semaine d'entraînement, les coachs firent monter l'équipe dans trois minibus pour un trajet de vingt minutes vers l'ouest, le long de la Route 90, afin de participer au tournoi d'État à Gulfport. Des centaines de supporters les suivaient dans une bruyante caravane.

Le tournoi fut dominé par des équipes du sud de l'État : Biloxi, Gulfport, Pascagoula, Pass Christian et Hattiesburg. Lors du premier match contre Vicksburg, Keith fut le seul lanceur et Hugh frappa un grand chelem. Dans le deuxième match, Hugh fit à son tour une série de lancers parfaits et Keith lui rendit la pareille en réalisant deux home runs. En cinq matchs, Biloxi avait marqué trente-six points, n'en concéda que quatre, et remporta le titre de champion de l'État. La ville fit la fête et envoya ses champions à Pensacola. Obtenir la victoire au niveau supérieur serait une autre affaire, car les équipes de Floride s'avéraient être de sérieux concurrents.

Les garçons étaient enchantés de cette escapade en minibus, ponctuée de motels, de piscines et de restaurants. Hugh et Keith partageaient la même chambre et, comme ils étaient les leaders incontestés de l'équipe, leurs entraîneurs les avaient nommés co-capitaines. Ils étaient inséparables et toutes les activités tournaient autour d'eux. Sur le terrain, ils étaient de féroces compétiteurs et des meneurs de jeu, incitant toujours leurs coéquipiers à jouer intelligemment, à écouter leurs coachs, à corriger leurs défauts et à étudier le jeu adverse. En dehors du terrain, ils organisaient les réunions d'équipe, lançaient des plaisanteries, trouvaient des surnoms, choisissaient des films, des restaurants, et encourageaient les remplaçants sur le banc de touche.

Lors du premier match, Hugh ne concéda que quatre coups et Biloxi battit une équipe de Mobile, championne de l'État d'Alabama. Dans le deuxième match, Keith, plus déchaîné que jamais, marqua huit buts sur balles avant de sortir dans la quatrième manche. Biloxi s'inclina devant une équipe de Jacksonville par trois points. Deux jours plus tard, une équipe de Tampa marqua quatre points contre Hugh à la fin de la sixième manche et remporta la victoire.

La saison était terminée. Le rêve de participer à la Little League World Series à Williamsport était anéanti une fois de plus par l'État de Floride. Les garçons rentrèrent au motel pour panser leurs plaies, mais peu après, ils barbotaient dans la piscine et essayaient d'attirer l'attention de filles plus âgées en bikini.

Installés sous les parasols de la piscine, leurs parents les observaient en savourant des cocktails. Une longue saison était enfin terminée, ils étaient impatients de rentrer chez eux et de finir l'été sans la pression quotidienne du baseball. Presque tous étaient présents, ainsi que d'autres membres de la famille et les fans inconditionnels de Biloxi, des amis proches comme de simples connaissances. Originaires de la Pointe pour la plupart, ils se connaissaient bien, mais au sein de ce groupe, tous n'étaient pas solidaires.

Les parents de Hugh, Lance et Carmen Malco, se sentaient un peu exclus, et pour cause.

3.

Quand le grand-père de Hugh avait débarqué à la Nouvelle-Orléans en 1912, il avait seize ans et ne parlait pratiquement pas un mot d'anglais. Il pouvait prononcer « Biloxi », et l'employé des douanes n'en demandait pas plus. Les bateaux étaient remplis d'Européens de l'Est, dont beaucoup avaient de la famille sur la côte du Mississippi, et les douaniers étaient pressés de s'en débarrasser. Biloxi était l'une de leurs destinations favorites.

En Croatie, il s'appelait Oron Malokovic, un autre nom à coucher dehors. Certains douaniers patients s'efforçaient d'enregistrer les noms correctement. D'autres étaient pressés ou indifférents, et peut-être pensaient-ils accorder une faveur à l'immigrant en le rebaptisant d'un nom adapté à son nouveau pays. En toute honnêteté, certains noms de « là-bas » étaient difficiles à prononcer pour les anglophones. La Nouvelle-Orléans et la côte du golfe avaient une riche histoire, dominée par le français et l'espagnol, et dans les années 1800, ces langues s'étaient mêlées à l'anglais. Mais les langues slaves truffées de consonnes étaient une autre affaire.

Quoi qu'il en soit, Oron était devenu Aaron Malco, une identité qu'il s'appropria à contrecœur, parce qu'il n'avait pas le choix. Fort de ses nouveaux papiers, il se rendit à Biloxi où un parent lui trouva une chambre dans un baraquement et un emploi d'écailleur d'huîtres. Comme ses compatriotes, il se débrouillait pour gagner sa vie, bossait dur, ne comptait pas ses heures, et économisait quelques dollars. Au bout de deux ans, il trouva un meilleur emploi dans la construction de goélettes sur un chantier naval de Back Bay. Le travail était mieux rémunéré, mais physiquement éprouvant. Devenu adulte, Aaron mesurait plus d'un mètre quatre-vingt-dix, avec de larges épaules, et manipulait seul des pièces de bois massif qui nécessitaient d'habitude deux ou trois hommes. Il se fit bien voir auprès de ses patrons et obtint sa propre équipe, ainsi qu'une augmentation de salaire. À l'âge de dix-neuf ans, il gagnait cinquante cents de l'heure, un salaire élevé, et faisait le maximum d'heures autorisé par la société.

À vingt ans, Aaron épousa Lida Simonovich, une jeune Croate de dix-sept ans qui avait eu la chance de naître aux États-Unis. Sa mère lui avait donné naissance deux mois après leur arrivée d'Europe par bateau. Lida travaillait dans une conserverie et, pendant son temps libre, elle aidait sa mère, couturière. Le jeune couple s'installa dans une maison de location à la Pointe, entouré de famille et amis, tous originaires du Vieux Continent.

Leurs rêves se brisèrent huit mois après leur mariage, quand Aaron tomba d'un échafaudage. Son bras et sa jambe cassés allaient guérir, mais l'écrasement des vertèbres dans le bas du dos le rendit presque infirme. Pendant des mois, il resta en convalescence à la maison et retrouva peu à peu l'usage de ses jambes. Sans travail, le couple survivait grâce au soutien de la famille et des voisins. La nourriture abondait, le loyer était payé et le prêtre de la paroisse, le père Herbert, passait tous les jours pour prier pour eux, en anglais et en croate. À l'aide d'une canne, dont il ne pourrait jamais vraiment se passer malgré ses efforts héroïques, Aaron entreprit la tâche pénible de se mettre à la recherche d'un emploi.

Un cousin éloigné possédait l'une des trois épiceries de quartier de la Pointe. Il eut pitié d'Aaron et lui proposa de balayer les sols, de ranger les marchandises et, éventuellement, de tenir la caisse. En peu de temps, Aaron prit la direction de l'établissement et les affaires fructifièrent. Il connaissait tous les clients, les enfants et leurs grands-parents, et se faisait toujours fort d'aider les personnes dans le besoin. Il améliora l'inventaire, supprima les articles qui se vendaient mal, et agrandit le magasin. Même quand l'épicerie était fermée, il allait chercher les articles pour ses clients et les leur livrait à domicile, sur un vieux vélo. Avec Aaron aux commandes, son patron décida d'ouvrir un magasin de produits non périssables deux rues plus loin.

Aaron y vit une opportunité d'expansion. Il persuada son patron de louer le local voisin et d'y ouvrir un bar. C'était en 1920, le pays était soumis à la prohibition, les immigrés catholiques de Biloxi avaient plus soif que jamais. Aaron passa un accord avec un contrebandier local et approvisionna son bar avec une grande variété de bières, dont certaines en provenance d'Europe, ainsi qu'une douzaine de marques de whiskys irlandais populaires.

Il ouvrait l'épicerie tous les matins au lever du soleil et proposait du café fort et des pâtisseries croates aux pêcheurs et aux ouvriers de la conserverie. Tard dans la nuit, Lida faisait cuire des kroštules, des gâteaux frits à l'huile saupoudrés de sucre, qui devinrent très populaires auprès des travailleurs matinaux. Tout au long de la matinée, Aaron se démenait avec sa canne, trimait au comptoir, coupait la viande, réapprovisionnait les étagères, balayait les sols et répondait aux besoins de ses clients. En fin d'après-midi, il ouvrait le bar et accueillait les habitués. Lorsqu'il ne servait pas de boissons, il retournait dare-dare au magasin, qu'il fermait après le dernier client, généralement vers 19 heures. À partir de là, il se tenait derrière le bar, servait des boissons, bavardait avec des amis, racontait des blagues et rapportait les derniers potins. Il fermait généralement vers 23 heures, lorsque la dernière équipe d'employés de la conserverie allait se coucher.

En 1922, Lida et Aaron eurent leur premier enfant et le baptisèrent du prénom américain Lance. Une fille et un autre fils suivirent peu après. Comme leur maison de fortune était trop petite, Aaron persuada son patron de lui louer un espace au-dessus du bar et de l'épicerie. La famille s'y installa tandis qu'une équipe de charpentiers montait les murs et la cuisine. Les journées de seize heures d'Aaron se rallongèrent encore. Lida quitta son emploi pour élever leurs enfants et donner un coup de main à l'épicerie.

En 1925, son patron mourut subitement d'une crise cardiaque. Aaron n'aimait pas sa veuve et ne voulait pas être sous sa coupe. Il parvint à la convaincre de lui vendre le bar et l'épicerie et, moyennant mille dollars en espèces et un billet à ordre, il en devint le propriétaire. Le billet fut remboursé en deux ans et Aaron ouvrit un autre bar du côté ouest de la Pointe. Avec deux bars populaires et une épicerie très fréquentée, les Malco devinrent plus prospères que la plupart des familles d'immigrés, même s'ils n'en montraient rien. Ils trimaient dur, économisaient leur argent, se contentaient de l'appartement au-dessus du bar, en toute simplicité. Ils aidaient volontiers leurs prochains, Aaron accordait même à ses amis de petits prêts que les banques leur refusaient. Généreux avec l'Église, ils ne manquaient jamais la messe du dimanche.

Leurs enfants travaillèrent à l'épicerie dès qu'ils furent en âge de le faire. À sept ans, Lance était une figure emblématique de la Pointe, avec son panier rempli de produits d'alimentation qu'il livrait à vélo. À dix ans, il faisait glisser des bouteilles de bière fraîche sur le bar et surveillait les clients.

Au début de sa carrière, Aaron avait été témoin du côté obscur des jeux d'argent et n'avait jamais voulu s'en approcher. L'illégalité mise à part, il n'acceptait pas de jeux de cartes ou de dés dans son arrière-salle. La tentation était toujours présente, et certains clients s'en étaient plaints, mais il avait tenu bon. Le père Herbert approuvait sa fermeté.

La Grande Dépression avait ralenti le commerce des fruits de mer, mais Biloxi résista mieux que le reste du pays. Les crevettes et les huîtres étaient toujours abondantes et les gens devaient bien se nourrir. Le tourisme avait pris un coup, pourtant les conserveries étaient restées en activité, mais à un rythme plus lent. À la Pointe, des ouvriers avaient perdu leur emploi et pris du retard dans le paiement de leur crédit. Aaron racheta en toute discrétion les hypothèques de douzaines de maisons et en devint propriétaire. Il accepta les reconnaissances de dette pour les loyers en retard et les oublia. Aucun habitant d'une maison Malco ne fut jamais expulsé.

Quand Lance obtint son diplôme au lycée de Biloxi, il envisagea d'aller à l'université. Cette idée n'enthousiasmait guère Aaron, car son fils était indispensable au bon fonctionnement de l'entreprise familiale. Lance suivit des cours dans une école de la région et, sans grande surprise, fit preuve d'un réel engouement pour les affaires et la finance. Ses professeurs l'encouragèrent à poursuivre des études à l'école normale d'Hattiesburg, plus éloignée de la maison, et bien que ce soit pour lui un rêve, il n'osait pas en parler à son père.

La guerre surprit tout le monde et Lance oublia ses projets d'études. Le lendemain de Pearl Harbor, il s'engagea dans les Marines et quitta son foyer pour la première fois. Il s'embarqua avec la 1re division d'infanterie et participa à de nombreux combats en Afrique du Nord. En 1944, il débarqua avec la première vague à Anzio, quand les Alliés envahirent l'Italie. Comme il parlait le croate, il fut envoyé avec une centaine d'autres en Europe de l'Est, où les Allemands battaient en retraite. Au début de l'année 1945, il foula la terre, où étaient nés son père et ses grands-parents, et il écrivit à Aaron une longue lettre décrivant le pays déchiré par la guerre. Elle se terminait par : « Merci, père, d'avoir eu le courage de partir et de chercher une vie meilleure en Amérique. » Aaron pleura en lisant cette lettre, puis il la soumit à ses amis et à la famille de Lida.

Alors que les Alliés repoussaient les Allemands vers l'ouest, Lance participait à des opérations en Hongrie et en Pologne. Deux jours après la libération d'Auschwitz, il parcourut avec sa section les chemins de terre du camp de concentration et découvrit, sous le choc, des centaines de cadavres décharnés dans des fosses. Trois mois après la capitulation des Allemands, Lance retourna à Biloxi sans une égratignure, mais avec des souvenirs si abominables qu'il se jura de les oublier.

En 1947, il épousa Carmen Coscia, une Italienne qu'il avait rencontrée au lycée. En guise de cadeau de mariage, Aaron leur offrit une maison sur la Pointe, dans un nouveau lotissement où avaient été construites de très jolies demeures pour les vétérans. Lance assuma naturellement son rôle dans l'entreprise de son père et laissa la guerre derrière lui. Mais il s'ennuyait à l'épicerie et au bar. Il était ambitieux et voulait s'enrichir avec les jeux d'argent. Il se trouva alors en profond désaccord avec son père, qui s'y était toujours fermement opposé.

Treize mois après leur mariage, Carmen donna naissance à Hugh et la famille se réjouit de la venue d'une nouvelle génération. Des bébés naissaient partout à la Pointe, et le père Herbert était submergé par les cérémonies de baptême. Les jeunes familles s'agrandissaient et les anciens faisaient la fête. La vie à la Pointe n'avait jamais été aussi agréable.

Biloxi connaissait un nouvel essor et le commerce des fruits de mer était plus florissant que jamais. Des hôtels de luxe étaient apparus sur les plages avec la reprise du tourisme. L'armée avait décidé de conserver Keesler comme base d'entraînement, assurant ainsi un afflux constant de jeunes soldats en quête de bon temps. D'autres bars, casinos et maisons closes ouvrirent leurs portes et le Strip devint encore plus animé. Selon la coutume, la police et les politiciens encaissaient l'argent et détournaient les yeux. Quand le Broadwater Beach, un hôtel de style Art déco, ouvrit ses portes, son hall était rempli de rangées de machines à sous flambant neuves, achetées à un courtier de Las Vegas, et tout à fait illégales.

Une fois père de famille, Lance modéra ses ambitions et ne plongea pas dans le commerce du vice. De plus, Aaron avait toujours le contrôle des affaires familiales et il tenait à sa réputation. L'avenir de l'entreprise familiale changea radicalement en 1950, lorsqu'il mourut d'une pneumonie, à l'âge de cinquante-quatre ans. Il n'avait pas laissé de testament, de sorte que ses biens furent partagés à parts égales entre Lida et les trois enfants. Bouleversée, Lida tomba dans une profonde dépression, qui l'affaiblit considérablement. Ses trois enfants se disputèrent l'héritage, provoquant une grave rupture dans la fratrie. Ils se chamaillèrent pendant des années, au grand dam de leur mère. Comme sa santé se délitait, Lance, son aîné – et son préféré depuis toujours –, la persuada de signer un testament qui lui laissait le contrôle de tous leurs biens. Ce testament fut gardé secret jusqu'à la mort de sa mère. Quand sa sœur et son frère le découvrirent, ils menacèrent de lui intenter un procès, mais Lance régla le différend en offrant à chacun d'eux la somme de cinq mille dollars en espèces. Son frère prit l'argent et quitta la région. Sa sœur épousa un médecin et s'installa à la Nouvelle-Orléans.

Malgré ce drame familial, et la manière évidente dont Lance avait trompé son frère et sa sœur, Carmen et lui continuèrent à jouir d'une bonne réputation sur la Pointe. Ils vivaient modestement, alors qu'ils avaient largement les moyens, et ils s'investissaient dans la communauté. Ils étaient parmi les plus gros contributeurs de l'église St. Michael et de ses programmes de sensibilisation, et ils ne manquaient jamais de tendre la main aux moins chanceux. Certains l'admiraient et le considéraient même comme le Malco le plus intelligent, prêt à se battre pour le moindre penny.

Mais loin de la Pointe, Lance cédait à ses ambitions. En qualité d'associé anonyme, il acheta une boîte de nuit et en transforma la moitié en casino. L'autre moitié était un bar où l'on servait des boissons édulcorées et hors de prix que les GI étaient plus qu'heureux de payer, d'autant qu'elles étaient servies par de jolies filles aux tenues affriolantes. Les salles de l'étage étaient louées à la demi-heure. Les affaires marchaient si bien que Lance et son partenaire ouvrirent un deuxième club, plus spacieux et plus beau. Ils le baptisèrent « Red Velvet » et le flanquèrent d'une enseigne au néon criard, la plus brillante de la Route 90. Le Strip était né.

Carmen abandonna son travail au magasin pour se consacrer pleinement à sa famille. Pendant que Lance travaillait de longues journées et soirées, Carmen assurait la cohésion du foyer avec leurs trois enfants. Elle désapprouvait les dérives de son mari, mais le couple discutait rarement des activités de ces clubs. L'argent rentrait dans les caisses, ils en avaient plus que la plupart des habitants de la Pointe. Se plaindre ne changerait rien. Lance était de la vieille école, son père venait du Vieux Continent. L'homme dirigeait sa boîte d'une main de fer et la femme élevait les enfants. Carmen acceptait son rôle avec une certaine sérénité.

Les moments les plus heureux se déroulaient sur les terrains de baseball. Le jeune Hugh était devenu un joueur de premier plan dès l'âge de huit ans et s'était amélioré d'année en année. Lors de la sélection annuelle, tous les entraîneurs le voulaient. À dix ans, il avait été sélectionné pour la ligue de la catégorie des douze ans, ce qui était rare. Le seul capable de rivaliser avec lui était son ami Keith Rudy.

4.

Le clan des Rudy vivait à la Pointe depuis presque aussi longtemps que les Malco. Dans les registres de la douane de la Nouvelle-Orléans, *Rudic* s'était transformé en *Rudy*, un nom américain peu courant, mais plus digeste que n'importe quel nom croate.

Le père de Keith, Jesse Rudy, était né en 1924 et, comme tous les autres enfants, il avait grandi parmi les conserveries et les crevettiers. Le lendemain de son dix-huitième anniversaire, il s'engagea dans la marine, et on l'envoya se battre dans le Pacifique. Des centaines de garçons de la Pointe étaient partis à la guerre et la petite communauté soudée faisait des prières. L'église était bondée pour la messe quotidienne. Les lettres des soldats étaient lues à haute voix aux amis. Les pères parlaient de leurs fils autour d'une bière, les mères dans leur club de tricot. En novembre 1943, la guerre vint frapper à la porte de la famille Bonovich. Harry, un marine, avait été tué à Guadalcanal. C'était le premier décès à la Pointe, et le quatrième du comté d'Harrison. Les voisins pleurèrent et vinrent prêter main-forte à la famille, tandis que le voile sombre de la guerre devenait plus menaçant. Deux mois plus tard, un deuxième garçon fut abattu.

Jesse servait sur un destroyer de la flotte du Pacifique. Il fut blessé en octobre 1944, pendant la bataille du golfe de Leyte, quand son navire avait été touché par un bombardier kamikaze. Il sortit de l'eau avec de graves brûlures aux deux jambes. Deux mois plus tard, il était à l'hôpital naval de San Francisco, où il fut soigné par de bons médecins et de jeunes et jolies infirmières.

Une histoire d'amour se noua et, lorsqu'il fut libéré au printemps 1945, il retourna sur la côte avec deux jambes fragiles, un sac de voyage contenant tous ses biens, et une jeune épouse de dix-neuf ans. Agnes, une fille de ferme du Kansas, suivit Jesse dans sa région natale avec beaucoup d'anxiété. Elle n'avait jamais mis les pieds dans le Sud profond et nourrissait tous les préjugés habituels : des rustres pieds nus, édentés, racistes, et autres qualificatifs de ce genre, mais elle était follement amoureuse de Jesse. Ils louèrent une maison à la Pointe et se mirent au travail. Agnes trouva un poste d'infirmière à Keesler, tandis que Jesse passait d'un emploi sans avenir à un autre. Ses handicaps physiques l'empêchaient même de travailler à temps partiel sur un crevettier, ce qui s'avéra être un soulagement.

À sa grande surprise, Agnes s'adapta facilement à la vie sur la côte. Elle aimait la cohésion de ces communautés d'immigrés où on l'accueillit sans réserve. Ses origines anglo-protestantes n'avaient pas d'importance. En quatre-vingts ans, les mariages mixtes entre les différentes ethnies étaient devenus monnaie courante. Agnes aimait danser, aller au bal, boire un verre de temps à autre, et partager de grandes réunions de famille. La vie dans le Kansas rural était beaucoup plus calme, et plus morne.

En 1946, le Congrès finança le GI Bill, qui accordait une aide aux milliers de jeunes vétérans pour faire des études supérieures à leur retour du front. Jesse s'inscrivit à l'université et suivit des cours d'histoire. Son projet était d'enseigner l'histoire américaine au lycée. Et son rêve inavoué, de devenir un professeur érudit et de donner des conférences à l'université.

Fonder une famille n'était pas dans ses plans, mais l'Amérique d'après-guerre se révéla être une terre fertile. Keith naquit en avril 1948 à Keesler, où les vétérans et leurs familles bénéficiaient de soins médicaux gratuits.

Vingt-huit jours plus tard, Hugh Malco vit le jour dans le même service. Leurs familles se connaissaient par le biais des communautés immigrées de la Pointe, et, sans être proches, leurs pères entretenaient des liens amicaux.

Cinq mois après l'arrivée de Keith, Jesse surprit sa famille en lui annonçant qu'avec Agnes, ils allaient faire des études. Ou du moins, Jesse comptait étudier. La structure la plus proche était l'école normale de l'État, à Hattiesburg, cent dix kilomètres au nord de Biloxi. Ils partaient pour deux ans.

Ce serait le premier diplôme universitaire de la famille Rudic/Rudy, et les parents de Jesse en étaient fiers, à juste titre. Agnes et lui mirent leur fils et leurs bagages dans leur Mercury 1938, et empruntèrent la Route 49 en direction du nord. Ils louèrent un minuscule appartement estudiantin sur le campus et, en deux jours, Agnes trouva un emploi d'infirmière dans un cabinet médical. Ils jonglaient entre l'emploi du temps d'Agnes et les cours de Jesse et se débrouillaient pour ne pas avoir à payer de baby-sitter pour le petit Keith. Jesse suivit le plus de cours possible et progressa rapidement.

Deux ans plus tard, le cursus étant achevé, il envisagea de se lancer dans une maîtrise. Cependant, la question de la fertilité revint en force. Quand Agnes se rendit compte qu'elle était enceinte de leur deuxième enfant, ils décidèrent que l'aventure universitaire était terminée et que Jesse devait se mettre au travail. De retour dans sa ville natale, ils louèrent une maison à la Pointe. Comme il n'y avait pas de poste à pourvoir au département d'histoire du lycée de Biloxi, Jesse se démena pour enseigner l'éducation civique à des élèves de troisième à Gulfport. Son premier salaire était de deux mille sept cents dollars par an. Agnes reprit son travail d'infirmière à Keesler, mais comme sa grossesse était difficile, elle dut prendre un congé.

Beverly naquit en 1950. Jesse et Agnes décidèrent que deux enfants étaient suffisants pour le moment et prirent très au sérieux le planning familial. Jesse obtint un poste de professeur d'histoire au lycée de Gulfport avec une petite augmentation. Agnes travaillait à temps partiel et, comme la plupart des jeunes couples de l'après-guerre, ils se maintenaient à peine à flot et rêvaient d'une vie meilleure. Malgré leur prudence, Agnes tomba enceinte une troisième fois. Laura arriva seulement quatorze mois après Beverly et, du jour au lendemain, la maison devint trop petite. Par chance, les parents de Jesse habitaient tout près, et les oncles et tantes de l'autre côté de la rue. Quand Agnes avait besoin d'aide, voire de souffler un peu, il lui suffisait d'appeler pour obtenir de l'aide. Les mères et les grands-mères du quartier étaient très fières de participer à l'éducation des enfants.

L'un des sujets récurrents entre Jesse et Agnes, pendant leurs rares moments de tranquillité, était l'idée de quitter la Pointe. Bien qu'ils apprécient le soutien de leurs proches, ils les trouvaient souvent étouffants. Tout le quartier épiait leurs faits et gestes. Le couple jouissait de très peu d'intimité. S'ils manquaient la messe dominicale pour une raison ou une autre, ils avaient droit à un défilé de parents et d'amis dès le dimanche après-midi pour savoir qui était malade. Si l'un des enfants avait de la fièvre, c'était une question de vie ou de mort dans la rue. Le manque d'intimité était un problème. L'espace en était un autre, encore plus important. La maison s'avérait exiguë et le paraîtrait davantage à mesure que les enfants grandiraient. Mais toute expansion représentait un défi. Avec trois enfants en bas âge, Agnes ne pouvait pas travailler – un coup dur car, lorsqu'elle était à temps plein, elle gagnait plus que Jesse. Le salaire de Jesse n'atteignait même pas les trois mille dollars par an, et les augmentations de salaire pour les professeurs n'avaient jamais été une priorité.

Alors tous deux se mirent à rêver. Et, malgré la difficulté, ils s'efforcèrent de s'abstenir d'avoir des relations sexuelles. Il n'était pas question d'avoir un quatrième enfant.

Cela ne se passa pas du tout comme prévu. Le 14 mai 1953, Timothy vit le jour dans une maison déjà pleine d'enfants, et les parents décidèrent que cette fois, vraiment, quatre enfants, ça suffisait. Les voisins en avaient assez des ballons et des gâteaux.

***

Pendant son intermède universitaire, Jesse ne s'était fait qu'un seul ami. Felix Perry, lui aussi étudiant en histoire, avait changé d'orientation et décidé de devenir avocat. Excellent élève, il n'avait eu aucune difficulté à entrer à la faculté de droit de l'université du Mississippi et, au bout de trois ans, il s'était classé parmi les premiers de sa promotion. Il avait décroché un poste dans un important cabinet de Jackson et touchait un salaire enviable.

Perry l'avait appelé pour le prévenir qu'il venait à Biloxi pour affaires – et si on dînait ensemble ? Avec quatre enfants de moins de cinq ans, Jesse n'envisageait même pas de sortir, mais Agnes l'y avait encouragé.

— Ne rentre pas ivre à la maison, c'est tout, ajouta-t-elle en riant.

— Est-ce que ça m'est déjà arrivé ?

— Jamais. Sors d'ici.

Célibataire en virée loin de chez lui avec de l'argent en poche, Felix voulait s'amuser. Ils dégustèrent du gombo, des huîtres et du rouget grillé au restaurant de Mary Mahoney, avec une bouteille de vin français. Felix avait précisé que l'addition serait pour lui – il la passerait en notes de frais pour un client. Jesse se sentait comme un coq en pâte. Mais au fur et à mesure, il trouva la condescendance de son ancien camarade de plus en plus irritante. Felix gagnait très bien sa vie, portait des costumes coûteux, conduisait une Ford 1952 et menait sa carrière tambour battant. Il serait promu associé dans sept ans, peut-être huit, ce qui équivaudrait à toucher le jackpot.

— Tu as déjà pensé au droit ? l'interrogea Felix. Enfin, tu ne vas pas enseigner indéfiniment, hein ?

En effet, mais Jesse n'était pas prêt à le reconnaître.

— J'ai beaucoup réfléchi ces derniers temps, répondit Jesse. J'aime ce que je fais.

— C'est important, Jesse. Tant mieux pour toi, mais je ne sais pas comment les enseignants font pour survivre dans cet État. Les salaires sont dérisoires. Ce sont toujours les plus bas du pays, non ?

Il avait raison, mais cette observation était superflue.

Ils passèrent une grande partie du dîner à parler d'associés et de partenaires, de poursuites en justice et de procès, et pour Jesse, c'était une conversation à double tranchant. Tout d'abord, il était frustrant de s'entendre dire que l'enseignement ne réglerait pas ses problèmes financiers, surtout avec quatre enfants à charge. Ensuite, plus ils discutaient, et plus Jesse était séduit par l'idée de devenir avocat. À trente ans, cela semblait un défi impossible à relever, mais peut-être était-il prêt pour ce genre de challenge, après tout.

Felix régla la note et décida d'aller « s'enjailler », selon son propre terme. Il venait d'un petit comté où régnait la prohibition (les quatre-vingt-deux comtés du Mississippi étaient tous encore soumis à cette loi en 1954) et avait entendu parler de l'atmosphère de débauche à Biloxi. Il voulait boire, jouer aux dés, voir des peaux nues, et peut-être se payer une fille.

Comme tous les enfants de Biloxi, Jesse avait grandi dans une ville où certains hommes aimaient la débauche – le jeu, les prostituées, les strip-teaseuses, le whisky – autant d'activités illégales, mais tolérées. Adolescent, il fumait des cigarettes dans les salles de billard et buvait parfois des bières dans des bars, mais une fois le frisson de la découverte passé, il avait abandonné ces activités illicites. Toutes les familles avaient un gamin avec des dettes de jeu ou un problème d'alcool, et toutes les mères avaient fait la leçon à leurs fils sur les dangers qui les guettaient dans les bas-fonds de la ville. La veille de son départ pour le camp d'entraînement et la guerre, Jesse avait fait la tournée des bars avec des copains et ils avaient dépensé leurs derniers dollars pour des filles de joie. Le lendemain matin, au petit déjeuner, sa mère n'avait pas fait de commentaire sur son retour tardif. Il n'était pas le seul soldat à faire ses adieux avec la gueule de bois. Lorsqu'il était revenu trois ans plus tard, il avait ramené une épouse, et sa brève descente aux enfers était terminée. De temps à autre, une fois par mois tout au plus, il retrouvait des amis pour boire une bière rapide après le boulot. Son bar préféré était le Malco's Grocery, où il voyait souvent Lance préparer des cocktails.

Il ne savait pas exactement comment Felix pensait « s'enjailler », mais l'endroit le plus sûr pour perdre de l'argent était le Truck Stop de Jerry, sur la Route 90, l'artère principale le long de la côte. Par le passé, Jerry vendait du gasoil aux routiers de passage. Puis il avait ajouté un bar derrière son café et proposait les boissons les moins chères du coin. Les camionneurs ravis avaient fait savoir dans toute la région que chez Jerry, on pouvait boire une bière fraîche en mangeant des œufs et des saucisses. Jerry avait agrandi son bar et engrangeait des bénéfices, jusqu'à ce que le shérif lui annonce que boire et conduire n'étaient pas compatibles. Des routiers en état d'ébriété avaient provoqué des accidents. Plusieurs personnes étaient mortes. À Jerry de choisir – le carburant ou l'alcool. Il opta pour l'alcool, enleva ses pompes à essence, transforma son bar en casino, et eut pour clientèle des soldats au lieu des camionneurs. Le Truck Stop devint le bouge le plus célèbre de Biloxi.

Felix paya l'entrée d'un dollar et ils gagnèrent le long comptoir brillant. Il resta bouche bée à la vue de deux jolies danseuses qui se trémoussaient autour d'une barre de pole dance avec des mouvements ahurissants. Le club était bruyant, sombre et enfumé, et des spots colorés balayaient la piste de danse. Ils trouvèrent une place au bar et furent immédiatement accostés par deux jeunes femmes très maquillées, en jupes courtes et corsages décolletés.

— Vous nous offrez un verre, les gars ? interrogea la première en se glissant entre eux et en pressant ses seins contre le torse de Felix.

La deuxième fille se mit à flirter avec Jesse, qui connaissait la rengaine.

— Bien sûr, répondit Felix, qui avait de l'argent à dépenser. Qu'est-ce que vous prenez ?

Jesse jeta un coup d'œil à l'un des quatre barmans prêts à préparer leurs boissons. En un rien de temps, deux grands cocktails verdâtres arrivèrent pour les filles et deux bourbons pour les hommes.

Le sympathique barman ajouta avec empressement :

— N'oubliez pas, c'est une boisson offerte pour trois achetées.

— Waouh ! s'exclama Felix.

Ainsi, pour que l'économie soit intéressante, il fallait consommer au moins huit verres ! Les boissons vertes n'étaient que de l'eau sucrée, agrémentée d'un bâtonnet coloré en plastique avec une cerise fichée au bout. En temps voulu, les filles récupéraient les bâtonnets et les glissaient dans leur poche. À la fin de la soirée, elles étaient payées cinquante cents par bâtonnet. Plus elles faisaient consommer les clients, plus elles gagnaient d'argent. Les gens du coin savaient à quoi s'en tenir. C'était ainsi qu'était né le *binge drinking* – l'art de s'enivrer en très peu de temps. Les touristes et les militaires ne connaissaient pas le système et commandaient tournée sur tournée.

Les filles étaient jolies et plus elles étaient jeunes, mieux c'était. Comme les occasions de gagner de l'argent étaient rares pour les femmes dans les petites villes, elles se rendaient sur la côte, où la vie offrait plus d'opportunités. Ces filles de ferme travaillaient dans les clubs pendant quelques années, faisaient un maximum d'économies, puis rentraient au pays sans que personne soit au courant de leurs activités. Elles épousaient leurs petits amis du lycée et se consacraient à leur famille.

Avec Debbie, Felix semblait avoir perdu toute capacité de raisonnement. Il lança à Jesse :

— On va danser. Surveille nos verres, hein.

Ils disparurent dans la foule. Sherry Ann se rapprocha de Jesse, qui lui dit en souriant :

— Écoutez, je ne suis pas sur le marché. Je suis heureux en ménage et j'ai quatre enfants à la maison. Désolé.

Elle soupira et lui sourit, compréhensive.

— Merci pour le verre.

Peu après, elle était accoudée à l'autre extrémité du bar, attendant son prochain client. Après quelques danses lascives, Felix et Debbie revinrent chercher leur verre.

— Dis, on va à l'étage, lui chuchota-t-il. Donne-moi trente minutes, d'accord ?

— Bien sûr.

Se sentant soudain seul au bar, et désireux d'éviter une autre tentative de racolage, Jesse traversa le casino. Il avait entendu des rumeurs sur la popularité croissante du Truck Stop, mais il fut surpris par le grand nombre de tables. Les machines à sous s'alignaient le long des murs. Les tables de roulette et de craps se trouvaient d'un côté, le poker et le black-jack de l'autre. Des dizaines de clients, presque tous des hommes, pour la plupart en uniforme, jouaient à grand renfort de cris, d'alcool et de cigarettes. Les serveuses se bousculaient pour distribuer des cocktails et répondre à la demande pressante. Et on n'était que mardi soir.

Jesse était au courant qu'il fallait éviter la roulette et le craps, car ces jeux étaient truqués. Tout le monde en ville savait que le seul jeu de cartes honnête était le black-jack. Il trouva un tabouret vide à une table bondée à vingt-cinq cents la partie et sortit deux dollars, sa mise maximale. Une heure plus tard, il avait gagné deux dollars cinquante, mais toujours pas de Felix en vue.

À 23 heures, il appela son frère et lui demanda de venir le chercher.

***

L'année suivante, en 1955, Jesse s'inscrivit aux cours du soir de la Loyola Law School à la Nouvelle-Orléans. Depuis son dîner avec Felix, il s'était mis en tête de devenir avocat et ne parlait plus que de cela, du moins à Agnes. Son épouse finit par se lasser d'avoir toujours la même conversation et passa outre ses propres réticences. Avec quatre enfants en bas âge, exercer le métier d'infirmière, même à temps partiel, était hors de question, mais elle le soutiendrait et, ensemble, ils s'en sortiraient. Tous deux détestaient l'idée de s'endetter, mais lorsque son père leur proposa un prêt de deux mille dollars, ils n'eurent d'autre choix que de l'accepter.

Le mardi, après le lycée, Jesse gagnait le plus vite possible la Nouvelle-Orléans, à deux heures de route, et arrivait généralement avec un quart d'heure de retard au cours de 18 heures. Les professeurs comprenaient les exigences des emplois du temps de leurs étudiants, étant donné que la plupart exerçaient un emploi la journée. Ils suivaient des cours du soir à la faculté de droit, mais les règles étaient souples. Pendant quatre heures, Jesse prenait des notes sans discontinuer, participait aux discussions et, s'il le pouvait, lisait les documents. Il avalait le droit et était enthousiasmé de relever un tel défi. Tard dans la soirée, alors que son deuxième cours touchait à sa fin, il était souvent le seul étudiant encore prêt à débattre avec le professeur. À 21 h 50 précises, il quittait la salle en trombe et reprenait sa voiture pour rentrer chez lui. À minuit, Agnes l'attendait toujours avec un repas chaud et des questions sur les sujets du jour.

Jesse dormait rarement plus de cinq heures par nuit et se réveillait avant l'aube pour préparer ses cours d'histoire et corriger ses copies.

Le jeudi soir, il repartait à Loyola pour suivre deux autres matières. Il ne manquait aucun cours, aucun jour de travail, aucune messe ni aucun dîner en famille. Alors que ses enfants grandissaient, il prenait le temps de jouer avec eux dans le jardin et de les emmener à la plage. Agnes le retrouvait souvent à minuit sur le canapé, vaincu par l'épuisement, un épais livre de poche ouvert sur le torse. Comme il avait survécu à la première année et obtenu d'excellentes notes, Jesse et Agnes ouvrirent une bouteille de champagne bon marché un soir tard et fêtèrent l'événement. Puis ils tombèrent de sommeil. C'était un avantage de la fatigue, ils n'avaient plus d'énergie pour le sexe. Quatre enfants, c'était suffisant.

Au fur et à mesure que Jesse progressait dans ses études, sa famille et ses amis comprirent qu'il ne poursuivait pas un rêve insensé, et en conçurent une certaine fierté. Il serait le premier avocat de la Pointe, le premier parmi tous ces enfants et petits-enfants d'immigrants ayant bûché dur et fait des sacrifices dans leur nouveau pays. D'après les rumeurs, il avait hâte de partir. D'autres affirmaient au contraire qu'il voulait rester. Irait-il travailler pour un cabinet chic de Biloxi, ou allait-il ouvrir sa propre affaire à la Pointe et aider ses compatriotes ? Était-il vrai qu'il préférait être embauché par une grosse société de la Nouvelle-Orléans ?

Cela dit, les curieux gardaient leurs questions pour eux. Jesse n'était pas au courant des rumeurs. Il était trop occupé pour s'inquiéter de l'opinion des voisins. Il n'avait aucune intention de quitter la côte et s'arrangeait pour rencontrer les avocats de la ville. Il assistait aux audiences et se liait d'amitié avec les juges et les sténographes.

Après quatre années de cours du soir et d'innombrables heures de sommeil perdues, Jesse Rudy obtint son diplôme à l'université de Loyola avec mention, passa avec succès l'examen du barreau du Mississippi, et prit un poste d'associé dans un cabinet de trois personnes sur Howard Avenue, dans le centre de Biloxi. Son salaire de départ était équivalent à celui d'un professeur d'histoire de lycée, mais il comptait sur la prime. À la fin de l'année, le cabinet établissait le compte de résultat et récompensait chaque avocat par une prime calculée sur son temps de travail et ses nouveaux clients. Maigre et affamé, Jesse commença sa nouvelle carrière en arrivant au cabinet tous les matins à 5 heures.

Si le diplôme de droit ne représentait pas un gain pécuniaire immédiat, il signifiait beaucoup en termes de crédit immobilier. Le banquier connaissait bien le cabinet et avait une haute opinion de ses associés. Dès lors, il approuva la demande de prêt de Jesse, et la famille put emménager dans une maison de trois chambres dans la partie ouest de Biloxi.

En tant que premier avocat de la Pointe d'origine croate, Jesse fut immédiatement confronté aux problèmes juridiques quotidiens de ses compatriotes. Il ne pouvait pas dire non, et il passa ainsi des heures à préparer des testaments, des actes et des contrats simples. Il ne s'ennuyait jamais et accueillait ses clients comme des millionnaires dans son élégant bureau. Le succès de Jesse Rudy faisait la fierté de toute la Pointe.

Pour sa première grosse affaire, un associé lui demanda d'effectuer des recherches sur une transaction commerciale qui avait mal tourné. Le propriétaire du Truck Stop avait accepté verbalement de vendre son affaire à un syndicat représenté par un homme du nom de Snead. Il y avait aussi un contrat écrit pour le terrain, et un autre pour un ou deux baux. Les parties avaient négocié pendant un an, sans conseiller juridique, et la situation était désormais bloquée. Tous étaient sur les nerfs et menaçaient d'intenter un procès. Le propriétaire du Truck Stop avait même reçu des menaces.

Les membres du syndicat préféraient se cacher derrière Snead et rester anonymes, mais à mesure qu'on épluchait les couches, on découvrait, du moins au sein des avocats, que le principal investisseur n'était autre que Lance Malco.

5.

La guerre des prix débuta dans une maison close. Un petit gangster du nom de Cleveland avait acheté un vieux club sur le Strip appelé le Foxy. Il avait ajouté une salle pour le jeu et une autre un peu plus élégante pour ses putes. Alors qu'il n'y avait pas de prix fixe pour une demi-heure de plaisir avec une fille, le tarif généralement donné, et tacitement accepté par les clients, était de vingt dollars. Au Foxy, le tarif était divisé par deux, nouvelle qui se répandit à Keesler comme une traînée de poudre. Et comme les soldats avaient soif avant et après, la bière pression bon marché se vendait aussi à prix cassé. L'établissement était bondé, et on ne trouvait même pas de place de parking

Pour survivre, plusieurs clubs bas de gamme durent baisser leurs tarifs. Puis les propriétaires du Foxy commencèrent à débaucher des filles. À Biloxi, l'économie du vice, toujours un équilibre fragile, s'en trouva bouleversée. Pour tenter de rétablir l'ordre, plusieurs durs à cuire passèrent au Foxy tard dans la soirée pour mettre des gifles au barman et flanquer une dérouillée aux deux videurs. Ils venaient passer un message : vendre du sexe et de l'alcool à un prix inférieur au « tarif standard » était inacceptable. Mais les coups étaient faciles à rendre et une vague de violence déferla sur le Strip. Une embuscade dans un bar entraînait des représailles dans un autre. Les propriétaires se plaignirent à la police, qui les écouta sans trop se faire de mouron. Tant que personne n'était tué… Et puis, c'étaient des hommes, après tout. Quelques bagarres n'étaient pas bien méchantes. Mieux valait laisser les escrocs régler leurs comptes sur leurs territoires.

Au milieu de la tourmente, qui dura plus d'un an, un nouveau joueur entra dans la partie. Un certain Nevin Noll, un jeune loup de vingt ans qui s'était engagé dans l'armée de l'air pour éviter les ennuis dans son Kentucky natal.

Originaire d'une famille haute en couleur, composée de mineurs et de hors-la-loi, il avait été éduqué dans le mépris des règles. Aucun des membres masculins de sa famille n'avait exercé une profession honnête depuis des décennies. Le jeune Nevin rêvait de poursuivre un destin glorieux et de devenir un célèbre gangster. Mais il était parti plus tôt que prévu, et dans la précipitation.

Dans son sillage, il laissait au moins deux filles enceintes, des pères en colère, et un mandat d'arrêt pour coups et blessures, après avoir infligé une violente raclée à un policier en civil. Se battre était une seconde nature chez lui. Il préférait flanquer des coups de poing plutôt que de boire une bière fraîche. Du haut de son mètre quatre-vingts, avec ses larges épaules, il était fort comme un bœuf, avec des poings d'une rapidité et d'une efficacité redoutables. En six semaines de formation de base à Keesler, il avait brisé deux mâchoires, cassé de nombreuses dents, et envoyé un gars à l'hôpital avec une commotion cérébrale.

Une bagarre de plus, et Nevin serait renvoyé avec un blâme. Cela ne tarda pas à arriver. Il jouait au craps au Red Velvet avec deux copains, un samedi soir, quand une dispute éclata au sujet d'une partie de dés suspecte. Un joueur furieux déclara les « dés pipés » et voulut reprendre ses jetons. Le croupier fut plus rapide. Un donneur bouscula le joueur, manifestement en état d'ébriété, qui n'apprécia pas la manœuvre. Nevin venait de lancer les dés, il avait perdu et se méfiait lui aussi de la table. Comme beaucoup de clients étaient des soldats enivrés, le Red Velvet avait de nombreux videurs qui surveillaient de près les hommes en uniforme. Rien n'excitait plus Nevin qu'une bonne bagarre, et il se jeta au beau milieu de la mêlée. Quand le donneur le repoussa, il lui asséna un crochet du gauche au menton qui le mit KO. Aussitôt, deux videurs fondirent sur Nevin et se firent écraser le nez avant d'avoir pu faire un mouvement. Les coups volaient dans toutes les directions et Nevin en voulait plus. Ses deux camarades de la base s'éloignèrent et le regardèrent avec admiration. Ce n'était pas la première fois qu'ils assistaient à un tel spectacle. Les hommes, quelle que soit leur corpulence, se transformaient en sacs de frappe dès qu'ils s'approchaient de trop près de Nevin Noll.

Le croupier, un bâton au poing, bondit de l'autre côté de la table et lui donna un puissant coup sur l'épaule. Nevin ne broncha pas et cogna le gars quatre fois au visage, le laissant le nez en sang.

Tous les jeux s'arrêtèrent et les joueurs se rassemblèrent autour de la table de craps. Nevin se tenait au milieu des corps battus et ensanglantés et regardait autour de lui, l'air hagard, en répétant : « Allez, allez. C'est qui le suivant ? » Personne ne fit un geste.

La scène se termina sans autre effusion de sang, car deux videurs armés de fusils de chasse apparurent. Nevin sourit et leva les mains. Il avait gagné le combat, mais perdu la bataille. Alors qu'il était menotté, les gardes lui firent un croc-en-jambe et le traînèrent dehors. Une nuit de plus en prison.

Tôt le dimanche matin, Lance Malco et son chef de la sécurité réunirent les deux donneurs et les videurs, même si aucun n'était d'humeur à parler, et ils évoquèrent la bagarre. La mâchoire du donneur était affreusement enflée. Le visage du croupier était couvert d'entailles – les deux arcades sourcilières, le nez et la lèvre inférieure. Les deux videurs tenaient une poche de glace sur leur nez et s'efforçaient de se concentrer malgré leurs paupières bouffies et leur vision floue.

— Quelle fine équipe ! railla Lance. Un seul homme a causé tous ces dégâts ?

Il leur demanda de raconter la scène à tour de rôle. Tous étaient hallucinés de la vitesse à laquelle ils s'étaient fait remettre à leur place.

— Ce type est un boxeur ou un truc du genre, grommela l'un des videurs.

— Ce connard sait cogner, c'est sûr, renchérit son comparse.

— Pas la peine de le préciser, dit Lance en riant. Ça se voit sur vos têtes.

Il ne les renvoya pas. Au lieu de cela, il se rendit au tribunal et regarda Nevin Noll comparaître devant le juge et plaider non coupable des quatre chefs d'accusation de coups et blessures. Son avocat commis d'office expliqua au tribunal que son client venait de quitter la base militaire de Keesler – la veille seulement – et qu'il retournait dans le Kentucky. Cela devrait être une punition suffisante, n'est-ce pas ?

Libéré moyennant une faible caution, Noll devait se représenter devant le tribunal deux jours plus tard. Lance prit l'avocat de Nevin en aparté et lui demanda s'il pouvait dire un mot à son client, car il était prêt à abandonner les charges s'ils trouvaient un accord. Lance avait du flair pour dénicher les talents, qu'il s'agisse de donneurs de cartes habiles, de jolies jeunes filles ou d'hommes violents. Il recrutait les meilleurs et les payait grassement.

Pour Nevin Noll, c'était un miracle. Il pouvait oublier l'armée, le Kentucky, et il serait payé pour faire ce dont il avait toujours rêvé – travailler pour un baron du crime, s'occuper de la sécurité, traîner dans les bars et les bordels, et briser un ou deux crânes de temps à autre. Très rapidement, Nevin Noll devint l'employé le plus loyal de Lance Malco.

Le Boss, comme on le surnommait alors, rétrograda les videurs au nez cassé et les mit au volant d'un camion avec pour mission d'aller chercher la cargaison d'alcool d'un bateau. Noll fut transféré à l'étage, dans une « suite » du Red Velvet, et s'employa à apprendre les rouages du business.

Cleveland, le propriétaire du Foxy, avait résisté à de nombreuses menaces et continuait à vendre du sexe à prix cassés. Il fallait agir, et Lance saisit l'opportunité d'affirmer sa supériorité. Avec ses hommes, il mit au point un plan simple, qui permettrait à Nevin Noll de briller – ou de se faire tuer.

À 17 heures, un vendredi après-midi du début du mois de mars 1961, le patron fut informé par un guetteur que Cleveland venait de garer sa Cadillac neuve à sa place habituelle, derrière le Foxy. Dix minutes plus tard, Nevin Noll entra, se rendit au comptoir et commanda un verre. La salle était pratiquement vide, hormis le groupe de musique qui installait ses instruments dans un coin. Les préparatifs pour une nouvelle soirée animée. La sécurité était minimale, mais ce serait différent dans une heure ou deux.

Noll demanda au barman si M. Cleveland était là, car il voulait lui parler. Le barman fronça les sourcils et, tout en essuyant une chope de bière, répondit :

— Pas sûr. Qui le demande ?

— Eh bien, moi. C'est M. Malco qui m'envoie. Vous connaissez Lance Malco, n'est-ce pas ?

— Jamais entendu parler.

— Bien sûr que non. Je n'en attendais pas tant.

Noll se leva de son tabouret et se dirigea vers l'extrémité du bar.

— Hé, connard ! Tu vas où là ?

— Je vais voir M. Cleveland. Je sais qu'il se cache là derrière.

Le barman n'était pas un nabot et il avait eu son lot de bagarres.

— Attends une minute, mon vieux…

Il saisit le bras gauche de Noll. Grave erreur. Noll pivota et décocha un violent crochet du droit à la mâchoire du barman, l'envoyant comme une brique dans l'oubli. Une brute coiffée d'un chapeau de cow-boy noir sortit de l'ombre et se rua sur Noll, qui s'empara d'une chope vide sur le comptoir et la fracassa sur sa tempe. Les deux hommes étaient à terre. Noll regarda autour de lui. Deux hommes assis à une table l'observaient d'un air incrédule. Les membres du groupe se pétrifièrent, se demandant comment réagir, si tant est qu'ils puissent faire quelque chose. Noll leur adressa un signe de tête, puis disparut par les portes battantes derrière le comptoir. Le couloir était sombre, et la cuisine se trouvait au bout. Un ancien barman avait dit à Malco que le bureau de Cleveland se trouvait derrière une porte bleue au bout d'un étroit corridor. Noll l'ouvrit d'un coup de pied et lança :

— Salut Cleveland, vous avez une minute ?

Un gros costaud en cravate jaillit de son siège. Noll lui asséna trois coups de poing rapides au visage. L'homme s'écroula par terre en gémissant. Cleveland était au téléphone à son bureau. L'espace de quelques secondes, il fut trop ébahi pour réagir. Il laissa tomber le combiné et se baissa pour ouvrir un tiroir, mais c'était trop tard. Noll se précipita vers le bureau et lui donna une puissante gifle qui le fit tomber de son siège. Le but était de lui flanquer une bonne correction, pas de le tuer. Le patron voulait Cleveland vivant, du moins pour l'instant. Avec ses seuls poings, Noll lui brisa la mâchoire, lui fendit les lèvres, cassa ses dents, ferma ses paupières, lacéra ses joues et son front, et arracha son os nasal de la cavité crânienne. Quand le gros costaud émit un nouveau gémissement, Noll s'empara d'un lourd cendrier et le lui enfonça dans le crâne.

Une petite porte latérale s'ouvrit et une blonde platine d'une trentaine d'années apparut. En découvrant le carnage, elle plaqua ses deux mains sur sa bouche et dévisagea Noll avec effroi, sidérée. Celui-ci dégaina un revolver de sa poche arrière et désigna une chaise d'un signe de tête.

— Assieds-toi et ferme-la, grogna-t-il.

Muette de stupeur, elle recula jusqu'à la chaise. Noll sortit de sa poche avant un silencieux, qu'il vissa sur le barillet de son revolver. Il tira une balle dans le plafond et la femme poussa un cri, puis une seconde dans le mur, un mètre au-dessus de sa tête.

— Écoute-moi, bon sang !

Elle était trop horrifiée pour réagir. Il tira à nouveau dans le mur, où la balle se ficha avec le même bruit sourd. Il la surplombait, revolver au poing.

— Tu vas dire à Cleveland qu'il a sept jours pour fermer cet endroit. Compris ?

Elle réussit à hocher la tête. *Oui.*

— Je reviens dans sept jours. S'il est encore là, il va déguster.

Il dévissa le silencieux, le jeta sur les genoux de la fille en guise de souvenir, et glissa le revolver sous sa ceinture. Il sortit du bureau, se faufila dans la cuisine et s'en alla par la porte de derrière.

***

La guerre des prix était terminée.

Cleveland passa trois semaines à l'hôpital, le corps relié à de nombreux tubes et à un respirateur. Comme son cerveau enflait de temps à autre, ses médecins le plongèrent plusieurs fois dans un coma artificiel. Craignant une nouvelle visite de Noll, sa petite amie, la blonde platine, ferma le Foxy en attendant les instructions de Cleveland. Lorsqu'il sortit enfin de l'hôpital, il ne pouvait plus marcher et devait se déplacer en fauteuil roulant. Malgré ses lésions cérébrales, il eut le bon sens de reconnaître que son ambitieuse aventure sur le Strip était terminée.

Comme Nevin Noll était nouveau dans la place, personne ne l'avait reconnu, et personne ne parvint à l'identifier. Cependant, son attaque en solitaire du Foxy devint immédiatement une légende urbaine, et ne laissa aucun doute sur le fait que Lance Malco était bel et bien le Boss.

Une banque saisit le Foxy et on cloua des planches sur les portes et les fenêtres. L'établissement resta fermé pendant six mois, puis fut vendu à une société de la Nouvelle-Orléans, contrôlée par Lance Malco.

Avec quatre clubs à son actif, Lance contrôlait le plus gros des lieux de débauche de la côte. L'argent coulait à flots, et il partageait le gâteau avec son gang et les politiciens influents. Il fallait investir pour répondre aux demandes de ses clients, et il proposait le meilleur alcool, les meilleures filles et les meilleures tables de jeu à l'est du Mississippi.

La concurrence était un problème permanent. Le succès poussait les autres à l'imiter, et une foule d'hommes ambitieux cherchaient à empiéter sur son territoire. Lance réussit à faire fermer plusieurs clubs avec l'aide du shérif. D'autres résistaient davantage et se défendaient. Les menaces planaient et, parfois, étaient mises à exécution.

La famille Malco s'éloigna de la Pointe pour s'installer dans une belle propriété au nord de Biloxi. Ils étaient protégés par des gardes du corps, et le Boss sortait rarement sans Nevin Noll.

6.

Par une chaude journée d'août, Hugh Malco vit sa carrière sportive prometteuse s'arrêter brutalement. En deuxième année au lycée de Biloxi, ses coéquipiers et lui s'entraînaient dur, deux fois par jour, et rêvaient d'intégrer l'équipe universitaire. Ce n'était pas simple. Pour la sélection, il y avait au moins cent joueurs sur le terrain, la plupart plus âgés, plus grands et plus rapides que lui, du haut de ses quinze ans. Les Indians de Biloxi évoluaient dans la Big 8 regroupant les huit grandes universités du centre du pays et ils constituaient l'élite de l'État. Ils avaient du talent à revendre. L'équipe comptait de nombreux lycéens en dernière année qui joueraient l'année suivante à la fac. Les deuxièmes années étaient rarement intégrés dans l'équipe principale, et plutôt relégués en équipe junior.

L'époque glorieuse de la Little League était révolue depuis longtemps, une époque où Hugh et Keith Rudy dominaient tous les matchs. Quelques All-Stars de cet âge continuaient à grandir et à se développer, d'autres étaient laissés pour compte. Certains sportifs atteignaient leur apogée à douze ou treize ans. Les plus chanceux continuaient à gagner en taille et en puissance. Hugh ne grandissait pas aussi vite que ses acolytes et sa vitesse devint une faiblesse évidente.

Ce jour-là, Hugh se fit une entorse du genou et boita jusqu'au bord du terrain. Un entraîneur lui mit de la glace et alla informer le sélectionneur, qui n'avait guère de temps à perdre avec un gamin de lycée. Hugh consulta un médecin le lendemain, qui diagnostiqua une élongation des ligaments. Pas de football américain pendant au moins un mois. Durant quelques jours, Hugh assista quand même aux entraînements avec ses béquilles, puis il se lassa de regarder ses copains transpirer dans la chaleur et la poussière. Plus il les observait, plus il se rendait compte qu'il n'aimait pas vraiment le football. Son sport, c'était le baseball, mais cela aussi risquait de lui échapper. La saison estivale ne s'était pas bien passée. Le bras droit qui terrifiait les batteurs à treize mètres de distance n'était pas aussi intimidant à dix-huit mètres. Il avait eu des difficultés sur le marbre et n'avait pas réussi à faire partie de l'équipe titulaire. Keith le dépassait maintenant de dix centimètres et était encore plus rapide entre les bases. Hugh était fier que son ami fasse partie de l'équipe, mais il crevait aussi de jalousie. Leur amitié se compliqua encore quand Keith fut sélectionné en août et devint le troisième quarterback de l'équipe universitaire, l'un des cinq joueurs de deuxième année de l'équipe. Dans une ville où le football était roi, il gagna en estime et attira un public différent. Les élèves l'admiraient. Les pom-pom girls et les filles du fan-club le trouvaient encore plus mignon.

Comme il avait ses après-midi libres, Hugh traîna pendant quelques semaines jusqu'à ce que son père décide de le secouer. Lance n'avait jamais été oisif et ne tolérerait pas la paresse chez ses enfants. Les petits boulots ne manquaient pas, avec tous ses clubs et ses propriétés, de sorte qu'il embaucha son fils. Au noir, bien sûr. Lance manipulait plus d'argent liquide que quiconque dans l'État et il avait la main large. Il offrit à Hugh une camionnette d'occasion et en fit un livreur. Hugh ne transportait rien d'illégal, principalement de la nourriture et des fournitures pour ses restaurants, et des matériaux pour ses chantiers.

Carmen détestait l'idée que son fils traîne dans les clubs et soit mêlé à toute cette population louche, mais Hugh aimait le travail et l'argent. Elle s'en plaignit à Lance, qui lui promit de garder un œil sur le gamin pour lui éviter les ennuis.

Le milieu interlope s'avéra très séduisant pour un adolescent curieux, en particulier pour le fils du propriétaire, et Hugh fit rapidement connaissance avec Nevin Noll à une table de billard du Truck Stop. Nevin lui donna un paquet de cigarettes, puis une bière fraîche, et ils devinrent rapidement amis. Nevin lui apprit à jouer au billard, au poker et au black-jack, et il lui expliqua les rudiments des paris sur les courses hippiques et les matchs de football américain. Peu de temps après, Hugh prenait les paris de ses copains de lycée. Pendant que Keith s'entraînait quotidiennement sur le terrain de foot et restait sur le banc de touche le vendredi soir, Hugh gagnait de l'argent en pariant sur les matchs de football américain universitaire et professionnel. Lance connaissait les dangers auxquels son fils était exposé, mais il était trop débordé pour s'en soucier. Il était en train de bâtir un empire dont Hugh hériterait probablement un jour. Tôt ou tard, son fils serait confronté à toutes sortes d'activités criminelles. Nevin assura au Boss qu'il surveillait son fils et qu'il n'avait pas à s'inquiéter. Lance en doutait, mais poursuivait ses activités en espérant que tout irait pour le mieux.

La vie de Hugh changea du tout au tout lorsqu'il vit Cindy Murdock, une petite blonde enjouée aux yeux bruns et au corps de rêve. Elle était venue au Red Velvet un après-midi, alors qu'il déchargeait des caisses de boissons gazeuses, et lui avait dit bonjour en passant. Hugh avait eu un vrai coup de foudre et il avait demandé au barman qui elle était. Une énième fille qui prétendait avoir dix-huit ans, lui répondit le barman, car personne ne vérifiait jamais si elles étaient majeures.

Hugh en parla à Nevin, qui vit là un innocent problème, facile à régler. Il organisa un rendez-vous galant et Hugh, à l'âge de quinze ans, découvrit un nouveau monde. Il s'enflamma immédiatement pour Miss Murdock et ne pensa plus à rien d'autre. Alors que ses camarades de classe racontaient des blagues salaces, échangeaient leurs magazines féminins et fantasmaient sur le sexe, Hugh en faisait l'expérience à la moindre occasion. Cindy était plus que consentante et trouvait hilarant d'avoir une telle influence sur le fils de M. Malco. Nevin craignit que les autres employés ne parlent de cette amourette et trouva aux tourtereaux un lieu plus discret dans l'un des motels de la société.

Lance était impressionné par l'intérêt croissant de son fils pour ses affaires, tandis que Carmen observait chez Hugh un changement de comportement inquiétant. Elle trouva ses cigarettes et s'en alarma. On lui répondit de ne pas en faire une histoire, tous les lycéens fumaient. C'était même permis au lycée, avec un mot des parents. Elle sentit son haleine de bière, mais son fils lui rit au nez : elle buvait, Lance buvait, tous les gens qu'ils connaissaient appréciaient l'alcool. Il n'avait pas de problème, alors pas la peine de paniquer. Il séchait les cours, la messe dominicale, et fréquentait des durs à cuire. Quand Lance était à la maison, il ignorait les inquiétudes de sa femme et arguait que c'était juste l'adolescence. La voie prise par son fils et l'indifférence de Lance augmentaient les tensions au sein d'un mariage qui se délitait peu à peu.

Cindy vivait dans un appartement bon marché avec quatre autres travailleuses du sexe. Comme leurs nuits étaient longues, elles dormaient souvent jusqu'à midi. Au moins une fois par semaine, Hugh séchait les cours et venait les réveiller avec des cheeseburgers et des sodas. Il faisait partie de la bande et aimait écouter leurs potins et leurs complaintes. Elles étaient souvent importunées par les barmans, les videurs et les agents de sécurité. Elles racontaient des histoires hilarantes de vieillards incapables de bander et d'ivrognes aux demandes étranges. En fréquentant ces prostituées, Hugh en apprit plus sur le métier que les gangsters qui les employaient.

Un matin, il arriva tard à l'appartement et trouva toutes les filles encore endormies. Alors qu'il déballait leur déjeuner, il remarqua le sac à main de Cindy sur le comptoir de la cuisine. Il le renversa et plusieurs objets en tombèrent. L'un d'eux était son permis de conduire. Son vrai nom était Barbara Brown, seize ans, originaire d'un trou paumé dans l'Arkansas.

La plupart des filles étaient plus jeunes qu'elles le prétendaient. Le seuil des dix-huit ans était la règle en vigueur, mais personne ne s'en préoccupait. La prostitution étant illégale, cela n'avait pas vraiment d'importance. La moitié des flics de la ville étaient des clients.

L'âge de la jeune femme le perturba pendant un jour ou deux, pas davantage. Il n'avait que quinze ans. Leur relation était consentie et ils étaient assurément compatibles. Avec le temps, cependant, il s'éprit d'elle, et ne supporta plus l'idée qu'elle couche avec d'autres hommes pour de l'argent. Pour plusieurs raisons, à commencer par son âge, il n'était pas le bienvenu dans les boîtes de nuit, et il ne l'avait jamais vue aguicher les soldats dans ses tenues moulantes. Lorsqu'il apprit qu'elle faisait du strip-tease et du lap dance, il lui demanda d'arrêter. Comme elle refusait, ils eurent une grosse dispute, au cours de laquelle elle lui rappela que d'autres hommes payaient cash sa compagnie dont lui, Hugh, bénéficiait gratuitement.

Nevin l'avertit que Lance posait des questions sur ses relations avec la fille. Quelqu'un du club avait vendu la mèche. Hugh lui promit de calmer le jeu et essaya de garder ses distances. Il passa une semaine sans la voir, même s'il ne pensait à rien d'autre. Elle accueillit son retour à bras ouverts.

Un après-midi, elle ne vint pas à leur rendez-vous, et Hugh la chercha partout. À la nuit tombée, il se rendit à son appartement et fut choqué par ce qu'il découvrit. L'œil gauche de Cindy était meurtri et gonflé et sa lèvre inférieure entaillée. À travers ses larmes, elle lui raconta que la nuit précédente, son client, un habitué, était devenu violent. Étant donné son apparence, elle n'allait pas pouvoir travailler pendant plusieurs jours, or, comme toujours, elle avait besoin d'argent.

L'affaire était grave à plus d'un titre. Une adolescente avait été frappée par une brute âgée d'au moins quarante ans. Des poursuites pénales s'imposaient, mais Hugh savait que la police ne voudrait pas s'en mêler. Si Cindy décidait d'en parler à son supérieur, l'affaire serait traitée « en interne ». Lance protégeait ses filles et les payait bien, car il comptait sur un flux régulier de main-d'œuvre venant de régions lointaines. Si le bruit courait qu'elles n'étaient pas en sécurité dans ses clubs, ses affaires en pâtiraient. La veille, Cindy était partie précipitamment et n'avait rien dit au gérant. Elle avait peur de dénoncer un client, en réalité elle avait peur de tout à cet instant, et elle avait besoin d'un ami. Hugh resta avec elle pendant des heures et appliqua de la glace sur ses hématomes.

Le lendemain, il alla trouver Nevin Noll et lui raconta ce qui s'était passé. Nevin lui répondit qu'il allait régler le problème. Il se renseigna auprès du gérant du club et découvrit l'identité du client. Trois jours plus tard, alors que Cindy reprenait son travail en dissimulant les dégâts sous une épaisse couche de maquillage, Nevin demanda à Hugh de l'accompagner.

— On va où ?

Mais cela n'avait pas d'importance. Il admirait Noll et voulait se rapprocher de lui. À bien des égards, il le considérait comme un grand frère, et un frère savait ce qu'il faisait.

— On va à Pascagoula pour voir les nouvelles Chrysler, répliqua Noll avec un sourire.

— Tu veux en acheter une ?

— Non. Je crois que notre homme vend des voitures là-bas. On va lui toucher un mot.

— En voilà une bonne idée.

— Tu restes dans la voiture, d'accord ? C'est moi qui cause.

Une demi-heure plus tard, ils se garèrent près d'une rangée de superbes berlines Chrysler. Nevin descendit de voiture, s'approcha de l'une d'elles, et il étudiait l'autocollant sur la vitre quand un vendeur lui lança un grand bonjour, un sourire radieux aux lèvres. Il lui tendit la main comme s'ils étaient de vieux amis, mais Nevin l'ignora.

— Je cherche Roger Brewer.

— C'est moi. Que puis-je pour vous ?

— Vous étiez au Red Velvet lundi soir.

Brewer perdit son sourire et jeta un coup d'œil en arrière. Il haussa les épaules et lâcha d'un air suffisant :

— Et alors ?

— Vous avez passé un moment avec une de nos filles, Cindy.

— Qu'est-ce que vous me voulez ?

— Je veux peut-être acheter une voiture.

— Qui êtes-vous ?

— Elle pèse cinquante kilos et vous l'avez frappée.

— Et alors ?

Brewer avait l'air d'un homme qui aimait distribuer des gifles et qui n'hésitait pas à recourir à la violence. Il se planta devant Nevin avec un rictus mauvais.

Nevin se rapprocha, à distance de frappe, et lança :

— C'est une gamine. Pourquoi tu t'en prends pas à un gars de ta trempe ?

— Comme toi ?

— Pourquoi pas.

Brewer se ravisa.

— Fichez-moi le camp.

Hugh s'enfonça dans le siège avant, mais avec la vitre baissée, il ne manqua pas un mot de la conversation.

— Tu n'as pas intérêt à revenir, hein ? dit Nevin. C'est fini pour toi.

— Va au diable. Je fais ce que je veux.

Le premier coup de poing fut si rapide que Hugh le vit à peine. Un crochet du droit en pleine mâchoire, qui fit tomber Brewer à la renverse. Il s'affala sur le capot d'une berline flambant neuve, se redressa, et balança un crochet du droit que Nevin esquiva facilement.

Le coup suivant fut une droite puissante dans les tripes de Brewer, ce qui le fit couiner. Un combo gauche-droite-gauche lui explosa l'arcade sourcilière et lui entailla les lèvres. Un crochet du droit le renvoya sur la berline. Nevin l'empoigna pour le remettre sur pied et lui cogna l'arrière du crâne sur le pare-chocs pendant qu'il s'écroulait par terre. Sur l'asphalte, Nevin lui décocha un coup de pied dans le nez, il semblait prêt à l'achever.

— Hé ! cria une voix d'homme.

Hugh vit deux types courir vers eux.

Nevin les ignora et donna un nouveau coup de pied au visage de Brewer. Quand le premier homme fut suffisamment proche, Nevin lui décocha un crochet du gauche qui le flanqua par terre. Le second s'arrêta net et réfléchit à toute allure.

— Qui êtes-vous ?

Comme si cela avait de l'importance. Nevin l'agrippa par le nœud de sa cravate et lui cogna la tête dans l'enjoliveur avant gauche de la voiture. Une fois les trois hommes au sol, Nevin revint vers Brewer et lui donna deux coups de pied dans l'aine. Le second lui écrasa les testicules et lui arracha un gémissement digne d'un animal à l'agonie.

Nevin reprit le volant et démarra tranquillement, comme si de rien n'était. Alors qu'ils quittaient le parking, Hugh jeta un coup d'œil derrière lui. Les trois hommes étaient toujours à terre, même si le second sauveteur se relevait péniblement.

De longues minutes s'écoulèrent en silence. Finalement, Nevin lâcha :

— Tu veux aller manger une glace ?

— Euh, bien sûr.

— Il y a un Tastee-Freez au bout de la rue, déclara nonchalamment Nevin. Les meilleurs milk-shakes à la banane de la côte.

— D'accord.

Hugh n'en revenait toujours pas, mais il avait des questions.

— Les gars chez Chrysler, ils vont appeler la police ?

Nevin rit de sa bêtise.

— Non, ils ne sont pas stupides. S'ils appellent la police, j'appellerai la femme de Brewer. C'est la loi de la jungle, fiston.

— Et tu n'es pas inquiet ?

— Pourquoi ? Qu'est-ce que j'ai à craindre ?

— Le premier, Brewer, est sûrement blessé.

— J'espère bien. C'était le but, mon gars. On les amoche, mais on ne les tue pas. Il a reçu un message qu'il n'oubliera jamais, et il ne frappera plus nos filles.

Hugh secoua la tête.

— C'était dingue. Tu les as mis KO tous les trois en un rien de temps.

— Bah, disons que j'ai de l'expérience.

— Et tu fais ça tout le temps ?

— Non, pas tout le temps. La plupart de nos clients respectent les règles. On a parfois un âne comme Brewer à qui il faut donner une petite leçon. Mais le plus souvent, ce sont les pilotes qui sont ivres et qui cherchent la bagarre.

Nevin entra dans le drive-in du Tastee-Freez. Il commanda deux grands milk-shakes à la banane et alluma la radio pour écouter WVMI Biloxi, qui était aussi la station préférée de Hugh.

— Tu as déjà fait de la boxe ? demanda Nevin.

Hugh secoua la tête.

— J'ai beaucoup utilisé mes poings quand j'étais gamin. Pas le choix. Un de mes oncles boxait dans l'armée, avant d'être viré, et il m'a appris les bases. Et on ne mettait pas toujours des gants. À seize ans, je l'ai mis KO. Il a dit que j'avais les mains les plus rapides qu'il ait jamais vues. Il m'a poussé à m'engager dans l'armée de terre ou l'armée de l'air, pour sortir de mon trou perdu dans la montagne, mais aussi pour boxer dans des structures organisées.

Nevin alluma une cigarette et consulta sa montre. Hugh observa ses mains et ses doigts et ne vit aucune égratignure.

— Tu as boxé à Keesler ?

— Un peu, oui, mais c'était plus amusant de se battre contre les Yankees qui n'arrêtaient pas de nous débiner. Je me mettais toujours dans le pétrin et ils ont fini par me virer. En plus, je détestais l'uniforme.

Une jolie fille en patins à roulettes s'approcha de leur voiture et leur donna les milk-shakes. De retour sur la Route 90, en direction de Biloxi, Nevin éprouva le besoin de donner des conseils plus terre à terre à son jeune protégé. Après avoir aspiré longuement le liquide avec sa paille, il lança :

— Cette fille que tu vois, Cindy. Ne t'attache pas trop, d'accord ? Je sais, je sais, en ce moment tu es amoureux et tout fou, mais elle ne va t'attirer que des ennuis.

— C'est toi qui m'as arrangé le coup.

— Oui, et tu en as bien profité, alors passe à autre chose. Comme tu le découvriras bientôt, il y a un tas de femmes dans le monde.

Hugh mâchouilla sa paille en digérant ce conseil non sollicité.

— Elle sera partie avant même que tu t'en rendes compte, ajouta Nevin. Elles vont et viennent. Cindy est trop belle pour rester ici. Elle retournera chez elle et épousera un vieux garçon de sa paroisse.

— Elle n'a que seize ans.

— Comment tu le sais ?

— Je le sais, c'est tout.

— Ça ne m'étonne pas. Elles mentent toutes sur leur âge.

Hugh se tut en songeant à la vie sans Cindy Murdock. Nevin en avait dit assez et décida de se taire. Il n'avait que vingt-trois ans et, bien qu'il ait déjà beaucoup vécu, il n'était jamais tombé amoureux.

Une sirène les fit sursauter tous les deux. Hugh se retourna et vit un agent en uniforme dans une voiture de patrouille bleue et blanche.

— Merde, marmonna Nevin en se garant sur le bas-côté de la route. (Il se tourna vers Hugh avec un sourire.) Je vais régler ça.

Nevin sortit de la voiture et rejoignit le policier entre les deux véhicules. Heureusement, l'agent était du comté d'Harrison. Ils avaient quitté le comté de Jackson depuis environ un kilomètre.

Le comté d'Harrison était le territoire du shérif Albert « Fats » Bowman, qui d'après les rumeurs était le fonctionnaire le plus grassement payé de l'État, et dont une grande partie des revenus passaient à l'as.

Le policier le toisa.

— Permis de conduire, monsieur.

Nevin le lui tendit en s'exhortant à ne pas faire le malin. Il savait ce qui allait se passer. Le policier, lui, ne le savait pas.

— On a reçu un appel de Pascagoula. On voudrait poser quelques questions à un type qui conduit une voiture comme la vôtre. Une agression chez le concessionnaire Chrysler.

— Quelles questions ?

— Vous êtes allé chez Chrysler à Pascagoula ?

— Je viens d'en partir. Je devais voir un certain Roger Brewer. Il est probablement à l'hôpital à l'heure qu'il est, en train de se faire recoudre. Brewer était au Red Velvet lundi soir et a frappé une de nos filles. Il ne recommencera pas.

Le policier lui rendit son permis de conduire et jeta un coup d'œil autour de lui, ne sachant trop quoi faire.

— J'en déduis que vous travaillez au Red Velvet.

— Oui, pour Lance Malco. Il m'a envoyé voir Brewer. Tout est en ordre de notre côté.

— D'accord. Je n'ai pas de problème avec ça. Je vais contacter Pascagoula par radio et leur dire que je n'ai rien à signaler.

— Ça marche. Je peux avoir votre nom ? M. Malco voudra le connaître.

— Bien sûr. Wiley Garrison.

— Merci, agent Garrison. Si vous voulez boire un verre au Red Velvet un soir, demandez-moi.

— Je ne bois pas.

— D'accord. Merci quand même.

7.

Sur la plage de Biloxi, près du centre-ville, le Baricev était un restaurant de fruits de mer renommé. C'était un endroit populaire, avec trop peu de tables pour l'importante demande des locaux qui adoraient l'établissement et des touristes qui avaient eu vent de sa réputation. Il n'était pas possible de réserver, car tenir un registre n'était pas leur priorité, et une longue file d'attente se formait généralement devant la porte d'entrée. Cela dit, certains habitués obtenaient leurs tables préférées sans avoir à patienter.

Le shérif Albert « Fats » Bowman en faisait partie et réclamait toujours la même table, dans un coin tranquille. Il mangeait là au moins une fois par semaine, et la note était toujours réglée par un propriétaire de boîte de nuit ou par un hôtelier. Il adorait les pinces de crabe, la limande farcie et il restait souvent pendant des heures.

Le shérif ne dînait jamais en uniforme, préférant un costume ample et froissé pour l'occasion. Il ne voulait pas qu'on le regarde, même si tout le monde le connaissait. Les gens ne l'admiraient guère, étant donné sa réputation méritée de représentant de l'ordre corrompu, mais c'était un politicien de la vieille école, qui serrait toutes les mains et embrassait tous les bébés. Cela s'était avéré payant, avec des réélections successives écrasantes.

Fats et Rudd Kilgore, son chef adjoint, étaient arrivés tôt et avaient siroté des whiskys sour en attendant M. Malco. Ce dernier arriva à 20 heures accompagné de son numéro deux, un lieutenant surnommé Tip. Comme d'habitude, Nevin Noll, en tant que chauffeur, attendait dans la voiture. Bien que Lance lui fasse implicitement confiance, il était encore trop jeune pour prendre part à ses réunions d'affaires.

Les quatre hommes se serrèrent la main, se saluèrent comme de vieux amis, et prirent place autour de la table. Ils commandèrent des boissons et se préparèrent à un long gueuleton.

Lance avait organisé cette réunion pour une bonne raison. Certains dîners n'étaient qu'une agréable manière de remercier le shérif corrompu de se tenir à l'écart de leurs affaires, en échange de pots-de-vin. Parfois, cependant, ils avaient un sujet d'inquiétude. Un grand plateau d'huîtres atterrit au centre de la table et les quatre hommes plongèrent les mains dedans.

Bowman avait un petit problème à régler.

— Vous avez entendu parler d'un garçon du nom de Winslow ? On le surnomme Butch.

Lance regarda Tip, qui secoua la tête. En réponse à une question directe, surtout de la part d'un flic, Tip répondait toujours par un « non » franc.

— Je ne crois pas, dit Lance. Qui est-ce ?

— Je m'en doutais. On l'a retrouvé dans un fossé le week-end dernier à côté de Nelly Road, à huit cents mètres de la Route 49. Il était vivant, enfin à peine. Battu à mort. Mais il a survécu. Toujours cloué à son lit d'hôpital. Son dernier lieu de travail connu est le Yacht-Club. D'après nos renseignements, Butch joue au black-jack et a les mains lestes. On m'a dit qu'il travaillait pour vous au Truck Stop.

Tip sourit.

— Ah oui, je m'en souviens. On l'a piqué la main dans la caisse et on l'a viré. C'était il y a environ un an.

— Pas de suites ?

— Ce n'est pas nous, shérif, assura Tip.

— Je ne pense pas, non. Vous savez que je ne me mêle pas de vos règlements de comptes, sauf quand on a un cadavre sur les bras. Ce gamin a failli y passer.

— Où voulez-vous en venir, shérif ? demanda Lance.

— Je ne veux pas de cadavre.

— Bien compris.

Tip commanda deux pichets de bière et ils dégustèrent les huîtres. Quand il fut temps de passer aux choses sérieuses, Bowman lança :

— Alors, qu'est-ce qui vous préoccupe ?

Lance se pencha pour répondre.

— Eh bien, ce n'est pas une surprise, mais on commence à être un peu à l'étroit ici. On est déjà trop nombreux, et voilà qu'un nouveau gang s'intéresse à notre petit business.

— Vous vous en sortez bien, Lance, répliqua Bowman. Vous avez des clubs et des bars, plus que n'importe lequel de vos concurrents. J'ai dans l'idée que vous gérez au moins un tiers des affaires de la côte.

Il avait lancé cette estimation comme s'il ne connaissait pas les chiffres. Or, Fats tenait des comptes méticuleux. Lorsqu'il disait « J'ai dans l'idée... », cela signifiait qu'il connaissait précisément la part des lieux de débauche contrôlés par Malco.

— Peut-être, mais le défi consiste à les conserver. Je suis sûr que vous avez entendu parler de la mafia de la State Line.

— En effet, mais je ne les connais pas.

— Eh bien, ils sont ici. On a entendu dire il y a un mois qu'ils s'installaient dans le coin. Apparemment, la situation est devenue trop compliquée à la frontière et ils ont décidé d'aller vers le sud. Biloxi les intéresse, c'est un environnement favorable aux affaires.

Le shérif fit signe à la serveuse et commanda du gombo, des pinces de crabe et de la limande farcie. Quand elle fut repartie, il reprit :

— Cette bande a une sale réputation.

— Une sale réputation, oui. On a un gars qui a travaillé pour eux et qui les connaît bien. Ils l'ont viré pour je ne sais quelle raison et ils lui ont sorti qu'il avait eu de la chance de s'en tirer vivant.

— Ils ont un club ?

— D'après les rumeurs, ils veulent acheter le pub O'Malley.

Bowman fronça les sourcils et regarda Kilgore. Cela ne lui plaisait guère, d'autant qu'ils n'avaient pas été contactés par les nouveaux acquéreurs. Les règles étaient simples : pour exploiter un établissement illégal dans le comté d'Harrison, il fallait obtenir l'aval de Fats Bowman. Et s'acquitter de versements en espèces réguliers, qui étaient répartis entre la police et les politiciens. La concurrence ne dérangeait pas le shérif. Plus de clubs et de bars signifiait plus d'argent dans ses poches. Les gangs pouvaient bien se battre entre eux, tant que cela ne nuisait pas à ses finances.

— Vous êtes plutôt doué pour protéger votre territoire, Lance. Vous êtes bien implanté maintenant. Qu'est-ce que vous attendez de moi ?

Lance rit.

— Oh, je ne sais pas, shérif. Vous pourriez les dégager.

Fats rit à son tour et alluma une cigarette. Il souffla un nuage de fumée et posa sa cigarette sur le cendrier.

— C'est votre partie, Lance. Je ne réglemente pas le commerce. Je m'assure simplement que vous restiez dans la course.

— Et nous apprécions votre soutien, shérif, ne vous méprenez pas. Seulement mon objectif est aussi de maintenir mon business à flot. Pour l'instant, les affaires n'ont jamais été aussi bonnes, pour moi comme pour vous, et je ne veux pas que ça change. Tout le monde respecte les règles, personne n'est trop gourmand, du moins pour le moment. Mais si on laisse ce gang s'installer, ça va faire du grabuge.

— Et attention, Lance. S'il y a des victimes, il y aura des représailles. Œil pour œil, vous connaissez la chanson. Rien de tel qu'une guerre des gangs pour exciter les bien-pensants du coin. Vous voulez que votre petit business fasse la une des journaux ?

— Non, mais c'est le moment idéal pour vous d'empêcher cette guerre. Mettez le grappin sur eux et virez-les de là. S'ils achètent le O'Malley, alors fermez-le. Ils ne vont pas vous tirer dessus, shérif. Ils ne sont pas fous.

Le gombo arriva dans de grands bols et les coquilles d'huîtres furent débarrassées. Tip remplit les chopes de bière et les quatre hommes se régalèrent. Après quelques bouchées, Bowman répondit :

— Attendons un peu, Lance Je vais discuter avec O'Malley, voir ce qu'il a à dire.

Lance renifla.

— Bah, rien, comme d'habitude.

***

Le pub O'Malley était installé dans un vieil entrepôt à un pâté de maisons du Strip. Deux semaines après leur réunion chez Baricev, le chef adjoint Kilgore s'y rendit un après-midi et poussa la porte. Le bar était sombre et calme. C'était trop tôt pour l'happy hour. Deux motards jouaient au billard dans l'arrière-salle et un habitué était campé à l'extrémité du comptoir.

— Qu'est-ce que ce sera ? demanda le barman en souriant.

— Je cherche Chick O'Malley.

Le sourire du barman s'évanouit.

— C'est un bar. Vous voulez boire quelque chose ?

— Je vous ai dit ce que je voulais.

Kilgore portait un costume-cravate. Il sortit son badge et l'agita sous le nez du barman, qui l'étudia longuement.

— Chick n'est plus là. Il a vendu.

— Vraiment ? Et qui est le nouveau propriétaire ?

— Elle n'est pas là.

— Je n'ai pas demandé si elle était là. J'ai demandé qui est le nouveau propriétaire.

— Elle s'appelle Ginger.

— Je coffre les femmes qui n'ont pas de nom de famille.

— Ginger Redfield.

— Bien, on progresse. Décroche le téléphone et dis-lui que je l'attends.

Le barman regarda sa montre.

— Elle devrait revenir d'une minute à l'autre. Je vous sers quelque chose à boire ?

— Un café noir.

— Tout de suite.

Kilgore s'assit au bar et examina la rangée de bouteilles sous le miroir. Le café n'était pas frais, mais il le but quand même. Ginger avait manifestement utilisé la porte de derrière, car personne n'était passé par l'entrée. Quinze minutes plus tard, le barman réapparut et lança :

— Ginger va vous recevoir.

Kilgore savait où se trouvait le bureau, car il y était allé plusieurs fois pour encaisser des versements. Il suivit le barman dans un escalier étroit qui débouchait sur un long couloir sombre avec une rangée de petites portes sur la gauche. La prostitution n'était pas la priorité chez O'Malley. Chick faisait presque tout son beurre grâce à l'alcool et au poker, mais la majorité des établissements avaient des chambres à l'étage, au cas où. Les murs sentaient la peinture fraîche et la moquette était neuve.

La touche féminine. Au bout du couloir, Ginger ouvrit la porte de son bureau à l'approche de Kilgore et lui fit signe d'entrer. Le barman disparut. C'était une femme corpulente d'une cinquantaine d'années, avec une robe trop moulante et trop courte. Ses seins étaient remontés et semblaient trop serrés, même si Kilgore s'exhorta à ne pas les regarder. Ses cheveux étaient teints en noir et assortis à son épais mascara. Elle lui serra la main avec une poigne d'homme et lui fit un large sourire.

— Ravie de faire votre connaissance. Ginger Redfield.

Sa voix était basse, rauque, comme éraillée par la nicotine.

— Enchanté. Rudd Kilgore.

— Je me demandais quand vous alliez venir me voir.

— Me voici. Je peux vous demander quand vous avez pris le relais ?

— Il y a deux semaines.

— Vous êtes du coin ?

— Bah, d'ici et de là.

Kilgore sourit, et faillit ne pas relever, puis se ravisa.

— Ce genre de réponse pourrait vous causer des ennuis, mademoiselle Redfield.

— Appelez-moi Ginger. Je suis originaire de Mobile, mais j'ai passé les dernières années près de la frontière.

— Appelez-moi Kilgore. Adjoint chef du bureau du shérif du comté d'Harrison.

***

Dans les vingt-quatre heures suivantes, Fats et Kilgore apprirent que Ginger Redfield et son mari tenaient un bar à la frontière entre le Tennessee et le Mississippi et qu'ils avaient un lourd passé criminel. Son mari purgeait une peine de dix ans dans le Tennessee pour le meurtre au second degré d'un trafiquant d'alcool. Son fils aîné était derrière les barreaux en Floride pour possession d'armes à feu. Son fils cadet, qui n'était pas en reste, était soupçonné de deux homicides et se terrait on ne sait où. On racontait que c'était un tueur à gages.

Ces informations venaient du shérif du comté d'Alcorn, dans le Mississippi, qui connaissait bien la famille Redfield. À l'en croire, Ginger et sa bande étaient en guerre avec plusieurs propriétaires de clubs le long de la frontière de l'État. Le shérif avait décrit la situation en ces termes : « Ces fils de pute se tirent toujours dessus. Dommage qu'ils visent aussi mal. On ne veut pas d'eux par ici. »

Quoi qu'il en soit, l'un d'eux avait hissé le drapeau blanc, une trêve avait été conclue, et la situation s'était améliorée, jusqu'à ce que le mari de Ginger tue un trafiquant d'alcool lors d'un différend à propos d'une cargaison. Elle avait tout vendu avant de disparaître de la circulation et, depuis un an, on ne l'avait plus revue dans les parages

Le shérif avait conclu : « Je suis content qu'elle soit chez toi, mon vieux. Les femmes ne causent que des emmerdes. »

***

— Où est Chick ? interrogea Kilgore.

Ginger sourit – un joli petit sourire qui adoucissait ses traits sévères. Il y a vingt ans et avec trente kilos de moins, elle était probablement très belle, mais la vie de noctambule avait creusé beaucoup de rides et durci son visage. Elle alluma une cigarette sans filtre et Kilgore une mentholée.

— Je ne sais pas, répondit-elle. Il ne me l'a pas dit et je ne lui ai pas posé la question. J'imagine qu'il a quitté la ville.

— Ah oui ? Vous pensez que c'est à cause des dettes de ce bar ?

— C'est un peu indiscret comme question, vous ne trouvez pas ?

— Si vous voulez. Chick était en retard dans ses versements.

— Ses versements ?

— Écoutez, Ginger, je ne suis pas stupide : Chick ne vous a pas vendu cet endroit sans vous donner les règles de base. Et la plus élémentaire, c'est que les portes restent ouvertes tant que la licence commerciale est à jour.

Elle sourit à nouveau, tira une longue bouffée sur sa cigarette.

— Il a parlé d'une licence, il me semble, oui. Je suppose qu'on ne peut pas en obtenir une auprès de la chambre de commerce.

— Ha ha ha ! C'est nous qui les contrôlons et c'est mille dollars par mois. Chick avait deux mois de retard. Si vous voulez garder l'établissement ouvert, vous devez régulariser la situation.

— C'est drôlement cher, Kilgore. Un prix élevé pour votre protection.

— On ne garantit aucune protection et on ne se mêle pas des règlements de comptes et des guerres de territoire. Votre licence vous autorise seulement à faire vos affaires et à bien vous tenir.

— Bien nous tenir ? Tout ce que nous vendons est illégal.

— Et vous en vendrez beaucoup si vous respectez les prix, protégez vos filles et limitez les bagarres et les tricheries. C'est ce qu'on appelle bien se tenir.

Elle haussa les épaules.

— D'accord, alors je vous dois deux mille dollars, c'est ça ?

— Trois. Deux mois de retard et le mois en cours. En espèces. J'enverrai un certain Gabe demain à la même heure. Vous le reconnaîtrez facilement, il n'a qu'un bras.

— Un bandit manchot.

— Ha ha ha. En parlant de machines à sous, c'est avec ça qu'on gagne de l'argent, au cas où vous auriez des projets d'avenir.

— Elles sont déjà commandées. Est-ce que leur nombre est limité ?

— Non, pas de limites. La manière dont vous gérez cet établissement vous regarde. Ne faites pas de vagues, c'est tout, Ginger.

Kilgore écrasa sa Salem dans le cendrier et se dirigea vers la porte. Avant de sortir, il lui adressa un sourire et ajouta :

— Écoutez, histoire de vous souhaiter la bienvenue, votre réputation vous précède et vous risquez de recevoir un accueil glacial de la part des autres détenteurs de licences.

— Déjà des problèmes ?

— Possible. Des gens ont entendu parler de la State Line et ils sont un peu inquiets.

Elle rit.

— Oh ça ! Eh bien, dites-leur de se détendre. Nous venons en paix.

— Ils ne comprennent pas ce concept. Ils n'aiment pas la concurrence, encore moins celle des autres organisations.

— Nous sommes loin d'être une organisation, monsieur Kilgore. Cette mafia est loin d'ici.

— Soyez prudente, Ginger.

Il ouvrit la porte et s'en alla.

8.

Après trois ans de travail acharné en tant qu'unique collaborateur du cabinet, Jesse Rudy était prêt à prendre son envol. Les deux hommes âgés qui l'avaient engagé après qu'il avait obtenu l'examen du barreau pratiquaient le droit à un rythme tranquille depuis deux décennies, se contentant de brasser des documents et de s'occuper d'affaires qui n'allaient jamais jusqu'au procès. Jesse, quant à lui, aimait l'énergie et les défis de la salle d'audience, où il voyait son avenir. À près de quarante ans, avec quatre enfants à charge, il savait que rédiger des testaments et des actes ne lui procurerait pas les revenus nécessaires. Agnes et lui avaient décidé de franchir le pas et de demander un crédit auprès d'une banque pour ouvrir leur propre cabinet. Agnes travaillait à temps partiel comme secrétaire lorsqu'elle ne jonglait pas avec ses obligations maternelles. Jesse faisait encore beaucoup d'heures et utilisait ses contacts à la Pointe pour dégotter les bonnes affaires. Il se portait volontaire pour représenter des indigents et aiguisa son argumentation en salle d'audience. La plupart des avocats de Biloxi, comme dans beaucoup de petites villes, préféraient un cabinet simple et tranquille. Jesse était plus ambitieux et voyait des avantages financiers dans les verdicts des jurys.

Pourtant, son nouveau cabinet d'Howard Avenue restait ouvert à tous : il ne refusait jamais une personne qui avait besoin d'un avocat. Il fut vite débordé, mais content de garder les honoraires pour lui. Comme il exerçait en solitaire, il ne partageait ses revenus qu'avec Agnes. C'était elle qui tenait les comptes et elle était plus douée que son mari pour tenir les importuns à distance.

Un matin tôt, Jesse était seul dans son bureau quand la sonnette de la porte d'entrée retentit. Il ne pouvait l'ignorer. Aucun rendez-vous n'était prévu à cette heure-là, c'était donc une visite impromptue.

Il alla ouvrir la porte et salua Guy et Millie Moseley, de Lima, dans l'Ohio. La cinquantaine, bien habillés, une Buick dernier modèle garée sur le trottoir. Il les conduisit dans la salle de conférences et alla chercher trois tasses de café.

Ils commencèrent par s'excuser de cette irruption matinale, mais il leur était arrivé un drame terrible, qui les avait laissés sans un sou. Et loin de chez eux. Ils achevaient un périple de deux semaines à Tampa et se dirigeaient vers la Nouvelle-Orléans quand la tragédie les avait frappés.

À l'évidence, ils n'étaient pas blessés. Leur belle voiture garée sur le trottoir semblait intacte. En tant qu'avocat habitué aux rues de Biloxi, Jesse devina immédiatement que le problème venait de la partie louche de la ville.

Guy commença son récit pendant que Millie essuyait ses yeux rouges et gonflés avec un mouchoir en papier. Son mari lui jetait des œillades désespérées, comme s'il cherchait à obtenir son approbation, en vain. Il était évident qu'il avait merdé, qu'il était le fautif dans cette histoire, qu'elle avait voulu l'arracher à l'impasse où il s'était engouffré, sans succès. Alors c'était à lui de faire son mea culpa et de demander l'absolution.

Au bout de cinq minutes, Jesse avait compris ce qui s'était passé. Le premier indice était le lieu. Le Blue Spot Diner sur la Route 90, en front de mer. Un restaurant qui vantait ses biscuits maison et ses steaks bon marché. Quelques années plus tôt, un escroc du nom de Shine Tanner avait racheté l'établissement, conservé le restaurant tel quel, et ajouté une arrière-salle où il organisait des soirées « Bingo & Bière » qui attiraient les foules. Il proposait également des jeux de cartes et des machines à sous, mais pas de filles. Il préférait s'adresser à une clientèle plus âgée et tenir à distance les soldats et les étudiants.

— Nous avons pris un bon petit déjeuner, tard dans la matinée, raconta Guy. Le lieu était désert.

C'était le deuxième indice. Shine aimait escroquer les étrangers quand il n'y avait pas de témoin.

— L'addition s'élevait à deux dollars. Je m'apprêtais à payer quand la serveuse, Lonnie, nous a demandé si on aimait les jeux de hasard. On ne savait pas trop quoi répondre, alors elle a dit : « Franchement, tout le monde joue ici. C'est un petit plaisir inoffensif. Voici un jeu de cartes. J'en prends une. Vous en prenez une. Si votre carte est la plus forte, alors le petit déjeuner est gratuit. Une seule partie. Ou bien on fait quitte ou double. »

Millie réussit à intervenir :

— Elle avait un jeu de cartes dans sa poche. Je suis sûre qu'elles étaient marquées.

Guy sourit d'un air penaud à sa femme, qui garda une expression morose.

— Alors elle a mélangé les cartes, reprit Guy. Enfin, cette fille savait vraiment battre un jeu, et au bout de trois parties, j'avais un gain de quatre dollars. Puis huit. Ensuite, j'ai perdu, je suis revenu à zéro. Et je suis remonté à huit. Un client est entré et elle est allée prendre sa commande. Je ne pouvais pas partir parce qu'elle me devait huit dollars.

— Moi, je voulais partir, gémit Millie.

Guy l'ignora et se concentra sur sa tasse de café. Lorsqu'il reprit son récit, sa voix était éraillée.

— Un gars s'est pointé, je crois que c'était le propriétaire du restaurant, très sympathique. Il nous a proposé de visiter son casino.

Jesse l'interrompit :

— Petit, chauve, très brun et la peau mate ?

— C'est lui. Vous le connaissez ?

— C'est le propriétaire.

L'indice suivant. Shine Tanner venait tendre le piège en personne.

— La serveuse nous a donné nos huit dollars et nous avons suivi le gars dans la salle de casino attenante au restaurant. Elle était sombre et vide. Il nous a dit que le casino n'ouvrait qu'à 18 heures, mais qu'il avait un nouveau jeu à nous montrer.

— Bolita ? interrogea Jesse.

— Oui, vous êtes déjà allé là-bas ?

— Non, mais j'ai entendu parler de Bolita. On l'appelle aussi Razzle.

— C'est ce qu'il a dit. Il y avait une table en feutre vert, un peu comme un grand damier, avec des cases numérotées de un à cinquante. Il a expliqué que le jeu était basé sur les dés et l'arithmétique et qu'il était facile de gagner. Il m'a demandé si je voulais mettre quelques dollars et il m'a exposé les règles du jeu. Lonnie est venue me demander si je voulais boire un verre. Le propriétaire lui a dit que le bar était fermé, puis il a discuté un moment avec elle, et il a fini par me proposer de m'offrir un verre. Je n'en voulais pas, mais après tout le mal qu'il s'était donné, je me suis senti obligé de prendre une bière.

Millie secoua la tête, le regard perdu dans le vide.

— Alors, il a lancé huit dés et s'en est remis à la chance, puis il les a ramassés à la vitesse de l'éclair. Il a dit que le total était de 38. Il a mis deux de mes dollars sur le numéro trente-huit. Si le prochain tirage était supérieur, je gagnais la mise. S'il était inférieur, je perdais, mais il a ajouté d'autres règles au fur et à mesure. D'après lui, la seule manière de perdre était d'arrêter de jouer avant d'avoir gagné dix parties. Je ne suis pas certain d'avoir compris toutes les règles.

— C'est sûr que non, maugréa Millie.

— Lonnie m'a apporté une bière.

— Il n'était que 10 h 30.

— Oui, ma chérie, il n'était que 10 h 30, et j'aurais dû m'arrêter. Nous avons eu cette conversation un million de fois. J'aurais dû m'en aller et reprendre la voiture, sauver notre argent. Voilà, tu te sens mieux ? Non.

Jesse en avait assez entendu. Ces histoires étaient banales sur la côte – des touristes de la classe moyenne supérieure dans de belles voitures immatriculées hors de l'État qui se faisaient avoir par des requins des cartes et des tricheurs patentés. Il leva les deux mains.

— Écoutez, les amis, venons-en au fait. Combien d'argent avez-vous laissé au Blue Spot ?

Millie était impatiente de donner la réponse.

— Six cents dollars ! Tout ce qu'on possédait ! On n'a même pas les moyens d'acheter de l'essence pour rentrer à la maison. Comment peut-on être aussi stupide ?

Le pauvre Guy s'affaissa face à cette nouvelle salve. Il était évident qu'il avait entendu bien pire durant les heures précédentes.

— Qu'est-ce qu'on peut faire ? demanda Millie à Jesse d'un air suppliant. Cet escroc rusé nous a embobinés pour nous voler tout notre argent. Il doit y avoir des lois dans cet État arriéré.

— J'ai bien peur que non, madame. Tous les jeux d'argent sont illégaux dans le Mississippi, mais à ma grande honte, personne ne respecte cette loi sur la côte.

— On voulait juste prendre un petit déjeuner, gémit-elle.

— Je sais. Cela arrive tout le temps.

Ils se turent tandis que Millie se remettait à pleurer et que Guy contemplait le sol comme s'il cherchait un trou pour disparaître. Jesse jeta un coup d'œil à sa montre. Il avait perdu près de vingt minutes avec ces pauvres gens.

— Raconte-lui le reste, dit-elle à son mari.

— Quoi ?

— Tu sais, ce matin.

— Oh, ça. On n'a pas les moyens d'aller à la Nouvelle-Orléans, alors on a pris une chambre bon marché dans un motel au bord de la route. Ce matin, on est retournés au restaurant parce que je n'ai pas fermé l'œil de la nuit et que je voulais lui dire ma façon de penser et récupérer mon argent. Mais quand on est arrivés, on a vu deux flics à l'intérieur en train de prendre leur petit déjeuner. Je suis entré et j'ai fusillé Lonnie du regard. Elle m'a regardé d'un air espiègle et m'a lancé : « Qu'est-ce que vous voulez ? — Je veux mon argent. — Ne faites pas d'histoires, hein. Je vais vous demander de partir. — Je veux mon argent ! » Avant que je m'en rende compte, les deux flics étaient sur moi. Ils m'ont un peu secoué et m'ont dit de déguerpir et de ne jamais remettre les pieds ici.

Millie était restée silencieuse un long moment. Elle se tourna vers Jesse.

— Il a failli se faire arrêter, en plus de tout le reste. C'est dingue, non ? Guy Moseley, le dur à cuire, en cellule de dégrisement avec une bande d'alcooliques.

Jesse leva à nouveau les mains.

— Bon, écoutez. Je suis vraiment désolé de ce qui s'est passé, mais je ne peux rien faire pour vous.

— Vous ne pouvez pas le poursuivre en justice ? s'indigna Guy.

— Non, il n'y a pas de cause légale d'action.

— Et le vol ? intervint Millie. C'était de la pure escroquerie ! Ils attendaient qu'un pigeon se présente. Et ils en ont attrapé un.

— Arrête, grogna Guy à l'intention de sa femme. Tu as vu les flics. Bon sang, ils sont probablement sur le coup eux aussi !

Jesse réprima un sourire et songea : *Tu as enfin compris quelque chose.*

— Il a même pris nos chèques de voyage, grommela Millie.

— Tais-toi, Millie, s'il te plaît.

Mais elle l'ignora et reprit :

— Il s'enfonçait de plus en plus. Je n'arrêtais pas de dire : « Allons-nous en ! » Mais non, monsieur Je-sais-tout ne voulait pas abandonner. L'escroc le laissait gagner de temps en temps, juste assez pour le tenir en haleine. Je me suis énervée et je suis allée l'attendre dans la voiture. J'ai poireauté une éternité. Je me doutais qu'il allait tout perdre. Quand il est enfin sorti, les yeux brillants, on aurait dit qu'il avait vu un fantôme. Il avait de la chance d'avoir encore sa chemise sur le dos.

— S'il te plaît, Millie.

Jesse voulait qu'ils quittent son bureau avant que cela dégénère entre eux. L'espace d'une seconde, il songea à leur recommander un bon avocat spécialisé dans le divorce, mais ils devaient surtout rentrer chez eux. Il regarda sa montre et déclara calmement :

— Je dois être au tribunal à 9 heures, alors je vais devoir prendre congé.

Guy semblait sur le point de pleurer. Il se frotta le visage et répondit d'une voix blanche :

— Pourriez-vous nous prêter cinquante dollars pour rentrer dans l'Ohio ?

— Je suis désolé, mais ce n'est pas éthique pour un avocat de prêter de l'argent à un client.

— Nous vous rembourserons, je le jure, dit Millie. Dès que nous serons rentrés chez nous.

Jesse se leva et garda un ton poli.

— Je suis désolé.

Ils s'en allèrent sans un mot de remerciement. Il les entendit s'écharper en regagnant leur Buick et il ne put qu'imaginer à quel point la situation allait empirer à mesure qu'ils mendieraient pour regagner leur maison.

Il se resservit une tasse de café et retourna dans la salle de conférences où il s'installa face à la fenêtre qui donnait sur la rue. Il avait de la compassion pour ces gens, mais jusqu'à un certain point. Une bonne dose de prudence leur aurait épargné du temps, de l'argent et des ennuis. Beaucoup venaient chercher les problèmes et les trouvaient facilement. D'autres, comme les Moseley, s'égaraient et tombaient accidentellement dans ce monde interlope. Tels des agneaux innocents, ils se retrouvaient entre les griffes de loups et n'avaient aucune chance. Beaucoup de Shine Tanner s'enrichissaient grâce à leurs petites manigances au lieu d'exercer une profession honnête.

La corruption ne restait jamais dans une boîte. Elle se répandait parce que des hommes cupides voyaient l'argent facile, la demande infinie, et la promesse d'un enrichissement rapide. Jesse n'en voulait pas aux clubs et aux bars, ni au commerce illicite qu'ils offraient à leurs clients consentants. Il n'en voulait pas non plus à des hommes comme Lance Malco, Shine Tanner, et à leurs semblables, qui profitaient du cercle du vice. Ce que Jesse détestait, c'était la corruption de gens censés faire respecter la loi. La corruption enrichissait des hommes comme Fats Bowman et d'autres élus. Beaucoup de policiers et de politiciens avaient les mains sales. Ce qui était traître, c'était de ne pas savoir à qui se fier.

Le procureur actuel, dûment élu lui aussi, était un homme honnête qui n'avait jamais manifesté d'intérêt pour la lutte contre le crime organisé. En toute sincérité, si la police n'enquêtait pas et ne recherchait pas les criminels, le procureur n'avait aucune affaire à traiter. C'était terriblement frustrant pour les réformateurs – les fonctionnaires honnêtes, les pasteurs, les citoyens respectueux de la loi – qui voulaient « nettoyer la côte ».

Un mois plus tôt, Jesse avait rencontré un juge à la retraite de la Cour de circuit et un pasteur. Cette entrevue s'était déroulée dans le calme, autour d'un petit déjeuner dans un café sans machines à sous. Les deux hommes représentaient un groupe de citoyens qui s'inquiétaient de l'augmentation de l'activité criminelle dans la région. D'après les rumeurs, la drogue, en particulier la marijuana, était facilement accessible dans certaines boîtes de nuit. Les péchés de chair existaient depuis des décennies et, bien qu'ils soient toujours illégaux, ils étaient tolérables. Mais la drogue constituait une menace plus grave et devait à tout prix être endiguée. L'avenir de leurs enfants était en jeu.

Ils étaient surtout déçus par les politiciens. Fats Bowman était profondément enraciné dans le système : il dirigeait une machine bien huilée et semblait intouchable. Le shérif pouvait acheter n'importe quelle élection. Mais le procureur, c'était une autre histoire. Il représentait l'État, il était considéré comme l'avocat du peuple, et il avait pour mission de lutter contre le crime. Ils étaient allés le voir pour lui faire part de leurs préoccupations, mais là encore, l'homme ne s'était guère senti concerné.

Le juge et le pasteur s'étaient alors mis en tête que Jesse Rudy ferait un excellent procureur. C'était un homme du cru, bien connu des habitants de Biloxi et très apprécié à la Pointe, l'une des plus grandes circonscriptions du district. Il jouissait d'une excellente réputation et était considéré comme irréprochable. Mais aurait-il le courage de lutter contre la mafia ? Jesse était flatté par cette audacieuse idée et honoré de leur confiance. C'était le début de l'année 1963, une année électorale où tous les postes, du gouverneur au médecin légiste du comté, étaient à pourvoir. Comme d'habitude, le candidat au poste de procureur n'avait pour le moment pas d'adversaire. Fats Bowman devrait également repartir pour quatre années supplémentaires sans rencontrer d'opposition sérieuse. Rien ne changerait, à moins qu'un nouveau procureur n'entre en fonction avec une vision entièrement différente.

Jesse leur promit de réfléchir à leur proposition, mais il avait de sérieuses réserves. Il était en train de monter un cabinet, ce qui l'obligeait à travailler dur au quotidien. Il n'avait pas de capital pour financer la campagne. Il ne s'était jamais considéré comme un politicien et n'était pas sûr d'avoir cela dans le sang. La plus grande difficulté était la promesse de s'attaquer aux criminels. Il connaissait Lance Malco depuis toujours, et si leurs échanges restaient polis lors de leurs rencontres occasionnelles, ils évoluaient dans des mondes totalement différents. Il était presque impossible de menacer son empire.

Jesse n'avait aucun intérêt à mettre en péril la sécurité de sa famille. Son fils Keith et Hugh Malco étaient toujours amis, même s'ils n'étaient plus aussi proches que lorsqu'ils étaient ados. Tout le monde savait que Hugh suivait les traces de son père. Il traînait dans les clubs, fumait et buvait, et se vantait de bien connaître les filles.

Hugh avait abandonné le sport collectif et se prétendait boxeur.

Mais une fois la graine plantée, elle refusa de s'en aller. Après un temps de réflexion, Jesse finit par en parler à Agnes. Sa réaction ne fut pas des plus enthousiastes.

9.

Après quatre combats au Buster Gym, Hugh comptait une victoire, une défaite et deux matchs nuls. Avoir survécu sans être mis KO l'encouragea à passer à l'étape supérieure. Buster, son entraîneur, n'était guère enthousiaste, mais il disait rarement non quand un nouveau combattant était impatient de monter sur le ring. Le tournoi des Gants d'Or aurait lieu fin février dans le gymnase de l'église catholique St. Michael, et Buster, maître incontesté de la boxe amateure sur la côte, connaissait bien les enjeux. Il s'efforcerait de protéger ses novices et de s'assurer qu'ils survivraient, du moins au premier round.

Le premier essai de Hugh n'avait pas eu lieu dans un gymnase. Nevin Noll avait trouvé deux paires de gants de 16 Oz et un après-midi, il lui avait proposé un combat amical derrière le Red Velvet. Les bases étaient simples : attitude, position des mains, tête en arrière, mouvements des pieds. Hugh était terrifié parce qu'il avait vu Nevin en action et savait combien ses poings étaient rapides, mais il acceptait le marché : quelques nez ensanglantés faisaient partie de la formation. Il n'y eut pas d'effusion de sang au cours des premières leçons, car Nevin apprit patiemment à Hugh à tenir sa garde. Il l'avertit aussi qu'il devait arrêter le tabac et la bière.

Lors de la première séance d'entraînement de Hugh chez Buster, le vieux coach apprécia son nouveau poulain. Ses pieds étaient un peu lents, mais le jeune homme était sportif, et prêt à transpirer. Hugh s'était entraîné avec des boxeurs expérimentés et avait reçu un coup dur en plein visage, mais cela n'avait fait que renforcer sa détermination. Il ne prétendrait jamais à une médaille olympique, mais c'était un boxeur naturel, qui aimait le contact et n'avait pas peur de prendre des coups. Très vite, il se rendit à la salle de sport presque tous les après-midi. Il aimait jongler entre son travail à temps partiel, ses rendez-vous galants avec Miss Cindy, et une heure ou deux chez Buster. Le travail scolaire n'était plus du tout une priorité.

Lance aimait l'idée que son fils apprenne à boxer. Tous les gamins avaient besoin de cette discipline et le football américain n'avait jamais été son fort. Carmen était horrifiée et espérait que son fils ne disputerait pas de vrais combats.

Après une saison de football minable sur le banc de touche, Keith passa un hiver encore plus déprimant en tant qu'ailier remplaçant de l'équipe de basket universitaire junior. Le temps de jeu était rare, mais au moins il transpirait tous les après-midi. Comme la plupart de ses amis, il considérait le basket-ball comme un moyen de se maintenir en forme entre les saisons de football américain et de baseball. Ses coéquipiers étaient intrigués par l'intérêt soudain de Hugh pour la boxe, et ravis d'apprendre que leur ami allait monter sur le ring lors du tournoi annuel des Gants d'Or. Hugh n'avait pas ébruité la nouvelle. S'il était impatient de participer à son premier vrai combat, il avait tout de même peur d'être envoyé au tapis devant ses copains.

Chaque année, le tournoi attirait une foule importante, et lorsque le *Gulf Coast Register* publiait un article sur les favoris locaux, il donnait également la liste des combats du premier tour. Dans la catégorie des moins de soixante-six kilos, Hugh Malco allait affronter Jimmy Patterson dans le dixième combat. Comme à l'accoutumée, Keith parcourait la page des sports en prenant son petit déjeuner lorsqu'il vit le nom de Hugh. Il se sentit fier de son ami et décida de le soutenir. À l'école, il monta un fan-club, si bien que Hugh devint le héros du jour, une attention dont il se serait bien passé. Le nœud dans son estomac se resserra encore et il en oublia de déjeuner.

En milieu d'après-midi, il était envahi par le doute et s'en ouvrit à Nevin Noll.

— C'est tout à fait normal, le rassura Nevin. J'ai vomi deux fois avant mon premier combat.

— Je me sens beaucoup mieux, merci.

— Les papillons disparaîtront dès que tu auras porté ton premier coup.

— Et si je suis KO ?

— Frappe-le en premier. Tout ira bien, Hugh. Il faut juste que tu te calmes. Il n'y a que trois rounds, mais ça te paraîtra une éternité.

Hugh alluma une cigarette et Nevin maugréa :

— Je croyais t'avoir dit d'arrêter de fumer.

— C'est pour mes nerfs.

Le tournoi débuta un mardi après-midi, les finales étant prévues le samedi soir. Les premiers combats, où s'affrontaient des novices de catégories légères, se déroulèrent sans incident. La plupart des garçons paraissaient réticents à l'idée de se battre. À 19 heures, le gymnase était plein à craquer et la foule voulait voir de l'action. Une épaisse couche de fumée de cigares et de cigarettes flottait autour du ring. Des vendeurs proposaient des hot-dogs et du pop-corn et, dans un coin, un bar servait de la bière fraîche.

L'alcool était toujours illégal partout dans l'État, mais encore une fois, on était à Biloxi.

Keith et sa bande de supporters arrivèrent et attendirent avec impatience le grand face-à-face. Quand Hugh monta sur le ring, ses copains l'applaudirent à tout rompre, ce qui s'avéra encore plus éprouvant pour ses nerfs. Le speaker présenta les combattants et la foule s'enflamma pour Hugh Malco, le grand favori. Son adversaire, Jimmy Patterson, un gamin efflanqué de Gulfport, n'avait presque pas de supporters.

Juste avant la cloche, Hugh jeta un coup d'œil au premier rang et sourit à son père, assis à côté de Nevin Noll. Sa mère était à la maison, en train de prier. Il n'y avait aucune femme dans l'assistance. Buster frotta ses joues et son front avec de la vaseline et lui répéta pour la dixième fois :

— Vas-y mollo. Prends ton temps. Tu l'auras au troisième round.

Buster savait exactement ce qui allait se passer. Les deux novices danseraient pendant la première minute, puis l'un d'eux donnerait un coup de poing qui entraînerait un combat de rue à l'ancienne. Il fallait au moins cinq combats pour que les gamins apprennent à se contrôler.

Keith, le président de son fan-club, se leva et se mit à scander :

— Allez Hugh ! Allez Hugh !

Hugh se leva d'un bond, frappa ses gants l'un contre l'autre, et adressa un sourire confiant à ses amis. La cloche sonna le début du combat. Les deux adversaires se retrouvèrent au centre du ring et firent des mouvements d'esquive, se jaugeant l'un l'autre. Jimmy Patterson le dépassait de cinq centimètres, avait des bras plus longs, et il sautillait loin de Hugh, gardant ses distances. La longueur de bras s'avéra être un problème lorsqu'il attaqua Hugh par quelques gauches inoffensives. Nevin avait raison. Se faire frapper mettait vos nerfs en pelote. Hugh garda ses mains devant son visage et fit reculer Patterson dans un coin où ils échangèrent des coups rapides sans se faire bien mal. L'assaut enflamma la foule. Les « Allez Hugh ! » rugissants couvraient tout le reste. Patterson recula vers le centre, où Hugh lui mit la pression. Au milieu du premier round, Hugh fut surpris de constater qu'il était essoufflé. *Foutues cigarettes. Respire, respire, respire.* Patterson trouva son rythme et l'assaillit de directs du gauche. Il marquait des points mais faisait peu de dégâts. Hugh était courbé en position défensive, tandis que Buster hurlait :

— Lève la tête ! Lève la tête !

Lance ne pouvait pas rester les bras croisés à regarder son fils sur le ring. Il n'arrêtait pas de vociférer.

— Cogne-le, Hugh ! Cogne !

Nevin Noll était tout aussi fébrile et criait des encouragements depuis son siège.

Hugh n'entendait que sa propre respiration. Il accula Patterson dans un coin du ring, mais celui-ci se couvrit et s'échappa. Le premier round sembla durer une heure, et quand la cloche retentit enfin, Hugh retourna dans son coin et adressa un sourire à Keith et aux copains. Buster le fit asseoir et son second lui versa de l'eau dans la bouche.

— Écoute, lui dit son coach, quand il envoie un direct du gauche, il lâche sa garde à droite, d'accord ? Fais semblant d'attaquer par un crochet du droit, puis balance un crochet du gauche. T'as pigé ?

Hugh hocha la tête, mais il avait du mal à se concentrer. Son cœur battait à tout rompre, son sang fusait dans ses veines. Il avait survécu au premier round sans bobo, et tandis que la foule scandait son nom, il réalisa à quel point il aimait le combat. Il ne lui restait plus qu'à botter le cul de Patterson.

Patterson avait d'autres projets. Il entama le deuxième round avec la même danse infernale et les mêmes coups de poing à distance, si bien que Hugh ne put le coincer dans les cordes. Il tenta deux droites audacieuses et Patterson répliqua par plusieurs directs en pleine face. À la moitié du round, Hugh sentit la frustration monter, esquiva, et tenta une offensive. Patterson se défendit avec une droite puissante qui sonna Hugh. Ses genoux flanchèrent. Il ne tomba pas, mais l'arbitre s'interposa et lança le compte de huit. À la fin, Hugh voyait à nouveau nettement et se sentait revigoré. À force de laisser Patterson le bombarder, il était en train de perdre le combat. Il devait lui rentrer dedans, l'attaquer au corps. Buster n'arrêtait pas de crier : « Lève la tête ! Lève la tête ! » Mais le problème, c'était l'allonge de Patterson. Hugh réussit néanmoins à le faire reculer dans les cordes et ils luttèrent un moment jusqu'à ce que l'arbitre les sépare. Patterson recula d'un pas et décocha une gauche puissante qui manqua sa cible. Comme Buster l'avait prévenu, il baissa sa main droite et Hugh balança un crochet du gauche qui s'écrasa sur la mâchoire de Patterson et le renvoya dans les cordes. Hugh eut la présence d'esprit de lui décrocher une droite au moment où il s'effondrait. Patterson tomba dans le coin et ne bougea plus.

C'était le premier KO de la soirée et la foule était en délire. Hugh ne savait pas trop comment réagir – il n'avait jamais mis de KO. L'arbitre le repoussa dans un coin neutre. Alors qu'il lançait le compte, il était évident que Patterson ne se relèverait pas de sitôt. Keith et ses amis s'époumonaient tandis que Hugh affichait un sourire triomphant en sautillant sur place. Il était presque aussi stupéfait que son adversaire. Plusieurs minutes s'écoulèrent. Enfin, Patterson finit par s'asseoir, boire un peu d'eau, et secouer la tête. Puis il se leva. Son entraîneur lui fit faire plusieurs fois le tour du ring, le temps qu'il recouvre ses esprits. Au moment opportun, Hugh s'approcha et déclara : « Beau combat. » Jimmy sourit mais il avait manifestement hâte de quitter le ring.

Quand l'arbitre leva la main de Hugh et que le présentateur le déclara vainqueur par KO, la foule hurla son approbation. Hugh savoura sa victoire et sourit à son père et à Nevin, ainsi qu'à tous ses amis en liesse. Bizarrement, il pensa à Cindy et regretta qu'elle ne soit pas là pour assister à son moment de gloire. Mais elle était de retour au Red Velvet, où elle racolait les soldats. Nevin avait raison. Il était temps de mettre fin à cette relation.

***

Le mercredi était un jour d'école ordinaire. Le roi du KO arriva un peu plus tôt que d'habitude. Son nom était dans le journal du matin et il s'attendait à passer une agréable journée admiré par ses camarades. La nouvelle s'était rapidement répandue et différentes versions de sa spectaculaire victoire circulaient au sein du lycée. Keith, qui n'était pas en reste, raconta le KO à toute la classe et invita tout le monde à la deuxième série de combats prévue le jeudi soir. Leur nouveau héros allait affronter un certain Fuzz Foster qui, selon le journal, était invaincu après huit combats.

En réalité, le journal ne disait rien de tel. Keith en rajoutait pour susciter l'enthousiasme. Avec un signe de tête du professeur, Keith ajouta qu'après avoir regardé au moins une douzaine de combats la veille, il était d'avis que leur nouveau champion, le prince du KO, avait besoin d'un surnom de boxe accrocheur. « Hugh » ne suffisait pas. En leur qualité de supporters, il leur incombait de lui en trouver un. Une pléthore d'idées fusa. Hack, Duck, l'Assassin, Bazooka, Scarface, Bruno, Rocky, Sandman, Babyface, Razor, Lazer, Mitraillette, Malco. Comme la classe s'enflammait, le professeur dressa une liste des meilleurs surnoms au tableau et réclama un vote, mais la cloche sonna sans que le groupe soit parvenu à un consensus. Hugh se rendit à la première heure de cours sans changer d'identité, sans surnom original susceptible d'intimider ses adversaires et de faire sa renommée.

Il termina les cours ce mercredi-là sans en sécher un seul, et partit après la dernière sonnerie pour voir Cindy. Elle n'était pas à son appartement, et l'une de ses colocataires finit par lui avouer qu'elle avait quitté la ville.

— Elle a démissionné, Hugh.

— Comment ça, *elle a démissionné* ?

— Laisse tomber. Elle est rentrée chez elle. Je crois que son frère l'a retrouvée et l'a ramenée.

Éberlué, Hugh s'écria :

— Mais je dois lui parler !

— Bah, ça ne sert à rien, Hugh. Elle ne reviendra pas.

Il alla aussitôt trouver Nevin Noll. Son mentor n'était pas au Truck Stop, ni au Red Velvet, ni au Foxy, ni dans aucun de leurs bars habituels. Un barman lui souffla :

— Je crois qu'ils ont des problèmes avec le O'Malley. Nevin y est peut-être, mais tu ferais bien de garder tes distances. Ça pourrait mal tourner.

Hugh suivit son conseil et s'éloigna du Strip, seul dans son petit pick-up, où personne ne pouvait l'entendre se lamenter sur le départ d'une fille. Ils étaient ensemble depuis plus de cinq mois et elle lui avait appris des choses dont il n'aurait jamais osé rêver et, même s'il méprisait ce qu'elle faisait pour gagner sa vie, il réussissait à passer outre pour être avec elle. Elle ne pouvait pas disparaître sans lui dire au revoir.

Il se rendit chez Buster et fit une petite séance d'entraînement, mais uniquement pour faire plaisir à son coach. Il chercha à savoir si quelqu'un avait déjà vu Fuzz Foster sur un ring, mais n'obtint aucune info. Sa tête était ailleurs, tout à Cindy, pas à la boxe. Nevin était de service tous les soirs au Red Velvet à partir de 17 heures, au début de l'happy hour, quand l'entrée devenait payante. Il le trouva au bar, en train de boire un soda et de fumer une cigarette avec une des serveuses.

En le voyant, Nevin fronça les sourcils.

— Tu cherches une autre bagarre ?

— Non, j'ai juste besoin de parler.

— Eh bien, pas ici. Tu es encore trop jeune, fiston.

— Allons dehors, alors.

Derrière le club, tous deux allumèrent une cigarette.

— Qu'est-ce qui s'est passé avec Cindy ? interrogea Hugh.

Nevin secoua la tête en soufflant un nuage de fumée.

— Je t'avais dit de l'oublier.

— Je sais, mais dis-moi ce qui s'est passé.

— Hier, on a reçu un appel des flics de l'Arkansas. Quelqu'un la cherchait et on a découvert qu'elle travaillait ici. Comme tu le sais, elle n'a que seize ans. On a fait comme si on n'était pas au courant et on a dit à la police que sur sa carte d'identité, elle avait dix-huit ans. Tu connais la chanson. Mais ce matin, deux flics de l'Arkansas se sont pointés avec son frère. On a été obligés de coopérer, et maintenant elle est rentrée chez elle, et c'est là qu'elle doit être. Oublie-la, Hugh. C'est juste une pute parmi d'autres. Tu en auras d'autres.

— Je sais.

— Tu dois te concentrer sur ton combat de demain soir. Ils vont être de plus en plus durs.

— Je serai prêt.

— Alors jette cette clope.

***

À première vue, l'origine du surnom « Fuzz » n'était pas évidente. Il n'avait pas de cheveux touffus, ni de moustache à proprement parler. Il n'avait que seize ans et avait mentionné à un autre boxeur de Biloxi qu'il avait gagné cinq de ses six combats. Personne ne l'avait interrogé sur son surnom, qui n'avait aucune importance. Ce qui comptait, c'était sa carrure trapue et ses biceps surdéveloppés. Impressionnant, pour un ado. Si Jimmy Patterson était maigre comme un clou, Fuzz Foster paraissait fort comme un taureau. Fuzz n'était pas non plus du genre à se défiler et à taper dans le vide. Ce que Fuzz voulait, c'était un KO au premier round, de préférence dans les trente premières secondes, et il faillit parvenir à ses fins.

Au coup de cloche, alors que Hugh souriait encore à ses copains de lycée, Fuzz traversa le ring comme un taureau en colère et envoya une pluie de droites et de gauches qui auraient rétamé un poids lourd si elles avaient atterri sur la tête de Hugh. Mais aucun coup ne l'atteignit et, surpris, il leva sa garde et recula dans les cordes. Son instinct de survie reprit le dessus et il esquiva l'offensive de son mieux. Déchaîné, Fuzz balança des poings dans tous les sens en sifflant et en grognant comme un ours blessé.

— Ta garde ! Ta garde ! Ce gars est barjo !

Comme toute l'assemblée, Hugh savait que Fuzz donnait tout et ne tiendrait pas trois rounds. La question était de savoir si Hugh survivrait à la déferlante. Quoi qu'il en soit, le public était enchanté par ce combat débridé et se mit à hurler. Hugh reçut un uppercut qui le fit vaciller, suivi d'un crochet du droit, qui lui donna à voir trente-six chandelles. Il s'effondra sur le sol tandis que Fuzz, au-dessus de lui, lui criait des paroles incompréhensibles. L'arbitre l'écarta pendant que Hugh se mettait tant bien que mal à quatre pattes. En regardant à travers les cordes, il croisa les yeux de Nevin Noll, qui brandissait son poing serré. *Debout ! Debout ! Debout !*

Hugh inspira profondément, regarda l'arbitre et, à cinq, se releva lestement. Il se stabilisa avec la corde supérieure, s'essuya le nez avec son avant-bras, et vit du sang. Il avait le choix. Rester à couvert dans les cordes et se faire bouffer tout cru, ou se jeter sur ce salaud.

Fuzz chargea comme un idiot, en grognant, tête baissée, prêt à tout lâcher sur son adversaire. Au lieu de se retrancher prudemment, Hugh fit un rapide pas en avant et lui décocha le même crochet gauche que celui qui avait cloué Patterson au sol. Son poing s'écrasa en plein sur la bouche de Fuzz, qui tomba à la renverse, comme si on venait de lui arracher son siège. Il regarda autour de lui, incrédule, et voulut se relever. Mais il trébucha, tomba dans les cordes, et peina à retrouver son équilibre. Alors que l'arbitre comptait jusqu'à dix, la foule hurlait encore plus fort. À dix, Fuzz hocha la tête et poussa un nouveau grognement.

Les deux hommes se retrouvèrent au centre du ring et se cognèrent comme des combattants de rue jusqu'à ce que la cloche leur sauve la vie. L'arbitre se précipita pour les séparer. Les deux nez étaient en sang. Sur son tabouret, Hugh buvait de l'eau et s'efforçait de reprendre son souffle pendant qu'un assistant lui enfonçait des cotons dans les narines. Buster cria quelque chose comme :

— Fais gaffe à ta garde, bon sang ! Il ne va pas tenir longtemps.

Mais les paroles de son coach n'étaient que du brouhaha. Le sang battait à ses tempes, et Hugh ne pensait à rien d'autre qu'à sa survie. Quand la cloche sonna, il bondit sur ses pieds, même si ses jambes étaient affreusement lourdes.

Si le coach de Fuzz lui avait ordonné de ralentir le rythme, celui-ci n'en tint pas compte. Il chargea à nouveau, poussé par un instinct sauvage. Hugh se retrancha un moment dans les cordes et tenta de lancer deux ou trois offensives, mais il en avait marre d'encaisser les coups. Comme Fuzz se battait avec les mains le long du corps, sa tête était exposée. Hugh vit une ouverture, lâcha un rapide enchaînement gauche-droite, en plein dans le mille, et regarda avec satisfaction Fuzz s'écrouler par terre et rouler dans un coin. Le rugissement de la foule était assourdissant.

— Reste à terre, bon sang ! marmonna Hugh.

Pourtant Fuzz encaissa le coup. Il bondit sur ses pieds, agita ses bras en signe d'invincibilité, attendit le décompte, puis l'attaqua à nouveau. Trente secondes plus tard, Hugh était étalé par terre, aplati par une puissante droite qu'il n'avait pas vu venir. Il était sonné et groggy et, l'espace d'un instant, il pensa à ne pas se relever. Après tout, il était en sécurité sur le dos. Une défaite lors de son deuxième vrai combat n'était pas grave. Puis il songea à son père, à Nevin Noll, à Keith et à tous ses amis, il compta jusqu'à cinq et bondit à nouveau. Au milieu du deuxième round, il devint évident que le vainqueur serait celui qui serait encore debout à la fin du troisième. Aucun des deux combattants n'était prêt à abandonner, et pendant les quatre-vingt-dix dernières secondes, ils luttèrent pied à pied. Entre les rounds, l'arbitre se rendit dans les deux camps pour constater les dégâts.

— Il va bien, assura Buster en essuyant le visage de Hugh avec de l'eau fraîche. Il a juste saigné du nez, mais rien de cassé.

— Pas de coupures, hein, dit l'arbitre.

— Non, pas de coupures.

— Il a son compte ?

— Bien sûr que non.

Parle pour toi, faillit intervenir Hugh. Il était fatigué de se battre et espérait ne plus jamais voir Fuzz Foster. Mais les « Allez Hugh ! Allez Hugh ! » reprirent de plus belle et firent trembler les murs du gymnase. Ravis de ce combat de rue à l'ancienne, les fans en redemandaient. Au diable la boxe entre gentlemen ! Ils voulaient que ça saigne.

Hugh se redressa, raide comme un bâton, et sautilla sur place en attendant la cloche. On s'agitait dans l'autre coin. L'arbitre criait contre l'entraîneur de Fuzz.

— Le gamin a une coupure au-dessus de l'œil droit, lui dit Buster. Vise-la. Donne tout, d'accord ?

Hugh hocha la tête et tapa ses gants l'un contre l'autre. Il sentait son œil droit se fermer et son œil gauche se troubler.

La cloche retentit et Fuzz se leva. L'arbitre parlait toujours à son entraîneur, qui se glissa entre les cordes. Sous la menace d'une disqualification pour une mauvaise entaille, Fuzz devait en finir vite. Il se rua sur Hugh et lui flanqua un coup bas, dans le rein droit. Cela faisait si mal que Hugh se plia en deux de douleur. Fuzz le bourra d'uppercuts, et dans les dernières secondes du dernier round, Hugh se retrouva à nouveau au tapis, luttant pour se mettre à quatre pattes et se souvenir de son nom.

La foule scandait toujours « Allez Hugh ! ».

Il se remit debout pour la dernière fois, secoua la tête en direction de l'arbitre comme si tout allait à merveille, et se prépara à un nouvel assaut. Fuzz et lui se battirent comme des lions, sous les cris des fans qui exultaient. À la grande surprise de Hugh, Fuzz s'écroula après une rafale, et parut vidé. Hugh l'était, vidé, mais il restait au moins une minute de combat. Fuzz se releva malgré tout. L'arbitre leur fit signe de toucher leurs gants, puis annonça la reprise du combat. Ils s'attrapèrent au centre du ring, tous deux trop épuisés pour asséner d'autres coups de poing. L'arbitre arrêta le combat et poussa Hugh vers son entraîneur. Il s'essuya le visage et dit à Buster :

— Il a une coupure. L'autre aussi. Les deux ont le nez cassé. Ils sont allés trois fois chacun au tapis. Le combat est terminé. C'est un nul. Trop c'est trop.

La foule se mit à pousser des huées lorsque le speaker annonça le match nul, mais les combattants s'en moquaient. Hugh et Fuzz se félicitèrent mutuellement de s'être si bien battus et quittèrent le ring.

***

Deux heures plus tard, Hugh était allongé sur le canapé du salon avec des poches de glace sur le visage. Carmen s'était enfermée dans sa chambre, en larmes. Lance fumait une cigarette dehors. Ils s'étaient disputés et avaient trop parlé devant les enfants. Carmen était horrifiée de voir son fils couvert d'hématomes, de coupures et de coups. Lance était fier de lui et en voulait à l'arbitre d'avoir arrêté le combat. De son point de vue, Hugh était le vainqueur.

10.

Des rumeurs prétendaient que le Carousel Lounge était à vendre. Son propriétaire, Marcus Dean Poppy, était un homme d'affaires instable qui buvait et avait des dettes de jeu. Son club battait de l'aile car Poppy avait trop souvent la gueule de bois pour gérer les détails. L'établissement gagnait quand même de l'argent, il était idéalement placé, en plein milieu du Strip. Alcool, strip-teaseuses, prostituées, jeux d'argent, il offrait toute la panoplie des plaisirs interdits et restait à flot, mais tout juste. Ce que peu de gens savaient, c'est que Poppy s'était mis dans le pétrin à Las Vegas et qu'il avait besoin de renflouer les caisses. Il avait envoyé Earl Fortier, son bras droit, voir Lance Malco au Red Velvet. Lance, Tip et Nevin Noll reçurent Fortier, même s'ils se méfiaient de sa réputation douteuse.

Enfin, la plupart des hommes qu'ils rencontraient au cours d'une journée normale étaient plus ou moins louches. Les trois acolytes burent une bière fraîche avec Fortier, parlèrent de pêche, et en vinrent aux affaires sérieuses. Le plan était simple. Poppy voulait vingt-cinq mille dollars pour le Carousel, en espèces. Le club n'avait pas de dettes, tous les comptes étaient à jour.

Lance fronça les sourcils et secoua la tête.

— Vingt-cinq, c'est trop. J'estime le club à vingt mille.

— Vous proposez vingt mille ? interrogea Fortier.

— Ouais, et Marcus Dean doit signer une clause de non-concurrence pendant trois ans.

— Pas de problème. Il ne va pas rester dans le coin. Il préfère retourner à Hot Springs, pour être près de l'hippodrome.

— Il sera OK pour vingt mille ?

— Eh bien, je vais lui demander. Je vous appelle demain pour vous donner la réponse.

Fortier alla au O'Malley, où il avait rendez-vous avec Ginger Redfield dans son bureau. Elle lui offrit un verre, qu'il refusa. Il lui annonça que Marcus Dean Poppy vendait le Carousel et que Lance Malco offrait de l'acheter vingt mille dollars. Pouvait-elle surenchérir ?

Oui, elle le pouvait. Elle était ravie de l'opportunité et proposa ce que Marcus espérait : vingt-cinq mille dollars d'avance, payables par chèque certifié.

Le lendemain, Fortier appela Lance et lui annonça qu'ils étaient d'accord pour vingt mille dollars comptant. La moitié d'avance avec un simple accord de rachat, l'autre moitié quand les avocats auraient terminé leurs tractations, dans environ une semaine. Deux jours plus tard, Fortier était de retour au Red Velvet avec un contrat de deux pages, présigné par Marcus Dean. L'avocat de Lance le valida. Comme il ne s'agissait pas d'une vente immobilière, mais d'un bail à long terme, les démarches administratives étaient simplifiées. Fortier repartit avec dix mille dollars en liquide et se rendit directement au O'Malley, où il produisit un autre contrat, également présigné par Marcus Dean Poppy. Ginger le lut attentivement, le signa et remit à Fortier un chèque certifié de vingt-cinq mille dollars. Fortier alla ensuite à sa banque, encaissa le chèque et retourna au Carousel, l'air triomphant, avec trente-cinq mille dollars en liquide dans sa mallette.

Ravi, Marcus Dean donna une commission de deux mille dollars à son intermédiaire. Il attendit deux jours et appela Lance pour lui annoncer la terrible nouvelle : le fisc venait de faire une descente chez lui et était en train de mettre des scellés sur tous ses biens. Le contrat tombait à l'eau. La surprise de Lance se mua rapidement en colère et il exigea ses dix mille dollars. *Pas de problèmes*, lui répondit Marcus Dean, sauf que, bien évidemment, ce n'était pas aussi simple. Le fisc avait saisi toutes les espèces sonnantes et trébuchantes sur lesquelles il avait mis la main. Marcus

Dean pourrait lui rembourser cinq mille dollars dans un jour ou deux, et le solde « très bientôt ».

Lance flaira le coup foireux et passa plusieurs appels. Comme il prospérait dans un monde interlope, il n'avait aucune relation au sein du fisc. Mais son avocat avait un ami qui connaissait quelqu'un. Entre-temps, la rumeur courut que Ginger Redfield avait elle aussi acheté le Carousel. L'établissement était temporairement fermé, soi-disant en raison de problèmes fiscaux.

Marcus Dean disparut et ne prit plus les appels de Lance Malco. On finit par apprendre que le fisc n'enquêtait ni sur le Carousel ni sur Marcus Dean Poppy.

Sur le Strip, en 1963, escroquer mille dollars à la mauvaise personne pouvait entraîner de graves dommages corporels – crâne brisé, membres arrachés, yeux crevés. À dix mille dollars, un escroc était comme mort. Nevin Noll finit par retrouver Fortier et lui lança un ultimatum : sept jours pour rendre l'argent, ou bien c'était terminé pour lui.

***

Une semaine s'écoula, puis une autre. Personne n'avait vu Poppy. Lance était convaincu qu'il avait quitté la région pour de bon et qu'il comptait garder l'argent. Une équipe de construction engagée par Ginger était allée au Carousel et avait commencé les travaux de rénovation en vue d'une grande réouverture.

Fortier s'était fait discret lui aussi et avait quitté le Strip, mais pas la côte. Il vendait des voitures d'occasion pour un ami à Pascagoula et habitait dans un petit appartement. Un samedi soir, tard dans la nuit, il était rentré d'une soirée à moitié ivre avec sa petite amie Rita. Ils s'étaient rapidement déshabillés, s'étaient affalés dans le lit et étaient en train de se chauffer quand un homme jaillit du placard et leur tira dessus avec une arme de poing. Earl reçut trois balles dans la tête, tout comme Rita, qui eut un petit cri étranglé avant la fin.

Un voisin, M. Bullington, avait entendu les coups de feu, qu'il décrivit comme des « tirs étouffés », certainement pas le bruit d'une arme à feu qui avait tiré à bout portant. D'après la balistique, le tireur avait utilisé un silencieux, ce qui serait logique, étant donné le meurtre soigneusement planifié.

M. Bullington avait aussi entendu un cri. Alors il avait éteint les lumières et s'était posté à la fenêtre de sa cuisine, qui donnait sur la cour de derrière, aux aguets. Quelques secondes plus tard, il avait vu un homme quitter l'immeuble, traverser rapidement le petit parking, et disparaître au coin de la rue. Blanc, environ vingt-cinq ans, dans les un mètre quatre-vingts, corpulence moyenne, casquette noire enfoncée sur des cheveux bruns. Bullington attendit une minute, puis sortit par la porte de derrière et, se coulant dans l'ombre, prit le même chemin que l'inconnu. Il avait entendu une voiture démarrer et, caché derrière des buissons, il avait vu le tueur s'éloigner dans une Ford Fairlane 1961 marron clair, immatriculée dans le Mississippi. Malheureusement, il était trop loin pour distinguer les numéros de la plaque d'immatriculation.

Fortier était mort dans son lit, mais pas Rita. Pendant trois jours, ses médecins avaient attendu le moment de la débrancher, mais elle s'était accrochée. Le quatrième jour, elle s'était mise à marmonner.

Les meurtres n'étaient guère surprenants le long de la côte. Fortier était considéré comme un vendeur de voitures d'occasion au passé douteux. Il avait travaillé dans des clubs de Biloxi et purgé une peine de prison pour coups et blessures. Rita avait été serveuse dans un steak house à Pascagoula, puis pendant des lustres au Carousel. Un employé qui les connaissait tous les deux avait déclaré que leur idylle durait depuis des années, par intermittence. Selon lui, elle ne bossait qu'au bar, pas dans les chambres à l'étage. Mais cela n'avait guère d'importance, maintenant qu'elle était sous assistance respiratoire.

Pascagoula se trouvait dans le comté de Jackson, le territoire du shérif Heywood Hester, un honnête fonctionnaire qui méprisait Fats Bowman et ses petites magouilles dans le comté voisin. Hester fit immédiatement appel à la police d'État et suivit l'enquête de près. Ses concitoyens voyaient d'un mauvais œil les règlements de comptes entre bandes, bien plus que ceux du comté d'Harrison, et le shérif était déterminé à élucider ce crime et à traduire son auteur en justice.

Une semaine après son admission à l'hôpital, Rita réussit à griffonner sur un calepin : *Nevin.* Évitant les autorités de Biloxi, un policier sous couverture fureta dans le Strip et eut vent des tensions entre Lance Malco et Marcus Dean Poppy. Il était de notoriété publique que Nevin était l'homme de main de Malco. Il ne fut pas difficile de découvrir qu'il possédait une Ford Fairlane 1961 marron clair, la voiture que M. Bullington avait identifiée.

Lors d'une descente de police surprise, Nevin Noll fut réveillé à 3 heures du matin par un coup frappé à sa porte. Comme chaque fois qu'il recevait une visite inattendue, il s'empara de la petite arme de poing glissée sous son matelas. Derrière la porte, la police l'informa qu'elle avait un mandat d'arrêt contre lui et un autre pour perquisitionner son appartement. Ils investirent les lieux. *Sortez, les mains en l'air.* Il obtempéra et personne ne fut blessé.

On le conduisit à Pascagoula et on le jeta en cellule. La police fouilla son appartement et dénicha tout l'arsenal – armes de poing, carabines, fusils de chasse, poings américains, couteaux à cran d'arrêt, barres de fer – dont un truand qui se respecte a besoin. Quand la police nationale et le shérif Hester tentèrent de l'interroger, il réclama un avocat.

Lance Malco était furieux que Nevin se soit mis dans un tel pétrin. Il avait ordonné l'assassinat de Fortier et demandé à Nevin de s'en charger, mais il pensait que son homme de main ferait appel à un tueur à gages. Nevin le tannait depuis des années pour exécuter un contrat – il en avait marre des passages à tabac et voulait de l'action –, mais Lance avait calmé ses ardeurs. Il voulait que Nevin reste à sa place, à côté de lui. Les meurtres sous contrat ne coûtaient pas plus de cinq mille dollars par tête. Nevin valait bien plus que cela.

Lance alla lui rendre visite en prison deux jours après son arrestation et lui parla en privé. Après un sérieux coup de semonce, au cours duquel le patron souligna combien il était stupide d'avoir abattu Fortier dans le comté de Jackson au lieu du comté d'Harrison, où Fats tirait les ficelles, et lui avoir rappelé plusieurs autres bourdes évidentes, Lance lui demanda ce qu'il en était de la femme, Rita. Elle n'était pas censée être là. Fortier vivait seul et Nevin avait supposé qu'il rentrerait seul ce samedi soir. Nevin était déjà caché dans la maison quand le couple était entré en titubant et avait commencé à se déshabiller. Il n'avait eu d'autre choix que de la tuer, ou du moins d'essayer.

— Bon, t'as raté ton coup, hein ? Elle a survécu et maintenant, elle cause aux flics.

— Je lui ai collé trois balles dans la tête. C'est un miracle.

— Les miracles, ça arrive, non ? La règle de base, c'est de ne jamais laisser de témoin derrière soi.

— Je sais, je sais. On peut se débarrasser d'elle ?

— Tais-toi. Tu as assez d'ennuis comme ça.

— Tu peux me faire sortir de là ?

— J'y travaille. Burch viendra te voir demain. Fais ce qu'il te dit.

***

Avocat pénaliste, Joshua Burch avait une solide réputation sur la côte. Sa renommée s'étendait de Mobile à la Nouvelle-Orléans, et il était l'homme de la situation lorsqu'une personne disposant d'importants moyens financiers se trouvait en difficulté. Chouchou des gangsters, il fréquentait assidûment les bars les plus agréables du Strip. Il travaillait dur, négociait sans scrupules, et conservait une aura de respectabilité au sein de la communauté. Dans la salle d'audience, il était sans pitié, toujours prêt à en découdre, et gardait son calme même sous la pression. Les jurés lui faisaient confiance, peu importaient les horreurs dont ses clients étaient accusés, et il perdait rarement un procès. Quand Burch plaidait, la salle d'audience était toujours pleine à craquer.

Il avait été ravi d'apprendre le meurtre de Fortier, car il se doutait qu'il s'agissait d'un gang, et il attendit le coup de téléphone pendant près d'une semaine. Il espérait que les flics arrêteraient le responsable et résoudraient le crime. Burch voulait être engagé pour défendre le suspect.

La première chose qui le dérangea chez Nevin Noll, c'était son regard – dur, froid et fixe, le regard d'un psychopathe qui ne connaît pas la pitié. S'il regardait un juré de cette manière, il serait condamné en un clin d'œil. Ils allaient devoir travailler ça, peut-être avec une paire de lunettes originale.

La deuxième chose, c'était son arrogance. Enfermé dans une prison de comté, le jeune homme était méprisant, imperturbable, et désinvolte face aux graves accusations qui pesaient contre lui. Il n'avait rien fait de mal, ou du moins c'était sans importance. Burch allait devoir aussi lui enseigner l'humilité.

— Où étiez-vous au moment du meurtre ? demanda Burch à son client.

— Je n'en suis pas sûr. Où vouliez-vous que je sois ?

Jusqu'à présent, il n'avait obtenu aucune réponse directe.

— Il semblerait que l'État soit en train de monter un dossier plutôt solide. Les flics pensent avoir l'arme du crime, bien que la balistique ne leur ait pas encore envoyé son rapport. Il y a deux témoins oculaires. La femme qui a reçu trois balles dans le crâne affirme que c'est vous qui avez appuyé sur la gâchette. C'est un très mauvais départ, Nevin. Et quand les preuves s'accumulent contre l'accusé, il est plutôt utile d'avoir un alibi. N'étiez-vous pas en train de jouer au poker avec des amis à Biloxi pendant que M. Fortier se faisait tirer dessus à Pascagoula ? Ou peut-être passiez-vous la soirée avec une petite amie ? Après tout, c'était un samedi soir.

— À quelle heure Fortier s'est-il fait tirer dessus, d'après eux ?

— La première estimation est de 23 h 30.

— C'était plus près de minuit. Alors, oui, voilà, je jouais aux cartes avec des amis et puis, vers minuit, je suis allé me coucher avec ma copine. C'est bien ?

— Ça me semble parfait. Et qui étaient vos amis ?

— Euh, eh bien, il faut que je réfléchisse.

— D'accord, et votre petite amie ?

— Il faut que je voie aussi. J'en ai plus d'une, hein ?

— Bien sûr. Soyez clair sur les noms, Nevin. Et ces gens seront appelés à témoigner à la barre pour corroborer votre version des faits, alors ils doivent être solides comme le roc.

— Pas de problème. J'ai beaucoup d'amis. Pouvez-vous me faire sortir d'ici ?

— On y travaille. Mais votre caution s'élève à un million de dollars. Le juge ne voit pas ce meurtre d'un bon œil, même pour un minable comme Fortier. Nous avons une audience pour la libération conditionnelle la semaine prochaine, où je vais essayer de faire baisser la caution. M. Malco est prêt à mettre en gage des biens immobiliers. On verra bien.

***

Deux semaines après l'enterrement de Fortier, Marcus Dean Poppy prenait son petit déjeuner dans la salle à manger de l'hôtel Arlington à Hot Springs, dans l'Arkansas. Il n'avait pas assisté au triste service funèbre ; en fait, il ne lui était pas venu à l'esprit de s'approcher de Biloxi. Le meurtre était un avertissement clair pour Poppy, qui avait parfaitement compris le message et prévoyait de passer plusieurs mois en Amérique du Sud. Il serait déjà parti sans cette chance indécente à Oaklawn, l'hippodrome voisin. Il ne pouvait abandonner maintenant. Son ange gardien lui avait soufflé de prendre ses gains et de disparaître le plus vite possible. Ses démons l'avaient convaincu que sa chance n'allait pas tourner de sitôt. Pour l'instant, le diable était aux commandes.

Wilfred, son serveur, en smoking noir un peu passé, posa un grand Bloody Mary devant lui.

— Bonjour, monsieur Poppy. Comme d'habitude ?

— Bonjour, Wilfred. Oui, s'il vous plaît.

Il prit son verre, regarda autour de lui pour voir si on le regardait, et aspira fortement sa boisson à la paille. Il s'humecta les lèvres, sourit, attendant que la vodka inonde son cerveau et chasse les toiles d'araignée de la nuit précédente. Il buvait trop, mais il gagnait aussi beaucoup d'argent. Pourquoi ne pas en profiter ? Il s'empara d'un journal, l'ouvrit à la page des sports et consulta les résultats des courses du jour. Il sourit à nouveau. C'était fou la vitesse à laquelle la vodka passait de la paille aux toiles d'araignée.

Wilfred lui apporta deux œufs brouillés et des toasts beurrés et lui demanda s'il désirait autre chose. M. Poppy le congédia d'un geste suffisant. Alors qu'il prenait une bouchée d'œufs, un jeune homme vêtu d'un élégant costume apparut et, sans un mot, s'assit en face de lui.

— Qui êtes-vous ? s'indigna M. Poppy.

— Écoutez, Marcus Dean, dit Nevin, je travaille pour Lance, qui vous passe le bonjour. On s'est occupés de Fortier. Vous êtes le suivant sur la liste. Où est l'argent ?

Poppy s'étouffa avec ses œufs et les recracha. Il essuya le devant de sa chemise avec sa serviette en lin et s'exhorta à ne pas paniquer. Il avala une gorgée d'eau glacée et déglutit.

— J'ai lu dans le journal que vous étiez derrière les barreaux.

— Vous croyez tout ce que disent les journaux ?

— Eh bien...

— J'ai été libéré sous caution. La date du procès n'a pas été fixée. Où est l'argent, Marcus Dean ? Dix mille dollars, en liquide.

— Eh bien, je, euh, vous voyez, ce n'est pas si simple.

Nevin jeta un coup d'œil circulaire à la salle avant de répondre :

— Vous menez la grande vie, on dirait. C'est un bel endroit, on comprend pourquoi Al Capone était un habitué, à la belle époque. Les chambres ne sont pas désagréables. Et il y a des courses tous les jours. Vous avez vingt-quatre heures, Marcus Dean.

Wilfred s'approcha d'un air inquiet.

— Tout va bien, monsieur Poppy ?

L'homme réussit à lui faire un signe de tête hésitant. Nevin désigna son verre et lança au serveur :

— Je vais en prendre un aussi.

Marcus Dean regarda Wilfred s'éloigner et souffla :

— Comment m'avez-vous trouvé ?

— Ça n'a pas d'importance, Poppy. Tout ce qui compte, ce sont les dix mille dollars. Demain matin, je vous retrouverai ici pour le petit déjeuner, à la même heure, et vous me donnerez l'argent. Et ne tentez rien de stupide comme vous enfuir. Je ne suis pas seul. Vous êtes sous surveillance.

Marcus Dean s'empara de sa fourchette, puis la laissa tomber. Ses mains tremblaient et des gouttes de sueur perlaient à son front. En face de lui, le jeune Nevin Noll était parfaitement calme, souriant même. Le deuxième Bloody Mary arriva et Nevin saisit sa paille. Il regarda l'assiette de Poppy et lança :

— Vous allez manger tous vos toasts ?

— Non.

Il prit une tranche de pain et en dévora la moitié. Marcus Dean termina son verre et parut mieux respirer.

— Soyons bien clairs, dit-il à voix basse. Quand je vous donnerai l'argent, que se passera-t-il ?

— Je le remettrai à M. Malco, son propriétaire légitime.

— Et moi ?

— Vous ne valez pas la peine d'être tué, Poppy. À quoi bon ? À moins que vous reveniez sur la côte. Ce qui serait une grosse erreur.

— Ne vous inquiétez pas. Ce n'est pas dans mes intentions.

Nevin tira à nouveau sur sa paille. Marcus Dean prit une grande inspiration et chuchota :

— Vous savez, il y a un moyen plus simple.

— Je vous écoute.

Poppy regarda à nouveau autour de lui, comme si des espions l'observaient. À la table la plus proche, un couple de nonagénaires remuait ses flocons d'avoine en s'ignorant superbement l'un l'autre.

— Eh bien, l'argent est à l'étage, dans ma chambre. Si vous restez là, je vais le chercher tout de suite.

— Ah voilà. Mieux vaut tard que jamais.

— Donnez-moi dix minutes.

Poppy se tamponna la bouche et posa sa serviette sur la table.

— Je vous attends ici. Pas d'entourloupes, hein. J'ai des hommes dehors. Si vous faites une bêtise, je vous éliminerai plus vite que Fortier. Vous n'avez pas idée, monsieur Poppy, à quel point votre vie ne tient qu'à un fil.

Au contraire, Poppy en avait une idée très précise. Il glissa l'argent dans une enveloppe qu'il remit à Noll, et regarda l'homme de main de Malco quitter le restaurant. Il but un autre Bloody Mary pour se détendre, puis alla aux toilettes, traversa les cuisines, et sortit par une porte de service. Puis il se cacha dans une ruelle jusqu'à ce qu'il soit certain de ne pas avoir été suivi. Après quoi, il grimpa dans sa voiture, s'éloigna en trombe, et ne parvint à se détendre que lorsqu'il eut traversé la frontière du Texas.

11.

Le procureur du Dix-neuvième District était un jeune homme solennel et inexpérimenté du nom de Pat Graebel. En 1963, quatre ans plus tôt, il avait remporté l'élection sans opposant, quand sa plus grosse affaire atterrit sur son bureau. Il n'avait jamais poursuivi personne pour homicide, et le fait que Nevin Noll soit une figure connue de la pègre de Biloxi augmentait considérablement l'enjeu. Les habitants du comté de Jackson, ceux-là mêmes qui avaient élu Graebel au poste de procureur, étaient fiers de leur réputation de citoyens respectueux de la loi et méprisaient la racaille de Biloxi. De temps à autre, la criminalité de l'État voisin débordait sur leur territoire, et ils devaient endiguer la déferlante, ce qui augmentait encore leur ressentiment. Une énorme pression s'exerçait sur le jeune Graebel pour obtenir la condamnation du coupable.

De prime abord, son dossier semblait en béton armé. Rita Luten, l'autre victime et témoin oculaire, se rétablissait lentement mais sûrement. Elle était paralysée et ne pouvait pas vraiment s'exprimer, mais d'après ses médecins, son état allait s'améliorer. M. Bullington, le voisin, était absolument certain d'avoir vu Nevin Noll s'enfuir. L'expert en balistique du laboratoire criminel de l'État avait établi que le revolver de calibre .22 trouvé dans l'appartement de Noll était identique à celui qui avait tiré les six coups de feu. Le mobile serait plus difficile à prouver, étant donné les aléas du milieu de la pègre, mais l'accusation espérait forcer un des membres de la bande à témoigner que c'était un règlement de comptes qui avait mal tourné. Une énième guerre des gangs.

Pat Graebel ne pensait pas que la mafia serait capable de saboter une affaire pareille. Une semaine avant le début du procès au palais de justice du comté de Jackson, à Pascagoula, Rita Luten disparut. Graebel n'avait pas pris la peine de la citer à comparaître, une erreur compréhensible, mais fatale. Comme tout le monde, il croyait qu'elle était impatiente de se présenter et de désigner l'accusé comme le meurtrier qui lui avait tiré trois balles dans la tête. Oui, elle voulait la justice, mais elle avait encore plus besoin d'argent. Tard dans la nuit, elle était montée de son plein gré dans une ambulance et avait été transportée dans un centre de convalescence privé près de Houston, où elle avait été admise sous un pseudonyme. Tous les contacts, ainsi que toutes les factures, étaient adressés à un avocat à la solde de Lance Malco, ce qui ne serait jamais prouvé. Trois mois plus tard, Graebel parvint enfin à la retrouver, mais le procès était terminé depuis longtemps.

L'autre témoin clé, M. Bullington, s'évanouit lui aussi. Comme Rita, il s'était volatilisé au milieu de la nuit pour se rendre tout droit à l'hôtel-casino Flamingo de Las Vegas. Non seulement il avait les poches pleines, mais il était soulagé de ne pas avoir été roué de coups par les deux voyous qui l'avaient suivi.

La veille du procès, Graebel avait réclamé une audience auprès du juge, pour s'indigner de la disparition de ses deux témoins principaux. Joshua Burch avait joué le jeu et semblait sincèrement préoccupé par la situation, jurant à la cour qu'il n'était au courant de rien. Il était bien trop malin pour se salir les mains et intimider des témoins.

Burch lui avait tendu un autre piège, dans lequel Graebel s'était jeté la tête la première. Il l'avait convaincu de juger les affaires séparément, en commençant par le meurtre de Fortier. La tentative de meurtre de Rita Luten serait jugée un mois plus tard. Rita était un témoin important dans le procès Fortier, mais son absence ne ferait pas nécessairement dérailler la procédure. Burch savait qu'elle s'évanouirait au dernier moment, même s'il ne le reconnaîtrait jamais.

Lors de l'audience, Graebel clama haut et fort que les forces du mal étaient à l'œuvre, que son dossier était miné, que la justice était entravée, et ainsi de suite. En l'absence de preuves, le juge ne pouvait rien faire. Comme l'accusation n'avait aucune idée de l'endroit où se trouvaient Rita et M. Bullington, il semblait peu probable qu'ils puissent témoigner. Le procès devait se poursuivre.

Un bon procès pour meurtre pouvait rompre la monotonie de n'importe quelle petite ville, et la salle d'audience était pleine à craquer quand les douze jurés prirent place sur leurs bancs et écoutèrent les plaidoiries d'ouverture des avocats. Pat Graebel fut le premier à s'exprimer, un exercice pénible pour lui. Pour sa défense, il était difficile d'expliquer ce que l'État entendait prouver quand ses témoins étaient introuvables. Sa plaidoirie reposait en grande partie sur l'arme du crime, et il avait brandi le pistolet comme pour faire fuir les clients d'un saloon dans le Far West. Les experts du laboratoire criminel de l'État allaient témoigner que c'était bien l'arme utilisée pour tuer Earl Fortier et blesser grièvement Rita Luten. Un pistolet que l'on avait retrouvé dans l'appartement de l'accusé, Nevin Noll, au milieu d'un arsenal complet.

À la fin de son exposé, Graebel tenta maladroitement d'associer des décennies de corruption et de crime organisé sur leur « côte bien-aimée » aux forces du mal « toujours à l'œuvre là-bas », mais il ne pouvait prouver le lien entre les deux. Ce n'était pas une bonne plaidoirie pour le procès le plus important de sa carrière.

Joshua Burch, quant à lui, était sur le devant de la scène, dans une salle d'audience où il avait défendu de nombreux clients. Il portait un costume gris clair avec un gilet assorti, ainsi qu'une pochette rose, une montre à gousset et une chaîne en or. Se levant de la table de la défense, il alluma un cigare et souffla un nuage de fumée au-dessus des jurés en faisant les cent pas.

L'État n'avait aucune preuve, pas la moindre. L'État avait traîné son client, Nevin Noll, un jeune homme sans casier judiciaire, au tribunal, en se fondant sur de fausses accusations. La loi n'exigeait pas que son client se présente à la barre, mais attendez, M. Noll était impatient de venir, de prêter serment, et de dire au jury toute la vérité. À savoir qu'il n'avait rien fait. Les accusations portées contre lui étaient scandaleuses. Les policiers s'étaient trompés de personne. Le procès était une perte de temps car, à cet instant précis, l'homme qui avait tué Earl Fortier était libre comme l'air, et riait probablement du spectacle qui avait lieu à l'intérieur du palais de justice.

Le ministère public ouvrait le procès et Graebel était impatient de marquer des points avec les photos sanglantes de la scène du crime. Surpris, les jurés les firent circuler rapidement sans trop les regarder. Les enquêteurs décrivirent l'appartement et la position des corps. L'anatomopathologiste passa deux heures à expliquer dans les moindres détails ce qui avait tué Earl Fortier, même s'il était douloureusement évident pour les jurés et toute l'assemblée que les trois balles dans le crâne avaient fait l'affaire.

Joshua Burch était trop malin pour contredire un expert et ne lui posa que des questions anodines. Nevin Noll était assis à côté de lui et paraissait confiant. Le regard froid et dur avait disparu, remplacé par un sourire permanent, maintenu par des décontractants musculaires. Le juré numéro sept était une jeune femme séduisante de vingt-six ans et leurs regards se croisèrent à plusieurs reprises.

La seule preuve sérieuse fut présentée au début du deuxième jour, quand l'expert en balistique de l'État désigna l'arme du crime comme appartenant à l'accusé. C'était indéboulonnable. Le revolver de calibre .22, saisi dans l'appartement de Noll, était sans aucun doute possible le pistolet avec lequel on avait abattu Earl Fortier et gravement blessé Rita Luten.

Quand l'État fit une pause, à l'heure du déjeuner, le dossier de l'accusation semblait solide.

Mais après le déjeuner, Joshua Burch entra en scène. Il commença par une partie de poker dans une arrière-salle du Foxy et appela à la barre trois jeunes hommes qui déclarèrent sous serment qu'ils jouaient aux cartes avec Nevin au moment du meurtre, à trente kilomètres de là. Lors du contre-interrogatoire, Graebel tenta de les déstabiliser en démontrant qu'ils étaient tous trois des amis de Noll et travaillaient dans l'une des sociétés de Lance Malco. Soigneusement briefés par Joshua Burch, les trois hommes réussirent à détourner les insinuations en protestant que, certes, ils étaient amis, mais que cela ne les empêchait pas de dire la vérité. Ils jouaient tout le temps aux cartes et, oui, ils aimaient faire la fête, ils appréciaient les filles, et buvaient de la bière et du bon whisky. Mais bon sang, ils avaient une vingtaine d'années et étaient tous les trois célibataires, alors où était le problème ?

Bridgette, la suivante à la barre, leur vola la vedette. Elle expliqua au jury que Nevin et elle se fréquentaient depuis quelques mois et qu'ils envisageaient même un avenir ensemble. Le soir en question, elle travaillait comme serveuse au Foxy et avait prévu de rejoindre Nevin à la fin de sa partie de poker. Et c'est exactement ce qui s'était passé. Vers le milieu de la nuit, ils s'étaient retrouvés dans une chambre à l'étage. Elle était plutôt séduisante, bien en chair, avec de longs cheveux blonds et épais, et quand elle parlait, elle roucoulait dans le micro comme Marilyn Monroe.

Le jury était composé de dix hommes et deux femmes. La plupart des hommes semblaient absorbés par le témoignage de Bridgette, et pensaient sûrement que l'accusé s'était payé une bonne soirée. L'idée que Nevin ait laissé cette fille seule dans son lit pour aller tirer dans la tête de deux personnes était absurde.

Graebel questionna Bridgette sur son passé, mais n'obtint rien d'intéressant. Elle aussi avait été soigneusement préparée. L'avocat se montra curieux d'en savoir plus sur les chambres à l'étage et tomba dans un autre piège. Bridgette s'indigna et pépia :

— Monsieur Graebel, je ne suis pas une prostituée ! Je suis une serveuse qui fait trois boulots en même temps pour pouvoir reprendre ses études !

Le procureur se pétrifia comme un cerf pris dans les phares d'une voiture et laissa tomber ses notes. Soudain, il n'avait plus de questions à poser au témoin et regagna précipitamment sa chaise.

Comme l'université avait été mentionnée, Joshua Burch se sentit obligé d'interroger la jeune femme sur ses études. Elle rêvait de devenir infirmière, peut-être même médecin. Les jurés masculins l'imaginaient sûrement en train de prendre leur tension artérielle dans sa blouse blanche.

En vérité, Doris (son vrai prénom), âgée de dix-neuf ans, avait abandonné le lycée et offrait ses services aux clients aisés dans les chambres à l'étage depuis au moins deux ans. Avec son physique avantageux, elle était trop bien pour faire le travail d'une prostituée ordinaire et avait rapidement été promue au rang d'escorte, le club demandant soixante-quinze dollars de l'heure pour sa compagnie. Ses clients étaient plus âgés et plus riches.

Quand Joshua Burch en eut terminé avec elle, elle se retira. Presque tous les jurés masculins la suivirent des yeux lorsqu'elle quitta la salle d'audience. Ils n'avaient eu aucun mal à croire l'alibi de l'accusé.

Et l'arme aussi avait une explication. Joshua appela judicieusement son client à la barre juste après le départ de Bridgette. Nevin, parfaitement préparé, fronça solennellement les sourcils face aux jurés, posa la main sur la bible et jura de dire la vérité. Puis il se mit à raconter tout un tas de mensonges. Il mentit sur la partie de poker avec ses trois copains, sur ses parties de jambes en l'air avec Bridgette au moment précis où Fortier et Rita se prenaient trois balles dans le crâne, et il mentit sur le pistolet. En effet, il l'avait bien en sa possession, comme beaucoup d'autres armes.

— Pourquoi possédez-vous autant d'armes ? interrogea Burch d'un air préoccupé.

— C'est simple, répondit Noll très sérieusement. Dans mon travail, en tant que responsable de la sécurité du club, je dois parfois mettre fin à des bagarres et demander à des clients agités de débarrasser le plancher. Ils ont souvent des armes à feu et des couteaux sur eux. Parfois, je les confisque. D'autres fois, je leur demande juste de partir. C'est un travail qui peut s'avérer dangereux, surtout le vendredi et le samedi soir, quand tout le monde est fébrile. Certains reviennent au club le lendemain, présentent leurs excuses et réclament leur arme. D'autres ne reviennent jamais. Au fil des ans, j'ai accumulé une belle collection. Je garde les meilleures, je vends les autres.

Joshua Burch se dirigea vers la table du sténographe, saisit le Ruger, et le remit au témoin.

— Dites-moi, monsieur Noll, reconnaissez-vous ce pistolet ?

— Oui, monsieur.

— Et quand l'avez-vous vu pour la première fois ?

Nevin sembla se creuser la tête pour trouver la date exacte, alors qu'elle lui avait été fournie des semaines plus tôt.

— Eh bien, je crois que c'était le mardi suivant le meurtre de M. Fortier.

— Pouvez-vous raconter au jury ce qui s'est passé.

— Oui, monsieur. J'étais au Foxy et c'était calme, comme souvent en début de semaine. Deux types sont entrés, se sont assis à unc table dans un coin et ont passé commande. Deux de nos filles les ont rejoints et ils ont continué à boire. Après plusieurs verres, une dispute a éclaté avec des gars qui jouaient au billard, une histoire avec une des filles. En un rien de temps, c'était la bagarre générale : chaises, bouteilles, queues de billard volaient partout. Les filles poussaient des cris. On a voulu s'interposer. Un gars a sorti son flingue, ce pistolet justement, de la poche de son manteau, alors on l'a frappé à la tête avec une queue de billard. Il avait le crâne fendu. J'ai confisqué son arme avant qu'il tue quelqu'un, et on a rapidement repris le contrôle de la situation. J'ai viré les deux gars du club, je les ai fait monter dans leur voiture et je leur ai dit de ne pas remettre les pieds ici. Ils étaient totalement ivres. Le détenteur du flingue avait du sang sur le visage. Je ne les avais jamais vus avant et je ne les ai jamais revus depuis.

— Et vous avez conservé cette arme ?

— Oui, monsieur. Je l'ai rapportée chez moi, je l'ai nettoyée. C'est une très belle pièce. J'ai attendu que le propriétaire revienne au club pour la réclamer. Mais comme je viens de vous l'expliquer, je ne l'ai pas revu.

— Pouvez-vous le décrire au jury ?

Nevin haussa les épaules. Quand on créait un personnage fictif, on pouvait lui faire dire tout et n'importe quoi.

— Oui, monsieur. À peu près la même taille et la même corpulence que moi, une trentaine d'années, cheveux bruns.

— Est-ce qu'il est parti en voiture ?

— Non, monsieur. Il avait sa voiture, mais il était très mal en point, alors son copain a pris le volant.

— Quel genre de véhicule ?

— Une Ford Fairlane, marron clair.

Pat Graebel s'affaissa de quelques centimètres dans son siège, son dossier s'effondrait comme un château de cartes. L'alibi tenait la route. Bridgette et les joueurs de poker l'avaient emporté. À présent, le pistolet fumant avait une explication logique et ne serait plus une preuve irréfutable de culpabilité.

Il était rare qu'un procureur ait l'occasion de mener un contre-interrogatoire avec un accusé à la solde de gangsters notoires. Son dossier et son passé ne devaient pas être disséqués devant un jury. Mais Nevin Noll, lui, était au début de sa carrière et n'avait pas encore été condamné pour un délit ou un crime, et il semblait extrêmement confiant dans sa capacité à faire face à tout ce que Graebel pourrait lui reprocher.

— Monsieur Noll, qui est votre employeur ? interrogea le procureur.

— Je travaille pour le restaurant Foxy, à Biloxi.

— Et qui est le propriétaire du Foxy ?

— M. Lance Malco.

— Et vous dites que vous êtes le responsable de la sécurité ?

— En effet.

— Et en quoi consiste ce travail ?

— Je m'occupe de la sécurité.

— Je vois. Pourquoi un restaurant a-t-il besoin d'un service de sécurité ?

— Pourquoi une société, quelle qu'elle soit, a-t-elle besoin d'un service de sécurité ?

— C'est moi qui pose les questions, monsieur Noll.

— Oui, monsieur. Je vous en prie.

— Quels problèmes de sécurité avez-vous au Foxy à Biloxi ?

— Eh bien, je viens de décrire une bagarre. Nous en avons de temps en temps, et nous devons les interrompre, vous voyez, nous débarrasser des voyous.

— Vous avez dit que ces deux hommes buvaient, n'est-ce pas ?

— C'est exact.

— Alors, on sert de l'alcool au Foxy ?

— C'est une question ?

— Je crois que oui.

Noll se mit à rire et regarda les jurés, dont la plupart étaient prêts à se joindre à lui.

— Monsieur Graebel, êtes-vous en train de me demander si nous servons des boissons alcoolisées au Foxy ? Parce que si c'est le cas, la réponse est oui.

— Et c'est illégal, n'est-ce pas ?

Noll sourit et leva les deux mains.

— Voyez ça avec mon patron, d'accord ? Je ne suis pas propriétaire de l'endroit et je ne sers pas de boissons. Je suis jugé pour meurtre, c'est déjà pas mal, non ?

Plusieurs hommes du jury éclatèrent de rire, ce qui fit glousser Noll. L'humour se répandit instantanément dans l'assistance.

Debout devant l'assemblée, le pauvre Pat Graebel devenait l'objet des moqueries, l'imbécile du moment, le procureur en vue dont le dossier en béton venait de partir en fumée.

Deux heures plus tard, les jurés reprirent leur place dans la salle d'audience. La plupart d'entre eux semblaient amusés par la procédure. Le procès avait tourné à la parodie. Les douze jurés votèrent « non coupable » et Nevin Noll échappa à la prison pour la première fois.

12.

Keith se trouvait sur le terrain, à moitié endormi, un œil sur les lucioles qui scintillaient dans la pénombre, l'autre sur l'action en cours. Les bases étaient occupées, le lanceur était en difficulté, mais tout le monde s'en fichait. Le match n'intéressait personne. Ce tournoi sans importance était censé attirer des équipes de la côte, mais la plupart s'étaient désistées. Le vainqueur ne gagnerait rien de particulier. La saison de l'American Legion était terminée et les garçons en avaient marre de jouer. Les parents aussi semblaient fatigués car les tribunes étaient vides, seules quelques petites copines discutaient pour tromper leur ennui, se désintéressant totalement du match.

Un klaxon retentit sur le parking et Keith fit signe à sa bande. Une Pontiac Grand Prix 1963 flambant neuve, rouge vermillon, décapotable, peut-être la voiture la plus cool de Biloxi, se gara tout près. Son conducteur, Hugh Malco, l'avait eue pour son seizième anniversaire. Son père lui avait fait la surprise, et les copains, qui conduisaient tous de vieilles berlines familiales, quand ils avaient de la chance, n'avaient jamais rien vu de plus beau. Bien sûr, cela les rendait jaloux, mais ils étaient quand même ravis de rouler dans une voiture aussi classe. Hugh semblait vouloir épuiser la garantie de dix-huit mille kilomètres dès les deux premiers mois. Il pouvait payer l'essence grâce au salaire versé par son père, sans oublier une généreuse allocation.

Et il avait beaucoup de temps libre. Il avait abandonné le baseball et les autres sports d'équipe et, pour son plaisir, il s'entraînait au Buster Gym trois jours par semaine. Il participait à des tournois de boxe dans tout l'État. Même s'il en perdait autant qu'il en gagnait, il aimait le frisson du combat. Aussi, il était fier de monter sur le ring, ce que ses amis n'avaient jamais fait. Ces derniers l'encourageaient, mais ils n'avaient pas le courage d'enfiler les gants.

Une balle paresseuse roula le long de la ligne du champ droit. Keith la ramassa et la renvoya dans la foulée – ce serait sa dernière action. Dix minutes plus tard, il était sur la banquette arrière de la Pontiac, en route pour la marina. Au volant, Hugh conduisait plus prudemment depuis sa deuxième contravention pour excès de vitesse la semaine précédente. Sur le siège passager, Denny Smith était chargé de veiller sur la glacière remplie de bières. À l'arrière, à côté de Keith, Joey Grasich, un autre gamin de la Pointe qui était allé à l'école primaire avec Hugh et Keith. Le père de Joey était capitaine de bateau et tirait sa subsistance de la pêche. Il possédait plusieurs bateaux, dont un Carolina Skiff de sept mètres que les garçons empruntaient pour leur virée. Tous les parents avaient donné leur accord pour cette aventure – une excursion d'une nuit à Ship Island.

Ils déchargèrent le coffre de la Pontiac et empilèrent leurs affaires et les glacières sur le bateau. Hugh n'était guère rassuré de laisser sa nouvelle voiture sur le parking de la marina, mais il n'avait pas le choix. Admiratif, il essuya une trace de saleté sur le pare-chocs arrière, la verrouilla, puis sauta du quai pour atterrir sur le skiff qui commençait à s'éloigner de la jetée. Le capitaine du port siffla Joey pour lui demander de ralentir. Joey s'exécuta et les garçons ouvrirent une nouvelle tournée de Schlitz en cannette. Bientôt, ils arrivèrent dans le détroit du Mississippi, tandis que les lumières de la ville s'estompaient derrière eux.

Ship Island était une étroite bande de terre située à treize milles de là. Cette île-barrière subissait de plein fouet les nombreux ouragans déferlant sur la côte, mais entre les tempêtes, elle était appréciée des campeurs et des vacanciers. Le week-end, des familles allaient y pique-niquer en bateau. Les ferries organisaient des excursions pour les habitants et les touristes. Les adolescents y cherchaient l'aventure. Les soldats étaient connus pour y passer des week-ends arrosés, des fêtes qui suscitaient constamment des récriminations de la part des locaux.

Les quatre amis connaissaient bien l'île et pêchaient dans les eaux environnantes depuis leur enfance. Avec un Carolina Skiff équipé d'un petit moteur hors-bord, la traversée durait une heure. Ils se mirent en short et se détendirent sur le pont alors qu'ils fendaient l'eau. Tous allumèrent une cigarette en sirotant leur bière. Keith ne fumait pas, mais il appréciait une Marlboro de temps à autre. À part Hugh et sa boxe, Keith était le dernier vrai sportif du groupe. Sa première année de lycée approchait, et s'ouvrait à lui la possibilité de devenir quarterback. Les redoutables entraînements deux fois par jour arrivaient à grands pas et il allait bientôt commencer sa remise en forme. La bière qu'il trouvait si bonne suinterait probablement à travers les pores de sa peau dans la chaleur et l'humidité. L'idée d'une cigarette lui donnerait la nausée pendant les sprints. Mais pour l'instant, il savourait ses petits plaisirs malsains. À seize ans, les garçons étaient ravis d'être livrés à eux-mêmes pour le week-end, libres de faire presque tout ce qu'ils voulaient.

Joey, le capitaine du bateau, avait joué au baseball dans la Petite Ligue contre Keith et Hugh, mais il n'avait jamais fait partie des All-Stars. Comme son père, il préférait passer son temps sur le bateau dans le golfe, de préférence à guetter le poisson. Denny Smith était sans doute le garçon le plus lent du lycée de Biloxi et il n'avait jamais pratiqué de sports d'équipe. Musicien appliqué, il jouait de plusieurs instruments. Il sortit sa guitare et se mit à gratter pendant qu'ils glissaient vers l'île.

Tout le monde savait que Hugh traînait dans les clubs strictement interdits à ses camarades. Il n'était pas vantard, mais laissait entendre qu'il fréquentait des filles qui travaillaient pour l'entreprise familiale. Il n'avait pas parlé de Cindy à ses amis et ne reconnaîtrait jamais, même sous la menace d'une arme, qu'il était tombé amoureux d'une prostituée adolescente. Elle n'était plus qu'un souvenir, il était passé à d'autres, sous l'œil vigilant de Nevin Noll. Les garçons déclarèrent en plaisantant qu'ils entreraient bien en douce dans un club avec lui pour épier les strip-teaseuses. Hugh se doutait que ses copains étaient sérieux, et il comptait bien leur montrer les chambres à l'étage un jour.

Denny jouait « Your Cheatin' Heart » d'Hank Williams, un de leurs chanteurs préférés, une légende qui s'était produite plusieurs fois au Slavonian Lodge. Ses virées alcoolisées dans les bars étaient légendaires. Les garçons chantaient à pleins poumons, aussi fort et aussi faux qu'ils le pouvaient. Aucun autre bateau en vue. La mer était calme. La lune pleine. À l'approche de la berge, Joey releva le moteur et le Carolina glissa paisiblement jusqu'au rivage. Ils déchargèrent le matériel, montèrent leurs deux tentes et allumèrent un feu. Puis ils firent griller quatre entrecôtes épaisses et, bien sûr, chacun y alla de son commentaire sur la cuisson de la viande. Ils se régalèrent et, une fois rassasiés, s'assirent dans le ressac et discutèrent jusqu'à minuit, tandis que les vagues clapotaient autour d'eux. Un autre feu de camp brillait à une centaine de mètres sur leur droite, et sur leur gauche, des rires de filles résonnaient dans la nuit.

Ils se réveillèrent tard, sous un soleil brûlant. Après une baignade matinale, ils partirent à la découverte et trouvèrent le campement des filles. Elles étaient un peu plus âgées qu'eux et accompagnées de leurs petits copains. Elles venaient de Pass Christian, une ville située à trente kilomètres à l'ouest de Biloxi, et se montrèrent plutôt amicales, mais ne voulaient pas de compagnie supplémentaire.

Joey leur fit faire le tour de l'île jusqu'à l'embarcadère où un ferry débarquait les touristes pour la journée. Un vendeur proposait des hot-dogs et des sodas, et ils prirent un en-cas en regardant les bateaux aller et venir. Près d'un vieux fort, ils virent un groupe d'aviateurs jouer au beach-volley. Les joueurs avaient bu beaucoup de bière et invitèrent les quatre amis à se joindre à eux. Ils avaient une vingtaine d'années, venaient d'un peu partout, ils paraissaient rudes et parlaient vulgairement. Keith jugea préférable de refuser poliment, mais Hugh voulait jouer. Après une heure de volley-ball dans une chaleur humide, ils firent une pause bière et allèrent se baigner dans l'océan.

En fin d'après-midi, ils regagnèrent leur campement et firent une longue sieste. Fatigués, brûlés par le soleil, déshydratés après tant de bières, ils étaient prêts à reprendre les réjouissances. Au coucher du soleil, ils allumèrent un feu et préparèrent des hot-dogs pour le dîner.

Tôt le dimanche, Hugh arracha ses comparses à leur sommeil et leur demanda de se dépêcher. Leur week-end comportait une autre aventure, dont ils avaient entendu parler. Ils levèrent le camp, poussèrent le Carolina sur l'eau et se dirigèrent vers le phare de Biloxi. Une heure plus tard, ils accostèrent à la marina. Hugh était ravi de retrouver sa nouvelle voiture intacte. Il emprunta la Route 49 en direction du nord de la ville pendant plusieurs kilomètres, puis bifurqua sur une route secondaire qui sinuait entre les pins. Sur un chemin de gravier, des voitures et des pick-up étaient garés au petit bonheur. Des hommes se dirigeaient vers une vieille grange au toit de tôle. Les quatre comparses suivirent la foule jusqu'à ce qu'un homme armé d'un fusil de chasse les arrête.

— Vous êtes trop jeunes pour être ici, grogna-t-il.

Hugh ne se laissa pas intimider.

— On est les invités de Nevin Noll.

L'homme cessa de froncer les sourcils et hocha la tête.

— D'accord, suivez-moi.

Alors qu'ils approchaient de la grange, ils entendirent des cris et des voix d'hommes excités. Une file d'attente s'était formée devant l'entrée. Ils se dirigèrent vers une porte latérale où on les pria d'attendre. Le videur disparut à l'intérieur.

— C'est toujours illégal, hein ? interrogea Joey.

— Illégal comme l'enfer, répondit Hugh en riant. Les meilleurs combats de coqs de la côte.

Nevin apparut et Hugh le présenta à ses trois amis. Ils connaissaient son nom car Hugh leur avait raconté beaucoup d'histoires à son sujet.

— Restez derrière, à l'écart de la foule. La salle est pleine ce matin.

Ils franchirent la porte étroite et entrèrent dans un autre monde.

La grange avait été transformée en arène de combats de coqs. Au milieu, une fosse remplie de sable d'une vingtaine de mètres carrés, bordée de planches de trente centimètres de haut pour empêcher les coqs de s'échapper. Au-dessus du mur, un étroit comptoir sur lequel les hommes assis au premier rang pouvaient s'accouder et poser leur verre. Derrière eux, des rangées de gradins, de sorte que les spectateurs regardaient l'action d'en haut. Derrière les derniers bancs, dans les allées et les sorties, un fatras de chaises de jardin, de vieux fauteuils de théâtre, de bancs d'église, de tabourets, de tonneaux renversés, en somme tout ce qui permettait de s'asseoir. Uniquement des hommes. Une foule compacte, épaules contre épaules. Une épaisse couche de fumée de cigares et de cigarettes planait au-dessus de la fosse, à peine troublée par les gros ventilateurs qui tentaient vainement de briser la moiteur. La température extérieure était d'au moins trente-cinq degrés, mais c'était encore pire près de la fosse. Beaucoup chiquaient du tabac et crachaient dans le sable. Presque tous les spectateurs avaient un grand gobelet en carton à la main, et des bouteilles circulaient. Les hommes parlaient fort et s'invectivaient par-dessus la fosse pour s'amuser. Ils attendaient le combat suivant avec impatience. Dans un coin, derrière une série de sièges, deux hommes en chemise blanche et cravate s'affairaient derrière un comptoir, encaissaient l'argent, enregistraient les paris, s'efforçant de suivre le rythme. Plus loin, des cris fusèrent quand deux éleveurs arrivèrent des enclos extérieurs et se dirigèrent vers l'arène. Chacun portait un coq et, lorsqu'ils pénétrèrent dans la fosse, ils brandirent leur champion pour le présenter à la foule.

Les coqs de combat étaient naturellement agressifs envers tous les mâles de leur espèce. Les bons éleveurs choisissaient les plus massifs, les plus rapides et les faisaient se reproduire, encore et encore, pour augmenter leur puissance et leur endurance. Ils les entraînaient avec des parcours d'obstacles et de longues courses forcées, et ils les bourraient de stéroïdes et d'adrénaline pour améliorer leurs performances. Deux semaines avant le combat, ils étaient enfermés dans une petite cage sombre, l'isolement et la confusion décuplant leur agressivité. Les dresseurs se montraient très prudents, car les coqs avaient des gaffes en acier tranchant attachées à leurs pattes, des armes mortelles qui ressemblaient à de petits pics à glace recourbés.

Un homme coiffé d'un chapeau de cow-boy noir et d'un nœud papillon assorti criait pour encourager les spectateurs à prendre les paris.

— C'est Phil Arkwright, expliqua Hugh. Le propriétaire des lieux. Il se fait un max de blé avec ce trafic.

— Et tu es déjà venu ici ? demanda Keith, même s'il connaissait la réponse.

— Deux ou trois fois, répliqua Hugh avec un sourire. Nevin adore les combats.

— Et ton père ? Il est au courant ?

— J'imagine que oui.

Debout derrière la dernière rangée, les quatre garçons regardaient le spectacle. Alors que Hugh se sentait comme chez lui, ses trois acolytes étaient bouche bée. Les deux dresseurs se rejoignirent au centre du ring, s'accroupirent, laissèrent les coqs se toucher du bec, puis les lâchèrent. Les volatiles s'attaquèrent aussitôt à coups de bec en poussant des cris stridents. Puis ils roulèrent par terre en faisant voler des plumes. L'un d'eux réussit à plaquer l'autre au sol et le laboura de ses deux pattes aux gaffes tranchantes. L'oiseau blessé se remit péniblement sur pattes, le poitrail en sang. Ils continuèrent à se donner des coups de bec, mais aucun ne cédait de terrain. Comme le plus meurtri donnait des signes de faiblesse, l'autre s'approcha pour lui porter un coup fatal. La moitié de la foule voulait plus de sang ; l'autre moitié réclamait un temps mort. C'était l'hystérie générale.

Les intermèdes n'étaient pas prévus dans le règlement. Dans l'arène d'Arkwright, c'étaient des combats à mort.

Quand le perdant cessa de bouger, Arkwright entra dans la fosse et fit signe au dresseur du vainqueur de venir reprendre son oiseau. L'homme réussit à le maîtriser sans se faire tailler en morceaux et le souleva sous les applaudissements de la foule. Le coq semblait indifférent à sa gloire. Son attention était fixée sur l'oiseau mourant dans le sable, il voulait l'achever. L'entraîneur du perdant apparut avec un sac en toile de jute, ramassa soigneusement son champion et l'emmena sous les huées des hommes qui avaient misé gros sur lui. Son propriétaire le mangerait pour le dîner.

Des meutes d'hommes se ruèrent sur le comptoir des paris pour encaisser leurs gains. Un garçon d'écurie ratissa le sable pour dissimuler le sang. Les cigares s'allumaient et des bouteilles circulaient.

— Vous voulez jouer ? proposa Hugh.

Tous trois secouèrent la tête.

— Que pensent les flics de tout ça ?

Hugh gloussa et pointa du doigt la fosse.

— Tu vois la première rangée de l'autre côté, le grand type en chemise rayée avec une casquette verte ? C'est notre shérif bien-aimé, Fats Bowman. Il a son siège réservé. Il vient ici tous les dimanches matin, sauf les années électorales, où il va occasionnellement à l'église.

— C'est lui, Fats Bowman ? répéta Denny. C'est la première fois que je le vois.

— Le shérif le plus corrompu de l'État, précisa Hugh. Et aussi le plus riche. Écoutez, c'est le moment des paris, et le prochain combat est le plus important. Un éleveur des environs de Wiggins possède les oiseaux les plus féroces de l'État. Il a un nouveau Whitehackle nommé Elvis censé être imbattable.

— Un Whitehackle ? interrogea Keith.

— Oui, c'est l'une des races de coqs de combat les plus populaires.

— Ah pardon.

— Elvis ? renchérit Joey. Ils ont des noms ?

— Certains, oui. Elvis a un panache noir et se croit très beau. Il se bat contre un Hatch de Louisiane et il est favori à trois contre un. Je mise cinq dollars sur le Hatch. Ça m'en fera quinze si je gagne. Vous voulez voir de l'action ?

Tous trois hochèrent la tête et regardèrent Hugh se faufiler dans la foule pour gagner le comptoir des paris. Il devait se sentir en veine car il revint avec quatre bouteilles de bière Falstaff.

Pour l'événement du jour, le brouhaha augmentait autour de la fosse. Les hommes faisaient la queue pour parier, tandis que Phil Arkwright les haranguait pour qu'ils se dépêchent, car les coqs s'impatientaient. Ils firent enfin leur entrée, entre les bras de leurs dresseurs, qui les tenaient fermement pour les maintenir sous contrôle. Dès que les oiseaux s'aperçurent, ils faillirent se voler dans les plumes. Les deux races étaient connues pour leur férocité. Ni retraite ni reddition, c'était à la vie à la mort.

Hugh, qui avait maintenant de l'argent en jeu, se mit à vociférer comme les autres, comme si un coq à trente mètres de là pouvait le comprendre. Le dénommé Elvis ne ressemblait en rien au chanteur, si ce n'est qu'un épais plumage noir remontait le long de son cou et coiffait sa tête. Ses éperons en forme de rasoir brillaient comme s'ils avaient été polis. Les becs se touchèrent et les dresseurs se retirèrent rapidement. Les hommes se mirent à hurler face aux deux oiseaux qui se battaient dans le sable. Les coqs poussaient des cris aigus et s'attaquaient férocement, le sang coulait à flots. Elvis profitait de sa grande taille pour donner des coups de bec furieux. Le Hatch le renversa, le fit rouler et était prêt à bondir sur lui quand Elvis prit soudain son envol, passa au-dessus de son adversaire et atterrit sur son dos, toutes gaffes dehors. Il frappa le Hatch qui ne pouvait échapper aux éperons tranchants. Elvis sentait l'odeur de la victoire et le cogna impitoyablement. Le

Hatch réussit finalement à se dégager de l'assaut, mais il peinait à marcher. Il était gravement blessé. La foule, du moins ceux qui avaient misé sur le Hatch, était stupéfaite de la rapidité avec laquelle Elvis avait trucidé leur favori. Il fondit sur le Hatch, le fit pivoter sur lui-même et, tel un expert en arts martiaux, lui trancha la gorge avec une gaffe. Le coup faillit décapiter le Hatch, qui s'échoua sans vie dans le sable.

La mort faisait partie de ce sport sanguinaire. Arkwright, qui n'était pas du genre à faire dans le sentiment ni à priver son public de sensations fortes, laissa Elvis mutiler son adversaire inerte. La boucherie dura près d'une minute.

Hugh restait sans voix et ses copains vinrent à sa rescousse.

— Super, ton pari, Hugh, dit Keith en riant.

— Tu traînes souvent ici ? demanda Denny.

— Ce n'était même pas un combat loyal, pouffa Joey.

Hugh, toujours beau joueur, leva les deux mains en signe de reddition

— D'accord, d'accord, laissez tomber. Vous voulez me montrer comment on fait ? Parions sur le prochain combat. Un dollar chacun.

Mais les trois lycéens étaient trop fauchés pour parier. Ils finirent leurs bières en regardant deux autres combats, puis regagnèrent leur voiture. Leur long week-end était terminé. Ils ne parleraient à personne de leur virée chez Arkwright, toutefois Lance Malco ne tarderait pas à l'apprendre. Et il s'en fichait totalement. Hugh n'avait que seize ans, mais il était mûr pour son âge et pouvait se débrouiller seul. Son fils ne montrait aucun intérêt pour l'université, et cela allait très bien à Lance Malco.

L'entreprise familiale comptait sur lui.

13.

Quatre jours après Thanksgiving de l'année 1966, le corps de Marcus Dean Poppy fut retrouvé dans une ruelle derrière une maison close de Decatur Street, dans le quartier français de la Nouvelle-Orléans. Il avait été frappé avec un instrument contondant et achevé de deux balles dans le crâne. Ses poches étaient vides. Comme il n'avait pas de portefeuille, il était impossible de l'identifier. Personne dans la maison close ne l'avait jamais vu – ce qui n'était guère surprenant. Et personne n'avait rien entendu. Il fallut deux semaines à la police de la Nouvelle-Orléans pour découvrir son identité, mais à ce moment-là, tout espoir de mettre la main sur son meurtrier était perdu. C'était une ville difficile, ravagée par la criminalité, et la police était habituée à trouver des cadavres dans les ruelles. Un enquêteur se rendit à Biloxi avec un portrait-robot de la victime, l'ancien propriétaire du Carousel que l'on n'avait pas revu dans le coin depuis plus de trois ans. Un frère avait été localisé au Texas, et informé du décès, mais il ne souhaitait pas récupérer le corps.

L'histoire finit par faire l'objet d'un entrefilet dans le *Gulf Coast Register,* en page trois, coin inférieur gauche. Le journaliste avait réussi à établir un lien entre ce meurtre et celui d'Earl Fortier en 1963. Ce dernier avait donné lieu à un procès au cours duquel Nevin Noll avait été acquitté.

Personne ne voulut faire de commentaire. Les gens qui connaissaient Poppy et Fortier à l'époque avaient disparu de la circulation. Ceux qui avaient lu l'histoire et s'intéressaient à la pègre de Biloxi pensaient que Lance Malco avait réglé une vieille dette. Il était de notoriété publique que Poppy avait voulu le doubler en vendant le Carousel à Ginger Redfield, et Lance allait se venger, ce n'était qu'une question de temps. Le Carousel était devenu une boîte de nuit et un casino encore plus populaire, rivalisant avec le Foxy et le Red Velvet, et Malco le convoitait toujours. Ginger était une femme d'affaires coriace, qui dirigeait son établissement d'une main de fer. En plus du O'Malley, elle avait ouvert un autre club sur le Strip et plusieurs bars dans le nord de la ville. Elle était ambitieuse et, à mesure que son empire s'étendait, elle empiétait inévitablement sur le territoire que Lance Malco estimait lui revenir de droit.

Une épreuve de force s'annonçait. La tension était palpable, les deux gangs se jaugeaient. Fats Bowman flaira le danger et mit en garde les deux barons du crime contre une guerre ouverte. Égoïstement, il voulait plus de clubs, plus de jeux d'argent, plus de tout, mais il était assez malin pour mesurer l'importance d'une entente pacifique. Car si l'une des parties lançait les hostilités, il n'aurait aucun moyen de les contrôler. Bon sang, ils gagnaient tous de l'argent, et même beaucoup d'argent, alors pourquoi en vouloir encore plus ? Une bonne vieille guerre des gangs ne ferait qu'attiser la colère des habitants et attirerait une attention très malvenue, qui obligerait les autorités fédérales à intervenir.

***

Jesse Rudy avait lu l'article sur le meurtre de Poppy et savait à quoi s'en tenir. Un énième rappel sinistre de l'anarchie qui se répandait dans sa ville. Il prit enfin la décision d'agir.

Keith était rentré à la maison pour les vacances de Noël et, un soir, après le dîner, Jesse et Agnes réunirent leurs quatre enfants dans le salon pour une discussion en famille. Beverly avait seize ans, Laura quinze, et toutes deux allaient au lycée de Biloxi. À treize ans, Tim était encore au collège.

Jesse déclara que leur mère et lui avaient eu de longues conversations à propos de leur avenir et avaient décidé ensemble qu'il briguerait le poste de procureur lors de l'élection de 1967. Rex Dubisson, le procureur actuel, achevait son deuxième mandat et serait un adversaire redoutable. Il faisait partie de la vieille garde et pouvait compter sur d'importants financements. La plupart des avocats locaux le soutenaient, de même que la majorité des élus. Surtout, il bénéficiait du soutien des propriétaires de boîtes de nuit, des mafieux et autres escrocs qui avaient la main sur la politique locale depuis des années. Leurs enfants allaient à l'école ensemble.

Avec un peu de chance, Jesse aurait l'appui de tous les gens qui étaient du bon côté de la loi, à savoir la majorité des électeurs. Mais nombreux étaient ceux qui, tout en se montrant favorables à une réforme, profitaient en secret de la belle vie sur la côte. Ils appréciaient les clubs haut de gamme et les restaurants raffinés, avec leurs cartes de cocktails et leurs vins fins, tout comme les bars de quartier, à l'écart du Strip. De nombreux hommes politiques avaient fait campagne sur la promesse de réformes, et une fois élus, ils s'étaient laissé corrompre. D'autres avaient conservé leur intégrité, mais fermaient les yeux. Jesse n'avait pas l'intention d'être comme eux.

La campagne serait ardue et pouvait s'avérer dangereuse. Quand les mafieux se rendraient compte que Jesse ne plaisantait pas avec son programme de réformes, il risquait de recevoir des menaces et des intimidations. Il n'était pas question de mettre sa famille en danger, mais Jesse pensait que ces truands ne mettraient pas leurs menaces à exécution. Alors, oui, toute la famille allait descendre dans la rue, frapper aux portes et coller des affiches.

Keith, l'aîné et le chef incontesté de la meute, prit la parole en premier et déclara qu'il n'avait peur de rien. Il était fier de la décision de ses parents et avait hâte de commencer la campagne. À l'université, il s'était habitué aux commentaires sur Biloxi. La plupart des étudiants avaient une vision romancée de la débauche et des plaisirs.

Beaucoup avaient fréquenté les clubs et les bars. Peu comprenaient le côté obscur du Strip. Un certain nombre se méfiaient des gens de Biloxi.

Si Keith était de la partie, Beverly, Laura et Tim étaient d'accord pour suivre le mouvement. Ils supporteraient les remarques désobligeantes de leurs camarades d'école. Eux aussi étaient fiers de leur père et le soutenaient dans ses choix.

Jesse leur demanda de ne pas ébruiter leur projet. Il annoncerait sa candidature dans environ un mois. D'ici là, pas un mot. L'élection serait préparée lors des primaires démocrates en août, de sorte qu'ils avaient un été intense devant eux.

La conversation terminée, les membres de la famille Rudy se donnèrent la main et Jesse les guida dans la prière.

***

Deux soirs plus tard, Keith retrouva son ancienne bande dans un nouveau bar du centre-ville. L'État avait enfin modifié ses lois archaïques sur les boissons alcoolisées et autorisait chaque comté à voter pour ou contre la vente d'alcool. Comme on pouvait s'y attendre, les comtés de la côte – Harrison, Hancock et Jackson – avaient rapidement voté en faveur de la vente d'alcool. Les magasins de spiritueux et les bars faisaient d'excellentes affaires. Pour les personnes âgées de dix-huit ans et plus, il était légal de boire. Le commerce du vice s'en ressentit, mais les gangsters compensaient le manque à gagner par la marijuana et la cocaïne. Les jeux d'argent et les filles étaient toujours très prisés. Les affaires sur le Strip s'avéraient florissantes.

Hugh travaillait pour son père et dirigeait une équipe de construction d'appartements, du moins c'était ce qu'il prétendait. Ses copains le soupçonnaient de traîner dans les clubs. Joey Grasich s'était engagé dans la marine et il avait une permission. Denny Smith étudiait à plein temps à l'université et n'avait jamais quitté sa ville natale.

Les quatre comparses s'installèrent à une table, commandèrent des pichets de bière et allumèrent des cigarettes. Joey raconta sa formation militaire en Californie, où il se plaisait. Avec un peu de chance, il serait affecté à un sous-marin et resterait loin du Viêtnam.

Les garçons avaient du mal à croire qu'ils avaient quitté le lycée et approchaient de l'âge adulte. Ils étaient curieux d'en savoir plus sur la carrière de Keith dans le baseball à l'université de Southern Miss. Ce dernier leur expliqua qu'il s'en était bien sorti lors de la séance d'essai à l'automne. Il n'avait pas été retenu dans l'équipe, mais il n'avait pas été éliminé non plus. L'entraîneur voulait qu'il s'entraîne tous les jours, à partir de février, pour voir comment son bras se développait. L'équipe comptait beaucoup de lanceurs, mais au baseball, on n'avait jamais assez de lanceurs.

Hugh avait abandonné la boxe. Au cours de ses deux années de carrière, il avait disputé dix-huit combats, en avait gagné neuf, perdu sept, et totalisé deux nuls. Buster, son coach, était agacé par ses mauvaises habitudes, or Hugh n'avait aucune envie d'arrêter la bière, la cigarette et les filles. Il gagnait toujours le premier round, s'essoufflait au deuxième, et tenait bon au troisième, malgré ses jambes lourdes et sa respiration saccadée.

Alors que la bière coulait à flots, Hugh lança :

— Hé, vous vous souvenez de Fuzz Foster, mon deuxième combat aux Gants d'or ?

Ils éclatèrent de rire. Bien sûr qu'ils s'en rappelaient.

— Eh bien, je me suis retrouvé deux autres fois face à lui sur le ring. L'arbitre a arrêté le premier combat parce qu'on saignait tous les deux. Entailles. Un an plus tard, je l'ai vaincu au point dans un tournoi à Jackson. Deux mois après, c'est lui qui m'a eu au point. J'en suis venu à vraiment mépriser ce type, hein ? Et puis, il y a trois mois environ, quatrième combat, mais cette fois, ce n'était pas sur le ring. Pas de gants. Fuzz était au Foxy un soir avec sa bande, tous ivres comme des putois, en train de semer la zizanie. Je faisais partie de la sécurité, mais je voulais pas trop m'approcher d'eux. Une bagarre a éclaté et j'ai dû m'en mêler. Quand Fuzz m'a vu, il a fait un grand sourire. Il m'avait reconnu. On a calmé le jeu, expulsé deux ou trois crétins, puis Fuzz a raconté qu'il m'avait botté le cul à nos trois combats, et qu'il s'était fait avoir par les arbitres et les juges. Il boxait encore et disait qu'il allait gagner le championnat d'État des poids welters dans quelques mois et préparer les JO. C'était de la foutaise. Je lui ai dit de se calmer parce qu'il arrêtait pas de beugler. La salle était bondée et les autres clients en avaient marre de sa grande gueule. Ça l'a fichu en rogne. Il s'est énervé et m'a demandé si je voulais ma revanche. On avait beaucoup d'agents de sécurité, et l'un d'eux s'est interposé entre nous. Fuzz a vu rouge et m'a balancé une droite qui m'a frôlé la tête. C'est le genre de crochet d'ivrogne que les bons boxeurs esquivent facilement. Mais vous connaissez Fuzz, il voulait à tout prix me mettre KO. Je l'ai frappé à la mâchoire et c'était parti. On s'est battus pendant que ses copains se rassemblaient autour de nous. Quel bordel ! C'était géant. Fuzz n'était pas dans son assiette parce qu'il avait trop bu et il manquait d'équilibre. Je l'ai envoyé au tapis et je le frappais au visage quand on m'a arraché de là. On a fini par les virer et on a appelé la police. La dernière fois que j'ai vu Fuzz, il était menotté entre deux flics.

— Vous avez porté plainte ?

— Non, on le fait rarement. Je suis allé au tribunal le lendemain, j'ai parlé aux flics et ils l'ont libéré. Il avait le nez cassé et les paupières enflées. Je l'ai ramené chez lui et je lui ai dit de ne jamais remettre les pieds au club. Ça lui a donné une sacrée leçon.

— Alors tu t'occupes de la sécurité ? interrogea Joey. Je croyais que tu construisais des appartements.

— C'est mon travail de jour. Parfois, je bosse le soir dans les boîtes. Il faut bien s'occuper la nuit.

Son arrogance ne faisait qu'empirer avec l'âge. Son père était le roi de la pègre, il avait énormément d'argent et de pouvoir, et il préparait son fils aîné à reprendre son empire. Hugh était grassement rémunéré et avait toujours des liasses de billets dans les poches. Sans parler des voitures de sport, des vêtements chics, et d'autres plaisirs coûteux.

Ils continuèrent à discuter et à se régaler des exploits de Hugh dans les boîtes de nuit. Il adorait raconter des histoires sur les gens louches qu'il rencontrait sur le Strip.

Keith écoutait, riait, buvait sa bière et faisait comme si de rien n'était, mais il savait que cela ne durerait pas. Leur amitié allait se transformer, voire se terminer brutalement. Dans quelques mois, son père et sa famille se retrouveraient au milieu d'une campagne féroce qui opposerait le nouveau monde à l'ancien, le bien au mal.

C'était probablement sa dernière bière avec Hugh. Dès que Jesse Rudy annoncerait sa candidature, la bataille serait lancée, et il n'y aurait pas de retour en arrière possible. Au début, la pègre s'amuserait de voir un énième politicien promettre de nettoyer Biloxi, mais cela ne tarderait pas à changer. Jesse Rudy avait une volonté de fer et un sens moral aigu, et il jouait pour gagner. Il combattrait les escrocs jusqu'au bout, et finirait par remporter l'élection.

Et sa famille le soutiendrait.

Keith n'était pas sûr de savoir de quel côté ses amis allaient se ranger. Denny s'ennuyait déjà à l'université mais il ne voulait pas risquer d'être enrôlé dans l'armée. Hugh et lui envisageaient de rénover ensemble des espaces commerciaux. Denny n'avait pas un centime, et le financement viendrait sans aucun doute de M. Malco. Tout le monde savait qu'il avait des parts dans de nombreuses sociétés légitimes et qu'il s'en servait pour blanchir son argent sale.

Le père de Joey était proche de Lance autrefois, mais il travaillait dans le commerce de la pêche et se tenait à l'écart des mafieux. Keith ne savait pas comment Joey réagirait à une scission du groupe.

L'idée que les amis se divisent pour des raisons politiques était déstabilisante, pourtant les lignes de fracture étaient déjà visibles sous la surface.

Ils quittèrent le bar et s'entassèrent dans la dernière voiture de sport de Hugh, une Mustang décapotable de 1966. Il les conduisit à l'Old French House de Mary Mahoney et paya un copieux dîner composé de steaks et de fruits de mer. Keith eut le pressentiment que ce serait leur dernière soirée ensemble à Biloxi.

II.

LA CROISADE

14.

Un jour de février, Jesse Rudy se rendit à pied au palais de justice du comté d'Harrison pour rencontrer Rex Dubisson, le procureur. Son bureau se trouvait au deuxième étage, au bout du couloir de la salle d'audience principale. Les deux hommes se connaissaient depuis des années et avaient travaillé sur de nombreuses affaires dans les camps adverses. À quatre reprises, ils s'étaient affrontés au tribunal et s'étaient battus pour prouver la culpabilité ou l'innocence des clients de Jesse. Sans grande surprise, Rex avait eu gain de cause trois fois sur quatre. Les procureurs de district allaient rarement jusqu'au procès s'ils n'étaient pas sûrs de l'emporter. Les faits étaient de leur côté, car les accusés étaient souvent coupables.

Les deux avocats se respectaient mutuellement, même si l'admiration de Jesse était tempérée par la conviction que Rex ne s'intéressait guère à la lutte contre le crime organisé. En bon procureur, il devait traiter beaucoup d'affaires, et il se vantait, bien évidemment, d'un taux de condamnation de 90 pour cent. C'était du plus bel effet lors des déjeuners du Rotary Club, mais à dire vrai, au moins 90 pour cent des personnes qu'il inculpait étaient coupables d'un crime.

Une fois le café servi et les politesses échangées, Jesse déclara :

— Je ne vais pas tourner autour du pot. J'ai l'intention de me présenter au poste de procureur et j'annoncerai ma candidature demain.

Rex le regarda avec incrédulité et finit par répondre :

— Eh bien, merci de me prévenir. Puis-je vous demander pourquoi ?

— Ai-je besoin d'une raison ?

— Eh bien, oui. Avez-vous un problème avec la manière dont je dirige le bureau ?

— En un sens, oui. J'en ai assez de la corruption, Rex. Fats Bowman est de mèche avec la mafia depuis qu'il a pris ses fonctions, il y a douze ans. Il prend sa part sur toutes les activités de débauche et arrose les politiciens. La majorité d'entre eux sont dans le coup. Vous le savez parfaitement. Il réglemente le commerce et permet à des gens comme Lance Malco, Shine Tanner, Ginger Redfield et d'autres propriétaires de clubs de faire leurs sales affaires.

Rex rit.

— Alors vous êtes le pourfendeur de la justice ? Un énième politicien qui promet de nettoyer la côte ?

— Quelque chose comme ça.

— Ils se sont tous cassé les dents, Jesse. Vous ne ferez pas mieux.

— Au moins, je vais essayer. Ce sera toujours mieux que vous.

Rex réfléchit un long moment avant de déclarer :

— Bon, chacun son camp. Bienvenue dans la bataille. J'espère juste que vous ne serez pas blessé.

— Je ne suis pas inquiet.

— Vous avez tort.

— C'est une menace, Rex ?

— Je ne profère pas de menaces, mais il m'arrive de donner des avertissements.

— Eh bien, merci pour l'avertissement, mais je ne me laisserai pas intimider par vous, ni par Fats, ni par qui que ce soit. Je ferai une campagne honnête et j'en attends autant de vous.

— La politique n'a rien d'honnête ici, Jesse. Vous êtes naïf. C'est un vrai panier de crabes.

— Ça ne devrait pas l'être.

***

Jesse avait imaginé annoncer officiellement sa candidature au cours d'une soirée avec des amis, des confrères et des élus prêts au changement. Mais il s'avérait difficile d'organiser un tel événement, étant donné le peu d'intérêt que suscitait une politique de réforme. Dès lors, au lieu de lancer sa campagne par des discours et des gros titres, il décida de se déclarer discrètement.

Le lendemain de son échange avec Dubisson, il rencontra un groupe composé de plusieurs pasteurs, d'un conseiller municipal de Biloxi et de deux juges à la retraite. Tous furent ravis d'apprendre sa candidature et s'engagèrent à le soutenir et à lui donner quelques dollars pour sa campagne.

Le lendemain, il contacta la rédaction du *Gulf Coast Register* et leur présenta ses projets. Il était temps de fermer les clubs et de mettre les mafieux au chômage. Les jeux d'argent et la prostitution étaient toujours illégaux et il se servirait de la loi pour s'en débarrasser. L'alcool était désormais légal dans le comté mais, techniquement, la Commission des alcools de l'État n'accordait pas de licence à un club qui autorisait les jeux d'argent. Il était déterminé à faire appliquer la loi. Cela dit, le strip-tease n'était pas illégal. Un club disposant d'une licence de vente d'alcool valide pouvait employer autant de filles qu'il le souhaitait. Il serait ardu de prouver que le strip-tease menait à d'autres activités illicites. Jesse reconnaissait que le défi était de taille et resta vague quant à des mesures spécifiques.

Les rédacteurs en chef étaient ravis car la campagne ferait certainement beaucoup de bruit, mais ils étaient sceptiques face à l'optimisme de Jesse. Son discours n'avait rien de nouveau. Et comment comptait-il faire respecter les lois si le shérif s'en moquait ? Jesse répondit que tous les flics n'étaient pas de mèche. Il espérait gagner la confiance des plus honnêtes, collaborer avec la police d'État, et obtenir des mises en examen. Après quoi, il ferait tout pour traîner les criminels devant un jury.

Jesse ne nomma pas ses cibles. Tout le monde connaissait leurs noms, et il était prématuré de lancer une guerre ouverte en défiant les mafieux et les escrocs. Les rédacteurs en chef tentèrent de lui arracher les vers du nez, mais Jesse refusa d'en dire plus. Il aurait tout le temps pour leur donner des détails.

Il trouva leur entrevue encourageante et quitta les lieux avec la conviction d'avoir le soutien du journal, une voix influente sur la côte. Le lendemain, une belle photo de lui était publiée en première page, avec la légende « Jesse Rudy entre dans la course au poste de procureur ».

***

Lance Malco lut l'article avec un sourire amusé. Il connaissait Jesse depuis leur enfance à Point Cadet et autrefois, il le considérait comme un ami, même s'ils n'avaient jamais été très proches. Cette époque était révolue depuis longtemps. Les nouvelles lignes de bataille étaient définies, et la guerre déclarée. Pour autant, Lance n'était pas inquiet. Avant que Jesse ne puisse bouleverser le système en place, il devait se faire élire, or Fats Bowman et sa machine n'avaient jamais perdu une élection. Fats connaissait les règles du jeu et était passé maître dans l'art des coups bas : bourrage des urnes, collecte de grosses sommes d'argent sous le manteau, achat de paquets de voix, diffusion de rumeurs, intimidation des électeurs, harcèlement des agents électoraux, corruption des fonctionnaires et vote de personnes décédées par correspondance. Fats n'avait jamais eu de réel adversaire et en réclamait au moins un à chaque élection. Avoir le nom d'un ennemi sur le bulletin de vote lui permettait de collecter encore plus d'argent. Lui aussi était prêt à faire campagne, et quand un adversaire se déclarerait enfin, il lancerait sa machine politique à pleine puissance.

Lance ne tarderait pas à retrouver Fats autour d'un verre pour discuter des dernières nouvelles. Ils parleraient de leurs ennemis et planifieraient leurs coups bas. Lance se montrerait cependant ferme sur un point : Jesse et sa famille ne devaient pas être menacés. Du moins pas durant les premiers mois. Si sa campagne de réformes prenait de l'ampleur, ce dont Lance doutait sérieusement, Fats et ses hommes pourraient en venir aux bonnes vieilles méthodes d'intimidation.

***

Tout au long du printemps 1967, Jesse se rendit dans les cercles influents et prononça des dizaines de discours. Les Rotariens, les Civitans, les Lions, les Jaycees, les légionnaires et autres associations étaient toujours à la recherche d'orateurs pour leurs réceptions, si possible en phase avec l'actualité. Jesse avait aiguisé ses talents de tribun et parlait d'une nouvelle ère sur la côte, une ère débarrassée de la corruption et de la débauche débridée.

Il était fier d'être l'un des fils de Biloxi et de Point Cadet, fier d'être issu d'un milieu modeste, fier d'avoir été élevé par des travailleurs immigrés amoureux de leur nouveau pays, et il en avait assez de l'abominable réputation de sa ville. Comme toujours, il évitait de donner des noms, mais il cita le Red Velvet, le Foxy, l'O'Malley, le Carousel, le Truck Stop, la Siesta, le Sunset Bar, le Blue Ocean Club, et bien d'autres, comme des exemples de « gouffres d'immoralité » qui n'avaient pas leur place sur la nouvelle côte du golfe. Son texte préféré était un mémo envoyé depuis le siège de Keesler. Il s'agissait d'un avertissement officiel adressé à tous les membres des forces armées, qui énumérait soixante-six « établissements illicites » de la côte. La plupart se trouvaient à Biloxi et la liste comprenait presque tous les bars, salons, clubs, salles de billard, motels et cafés de la ville. « Dans quel genre de ville voulons-nous vivre ? » lança Jesse à l'assemblée.

Il était généralement bien accueilli et appréciait les applaudissements polis du public, même si la plupart des auditeurs doutaient de ses chances de réussir.

Bien qu'il soit débordé, il trouvait deux ou trois heures tous les après-midi pour aller frapper aux portes. Près de quarante et un mille électeurs étaient inscrits sur les listes électorales du comté d'Harrison, six mille six cents dans le comté d'Hancock, et trois mille deux cents dans le comté de Stone, et son objectif était d'en rencontrer le plus possible. Il avait à peine le budget pour imprimer des brochures et des affiches. Les spots à la radio et les campagnes d'affichage étaient hors de question. Il comptait sur le travail acharné, les poignées de main, et la volonté de rencontrer ses électeurs. Dès qu'Agnes était disponible, elle se joignait à lui, et tous deux battaient le pavé ensemble, Jesse d'un côté de la rue, sa femme de l'autre. À la fin de l'année scolaire, en mai, alors que Keith était rentré de l'université, les quatre enfants s'emparèrent avec enthousiasme des piles de plaquettes et les distribuèrent dans les centres commerciaux, aux matchs de foot, aux pique-niques de l'église, sur les marchés en plein air, partout où se rassemblaient les foules.

En cette année électorale, c'était le moment ou jamais de faire de la politique, et tous les postes, du gouverneur au juge de paix, étaient en jeu. Tous les week-ends avait lieu un rassemblement, et la famille Rudy n'en manquait aucun. À plusieurs reprises, Jesse prit la parole avant ou après Rex Dubisson, et les deux hommes réussirent à rester cordiaux. Rex mettait en avant son expérience et se vantait d'un taux de condamnation de 90 pour cent. Jesse rétorquait que M. Dubisson ne s'attaquait pas aux vrais escrocs. Fats avait réussi à contraindre un ancien adjoint à se présenter contre lui, et la machine était en marche. Sa venue à un événement garantissait toujours la présence d'une foule de curieux. La course au poste de gouverneur opposait deux hommes politiques bien connus, John Bell Williams et William Winter, et lorsqu'elle s'emballa au milieu de l'été, les électeurs étaient encore plus enthousiastes. Les observateurs s'attendaient à une participation record.

Au niveau local, on ne trouvait que peu de candidats républicains. Tous – conservateurs, libéraux, noirs et blancs – se présentaient comme démocrates, si bien que l'élection se jouerait lors des primaires du 4 août.

Le mouvement réformateur dont rêvait Jesse n'enflammait guère les esprits. Il avait de nombreux partisans qui aspiraient au changement et étaient prêts à le soutenir, mais beaucoup semblaient réticents à embrasser un programme en totale rupture avec la politique des précédentes décennies. Ce côté frustrant ne freinait en rien ses ardeurs. En juillet, il avait totalement délaissé son cabinet d'avocat et passait le plus clair de son temps à serrer des mains. De 6 à 9 heures du matin, il se dévouait à ses clients, mais après il devenait candidat sur le terrain.

Il dormait peu et, à minuit, Agnes et lui étaient généralement dans leur lit, où ils passaient en revue le déroulement de la journée et se préparaient pour le lendemain. Ils étaient soulagés de n'avoir pas eu de menace, d'appel anonyme, ni de tentative d'intimidation de la part de Fats et des mafieux – jusqu'à présent.

La première alerte eut lieu au début du mois de juillet, quand on retrouva les quatre pneus neufs d'un Chevrolet Impala crevés. C'était la voiture de Dickie Sloan, un jeune avocat qui travaillait bénévolement comme directeur de campagne de Jesse. Il l'avait trouvée vandalisée dans son allée un matin tôt, juste avant de partir au bureau. Bien sûr, il ne voyait pas pourquoi on crèverait ses pneus, si ce n'est à cause de ses activités politiques. Sloan avait été ébranlé par la menace, tout comme sa femme, et avait décidé de se retirer de la course. Jesse comptait beaucoup sur l'implication de Sloan et avait été déçu de le voir renoncer si facilement. À un mois de l'échéance, il serait difficile de trouver un autre volontaire prêt à se consacrer à la gestion de sa campagne.

Keith s'engouffra immédiatement dans la brèche et, à l'âge de dix-neuf ans, assuma la responsabilité de collecter des fonds, d'organiser les bénévoles, de gérer les journalistes, de surveiller les mouvements de l'opposition, d'imprimer des affiches et des tracts, et de faire le nécessaire pour maintenir à flot une campagne à petit budget. Il se jeta à corps perdu dans l'aventure et ne tarda pas à faire des journées de seize heures, comme son père.

Keith jouait dans une équipe semi-professionnelle de la Coast League et avait l'impression de perdre son temps.

Il aimait toujours le sport, mais s'avérait lucide : sa carrière de joueur de baseball n'avait pas d'avenir. Il se plongeait dans la politique et en retirait des enseignements essentiels. Gérer une campagne électorale et tenter de remporter la course aux urnes le comblait. Il abandonna son équipe et le baseball sans aucun regret.

De temps à autre, il croisait Joey, Denny et d'autres vieux copains de la Pointe, mais il n'avait pas vu Hugh Malco depuis des mois. D'après ses amis, Hugh se faisait discret et était très occupé avec son père. Keith les soupçonnait de se mêler aux campagnes locales, mais il n'en avait pas la preuve. Les pneus crevés étaient la première indication que la mafia n'était pas tranquille. Mais il n'avait aucun moyen de remonter la piste de ces vandales. La liste des suspects était trop longue.

Jesse recommanda à sa famille et aux bénévoles d'être vigilants.

Les lois électorales imposaient à tous les candidats de donner un rapport trimestriel des fonds collectés et dépensés. Au 30 juin, Jesse avait rassemblé près de onze mille dollars, qu'il avait entièrement dépensés. La campagne de Rex Dubisson déclarait quatorze mille dollars de revenus et neuf mille dollars de dépenses. Les déclarations étaient truffées de zones grises et, bien sûr, ne comptaient pas les « dessous-de-table ». Personne ne croyait sérieusement que Rex menait une campagne électorale avec une somme aussi dérisoire. Et comme le prochain rapport ne serait pas remis avant le 30 septembre, bien après les primaires du 4 août, les fonds importants pouvaient être thésaurisés sans être déclarés.

L'offensive eut lieu le 10 juillet, trois semaines avant l'élection, quand chaque foyer inscrit sur les listes électorales reçut par la poste une brochure élaborée par des professionnels, avec un portrait grand format d'un certain Jarvis Decker, un homme noir à la mine patibulaire. En guise de titre, une question en toutes lettres : « Pourquoi Jesse Rudy est-il laxiste avec les criminels ? » Et sous la photo, un article de deux paragraphes racontait que deux ans plus tôt, Jesse Rudy avait défendu Jarvis Decker dans une affaire de violence domestique et « fait libérer le voyou de prison ». Decker, un criminel condamné au « passé violent », avait battu sa femme, qui avait porté plainte, mais l'affaire avait été « écartée par le tribunal » grâce au travail juridique douteux de Jesse Rudy. Une fois libre, Decker s'était rendu en Géorgie, où il avait été reconnu coupable non pas d'*un*, mais de *deux* viols. Il purgeait une peine de prison à perpétuité et ne serait jamais libéré sur parole.

Sans Jesse Rudy, Decker aurait été condamné à Biloxi et aurait « fini derrière les barreaux ». Le récit biaisé ne laissait guère de doute quant à la responsabilité de Jesse Rudy dans ces deux viols.

En vérité, Jesse avait été désigné par le tribunal pour représenter Decker. Sa femme, la victime présumée, ne s'était pas présentée à l'audience et avait abandonné ses poursuites. Le couple avait ensuite divorcé et Jesse n'avait plus jamais entendu parler de son client.

Mais la vérité n'avait pas d'importance. Jesse, l'avocat qui défendait des criminels coupables, était trop tendre. Un autre texte vantait l'inflexibilité de Rex Dubisson, un procureur expérimenté connu pour être « implacable avec le crime ».

Le récit était dévastateur, non seulement parce qu'il déformait la vérité, mais parce que Jesse n'avait rien pour le contrer. Un envoi massif coûtait des milliers de dollars, et il lui restait très peu de temps, et absolument pas d'argent, pour préparer une contre-offensive.

La grande salle de conférences du cabinet Rudy avait été transformée en QG de campagne, avec des affiches et des cartes sur tous les murs, et des bénévoles s'y affairaient. Jesse organisa une réunion de crise avec Keith, Agnes et plusieurs proches collaborateurs, pour tenter de mesurer l'impact du mailing. L'atmosphère était tendue et sinistre. Ils avaient reçu un coup de poing dans le ventre et il paraissait absurde de retourner dans les rues pour frapper aux portes.

Au même moment, se matérialisèrent le long de la Route 90 huit panneaux d'affichage bien visibles, avec une grande image de Rex Dubisson sous la bannière : IMPLACABLE AVEC LE CRIME. Des spots radiophoniques étaient diffusés toutes les heures pour vanter son bilan en matière de lutte contre la criminalité.

Pendant son trajet le long de la côte, avec la radio, Jesse passa devant plusieurs panneaux d'affichage et se rendit à l'évidence. Son adversaire et ses partisans avaient rassemblé des fonds, soigneusement préparé leur offensive de dernière minute, et porté un coup décisif à sa campagne. À moins d'un mois de l'échéance, ses chances de l'emporter paraissaient bien faibles.

Keith passa la nuit à créer une brochure qu'il présenta à son père tôt le matin autour d'un café. L'idée était de couvrir le district d'un envoi qui ne mentionnerait pas Dubisson mais s'attaquerait au crime organisé, le cœur de leur campagne. La plaquette comprendrait des photos des clubs les plus tristement célèbres, où le jeu, la prostitution et la drogue prospéraient depuis des années. Keith avait rassemblé toutes les informations et expliquait que cet envoi coûterait cinq mille cinq cents dollars. Ils n'avaient pas le temps de collecter de nouveaux fonds auprès de leurs sympathisants, de toute façon à court d'argent. Keith, qui n'avait jamais emprunté un centime, demanda à son père s'il était possible d'obtenir un prêt. Jesse et Agnes avaient déjà évoqué l'idée de contracter une deuxième hypothèque pour financer la campagne, mais ils hésitaient à faire le grand saut. Aujourd'hui, la question était de nouveau sur la table, et Keith les encourageait à le faire. Il était convaincu qu'ils réussiraient à rembourser le prêt. Si Jesse remportait les élections, il se ferait de nouveaux amis influents et occuperait d'importantes fonctions. Cela impressionnerait la banque et lui permettrait de négocier un meilleur crédit. Si Jesse perdait les élections, il redoublerait son activité au cabinet et finirait bien par se débarrasser de l'hypothèque.

Le courage de leur fils persuada le couple de s'adresser à la banque. Keith se rendit chez l'imprimeur et n'aurait pas toléré de refus. Pendant un long week-end, une équipe d'une douzaine de bénévoles travailla jour et nuit à l'adressage et à la mise sous pli des brochures. Le lundi matin, Keith transporta près de sept mille enveloppes épaisses au bureau de poste et demanda des expéditions rapides. Tous les foyers, appartements et caravanes enregistrés dans le district allaient recevoir leur courrier.

La contre-offensive était encourageante. Jesse et son équipe avaient appris à leurs dépens que le publipostage était extrêmement efficace.

15.

En tant qu'élu le plus riche de l'État, Fats Bowman possédait un impressionnant portefeuille immobilier. Sa femme et lui vivaient dans un quartier tranquille de West Biloxi, dans une maison modeste que n'importe quel honnête shérif pouvait s'offrir. Ils vivaient là depuis vingt ans et continuaient à payer leur crédit immobilier tous les mois, comme leurs voisins. Pour s'évader, ils passaient leurs vacances dans leur appartement en Floride ou dans leur chalet dans les Smoky Mountains, des résidences secondaires qu'ils évoquaient rarement. Avec un associé, Fats possédait aussi une propriété en bord de mer, à Waveland, dans le comté d'Hancock. À l'insu de sa femme, il avait également des intérêts dans un nouveau projet de lotissements à Hilton Head.

Sa retraite préférée était son pavillon de chasse au cœur de la pinède du comté de Stone, à trente-deux kilomètres au nord de Biloxi. Là, à l'abri des regards indiscrets, Fats aimait réunir ses amis et associés pour discuter affaires et politique.

Deux semaines avant les élections, il invita quelques amis dans son repaire pour partager un steak et boire des verres. Ils se retrouvèrent dans un patio couvert au bord d'un petit lac et s'installèrent dans des fauteuils à bascule en osier sous un ventilateur bruyant. Rudd Kilgore, son adjoint, chauffeur et bagagiste, servait du bourbon et surveillait le barbecue. Lance Malco était accompagné de Tip et Nevin Noll. Rex Dubisson était seul.

Des copies du récent publipostage de Rudy furent distribuées à tous les convives. Lance était agacé de voir une photo en couleur du Red Velvet, son club phare, dont on disait les pires horreurs. Pour Lance, c'était le premier véritable acte de guerre de la part de Jesse Rudy.

— Gardez votre sang-froid, tempéra Fats, un cigare noir entre le pouce et l'index, un bourbon dans l'autre main. Je ne vois aucun élan de sympathie pour Rudy. Le gars est fauché et il a sûrement emprunté de l'argent, mais ça ne suffira pas. On a tout prévu. (Il se tourna vers Dubisson.) Vous avez encore des fonds ?

— Ça ira, répondit Rex. Notre dernier mailing part demain et tape fort. Il ne pourra pas répondre.

— C'est ce que vous avez dit la dernière fois, objecta Lance.

— En effet.

— Je ne sais pas, reprit Lance en brandissant la brochure. Il interpelle les braves gens. Ça ne vous inquiète pas ?

— Si, bien sûr. En politique, tout peut arriver. Rudy a mené une bonne campagne et n'a pas ménagé sa peine. N'oubliez pas, les gars, que je n'ai pas fait de campagne difficile depuis huit ans. C'est nouveau pour moi.

— Et vous faites du bon travail, intervint Fats. Continuez à m'écouter.

— Et le vote noir ? interrogea Lance.

— Eh bien, il n'est pas important, vous le savez. Moins de 20 pour cent, s'ils se déplacent jusqu'aux urnes. J'ai trouvé des pasteurs : on leur remettra l'argent le dimanche précédant l'élection. D'après eux, c'est du tout cuit.

— On peut leur faire confiance ? s'enquit Rex.

— Est-ce qu'ils n'ont pas toujours tenu parole ? Les pasteurs emmèneront leurs fidèles aux urnes avec les bus de l'église.

— Rudy a l'air populaire à la Pointe, commenta Rex. J'y suis allé le week-end dernier et j'ai reçu un accueil plutôt froid.

— Je connais la Pointe aussi bien que Rudy, intervint Lance. C'est sa base et il pourrait l'emporter là-bas, mais d'une courte tête.

— Laissez-lui la Pointe, dit Fats en soufflant un rond de fumée. Il y a quatre autres urnes dans le comté d'Harrison et je les contrôle toutes.

— Et Hancock et Stone ? demanda Lance.

— Eh bien, d'abord, il y a quatre fois plus de votes à Harrison que dans les deux autres comtés combinés. Celui de Stone compte pour du beurre. Les électeurs sont à Biloxi et à Gulfport, les gars, vous le savez. Faut vous détendre.

— On est bien placés dans le comté de Stone, déclara Dubisson. Ma femme est originaire de là-bas et sa famille a de l'influence.

Fats rit.

— Continuez à le descendre avec les courriers et la radio, je m'occupe du reste.

***

Trois jours plus tard, le district fut inondé d'un nouveau flot de prospectus. La photo en couleur sur la première page représentait une femme blanche malade dans un fauteuil roulant, avec un tube à oxygène dans le nez. Elle semblait avoir une cinquantaine d'années, avec de longs cheveux gris filasse et des rides prononcées. Au-dessus de la photo, en caractères gras, la légende indiquait : « J'ai été violée par Jarvis Decker. »

Connie Burns racontait que Jarvis Decker s'était introduit chez elle, dans sa Géorgie rurale, l'avait ligotée, et était reparti deux heures plus tard. Après cette épreuve, et le cauchemar du procès, son univers s'était totalement effondré. Son mari l'avait quittée, sa santé s'était détériorée. Elle n'avait plus personne pour la soutenir, etc. Elle vivait en ce moment dans une maison de repos et n'avait plus les moyens de payer son traitement.

Son récit se terminait par : « Pourquoi a-t-on laissé Jarvis Decker libre de me violer, moi, et d'autres femmes ?

Il aurait dû croupir en prison dans le Mississippi, ce qui serait arrivé sans les manœuvres habiles de l'avocat de la défense Jesse Rudy. S'il vous plaît, ne donnez pas votre vote à cet homme. Il protège de dangereux criminels. »

Jesse était tellement bouleversé qu'il s'enferma dans son bureau. Allongé par terre, il s'efforçait de respirer profondément. Agnes était dans les toilettes au bout du couloir, en train de vomir. Les bénévoles de la campagne se rassemblèrent dans la salle de conférences et lurent la brochure avec une stupeur horrifiée. La secrétaire ignora le téléphone qui sonnait sans discontinuer.

***

Dix jours avant l'élection, Jesse Rudy saisit la Cour de la chancellerie pour interdire à Rex Dubisson de distribuer des documents de campagne colportant des mensonges éhontés. Il réclama une audience en urgence.

Cependant le mal était fait, le tribunal ne parviendrait pas à renverser la vapeur. Le chancelier pouvait ordonner à Dubisson de cesser les envois postaux et les tracts mensongers, mais, en pleine campagne électorale, de telles injonctions étaient rares. Jesse savait qu'il ne gagnerait pas la bataille judiciaire, mais ce n'était pas l'objet de cette audience. Jesse avait besoin de publicité. Il fallait que cette histoire fasse la une du *Gulf Coast Register* pour que les électeurs prennent la mesure de la campagne sordide menée par leur procureur. Juste après avoir déposé sa plainte au tribunal, il se rendit en voiture dans les locaux du journal et en remit une copie en mains propres au rédacteur en chef. Le lendemain matin, l'affaire faisait les gros titres.

L'après-midi, le chancelier convoqua une audience et une foule de curieux vint assister aux débats. Au premier rang se trouvaient plusieurs journalistes. En tant que plaignant, Jesse décrivit avec colère la « publicité du viol », comme il l'appelait. Il faisait les cent pas dans la salle d'audience en brandissant l'annonce, la qualifiant d'« odieusement mensongère », « stratégie d'une campagne immonde destinée à aliéner les électeurs ». Connie Burns était le pseudonyme d'une femme probablement payée par son adversaire pour raconter cette histoire à dormir debout. Les vraies victimes de Jarvis Decker étaient Denise Perkins et Sybil Welch, et il avait des copies des actes d'accusation et des négociations de peine pour le prouver. Il fit inscrire ces documents comme pièces à conviction.

Le problème, c'était qu'il n'avait aucune preuve réelle, hormis la paperasse. Connie Burns, ou qui que ce soit, était introuvable, tout comme les deux vraies victimes de viol. Avec du temps et des moyens, Jesse aurait pu les retrouver et les convaincre de venir témoigner à Biloxi, ou de signer des déclarations sous serment, mais à une semaine de l'élection, c'était peine perdue.

Les avocats chevronnés connaissaient le vieil adage : « Quand le dossier ne tient pas la route, tout miser sur l'esbroufe. » Jesse était en colère, indigné, blessé, victime d'une campagne odieuse. Quand il se calma enfin, ce fut au tour de Rex Dubisson de faire son numéro. Il semblait déstabilisé, comme s'il avait été pris la main dans le sac. Après plusieurs déclarations décousues, le chancelier l'interrompit :

— Et qui est Connie Burns, exactement ?

— C'est un pseudonyme, Votre Honneur. La pauvre femme a été victime d'une violente agression sexuelle et ne veut pas être impliquée.

— Elle ne veut pas être impliquée ? Pourtant elle vous a autorisé à utiliser sa photo et sa déposition, n'est-ce pas ?

— Oui, mais à condition de rester anonyme. Elle habite loin, et ce qui sera rendu public ici ne devrait pas l'atteindre. Nous protégeons son identité.

— Et vous voulez rendre Jesse Rudy responsable de son viol, n'est-ce pas ?

— Eh bien, pas directement, votre...

— Allons, maître Dubisson. C'est exactement ce que vous faites. Le seul but de cette publicité est de pointer du doigt maître Rudy et de convaincre les électeurs de sa faute.

— Les faits sont les faits, Votre Honneur. Maître Rudy a défendu Jarvis Decker et a obtenu sa libération. Si Decker avait été incarcéré ici, dans le Mississippi, il n'aurait pas pu violer des femmes en Géorgie. C'est aussi simple que ça.

— Rien n'est aussi simple, maître Dubisson. Je trouve ces publicités répugnantes.

Les avocats s'invectivèrent à tour de rôle et le dialogue devint de plus en plus tendu. Quand le chancelier demanda à Jesse quelle réparation il souhaitait, Jesse exigea que Dubisson envoie aux mêmes destinataires une lettre dans laquelle il se rétracterait, reconnaîtrait la vérité, et présenterait ses excuses pour avoir délibérément induit les électeurs en erreur.

Dubisson s'insurgea vivement contre cette demande et fit valoir que le tribunal ne pouvait le forcer à dépenser de l'argent. Jesse rétorqua que Dubisson en avait manifestement beaucoup à dépenser.

Ils s'affrontèrent tels deux poids lourds au centre du ring, sans céder un pouce de terrain. C'était de la grande comédie, pour le pur plaisir des journalistes. Quand les deux hommes parurent sur le point de se battre à coups de poing, le chancelier les renvoya à leur place et trancha le litige.

— Je n'ai pas le pouvoir de défaire ce qui a été fait avec ces courriers. Cependant, j'ordonne aux deux campagnes de cesser immédiatement la diffusion de ces messages, que ce soit dans la presse ou sur les ondes, qui ne soient étayés par des faits. Le non-respect de cette décision judiciaire entraînera de lourdes amendes, voire une peine de prison pour outrage à magistrat.

Pour Rex Dubisson, la victoire était immédiate, même si elle sonnait creux. Il n'avait nullement l'intention d'envoyer d'autres courriers pour sa campagne.

Pour Jesse, la victoire arriva le lendemain matin, quand la première page du *Register* titra cette citation inestimable : « Je trouve ces publicités répugnantes. »

***

Les derniers jours de la campagne furent un tourbillon de discours, de barbecues, de rassemblements et de démarchages. Jesse et ses bénévoles frappèrent aux portes du matin jusqu'à la nuit tombée. Keith et son père étaient en désaccord sur la stratégie à adopter. Keith voulait reprendre la brochure de Connie Burns et ajouter la légende « Je trouve ces publicités répugnantes », en tirer plusieurs milliers d'exemplaires et en inonder la circonscription. Mais Jesse n'était pas de cet avis. De son point de vue, ces publicités avaient déjà fait suffisamment de dégâts. Rappeler aux électeurs ses liens avec le violeur ne ferait que renforcer leur conviction qu'il avait commis une erreur.

Au cours du dernier week-end de campagne, « l'argent inondait les rues », comme on dit. Des sacs de billets furent remis à des pasteurs noirs qui promirent d'amener les électeurs dans les bureaux de vote par bus entiers. Les chefs de district de Fats Bowman en avaient fait autant avec leurs propres équipes de chauffeurs. Des centaines de bulletins de vote par correspondance furent remplis avec les noms de personnes décédées depuis la dernière élection.

Le 4 août, jour J, Jesse, Agnes et Keith votèrent tôt dans leur bureau de vote situé dans une école primaire. Pour Keith, qui remplissait pour la première fois son devoir de citoyen, c'était un honneur de voter pour son père. Il eut aussi l'immense satisfaction de déposer un bulletin contre Fats et les politiciens à sa solde.

Le taux de participation se révéla élevé dans tous les bureaux de vote de la côte et les Rudy passèrent la journée à faire le tour de leurs sondeurs. Aucune plainte n'avait été déposée pour harcèlement ou intimidation.

Quand les bureaux de vote fermèrent à 18 heures, la tâche ardue du comptage manuel des bulletins commença. Il était près de 22 heures quand les premiers responsables de circonscription arrivèrent au palais de justice avec leurs décomptes et leurs boîtes de bulletins, qui avaient tous été recomptés une deuxième fois par les secrétaires électoraux. Jesse et son équipe attendaient nerveusement dans sa salle de conférences et répondaient au téléphone. Le comté de Stone, le moins peuplé des cinq, communiqua son décompte final à 22 h 45. Jesse et Dubisson se partageaient équitablement les voix, ce qui était encourageant. L'enthousiasme retomba quand ils apprirent que le comté d'Hancock avait voté à 62 pour cent pour Dubisson. Il était de notoriété publique que Fats retardait l'envoi du rapport d'Harrison tant que les autres décomptes n'avaient pas été transmis. On soupçonnait des irrégularités depuis longtemps, mais elles n'avaient jamais été prouvées. Finalement, à 3 h 30 du matin, Jesse reçut l'appel d'un secrétaire électoral du palais de justice. Il était battu à plate couture dans les circonscriptions de Biloxi, à l'exception de celle de la Pointe, qu'il remportait avec trois cents voix d'avance, ce qui n'était pas assez pour enrayer la machine de Bowman. Dubisson avait obtenu près de dix-huit mille voix, soit 60 pour cent des suffrages.

Dans l'ensemble du district des trois comtés, Jesse avait convaincu douze mille cent soixante-treize électeurs de la nécessité d'une réforme. Les autres, près de dix-huit mille personnes, étaient satisfaits du statu quo.

Comme on pouvait s'y attendre, Fats avait quant à lui écrasé son infortuné adversaire et remporté près de 80 pour cent des voix.

Peu de choses allaient donc changer, du moins pour les quatre années à venir.

***

Pendant deux jours, Jesse rumina sa défaite et envisagea de contester l'élection. Près de mille huit cents bulletins de vote par correspondance semblaient suspects, mais ce n'était pas suffisant pour modifier le résultat final.

Il avait été battu dans un combat sans foi ni loi et en avait tiré d'amères leçons. La prochaine fois, il se préparerait à une vraie bataille. La prochaine fois, il aurait plus de moyens financiers.

Il promit à Keith et Agnes de ne jamais cesser de faire campagne.

16.

Une fois les élections terminées, et ces satanés réformateurs remis à leur place, l'année 1968 commença sur les chapeaux de roues. Fats avait réussi à apaiser des querelles qui couvaient depuis longtemps et à contrôler la campagne électorale, mais la situation échappa rapidement à son emprise.

Un hors-la-loi ambitieux du nom de Dusty Cromwell avait ouvert un bar sur la Route 90, à huit cents mètres du Red Velvet. Au début, le Surf Club ne vendait que de l'alcool en toute légalité. Avec un permis de vente d'alcool, il avait rapidement ouvert un casino clandestin et s'était transformé en club de strip-tease avec une revue de danseuses. Cromwell avait une grande gueule et se vantait qu'il serait bientôt le roi du Strip. Ses projets furent contrariés par l'incendie du Surf Club, un dimanche matin, alors que les locaux étaient déserts. Après une rapide enquête de la police, personne ne put déterminer la cause de l'incendie. Cromwell n'était pas dupe et fit savoir à Lance Malco et Ginger Redfield qu'il allait se venger. Les deux concurrents, qui en avaient vu d'autres, s'attendaient à avoir des ennuis.

Mike Savage était connu dans le milieu comme le pyromane de service, que l'on engageait par exemple pour des affaires de fraude à l'assurance. Indépendant, il ne travaillait pour personne en particulier, mais il fréquentait le Red Velvet et avait des liens avec Lance Malco et la mafia de Dixie. Un soir, il avait quitté le Red Velvet et n'était jamais rentré chez lui. Au bout de trois jours, sa femme finit par appeler le bureau du shérif pour signaler sa disparition.

Un fermier du comté de Stone remarqua une voiture abandonnée sur ses terres et se dit que ce n'était pas normal. Plus il s'approchait du véhicule, plus l'odeur devenait puissante. Des buses tournoyaient au-dessus. Il appela la police et, grâce à la plaque d'immatriculation, on identifia Mike Savage, de Biloxi. Quand les policiers ouvrirent le coffre, ils retinrent un haut-le-cœur. Le cadavre boursouflé de Mike était couvert de sang séché. Ses poignets et ses chevilles étaient ligotés avec de la ficelle. Il lui manquait l'oreille gauche. L'autopsie révéla qu'il avait été poignardé à plusieurs reprises et qu'on lui avait tranché sauvagement la gorge.

Une semaine après la découverte du corps, un colis adressé à Lance Malco arriva au Red Velvet. À l'intérieur, enveloppée dans un sac en plastique, une oreille gauche. Lance contacta Fats, qui envoya une équipe pour examiner l'oreille. Le mobile avait été facilement établi, du moins par Lance, mais on n'avait ni suspect, ni témoin, ni preuves sur la scène de crime. Dusty Cromwell avait fait passer un message clair, pourtant Lance n'était pas du genre à se laisser intimider. Il alla trouver Fats et lui demanda d'agir. Comme à l'accoutumée, le shérif répondit qu'il ne se mêlait pas des guerres de territoire et des querelles entre mafieux. « Réglez ça vous-même », trancha-t-il.

Malgré le manque de détails, le meurtre fut rapporté par le *Gulf Coast Register*. Dans le milieu de la pègre de Biloxi, on savait qu'il s'agissait d'une simple vendetta. L'un des hommes de main de Dusty était un videur du nom de Clamps, une petite brute qui avait passé dix ans sur trente en taule pour avoir volé des voitures et dévalisé des supérettes. Maintenant que le Surf Club était réduit en cendres, il n'avait plus de travail et cherchait les ennuis. Il n'avait encore tué personne, mais son patron et lui en parlaient. L'occasion ne s'était jamais présentée. Quand Dusty l'envoya à la Nouvelle-Orléans pour récupérer une cargaison de marijuana, Nevin Noll le suivit. La livraison étant en retard, Clamps s'installa dans un motel près de Slidell. À 3 heures du matin, Nevin gara sa voiture, avec des plaques d'immatriculation de Floride, à un kilomètre du motel, qu'il gagna à pied. La réception était fermée, toutes les lumières éteintes, et les rares clients semblaient dormir. Il choisit une chambre vide et, à l'aide d'un tournevis à tête plate, déverrouilla la poignée de la porte. Le motel bas de gamme n'était pas équipé de chaînes de sécurité. Il sortit et se faufila dans l'obscurité jusqu'à la porte de la chambre où Clamps dormait à poings fermés. Il crocheta rapidement la serrure, alluma la lumière et, alors que Clamps, réveillé en sursaut, tentait de reprendre ses esprits, Nevin lui tira trois fois en plein visage avec un revolver de calibre .22 doté d'un silencieux de quinze centimètres. Il l'acheva en lui flanquant trois autres balles à l'arrière du crâne. Puis il rassembla le portefeuille, l'argent, les clés de voiture et le pistolet de Clamps glissé sous l'oreiller et mit le tout, y compris son tournevis et son Ruger, dans le sac de voyage de Clamps. Il éteignit la lumière, attendit quinze minutes, et s'en alla avec la voiture de Clamps. Il se gara derrière un relais routier, retira rapidement les plaques d'immatriculation du Mississippi, les remplaça par des plaques de l'Idaho, et se rendit dans une station-service fermée pour la nuit. Il abandonna la voiture sur place, rejoignit la sienne à pied, et rentra à Biloxi.

Neuf jours s'écoulèrent avant que la police de Slidell parvienne à identifier la victime. Sa dernière adresse connue était Brookhaven, dans le Mississippi. Le meurtre ne fut pas signalé par le *Gulf Coast Register*.

Dans un premier temps, Dusty Cromwell crut que Clamps avait récupéré la marijuana et s'était enfui avec. Trois semaines après le meurtre, il reçut un colis, une boîte en carton sans nom ni adresse de l'expéditeur. À l'intérieur, un portefeuille contenant un permis de conduire délivré à Willie Tucker, alias Clamps. Sous le portefeuille, ses plaques d'immatriculation.

La police de Slidell alla rendre visite au shérif Fats Bowman à Biloxi, qui n'avait jamais entendu parler du dénommé Willie Tucker. Fats se doutait qu'il s'agissait d'une autre victime de l'escalade de la violence sur le Strip, mais il se garda bien de le dire. Lorsqu'il était question de règlements de comptes entre mafieux, Fats ne savait rien, surtout si des flics d'autres États venaient fouiner dans les environs. Après leur départ, il alla trouver Lance au Red Velvet.

Sans surprise, Lance n'avait jamais entendu parler de Willie Tucker. Il y avait beaucoup de joueurs dangereux sur la côte et la violence était contagieuse. Fats le mit en garde contre les risques de vendetta. Un trop grand nombre d'assassinats motivés par la vengeance allait attirer l'attention. Si l'on en éliminait un ou deux par-ci par-là, les affaires continueraient comme si de rien n'était. En revanche, une guerre des gangs ferait du bruit dans la presse.

***

Dusty s'avérait aussi impitoyable que Lance. Il rencontra un tueur à gages de la Dixie Mafia, Ron Wayne Hansom, et négocia un contrat de quinze mille dollars pour assassiner Lance Malco. Avec un acompte de cinq mille dollars, le solde une fois le boulot terminé. Hansom, qui était basé au Texas, passa un mois sur la côte et décida que le contrat était trop risqué. Malco était rarement visible et toujours très bien protégé. Avant de quitter la ville avec l'argent, Hansom s'enivra dans un bar où il se vanta d'avoir abattu des hommes dans sept États. Une serveuse qui laissait traîner ses oreilles entendit plusieurs fois le nom de Malco. L'affaire revint rapidement à Lance, qui, alarmé, appela Fats, lequel contacta un vieil ami des Texas Rangers. Ils connaissaient Hansom et l'arrêtèrent à Amarillo. Hansom nia toute implication dans le complot d'assassinat de Malco, et comme les Rangers n'avaient aucune preuve, ils le relâchèrent. Lance avait aussi envoyé deux de ses gars pour avoir une petite discussion avec lui. Les deux hommes de main lui tendirent un guet-apens et lui mirent une bonne dérouillée.

Furieux d'apprendre qu'un autre propriétaire de club du Strip avait mis un contrat sur sa tête, Lance fit savoir à Dusty que s'il ne quittait pas la ville dans les trente jours, il ne donnait pas cher de sa vie. Dusty campa sur ses positions et répondit qu'il trouverait un autre tueur à gages. Lance avait plus d'expérience que Dusty, et pendant deux mois, la situation se calma, malgré une tension palpable. La pègre s'attendait à ce que les balles se mettent à siffler. La première fit éclater le pare-brise de la voiture de Lance, avec Nevin au volant, et tous deux furent blessés par des éclats de verre. Ils écopèrent de points de suture à l'hôpital puis regagnèrent leurs pénates.

Hugh raccompagna son père chez lui et ne cessa de parler de vengeance. Il était horrifié qu'une balle soit passée si près. Chaque fois qu'il jetait un coup d'œil aux bandages de son père, il avait envie de pleurer. À la maison, Carmen, en panique, passait de l'hystérie à la colère contre son mari, à qui elle reprochait ses activités criminelles. Hugh s'efforça de calmer sa mère, de faire le tampon entre ses parents, et d'apaiser les craintes de ses jeunes frères et sœurs. Deux jours plus tard, il conduisit son père à son bureau du Red Velvet et lui annonça qu'il assumerait désormais les rôles de garde du corps et de chauffeur. Il retira sa veste et montra fièrement à son père un pistolet automatique Ruger de calibre .45.

À travers ses bandages et ses points de suture, Lance sourit.

— Et tu sais t'en servir ?

— Bien sûr. Nevin m'a appris.

— Garde-le près de toi, d'accord ? Et ne l'utilise qu'en cas de nécessité.

— C'est nécessaire, papa.

— C'est à moi d'en décider.

***

Lance en avait assez et savait qu'il était temps d'empêcher son ennemi de nuire. Il envoya Nevin en mission hors de la ville pour voir le Courtier, un intermédiaire connu pour choisir le tueur à gages approprié en fonction de la cible. Dans un bar de Tupelo, ils se mirent d'accord sur la somme de vingt mille dollars pour éliminer Dusty Cromwell. Nevin ne connaissait pas l'identité du tueur et ne voulait pas la connaître.

Avant que cela ne se produise, trois hommes de main de Dusty entrèrent au Foxy avec des battes de baseball et frappèrent tous ceux qui osèrent faire un mouvement, soit deux videurs, deux barmans, plusieurs clients et une serveuse qui cherchait juste à s'enfuir. Ils fracassèrent les tables, les chaises, les néons et les bouteilles d'alcool, et semblaient prêts à achever les barmans quand un gardien avait jailli de la cuisine et ouvert le feu avec une arme de poing. L'un des truands dégaina son pistolet et une fusillade éclata alors que les trois hommes de Dusty se ruaient vers la porte et prenaient le large. Le gardien les suivit dans le parking et vida son arme automatique. Les balles criblèrent la façade de l'immeuble et plusieurs voitures garées à proximité. Un videur au front ensanglanté sortit en titubant, pistolet au poing, pour prêter main-forte au gardien. Ils bondirent dans une voiture et pourchassèrent les voyous, qui leur tirèrent furieusement dessus en enfonçant l'accélérateur et en faisant crisser leurs pneus. La fusillade se poursuivit sur la Route 90. Les fuyards louvoyèrent entre les voitures tandis que les automobilistes apeurés se baissaient pour échapper aux tirs croisés.

Lorsqu'une balle traversa le pare-brise avant de leur voiture, le gardien au volant décida qu'il était temps de mettre fin à cette folie et se gara sur un parking.

À l'insu du gardien et du videur, un de leurs tirs toucha un voyou au cou. Ce dernier succomba à ses blessures pendant l'intervention chirurgicale à l'hôpital de Biloxi. Ses deux complices l'avaient déposé avant de disparaître. Comme souvent dans ce genre d'échauffourées, le défunt n'avait ni portefeuille, ni papiers d'identité sur lui. La voiture en fuite, criblée de balles, ne fut jamais retrouvée.

Heureusement, personne ne fut tué au Foxy, bien que sept personnes fussent hospitalisées.

Deux semaines plus tard, Dusty se promenait sur la plage par un beau dimanche après-midi. Il tenait sa petite amie par la main tandis qu'ils s'éclaboussaient, pieds nus dans le sable. Il sirotait une canette de bière – qui serait sa dernière. À six cents mètres de là, un ancien tireur d'élite de l'armée, surnommé « le Fusilleur », prenait position au deuxième étage d'un motel, de l'autre côté de la Route 90. Il pointa son fidèle fusil militaire Logan de calibre .45 sur sa cible et pressa la détente. Une milliseconde plus tard, la balle atteignit Dusty à la joue droite et lui explosa l'arrière du crâne. Sa petite amie poussa un cri horrifié et un couple se précipita pour l'aider. Le temps que la police arrive, le « Fusilleur » traversait le pont qui enjambait la baie de Biloxi et se dirigeait vers Mobile.

La mort de Cromwell fit sensation et le *Gulf Coast Register* se décida enfin à enquêter. La « guerre des gangs » avait coûté la vie à au moins quatre hommes, tous connus pour leur implication dans la prostitution, la drogue et le jeu. Tous liés d'une manière ou d'une autre aux boîtes de nuit du Strip. Des rumeurs faisaient état d'autres victimes, ainsi que de passages à tabac et d'incendies. Fats Bowman n'avait pas de commentaires à faire, mais il assura au journal que son bureau enquêtait activement sur cette série d'assassinats.

***

Comme tous les citoyens respectueux de la loi, Jesse Rudy observait la montée de la violence sans rien attendre des enquêtes policières. Bien que frustré par les efforts de Rex Dubisson pour résoudre ces affaires, il était secrètement ravi que le procureur général ne fasse rien pour endiguer la vague de crimes. Lors de sa prochaine campagne, il mettrait l'accent sur la bienveillance de son adversaire envers la mafia. Ce déchaînement de violence servait la cause de Jesse. Les gens n'étaient pas contents et voulaient que les autorités règlent la situation.

C'est alors que la nature intervint d'une manière inimaginable, qui mit fin à la folie meurtrière. L'ouragan balaya les clubs du Strip, ainsi que la majeure partie de Biloxi. Il porta un coup fatal non seulement à la vie nocturne, mais à toutes les industries de la côte.

Et il entraîna également l'élection de Jesse Rudy.

17.

L'été 1969 fut une saison brûlante dans les Caraïbes, mais rien ne laissait présager que l'ouragan Camille serait aussi meurtrier. Lorsqu'il frôla le nord de Cuba le 15 août, il n'était que de catégorie 2 et était censé terminer sa course le long de la Panhandle de Floride. En remontant vers le nord, un peu après Cuba, il s'apaisa, puis s'intensifia brusquement au-dessus des eaux chaudes du golfe. Ce n'était pas une grosse tempête, mais sa petite taille ne fit qu'accroître sa vitesse. Le 17 août, l'ouragan de catégorie 5 se dirigeait en trombe vers la côte. On n'avait pas tenu compte des prévisions, et la tempête frappa Biloxi de plein fouet. La côte du golfe était habituée aux ouragans, tout le monde avait une histoire à raconter sur le sujet, chacun sa préférée. Les avertissements faisaient partie de la vie et étaient généralement pris au sérieux. Mais personne n'avait jamais vu une onde de tempête de sept mètres cinquante et les projections semblaient absurdes. Les habitants en front de mer avaient placardé des planches de contreplaqué sur leurs fenêtres, acheté des piles, de la nourriture, de l'eau, et réglé leurs radios sur la bonne fréquence – les précautions habituelles. Ce n'était pas leur première tempête. Ils n'étaient pas fous. Ceux qui survécurent diraient plus tard qu'ils n'avaient jamais rien vu de tel.

Le dimanche 17 août après-midi, les prévisionnistes annoncèrent que la tornade ne déviait pas vers l'est. Des sirènes retentirent dans toutes les villes côtières : Waveland, Bay St. Louis, Pass Christian, Long Beach, Gulfport, Biloxi, Ocean Springs et Pascagoula. Les dernières informations étaient alarmantes : elles prévoyaient une onde de tempête sans précédent et des vents d'une violence inouïe. L'évacuation de dernière minute fut chaotique et la plupart des habitants étaient décidés à résister à la déferlante.

À 21 heures, alors que les vents s'intensifiaient, le maire de Gulfport ordonna à la prison d'ouvrir toutes ses portes. Les prisonniers furent invités à rentrer chez eux, on les retrouverait plus tard. Pas un ne voulut sortir. L'électricité et les lignes téléphoniques furent coupées à 22 heures.

À 23 h 30, Camille s'abattit entre Bay St. Louis et Pass Christian. Le cyclone ne mesurait que cent vingt kilomètres de large, mais son œil était très serré et ses vents d'une violence historique. De catégorie 5, c'était le deuxième ouragan le plus puissant à avoir jamais frappé les États-Unis. Sa pression barométrique était tombée à 900 millibars, la deuxième plus basse de l'histoire des États-Unis. Pendant un bref instant, moins de soixante secondes, les indicateurs de vitesse de vent affichèrent 280 kilomètres-heure, avant que Camille ne les réduise tous en bouillie. Les experts estiment que les vents les plus forts ont atteint 320 kilomètres-heure et soulevé un mur d'eau de vingt-cinq mètres. Par endroits, l'onde de la tempête a frôlé les neuf mètres.

Les populations les plus importantes situées à l'est – Biloxi, Gulfport, Pascagoula – prirent le tourbillon de plein fouet dans le sens inverse des aiguilles d'une montre. Pratiquement tous les bâtiments situés le long de la Route 90 et de la plage furent détruits. L'autoroute elle-même se déforma et ses ponts s'effondrèrent. Les lignes électriques et téléphoniques se rompirent et disparurent dans les flots déchaînés. À six pâtés de maisons de la plage, à l'intérieur des terres, des quartiers entiers furent démolis. On dénombra six mille maisons disparues. Quatre mille gravement endommagées. La tempête fit cent quarante-trois victimes, dont la plupart vivaient près de la plage et avaient refusé d'évacuer. Écoles, hôpitaux, églises, magasins, immeubles de bureaux, palais de justice, casernes de pompiers : tout était détruit.

Camille n'en avait pas encore terminé. Elle s'affaiblit dans la vallée de l'Ohio, puis se dirigea vers l'est pour poursuivre son implacable opération de destruction. Au centre de la Virginie, elle rencontra un système dépressionnaire dense qui semblait l'attendre. Ensemble, ils déversèrent soixante-douze centimètres de pluie en vingt-quatre heures sur le comté de Nelson, en Virginie, provoquant des inondations historiques qui emportèrent des routes, des maisons et des vies. Cent cinquante-trois personnes perdirent la vie en Virginie.

Ensuite, la tempête s'évanouit au-dessus de l'Atlantique. Dieu merci, il n'y aurait jamais d'autre Camille. Les dégâts avaient été si phénoménaux que le National Weather Service retira son nom de la liste.

***

Quand le soleil se leva le lundi 18 août, les nuages avaient disparu. La tempête se dissipa rapidement, emportant le vent et la pluie au loin. Mais c'était encore le mois d'août dans le Mississippi et, en milieu de matinée, la température dépassait les trente-deux degrés.

Les personnes émergeant des décombres titubaient comme des zombies, choquées par la terreur de la nuit et par la désolation sous leurs yeux. On entendit des cris quand les gens retrouvaient des proches, des voisins et des êtres chers qui n'avaient pas survécu. Les rescapés hagards cherchaient des corps, des voitures, et même des maisons.

La vie était brutalement réduite à l'essentiel : de la nourriture, de l'eau, et un abri. On dénombrait plus de vingt et un mille blessés, mais il n'y avait plus d'hôpitaux ni de cliniques pour les accueillir.

Le gouverneur envoya cinq mille gardes nationaux à Camp Shelby, à cent kilomètres au nord. Dès l'aube, ils se dirigèrent vers le sud en une longue file indienne et écoutèrent les premiers rapports par radio. Soixante-quinze mille personnes étaient sans abri. Des milliers d'autres décédées ou portées disparues. Les gardes rencontrèrent des obstacles, des arbres en travers de la Route 49. À l'aide de tronçonneuses et de bulldozers, ils réussirent à dégager la route et mirent six heures pour atteindre Biloxi.

La 101e division aéroportée les suivait de près. Tandis que les premières images de la côte étaient diffusées dans les journaux télévisés du soir, l'État, le gouvernement fédéral et le secteur privé proposèrent leur aide. Des dizaines d'organisations caritatives se mobilisèrent pour envoyer des équipes de médecins, d'infirmières et de bénévoles. Les églises et les organisations religieuses dépêchèrent des milliers de travailleurs humanitaires, dont la plupart dormaient sous des tentes. En plus de l'eau et de la nourriture, des tonnes de matériel médical arrivèrent, la plupart par bateau, les routes étant impraticables.

Il fallut un mois pour rétablir l'électricité dans les hôpitaux et les écoles, lesquelles purent rouvrir leurs portes. Il faudrait bien plus de temps pour retrouver toutes les personnes disparues. Et des années pour tout reconstruire.

Pendant six mois après la tempête, la côte ressemblait à un camp de réfugiés de guerre. D'interminables rangées de tentes militaires vertes faisaient office d'hôpitaux ; des baraquements abritaient les milliers de soldats qui déblayaient les débris ; des bénévoles géraient les centres de distribution d'eau et de nourriture ; d'immenses tentes recueillaient les vêtements et les meubles en bon état ; et de longues files d'attente se formaient devant le camp.

Pour une population résiliente, le défi était presque insurmontable, pourtant les sinistrés s'accrochaient et s'efforçaient de reconstruire leur vie. La tempête avait été un tel coup de massue qu'ils étaient encore sous le choc. Cependant, ils n'avaient d'autre choix que de survivre. Jour après jour, la situation s'améliorait. La réouverture des écoles à la mi-octobre fut une étape importante. Quand Biloxi accueillit Gulfport, son grand rival, pour un match de football un vendredi soir, les gradins accueillirent une foule sans précédent de spectateurs, et la vie semblait presque revenue à la normale.

***

Pour les mafieux, Camille créait des opportunités uniques. Ils étaient tous temporairement en faillite, mais ils savaient que les affaires allaient rapidement reprendre. L'endroit grouillait de gens solitaires, de bénévoles et de vautours attirés par les catastrophes et la distribution de produits gratuits. Ces gens loin de chez eux, épuisés, stressés, avaient besoin d'alcool et de divertissement.

Lance Malco ne mit guère de temps à panser ses plaies. Sa maison, à deux kilomètres à l'intérieur des terres, n'était pas très endommagée. En revanche, ses clubs sur le Strip, le Red Velvet et le Foxy, avaient complètement disparu, emportés par le vent et les eaux, jusqu'à leurs dalles de béton. Le Truck Stop était éventré, mais tenait encore debout. Deux de ses bars avaient disparu, les deux autres étaient en bon état. Trois de ses motels le long de la plage avaient été entièrement rasés. Malheureusement, deux danseuses avaient péri dans l'un d'eux. Lance leur avait pourtant donné l'ordre d'évacuer. Il avait prévu d'envoyer un chèque à leurs familles.

Alors que Lance, Hugh et Nevin inspectaient les dégâts causés au Red Velvet avec le premier expert des assurances, ils remarquèrent huit grands carrés d'une sorte de métal incrustés dans les fondations en béton. Curieux, l'expert leur demanda ce que c'était. Lance et Nevin répondirent qu'ils n'en avaient aucune idée. En réalité, les carrés étaient des aimants dissimulés par une épaisse moquette sous les tables de craps. Les dés pipés comportaient aussi de minuscules aimants sous certains numéros. En manipulant plusieurs jeux de dés, les croupiers malhonnêtes augmentaient les chances d'obtenir certaines combinaisons.

Après avoir été accusé pendant des années de truquer ses tables, Lance se faisait prendre la main dans le sac, à cause de Camille. Mais l'infortuné expert ne connaissait rien aux jeux d'argent et ignorait ce qu'il avait sous les yeux. Nevin fit un clin d'œil à Lance et tous deux eurent la même pensée : personne au monde ne pouvait imaginer la somme d'argent que ces aimants avaient fait gagner au club.

Les polices d'assurance rédigées dans le Mississippi couvraient les dommages causés par le vent, avec des clauses exclusives spécifiques, soigneusement formulées, pour les dégâts causés par l'eau. La bataille entre le vent et l'eau ne faisait pas encore rage, mais les compagnies d'assurances s'y préparaient déjà. Quand l'assureur de Lance refusa de l'indemniser au motif que les dommages étaient causés par la crue, Lance menaça de le traduire en justice. Il ne faisait pourtant aucun doute que l'onde de tempête avait submergé ses boîtes de nuit le long de la Route 90.

Disposant de plus de fonds que les autres propriétaires de clubs, Lance était déterminé non seulement à rouvrir ses établissements le premier, mais à proposer une version plus chic du Red Velvet. Il avait trouvé un entrepreneur à Bâton-Rouge, qui pouvait fournir la main-d'œuvre et le matériel nécessaire.

Alors que les particuliers déblayaient encore les débris de leurs terrains, Lance reconstruisait son club phare. Il prévoyait d'ajouter un restaurant, d'agrandir le bar, et de construire plus de chambres à l'étage. Il avait une foule de projets. Hugh, Nevin et lui étaient convaincus que la plupart de leurs concurrents sur le Strip ne survivraient pas à Camille. Le moment était venu de dépenser gros et d'établir un monopole.

18.

Le vent contre l'eau.

Le dimanche après-midi précédant l'arrivée de Camille, Jesse et Agnes prirent la décision de dernière minute d'évacuer leur maison. Agnes et les enfants se rendraient chez ses parents, dans le Kansas. Jesse insista pour rester sur place. Ils chargèrent rapidement le break familial de provisions et d'eau et, avec Keith au volant, firent des adieux terrifiés à Jesse.

Douze heures plus tard, Jesse regretta de ne pas être parti avec sa famille. Il ne se rappelait pas avoir eu aussi peur, même pendant la guerre. Plus jamais il ne résisterait à un cyclone.

Leur maison survécut sur le plan structurel, mais subit de graves dégâts. La majeure partie du toit fut arrachée. On ne retrouva jamais le petit porche. Presque toutes les fenêtres volèrent en éclats. L'onde de tempête déferla à moins de trois mètres de la porte d'entrée. Leurs voisins, un peu plus bas dans la rue, n'eurent pas cette chance et prirent la crue de plein fouet.

Jesse passa deux jours à déblayer les débris et fit la queue pendant des heures pour obtenir deux grandes bâches auprès d'un centre de distribution de la Croix-Rouge. Il embaucha un jeune à la recherche d'un emploi et tous deux s'employèrent à reboucher les brèches du toit dans une chaleur cuisante. La plupart des meubles, trempés par l'eau de pluie, finirent à la benne. Une équipe de gardes nationaux aida Jesse à couvrir les fenêtres avec du contreplaqué. Ils lui fournirent également de l'eau en bouteille et une caisse de soupe à la tomate, qu'il mangea à même les boîtes car il n'avait aucun moyen de les réchauffer. Après cinq jours de travail harassant, il fit la queue à un poste de secours et obtint un téléphone. Il appela Agnes au Kansas et faillit pleurer en entendant sa voix. Elle sanglota aussi, tout comme les enfants. Comme ils étaient privés d'électricité et que les journées étaient longues et étouffantes, il leur demanda de rester là-bas jusqu'à ce que la situation s'améliore. Les bénévoles et les secouristes s'activaient de tous côtés, et Jesse rassembla une équipe pour nettoyer son bureau du centre-ville. La ligne d'eau sur les murs du rez-de-chaussée atteignait deux mètres trente et avait tout ravagé. Il se voyait mal pratiquer le droit dans un cadre pareil, mais tous les bureaux autour de lui étaient dans le même état. Pas question d'abandonner, et chaque jour qui passait apportait un petit mieux.

En fin d'après-midi, alors que le soleil déclinait et que l'air fraîchissait, Jesse allait donner un coup de main à ses voisins pour enlever les débris et effectuer des réparations. Les habitants s'entraidaient. Les maisons étant étouffantes, les gens se rassemblaient sous les arbres qui tenaient encore debout. Joe Humphrey, trois maisons plus loin, avait réussi à faire passer en douce une caisse de bière grâce à un garde national, qui avait ajouté un sac de glace. La Falstaff fraîche n'avait jamais été aussi bonne. Les voisins partageaient tout : bière, cigarettes, nourriture, eau, anecdotes et encouragements.

Ils avaient survécu. D'autres n'avaient pas eu cette chance, et les rumeurs qui circulaient concernaient les victimes.

***

Le cabinet Rudy rouvrit ses portes le 2 octobre, près de six semaines après le passage de l'ouragan. Jesse passa la majeure partie de sa journée de travail pendu à son nouveau téléphone, pour harceler l'expert de son assurance. La compagnie, Action Risk Underwriters, basée à Chicago, était l'un des quatre plus gros assureurs de la côte. Durant les semaines après la tempête, Jesse se rendit compte qu'ARU et les autres compagnies faisaient obstruction à toutes les demandes d'indemnisation des sinistrés et n'avaient aucune intention d'honorer les polices d'assurance. Leurs raisons étaient simples : les dommages étaient causés par l'eau, pas par le vent.

Quand le palais de justice rouvrit ses portes le 10 octobre, Jesse s'y rendit et intenta quatorze actions en justice en son propre nom et pour le compte de ses voisins. Il attaquait les quatre plus grandes compagnies d'assurances, exigeant l'indemnisation intégrale de ses clients, ainsi que des dommages-intérêts punitifs pour mauvaise foi. Il menaçait depuis des semaines de porter plainte contre ces grands groupes, qui ne daignaient pas prendre ses appels. Avec plus de vingt mille maisons rasées ou gravement endommagées, l'enjeu était de taille. La stratégie des compagnies prenait forme. Elles rejetteraient toutes les demandes d'indemnisation, garderaient jalousement leur argent, et feraient traîner les procédures en misant sur le fait que la majorité des assurés n'avaient pas les moyens de mener une action en justice.

Pendant ce temps, les gens tentaient de survivre avec des bâches au-dessus de leur tête et du contreplaqué à leurs fenêtres. De nombreuses maisons étant inhabitables, leurs propriétaires campaient dans le jardin. D'autres vivaient dans des tentes. D'autres encore avaient été contraints de trouver refuge chez des amis ou des parents dans le sud du Mississippi. Dans les bois au nord de la ville, une communauté entière, surnommée Camille Ville, avait surgi du jour au lendemain, où un millier de personnes vivaient dans des abris de fortune et des camping-cars. La plupart possédaient des polices d'assurance valides, mais ne parvenaient pas à faire venir un expert.

Jesse était en colère – et en mission. Lorsqu'il intenta la première vague de procès, il contacta le *Gulf Coast Register* et leur donna volontiers une interview. Le lendemain, Jesse faisait l'objet d'un article en première page, et le téléphone de son bureau se mit à sonner en continu. Cela durerait pendant des mois.

Pour ce qui était de gagner de l'argent, les affaires n'étaient guère lucratives. En 1969, une maison dans le comté d'Harrison valait en moyenne vingt-deux mille dollars. Jesse et Agnes avaient acheté la leur vingt-trois mille cinq cents dollars quatre ans plus tôt, et un expert avait estimé les dégâts causés par la tempête à huit mille cinq cents dollars, sans compter le mobilier. Ses premiers dossiers se situaient dans cette fourchette, et tous concernaient des dégâts causés par le vent. Il avait inspecté les maisons une à une et savait pertinemment qu'elles n'avaient pas été endommagées par la crue. Lors d'un échange houleux avec un expert, Jesse avait expliqué que les dégâts des eaux étaient dus aux fortes pluies dans des maisons au toit arraché. Camille avait déversé vingt-cinq centimètres d'eau de pluie en douze heures. Sans toit, tout ce qui se trouvait à l'intérieur avait été trempé. Et avec pour seule protection de minces bâches en plastique, chaque nouvelle ondée aggravait les dégâts.

La compagnie d'assurances rejeta néanmoins toutes les demandes d'indemnisation.

Jesse traita d'abord les cas les plus simples. Les plus compliqués impliquaient des dommages dus à la fois au vent et à l'eau – il s'en occuperait plus tard. Il n'avait que l'embarras du choix. La nouvelle se répandit rapidement et les clients affluèrent. Il était victime de son succès et se demandait comment il allait couvrir ses frais généraux. Une problématique qu'il avait déjà avant la tornade. Son deuxième prêt hypothécaire, contracté pendant la campagne électorale deux ans plus tôt, n'avait pas été entièrement remboursé.

Mais il n'avait pas le temps de s'en inquiéter et ne pouvait plus faire machine arrière. Il s'était approprié les plaintes liées à Camille et en déposait une douzaine par semaine. Il travaillait dix-huit heures par jour, six jours par semaine, et était entré dans une nouvelle dimension où rien d'autre ne comptait en dehors de la cause. Keith était retourné à l'université pour sa dernière année et Agnes s'occupait du foyer, de sorte que personne ne pouvait l'aider. Ses filles adolescentes, Beverly et Laura, venaient au cabinet après les cours, et restaient souvent tard dans la nuit pour mettre de l'ordre dans ses dossiers.

Les fils Pettigrew, deux frères de Bay St. Louis, vinrent à la rescousse. Leur père avait été retrouvé mort dans un arbre le lendemain de Camille. La maison familiale, dûment assurée, se trouvait à huit cents mètres de la plage et était inhabitable. Leur mère vivait chez une sœur à McComb. La compagnie d'assurances, là encore Action Risk Underwriters, avait rejeté leur demande d'indemnisation.

Gene et Gage avaient l'air de jumeaux, pourtant ils avaient onze mois d'écart. Ils se ressemblaient, parlaient et s'habillaient de la même façon, et avaient la curieuse habitude de finir les phrases l'un de l'autre. Après l'obtention de leur diplôme de droit en même temps à Ole Miss en mai, ils avaient ouvert un petit magasin à Bay St. Louis. Mais Camille avait tout dévasté, tout. Ils n'avaient même pas retrouvé leurs diplômes.

Leur tragédie les avait mis en colère et ils voulaient en découdre. Ils avaient lu les articles sur Jesse Rudy et étaient entrés un jour dans son bureau pour lui demander de les embaucher. Jesse les apprécia immédiatement et leur promit de les rémunérer dès qu'il le pourrait. Ainsi, du jour au lendemain, il hérita de deux nouveaux associés. Il laissa tomber tout ce qu'il faisait et s'enferma avec ses deux recrues dans la salle de conférences pour une session de formation, où il leur enseigna les tenants et aboutissants fascinants des polices d'assurance. Les Pettigrew partirent à minuit. Le lendemain, il envoya Gage rencontrer de nouveaux clients à Camille Ville. Gene organisa l'accueil des clients potentiels qui se présentaient chaque jour.

D'autres avocats de la côte traitaient des cas similaires, mais pas à la même échelle que Jesse Rudy. Ils observaient leur confrère avec curiosité. Le sentiment général au sein du barreau était de rester prudemment en retrait et de laisser Rudy lancer les hostilités, en espérant qu'il mette à mal les compagnies d'assurances lors de la première série de procès. Alors peut-être que les assureurs accepteraient de s'asseoir à la table des négociations et d'indemniser équitablement les sinistrés.

Pour Jesse, le litige n'était pas sans risques. Il était évident que l'onde de tempête avait détruit de nombreuses maisons, en particulier celles situées en front de mer. Il serait difficile d'obtenir gain de cause pour ces dossiers-là. S'il perdait le procès, les assureurs ne se sentiraient plus aussi menacés et rejetteraient tout en bloc. De plus, sa réputation était en jeu. Ses clients étaient des personnes en souffrance, souvent irrationnelles, qui non seulement réclamaient justice, mais voulaient aussi une compensation financière. Si Jesse échouait, sa carrière d'avocat plaidant serait terminée et il n'aurait plus qu'à se retrancher dans son bureau pour rédiger des actes.

En revanche, s'il gagnait et raflait la mise, il en retirerait énormément d'avantages. Il ne deviendrait pas riche, pas en remportant des litiges à hauteur de huit mille dollars, mais au moins, sa trésorerie se porterait mieux. Faire plier les compagnies d'assurances lui ferait une publicité qu'aucun compte en banque ne pouvait acheter.

À la fin de l'année, les compagnies d'assurances seraient très mal perçues par l'opinion publique. Jesse voulait un procès dans son tribunal de Biloxi, et il fit pression pour l'obtenir. L'adversaire était impressionnant. Les assureurs avaient opportunément engagé les grands cabinets de Jackson pour les défendre, évitant les avocats de la côte. Jesse avait déposé plus de trois cents plaintes devant la Cour de circuit du comté d'Harrison. C'était une véritable manne pour ses opposants, qui utilisèrent toutes les procédures à leur disposition pour le freiner et le noyer sous la paperasse.

Les Pettigrew se montrèrent à la hauteur de la tâche et en apprirent plus sur les litiges en trois mois qu'ils ne l'auraient fait en cinq ans s'ils avaient été seuls. Ils encouragèrent Jesse à continuer à déposer des plaintes. Ils trieraient le courrier, ordonneraient les dossiers et répondraient aux cabinets de la défense.

Lors de la petite fête organisée au bureau deux jours avant Noël, Jesse surprit tout le monde en annonçant qu'il promouvait Gene et Gage au rang d'associés juniors. Leurs noms figureraient sur les en-têtes. L'enseigne extérieure indiquerait désormais : RUDY & PETTIGREW, AVOCATS. Ce geste était avant tout symbolique. Les vrais associés partageaient les honoraires, or ils n'en touchaient presque pas.

***

Le juge Nelson Oliphant, soixante et onze ans, prit place sur le banc, rapprocha son micro, et parcourut la foule du regard.

— Bonjour, mesdames et messieurs, dit-il en souriant. Quelle belle assistance. Je ne suis pas sûr d'avoir déjà vu une telle foule pour une audience préliminaire.

Jesse avait rempli la salle avec ses clients et leur avait demandé de ne sourire sous aucun prétexte. Les sinistrés étaient furieux, frustrés, et réclamaient justice. Ils en avaient assez des compagnies d'assurances et de leurs avocats, et ils voulaient qu'Oliphant, originaire comme eux du comté d'Harrison, les prennent au sérieux. Le juge serait bientôt candidat à sa propre réélection.

À la table des plaignants, Jesse était assis entre les frères Pettigrew. De l'autre côté de l'allée, autour de la table de la défense, pas moins d'une douzaine de pointures de Jackson aux costumes élégants, avec des associés et des secrétaires juste derrière eux, au premier rang. Au milieu du groupe, les décideurs des assurances.

— Maître Rudy, vous pouvez commencer, déclara le juge.

Jesse se leva et s'adressa au tribunal :

— Merci, Votre Honneur. J'ai déposé plusieurs requêtes pour une audience aujourd'hui, mais j'aimerais d'abord aborder la question de la date du procès. J'ai au moins dix affaires prêtes, ou bien devrais-je dire que c'est moi qui suis prêt ? (Il désigna d'un geste de la main la table de la défense avant de poursuivre :) On dirait que ces gars-là ne seront jamais prêts. Nous sommes le 3 février. Puis-je suggérer que nous débutions le premier procès le mois prochain ?

Oliphant regarda les avocats de la défense : au moins quatre d'entre eux se levèrent d'un bond. Avant qu'ils ne puissent prendre la parole, le juge les coupa :

— Attendez une minute. Je ne vais pas vous écouter tous en même temps. Quelle est votre première affaire, maître Rudy ?

— Luna contre Action Risk Underwriters.

— D'accord. Je crois que M. Webb est l'avocat principal d'ARU. Maître Webb, nous vous écoutons.

Simmons Webb se leva et avança de plusieurs pas.

— Merci, Votre Honneur, répondit-il, comme le voulait la coutume. J'apprécie l'occasion qui m'est donnée de me présenter devant votre cour aujourd'hui. Mon client comprend le souhait des plaignants d'accélérer la procédure et d'avoir un procès, mais nous en sommes encore à la phase de recherche préliminaire. Je suis sûr que maître Rudy le comprendra.

Jesse, toujours debout, répliqua aussitôt :

— Votre Honneur, nous avons terminé les recherches et nous sommes prêts pour le procès.

— Eh bien, Votre Honneur, ce n'est pas notre cas. Mon confrère ici présent n'a pris que deux dépositions.

— Ce sont mes affaires, maître Webb, rétorqua Jesse. Occupez-vous des vôtres. Je n'ai pas besoin d'autres dépositions.

Le juge s'éclaircit la gorge.

— Je dois dire, maître Webb, que vous êtes plutôt lent à finaliser vos recherches. Il me semble que votre client, ARU, n'est pas du tout pressé de se présenter devant ce tribunal.

— Je ne suis pas d'accord, Votre Honneur. Ce sont des plaintes compliquées.

— Mais maître Rudy les a déposées, n'est-ce pas ? S'il est prêt, pourquoi ne l'êtes-vous pas ?

— Nous avons beaucoup à faire, Votre Honneur.

— Eh bien, faites-le, et rapidement. Je fixe le procès au lundi 2 mars, ici même. Nous sélectionnerons un jury et le laisserons trancher.

Webb feignit l'incrédulité et se pencha vers un autre costume sombre. Puis il releva la tête.

— Nous nous opposons respectueusement à un préavis aussi court, Votre Honneur.

— Et votre objection est respectueusement rejetée, répondit le juge. Quelle est l'affaire suivante, maître Rudy ?

— Lansky contre ARU.

— Maître Webb ?

— Encore une fois, Votre Honneur, nous ne sommes pas prêts.

— Alors préparez-vous. Vous avez eu largement le temps, et Dieu sait que vous avez nombre de talentueux associés à vos côtés.

— Objection, Votre Honneur.

— Rejetée. Voici ce qui va ce se passer, maître Webb, et je m'adresse aussi à vos confrères. Je réserve les deux premières semaines de mars au jugement du plus grand nombre possible de ces affaires. Ces procès ne devraient pas être longs. D'après l'enquête préliminaire, il y a peu de témoins. Ces plaignants ont le droit d'être entendus et c'est ce que nous allons faire.

Au moins cinq des avocats de la défense se levèrent et se mirent à parler tous en même temps.

— S'il vous plaît, s'il vous plaît, messieurs ! intervint le juge. Asseyez-vous. Vous êtes libres de déposer des objections écrites. Faites, je les rejetterai plus tard.

Tout le groupe se rassit tandis que Webb s'efforçait de contrôler sa frustration.

— Votre Honneur, c'est un dossier explosif, et c'est en partie pour cette raison que mon client craint de ne pas obtenir un jugement équitable dans le comté d'Harrison.

Attendant le moment opportun, Jesse fit la déclaration qu'il avait préparée. Le timing était parfait.

— Eh bien, maître Webb, si votre client n'avait pas rejeté toutes les demandes, nous ne serions pas là, n'est-ce pas ?

Webb se retourna et pointa Jesse du doigt.

— Mon client a des raisons légitimes de refuser ces demandes, maître Rudy.

— Conneries ! Votre client est assis sur son tas d'or et brille par sa mauvaise foi !

— Maître Rudy, je ne tolérerai pas ce langage ! Veuillez vous abstenir !

Jesse hocha la tête.

— Désolé, Votre Honneur. Ça m'a échappé.

Au moins, cette audience préliminaire resterait dans les mémoires comme la première où un avocat s'était écrié *Conneries !* en public dans le comté d'Harrison.

Webb prit une grande inspiration.

— Votre Honneur, nous demandons un changement de tribunal.

Le juge répondit calmement :

— Je ne vous en blâme pas, maître Webb, mais les habitants de ce comté ont beaucoup souffert. Ils continuent à pâtir de la situation et ont droit à un jugement. Motion rejetée. Ce sera tout.

19.

Au cours des audiences préalables suivantes, Jesse comprit que le juge Oliphant était du côté des détenteurs de polices d'assurance. Presque toutes les demandes au nom des plaignants furent acceptées. Presque toutes les requêtes des compagnies d'assurances furent rejetées.

Oliphant et Jesse craignaient de ne pas trouver suffisamment de jurés impartiaux pour statuer sur ces affaires. Tous les habitants du comté avaient été touchés de près ou de loin par la catastrophe, et le comportement scandaleux des compagnies d'assurances était devenu un sujet de conversation à l'église et dans les cafés qui rouvraient peu à peu. Les gens voulaient des coupables, ce qui était évidemment à l'avantage de Jesse, mais compromettait la notion de neutralité du jury. La sélection des jurés était d'autant plus compliquée que de nombreuses personnes avaient été déplacées. Les deux hommes se rencontrèrent en privé, ce qui, dans des circonstances normales, était interdit, mais les avocats de Jackson, bien loin dans leurs beaux bureaux en ville, n'en sauraient jamais rien. Les compagnies d'assurances les avaient choisis, une autre erreur de leur part. Jesse avait onze solides dossiers contre Action Risk Underwriters. Ils étaient pratiquement identiques : même assureur, mêmes maisons endommagées par le vent et non par la marée, et même entrepreneur réputé prêt à témoigner des dommages. Le juge Oliphant décida d'en regrouper trois – Luna, Lansky et Nikovich – pour le premier procès. Simmons Webb et sa clique crièrent au scandale et menacèrent même d'en référer à la Cour suprême du Mississippi. Par des voies détournées, Oliphant savait que la Cour suprême avait autant de sympathie pour les compagnies d'assurances que Jesse Rudy.

Le lundi 2 mars, le tribunal était à nouveau plein à craquer, avec des spectateurs alignés le long des murs et des huissiers chargés de répartir la foule. Elle se répandait dans le couloir, où des hommes et des femmes en colère attendaient une place à l'intérieur. Dans son cabinet, le juge Oliphant fixa les règles : le procès serait expéditif et il ne tolérerait aucune tentative d'atermoiement.

Quarante-sept convocations furent adressées aux jurés potentiels, qui se présentèrent tous diligemment au tribunal. À l'aide d'un questionnaire élaboré par le juge et maître Rudy, treize d'entre eux furent excusés car ils avaient une réclamation en cours pour des dommages matériels auprès d'une compagnie d'assurances. Quatre furent exemptés pour des raisons de santé. Deux pour avoir des liens de parenté avec des victimes du cyclone. Trois furent excusés à cause de leur amitié avec les familles d'autres victimes.

Quand le nombre de jurés fut réduit à vingt-quatre, le juge Oliphant accorda aux avocats une demi-heure par juré. Jesse réussit à tempérer son acrimonie, mais ne laissa aucun doute sur le fait qu'il était le champion du bien et qu'il combattrait le mal de toutes ses forces. Grâce à son réseau grandissant de clients, il en avait appris bien plus sur ces vingt-quatre personnes que la défense. Simmons Webb donna l'image d'un homme de la vieille école, profondément enraciné dans le sud du Mississippi, qui était là pour chercher la vérité. Mais il était nerveux et sentait bien que la foule voulait sa peau.

Il fallut deux heures pour sélectionner les douze jurés, qui jurèrent tous d'écouter l'exposé des faits, d'évaluer les pièces à conviction, et de rendre leur verdict en toute impartialité. Sans faire de suspension d'audience, le juge Oliphant accorda quinze minutes aux avocats pour leurs remarques préliminaires et fit un signe de tête à Jesse, qui était déjà debout et se dirigea vers le box des jurés pour la plaidoirie d'ouverture la plus courte de sa carrière. Gage Pettigrew la chronométra : une minute et quarante secondes.

— Mesdames et messieurs les jurés, nous ne devrions pas être ici. Vous ne devriez pas être assis sur ces bancs et vous avez certainement mieux à faire. Je ne devrais pas être là à vous parler. Mon client, M. Thomas Luna, assis là-bas en chemise bleue, ne devrait pas vivre dans une maison sans toit, avec une simple bâche en plastique pour le protéger de la pluie, du vent, des tempêtes, du froid, de la chaleur et des insectes. Il ne devrait pas habiter dans une maison pratiquement sans meubles, dont les murs sont couverts de moisissures. Il en va de même pour M. Oscar Lansky, ce monsieur en chemise blanche. Il habite un peu plus bas que M. Luna, sur Butler Street, à huit cents mètres de ce tribunal. Quant à mon troisième client, M. Paul Nikovich, il ne devrait pas vivre dans une grange appartenant à son oncle dans le comté de Stone. Ces trois familles, qui paient encore leurs crédits immobiliers, devraient vivre dans leurs maisons avec toutes les commodités dont elles jouissaient avant l'ouragan, pas dans des maisons ravagées il y a plus de six mois, et pourtant bien assurées, avec des polices souscrites chez ARU, pas dans des maisons aux fenêtres barrées de planches en train de se désagréger sous des bâches bleues.

Jesse prit une profonde inspiration et recula d'un pas. Il haussa le ton pour poursuivre :

— Et ils mèneraient une vie normale, chez eux, sans les actions méprisables d'Action Risk Underwriters.

Il pointa du doigt Fred McDaniel, expert principal de la société, assis à côté de Simmons Webb. McDaniel tressaillit mais ne quitta pas des yeux le dossier posé sur la table devant lui.

— Nous ne devrions pas être ici, et pourtant nous y sommes. Alors, puisque nous sommes obligés de nous rassembler dans cette salle d'audience, ne perdons pas notre temps. Dans quelques heures, vous aurez l'opportunité de dire à M. McDaniel et à sa grande entreprise de Chicago qu'ici, dans le comté d'Harrison, un contrat est un contrat, une police d'assurance est une police d'assurance, et qu'à un moment donné, les sociétés cupides doivent régler la note.

Simmons Webb fut pris au dépourvu par la concision du discours de Jesse et farfouilla dans ses papiers pendant un moment.

— Maître Webb ? interrogea le juge.

— Oui, Votre Honneur, je viens de trouver la police d'assurance.

Webb se leva et se dirigea vers le box des jurés avec un faux sourire jusqu'aux oreilles.

— Mesdames et messieurs les jurés, voici la police d'assurance habitation délivrée par mon client à la famille Luna. C'est à peu près la même que celle des Lansky et des Nikovich. (Il brandit le contrat et fit mine d'en feuilleter les pages.) Ici, à la page 5, la police indique clairement, et je cite : « Sont exclus de toutes les garanties énoncées dans la présente police les dommages causés à la structure principale de l'habitation – ainsi qu'aux annexes telles que les porches, les abris de voiture, les garages, les patios, les terrasses et les dépendances comme les cabanes à outils, etc. – par les inondations, les crues, les marées et les vagues générées par les ouragans et/ou les tempêtes tropicales. » (Il jeta le document sur sa table et se tourna vers le jury.) Cette affaire n'est pas aussi simple qu'il n'y paraît. Les dégâts causés par les ouragans sont souvent compliqués à évaluer parce que dans presque toutes les tempêtes, les maisons sont frappées par le vent et inondées par l'eau.

Webb insista sur la difficulté à déterminer les causes de la dégradation d'une structure donnée, et ajouta qu'il ferait venir à la barre des experts et des spécialistes dans ce domaine, lesquels expliqueraient aux jurés les mécanismes d'une puissante tornade. Il feignit la compassion pour tous les « braves gens de cette région » qui avaient été frappés par Camille et affirma que son client et lui étaient là pour les aider. Cette dernière remarque leur valut des regards sceptiques de la part des jurés. L'avocat s'emmêla ensuite plusieurs fois les pinceaux et il devint évident, du moins pour Jesse, que Webb appliquait la vieille stratégie du « Si les faits ne sont pas en votre faveur, embrouillez-les ».

— Une minute, dit enfin Oliphant.

Quand Webb se rassit, Jesse en avait presque le tournis. Son adversaire représentait les plus grandes compagnies d'assurances de l'État et avait la réputation d'être un négociateur redoutable. Mais à l'évidence, il passait des marchés – il ne plaidait pas ! Son exposé d'ouverture était loin d'être impressionnant.

Le premier témoin était Thomas Luna. Jesse lui posa les questions préliminaires puis lui demanda de décrire au jury l'épreuve terrible qu'il avait vécue : survivre à un ouragan avec des vents estimés à 320 kilomètres-heure. Luna avait été bien préparé par son avocat et était un orateur-né. Son fils de vingt ans et lui étaient restés chez eux pendant la tempête et, plusieurs fois au cours de la nuit, ils s'étaient retrouvés dans un placard, serrés l'un contre l'autre, tandis que la maison tremblait violemment, et ils étaient persuadés qu'elle allait être emportée d'une seconde à l'autre. La maison de l'autre côté de la rue avait été arrachée de ses fondations et pulvérisée sur quelques rues. L'onde de tempête s'était approchée à moins de cinquante mètres de chez eux. M. Luna décrivit le passage de Camille, puis le retour de la lumière du soleil, les vents qui étaient tombés, et la découverte de sa rue dévastée.

Les jurés connaissaient bien l'histoire, Jesse préféra ne pas insister. Il présenta le devis de réparation d'un entrepreneur s'élevant à huit mille neuf cents dollars. Sa seconde pièce à conviction était une liste de meubles, d'objets et de vêtements détruits par l'ouragan. Le montant total de la demande d'indemnisation était de onze mille trois cents dollars.

Après une pause déjeuner de trente minutes, M. Luna revint à la barre pour subir le contre-interrogatoire de Simmons Webb, qui passa au crible les devis de réparation, comme s'il cherchait une entourloupe. M. Luna en savait beaucoup plus sur la menuiserie que l'avocat, et les deux hommes eurent un échange houleux. Par deux fois, Jesse fit une objection :

— Votre Honneur, mon confrère ne fait que gagner du temps. Le jury a les devis en main.

— Continuons, maître Webb.

Mais Webb était un homme méthodique, voire fastidieux. Lorsqu'il eut terminé, Jesse passa à Oscar Lansky, puis à Paul Nikovich, qui racontèrent des histoires similaires. À 16 h 30, le lundi après-midi, les jurés et l'assemblée en avaient assez entendu sur les horreurs de Camille et les dégâts qu'elle avait causés. Le juge Oliphant suspendit la séance pendant quinze minutes pour leur permettre de se dégourdir les jambes et de reprendre une bonne dose de caféine.

Le témoin suivant était l'entrepreneur qui avait estimé les dégâts des trois maisons concernées. Il s'en tint à son travail et à ses chiffres, et ne laissa pas Webb pinailler ici et là. Il savait d'expérience que la montée des eaux laissait presque toujours une ligne grise et que l'on pouvait assez facilement déterminer la quantité d'eau absorbée par un bâtiment. Dans ces trois maisons, on ne trouvait aucune ligne d'inondation. Les dégâts avaient été causés par le vent, pas par l'eau.

À presque 19 h 30, le juge Oliphant leva enfin la séance. Il remercia les jurés et leur demanda de revenir à 8 heures le lendemain, prêts à reprendre les débats.

Le premier témoin de Jesse, mardi matin, était un professeur de génie civil de l'État du Mississippi. À l'aide de diagrammes et de cartes agrandis, il montra l'arrivée de Camille sur le rivage, avec son œil entre Pass Christian et Bay St. Louis. À l'aide de mesures de la tempête et de témoignages documentés, il expliqua au jury la trajectoire de la marée. Il l'estimait d'une hauteur de sept à neuf mètres au niveau du phare de Biloxi, le point de repère le plus emblématique, et afficha de grandes photos des ravages entre la plage et la voie ferrée, jusqu'à huit cents mètres à l'intérieur des terres. Au-delà de la voie ferrée, qui se trouvait à trois mètres au-dessus du niveau de la mer, l'onde avait perdu de son intensité et les eaux s'étaient répandues sur une vaste surface. À un kilomètre à l'intérieur des terres, la déferlante atteignait encore un mètre cinquante de haut, soulevée par des vents violents. Dans la partie de Biloxi où habitaient les plaignants, l'onde de tempête n'avait pas dépassé les soixante à quatre-vingt-dix centimètres, selon les irrégularités du terrain. Après avoir examiné des milliers de photographies et de vidéos prises après la catastrophe, il estimait que les trois maisons en question se trouvaient hors du champ d'action de l'onde de tempête. Bien sûr, les zones basses avaient été inondées, mais pas Butler Street.

Simmons Webb remit en question les conclusions du professeur et tenta de faire valoir que personne ne savait exactement où s'était arrêtée la crue. Camille avait frappé au milieu de la nuit. Personne n'avait pu la filmer à son point culminant, dans toute sa fureur. Il n'y avait aucun témoin, car aucune personne saine d'esprit ne se trouvait dehors.

La vidéo d'un présentateur météo de la télévision qui se tenait au milieu de la Route 90 à 19 h 30 ce soir-là devint célèbre. Les vents ne soufflaient « qu'à 210 kilomètres-heure » et gagnaient en puissance. La pluie s'abattait sur lui en épais rideaux. Une rafale le frappa de plein fouet et, pendant environ trois secondes, son caméraman le filma aplati sur le bitume comme une poupée de chiffon. Puis le caméraman tomba à son tour à la renverse. Il n'y avait pas d'autres images connues d'imbéciles qui avaient voulu filmer Camille en direct.

***

Au milieu de l'après-midi, Jesse en avait terminé avec son dossier. Comme tout le monde, il avait patiemment suivi les échanges monocordes entre Simmons Webb et son témoin vedette, un expert en dommages matériels causés par les ouragans qui travaillait pour l'American Insurance League – l'AIL – à Washington. Le Pr Pennington avait passé sa carrière à fouiller les débris, à photographier les sites des sinistres, à prendre des mesures et à faire toutes sortes de recherches sur les dégâts causés aux structures par les violentes tempêtes. Après un exposé déroutant sur la quasi-impossibilité de savoir avec certitude si un matériau de construction avait été endommagé par le vent ou par l'eau, il donna des conclusions déconcertantes sur les trois cas en question.

Si l'objectif de Webb, avec le Pr Pennington, était de semer le trouble dans l'esprit des jurés, il avait admirablement réussi.

Deux mois plus tôt, Jesse avait fait déposer l'expert pendant deux heures et pensait qu'il ferait une très mauvaise impression sur n'importe quel habitant du comté d'Harrison. L'homme était guindé, pompeux, instruit et fier de l'être. Bien qu'il ait quitté Cleveland depuis des décennies, il avait toujours son accent nasal de l'Upper Midwest, qui faisait à n'importe quelle personne au sud de Memphis l'effet du crissement d'une craie sur un tableau noir.

Quand les débats devinrent aussi boueux que l'eau des caniveaux après l'orage, Webb présenta son témoin, et Jesse aiguisa ses arguments. Jesse établit rapidement que le Pr Pennington travaillait pour l'AIL depuis plus de vingt ans, que l'AIL était une organisation commerciale financée par les assurances pour mener à bien des recherches sur des sujets divers – des incendies criminels à la sécurité automobile en passant par les taux de suicide –, qu'une branche de l'AIL faisait du lobbying auprès du Congrès, que l'AIL se battait souvent contre les groupes de défense des consommateurs, et ainsi de suite. Après avoir harangué l'expert pendant une demi-heure, Jesse avait réussi à faire passer son employeur pour diabolique.

Jesse voyait bien que les jurés s'impatientaient et décida de procéder à une rapide mise à mort. Il demanda au Pr Pennington combien de fois il avait témoigné dans des affaires d'ouragan où il était question du vent contre l'eau. L'homme haussa les épaules d'un air satisfait, comme s'il n'en avait aucune idée : elles étaient trop nombreuses pour qu'il s'en souvienne.

Jesse lui demanda combien de fois il avait dit à un jury que les dégâts avaient été causés par le vent et non par l'eau.

Devant l'hésitation du Pr Pennington, qui jetait des coups d'œil désespérés à Webb, Jesse se dirigea vers son bureau et tapota une pile de documents d'au moins quinze centimètres de haut.

— Allons, professeur Pennington, j'ai tous vos dossiers ici. Quand avez-vous témoigné pour la dernière fois en faveur d'un assuré, et non contre lui ? Quand avez-vous été pour la dernière fois du côté des victimes d'une tempête ? À quand remonte la dernière fois où vous avez statué contre une compagnie d'assurances ?

Le Pr Pennington marmonna une phrase incompréhensible, cherchant ses mots. Avant qu'il puisse articuler des propos cohérents, Jesse lui coupa la parole.

— C'est bien ce que je pensais. Plus de questions, Votre Honneur.

***

À 17 h 10, les jurés avaient trois affaires à juger. Un huissier les conduisit dans la salle de délibération pendant qu'un autre apportait du café et des beignets.

Vingt minutes plus tard, ils étaient de retour. Les avocats et les spectateurs n'avaient même pas eu le temps de passer aux toilettes, qu'un huissier informait Oliphant que le jury était prêt à rendre ses verdicts.

Quand tout le monde eut repris sa place, le juge lut la note du président du jury, qui se prononçait en faveur des trois plaignants et accordait onze mille trois cents dollars à Thomas Luna, huit mille neuf cents dollars à Oscar Lansky, et treize mille huit cents dollars à Paul Nikovich. En outre, le jury accordait sept dollars par jour au titre des frais de subsistance, conformément au libellé de la police d'assurance, pour les cent quatre-vingt-dix-huit jours écoulés depuis le sinistre. Et pour faire bonne mesure, le jury ajouta des intérêts annuels de 5 pour cent à compter du 17 août, jour où l'ouragan avait déferlé sur la ville.

En résumé, les jurés avaient accordé aux trois plaignants la totalité des indemnisations réclamées par Jesse, et il ne faisait aucun doute qu'ils auraient donné davantage s'ils en avaient eu le pouvoir.

Dans son bureau, le juge Oliphant ôta sa robe et invita les deux avocats à s'asseoir. Les quarante-huit heures avaient été éprouvantes. Tous les procès avec jury étaient stressants, mais la salle d'audience pleine à craquer ne faisait qu'ajouter à la tension générale.

— Beau travail, messieurs, déclara le juge. J'étais persuadé que nous pouvions le faire en deux jours. Vous avez des idées pour rationaliser le prochain tour ?

Jesse ricana et regarda Simmons Webb.

— Bien sûr. Simmons, dites à votre client d'indemniser les sinistrés.

Webb sourit avant de répondre :

— Eh bien, Jesse, comme vous le savez, l'avocat ne peut pas toujours imposer son point de vue au client, surtout quand le client a d'importants moyens financiers et n'a peur de rien.

— Alors comment lui faire peur ?

— D'après mon expérience, ces entreprises ne sont pas du genre à se laisser intimider.

Le juge Oliphant intervint :

— Je suis certain que quelque part dans les entrailles d'ARU, une équipe d'actuaires a fait des calculs et expliqué aux dirigeants qu'il reviendrait moins cher de rejeter les demandes et de payer les frais de justice. N'est-ce pas, maître Webb ?

— Votre Honneur, je ne peux pas discuter du processus de décision de mon client. Même si je le connaissais. Et croyez-moi, je ne veux pas le connaître. Je me contente de faire mon travail.

— Et vous faites du bon travail, dit Jesse, par pure courtoisie.

Il n'était guère impressionné par les talents de Webb face à un jury.

Le juge s'adressa à Jesse :

— Et vos trois prochaines affaires sont prêtes, maître ?

— Oui, Votre Honneur.

— D'accord, nous commencerons demain matin à 8 heures.

20.

Avec un juge bienveillant aux commandes, les litiges de Jesse s'enchaînèrent. Les deux premières semaines de mars, il plaida onze affaires consécutives contre ARU et les remporta toutes. Ce fut une réelle épreuve, et maintenant qu'elle était terminée, tout le monde avait besoin d'une pause. Webb et ses acolytes rentrèrent à Jackson en espérant ne plus jamais revoir Biloxi. Le juge Oliphant passa à d'autres affaires pressantes. Jesse retourna à son bureau pour s'occuper d'autres dossiers non liés à Camille, mais c'était pratiquement impossible. Plus il gagnait de procès, plus il faisait couler d'encre dans le *Gulf Coast Register*, et plus les clients frappaient à sa porte.

Les verdicts étaient satisfaisants sur le plan professionnel et moral, mais ne rapportaient rien sur le plan financier. Jesse n'avait pas réussi à soutirer un centime à ARU ni aux autres grandes compagnies d'assurances. Certains petits assureurs prirent peur et se mirent à indemniser les sinistres, mais les honoraires tombaient au compte-gouttes. Jesse avait près d'un millier de réclamations contre neuf sociétés différentes, et était rémunéré au pourcentage. Au lieu du tiers que les avocats réclamaient habituellement, il avait accepté 20 pour cent. Cependant, quand les chèques arrivèrent, il ne put se résoudre à prendre l'argent de gens qui avaient tout perdu. Il revit ses honoraires à la baisse et se contenta de 10 pour cent.

Plus tard en mars, Jesse, son cabinet et ses clients apprirent de Simmons Webb qu'ARU faisait appel des verdicts auprès de la Cour suprême du Mississippi, une procédure qui prenait généralement deux ans. Cette nouvelle était terriblement frustrante et Jesse appela Webb à Jackson pour s'en plaindre. Une fois de plus, Webb, qui paraissait de plus en plus compatissant, lui expliqua qu'il était obligé de respecter les exigences de son client.

Jesse contacta ensuite le juge Oliphant, qui venait d'en être informé lui aussi. En privé, les deux hommes parlèrent d'ARU, et du secteur des assurances en général.

À la fin du mois, le juge vit une ouverture dans son calendrier et informa les parties qu'il jugerait trois autres procès à partir du lundi 30 mars. Webb cria à l'injustice. Le juge lui suggéra de faire appel aux nombreuses ressources de son cabinet et de cesser ses jérémiades. Personne n'avait pitié du plus gros cabinet d'avocats de l'État. Webb et son équipe se présentèrent à l'audience, subirent les mêmes semonces que lors des onze premiers procès, et rentrèrent à Jackson la queue entre les jambes.

Après une pause de deux semaines, débuta une nouvelle série de procès. Le juge Oliphant craignait d'avoir de plus en plus de mal à trouver des jurés qualifiés dans le comté d'Harrison, où il y avait trop de conflits d'intérêts, trop d'émotions fortes. Il décida de déplacer les audiences suivantes soixante kilomètres plus loin, dans la ville de Wiggins, siège du comté de Stone, l'un des trois de son district. Peut-être trouverait-on là-bas des jurés plus neutres.

C'était peu probable. L'ouragan Camille était de catégorie 3 lorsqu'il avait franchi la frontière du comté et causé vingt millions de dollars de dégâts à Wiggins et dans ses environs.

Le 16 avril, le juge Oliphant procéda patiemment à la sélection des jurés et, après huit longues heures, en trouva douze qu'il jugeait dignes de confiance. Cela n'avait pas d'importance. Les habitants du comté de Stone étaient manifestement aussi fébriles que leurs voisins du sud, et ils n'eurent aucune pitié pour les assureurs. Sept affaires furent jugées en dix jours, toutes en faveur des plaignants.

Vaincu, Webb informa Jesse que son dernier lot de charmants petits verdicts ferait également l'objet d'un appel.

Wiggins se trouvait à mi-chemin d'Hattiesburg, où Keith Rudy terminait son dernier semestre à Southern Miss. Au lieu d'aller en cours ou de jouer avec les filles à la piscine, il assistait aux audiences et prenait des notes, observait les jurés, intégrant tous les aspects du procès. Il avait été accepté à l'école de droit d'Ole Miss et débuterait dès la session d'été. Il envisageait de rejoindre le cabinet de son père dans moins de trois ans.

***

Après vingt et une batailles juridiques pour ce qui n'était que de « petites réclamations », plusieurs constats s'imposaient. Premièrement, Jesse Rudy ne reculerait devant rien et plaiderait un millier d'affaires s'il le fallait. Deuxièmement, il défendrait ses verdicts en appel jusqu'au coup de marteau final. Troisièmement, même s'il laminait ses adversaires et se faisait de la publicité, sa stratégie ne fonctionnait pas. L'ARU semblait se ficher totalement de lui – et ses clients vivaient toujours sous des bâches trouées et rongées par la moisissure. Leur frustration grandissait. La patience de Jesse était mise à rude épreuve.

Pendant des mois, Jesse harcela le juge Oliphant, à la fois par des requêtes officielles et lors de discussions officieuses, pour qu'il l'autorise à réclamer des dommages et intérêts punitifs. La stratégie des grands assureurs avait été exposée au grand jour : rejeter toutes les demandes légitimes, ignorer les assurés, les pousser à baisser les bras, puis se retrancher derrière les meilleurs avocats. Cette stratégie empestait la mauvaise foi et justifiait des dommages-intérêts punitifs. Si Jesse infligeait un ou deux coups durs aux dirigeants d'ARU, la situation pourrait basculer.

Juge traditionnel, Oliphant avait une opinion conservatrice sur le principe des dommages et intérêts. Il n'en avait jamais accordé et n'aimait guère l'idée de laisser des avocats puiser dans les actifs d'une entreprise pour en retirer plus que ce qui était dû à leurs clients. Et d'ailleurs, il n'était pas convaincu que ces mesures dissuaderaient les assureurs de se comporter mal à l'avenir. Cependant, les agissements des compagnies d'assurances l'indignaient et il éprouvait une grande compassion pour les sinistrés injustement traités. Il finit par donner le feu vert à Jesse.

Simmons Webb fut choqué par sa décision et menaça de déposer un recours interlocutoire auprès de la Cour suprême d'État. Les dommages et intérêts punitifs étaient du jamais vu dans le Mississippi.

Le juge Oliphant le persuada que ce serait une erreur.

Cela concernait une autre affaire plaidée par Jesse contre ARU, avec des dommages plus importants que les autres. La maison était inhabitable et l'entrepreneur estimait les réparations à seize mille quatre cents dollars. Jesse ne perdit pas de temps et attaqua son adversaire. Le premier expert en sinistres de Webb étant à la barre, Jesse lui présenta une série de photos agrandies des dégâts subis par la maison. Le jeune homme avait manifestement eu la chance d'éviter les salles d'audience jusqu'à présent, mais son manque d'expérience lui fut fatal. Il adopta d'abord la stratégie de l'affrontement, et Jesse lui donna suffisamment de corde pour se pendre. Photo après photo, l'expert identifia les murs, les sols et les portes endommagés selon lui par l'onde de tempête, puis Jesse lui demanda d'expliquer les dégâts des eaux alors qu'il était prouvé que la déferlante n'avait jamais atteint la maison. À ce stade, il sembla évident que l'expert dirait tout ce que voulait son patron.

Le patron en question, le directeur de district d'ARU, était le témoin suivant. Il parut mal à l'aise dès qu'il eut juré de dire toute la vérité, rien que la vérité. ARU avait envoyé trois lettres de refus au client de Jesse, qui demanda au directeur de lire les courriers à haute voix au jury. Dans la troisième lettre, le sinistre était nié en raison d'un « dégât des eaux manifeste ». Jesse répéta cette phrase en se frappant le front jusqu'à ce que le juge Oliphant le somme d'arrêter. Il était clair que le jury avait adoré ce geste théâtral.

Un vice-président d'ARU, qui avait apparemment tiré à la courte paille, monta au créneau pour défendre l'honneur de sa société. Au cours d'un contre-interrogatoire éblouissant, que Simmons Webb tenta d'interrompre à plusieurs reprises, Jesse réussit à creuser assez profondément pour déterrer la vérité. Quand l'ouragan avait déferlé, ARU avait trois mille huit cent soixante-quatorze maisons assurées dans les comtés de Harrison, Hancock et Jackson. Près de 80 pour cent des propriétaires, soit précisément trois mille soixante-dix, avaient déposé une demande d'indemnisation à ce jour.

— Et sur ce nombre, monsieur, combien de sinistres ont été réglés par votre compagnie ?

— Oh, je ne sais pas. Il faudrait que je vérifie les registres.

— On vous avait demandé d'apporter les dossiers.

— Eh bien, je ne suis pas sûr. Je vais me renseigner auprès du service juridique.

Le juge Oliphant, qui avait depuis longtemps abandonné son rôle d'arbitre impartial, grommela :

— Monsieur, j'ai la citation à comparaître sous les yeux. On vous avait sommé d'apporter tous les documents relatifs aux demandes d'indemnisation déposées depuis la tempête.

— Oui, monsieur, mais voyez-vous...

— Je vous condamne pour outrage.

Simmons Webb se leva d'un bond, mais il semblait avoir perdu sa langue. Jesse décida de couper court et cria presque :

— C'est bon, Votre Honneur, j'ai les dossiers !

L'avocat brandit une mince chemise en papier. La salle d'audience se figea et Webb s'affaissa sur sa chaise. Avec un sens dramatique parfait, Jesse s'approcha du témoin et déclara :

— Votre Honneur, j'ai dans ce dossier des copies de toutes les réclamations légitimes qui ont été indemnisées par ARU.

Il se tourna vers le jury et ouvrit la chemise.

Elle était vide. Rien n'en tomba.

Furieux, il pointa le vice-président du doigt et l'invectiva :

— Pas une seule ! Pas une seule demande d'indemnisation n'a été réglée par votre société malhonnête.

Webb réussit à se redresser en signe d'indignation.

— Objection ! Votre Honneur ! Ce langage est offensant !

Le juge Oliphant leva les deux mains et Jesse attendit la réprimande. Tout le monde regarda le juge, qui se gratta la tête comme s'il avait du mal à décider si le mot « malhonnête » devait être rayé du procès-verbal. Enfin, il prit la parole :

— Maître Rudy, le terme « malhonnête » est inapproprié. Objection retenue.

Webb secoua la tête, frustré.

— Votre Honneur, je propose que ce mot soit rayé du procès-verbal.

Exactement ce que voulait Jesse.

— D'accord, mesdames et messieurs les jurés, j'ai réprimandé maître Rudy, et je vous demande de poursuivre comme si le mot « malhonnête » n'avait pas été prononcé.

À ce moment-là, et pour les heures à venir, le mot dominant dans les pensées et les débats des jurés serait, bien sûr, « malhonnête ».

Ils accordèrent au plaignant seize mille quatre cents dollars de dommages réels, plus les frais quotidiens, plus les intérêts à compter du lendemain de la tempête. Ainsi que cinquante mille dollars de dommages et intérêts, un record pour un tribunal de l'État du Mississippi.

Le verdict fit la une du *Register* et le tour des cabinets d'avocats et des palais de justice de la côte. Il ébranla les dirigeants de compagnies d'assurances, bien au chaud dans leurs beaux bureaux en ville. Il fit voler en éclats leurs refus obstinés et mit à mal leurs stratégies.

Au cours de la première semaine de mai, Jesse répéta l'exploit dans une salle d'audience bondée du palais de justice du comté d'Hancock, à Bay St. Louis. Parmi son éventail de clients, il en choisit un avec une police émise par Coast States Casualty, le quatrième plus gros assureur de biens de la côte, qu'il méprisait le plus. Ses avocats, également issus d'un prestigieux cabinet de Jackson, furent dépassés dès le coup d'envoi. Ses cadres dirigeants, venus de la Nouvelle-Orléans sur citation à comparaître, n'étaient pas du tout dans leur élément et ne faisaient pas le poids face aux attaques incendiaires de Jesse. Ces gens avaient l'habitude d'éviter prudemment les salles d'audience. Alors que Jesse y était comme un poisson dans l'eau.

Le jury furieux condamna la compagnie à cinquante-cinq mille dollars de dommages et intérêts.

La semaine suivante, toujours dans le comté d'Hancock, Jesse plaida sa cause avec sa rapidité habituelle, puis tendit une embuscade aux porte-paroles de l'entreprise envoyés pour protéger les précieux actifs d'Old Potomac Casualty. Ces derniers se défendirent en brandissant des rapports d'expertise, qui prouvaient que les dommages en question avaient été causés par l'eau, et non par le vent. Un dirigeant, surpris par l'opiniâtreté de l'avocat du plaignant, s'énerva tellement qu'il confondit Camille avec Betsy, un autre ouragan légendaire de 1965.

Le jury accorda toutes les indemnisations demandées par Jesse, jusqu'au dernier centime, ainsi que quarante-sept mille dollars de dommages et intérêts, pour faire bonne mesure.

Comme les autres, tous les verdicts firent l'objet d'un appel devant la Cour suprême du Mississippi.

***

Keith obtint en mai son diplôme de sciences politiques à l'université du Mississippi du Sud. À vingt-deux ans, il était encore célibataire, n'avait pas vraiment de perspectives d'avenir, et était impatient de commencer ses études de droit à Ole Miss en juin. Il refusa un séjour aux Bahamas avec des amis pour se rendre au cabinet juridique de son père, où il passait désormais tous ses week-ends. Keith, Gage et Gene Pettigrew se lièrent d'amitié, et après les longues heures de travail imposées par le calendrier forcené des procès de Jesse, ils s'autorisaient un peu de distraction. Tard dans la soirée, lorsque Jesse était enfin rentré chez lui, les garçons verrouillaient la porte et sortaient les bières du réfrigérateur.

Au cours d'une séance de travail, Keith eut la brillante idée de publier une newsletter mensuelle à l'intention des clients, avec les derniers rebondissements des litiges liés à Camille. Des comptes rendus de procès, des verdicts, des articles de journaux, des interviews des assurés, des recommandations pour de bons entrepreneurs, etc. Bien entendu, Jesse s'exprimerait dans chaque édition. Il était l'avocat le plus populaire de la côte et faisait plier les géants de l'assurance. Les gens voulaient en savoir plus sur lui. La liste de diffusion comprendrait tous leurs clients, soit plus de mille deux cents désormais, mais aussi des avocats, des assistants juridiques, des greffiers et même des juges. Et ce qui était brillant dans cette tactique, c'était d'inclure tous les assurés qui demandaient à être indemnisés.

Gene avait objecté que cela pouvait être considéré comme de la publicité, strictement interdite dans l'État. Gage n'y voyait pas d'inconvénient. La newsletter visait non pas à solliciter de nouveaux clients, mais à partager des informations importantes avec les personnes qui en avaient besoin. Pour Keith, c'était une rare opportunité de 1) satisfaire leurs clients, 2) attirer subtilement de nouveaux clients, et 3) rappeler aux électeurs du district que Jesse Rudy était un avocat hors pair, à qui ils pouvaient se fier. Tout en évitant les écueils de la politique, la newsletter s'avérait être une belle carte de visite, et la première salve de la course au poste de procureur l'année suivante. Keith rédigea la première lettre, la titra *Rapport des litiges de Camille* et la montra à son père, qui se déclara impressionné. Ils n'étaient cependant pas d'accord sur la liste des destinataires et Jesse était convaincu que l'envoi serait considéré comme de la publicité. Il accepta à contrecœur un premier tirage adressé aux deux mille clients et autres personnes ayant contacté son cabinet.

La newsletter fut un succès. Les clients apprécièrent la démarche et furent rassurés de savoir que leur avocat défendait si activement leur cause. Ils firent circuler des exemplaires autour d'eux. Des inconnus se présentèrent au cabinet, la lettre à la main, et demandèrent à rencontrer maître Rudy. À l'insu de tous, Keith fit imprimer des centaines d'exemplaires supplémentaires de la première newsletter, rédigée par lui, et les déposa négligemment dans les palais de justice, les bureaux de poste, les mairies, ainsi que sous la tente qui servait de lieu de rassemblement officieux à Camille Ville.

Puis vint l'heure de retourner à l'école de droit. Pour sa dernière nuit à Biloxi, Keith retrouva Joey et Denny dans un nouveau bar de Back Bay, un établissement bon marché situé à côté d'une ancienne conserverie. Comme des milliers de travailleurs humanitaires étaient encore en ville, quelqu'un avait pensé qu'ils auraient soif et ouvert un bar. Fait curieux, cet endroit ne proposait pas de stripteaseuses, pas de chambres à l'étage, pas de machines à sous.

La reconstruction progressait à vitesse grand V, mais elle prendrait des années, pas des mois. De nombreuses maisons, magasins et bureaux ne seraient jamais reconstruits. Des montagnes de débris attendaient d'être évacués et brûlés. Denny travaillait pour une entreprise gouvernementale de Dallas et conduisait un camion-benne dix heures par jour. Ce n'était pas un travail très gratifiant, même si le salaire était correct. Joey parla de la pêche, qui reprenait bien. La tempête avait perturbé le détroit pendant environ un mois, mais le poisson avait fini par revenir, comme toujours. L'énorme quantité de débris emportés par la marée se trouvait maintenant au fond du golfe et attirait les poissons pour la nidification. Les récoltes d'huîtres étaient particulièrement bonnes.

Ils finirent par parler de Hugh. Keith ne l'avait pas vu depuis au moins trois ans, et pas une fois depuis les dernières élections. Tant mieux, déclarèrent les deux autres. Ils voyaient Hugh de temps à autre, mais ce dernier leur avait fait comprendre que son père et lui ne voulaient plus entendre parler de la clique des Rudy. Trop de choses avaient été dites pendant la campagne. Jesse avait promis de s'attaquer aux boîtes de nuit et de les fermer pour activité illégale. Il avait même utilisé une photo du Red Velvet dans l'un de ses envois postaux.

— Ne t'approche pas de lui, le mit en garde Denny. Il cherche les ennuis.

— Bah, dit Keith. Si Hugh poussait la porte, là, tout de suite, je lui offrirais une bière et je lui parlerais de foot. Qu'est-ce qu'il pourrait bien me faire ?

Denny et Joey échangèrent un regard entendu. Ils en savaient plus qu'ils ne voulaient en dire.

Joey haussa les épaules.

— Il se bagarre souvent, Keith. Il aime camper près de la porte et intimider les gens. Surtout, il adore flanquer des coups de poing.

— Son père le fait travailler comme videur ?

— Non, c'est son choix. Pour être au cœur de l'action, comme il dit. Et puis, il est le premier à voir les filles.

Denny renchérit :

— Il nous a dit qu'un jour, il prendra la relève et qu'il veut apprendre le métier depuis le bas de l'échelle. Il trimballe son père partout en voiture, porte une arme, traîne dans les clubs, choisit les filles. C'est un vrai voyou, Keith. Garde tes distances.

— Je croyais que vous faisiez des affaires avec lui.

— Peut-être avant Camille, mais plus maintenant. Il mise trop gros pour moi. Un vrai dur, complètement débridé. Ce n'est plus mon ami.

Pour changer de sujet, Joey lança :

— Vous avez entendu parler de Todd Foster, le gamin d'Ocean Springs ?

Ses deux acolytes secouèrent la tête.

— C'est bien ce que je pensais. Todd Foster a été tué au Viêtnam il y a quelques semaines. La vingt-troisième victime de la côte. Il ne devait pas être très malin parce qu'il s'est porté volontaire la première fois, puis il a resigné pour deux autres rounds.

— C'est affreux, commenta Keith.

Ils s'étaient pourtant habitués à ce genre de drames.

— Il avait un surnom. Devinez lequel.

— Comment veux-tu qu'on devine ça ?

— Essayez Fuzz. Fuzz Foster. Le gars qu'on a vu aux Gants d'or la nuit où Hugh et lui se sont battus comme des chiens enragés. L'arbitre a décrété un match nul.

Keith fut surpris et attristé à la fois.

— Comment on pourrait l'oublier ? On était tous là, déchaînés, en train de hurler : « Allez Hugh ! Allez Hugh ! »

— Je n'oublierai jamais ce combat, déclara Denny.

— Fuzz était un sacré dur, il encaissait les coups. Ils se sont battus plusieurs fois, non ?

Joey sourit.

— Tu ne te rappelles pas ? Hugh a dit qu'ils avaient boxé deux fois, un partout, puis qu'ils se sont bagarrés dans un club un soir où Fuzz a dépassé les bornes. À en croire notre ami Hugh, il l'a mis KO ce soir-là.

— Bien sûr. Hugh a-t-il déjà perdu un combat que personne n'a vu ?

Tous trois éclatèrent de rire et sirotèrent leurs bières. Ils étaient ensemble depuis l'école maternelle à la Pointe et avaient partagé bien des aventures. Keith voulait que leur amitié dure toujours, mais il craignait que leurs chemins divergent. Denny ne savait toujours pas quoi faire de sa vie. Joey semblait heureux de suivre les traces de son père et de se consacrer à la pêche pour le restant de ses jours. Hugh était passé du côté obscur. Sans que personne s'en étonne, il s'était laissé happer par la pègre, d'où il n'y avait pas de retour possible. Les gangsters comme Lance Malco mouraient derrière les barreaux, ou avec une balle dans la tête. Tel était aussi l'avenir de Hugh.

21.

Le litige prit une nouvelle envergure. Les compagnies d'assurances pouvaient se permettre de retarder les indemnisations, mais elles ne pouvaient survivre à des jurys en colère qui accédaient à toutes les demandes de Rudy. Quand une réclamation de quinze mille dollars quadrupla avec l'ajout de dommages-intérêts punitifs, elles agitèrent le drapeau blanc. Bien sûr, ce fut une capitulation frustrante et douloureuse.

Le basculement eut lieu dans la salle d'audience de Wiggins, juste avant que le juge Oliphant prenne place sur le banc et lance la sélection du jury. Simmons Webb s'approcha de la table du plaignant, se pencha et chuchota :

— Jesse, mon client en a assez.

Ces mots étaient magiques, pourtant Jesse garda une expression impénétrable.

— Allons voir le juge.

Oliphant ôta sa robe et les entraîna vers la petite table de conférences.

— Votre Honneur, dit Webb, j'ai fini par convaincre mon client de régler les indemnisations.

Le juge ne put réprimer un sourire. Il était fatigué de ces procès à répétition et avait besoin d'une pause.

— Excellente nouvelle. Quelles sont vos conditions ?

— Dans l'affaire qui nous occupe, le titulaire de la police réclame des réparations d'un montant de treize mille dollars. Nous sommes prêts à faire un chèque de cette somme.

Jesse faillit bondir.

— C'est hors de question ! Vous avez gardé cet argent pendant près d'un an ! Vous ne vous en sortirez pas aussi facilement. Tout règlement doit inclure les intérêts et les frais de subsistance.

— Je ne suis pas sûr qu'ARU sera d'accord.

— Alors rendez-vous au tribunal. Je suis prêt, Votre Honneur.

Le juge leva les mains et réclama le silence. Il se tourna vers Webb.

— Si vous réglez ces affaires, faites-le correctement. Ces personnes ont droit à des réparations, à des dépenses quotidiennes, et à des intérêts. Jusqu'à présent, tous les jurys leur ont donné raison.

— Monsieur le juge, j'en suis conscient, croyez-moi, mais je dois en discuter avec mon client. Accordez-moi cinq minutes.

— Et ce n'est pas tout. J'ai signé ces affaires sur la base d'un pourcentage de 20 pour cent, mais il n'est pas juste que je prélève des honoraires sur une somme dont mes clients ont désespérément besoin. La mauvaise foi de votre entreprise les a obligés à intenter une action en justice. Votre compagnie paiera donc cinq cents dollars de frais de justice par affaire.

Webb se hérissa et répondit d'un air suffisant :

— Ce n'est pas prévu dans la police !

— Les dommages et intérêts punitifs non plus, rétorqua Jesse.

Webb balbutia, mais ne trouva rien à répondre.

— Et depuis quand votre client honore-t-il les clauses du contrat ?

— Allons, Jesse. Le jury n'est pas là.

— Non, il est dehors, et je suis prêt à le mettre dans ma poche et à faire un autre procès. S'il le faut, je demanderai cent mille dollars de dommages et intérêts.

— Calmez-vous. Donnez-moi cinq minutes, d'accord ?

Webb quitta la salle, et le juge et Jesse poussèrent un soupir à l'unisson.

— Est-ce que c'est enfin terminé ? demanda Oliphant, presque pour lui-même.

— Peut-être. C'est peut-être le début de la fin. J'ai rencontré les avocats de Coast States la semaine dernière, à Jackson, pour essayer de trouver un accord. Pour la première fois, ils étaient prêts à discuter. Les gros bonnets n'ont pas cédé jusqu'à présent. Si ARU et Coast States baissent les armes, les autres suivront rapidement.

— Combien de dossiers avez-vous en cours ?

— Mille cinq cents, contre huit sociétés. Mais je n'en ai déposé que deux cents, ceux pour lesquels les dégâts causés par le vent sont évidents. Les autres sont plus compliqués, comme vous le savez. Ils seront plus difficiles à statuer à cause des dégâts des eaux.

— S'il vous plaît, n'en déposez plus, Jesse. J'en ai assez de ces procès. Et il y a autre chose qui me dérange vraiment. Je ne suis plus impartial, et pour un juge, ce n'est pas bon.

— Je comprends, mais personne ne peut vous en vouloir. Ces maudites compagnies d'assurances sont pourries jusqu'à la racine, et si vous n'aviez pas accepté ma demande de dommages et intérêts punitifs, nous ne serions pas en train de parler de règlement. C'est grâce à vous, tout ça, monsieur le juge.

— Non, c'est à vous qu'en revient le mérite. Aucun autre avocat de la côte n'a osé s'en prendre à eux. Ils ont bien déposé les plaintes, mais ils attendent que vous forciez les assureurs à lâcher prise.

Jesse sourit et hocha la tête. Au bout de quelques minutes, Webb était de retour, et il avait l'air d'un homme différent. Son visage était détendu, ses yeux brillaient, son sourire n'avait jamais été aussi sincère. Il tendit la main à son confrère.

— Marché conclu.

Jesse la serra.

— Parfait. Maintenant, nous ne quitterons cette pièce que quand nous aurons un accord écrit et attesté par le juge, qui s'applique à tous mes clients.

Le juge Oliphant enfila sa robe, se rendit dans sa salle d'audience et libéra les jurés potentiels. Jesse informa son client que l'affaire était réglée et qu'il allait bientôt recevoir un chèque.

***

Plusieurs semaines passèrent avant l'envoi du moindre chèque. ARU continuait à tout faire pour retarder les indemnisations. Les appels téléphoniques aux experts n'étaient jamais traités rapidement, voire restaient sans suite. Une quantité incroyable de courriers se perdaient. Toutes les lettres étaient postées au dernier moment. L'un de leurs stratagèmes favoris consistait à ne conclure un accord qu'avec les assurés qui avaient engagé un avocat. Les demandes des autres étaient ignorées.

Coast States accepta de transiger deux semaines après ARU, mais le terrain s'avéra tout aussi glissant.

***

À la fin du mois de juillet, presque toutes les compagnies d'assurances proposaient des règlements. Les entrepreneurs étaient soudain débordés, et dans les quartiers ravagés par l'ouragan, résonnaient le fracas de marteaux-piqueurs et le crissement des scies mécaniques.

Rudy & Pettigrew reçut son premier lot de chèques pour les quatre-vingt-un clients qui avaient poursuivi ARU. Soudain, le compte bancaire du cabinet affichait un peu plus de quarante mille dollars, ce qui réduisait considérablement la pression financière. Jesse récompensa ses associés, ainsi que sa secrétaire et son assistante juridique à temps partiel, par de généreuses primes. Il ramena un peu d'argent à la maison pour Agnes et les enfants et envoya un chèque à Keith à l'école de droit. Et il mit de côté cinq mille dollars sur son compte de campagne, qu'il n'avait pas clôturé.

Les contentieux étaient loin d'être terminés. Les sinistrés qui vivaient près de la plage avaient subi des dommages causés par l'onde de tempête. Selon Jesse, les vents, qui soufflaient à au moins deux cent quatre-vingts kilomètres-heure, avaient emporté les toits et les porches plusieurs heures avant l'inondation. Mais pour le prouver, il faudrait des experts et des moyens.

***

Le jour du premier anniversaire de Camille, par une belle matinée ensoleillée, une foule se rassembla près des vestiges de l'église du Rédempteur, la plus ancienne église épiscopale de la côte. La fanfare municipale joua une demi-heure devant l'assemblée des habitants. Un pasteur presbytérien prononça une jolie prière, puis un prêtre ajouta quelques mots. Le maire de Biloxi parla de la volonté de fer et de l'esprit combatif des habitants de la côte. Il désigna à sa droite le port de Biloxi encore en reconstruction. À sa gauche, de l'autre côté de la Route 90, un nouveau centre commercial allait voir le jour. La plupart des décombres avaient été déblayés et, chaque jour, on entendait les bruits des chantiers. Plus que jamais, la côte était à genoux, mais elle se relèverait.

On inaugura un magnifique mémorial en hommage aux victimes.

***

Après que Camille eut rasé toutes les boîtes de nuit sur son passage, sauf les dalles de béton, certains optimistes pensèrent que Dieu leur envoyait un message, qu'il avait enfin énoncé sa sentence et puni les pécheurs. Ce thème était récurrent chez certains prédicateurs après une catastrophe. L'esprit de débauche infâme qui gangrenait Biloxi avait été éradiqué. Bon débarras. Louons le Seigneur.

***

Les pécheurs, eux, avaient toujours soif, et quand le Red Velvet et le O'Malley rouvrirent leurs portes trois mois après la tempête, les clubs furent immédiatement pris d'assaut, à tel point que de longues files d'attente se formaient pour entrer. Leur popularité en inspira d'autres et, bientôt, les opportunistes affluèrent. Les terrains autrefois onéreux en front de mer étaient désormais à l'abandon, et de nombreux propriétaires n'avaient pas l'intention de revenir. Pourquoi construire une maison coûteuse et risquer un autre Camille ? Les prix avaient chuté, suscitant encore plus de convoitises.

À Noël 1969, le Strip était en plein boom immobilier. Les bâtiments étaient en tôles, à peine capables de résister à un orage d'été. Ils étaient agrémentés de marquises, de portiques colorés, de fausses fenêtres et d'enseignes au néon.

La côte fourmillait toujours d'ouvriers du bâtiment, de travailleurs journaliers, de volontaires, de vagabonds et d'agents de sécurité, sans parler des nouvelles recrues de Keesler. Et la folie des boîtes de nuit reprit de plus belle. La luxure fut sans doute le premier secteur à se remettre complètement de la catastrophe.

22.

Comme il s'agissait d'un bâtiment plus ancien, en briques et béton, le Truck Stop avait résisté aux vents et à la crue et tenait toujours debout après le passage de l'ouragan. Lance confia à Hugh la responsabilité des rénovations, et quand le club rouvrit ses portes en février, Hugh décida d'en faire son nouveau QG. Il avait besoin de prendre ses distances avec son père et Nevin Noll. À vingt-deux ans, il cherchait un défi à relever. Il en avait assez de faire office de chauffeur et d'être obligé d'écouter les conseils paternels. Il en avait marre de mettre fin aux bagarres du Foxy et du Red Velvet, marre de préparer les cocktails quand le barman leur faisait faux bond, marre des avertissements silencieux de sa mère sur sa vie criminelle. Les filles, il n'en avait pas marre, mais il cherchait une relation plus sérieuse. Il avait son propre appartement, et appréciait de vivre seul, mais il tournait en rond.

Officiellement, le travail de Hugh consistait à gérer des supérettes ouvertes toute la nuit, qui vendaient aussi de l'essence bon marché. Lance en possédait plusieurs sur la côte, dont il se servait pour blanchir l'argent de ses clubs. Ils achetaient leurs stocks en espèces dans des magasins de vente en gros, et une fois les marchandises sur les étagères, elles entraient dans le circuit légal de distribution. Les ventes étaient consignées et les taxes payées, etc. Enfin, presque. En réalité, près de la moitié des recettes n'étaient pas comptabilisées. L'argent sale devenait encore plus sale.

Hugh avait abandonné la boxe lorsqu'il s'était rendu compte que ses points forts – une tête dure, des poings rapides, un penchant pour la bagarre – étaient sapés par sa mauvaise hygiène de vie. Il avait toujours aimé la salle de sport, mais Buster l'avait renvoyé quand il l'avait surpris en train de fumer pour la troisième fois. Hugh aimait trop l'alcool, les cigarettes et la vie nocturne pour se maintenir en forme.

Maintenant qu'il ne boxait plus, il passait ses après-midi à traîner au Truck Stop, à jouer au billard, et à tuer le temps. Il adorait le poker et envisageait d'aller à Las Vegas pour jouer à plein temps, mais il ne gagnait pas assez régulièrement. Il était devenu un as du billard, avait remporté quelques tournois, seulement les sommes en jeu n'étaient pas assez importantes.

Le travail honnête ne l'avait jamais attiré. Il avait rencontré des trafiquants de drogue et s'était essayé à ce métier, mais la brutalité de l'activité l'avait rebuté. Il y avait de l'argent à la clé, mais le jeu n'en valait pas la chandelle. S'il ne se faisait pas tirer dessus, il finirait probablement en taule. Les délations étaient monnaie courante, il connaissait des hommes qui en avaient pris pour plusieurs décennies. Il avait également entendu parler de deux gars qui avaient été ligotés, bâillonnés et balancés dans les eaux du golfe.

Un soir, il jouait au billard quand Jimmie Crane était entré dans sa vie. C'était la première fois qu'il le voyait, et personne ne savait d'où il venait. Autour d'une bière, Jimmie lui expliqua qu'il venait d'être libéré sur parole de la prison fédérale, après quatre ans d'emprisonnement pour contrebande d'armes en provenance du Mexique. Jimmie était un vantard, drôle et fascinant, qui racontait des histoires à dormir debout sur la vie carcérale. À l'en croire, son père appartenait à la Dixie Mafia et dirigeait un gang de braqueurs de banques en Caroline du Sud. Lors d'un coup qui avait mal tourné, son père s'est fait tirer dessus, avait survécu par miracle, et purgeait maintenant une peine de prison à perpétuité. Jimmie prétendait être en train de monter un plan d'évasion. Hugh et les autres doutaient de la véracité de ses paroles, mais ils rirent de bon cœur en l'écoutant.

Jimmie devint un habitué du Truck Stop et Hugh appréciait sa compagnie. Lui non plus ne voulait pas travailler et gagnait bien sa vie au jeu, même s'il évitait le Strip. Tout le monde dans le milieu savait que les tables de Biloxi étaient truquées. Il conduisait une belle voiture et ne semblait pas se soucier de l'argent. Bizarre, se disait Hugh, pour un type qui venait de passer quatre ans derrière les barreaux.

Hugh en parla à Nevin, qui mit sur le coup un détective privé. Il s'avéra que Jimmie avait bien été arrêté au Texas pour possession d'armes et avait purgé une peine de prison dans un pénitencier fédéral de l'Arkansas.

Son père était un braqueur de banque notoire. Lance n'avait jamais entendu parler de lui, mais les vieux de la vieille connaissaient sa réputation. Jimmie était persuadé de pouvoir faire fortune dans la contrebande d'armes. Pistolets, fusils et carabines étaient fabriqués dans toute l'Amérique du Sud.

L'idée intriguait Hugh et bientôt, ce fut leur sujet de discussion privilégié.

Le premier obstacle était l'argent. Ils avaient besoin de dix mille dollars pour acheter un chargement d'armes, dont la valeur marchande était au moins cinq fois supérieure à l'investissement. Jimmie connaissait le milieu, les intermédiaires au Texas, les itinéraires et des revendeurs aux États-Unis prêts à acquérir tout ce qu'ils feraient passer clandestinement à la frontière. Au début, Hugh était méfiant et se demanda si son nouvel ami n'était pas un policier sous couverture ou un escroc venu de nulle part pour s'emparer du business de la famille Malco.

Avec le temps, il se mit pourtant à lui faire confiance.

— Je n'ai pas dix mille dollars, objecta Hugh en sirotant sa bière.

— Moi non plus, répondit Jimmie d'un air blasé. Mais je sais comment les avoir.

— Je t'écoute.

— Dans toutes les petites villes, il y a une bijouterie dans la rue principale, à côté du café. Dans la vitrine, des bagues en diamant, des montres en or, des perles, des rubis, et j'en passe. Elle est tenue par un couple et une adolescente renfrognée se tient derrière le comptoir. Aucun système de sécurité. À l'heure de la fermeture, ils balancent tout dans un coffre-fort et rentrent chez eux. Les plus intelligents rapportent les diamants chez eux et les planquent sous leur oreiller. Mais la plupart ne sont pas malins, ils ont le même fonctionnement depuis des années, comme s'ils n'avaient pas à s'inquiéter.

— Tu forces aussi les coffres-forts ?

— Bah, non, les coffres, c'est pas mon truc. Il y a un moyen bien plus facile de rafler la mise, avec une chance sur mille de se faire prendre.

— Allons bon, j'ai jamais entendu un truc pareil.

— Écoute-moi jusqu'au bout.

***

Ils avaient choisi la ville de Zachary, en Louisiane, au nord de Bâton-Rouge, à trois heures de route de Biloxi. Avec ses cinq mille habitants, la bourgade était animée, avec une jolie petite bijouterie dans la rue principale. Hugh, en costume-cravate, entra un matin à 10 heures avec sa fiancée, Sissy, l'une de ses strip-teaseuses préférées. Pour l'occasion, elle était vêtue d'une simple robe blanche qui dévoilait un peu trop son opulente poitrine. Son visage était dépourvu de maquillage, à peine une touche de rouge à lèvres, et ses cheveux étaient soigneusement coiffés. Elle avait l'air d'une mignonne petite cruche, presque une fille normale. M. Kresky, âgé d'une soixantaine d'années, les accueillit chaleureusement et fut enchanté d'apprendre qu'ils cherchaient une bague de fiançailles. Quel couple charmant ! Il sortit deux plateaux de ses plus beaux diamants et leur demanda d'où ils venaient. Le couple avait eu vent de sa boutique, de sa fabuleuse sélection et de ses prix raisonnables. Quand Sissy se pencha pour étudier les bagues, M. Kresky ne put s'empêcher d'admirer le décolleté et rougit.

Elle regarda autour d'elle, désigna d'autres bagues et lui fit habilement sortir deux autres présentoirs.

Un autre client entra, un jeune homme sympathique qui lança un grand bonjour et demanda à voir des montres. M. Kresky les pointa du doigt dans leur vitrine, avant de revenir rapidement à Sissy.

Hugh s'approcha de M. Kresky et lui chuchota :

— Vous voyez le sac à main de la dame ? Il y a un pistolet dedans.

L'autre client, Jimmie, les rejoignit et renchérit :

— Et j'en ai un ici.

Il souleva le pan de sa veste pour lui montrer le Ruger à sa ceinture. Jimmie se dirigea vers la porte, tira le verrou, et retourna le panneau d'OUVERT à FERMÉ.

— Mettez tout ça dans un sac, et vite, grogna Hugh, et personne ne sera blessé.

— Qu'est-ce que ça veut dire ? demanda M. Kresky, affolé.

— Ça s'appelle un cambriolage ! aboya Hugh. Bougez-vous avant qu'on perde notre sang-froid.

Hugh contourna le comptoir, attrapa deux grands sacs à provisions et rafla tous les bijoux et toutes les montres sous ses yeux.

— Je n'arrive pas à y croire, balbutia le bijoutier.

— La ferme ! s'emporta Hugh.

En un rien de temps, les deux sacs étaient remplis, les vitrines pillées. Hugh agrippa M. Kresky et le flanqua par terre pendant que Sissy sortait un gros rouleau de ruban adhésif argenté de son sac à main.

— Ne me faites pas de mal, supplia l'homme à terre.

— Ferme-la et personne ne sera blessé.

Hugh et Jimmie lui entourèrent les chevilles et les poignets de ruban adhésif, plaquèrent brutalement une bande sur sa bouche, puis autour de sa tête, lui laissant juste de quoi respirer. Sans un mot, Jimmie s'empara d'un sac, déverrouilla la porte et sortit de la boutique. Il tourna au coin de la rue et grimpa dans la Pontiac Firebird 1969 de Hugh, avec de nouvelles plaques d'immatriculation de Louisiane. Si on les avait vus, ils ne s'en étaient pas rendu compte. Jimmie se gara devant la bijouterie. Hugh et Sissy s'engouffrèrent dans la voiture avec l'autre sac, et ils démarrèrent sur les chapeaux de roues. Cinq minutes plus tard, ils avaient quitté la ville en direction du nord et riaient de la réussite de leur stratagème. Cela avait été aussi simple que de voler un bonbon à un bébé. Sur la banquette arrière, Sissy essayait des bagues en diamant.

Ils roulèrent à une vitesse raisonnable, pour ne prendre aucun risque, et une heure plus tard, ils entraient dans l'État du Mississippi. Dans la ville fluviale de Vicksburg, ils s'arrêtèrent pour manger des hot-dogs, puis continuèrent vers le nord sur la Route 61, au cœur du delta du Mississippi. Dans une station-service, ils mirent leurs objets de valeur – deux douzaines de bagues en diamant, plusieurs pendentifs en or, des boucles d'oreilles et des colliers avec des rubis et des saphirs, et vingt et une montres – dans un coffre en métal qu'ils cachèrent dans le coffre. Ils jetèrent les sacs de provisions de la boutique de M. Kresky. Ils remplacèrent les plaques d'immatriculation de Louisiane par des plaques de l'Arkansas. À 15 heures, ils traversèrent le Mississippi et se retrouvèrent dans le centre-ville d'Helena, dix mille habitants, dont la rue principale était animée, sans être bondée.

Ils se garèrent à bonne distance de la bijouterie et observèrent les allées et venues des clients.

Hugh et Jimmie s'étaient disputés au sujet de la stratégie à adopter. Hugh voulait étudier leur cible et planifier soigneusement l'opération. Jimmie pensait que c'était une mauvaise idée, car plus ils passeraient de temps sur place, plus ils risquaient de se faire repérer. Il préférait agir vite et quitter la ville avant que cela ne tourne mal. Sissy n'avait pas d'opinion et était juste ravie de participer à l'aventure. C'était bien plus amusant que d'aguicher les soldats pour se faire payer des verres et vendre des parties de jambes en l'air.

À 15 h 30, convaincus qu'il n'y avait pas de clients à l'intérieur de Mason Keepsakes, Hugh et Sissy entrèrent main dans la main dans la boutique et saluèrent Mme Mason, la dame derrière le comptoir. En peu de temps, les présentoirs furent recouverts de plateaux en velours contenant des dizaines de diamants bon marché. Hugh annonça qu'il voulait dépenser de l'argent et la femme appela quelqu'un dans l'arrière-salle. M. Mason apparut avec une boîte fermée à clé, qu'il ouvrit et montra fièrement au beau jeune couple.

Jimmie entra dans le magasin avec un sourire et posa une question sur les montres. Il sortit son Ruger et, en quelques secondes, les Mason se retrouvèrent face contre terre, suppliant qu'on leur laisse la vie sauve. Une fois leurs chevilles et leurs poignets ligotés, leurs bouches bâillonnées, Jimmie partit le premier avec un sac à provisions rempli de bijoux. Hugh et Sissy le suivirent quelques minutes plus tard avec un deuxième sac. Une fuite facile. Personne ne les regarda de travers. Deux heures plus tard, ils arrivèrent au centre-ville de Memphis, prirent une belle chambre à l'hôtel Peabody et se rendirent au bar. Après un long dîner, ils dormirent tous les trois dans le même lit et prirent du bon temps.

Jimmie, le voyou le plus expérimenté, semblait avoir de bons instincts et n'avait peur de rien. Il pensait qu'il ne fallait pas commettre deux vols dans le même État, Hugh était tout à fait d'accord. Sissy n'avait pas voix au chapitre et se contentait de faire la sieste sur la banquette arrière. Les garçons lui avaient permis de porter une partie du butin de Mason et elle s'était amusée à passer des colliers et des bracelets.

À 10 heures le lendemain matin, ils attaquèrent un magasin à Ripley, dans le Tennessee, et quatre heures plus tard, ils firent une descente dans la bijouterie Toole Jewelers à Cullman, en Alabama. Ils ne rencontrèrent qu'une seule difficulté : M. Toole s'évanouit à la vue du Ruger de Jimmie et paraissait mort lorsqu'ils lui enroulèrent les chevilles et les poignets avec du scotch.

Après quatre cambriolages sans anicroches, ils décidèrent de ne pas pousser davantage leur chance et rentrèrent chez eux. Ils n'en revenaient pas de la facilité avec laquelle ils avaient commis ces méfaits et étaient impressionnés par leur ruse et leur sang-froid au cœur de l'action. Sissy, en particulier, jouait naturellement le rôle de la future mariée aux yeux brillants et affichait une pure adoration pour Hugh tout en essayant différentes bagues. Hugh ne pouvait s'empêcher de la toucher, et les hommes de l'autre côté du comptoir ne parvenaient pas à ignorer ses courbes sculpturales. Ils s'imaginèrent tels les Bonnie et Clyde des temps modernes, à parcourir les petites villes du Sud sans laisser d'indice derrière eux, et à se remplir les poches.

Alors qu'ils se rapprochaient de Biloxi, ils se mirent à se chamailler. Qui allait garder le butin ? Et où ? Comment le répartir ? Hugh et Jimmie n'avaient pas l'intention de partager équitablement leur trésor avec Sissy – même s'ils appréciaient sa compagnie, riaient de ses bêtises et avaient le vertige quand elle se déshabillait, elle n'était qu'une strip-teaseuse. Cependant, les deux hommes étaient intelligents et savaient parfaitement qu'elle était le maillon faible. Si un flic les questionnait, elle serait la première à se mettre à table. Ils se mirent d'accord pour que Hugh cache la marchandise dans son appartement pendant quelques jours. À l'en croire, Jimmie avait un contact à la Nouvelle-Orléans qui leur achèterait les bijoux à un prix raisonnable.

Deux semaines s'écoulèrent sans le moindre signe de problème. Hugh se rendit à la bibliothèque municipale de Biloxi et parcourut la presse de la Louisiane, de l'Arkansas, du Tennessee et de l'Alabama, mais il ne vit rien de particulier. Les cambriolages n'avaient pas été rapportés par les journaux importants. La bibliothèque n'était pas abonnée aux hebdomadaires des petites villes. Jimmie et lui supposèrent, à juste titre, que les polices des quatre villes ne coopéraient pas et qu'elles n'avaient pas découvert la similitude entre les crimes.

***

Hugh gara sa Firebird sur un terrain public à un pâté de maisons au sud de Canal Street, à la Nouvelle-Orléans. Jimmie et lui se baladèrent dans le quartier français et allèrent boire une bière au Chart Room, sur Decatur. Chacun portait un sac de sport volumineux rempli de bijoux. L'étape suivante était périlleuse en raison des nombreuses inconnues. Le trafiquant s'appelait Percival et était censé être fiable. Mais qui est réellement digne de confiance dans un milieu aussi impitoyable ? Percival pouvait être un agent infiltré qui leur tendait un piège et les enverrait tout droit en prison. Jimmie avait fait jouer ses contacts et était persuadé que tout se passerait bien. Hugh avait demandé conseil à Nevin Noll pour un « ami » qui voulait acheter des diamants. Nevin avait fouillé dans les bas-fonds de la pègre et en avait conclu que Percival était réglo.

Sa boutique se trouvait sur Royal Street, entre deux marchands d'antiquités françaises haut de gamme. Ils pénétrèrent nerveusement dans les lieux et s'efforcèrent de paraître calmes, comme s'ils savaient exactement ce qu'ils faisaient. Ils furent impressionnés par les vitrines contenant des pièces de monnaie rares, d'impressionnants bracelets en or et de fabuleux diamants. Un petit homme joufflu, un cigare noir au coin des lèvres, surgit entre d'épais rideaux et demanda d'un air bourru :

— J'peux vous aider ?

Hugh déglutit.

— Ouais, on voudrait voir Percival.

— Vous lui voulez quoi ?

— C'est pas pour acheter. On est là pour vendre.

Il fronça les sourcils comme s'il allait ouvrir le feu ou appeler la police.

— Vous avez un nom ?

— Jimmie Crane.

Il secoua la tête comme si ce nom ne signifiait rien.

— Vendre quoi ?

— J'ai des diamants et d'autres trucs, répondit Jimmie.

— Vous êtes jamais venus ici ?

— Nope.

Il les observa en fronçant les sourcils. Il grogna, souffla un autre nuage épais au plafond, et finit par dire :

— Je vais voir s'il est occupé. Bougez pas.

Comme s'ils avaient le choix. L'homme disparut derrière les rideaux. Ils entendirent une conversation étouffée. Hugh s'absorba dans la contemplation d'anciens billets des États confédérés tandis que Jimmie admirait un présentoir de pièces de monnaie grecques. Plusieurs minutes s'écoulèrent, et ils songèrent à partir, mais ils n'avaient nulle part où aller.

Enfin, les rideaux s'ouvrirent, et l'homme grommela :

— Par ici.

Ils le suivirent dans un couloir exigu, décoré d'affiches encadrées de pin-up de la Seconde Guerre mondiale et de posters de *Playboy*. Il ouvrit une porte et leur fit signe d'entrer. Puis il referma derrière eux et déclara :

— Je dois vous fouiller. Mains en l'air.

Hugh leva les bras et l'homme procéda au contrôle.

— Pas d'armes, hein ?

— Non.

— Le dernier flic qui est venu ici est reparti les pieds devant.

Jimmie prit le ton de la plaisanterie.

— Très drôle, mais on n'est pas des flics.

— Ne fais pas le malin, mon gars. Mains en l'air.

Il palpa Jimmie.

— Vous avez tous les deux un portefeuille dans votre poche arrière gauche. Sortez-le lentement et posez-le sur le bureau.

Ils s'exécutèrent. L'homme observa les portefeuilles.

— Maintenant, sortez vos permis de conduire et donnez-les-moi.

Les permis en main, il étudia celui de Hugh.

— Mississippi, hein ? Pas étonnant.

Hugh ne trouva pas de réponse, même si son interlocuteur n'en attendait pas.

L'homme scruta celui de Jimmie avec le même air désapprobateur, puis lâcha :

— Bon, voilà comment on va procéder. Je les garde jusqu'à ce que Percival en ait fini avec vous. Si tout va bien, vous les aurez tout à l'heure. Compris ?

Ils n'étaient pas en mesure de protester. Leur butin ne valait pas grand-chose s'ils ne pouvaient pas le vendre, et pour l'instant, Percival était leur seul contact. Si tout se passait bien, ils reviendraient bientôt avec une autre cargaison.

— Attendez ici. Asseyez-vous.

Il leur indiqua d'un signe de tête deux chaises bancales recouvertes de vieux magazines. Les minutes s'écoulèrent tandis que les murs de la pièce humide semblaient se refermer sur eux.

Enfin, la porte s'ouvrit et il leur lança :

— Par ici.

Ils s'enfoncèrent dans le bâtiment et s'arrêtèrent devant une autre porte. L'homme toqua avant de l'ouvrir, puis la referma derrière eux. Un garde du corps se tenait à un mètre d'eux.

Percival était assis derrière un bureau impeccable, dans un grand fauteuil recouvert d'un tissu léopard. Il pouvait avoir quarante comme soixante-dix ans. Ses cheveux, teints en auburn foncé, étaient dressés sur son crâne rasé. Des anneaux dépareillés pendaient à ses oreilles. L'homme adorait les bijoux. De grands colliers en or tombaient sur sa poitrine velue. Chacun de ses doigts était orné d'une énorme bague. Des babioles cliquetaient à ses poignets.

— Asseyez-vous, les garçons, dit-il d'une voix un peu efféminée.

Ils s'exécutèrent et ne purent s'empêcher de contempler d'un air ébahi la créature qui se trouvait devant eux. Derrière une paire de lunettes rondes à monture rouge, Percival les dévisageait aussi. Sa cigarette était fichée dans un long porte-cigarettes doré, dont l'extrémité était coincée entre ses dents jaunes.

— Biloxi, hein ? J'avais un ami là-bas. Il s'est fait prendre et ils s'en sont débarrassés. C'est un métier difficile, les gars.

Hugh faillit répondre *Oui monsieur,* mais le mot *monsieur* ne semblait pas approprié. Comme aucun des deux ne disait mot, Percival désigna son bureau.

— Bon, voyons ce que vous avez.

Ils vidèrent les deux sacs de bagues, pendentifs, broches, colliers, bracelets et montres. L'homme ne fit même pas mine de les toucher et observa le butin par-dessus sa longue cigarette. Il en tira une bouffée avant de lancer :

— Bon, bon, on dirait que vous avez fait les boutiques. Des bijoux de famille ? Ne me dites pas où vous les avez trouvés, je ne veux pas le savoir.

Il se baissa pour saisir une bague de fiançailles d'un demi-carat. C'est alors que les deux complices remarquèrent les ongles rouge vif du receleur. Ce dernier fit claquer ses dents sur la pointe de son porte-cigarettes et secoua la tête, comme s'il perdait son temps. Lentement, il prit une feuille de papier dans un tiroir et ôta le bouchon d'un lourd stylo en or. Derrière eux, le garde souffla un nuage de fumée de cigare.

Méthodiquement, Percival prit les bijoux un à un, les approcha de ses affreuses lunettes, claqua des dents, puis nota des chiffres. Il sembla apprécier une paire de boucles d'oreilles en rubis et, tout en l'examinant, s'enfonça un peu plus dans son fauteuil et étira ses pieds nus sous le bureau. Le vernis de ses ongles de pied était assorti à celui de ses mains.

Hugh et Jimmie gardaient une mine sombre, mais ils savaient qu'ils allaient bien rire en rentrant à Biloxi. Si, bien sûr, ils s'en sortaient vivants.

Percival ne portait pas de montre et semblait s'en ficher, mais il étudia attentivement chacune d'elles avant de leur attribuer une valeur. Tout parut se figer, comme si le temps s'était arrêté. Les deux compères étaient patients, car leur homme avait des liquidités.

Il travaillait en silence, tout en fumant à la chaîne des Camel sans filtre. Le fumeur de cigares derrière eux n'arrangeait rien en tirant régulièrement des bouffées. Au bout d'une éternité, Percival se redressa et les regarda.

— Je vous donne quatre mille dollars pour le lot.

Ils l'avaient estimé à près de dix mille dollars, mais s'attendaient à une perte importante.

— On pensait que cinq mille serait un bon prix, répondit Jimmie.

— Ah ouais ? Eh bien, les gars, c'est moi l'expert, pas vous.

Il se tourna vers le fumeur de cigare.

— Max ?

Sans hésiter, Max lança :

— Quatre mille deux cents. Pas plus.

— Bon, d'accord pour quatre mille deux cents, en espèces, tout de suite.

— Marché conclu, dit Hugh.

Jimmie acquiesça. Percival jeta un coup d'œil à Max, qui quitta la pièce, et leur demanda :

— Quelle est la régularité de votre fournisseur ?

Jimmie haussa les épaules et Hugh baissa les yeux sur ses chaussures. Ce faisant, il vit à nouveau les ongles rouges des orteils de Percival.

— On peut en avoir encore, fit Jimmie. Ça vous intéresse ?

Percival rit.

— Toujours. Mais soyez prudents. Il y a beaucoup d'escrocs dans ce métier.

Pendant le trajet du retour, ils se répéteraient cet avertissement une centaine de fois en riant aux éclats.

Max revint avec une grande boîte de cigares et la donna à son patron. Percival retira une pile de billets de cent dollars, en compta lentement quarante-deux et en fit une pile nette. Max leur rendit leurs permis de conduire. En sortant, ils remercièrent Percival et promirent de revenir, reconnaissants qu'il ne se lève pas pour leur tendre la main.

Lorsqu'ils débouchèrent sur Royal Street, ils inspirèrent une grande bouffée d'air moite et se mirent presque à courir jusqu'au bar le plus proche.

***

L'argent facile était addictif, mais ils luttèrent contre l'envie de commettre un autre cambriolage dans la foulée. Ils donnèrent cinq cents dollars à Sissy, avec quelques bijoux en prime. Ils réfléchirent à l'opération suivante pendant un mois puis, quand le moment leur sembla opportun, ils quittèrent Biloxi tôt un mardi matin et roulèrent trois heures vers l'est jusqu'à la ville de Marianna, en Floride, qui comptait sept mille deux cents habitants. Faber Jewelry était une petite boutique située à l'une des extrémités de Central Street, à l'écart du café animé. Ils se garèrent dans une rue secondaire et se souhaitèrent bonne chance. Hugh et Sissy pénétrèrent dans la boutique, où Mme Faber en personne les accueillit. Elle était ravie de montrer au jeune couple ses plus belles bagues de fiançailles. Il n'y avait pas d'autres clients dans la boutique et elle fut encore plus enchantée quand Jimmie entra et demanda à voir des montres. Cinq minutes plus tard, Mme Faber était à terre, pieds et poings liés, et tous les diamants avaient disparu.

Les trois comparses passèrent la nuit à Macon, en Géorgie, et dînèrent dans un café du centre, mais la ville était trop grande, et il y avait trop de monde dans les rues et les magasins. Ils roulèrent pendant deux heures vers l'est, jusqu'à Waynesboro, siège du comté de Burke, et repérèrent une cible facile. Tony Pawn and Jewelry se trouvait sur Liberty Street, la rue principale, en face du palais de justice.

Jimmie n'était pas satisfait de son rôle secondaire dans les casses et voulait échanger sa place avec Hugh, lequel se considérait comme le meilleur acteur des deux. Sissy s'en moquait. C'était elle la star, après tout, et elle pouvait jouer son rôle avec l'un ou l'autre des futurs mariés. Hugh accepta de rester en retrait et attendit qu'ils entrent et fassent leur numéro.

L'employée était une adolescente nommée Mandy qui travaillait chez Tony à temps partiel depuis plusieurs années. Elle aimait montrer les bagues de fiançailles aux futures mariées et avait choisi les plus belles pour Sissy et Jimmie. Au bout de cinq minutes, Hugh sortit de la voiture, un petit pistolet dans la poche. Il ne savait pas que Jimmie avait le Ruger dans la ceinture, sous sa veste.

Pendant que Sissy essayait des bagues, Mandy jeta un coup d'œil à Jimmie et aperçut le pistolet. Cela l'alarma, mais elle fit comme si de rien n'était. Quand Jimmie lui demanda si elle avait de plus gros diamants dans le coffre, elle leur répondit par l'affirmative et fit mine d'aller les chercher. Dans le bureau, elle prévint Tony que le client était armé. Tony était dans le métier depuis des années et savait que sa boutique attirait tous types de voyous. Il s'empara d'un Smith & Wesson automatique de calibre .38 et se rendit dans la pièce. Quand Jimmie le vit arriver revolver au poing, il paniqua et dégaina son Ruger.

Hugh était à trois mètres de la porte d'entrée lorsque des coups de feu retentirent à l'intérieur de la bijouterie. Une femme poussa un cri. Des hommes se crièrent dessus. Une balle brisa la vitrine tandis que d'autres fendaient l'air et résonnaient dans Liberty Street. Hugh se précipita au coin de la rue. Son premier réflexe fut de reprendre le volant de sa Firebird et de filer. Il entendit des sirènes, des voix fortes, des pas précipités. Les gens couraient dans tous les sens, dans la confusion la plus totale. Il décida d'attendre, de se fondre dans la masse, et d'évaluer les dégâts. Il traversa la rue et se retrouva devant le palais de justice au milieu d'autres curieux éberlués. Deux policiers se baissèrent pour entrer prudemment dans la bijouterie. D'autres les suivaient de près. Une première ambulance arriva, puis une seconde. Des policiers bloquèrent la circulation et ordonnèrent à la foule des badauds de reculer.

Enfin, les premières rumeurs lui parvinrent. Des cambrioleurs armés avaient braqué la bijouterie et Tony avait ouvert le feu. Il était blessé, mais pas gravement. Les deux voleurs, un homme et une femme, étaient morts. D'expérience, Jimmie et Hugh savaient qu'ils ne devaient porter sur eux aucun indice de leur identité. Le portefeuille et les vêtements de Jimmie étaient restés dans le coffre de la Firebird, ainsi que les effets personnels de Sissy. Le sac à main qu'elle avait dans la boutique ne contenait qu'un pistolet et un rouleau de ruban adhésif. Hugh était trop abasourdi pour penser clairement, mais son instinct lui dictait de partir le plus loin possible. Les yeux rivés sur son rétroviseur, Hugh quitta Waynesboro pour ne jamais y revenir.

Augusta était la ville la plus proche. Une fois certain de ne pas avoir été suivi, Hugh s'arrêta dans un motel à la périphérie de la ville et passa une après-midi interminable à attendre le journal de 18 heures. Le cambriolage manqué de Waynesboro était la grande nouvelle du jour. Le chef de la police confirma la mort de deux personnes encore non identifiées, un homme et une femme, tous deux âgés d'une trentaine d'années. À la nuit tombée, Hugh, impatient de quitter la Géorgie, se rendit en Caroline du Sud, contourna la Caroline du Nord par l'ouest, et prit la direction du Tennessee.

Il n'avait aucune idée de l'endroit où habitait Jimmie Crane, mais son acolyte avait mentionné à plusieurs reprises que sa mère était partie en Floride après l'incarcération de son père. Il ne savait pas d'où venait Sissy et doutait que ce soit son vrai prénom. Cela n'avait pas d'importance, car il n'avait pas l'intention d'en informer qui que ce soit. Un peu plus tard, il fouillerait dans les dossiers du Red Velvet et en apprendrait peut-être plus sur la jeune femme. Depuis deux mois, il couchait avec elle de temps à autre, et il s'était pris d'affection pour elle.

Deux jours plus tard, il arriva enfin chez lui. Effrayé et agacé de s'être montré aussi stupide, il reprit rapidement ses vieilles habitudes. Le vol à main armée n'était pas sa vocation. Le trafic d'armes n'était pas pour lui non plus.

***

Un mois plus tard, deux agents du FBI rendirent une petite visite à Fats Bowman au bureau du shérif. Ils avaient réussi à remonter la piste des braquages, et les cinq premières victimes avaient permis à un dessinateur d'établir des portraits-robots du trio. On avait retrouvé le dernier lieu de travail de la femme, Karol Horton, dont le nom de scène était Sissy : le Red Velvet. Elle était décédée. Son complice, Jimmie Crane, venait d'être libéré sur parole et possédait un permis de conduire du Mississippi. Avec une adresse à Biloxi. Il était mort lui aussi. Ils recherchaient le troisième suspect.

Pour une fois, Fats n'était pas dans la combine et ne savait rien des cambriolages. Comment aurait-il été au courant ? Ils avaient eu lieu dans d'autres États, loin de la côte.

Le troisième portrait-robot ressemblait beaucoup au fils de Lance Malco, mais Fats ne laissa rien paraître. Les agents du FBI pouvaient montrer son portrait-robot dans tout Biloxi, les gens qui connaissaient Hugh ne diraient pas un mot. Après leur départ, Fats envoya Kilgore, son chef adjoint, parler à Lance.

Hugh dégota un emploi sur un cargo qui transportait des crevettes congelées vers l'Europe et ne revint à Biloxi que six mois plus tard.

23.

En 1971, année électorale, Jesse Rudy ne tarda pas à annoncer sa candidature au poste de procureur. Début février, il loua la loge des Vétérans des guerres étrangères et organisa une réception pour ses amis et ses partisans. En voyant l'affluence, Jesse se réjouit de ce premier cercle de soutien. Dans un bref discours, il promit à nouveau de se servir de ses fonctions pour lutter contre la criminalité et traduire en justice les fauteurs de troubles. Dans les grandes lignes, il évoqua la corruption qui sévissait sur la côte depuis des décennies et l'attitude désinvolte des forces de l'ordre face au vice rampant. Il ne cita pas de noms, c'était inutile. Toute l'assemblée connaissait ses cibles. Les dénonciations viendraient plus tard, tout comme les longs discours. Le *Register* couvrit l'événement et Jesse se retrouva à la une pour la énième fois au cours des quatre dernières années. Depuis Camille, aucun avocat de la côte n'avait eu droit à autant de publicité que Jesse Rudy.

Agnes avait émis des réserves sur la nouvelle candidature de son mari. Sa première campagne contre Rex Dubisson avait été cauchemardesque. Les coups bas resteraient gravés longtemps dans les mémoires. La menace planait toujours, même s'ils en parlaient rarement. Avec Keith à l'école de droit, Beverly et Laura à Southern Miss et Tim à l'université à l'automne prochain, le budget de la famille était toujours aussi serré. Le salaire du procureur serait à peine suffisant pour payer les études de quatre enfants. Le cabinet les maintenait à flot, alors pourquoi ne pas se concentrer sur leur travail et laisser Dubisson ou un autre traquer les criminels ?

Jesse n'était pas d'accord. Il écouta les préoccupations de son épouse, encore et encore, mais il se sentait investi d'une mission. Depuis sa défaite en 1967, il était plus déterminé que jamais à devenir le procureur général de la côte. Keith, encore en première année de droit, était du même avis, et encouragea son père à se présenter.

Après son annonce, Jesse alla voir les journalistes du *Register*. La réunion ne se déroula pas très bien, car Jesse ne mâcha pas ses mots. Selon lui, le journal était resté trop longtemps en retrait et fermait les yeux sur la corruption. Il se nourrissait du crime. Les meurtres, les passages à tabac et les incendies faisaient toujours la une des journaux. Quand les mafieux se faisaient la guerre, le *Register* vendait plus d'exemplaires, mais il n'explorait pas les causes de la violence. De plus, il était incapable de prendre position. Fats Bowman n'était presque jamais remis en cause. Quatre ans plus tôt, le journal n'avait soutenu ni Dubisson ni Jesse.

Il montra aux rédacteurs la fameuse brochure « J'ai été violée par Jarvis Decker » utilisée par Dubisson en 1967. Et il leur rappela le commentaire du juge : « Je trouve ces publicités répugnantes. »

— C'était mensonger, martela Jesse, décidé à faire la leçon aux rédacteurs en chef. Nous avons fini par retrouver cette femme, Connie Burns, qui bien sûr n'était pas Connie Burns. Il m'a fallu deux ans pour mettre la main dessus. Elle s'appelle Doris Murray et a avoué qu'un employé de Dubisson l'avait payée trois cents dollars pour qu'elle pose pour la photo et qu'elle raconte des bobards. Ce prospectus a été dévastateur pour nous. Vous étiez au tribunal. Vous avez couvert l'audience, mais vous n'avez même pas enquêté sur cette histoire. Vous avez laissé Dubisson s'en tirer à bon compte.

— Comment l'avez-vous retrouvée ? demanda l'un des journalistes, un peu penaud.

— Ça n'a pas été simple. On a frappé à pas mal de portes. C'est ce qu'on appelle du journalisme d'investigation, les gars. Et si Dubisson recommence, cette fois-ci, je lui colle tout de suite un procès sur le dos. Et vous, ce serait bien que vous fassiez votre boulot.

Après cette conversation embarrassante, le rédacteur en chef lança :

— Alors, vous voulez le soutien du journal ?

— Non, ce n'est pas important. Vous êtes prêts à soutenir le gouverneur, ou tout autre politicien qui ne fait rien pour les gens de la rue, et vous prétendez être impartiaux dans les campagnes politiques. Mais fermer les yeux, c'est encourager la corruption.

Jesse s'en alla avec un sentiment de satisfaction. Les membres de la rédaction allaient être mal à l'aise un bon moment.

Sa prochaine étape était une rencontre avec Rex Dubisson, une visite de courtoisie qui avait un but précis. À quelques exceptions près, les deux hommes avaient réussi à s'éviter pendant quatre ans. Dubisson était rarement présent au tribunal, ce qui faisait partie du problème, selon Jesse. Il ressortit la brochure sur Jarvis Decker et lui promit de l'attaquer en justice au premier coup bas. Dubisson rétorqua que l'affaire était authentique. Jesse se lança dans une diatribe enflammée : il avait retrouvé Doris Murray et avait une déclaration sous serment signée par cette femme, dans laquelle elle reconnaissait avoir touché de l'argent de la campagne de Dubisson en échange de sa photo et de cette sale histoire.

L'échange tourna au vinaigre, et Jesse partit en claquant la porte. Le message était passé.

Lors de leur premier affrontement électoral, Dubisson avait l'avantage d'être déjà en place, d'avoir un nom et d'importants moyens financiers. Mais à présent, grâce aux litiges liés au passage de Camille, la situation avait changé à plus d'un titre. Jesse Rudy était désormais connu, et considéré par beaucoup comme un avocat courageux, talentueux, qui s'était battu avec acharnement contre les compagnies d'assurances et avait remporté la mise. Dans les milieux juridiques, on racontait que son cabinet se portait à merveille. Il avait fait campagne pendant quatre ans et s'était fait beaucoup d'amis. Ses partenaires, les fils Pettigrew, étaient originaires du comté d'Hancock, où leur famille avait de bonnes relations. La mort tragique de leur père avait ému toute la communauté. Leur popularité leur vaudrait au moins un millier de voix supplémentaires.

Après le départ de Jesse, Dubisson ferma la porte de son bureau et appela Fats Bowman. Il se pourrait qu'ils aient un problème.

***

Lors de sa première salve contre le secteur de l'assurance, Jesse avait rencontré une jeune avocate du nom d'Egan Clement. Elle avait trente ans et travaillait à Wiggins, dans le comté de Stone, où sa famille vivait depuis un siècle. Son père, le surintendant des écoles du comté, jouissait d'une excellente réputation.

Egan n'avait jamais intenté de procès à une compagnie d'assurances, mais elle avait des clients dont les demandes d'indemnisation pour des dommages matériels avaient été ignorées. Jesse avait pris le temps de lui expliquer les tenants et les aboutissants du litige, et tous deux avaient sympathisé. Il l'avait aidée à engager des poursuites, lui expliquant quand transiger et quand aller défendre sa cause au tribunal.

Le comté de Stone était le moins peuplé du Deuxième Disctrict, et Dubisson l'avait emporté de trente et une voix. Jesse n'avait pas l'intention de le perdre à nouveau. Il surprit Egan en lui suggérant de se lancer dans la course au poste de procureur. Une course à trois saperait les efforts de Dubisson et détournerait une partie de son attention et de ses finances de Jesse. En se présentant, Egan gagnerait en notoriété, ce dont tout avocat d'une petite ville avait besoin. Le marché était simple : si Egan se présentait et perdait, Jesse l'engagerait comme assistante du procureur.

Cette stratégie audacieuse n'avait rien de contraire à l'éthique. Jesse avait vu Egan à l'œuvre et connaissait son potentiel. De plus, l'idée d'avoir une femme dans son équipe lui plaisait.

En avril, Egan Clement posa officiellement sa candidature à l'élection de procureur. Leur accord restait secret, bien sûr, et n'avait été scellé que d'une poignée de main.

***

Après son dernier examen, début mai, Keith rentra rapidement chez lui pour s'investir dans la campagne. Enhardi par leur première défaite, il n'avait cessé d'encourager son père à se représenter. Il avait attrapé le virus de la politique et était aussi déterminé que lui à gagner – et à gagner haut la main. Un temps, il avait songé à suivre une autre session d'été, mais il avait besoin de faire une pause. Sa première année s'était bien déroulée, ses notes étaient excellentes, mais il préférait passer les trois prochains mois dans le monde impitoyable de la politique de la côte.

Il écrivit ses premiers tracts de campagne, prêt à répondre à une éventuelle attaque de Dubisson. Ils n'eurent pas à attendre longtemps. Dès la première semaine de juin, la circonscription fut inondée de prospectus qui reprenaient le slogan du candidat sortant : « IMPLACABLE AVEC LE CRIME ». Les statistiques vantaient un taux de condamnation de 90 pour cent, etc. Sur une photo, Dubisson pointait d'un doigt accusateur un témoin invisible dans la salle d'audience. Des victimes exprimaient leur admiration inconditionnelle pour le procureur qui avait mis tant de dangereux criminels hors d'état de nuire. Ces prospectus n'avaient rien d'original pour un procureur en exercice. Ils étaient efficaces et ne mentionnaient ni Jesse Rudy ni Egan Clement.

La campagne de Rudy répliqua aussitôt par un publipostage qui frappa fort. La brochure énumérait sept meurtres « irrésolus » au cours des six dernières années. La conclusion était claire : le procureur ne faisait pas son travail quand il s'agissait de crimes violents. En toute honnêteté, Dubisson n'avait pratiquement aucune marge de manœuvre si la police n'enquêtait pas sérieusement. Au moins cinq de ces homicides étaient liés à des gangs, et Fats Bowman ne se montrait pas concerné quand il s'agissait de règlements de comptes entre mafieux. Bien sûr, cela n'était pas précisé dans le document. Il rappelait les arrestations et jugements concernant les petits cambriolages, les trafics de drogue dans la rue, les violences domestiques et les conduites en état d'ivresse. En bas de page, en caractères gras, figurait un slogan qui marquerait les esprits : « REX DUBISSON, IMPLACABLE AVEC LE VOL À L'ÉTALAGE ».

La semaine suivante, les larges panneaux situés le long des Routes 90 et 49 affichaient en gros caractères : « REX DUBISSON, IMPLACABLE AVEC LE VOL À L'ÉTALAGE ».

L'élan dont le procureur en poste avait profité grâce à son mandat s'évanouit du jour au lendemain. Il abandonna son mantra « IMPLACABLE AVEC LE CRIME » et chercha d'autres solutions. Lors d'un grand rassemblement politique autour d'un barbecue géant le 4 juillet, pour la fête d'indépendance, Rex se fit porter pâle et manqua les festivités. Une poignée de ses bénévoles distribuèrent des plaquettes, mais ils furent largement dépassés par les partisans de Rudy. Jesse prononça un discours vibrant dans lequel il reprocha à son adversaire de ne pas s'être présenté. Attaquant à la gorge, il aborda le sujet qui préoccupait tous les honnêtes citoyens. La drogue ravageait la côte, d'abord la marijuana, et maintenant la cocaïne. La police et le procureur fermaient les yeux sur ce trafic, en profitaient, ou traînaient des pieds.

En public, Jesse ne mentionnait jamais Fats Bowman ni la clientèle des clubs. Une guerre se profilait, mais il attendait d'être élu pour la déclencher. En privé, il les nommait par leur prénom et promettait de les mettre hors d'état de nuire.

***

Deux semaines avant les primaires d'août, la campagne de Dubisson reprit du poil de la bête avec des spots radiophoniques vantant ses douze années d'expérience. Ce procureur chevronné avait envoyé des centaines de criminels à la prison d'État de Parchman. Sept ans plus tôt, durant son heure de gloire, il avait jugé et condamné un homme, Rubio, lequel avait tué sa femme et ses deux enfants. C'était une affaire simple, avec de nombreuses preuves accablantes, qu'un étudiant en troisième année de droit aurait pu gagner. Le jury avait prononcé une sentence de peine capitale et Rubio se trouvait maintenant à Parchman, dans l'attente de son exécution. Pour le procureur d'un État doté de la peine capitale, il n'y a rien de plus gratifiant que d'envoyer un coupable dans le couloir de la mort. Dans ses messages, Dubisson se félicitait de cette condamnation et promettait d'être présent quand Rubio serait conduit à la chambre à gaz. Dans un État où 70 pour cent de la population était favorable à la peine de mort, ces publicités furent bien accueillies.

Fats Bowman délia ensuite les cordons de la bourse et Dubisson inonda les ondes d'annonces télévisées. La chaîne de télévision de Biloxi était la seule de la côte et peu de politiciens locaux pouvaient s'offrir du temps d'antenne. Fin juillet, Rudy était déjà presque à sec et ne put contenir l'avalanche. Les spots de trente secondes réalisés par des professionnels étaient très convaincants. Ils présentaient Rex Dubisson comme un procureur intransigeant, en croisade contre ces sinistres trafiquants de drogue venus d'Amérique du Sud.

À son crédit, Dubisson n'avait pas envoyé de tracts calomnieux. Il était convaincu qu'un autre coup fourré le mènerait tout droit devant les tribunaux. Jesse Rudy aurait aimé pouvoir répondre, d'autant que la publicité négative lui serait forcément favorable. Son équipe et lui se contentaient de regarder, dépités, les annonces de Dubisson se succéder les unes après les autres.

Keith rédigea une série de textes accusant Dubisson d'avoir « acheté » l'élection. Ils furent publiés presque quotidiennement dans le *Register* et finirent par épuiser le maigre budget de la campagne. Il était question que Jesse retourne à la banque pour obtenir un prêt de la dernière chance, mais il mit finalement son veto. Il était persuadé d'avoir remporté la bataille, même si l'enthousiasme s'était émoussé. Dans ses discours et ses conversations privées avec les électeurs, il se plaignait de la spoliation de l'élection par l'argent.

***

Quand les derniers votes furent comptabilisés le 5 août, Egan Clement était à la marge. Elle remporta le comté de Stone avec cent cinquante voix d'avance, mais n'obtint au total que 11 pour cent des voix. Cependant, elle avait privé Dubisson d'un soutien crucial. Agnes avait tout de suite pensé que de nombreuses femmes voteraient discrètement pour elle, et elle avait raison. Les frères Pettigrew lui firent gagner le comté d'Hancock avec une marge de huit cent vingt voix. Et dans le comté d'Harrison, le bastion de longue date de la machine Bowman, Jesse recueillit près de neuf cents voix de plus que Rex Dubisson.

Avec 51 pour cent des voix, il évita le second tour et devint le nouveau procureur de district.

L'entrée en lice d'Egan Clement avait été une énorme prise de risques. Elle aurait pu imposer un second tour, que Jesse n'aurait pas eu les moyens de remporter. Avec ses fonds illimités et son accès à la télévision, Dubisson aurait été réélu. Ce dernier reconnut élégamment sa défaite et souhaita bonne chance à Jesse.

Une semaine après le dépouillement des bulletins, Keith mit ses bagages dans le coffre et retourna à l'école de droit.

24.

Le shérif arriva chez Baricev avec une demi-heure d'avance et vit des visages familiers. Il leur serra la main, les remercia pour leur vote, leur promit de veiller sur leurs intérêts, etc. Lorsqu'il n'était pas en service, il portait son costume bleu avec une cravate et donnait l'impression d'un homme d'affaires prospère. Il semblait se réjouir de son rôle de patron d'un système qui tenait toujours ses promesses. Tout le monde appréciait Fats. Après tout, l'homme, affable de nature, était d'autant plus joyeux après sa dernière victoire électorale. Sa réputation de shérif le plus corrompu de l'État n'était plus à faire mais, cela mis à part, il menait la barque et était impitoyable avec les criminels de droit commun.

Son côté obscur était rarement vu par le citoyen lambda. Il contrôlait les lieux de débauche et tenait les truands en respect, c'était l'essentiel.

Rudd Kilgore, son adjoint, et lui-même s'installèrent à leur table habituelle, puis commandèrent des bières fraîches et un plateau d'huîtres. Lance Malco et Nevin Noll arrivèrent à leur tour et prirent place auprès d'eux. Les boissons et les huîtres arrivèrent. Les autres convives, ceux qui connaissaient la région, savaient qu'il ne fallait surtout pas laisser traîner leurs oreilles.

— Je n'ai pas vu Hugh dernièrement, lâcha Fats.

Personne ne l'avait vu depuis des mois.

— Il est toujours en mer, répondit Lance. Il fait un break. Aucun signe des Fédéraux ?

— Non. Ça fait un moment. Mais je doute qu'ils aient abandonné.

Fats fit glisser une huître grasse sur un biscuit salé, puis l'engloutit. Il l'accompagna d'une lampée de bière et s'essuya la bouche du revers de la main.

— Braquer des bijouteries. D'où lui est venue cette idée ? C'est vous qui lui avez mis ça en tête ?

Lance lui jeta un regard noir.

— Écoutez, Fats, on a déjà eu cette conversation. On ne va pas recommencer.

— Plutôt stupide de sa part.

— Oui, totalement stupide. Mais je vais régler ça.

— Bien. C'était pas mes affaires tant que les Fédéraux n'étaient pas sur le coup. Enfin, le gamin risque d'être inculpé pour vol à main armée, quand les Fédéraux feront le rapprochement. Ils ne sont pas idiots, Lance.

Une serveuse s'approcha et ils commandèrent des pinces de crabe grillées et de la limande farcie, les plats préférés de Fats.

La réunion ne portait pas sur Hugh et ses braquages stupides. L'élection de Jesse Rudy les rendait nerveux. Ils n'étaient pas sûrs de ce que le nouveau procureur avait en tête, mais pour eux, c'était assurément de mauvais augure.

— Je n'arrive pas à croire que Rex ait perdu, soupira Nevin.

Fats avala une huître.

— Il ne m'a pas écouté. La dernière fois, il a gagné parce qu'il s'est sali les mains. Cette fois-ci, il n'a pas osé le faire. Rudy a dû lui foutre la trouille. Il l'a sûrement menacé de poursuites judiciaires, et Rex a reculé.

— Quelle va être la première action de Rudy ? interrogea Lance.

— Il faudra lui poser la question. À mon avis, il va mettre un frein aux jeux d'argent. C'est le plus facile à prouver. Si j'étais vous, je ferais attention.

— Je vous l'ai déjà dit, Fats, on n'a pas de jeux d'argent. J'ai quatre clubs et trois bars et on n'en a pas. Des agents de l'État viennent vérifier de temps en temps. S'ils voyaient ne serait-ce qu'un jeu de dés, ils me retireraient ma licence de vente d'alcool. On ne peut pas prendre le risque. On s'en sort bien avec les boissons et les filles.

— Je sais, je sais. Mais vous feriez bien d'ouvrir l'œil, de surveiller vos clients.

— Je sais gérer mes clubs, Fats. Vous et moi, on est en affaires depuis longtemps. Vous faites votre truc, je fais le mien. Au fait, j'ai failli oublier de vous féliciter pour votre victoire écrasante !

— Décidément... les électeurs savent reconnaître le talent quand ils le voient.

— Où avez-vous trouvé ce clown ? demanda Nevin.

À chaque élection, Fats réussissait toujours à convaincre un énergumène de se lancer dans la course contre lui. Car se présenter sans opposition n'était pas une bonne idée. Un ou deux adversaires, les plus faibles possibles, lui permettaient de garder la machine bien huilée et de faire tourner la collecte de fonds à plein régime. Son dernier concurrent en date, Buddy Higginbotham, avait autrefois été condamné pour vol de poulets, avant de se remettre dans le droit chemin et de devenir agent de police dans le comté de Stone. 11 pour cent des électeurs l'avaient trouvé séduisant.

Ils avaient bien ri en se racontant des histoires sur Buddy. Fats fumait un gros cigare tandis que les trois autres tiraient sur des cigarettes. Les plateaux de pinces de crabe et de limande apparurent sur la table. Après le départ de la serveuse, Nevin déclara :

— On a eu une idée.

Fats hocha la tête, la bouche pleine.

Nevin se pencha.

— Le nouvel établissement, la Siesta, a ouvert il y a deux mois sur Gwinnett. Avec à sa tête une petite frappe du nom d'Andy.

— On est passés voir, dit Kilgore, et on lui a vendu une licence.

— Eh bien, il vient d'ajouter un petit casino à l'arrière. Deux tables de dés, une roulette, des machines à sous, un peu de black-jack. Mais ils ne font pas entrer n'importe qui.

— Laissez-moi deviner, dit Fats. Vous voulez que je le ferme.

— Non, pas vous. Demandez à la police de faire une descente. On leur file le tuyau. Ils arrêtent le gars, font la une des journaux et se font bien voir. L'État lui retire sa licence. Le procureur commence sa carrière avec une affaire facile. Comme ça, on l'observe, on voit comment il gère la situation.

Fats gloussa.

— Vous sacrifiez l'un des vôtres, hein ?

— Ouais. Andy est un imbécile, il a déjà piqué deux de nos filles. Mettons-le hors d'état de nuire et laissons le nouveau procureur faire son boulot.

Fats enfourna une bouchée de limande et sourit, soit au goût du poisson, soit à l'idée.

— Qui d'autre a des tables ?

Nevin regarda Lance, qui répondit :

— Ginger a une salle privée au Carousel. Cartes et dés. Réservé aux membres. Pas facile d'entrer.

— Non, on ne coule pas Ginger, dit Fats.

— Ce n'est pas ce que je suggérais. C'est vous qui avez posé la question.

— Shine Tanner a une salle de bingo qui marche bien, intervint Nevin. D'après les rumeurs, il propose machines à sous et roulette à ses bons clients.

— Il n'est pas très malin, dit Fats. Gagner de l'argent avec le bingo et l'alcool, c'est prendre des risques.

— Il y a toujours de la demande, dit Lance.

Le shérif éclata de rire.

— Eh bien, vous devriez être content, non ? Revenons à Andy. Le problème, c'est que si on file à Rudy une affaire facile, ça risque de lui monter à la tête et il peut nous causer des ennuis. On ferait mieux de ne pas l'aider à partir en croisade.

— Pas faux, commenta Lance.

Fats vida sa bière et sourit à Lance et Nevin.

— Vous avez l'air inquiet tous les deux. Dois-je vous rappeler que le cimetière est rempli de politiciens qui ont promis de nettoyer la côte ?

***

Grâce à un « tuyau anonyme », la police de Biloxi fit une descente à la Siesta tard dans la nuit de vendredi à samedi et arrêta dix-sept hommes pris en flagrant délit de craps et de black-jack. Ils arrêtèrent aussi Andy Rizzo, le propriétaire. Puis ils dispersèrent la foule des clients, cadenassèrent les portes, et revinrent le lendemain pour confisquer les machines à sous et les tables de roulette et de craps. Tous les suspects furent libérés durant les jours suivants, sauf Andy, qui passa un mois derrière les barreaux en raison de son lourd casier judiciaire, pendant que ses avocats se démenaient pour le faire libérer.

Jesse convoqua son premier grand jury et inculpa les dix-huit hommes. À un journaliste du *Gulf Coast Register*, il fit l'éloge du travail de la police municipale et promit de mener des actions agressives contre les boîtes de nuit. Les jeux d'argent et la prostitution étaient endémiques, et Jesse avait été élu pour mettre les criminels derrière les barreaux ou les chasser de la ville.

Pour dix-sept inculpés, dont quatre étaient des aviateurs de Keesler, la sentence fut légère. Jesse leur proposa de plaider coupable, de payer une amende, et de purger une peine d'un an de prison avec sursis. Pour Andy, en revanche, il refusa toute négociation et fixa la date du procès. Il avait envie d'en découdre au tribunal, surtout contre un homme manifestement coupable, mais il finit par s'entendre avec l'avocat d'Andy sur une peine de sept ans d'emprisonnement. La prison n'était pas une nouveauté pour Andy, mais la lourdeur de la sentence ébranla les propriétaires de boîtes de nuit, qui fermèrent leurs casinos. Temporairement.

L'affaire était si facile que Jesse flaira le coup monté. Il tenta d'établir une relation avec le chef de la police de la ville, sans succès. L'homme était en poste depuis des années et connaissait les forces en présence.

***

Keith eut l'idée d'utiliser la loi sur le trouble à l'ordre public de l'État. Pendant son cours de pratique du tribunal à Ole Miss, le professeur avait parlé d'une loi rarement utilisée qui autorisait n'importe quel citoyen à intenter une action en justice pour empêcher un autre citoyen de poursuivre des activités illégales et préjudiciables à l'intérêt public. Le cas étudié concernait un propriétaire terrien qui laissait ses eaux usées s'écouler dans un lac.

Keith avait envoyé un mémo à son père, tout d'abord sceptique. Il était déjà difficile de prouver l'existence de jeux d'argent car les casinos triaient leurs clients sur le volet. Prouver une activité de prostitution s'avérait encore plus périlleux. Mais au fil des mois, Jesse avait fini par se laisser convaincre.

Il se rendit à Pascagoula pour s'entretenir avec Pat Graebel, le procureur du Dix-neuvième District, qui comprenait les comtés de Jackson, George et Greene. Jackson se trouvait sur la côte, mais contrairement à Harrison et à Hancock, il n'avait jamais toléré l'anarchie qui rendait Biloxi si tristement célèbre. Neuf ans plus tôt, au tout début de son mandat, Graebel avait été battu par Joshua Burch, l'avocat de Nevin Noll, pour le meurtre de sang-froid d'Earl Fortier. Cette défaite était encore douloureuse, car Noll, toujours libre, faisait le sale boulot pour Lance Malco.

Graebel n'avait que mépris pour le shérif Fats Bowman, les politiciens sous sa coupe, et les mafieux qui lui remplissaient les poches. Les forces de l'ordre du comté de Jackson passaient beaucoup trop de temps à régler les débordements de leurs voisins. Un an avant l'ouragan Camille, un hors-la-loi originaire de Biloxi avait ouvert une boîte de nuit sur une route de campagne entre Pascagoula et Moss

Point. Grande gueule, il se vantait de vouloir créer son propre Strip dans le comté de Jackson. Il avait des filles et des dés et tout allait bien jusqu'à ce que le shérif Heywood Hester fasse une descente dans son club un samedi soir et embarque trente de ses clients. Pat Graebel avait joué les durs face au propriétaire, obtenu une condamnation au tribunal de circuit pour jeux d'argent, et envoyé l'homme à Parchman pour dix ans.

Les dix ans de prison s'étaient ébruités dans les bars à bière et les salles de billard du comté de Jackson : le message était clair. Tout voyou aux ambitions criminelles devait soit trouver un travail honnête, soit partir pour le comté d'Harrison.

Jesse exposa à Graebel son plan pour s'attaquer aux clubs de strip-tease de Biloxi. Il avait besoin de policiers honnêtes prêts à s'infiltrer et à se faire harponner par des prostituées. Ils seraient sur écoute, leurs conversations enregistrées, et ils abandonneraient le « rendez-vous » avant d'enlever leurs vêtements. Ce ne serait pas simple. Les filles n'étaient pas idiotes, la plupart avaient déjà tout vu, et elles se méfieraient si leurs clients bottaient en touche au dernier moment.

Pat Graebel trouvait son plan intéressant, mais il avait besoin d'y réfléchir. Le chef de la police de Pascagoula était un ami, un flic coriace et irréprochable. Il aimait travailler sous couverture et surveillait les trafiquants de drogue. Le shérif Hester serait sûrement partant lui aussi. Et Graebel entretenait des liens étroits avec la police de la ville de Moss Point. Il était crucial de choisir des hommes que personne ne pourrait reconnaître à Biloxi.

Un mois plus tard, deux hommes équipés d'un micro, se faisant appeler Jason et Bruce, entrèrent au Carousel un jeudi soir, s'installèrent à une table, commandèrent des boissons, et regardèrent les strip-teaseuses sur scène. En moins d'une minute, deux filles approchèrent.

— Vous nous offrez un verre, les gars ?

C'était le mot d'ordre, et cela marchait à tous les coups. La serveuse apporta aux filles deux grands verres remplis d'un liquide rouge et sucré sans alcool. Les hommes prirent une bière. Les prostituées retirèrent les bâtonnets, qu'elles glissèrent dans leur sac, pour se faire payer plus tard. Sur scène, les danseuses se trémoussaient sur une chanson des Doobie Brothers. À leur table, Jason et Bruce commandèrent une autre tournée et les filles se rapprochèrent, s'asseyant pratiquement sur leurs genoux. L'une d'elles finit par lancer l'invitation :

— Ça vous dirait, un peu d'intimité ?

Passant aux choses sérieuses, ils discutèrent tranquillement des modalités de cette proposition. Plusieurs possibilités s'offraient à eux. Ils pouvaient se mettre par couples et aller dans une pièce au fond de la salle pour une séance de sexe light. Ou, si cela les intéressait, les deux hommes pouvaient louer une chambre à l'étage pour cinquante dollars la demi-heure et « avoir la totale ».

Jason et Bruce étaient en réalité des policiers en civil de Pascagoula, tous deux heureux en ménage. Ni l'un ni l'autre n'étaient jamais entrés dans un club de Biloxi. En leur qualité de représentants de l'ordre, ils avaient surveillé les allées et venues des clients, et il était clair que le business se faisait dans les pièces du fond et dans les chambres à l'étage. Avec la musique forte, la danse, les boissons et le strip-tease, les prostituées gagnaient bien leur vie.

Une fois que les hommes eurent l'impression d'avoir été suffisamment sollicités, ils prétendirent avoir faim, pour gagner du temps. Ils voulaient des hamburgers et des frites et promirent aux filles de les retrouver plus tard. Ils s'installèrent au bar, commandèrent à manger, et virent les filles s'attarder un moment, avant de s'attaquer à deux autres clients potentiels.

L'opération sous couverture se poursuivit pendant six semaines, tandis que des agents en civil du Dix-neuvième District de Graebel entraient au Carousel et discutaient avec les filles. Rien n'indiquait que les filles ou leurs gérants aient repéré leur manège. Grâce aux enregistrements, Jesse était convaincu de pouvoir prouver l'existence d'une activité criminelle.

Quand Jesse eut suffisamment de preuves, il intenta une action devant la Cour de la chancellerie du comté d'Harrison afin d'interdire toute activité au Carousel. Il informa la Commission des alcools de l'État et lui demanda de retirer au club sa licence de vente d'alcool. Enfin, il remit une copie de l'action en justice au *Gulf Coast Register* en main propre. Le journal publia un article en première page. La hache de guerre était déterrée.

Comme on pouvait s'y attendre, Ginger Redfield engagea Joshua Burch pour défendre son club et, dans une diatribe indignée, l'avocat nia toute activité criminelle et demanda au tribunal de rejeter toutes les accusations. Jesse fit pression pour obtenir une audience expéditive, mais Burch retarda habilement la procédure. Deux mois s'écoulèrent, pendant lesquels les avocats déposaient requête sur requête et se querellaient sur la date de l'audience.

Inutile de dire que l'action inattendue du nouveau procureur avait ébranlé la pègre. Comme les jeux d'argent avaient été drastiquement réduits sur la côte, les boîtes de nuit comptaient sur la prostitution pour arrondir leurs fins de mois. La plupart d'entre elles se débrouillaient bien avec les boissons alcoolisées et le strip-tease, tous deux encore légaux, mais c'était dans les chambres à l'étage que se faisait le plus gros du business.

Livide, Lance Malco voyait bien la menace pour ses affaires. Si Jesse Rudy réussissait à fermer le Carousel, n'importe quel club pouvait être sur la sellette. Lance demanda à ses filles de se tenir à l'écart de tout client inconnu. Il prit rendez-vous avec Joshua Burch et élabora une solide stratégie de défense.

***

La Cour de la chancellerie, connue sous le nom de Cour d'équité, était compétente pour les affaires non pénales telles que les relations domestiques, les successions, le plan d'urbanisme, les élections, et une douzaine d'autres sujets qui ne nécessitaient pas de jury. On l'appelait communément « tribunal des divorces » car 80 pour cent des affaires jugées concernaient les mariages malheureux et les gardes d'enfants. Les affaires de trouble à l'ordre public étaient rares.

Le chancelier était l'honorable Leon Baker, un juriste vieillissant las d'arbitrer des conflits matrimoniaux et d'attribuer la garde des enfants à l'un ou l'autre parent. Comme beaucoup de citoyens de la côte, il avait grandi dans le mépris des boîtes de nuit, où il n'avait jamais mis les pieds. Lorsqu'il en eut assez des manœuvres des avocats, il mit un terme aux débats et inscrivit l'affaire à l'ordre du jour.

C'était un événement historique : pour la première fois, l'un des établissements tristement célèbres du Strip était traîné devant un tribunal dans le but de le fermer. Les curieux étaient venus en masse et, bien que la plupart des gangsters soient restés à l'écart, ils étaient bien représentés. Nevin Noll était assis au dernier rang car, bien sûr, il devait rapporter la teneur du procès à Lance Malco. En tant que propriétaire du Carousel, Ginger Redfield n'avait d'autre choix que de s'asseoir à la table de la défense aux côtés de Joshua Burch qui, comme toujours, était ravi d'être au centre de l'attention.

Jesse Rudy prit la parole en premier et promit de révéler un système criminel bien en place. Il appellerait à la barre six hommes, tous agents de police, qui témoigneraient avoir accepté de payer une femme pour avoir des relations sexuelles au Carousel. L'argent n'était pas passé d'une main à l'autre, les deux parties n'avaient pas eu de relations sexuelles, mais la loi stipulait que dès qu'un prix était convenu, il s'agissait d'un crime. Jesse brandit une pile de documents, autant de citations à comparaître destinées aux employées du Carousel. Les citations n'avaient pas été délivrées aux filles car Fats Bowman avait ordonné à ses hommes de les ignorer.

— Et vous voulez que ces femmes viennent au tribunal ? demanda le juge Baker.

— Oui, Votre Honneur. J'ai le droit de les citer à comparaître.

Le juge Baker se tourna vers un huissier.

— Allez chercher le shérif et dites-lui de venir ici immédiatement. Maître Burch, c'est à vous.

Joshua se leva, se présenta à la cour, et se lança dans une explication fumeuse du fonctionnement du Carousel. Les filles n'étaient que des serveuses qui apportaient des verres aux clients. Bien sûr, certaines étaient des danseuses professionnelles qui aimaient se produire en petite tenue, mais cela n'avait rien d'illégal.

Personne ne crut un mot de ses paroles, encore moins le chancelier.

Le premier témoin était Chuck Armstrong, un policier de Moss Point. Il raconta qu'il s'était rendu au club avec un ami, Dennis Greenleaf, également policier, et qu'il avait offert des verres à une jeune femme prénommée Marlene. Il ne connaissait pas son nom de famille. Ils avaient bu et dansé, jusqu'à ce que Marlene lui propose une demi-heure dans une chambre à l'étage. Pour cinquante dollars en liquide, il aurait tout le sexe qu'il voulait. Le policer avait accepté le prix et les conditions. Il ne faisait aucun doute qu'ils avaient conclu un marché. Puis il avait prétexté vouloir manger un morceau d'abord. La fille était partie s'occuper d'une autre table et s'était désintéressée de lui. Après son départ, Dennis et lui avaient quitté le club.

Lors du contre-interrogatoire, Joshua Burch demanda au témoin s'il comprenait l'expression « solliciter une prostituée ».

— Bien sûr que je comprends ces termes. Je suis policier.

— Alors vous devez certainement comprendre que solliciter les services d'une prostituée est un crime, passible d'une amende et d'une peine de prison.

— Absolument.

— Dès lors, en tant que représentant de l'ordre, vous reconnaissez ici, sous serment, que vous avez commis un crime ?

— Non, monsieur. Il s'agissait d'une opération sous couverture, et si vous connaissiez le travail de la police, vous sauriez que nous sommes souvent obligés de nous faire passer pour ce que nous ne sommes pas.

— Vous n'aviez donc pas l'intention de commettre un crime ?

— Non.

— N'êtes-vous pas allé dans ce club avec l'intention de piéger Marlene pour qu'elle se prostitue ?

— Non, monsieur. Encore une fois, il s'agissait d'une mission d'infiltration. Nous avions de bonnes raisons de croire que ce club était le siège d'une activité criminelle, et nous sommes allés là-bas pour le constater par nous-mêmes.

Burch tenta à plusieurs reprises de piéger le témoin pour lui faire reconnaître son propre crime, mais Jesse l'avait bien préparé. Dennis Greenleaf fut le suivant à la barre, et son témoignage s'avéra similaire à celui d'Armstrong. Burch s'emporta contre l'agent, qu'il voulut dépeindre comme le véritable auteur du crime, un homme de loi venu débaucher d'innocentes jeunes femmes qui faisaient simplement leur travail, servir des boissons.

Les quatre témoins suivants étaient également des policiers en civil et, à midi, les questions et les réponses étaient devenues monotones. Il ne faisait aucun doute que le Carousel était un haut lieu de la prostitution. Avant de suspendre la séance pour le déjeuner, l'adjoint du shérif, Kilgore, se présenta dans la salle d'audience et expliqua au juge Baker que le shérif Bowman était parti régler une affaire pressante en ville. Le juge demanda à Kilgore pourquoi les témoins n'avaient pas été cités à comparaître, alors qu'il s'agissait de simples questions de routine. Il remit les cinq citations à Kilgore et lui ordonna d'aller les donner sur-le-champ aux « serveuses » concernées. L'adjoint promit de s'exécuter et l'audience fut ajournée jusqu'au lendemain matin.

On ignore si les policiers s'étaient bien rendus au club pour parler aux témoins, mais à 9 heures le lendemain matin, Kilgore expliqua qu'aucune des cinq serveuses ne travaillait plus au Carousel. Pour ajouter à la confusion, les noms figurant sur les citations à comparaître étaient des pseudonymes. Les filles avaient disparu.

Cela agaça au plus au point le juge Baker, mais personne ne parut très surpris. Joshua Burch appela Ginger Redfield à la barre, et celle-ci nia catégoriquement tout acte répréhensible dans son établissement. Elle affirma qu'elle ne tolérait pas la prostitution et qu'elle n'en avait jamais vu le moindre signe.

Jesse était impatient de procéder au contre-interrogatoire, c'était sa première opportunité de mettre à mal un chef de file du crime organisé. Il lui demanda de répéter son témoignage sur la prostitution au Carousel, ce qu'elle fit de bonne grâce. Puis il lui rappela qu'elle avait prêté serment et lui demanda si elle avait bien compris que le parjure était aussi un crime. Joshua Burch objecta véhémentement et le juge Baker retint l'objection. Jesse interrogea ensuite Ginger à propos des cinq serveuses et tenta d'obtenir leurs vrais noms. Elle prétendit qu'elle n'en avait aucune idée, car ces « jeunes filles » utilisaient souvent de faux noms.

Quand Jesse la questionna sur sa comptabilité, Ginger n'eut d'autre choix que d'avouer que les filles étaient payées en liquide et que rien n'était inscrit dans les livres de comptes. Les serveuses allaient et venaient, ajouta-t-elle, ses employés changeaient constamment, et elle n'avait aucune idée de l'endroit où ces cinq femmes étaient parties.

Jesse la questionna alors sur les jeux d'argent au Carousel et, de nouveau, Ginger affirma n'être au courant de rien. Pas de machines à sous, pas de poker, pas de black-jack, pas de tables de craps, pas de roulette. Burch s'indigna de ce harcèlement et rappela à la cour que le trouble à l'ordre public présumé était la prostitution. Le procureur n'avait apporté aucune preuve de l'existence de jeux d'argent. Le juge Baker lui donna raison et demanda à Jesse de poursuivre. Le contre-interrogatoire dura deux heures et fut parfois houleux, les deux avocats se renvoyant la balle tandis que le témoin gardait son sang-froid et affichait même parfois un air amusé. Le juge Baker voulut arbitrer la querelle, mais il perdait patience. À l'évidence, il ne croyait pas un mot de ce que disait le témoin et il n'avait aucune tolérance pour les activités illicites de sa boîte de nuit.

L'audience se termina avant le déjeuner. Les deux parties s'attendaient à ce que le juge prenne l'affaire en délibéré et réfléchisse pendant quelques jours. Mais il les surprit en rendant sa décision sur-le-champ. Il déclara que le Carousel constituait un trouble à l'ordre public et ordonna sa fermeture immédiate et définitive.

Les portes restèrent fermées pendant une semaine avant que Joshua Burch ne dépose un recours et ne verse une caution de dix mille dollars. La loi autorisait la réouverture en attendant l'appel, une procédure généralement longue.

Jesse avait gagné cette bataille, mais la guerre était loin d'être terminée. Il serait manifestement difficile de lutter contre les propriétaires de clubs. Sans la police locale et Fats Bowman, les forces de l'ordre ne lui étaient d'aucune utilité. Faire appel à des flics honnêtes d'autres villes prendrait du temps et le résultat n'était pas garanti. De plus, les prostituées étaient difficiles à appréhender – personne ne connaissait leur vrai nom et elles pouvaient facilement disparaître.

25.

Selon Lance, si son entreprise avait survécu à la curiosité malsaine de la Commission des alcools et au pire ouragan de l'histoire, elle survivrait certainement à un nouveau procureur un peu trop zélé. L'affaire du Carousel l'avait inquiété, comme les autres propriétaires de boîtes de nuit, mais au bout de quelques semaines, les filles étaient revenues, et les clients aussi. Lance eut l'idée judicieuse d'exiger des habitués qu'ils deviennent membres du « club ». Tous ceux qui voulaient boire, danser et regarder les strip-teaseuses étaient les bienvenus, mais si un gentleman désirait un extra, on lui demanderait de présenter sa carte de membre. Et pour en obtenir une, il devait être connu des videurs, des barmans et des gérants. Cette règle ralentirait un peu le commerce, mais elle rendait la venue de policiers en civil pratiquement impossible. Lance avait fait agrandir les photos des six flics envoyés par Jesse Rudy pour infiltrer le Carousel et témoigner par la suite. Elles étaient affichées dans les cuisines de ses clubs et le personnel était aux aguets.

Un étranger de moins de cinquante ans, bien mis, était repéré par au moins trois personnes avant d'arriver au bar et de commander une boisson.

Le filtrage fonctionnait si bien que tout le monde avait mis en place le même système. En peu de temps, les propriétaires de clubs étaient si rassurés qu'ils avaient rouvert leurs casinos, mais uniquement pour leurs membres.

***

Ce sentiment de sécurité fut à nouveau mis à mal quand le procureur décida de passer à l'action. Jesse convoqua secrètement son grand jury et présenta quatre des six policiers qui avaient témoigné au procès du Carousel. Par un vote unanime, le grand jury inculpa Ginger Redfield pour quatre chefs d'accusation liés à la prostitution, à savoir « incitation, provocation, encouragement d'une personne à se prostituer » et ce « en exerçant le contrôle d'un lieu où elle autorisait la prostitution en toute connaissance de cause ». La peine maximale pour chaque chef d'accusation était une amende de cinq mille dollars et dix ans de prison.

Jesse apporta l'acte d'accusation scellé dans le bureau du juge Oliphant et lui demanda de le lire. Il avait besoin d'une faveur. La loi exigeait que l'accusée reçoive une copie de l'acte en personne, mais on ne pouvait pas compter sur Fats Bowman. Le juge appela le shérif, notoirement difficile à trouver, et s'entendit dire que « le patron » n'était pas en ville. Comme son adjoint Kilgore était aux commandes ce matin-là, le juge lui ordonna de venir immédiatement dans son bureau. Quand Kilgore arriva une demi-heure plus tard, Jesse lui remit l'acte d'accusation. Oliphant lui ordonna de le remettre à Ginger Redfield, de l'arrêter et de la conduire en prison. La caution était fixée à quinze mille dollars.

***

Joshua Burch était à son bureau quand il reçut l'appel de Ginger. D'une voix étonnamment calme, elle lui expliqua qu'elle avait été arrêtée au O'Malley par Kilgore, l'adjoint du shérif, qui l'avait menottée, fait monter à l'arrière de sa voiture, et conduite à la prison où on l'avait entrée dans la base de données, photographiée, et placée dans la seule cellule réservée aux femmes. Une procédure pour le moins humiliante, pourtant Ginger ne semblait guère perturbée.

Burch se dirigea vers la prison, souriant tout au long du trajet à la perspective de cette nouvelle affaire très médiatique. Il imaginait déjà les gros titres.

Ginger patientait dans la petite pièce où les avocats rencontraient leurs clients. Elle avait refusé de revêtir la combinaison orange de rigueur et portait encore sa robe et ses talons. Burch lut l'acte d'accusation d'un air sombre.

— Eh bien, vous êtes dans le pétrin.

— Vous n'avez rien de mieux ? Bien sûr que je suis dans le pétrin. Sinon, je ne serais pas dans une cellule. Quand allez-vous me faire sortir de là ?

— Bientôt. J'ai déjà demandé une libération sous caution. Combien de temps vous faut-il pour rassembler mille dollars en liquide ?

— Mon frère est en route.

— Bien. Je vous ferai sortir dans quelques heures.

Elle alluma une cigarette et tira une longue bouffée. Burch la connaissait suffisamment pour penser que de l'eau glacée coulait dans ses veines. Lors de l'audience du Carousel, elle n'était pas nerveuse et avait même semblé amusée par la procédure. Elle souffla un nouveau rond de fumée et lança :

— Rudy a un solide dossier, non ?

Un sacré bon dossier. Les six flics infiltrés allaient témoigner et seraient certainement convaincants. Burch les avait vus sous pression et ces gars seraient crédibles devant n'importe quel jury. Ajoutez à cela le fait que le Carousel avait été qualifié de trouble à l'ordre public en raison de ses activités de prostitution, oui, Jesse Rudy avait définitivement l'avantage.

Mais Burch se contenta de dire :

— Nous allons nous battre. Nous allons faire témoigner les filles après les avoir bien briefées. Je perds rarement mes affaires, Ginger.

— Eh bien, vous n'avez pas intérêt à perdre celle-là, parce que je n'ai pas l'intention d'aller en prison.

— Nous en reparlerons plus tard. Pour l'instant, il faut vous sortir de là.

— Je viens de passer deux heures dans une cellule, et ce n'est pas pour moi. Mon mari est derrière les barreaux depuis six ans et il ne va pas bien. Promettez-moi que je n'irai pas en prison, Joshua.

— Je ne peux pas vous faire cette promesse. Je ne la fais jamais. Mais vous avez engagé le meilleur et vous aurez la meilleure des défenses.

— À quand le procès ?

— Pas avant plusieurs mois, peut-être un an. Nous avons le temps.

— Sortez-moi de là.

Burch quitta la prison et se rendit au Red Velvet pour voir Lance Malco et lui résumer la situation. Lance fut d'abord stupéfait, puis son choc se mua en colère. Quand il réussit à se calmer, il l'interrogea :

— Je suppose qu'il peut tous nous inculper, n'est-ce pas ?

— Oui, en théorie. Le grand jury est souvent un tremplin pour le procureur. Mais je ne le pense pas.

— Et pourquoi pas ?

— Il va sûrement utiliser Ginger comme coup d'essai. S'il parvient à la faire condamner, il ira fouiner ailleurs. Comme vous le savez, les accusés potentiels ne manquent pas.

— Cet emmerdeur est incontrôlable.

— Non, Lance, je dirais qu'il contrôle parfaitement la situation. Il a beaucoup de pouvoir et peut mettre en accusation pratiquement n'importe qui. La faire condamner, c'est une autre affaire. C'est un énorme pari de sa part, car s'il perd, il devra retourner à la chasse aux voleurs de voitures.

— Vous ne pouvez pas le laisser gagner, Burch.

— Faites-moi confiance.

— Je vous fais confiance. Depuis toujours.

— Merci. En attendant, fermez tout. Plus de jeux d'argent ni de prostituées.

— Nous n'avons pas de jeux d'argent, je vous l'ai déjà dit.

— Oui, mais beaucoup en ont.

— Je ne peux pas contrôler les autres clubs.

— Vous n'aurez pas à le faire. Quand ils apprendront l'arrestation de Ginger, tous feront profil bas. Faites passer le mot : pas de jeux d'argent et pas de filles pendant les six prochains mois.

— C'est exactement ce que veut Rudy, non ?

— Faites une pause. Pas de vagues. Vous êtes dans le métier depuis assez longtemps pour savoir que la demande revient toujours.

— Je ne sais pas, Burch. On sent un changement dans l'air. On a maintenant un procureur arrogant qui aime voir son nom dans le journal.

— Le meilleur conseil que je puisse vous donner, c'est de ne rien faire de stupide.

Lance finit par sourire avant de prendre congé.

***

En fin d'après-midi, Lance et Hugh quittèrent le Strip et se dirigèrent vers le nord, dans le comté de Stone. Hugh était au volant, de retour à son ancien poste après un passage sur un cargo puis sur une plate-forme pétrolière offshore, tous deux organisés par son père. Ces emplois l'avaient convaincu qu'il n'était pas fait pour un travail honnête. Lance ne l'avait pas ménagé au sujet du braquage des bijouteries et il lui avait promis qu'une autre incartade le conduirait soit hors de l'entreprise familiale, soit en prison, soit les deux. Hugh avait renoncé à ses rêves de trafic d'armes et était retombé dans ses anciennes habitudes, à savoir jouer au billard, boire de la bière et surveiller ses magasins d'alimentation.

Ils se faufilèrent à travers la pinède et se garèrent devant la cabane de chasse de Fats. Kilgore faisait griller des steaks sur la terrasse et Fats sirotait un bourbon.

Il était temps de décider du sort de Jesse Rudy.

26.

En tant qu'assistante du procureur, Egan Clement était chargée d'enquêter sur sept meurtres non élucidés commis entre 1966 et 1971. Cinq d'entre eux étaient sans doute le fait de gangs, car les victimes étaient toutes impliquées, d'une manière ou d'une autre, dans le crime organisé. Par moments, des batailles de territoire éclataient, et une victime entraînait inévitablement une vengeance. Fats Bowman considérait son adjoint comme son enquêteur principal, mais Kilgore n'avait pas la formation adéquate et il manquait d'expérience, surtout parce que le shérif n'avait aucune envie de gaspiller des ressources pour élucider des meurtres commis par des gangs. En réalité, les affaires d'homicides étaient classées sans que personne cherche à les résoudre.

Après avoir prêté serment, Jesse mit cinq mois pour mettre la main sur les dossiers du bureau du shérif. En ce qui concernait les homicides, les dossiers étaient plutôt minces et ne contenaient presque aucune information. Il avait demandé l'aide de la police d'État, mais celle-ci ne fit que confirmer ses craintes : le comté d'Harrison était le territoire de Fats Bowman, et l'État ne voulait pas marcher sur ses plates-bandes. De même, le FBI n'avait jamais été impliqué. Les meurtres, comme toutes les autres activités criminelles, relevaient des lois de l'État, non des lois fédérales.

Egan était particulièrement troublée par le meurtre de Dusty Cromwell. Sa mort n'était pas une grande perte pour la société, mais le modus operandi était perturbant. Il avait été abattu sur une plage publique, par un après-midi chaud et ensoleillé, à moins d'un kilomètre du phare de Biloxi. Au moins une douzaine de témoins avaient entendu le coup de feu, mais personne n'avait vu le tireur. Une famille – une mère, un père et deux enfants – se trouvait à moins de trois mètres de Dusty quand la moitié de sa tête avait été arrachée. Tous avaient été témoins du carnage pendant que sa petite amie criait à l'aide.

Le dossier du bureau du shérif contenait de nombreuses photos sanglantes, ainsi qu'un rapport d'autopsie qui concluait à l'évidence. Dans leurs dépositions, les témoins racontaient tous avoir vu un homme abattu d'une balle dans le crâne. Une brève bio de Cromwell détaillait le passé trouble de ce truand condamné à trois reprises pour des délits. Son établissement, le Surf Club, avait été réduit en cendres et il avait juré de se venger de Lance Malco, de Ginger Redfield et d'autres concurrents, sans les nommer. Bref, Dusty avait réussi à se faire des ennemis redoutables au cours de sa courte carrière de mafieux.

Jesse était convaincu que Lance Malco était derrière cet assassinat. Egan était d'accord avec lui, et d'après leur théorie, Lance avait utilisé Mike Savage, un pyromane notoire, pour incendier le Surf Club. Cromwell s'était vengé en tuant Savage et en lui coupant l'oreille. Il avait ensuite engagé un tueur à gages pour éliminer Lance et il avait failli réussir son coup. La balle avait manqué Lance de peu et fait éclater le pare-brise en mille morceaux. Lance et Nevin Noll avaient été blessés par les bris de verre. Convaincu que sa vie était menacée, Lance avait engagé un homme de main pour se débarrasser de Dusty.

L'histoire était fascinante, tout à fait plausible, mais impossible à prouver.

Dans le Mississippi, la loi faisait de l'assassinat commandité un crime passible de la peine de mort à la prison de Parchman. Lance et sa bande avaient tué plusieurs hommes et n'avaient aucune raison de s'arrêter là. Ils avaient démontré qu'ils se croyaient intouchables. Seul Nevin Noll avait été inculpé et arrêté. Le meurtre d'Earl

Fortier, dix ans plus tôt à Pascagoula, lui avait valu un procès, mais le jury l'avait déclaré non coupable, et il était ressorti en homme libre.

En tant que procureur, Jesse avait le devoir de poursuivre tous les crimes, quels qu'en soient les auteurs, même si les victimes étaient méprisables. Il n'avait pas peur de Lance Malco et de ses sbires, et il les mettrait tous en examen dès qu'il aurait des preuves. Mais cela s'avérait être une sacrée gageure.

Comme il ne pouvait compter sur la police, Jesse décida de se salir les mains. Les criminels qu'il poursuivait jouaient à un jeu dangereux, sans foi ni loi. Pour coincer un voleur, il allait devoir engager un voleur.

Le fuyard s'appelait Haley Stofer. Il roulait prudemment sur la Route 90 et respectait scrupuleusement le code de la route, quand un barrage routier était soudain apparu devant lui, à l'ouest de Bay St. Louis. Le shérif du comté d'Hancock voulait avoir une petite discussion avec lui. Dans son coffre, il trouva trente-six kilos de marijuana. Selon l'informateur, Stofer travaillait pour un trafiquant de la Nouvelle-Orléans et se rendait à Mobile. Son deuxième jour à la prison du comté, l'avocat de Stofer lui annonça qu'il risquait une peine de prison de trente ans.

Jesse informa l'avocat qu'il réclamerait la peine maximale et qu'aucune négociation n'était envisageable. La drogue affluait d'Amérique du Sud, cela affolait tout le monde. Des lois sévères avaient été adoptées. Des mesures strictes étaient nécessaires pour protéger la population.

Stofer avait vingt-sept ans, il était célibataire et ne pouvait imaginer passer les trois prochaines décennies derrière les barreaux. Il avait déjà purgé une peine de trois ans en Louisiane pour vol de voitures et préférait la liberté. Pendant un mois, il s'était morfondu dans une cellule étouffante, attendant des nouvelles de son cas. Les trafiquants de la Nouvelle-Orléans avaient engagé un avocat qui n'avait pas fait grand-chose, si ce n'est lui dire de la boucler. Un mois de plus s'était écoulé sans qu'il ouvre la bouche.

Un jour, il eut la surprise d'être menotté et ramené dans la petite pièce exiguë où les avocats venaient rendre visite à leurs clients. Son avocat n'était pas là, mais le procureur, oui. Ils s'étaient vus brièvement lors de l'audience préliminaire.

— Vous avez une minute ? demanda Jesse.

— J'imagine. Où est mon avocat ?

— Je ne sais pas. Cigarette ?

— Non, merci.

Jesse en alluma une sans se presser.

— Le grand jury se réunit demain et vous serez inculpé pour les chefs d'accusation que j'ai énoncés à l'audience préliminaire.

— Oui, monsieur.

— Vous pouvez plaider coupable ou aller au tribunal, peu importe, car vous allez prendre trente ans.

— Oui, monsieur.

— Vous connaissez quelqu'un qui a purgé une peine Parchman ?

— Oui, monsieur. J'ai rencontré un type en Angola qui avait fait son temps à Parchman.

— Je suis sûr qu'il était heureux de sortir de là.

— Oui, monsieur. D'après lui, y a pas pire dans tout le pays.

— Je ne m'imagine pas passer trente ans là-bas, et vous ?

— Écoutez, monsieur Rudy, si vous me demandez de balancer mes contacts pour gagner quelques années, ma réponse est non. Peu importe où vous m'enverrez, ils me trancheront la gorge dans les deux ans. Je les connais. Pas vous.

— Pas du tout. Je pense à un autre gang. Et à un marché différent. Pas un seul jour derrière les barreaux. Zéro. Vous sortez et vous ne regardez jamais en arrière.

Stofer regarda ses pieds, puis fronça les sourcils.

— Je ne comprends pas.

— Vous passez souvent par Biloxi ?

— Oui, monsieur. C'est mon itinéraire.

— Vous vous arrêtez parfois dans les clubs ?

— Bien sûr. De la bière fraîche et des filles.

— Ces clubs sont gérés par un gang. Vous avez déjà entendu parler de la Dixie Mafia ?

— Bien sûr. Des histoires circulent sur eux en prison, mais je n'en sais pas plus.

— C'est une bande de voyous qui s'est installée dans le coin il y a vingt ans. Avec le temps, ils ont pris le contrôle des clubs, où ils proposent de l'alcool, des jeux d'argent, des filles et même de la drogue. Et ils sont toujours en activité. Camille les a fait fuir un temps, mais ils sont revenus. Gangsters, voleurs, proxénètes, escrocs, pyromanes, ils ont même leurs propres tueurs à gages. Ils laissent beaucoup de cadavres derrière eux.

— Et qu'est-ce que vous attendez de moi ?

— Je veux que vous travailliez pour eux.

— Ça a l'air d'être des types super.

— Par comparaison avec vos trafiquants de drogue ?

— Avec un casier judiciaire, j'ai du mal à trouver du travail, monsieur Rudy. J'ai essayé.

— Ce n'est pas une excuse pour vendre de la drogue.

— Je ne cherche pas d'excuses. Pourquoi je bosserais pour ces types ?

— Pour éviter trente ans de prison. Vous n'avez vraiment pas le choix.

Stofer passa ses doigts dans ses cheveux épais, qui lui arrivaient aux épaules.

— Je peux avoir cette cigarette ?

Jesse lui en tendit une et lui alluma.

— Je crois que mon avocat devrait participer à cette discussion.

— Renvoyez votre avocat. Je ne lui fais pas confiance. Personne n'est au courant de ce marché, Stofer. C'est juste entre vous et moi. Débarrassez-vous de votre avocat, sinon il va tout faire foirer.

De la fumée bleue s'échappa des deux narines de l'accusé, qui vida ses poumons.

— Je ne l'aime pas non plus.

— C'est un escroc.

— Je dois y réfléchir, monsieur Rudy. C'est plutôt inattendu.

— Vous avez vingt-quatre heures. Je reviendrai demain et nous lirons l'acte d'accusation ensemble, même si vous savez probablement à quoi vous attendre.

— Oui, monsieur.

Le lendemain, dans la même pièce, Jesse remit à Stofer son acte d'accusation. Il le parcourut lentement, et la douleur se lisait sur son visage. Trente ans, c'était inconcevable. Personne ne pouvait survivre à trois décennies à Parchman.

Quand il eut terminé, il posa le document sur la table et demanda :

— Vous auriez une cigarette ?

Tous deux s'allumèrent une cigarette. Jesse jeta un coup d'œil à sa montre, comme s'il avait mieux à faire.

— Alors ? C'est oui ou c'est non ?

— Je n'ai pas le choix, hein ?

— Pas vraiment. Virez votre avocat et mettons-nous au travail.

— Je l'ai déjà viré.

Jesse sourit.

— Bien joué. Je vais planquer cet acte d'accusation au fond d'un tiroir. Peut-être qu'on ne le reverra jamais. Mais si vous me plantez ou si vous me doublez, c'est terminé. Si vous faites le malin ou si vous vous enfuyez, vous êtes presque sûr de vous faire choper. Alors je vous collerai dix ans de plus et je vous garantis que vous ne raterez pas un jour de vos quarante années, avec travaux forcés.

— Je ne vais pas m'enfuir.

— Sage décision.

Jesse se baissa, ramassa son sac de provisions et le posa sur la table.

— Voilà vos affaires. Clés de voiture, portefeuille, montre, près de deux cents dollars en espèces. Allez à Biloxi, prenez un appartement, traînez dans deux bars, le Red Velvet et le Foxy, et trouvez-vous un boulot là-bas.

— Comme quoi ?

— La plonge, le ménage, les lits, peu importe. Travaillez dur, laissez traîner vos oreilles, et faites attention à ce que vous dites. Essayez d'être promu barman. Ces gars-là voient et entendent tout.

— C'est quoi ma couverture ?

— Vous n'en avez pas besoin. Vous êtes Haley Stofer, vingt-sept ans, de Gretna, en Louisiane. Un gamin de la Nouvelle-Orléans. Vous cherchez un job. Vous avez un casier judiciaire, ça va leur plaire. Vous n'avez pas peur de vous salir les mains.

— Et qu'est-ce que je cherche ?

— Juste un boulot pour commencer. Une fois dans la place, vous faites profil bas et vous ouvrez grand vos oreilles. Vous êtes un délinquant, Stofer, débrouillez-vous.

— Comment je vous fais mon rapport ?

— Mon bureau est au palais de justice du comté d'Harrison, à Biloxi, au deuxième étage. Venez à 8 heures précises les premier et troisième lundis du mois. Ne téléphonez pas avant. Ne dites à personne qui vous venez voir. Ne vous présentez pas. Je vous attendrai et on prendra un café.

— Et le shérif ici ?

— Partez sans vous retourner. Je lui ai donné une mission. Il est occupé pour un moment.

— Je devrais vous remercier, maître Rudy.

— Pas encore. N'oubliez pas, Stofer, ces types n'hésiteront pas à vous éliminer. Ne baissez jamais la garde.

27.

En mai 1973, Jesse et Agnes, ainsi que leurs deux filles, Laura et Beverly, se rendirent à Oxford, à six heures de route de Biloxi, pour un week-end de célébration. Keith venait d'obtenir son diplôme à la faculté de droit d'Ole Miss avec mention, et la famille en était très fière. Dans la plupart des promotions, les meilleurs étudiants partaient pour les grandes villes – Jackson, Memphis, la Nouvelle-Orléans, peut-être même Atlanta – et se faisaient embaucher dans de gros cabinets qui défendaient les intérêts des grandes entreprises. Les suivants restaient généralement dans l'État et officiaient pour de petits cabinets spécialisés dans la défense des assurances. Le reste des diplômés rentraient chez eux et rejoignaient le cabinet familial, ou trouvaient un poste au palais de justice où leur famille avait des relations, ou bien accrochaient courageusement une pancarte à la porte de leur bureau et se déclaraient prêts à se lancer en indépendants.

Dès le premier jour de cours, Keith savait qu'il ne passerait jamais un seul entretien. Il aimait Biloxi, il admirait son père, et il était impatient de contribuer à faire de Rudy & Pettigrew un cabinet important de la côte. Il avait beaucoup étudié, surtout les deux premières années, parce qu'il trouvait le droit fascinant. En troisième année, il était tombé amoureux d'une étudiante brune prénommée Ainsley, qu'il trouvait encore plus fascinante. Elle n'avait que vingt ans – plus jeune que Laura et Beverly – et comme il lui restait encore deux années d'université, Keith et elle envisageaient de poursuivre leur relation à distance.

La remise des diplômes au printemps était l'occasion de réunions des anciens élèves, de réunions du comité du barreau, de fêtes et de dîners. Le campus et la ville étaient envahis d'avocats. Comme Jesse n'avait pas fréquenté Ole Miss, empruntant le chemin plus périlleux des cours du soir à Loyola, il se sentait un peu comme un étranger. Il fut néanmoins agréablement surpris par le nombre de juges et d'avocats qui le connaissaient de nom et voulaient lui serrer la main. À peine un an et demi après son entrée en fonction, sa notoriété était bien plus grande qu'il ne l'aurait imaginé.

Autour d'un verre, plusieurs confrères plaisantèrent avec lui au sujet du « nettoyage de la côte ». « Ne vous emballez pas trop », disaient-ils d'un ton pince-sans-rire. Pendant des années, ils aimaient venir discrètement passer une nuit ou deux à Biloxi pour prendre du bon temps. Jesse rit de leur bêtise, plus déterminé que jamais à poursuivre son combat.

Après la cérémonie du dimanche, les caméras se matérialisèrent. Sur chaque image de Keith avec sa famille et ses amis, Ainsley était à ses côtés.

Sur le chemin du retour, Jesse et Agnes étaient persuadés qu'ils venaient de passer le week-end avec leur future belle-fille. Laura la trouvait adorable. Beverly était amusée par l'engouement de leur frère pour la jeune fille. C'était la première fois que Keith vivait une histoire d'amour sérieuse, et il était sacrément entiché.

***

Quand Joshua Burch eut enfin épuisé son impressionnant arsenal de tactiques dilatoires et que le juge Nelson Oliphant en eut assez de ses manigances, l'affaire de l'*État du Mississippi contre Ginger Eileen Redfield* fut mise en délibéré. La patience de Jesse s'était émoussée depuis des mois et il parlait à peine à Burch, même s'il estimait qu'il n'était pas professionnel d'ignorer les avocats de la partie adverse. Il était le procureur, le représentant de l'État, et il lui incombait de donner un minimum l'exemple.

Un mercredi après-midi, le juge Oliphant convoqua Rudy et Burch dans son cabinet et leur remit la liste des jurés potentiels qu'il venait de dresser avec le greffier du circuit. Elle comportait soixante noms, tous inscrits sur les listes électorales du comté d'Harrison.

Parfaitement conscient des antécédents de l'accusée dans le monde interlope et de la faune qu'elle côtoyait, le juge Oliphant était soucieux de protéger sa liste des « influences extérieures ». Il mit en garde les deux avocats sur les dangers de la subornation de jurés et les menaça de sanctions sévères s'il avait vent d'un contact inapproprié. Jesse prit le sermon au sérieux, mais il ne lui était pas adressé. Burch l'écouta sans rien dire. Il savait que sa cliente et ses acolytes étaient capables de tout. Il promit au juge de passer le message.

Deux heures plus tard, l'adjoint Kilgore se gara derrière le Red Velvet, entra par une affreuse porte jaune partiellement cachée par des caisses d'expédition et se rua dans le bureau de Malco.

Dans la hâte de reconstruire après Camille, l'entrepreneur avait mal interprété les plans et installé une porte qui n'était pas prévue. Cette dernière s'avéra inestimable, car elle devint le passage secret des hommes respectables qui ne voulaient pas être vus en train d'entrer et de sortir du club. Pour rendre visite à leurs filles préférées, ils se garaient derrière l'établissement et passaient par la porte jaune.

Kilgore jeta une copie de la liste des jurés sur le bureau de Lance.

— Soixante noms. Fats dit qu'il en connaît au moins la moitié.

Lance s'empara du document et étudia les noms un par un en silence. En tant qu'homme d'affaires discret, il évitait les apparitions publiques et faisait rarement l'effort de lier connaissance avec des inconnus. Il avait depuis longtemps accepté le fait que la plupart des gens le considéraient comme un homme louche et malhonnête, ce dont il se fichait éperdument tant que l'argent rentrait dans les caisses. Il était l'un des plus riches habitants de la côte. La seule sortie publique qu'il ne manquait jamais était la messe dominicale.

Il cocha six noms qui lui parurent familiers.

Kilgore en identifia quinze.

— Vous savez, je vis ici depuis plus de quarante ans et je pense connaître beaucoup de gens, mais chaque fois que je reçois une de ces listes de jurés, je me sens comme un étranger.

Pendant que Joshua Burch faisait tout pour retarder la procédure, Lance, Ginger et lui avaient acquis la conviction que ce procès était une épreuve de force cruciale pour Jesse Rudy. Il avait déjà gagné l'affaire du trouble à l'ordre public, bien qu'elle ait été portée en appel, pourtant le Carousel était plus animé que jamais. C'était tout de même une grande victoire pour lui, surtout si la Cour suprême du Mississippi confirmait la décision du chancelier et obligeait le club à fermer ses portes. Une condamnation pénale pour la gérance d'un bordel enverrait Ginger tout droit en prison, fermerait tous ses établissements, et permettrait à Rudy d'utiliser la jurisprudence pour poursuivre les autres propriétaires de clubs.

Même s'ils étaient une bande d'escrocs désorganisée qui se faisaient concurrence, se méprisaient et se battaient comme chiens et chats, à certains moments, Lance parvenait à se faire respecter et à les rallier à sa cause, pour sauver leurs peaux. Le procès de Ginger Redfield était l'un de ces moments.

Des copies de la liste furent envoyées à toutes les personnes concernées. À 21 heures, tous les propriétaires de boîtes de nuit, bars, salles de billard et clubs de strip-tease avaient la liste en main et se renseignaient sur les noms.

***

Les deux premiers témoins cités par le ministère public furent Chuck Armstrong et Dennis Greenleaf, les policiers qui avaient témoigné dans l'affaire du trouble à l'ordre public dix mois plus tôt. Ils étaient allés au Carousel en civil, avaient offert des verres à Marlene et à une autre fille, bu plusieurs bières, puis négocié un prix pour passer un moment avec les filles dans une chambre à l'étage. Ils avaient vu d'autres serveuses aguicher les clients qui allaient et venaient. Plusieurs hommes avaient fait comme eux, puis étaient effectivement montés avec les filles.

Les deux témoins, que Jesse Rudy avait soigneusement préparés, furent cuisinés par Joshua Burch. Ils tenaient bon et restaient calmes et professionnels pendant que Burch les accusait d'inciter des jeunes filles à se prostituer.

Jesse gardait un œil sur le jury alors que Burch se déchaînait. Huit hommes, quatre femmes, tous blancs. Trois baptistes, trois catholiques, deux méthodistes, deux pentecôtistes et deux pécheurs purs et durs qui ne revendiquaient aucune appartenance à une Église. La plupart d'entre eux semblaient amusés par l'insinuation théâtrale de Burch selon laquelle les policiers cherchaient à corrompre de naïves serveuses. Dans un rayon de cent soixante kilomètres autour du palais de justice, tout le monde connaissait la réputation de ces boîtes de nuit. Cela faisait des années que des rumeurs circulaient à leur sujet.

Le travail de Keith consistait à prendre des notes, à observer les jurés et à garder un œil sur la foule derrière lui. La salle d'audience était à moitié pleine, mais il ne reconnut aucun autre propriétaire de club. À un moment donné, pendant le témoignage de Greenleaf, il jeta un coup d'œil à l'assemblée et fut surpris de voir Hugh Malco assis au dernier rang. Leurs regards se croisèrent, avant de se détourner nonchalamment, comme s'ils se moquaient éperdument l'un de l'autre. Hugh avait les cheveux plus longs et se laissait pousser la moustache. Son torse semblait plus épais, sans doute à cause de sa consommation excessive de bière dans les bars, songea Keith. Ils avaient parcouru un sacré chemin depuis 1960 et leurs années de gloire au baseball. Et désormais, un profond fossé les séparait.

Pourtant, malgré leurs trajectoires radicalement différentes, Keith avait toujours un faible pour son vieux copain.

Après la pause de la matinée, Jesse appela deux autres policiers à la barre, qui firent un témoignage similaire à celui des leurs collègues. Les mêmes tactiques d'approche, mais avec des filles différentes. Les mêmes propositions de sexe à cinquante dollars la demi-heure, le double pour une heure.

Tandis que Burch se livrait à un nouveau contre-interrogatoire, Jesse prenait des notes et observait les jurés. Le numéro 8 était un certain Nunzio – âgé de quarante-trois ans, présumé méthodiste, il semblait détaché du procès et avait l'étrange manie de regarder soit le plafond, soit ses chaussures.

Keith, qui ne voulait rien manquer des échanges, s'était assis juste derrière son père. Il lui passa une note : *Le numéro 8, Nunzio, n'écoute pas, agit bizarrement. Son opinion est déjà faite ?* Le déjeuner se résuma à un sandwich dans la salle de conférences du cabinet. Egan Clement était préoccupée par le juré numéro 3, M. Dewey, un homme âgé qui avait tendance à s'assoupir. Au moins la moitié du jury, en particulier les baptistes et les pentecôtistes, était d'accord pour mettre fin à la vie de débauche. L'autre moitié était plus difficile à déchiffrer.

Dans l'après-midi, Jesse termina l'audition de ses témoins par les deux derniers agents infiltrés. Leur témoignage ne varia guère de celui des quatre premiers, et quand Burch eut fini de les haranguer, les mots « prostituée » et « prostitution » avaient été prononcés si souvent qu'il ne faisait guère de doute que la boîte de nuit de l'accusée n'était rien d'autre qu'un bordel.

À 15 heures, le ministère public avait plaidé sa cause. Joshua Burch ne perdit pas une minute et appela son témoin vedette. Lorsque Marlene se présenta à la barre et jura de dire la vérité, elle avait l'air d'une jeune femme tout à fait ordinaire. Son vrai nom était Marlene Hitchcock, vingt-quatre ans, elle vivait actuellement à Prattville, en Alabama. Sa robe en coton ample couvrait chaque centimètre de sa poitrine et tombait bien en dessous de ses genoux. Elle avait aux pieds des sandales plates, comme aurait pu en porter sa grand-mère. Son visage n'était pas maquillé, juste une touche de gloss rose sur ses lèvres. Elle n'avait jamais eu de lunettes, mais Burch lui en avait déniché une paire et, avec ses montures rondes, elle faisait penser à une bibliothécaire.

Assis au troisième rang, Chuck Armstrong et Dennis Greenleaf peinèrent à la reconnaître.

Dans une série de questions-réponses soigneusement orchestrée, Burch lui fit raconter ce qui se révéla une vie difficile : après avoir abandonné le lycée, elle s'était mariée une première fois avec un parfait loser, avait enchaîné les boulots mal payés jusqu'à ce qu'elle arrive à Biloxi quatre ans plus tôt et trouve un emploi de serveuse au Carousel. Elle n'avait jamais 1) offert sa personne à un client, 2) proposé à un client des relations sexuelles, 3) observé d'autres filles proposer des relations sexuelles, 4) entendu parler de chambres à l'étage où des serveuses coucheraient avec des clients, et ainsi de suite. Une négation totale, nette et sans bavure de toute prostitution au Carousel. Elle admirait beaucoup « Miss Ginger » et aimait travailler pour elle.

Son témoignage était tellement aberrant qu'il en devenait presque crédible. Aucune personne un minimum honnête ne prêterait serment, sur la Bible de surcroît, avant de se lancer dans un discours aussi mensonger.

Jesse débuta son interrogatoire en douceur, en lui posant des questions sur sa rémunération. Elle reconnut qu'elle travaillait pour les pourboires et ne déclarait rien. Elle ne s'embarrassait guère de problématiques ennuyeuses comme les impôts sur le revenu, les cotisations de sécurité sociale, etc.

Soudain, elle se mit à pleurnicher en racontant combien il était difficile d'économiser quelques dollars pour les envoyer à sa mère, qui élevait justement l'enfant de Marlene, une petite fille de trois ans.

Si Jesse espérait marquer des points en la présentant comme une fraudeuse fiscale, c'était raté. Les jurés, en particulier les hommes, étaient compatissants. Même habillée simplement et dépourvue de maquillage, c'était une jolie femme, avec les yeux brillants. Dans le box des jurés, tous les hommes étaient suspendus à ses lèvres.

Jesse passa aux questions sur la prostitution, mais n'arriva à rien. Elle nia catégoriquement être impliquée dans un tel commerce. Comme il insistait, elle surprit tout le monde en s'écriant :

— Je ne suis pas une prostituée, monsieur Rudy !

Il ne savait pas comment s'y prendre avec elle. La question était somme toute assez délicate. Comment questionner la vie sexuelle d'une femme en plein tribunal ?

Burch sentit l'odeur du sang et lâcha les chiens. Il appela consécutivement cinq témoins, les cinq serveuses accusées par les agents infiltrés, celles-là mêmes qui avaient disparu de la côte pendant le procès pour trouble à l'ordre public. Elles se présentèrent à la barre. Pas de vêtements moulants, pas de jupes courtes, pas de coiffures extravagantes, pas de teinture blonde, pas de mascara, pas de bijoux, pas d'escarpins hauts et voyants. Ensemble, les six femmes auraient pu passer pour de jeunes membres de la chorale de la paroisse.

Toutes chantèrent les louanges de Miss Ginger, leur merveilleuse employeuse. Elle tenait la barque, ne tolérait pas les ivrognes ni les fauteurs de troubles, et protégeait ses filles. Bien sûr, d'autres, les strip-teaseuses, étaient sur scène, à faire leur numéro. C'était elle que les hommes venaient voir. Mais elles étaient intouchables, cela faisait partie du charme.

Deux des serveuses admirent qu'elles sortaient parfois avec des clients, mais seulement lorsqu'elles n'étaient pas de service. Une autre des nombreuses règles de Miss Ginger. L'une des relations amoureuses avait duré plusieurs mois.

Les quatre femmes du jury virent clair dans leur jeu et se désintéressèrent de l'affaire. Les hommes étaient plus difficiles à cerner. Joe Nunzio aimait bien Marlene, mais il se concentra bientôt de nouveau sur ses chaussures. M. Dewey avait fait la sieste pendant la majeure partie des témoignages précédents, mais les jeunes filles avaient retenu son attention et il n'avait pas perdu une miette de leurs échanges.

Le deuxième jour, à midi, Burch avait dépeint le Carousel comme un lieu où les enfants se sentaient bien et où l'on pouvait passer un agréable moment en famille.

Après le déjeuner, il reprit la même ligne de défense. Quatre autres femmes firent un témoignage similaire. Elles n'étaient que de courageuses employées qui servaient des boissons pour gagner leur vie. Peu de ces informations purent être vérifiées. En l'absence de dossiers, elles pouvaient raconter à peu près n'importe quoi, sans que Jesse parvienne à les contredire. Il essaya de retrouver leurs noms, leurs adresses actuelles, leurs âges et leurs dates d'emploi, mais même cela s'avéra être un casse-tête.

Au cours d'une longue pause dans l'après-midi, le juge Oliphant demanda à Burch s'ils n'en avaient pas assez entendu. Burch répondit qu'il avait d'autres témoins, d'autres serveuses, puis il reconnut que les jurés semblaient fatigués.

— L'accusée va-t-elle témoigner ? s'enquit Oliphant.

— Non, monsieur, elle ne témoignera pas.

Alors que Jesse était impatient de cuisiner Ginger au cours d'un long contre-interrogatoire, il ne fut pas surpris par la réponse de Burch. Lors du procès pour trouble à l'ordre public, elle s'était montrée froide et réfléchie à la barre des témoins, mais Jesse ne l'avait pas cuisinée sur son passé. Devant un jury, il était convaincu de pouvoir fendre l'armure. Burch était suffisamment inquiet pour la tenir à l'écart de la barre. En général, c'était une mauvaise idée de faire témoigner un accusé. Le juge Oliphant souffrait de douleurs lombaires et prenait des médicaments qui trompaient souvent sa vigilance – il avait besoin d'une pause.

Il ajourna l'audience jusqu'au lendemain matin.

Alors que Jesse, Keith et Egan se dirigeaient vers la voiture de Jesse sur le parking à côté du tribunal, Jesse vit un papier sous son essuie-glace. Il s'agissait en réalité d'une petite enveloppe blanche. Il la prit et s'installa au volant, à côté d'Egan. Keith, le novice, s'installa à l'arrière. Jesse ouvrit l'enveloppe et en retira une petite carte blanche.

Il était écrit à la main : *Joe Nunzio a reçu 2 000 dollars en liquide pour voter non coupable.*

Jesse la donna à Egan, qui la lut et la fit passer à Keith par-dessus son épaule. Les trois comparses retournèrent au cabinet en silence, s'installèrent dans la salle de conférences et fermèrent les portes.

Fallait-il en parler au juge Oliphant ? La note pouvait être une plaisanterie ou un coup monté. Bien sûr, c'était peut-être aussi la vérité, mais en l'absence de preuves, Oliphant avait les mains liées. Il pourrait interroger chaque juré individuellement et tenter de lire le langage corporel de Nunzio. Mais si le témoin avait accepté un pot-de-vin, il n'allait certainement pas l'avouer.

Conformément à la procédure, ils avaient à leur disposition deux jurés suppléants. Si Nunzio était excusé, le procès se poursuivrait.

Jesse avait la possibilité de réclamer un non-lieu, ce qui était rare de la part du ministère public. S'il était validé, tout le monde rentrerait chez soi et l'affaire serait jugée ultérieurement. Cependant, il doutait que le juge Oliphant le lui accorde. Les non-lieux étaient en général la prérogative de la défense, pas de l'accusation.

Après avoir réfléchi pendant deux heures, Jesse décida de ne rien faire. Le jury devrait juger l'affaire tôt le lendemain matin, et il saurait bientôt si Nunzio s'était laissé acheter, ou pas.

***

Jesse commença sa plaidoirie par une vibrante condamnation de l'accusée, Mlle Ginger, et de sa maison à l'épouvantable réputation. Il opposa le témoignage de six policiers dévoués sous couverture au défilé de femmes de mauvaise vie qui s'étaient présentées au jury dans leur plus simple mise. Imaginez à quoi elles ressemblaient lorsqu'elles racolaient les clients pour leur vendre du sexe.

Burch se montra à la hauteur de sa tâche et reprocha aux policiers de s'être introduits dans le Carousel dans le seul but de « piéger » les serveuses. Certes, ces jeunes filles venaient de milieux difficiles et de foyers brisés, mais ce n'était pas leur faute. Elles avaient trouvé un emploi grâce à la bonté de sa cliente, Mlle Ginger, qui les payait très correctement pour servir des boissons.

Pendant que Burch faisait les cent pas tel un comédien émérite, Jesse observait les jurés. C'était le seul moment du procès où il pouvait les étudier de près sans paraître inquisiteur. Joe Nunzio n'avait pas croisé une seule fois le regard de Jesse pendant la fin de sa plaidoirie, alors qu'il écoutait attentivement Burch.

La majorité des jurés voterait coupable, mais la loi exigeait un verdict unanime, quel qu'il soit. Tout verdict partagé serait considéré comme nul, et pourrait entraîner un nouveau procès quelques mois plus tard. Le jury se retira pour délibérer peu avant 11 heures et le juge Oliphant leva la séance jusqu'à nouvel ordre. À 15 heures, son greffier se rendit dans le bureau de Jesse et l'informa qu'il n'y avait pas de verdict. À 17 h 30, les jurés furent excusés pour la soirée. L'issue semblait très incertaine. Le lendemain à 9 heures, Oliphant rappela le jury et demanda au président, M. Threadgill, comment avançaient les débats. L'expression et le langage corporel de Threadgill indiquaient clairement que ce n'était pas une partie de plaisir. Le juge les renvoya à leurs délibérations et leur reprocha presque de ne pas parvenir à s'entendre. La matinée se prolongea sans aucune nouvelle de la part des jurés. Avant d'ajourner la séance pour le déjeuner, Oliphant demanda aux avocats de venir dans son cabinet. Une fois les deux hommes assis face à lui, il fit un signe de tête à l'huissier, qui fit entrer M. Threadgill. Le juge lui proposa poliment de prendre une chaise.

— Il est clair que vous ne faites guère de progrès.

M. Threadgill secoua la tête, l'air frustré.

— Non, monsieur. Je crains que nous ne soyons dans une impasse.

— Quelle est la répartition ?

— Neuf contre trois. C'est comme ça depuis hier après-midi et tout le monde campe sur ses positions. Nous perdons notre temps, et le vôtre aussi, je pense. Désolé, monsieur le juge, mais ça ne mène à rien.

Oliphant inspira profondément et poussa un gros soupir. Comme tous les juges, il détestait les erreurs judiciaires car elles constituaient des échecs, rien d'autre, qui leur faisaient perdre des centaines d'heures et les obligeaient à tout recommencer depuis le début. Il regarda M. Threadgill.

— Merci. Pourquoi ne pas prendre votre pause déjeuner et nous revoir à 13 h 30 ?

— Oui, monsieur.

À 13 h 30, le jury fut convoqué dans la salle d'audience. Le juge Oliphant s'adressa à eux :

— On m'a informé que vous étiez dans une impasse. Je vais poser à chacun d'entre vous la même question, et tout ce que je veux, c'est une réponse par oui ou par non. Rien d'autre. Juré numéro 1, madame Barnes, pensez-vous que ce jury peut parvenir à une décision unanime dans cette affaire ?

— Non, monsieur, répondit-elle sans hésiter.

Les autres jurés donnèrent la même réponse franche et directe. Ils étaient unanimes : tout effort supplémentaire serait une perte de temps.

Le juge Oliphant accepta l'évidence et déclara :

— Merci. Je n'ai pas d'autre choix que de rendre un non-lieu. Maîtres Rudy et Burch, vous disposez de quinze jours pour présenter une requête. La séance est levée.

28.

Deux jours après le non-lieu, Jesse prit rendez-vous avec le juge Oliphant. Leurs bureaux se trouvaient au même étage, à soixante mètres de part et d'autre de la salle d'audience. Ils se voyaient souvent, mais ne se montraient pas trop amicaux en public. La plupart des réunions étaient organisées par les secrétaires et programmées sur des calendriers. Ce qu'ils préféraient, c'était partager un bourbon le vendredi en fin d'après-midi, quand tout le monde était parti pour le week-end.

Après que le juge leur eut versé deux tasses de café noir, Jesse lui remit la note qu'il avait trouvée sur son pare-brise. De profondes rides se creusèrent sur le front du juge, qui répéta au moins trois fois :

— Mais pourquoi ne m'en avez-vous pas parlé ?

— J'y ai longuement réfléchi et je ne savais pas quoi faire. C'est peut-être juste une farce.

— J'ai bien peur que non.

Oliphant lui rendit la note, sourcils froncés.

— Qu'en savez-vous ?

— J'ai parlé à l'huissier, comme je le fais toujours. Ils entendent beaucoup de choses. Joe Nunzio était farouchement opposé à une condamnation et il l'a dit pendant les suspensions d'audience. On demande toujours aux jurés de ne pas donner leur opinion avant les délibérations, mais il a fait savoir qu'il trouvait l'accusation injuste à l'égard de Ginger. Il ne voterait pas coupable, et il a réussi à persuader deux autres personnes de le suivre.

— Alors, il a accepté le pot-de-vin ?

— C'est plus que probable.

Oliphant frotta ses cheveux clairsemés, le visage pâle.

— Je n'arrive pas à y croire, Jesse. Presque trente ans à présider et je n'avais jamais vu une chose pareille.

— La subornation de juré est rare, monsieur le juge, mais cela existe. Cela ne devrait pas nous surprendre, étant donné la flopée de hors-la-loi dans le coin. Le problème est de le prouver.

— Vous avez un plan ?

— Oui. Je ne vais pas réclamer un nouveau procès tant que la Cour suprême n'aura pas statué sur l'affaire du trouble à l'ordre public. Si nous gagnons, j'obligerai Ginger à revenir devant un jury. Entre-temps, je vais faire peur à Joe Nunzio.

— Les deux autres sont Paul Dewey et Chick Hutchinson. Mais ce n'est pas moi qui vous l'ai dit.

— Comme toujours, Votre Honneur, vous ne m'avez rien dit.

***

Le non-lieu détendit le Strip comme un gin martini. Le Carousel était toujours ouvert. Ginger avait assuré au tribunal et était sortie libre comme l'air. À présent, elle était de retour à son bureau. Le fameux procureur zélé, avec toutes ses belles promesses, n'était qu'un beau parleur en perte de vitesse.

En quelques jours à peine, les prostituées étaient de retour dans les boîtes de nuit pour offrir leurs services, mais uniquement aux membres du club.

Stofer avait rapporté à Jesse que le procès à peine terminé, c'était comme si quelqu'un avait appuyé sur un interrupteur pour relancer la machine. Il avait entendu dire que d'autres clubs avaient remis en fonctionnement leurs machines à sous et leurs tables de jeu, et tranquillement rouvert leurs casinos.

Au bout de trois mois au Red Velvet, Stofer s'intégrait peu à peu. Il avait débuté comme homme à tout faire, avec la tâche pénible de se présenter chaque matin à l'aube pour passer la serpillière sur les pistes de danse, essuyer les tables et les chaises, ramasser les bouteilles cassées et les canettes abandonnées. Il travaillait dix heures par jour, six jours par semaine, et partait l'après-midi avant l'arrivée des clients. Il ne manquait jamais une journée, n'était jamais en retard, parlait peu, mais laissait traîner ses oreilles autant que possible. Au bout d'un mois, il était passé en cuisine pour venir en renfort quand deux des cuistots avaient démissionné.

Il était payé en liquide et, de ce qu'il savait, il n'y avait aucune trace de son emploi dans les registres. Le gérant lui avait demandé s'il avait un casier judiciaire et il avait répondu par l'affirmative. Vol de voitures. Cela n'avait pas semblé le déranger, mais Stofer ne devait pas s'approcher de la caisse. Il faisait profil bas, évitait les ennuis, et enchaînait les heures supplémentaires dès qu'on le lui demandait. Il avait trouvé un livre de mixologie dans une bibliothèque et appris par cœur tous les types d'alcool et de boissons, même si ce genre de connaissances n'étaient pas indispensables au Foxy. Il ne s'était pas fait d'amis au bar et se montrait discret sur sa vie personnelle.

Il n'avait pas d'informations nouvelles à lui donner. Jesse était satisfait de son rapport et lui avait dit de poursuivre sur cette voie. Dès que possible, il devait passer derrière le bar, où il verrait et entendrait beaucoup plus de choses.

***

Pour son nouveau rôle, Gene Pettigrew portait un pantalon kaki, un blazer bleu marine froissé et des bottes de cow-boy à bouts pointus, une tenue qu'il ne mettrait jamais au bureau. Depuis quatre ans qu'ils étaient les associés de Jesse, son frère Gage et lui avaient fréquenté plus de salles d'audience que la plupart des avocats de moins de trente ans. Ils se battaient encore contre des compagnies d'assurances et gagnaient souvent. Ils avaient amélioré leurs compétences en matière de litiges et, grâce à Jesse qui les conseillait depuis son autre bureau, ils avaient acquis une réputation d'avocats plaidants efficaces.

Mais aujourd'hui, Jesse avait besoin d'une faveur, d'un travail d'enquêteur.

Gene avait trouvé Joe Nunzio dans un magasin de Gulfport où il vendait des pièces détachées. Il se tenait derrière le comptoir et était en train de vérifier un document d'inventaire, quand Gene s'approcha, le sourire aux lèvres, et déclara à voix basse :

— Je suis du bureau du procureur. Vous avez une minute ?

Il lui tendit une carte de visite, avec un nom d'emprunt choisi pour l'occasion. Gene n'avait aucune formation d'enquêteur, mais la mission ne semblait pas très compliquée. Jesse pouvait engager qui il voulait et lui faire faire une carte de visite avec le nom et le titre de son choix.

Nunzio jeta un coup d'œil autour de lui, sourit, et demanda :

— Qu'est-ce que vous me voulez ?

— Dix minutes de votre temps, pas plus.

— Je suis occupé, là tout de suite.

— Moi aussi. Écoutez, on peut aller discuter dehors, ou bien je passe chez vous ce soir. Huit-un-six Devon Street, sur la Pointe, c'est bien ça ?

Ils sortirent et s'arrêtèrent entre deux voitures stationnées.

— Qu'est-ce que vous me voulez ? grogna à nouveau Nunzio.

— Détendez-vous, d'accord ?

— Vous êtes flic ou quoi ?

— Non, je ne suis pas flic. Je suis enquêteur pour le procureur, Jesse Rudy.

— Je sais qui est le procureur.

— D'accord, c'est un bon début. Lui et le juge, vous vous souvenez du juge Oliphant, n'est-ce pas ?

— Ouaip.

— Le procureur et le juge s'interrogent sur le verdict rendu il y a deux semaines dans l'affaire Ginger Redfield.

Ils soupçonnent une corruption de témoin. Vous savez ce que signifie la subornation de jury, n'est-ce pas ?

— Vous êtes en train de m'accuser ?

— Non, ne soyez pas si susceptible. Je vous demande simplement si vous savez ce qu'est la subornation de jury.

— Je crois que oui.

— C'est quand une personne en dehors du tribunal essaie d'influencer la décision du jury. Cela peut se faire par la menace, la coercition, l'extorsion, ou un bon vieux pot-de-vin. Vous savez que cela arrive parfois ? Quelqu'un peut offrir à un juré, disons, deux mille dollars en liquide pour qu'il vote non coupable. Je sais que c'est difficile à croire, mais c'est possible. Et le pire, c'est que les deux parties sont coupables d'un crime. Le type qui a donné le pot-de-vin et le juré qui l'a accepté. Dix ans de prison, cinq mille dollars d'amende.

— Là, vous m'accusez.

Gene soutint son regard troublé et nerveux avant de répondre :

— Eh bien, je dirais que vous avez l'air coupable. Quoi qu'il en soit, M. Rudy aimerait s'entretenir avec vous en privé dans son bureau. Demain, en fin de journée. Il est au palais de justice, au bout du couloir après la salle d'audience.

Nunzio prit une profonde inspiration et ses épaules s'affaissèrent. Il jeta des regards nerveux autour de lui tout en s'efforçant de réfléchir.

— Et si je ne veux pas lui parler ?

— Pas de problème. C'est à vous d'en décider. Soit vous venez demain, soit vous attendez que le procureur convoque le grand jury. Il vous citera à comparaître, vous, ainsi que votre femme, et il réclamera vos relevés bancaires, vos contrats de travail, tout en fait. Il vous fera prêter serment et vous posera des questions délicates. Vous comprenez le sens du mot parjure, n'est-ce pas ?

— Encore une accusation ? Je crois que je vais avoir besoin d'un avocat.

Gene haussa les épaules comme si cela lui était égal.

— C'est à vous de voir. Mais les avocats coûtent cher et font souvent tout capoter. Allez parler à M. Rudy et voyez ensuite si vous avez besoin d'un avocat. Merci de m'avoir écouté.

Il tourna les talons et s'en alla, laissant un Nunzio confus, effrayé, et la tête agitée de questions.

Le bluff continua l'après-midi suivant, quand Nunzio se présenta au bureau du procureur, sans avocat. Jesse lui fit signe de s'asseoir, le remercia d'être passé, et entra dans le vif du sujet.

— Le juge Oliphant a des doutes sur la probité du jury dans l'affaire Redfield, et il a l'intention de parler aux jurés. Vous allez recevoir un appel très bientôt.

Nunzio haussa les épaules comme s'il n'avait pas à s'inquiéter.

— Il pense que j'ai démontré la culpabilité de l'accusée au-delà de tout doute raisonnable, or trois jurés ne sont pas parvenus à la même conclusion. Les neuf autres pensaient que c'était un cas simple.

— Je croyais que nos délibérations étaient confidentielles.

— Oh, elles le sont. Elles doivent rester privées. Mais en général, cela finit par se savoir. Nous savons que Paul Dewey, Chick Hutchinson et vous avez voté non coupable, ce qui est troublant au vu des preuves accablantes que vous avez entendues. À vous trois, vous avez fait du bon travail pour bloquer le jury. La question qui se pose est la suivante : Paul et Chick ont-ils reçu eux aussi de l'argent ?

— De quoi parlez-vous ?

— Je parle des deux mille dollars que vous avez acceptés pour voter non coupable. Vous le niez ?

— Bien sûr que je le nie. Vous vous trompez, monsieur Rudy. Je n'ai pas pris d'argent.

— Très bien. Je vais vous faire comparaître devant le grand jury et vous poser des questions. Vous devrez jurer de dire la vérité. Le parjure est passible d'une peine d'emprisonnement de dix ans, Joe. Idem pour la subornation de jury. Ça fait vingt ans à la prison de Parchman, et le juge et moi pouvons vous garantir que vous purgerez chaque jour de cette peine.

— Vous êtes fou.

— Je suis aussi dangereux. Écoutez, Joe, vous avez commis un crime grave et je le sais. Comment votre famille va-t-elle réagir quand je vous inculperai pour subornation de jury ?

— Je veux un avocat.

— Eh bien, engagez-en un. Vous avez l'argent. Enfin, ce qu'il en reste. Mais vous laissez des traces, Joe. La semaine dernière, vous avez acheté un nouveau pick-up chez Shelton Ford, avec un acompte de cinq cents dollars en liquide. C'est plutôt imprudent de votre part.

— Il n'y a rien de mal à acheter une voiture.

— C'est vrai. Je ne vais pas vous inculper pour ça. J'ai les autres chefs d'accusation de toute façon.

— Je ne vois pas de quoi vous parlez.

— Bien sûr que si, Joe. J'utilise des mots simples, pourtant. Je vais vous inculper pour subornation de jury, peut-être aussi pour parjure, et je vous presserai comme un diable jusqu'à ce que vous me disiez de qui vient le pot-de-vin. Vous êtes un petit poisson dans un immense étang, Joe, et moi, je veux attraper les gros poissons. Je veux l'homme qui a l'argent.

— Quel argent ?

— Vous avez trente jours, Joe. S'il n'y a pas d'accord dans les trente jours, on frappera à la porte à 3 heures du matin. Ils vous remettront une citation à comparaître. J'attendrai dans la salle du grand jury.

29.

Lors de la session de décembre 1973 de la Cour de circuit, le juge Oliphant suivit ses dossiers jusqu'à la fin d'année, puis partit en Floride pour passer Noël au soleil. L'activité juridique s'était considérablement ralentie pendant les vacances. Les employés décoraient leurs bureaux et distribuaient des pâtisseries à ceux qui passaient les voir. Les secrétaires profitaient de leur temps libre pour faire des emplettes. Les avocats ne demandaient pas d'audience, le juge n'étant pas là. Alors ils faisaient la fête, un bureau après l'autre, et invitaient les policiers, les secouristes, les ambulanciers, et même les clients de passage. Les réunions étaient tapageuses et les beuveries allaient bon train.

Chez Rudy & Pettigrew, c'était plus calme. Les membres du cabinet se réunirent autour d'un repas préparé par un traiteur et échangèrent des cadeaux. Pour Jesse et Agnes, c'était un moment de fierté, car leurs quatre enfants étaient rentrés pour les vacances. Keith était avocat depuis sept mois. Beverly avait quitté l'université et réfléchissait à l'avenir. Laura serait diplômée de Southern Miss au printemps prochain. Tim, le plus jeune, envisageait de s'inscrire dans une université de l'Ouest. Il en avait assez de la plage et voulait voir les montagnes. Ses frères et sœurs aînés étaient de la trempe des Rudy – disciplinés et centrés – alors que Tim était un esprit libre et anticonformiste. Ses parents ne savaient pas trop quoi faire de lui.

Depuis que Tim avait quitté le foyer familial deux ans plus tôt, Agnes jouait un rôle plus important dans l'entreprise familiale. Bien qu'elle ne soit pas titulaire d'un diplôme de droit, elle était la responsable administrative. Elle gérait les secrétaires et l'assistante juridique à temps partiel. Elle suivait les dossiers et s'assurait que les documents étaient classés rapidement. Elle s'occupait de la majeure partie de la comptabilité et gardait un œil sur les honoraires et les dépenses. À l'occasion, elle intervenait pour arbitrer un conflit entre avocats, mais c'était rare. Jesse et elle réclamaient de leurs collaborateurs un comportement exemplaire et respectueux en toutes circonstances et, en réalité, les quatre jeunes avocats s'appréciaient mutuellement. Il n'y avait aucune jalousie entre eux. Ils montaient un cabinet main dans la main.

Le poste de procureur était à temps plein, mais un flou juridique lui permettait de conserver son ancien bureau tant qu'il n'en retirait pas de profits. D'après la règle, le cabinet ne pouvait défendre aucun criminel, pas même les ivrognes et les voleurs à la tire. Libérés de cette spécialité peu rentable, les quatre jeunes avocats travaillaient dans le domaine civil et attiraient beaucoup de clients.

Jesse passait au moins deux fois par semaine, ne serait-ce que pour se régaler des brownies et des cookies à disposition dans la cuisine. Il venait aussi rappeler à son équipe très affairée que cela restait son cabinet d'avocats, même si cela paraissait évident. Il resta un moment avec Egan, puis avec chacun des Pettigrew, et leur posa des questions sur les dossiers en cours. Comme Jesse parlait à Keith tous les jours, il connaissait toutes leurs affaires. Le cabinet était comme une famille, et Jesse était déterminé le faire grandir et prospérer.

Le déjeuner de Noël, sans alcool, fut agréable et ils rirent des présents qu'ils reçurent. La fête se termina vers 15 heures par des embrassades et des vœux. Jesse s'excusa pour retourner au bureau du procureur. Vraiment ? Un vendredi après-midi de décembre ?

Il se rendit au port de Biloxi et se gara sur le parking en coquilles d'huîtres. Il enfila son manteau et attendit le ferry pour Ship Island. L'aller-retour lui aérait l'esprit, et il le faisait trois ou quatre fois par an. L'air était froid et les puissants vents marins le rendaient encore plus mordant. Un moment, il se demanda si la navette n'allait pas être suspendue. Il préférait le détroit, plus rude, avec, de temps à autre, des embruns salés sur le visage.

Il monta à bord du Pan American Clipper, ne manqua pas de saluer le capitaine Pete, passa devant une rangée de machines à sous, et prit place sur le pont supérieur, à l'écart des autres passagers. Il se tourna face au sud, et à Ship Island, qu'on ne voyait pas encore. À l'approche de Noël, les touristes étaient partis depuis longtemps. Le ferry était pratiquement vide. La corne de brume laissa échapper une longue et douloureuse complainte, puis le bateau s'éloigna de l'embarcadère. Bientôt, le port fut loin derrière eux.

Le premier mandat de Jesse était presque terminé et il le considérait comme un échec. Pour son projet d'assainissement de la côte, il avait à peine gratté la surface. La prostitution et les jeux d'argent sévissaient encore dans les clubs. Le trafic de drogue ne cessait de s'accroître. Les affaires de meurtres irrésolus n'avaient pas progressé d'un pouce. Il avait gagné le procès pour trouble à l'ordre public contre le Carousel, mais l'établissement était toujours ouvert et les affaires étaient florissantes. Il pensait avoir pris Ginger Redfield dans ses filets, mais elle était parvenue à s'échapper. Son jury avait été corrompu et Jesse se sentait responsable de n'avoir rien fait pour l'empêcher. Le bluff avec Joe Nunzio n'avait rien donné. L'homme ne s'était pas dénoncé et Jesse n'avait pas suffisamment de preuves. Comme de bien entendu, l'argent liquide était impossible à tracer, et dans ce monde interlope, il en circulait énormément. Il n'avait pas réussi à mettre la main sur Lance Malco, le boss du Strip, ni sur Shine Tanner, l'actuel numéro deux. Sa seule victoire avait été de fermer la Siesta, mais il s'agissait d'un coup monté de l'intérieur, il en était convaincu. L'appel anonyme à la police de Biloxi avait probablement été passé par un employé de Malco. En dénonçant la Siesta, il se débarrassait d'un concurrent.

Dans quinze mois, Jesse annoncerait sa candidature à sa propre réélection. Il entendait déjà les spots de son adversaire à la radio : Rudy n'avait pas nettoyé la côte ! Elle était plus sale que jamais ! Et ainsi de suite. La perspective d'une nouvelle campagne acharnée n'était guère réjouissante, mais sans résultats à faire valoir, elle s'annonçait encore plus pénible. Jesse jouissait d'une grande notoriété et savait naviguer dans les méandres de la politique, pourtant il lui manquait une grande victoire. Une condamnation retentissante ! Il descendit du ferry sur le quai de Ship Island et alla flâner. Il prit un grand café et s'installa sur un banc près du fort. Le vent était tombé et la mer était calme. Pour un garçon qui avait grandi sur l'eau et qui aimait tant le détroit, il passait trop peu de temps en mer. L'année prochaine, il ferait mieux. L'année prochaine, il emmènerait les enfants à la pêche, comme quand ils étaient petits.

Flanquer Lance Malco derrière les barreaux était désormais sa priorité numéro un. Meurtres, passages à tabac, attentats à la bombe et incendies mis à part, Malco menait des activités criminelles à Biloxi depuis vingt ans, et ce en toute impunité. Si Jesse ne pouvait pas le mettre hors d'état de nuire, il ne méritait pas le poste de procureur.

Mais pour parvenir à ses fins, il avait besoin de l'aide d'un autre procureur.

***

Deux jours après Noël, Jesse et Keith se rendirent à Jackson, à deux heures de route, et arrivèrent avec une demi-heure d'avance au capitole de l'État du Mississippi pour s'entretenir avec le gouverneur, Bill Waller, un ancien procureur. Waller avait été procureur du comté d'Hinds pendant deux mandats et il s'était fait un nom en poursuivant le meurtrier notoire d'un important défenseur des droits civiques. Pendant ses campagnes, il s'était abstenu d'utiliser le langage racial incendiaire de ses prédécesseurs. Il était considéré comme un modéré, qui désirait

— Qu'allez-vous faire après ? demanda Keith, non sans audace.

— Je ne sais pas encore. Je suis très préoccupé par les questions d'actualité. Et vous, qu'allez-vous faire après ? Je vous ai vu observer ce bureau. Vous pourriez occuper ce poste un jour ?

Keith hocha la tête.

— Peut-être bien.

30.

Le 11 janvier 1974, la Cour suprême du Mississippi rendit un arrêt unanime qui confirmait la décision du chancelier Baker. Les preuves établissaient clairement une activité criminelle récurrente – la prostitution – et le tribunal de première instance n'avait pas commis d'erreur en considérant le Carousel comme un trouble à l'ordre public. Cette décision entraînait la fermeture immédiate de la boîte de nuit.

Bien que cela eût pris près de deux ans, Jesse remportait sa première vraie victoire dans sa guerre contre le crime organisé. Il faisait fermer l'un des établissements les plus populaires du Strip et pouvait désormais s'en prendre directement à Ginger Redfield. Lance Malco serait le suivant, même s'il représentait un défi bien plus grand.

Jesse avait prévu de présenter au jury les mêmes preuves contre Ginger lors de son nouveau procès, mais il n'en eut pas l'occasion. Une semaine environ après la décision du tribunal, Ginger vendit le Carousel et le O'Malley à Lance Malco, puis elle quitta la ville pour se soustraire à la justice. Avec beaucoup d'argent en poche, elle disparut de la côte sans laisser d'adresse. Au bout de plusieurs mois, on apprit qu'elle menait la belle vie à la Barbade, à l'abri des lois du Mississippi et d'une inculpation.

Faisant un pied de nez au procureur, Lance Malco rénova rapidement le Carousel, le rebaptisa le Desperado, et organisa une grande inauguration qui dura une semaine. Bière à l'œil, musique live, et les plus jolies filles de la côte. La boîte de nuit faisait de la publicité pour tout, sauf pour le sexe et le jeu.

Par curiosité Jesse passa par là un soir de la semaine festive et se gara sur le parking bondé. Cela le déprima totalement et renforça son sentiment d'échec. Tout le temps et les efforts qu'il avait consacrés à la fermeture de l'établissement avaient été vains. Non seulement le club était ouvert, sous un autre nom, mais il attirait les foules.

***

Comme prévu, Haley Stofer arriva à 8 heures le lundi et entra dans le bureau de Jesse sans un mot à la secrétaire, qui n'appréciait pourtant guère que cet homme entre et sorte à sa guise. Cela faisait presque un an qu'il était sous couverture et il s'était bien installé dans son rôle d'homme de main au Red Velvet, tout en rendant des comptes à Jesse. Il avait travaillé comme homme à tout faire, plongeur, cuisinier, garçon de courses, bref, il faisait tout ce qu'on attendait de lui. Il se tenait à carreau, parlait peu, enregistrait tout, ne s'absentait jamais, ne réclamait jamais d'augmentation et, avec le temps, il s'était fondu dans le décor, devenant l'un des membres du personnel qui faisait tourner la boîte.

Stofer raconta que sur le Strip, les règles changeaient au gré des saisons. En cas d'arrestation, ou même de rumeur de descente de police, les gérants se passaient le mot et la ruse du « réservé aux membres » était appliquée. Aucune fille ne pouvait racoler un client qui n'était pas accrédité. Les seules exceptions étaient les soldats en uniforme. Ils n'étaient pas de la police, ne dénonceraient personne, et avaient hâte d'aller à l'étage avec les filles. Mais une fois la menace passée, tout le monde se détendait et prenait à nouveau du bon temps, membres du club ou pas. Pendant son année passée au Red Velvet, la prostitution avait augmenté et, d'après ses informations, les jeux d'argent se multipliaient dans les autres clubs.

Avec l'aide de Jesse, Stofer tenait des registres méticuleux. Il avait noté le nom de tous les employés ainsi que la durée de leur emploi – cuisiniers, serveurs, strip-teaseuses, prostituées, gérants d'étage, videurs, agents de sécurité, tous étaient répertoriés. Il comptait les caisses d'alcool, les fûts de bière et les livraisons de denrées alimentaires. Il s'était lié d'amitié avec la gouvernante, une ancienne prostituée désormais trop âgée pour vendre ses services, qui lui avait raconté des histoires abracadabrantes sur ses jours de gloire. Certaines nuits, elle s'efforçait de garder les draps propres mais, selon elle, il n'y avait jamais eu autant d'activité à l'étage.

Stofer avait sympathisé avec Nevin Noll, le numéro deux de M. Malco, même si personne n'était vraiment proche de Noll. Il connaissait Hugh Malco et le voyait souvent au club.

Ce matin-là, la grande nouvelle était que Stofer allait travailler au Foxy parce qu'un barman s'était enfui avec une serveuse. Jesse attendait cette opportunité depuis des mois et était enchanté. Derrière le bar, Stofer aurait un poste d'observation idéal.

Jesse voulait le nom de toutes les prostituées, de certains de leurs clients et, si possible, quelques cartes de membre.

Avec l'aide du gouverneur, il pourrait bientôt dépêcher sur place la police d'État. De mars à juillet, quatre policiers en civil s'étaient rendus au Foxy et avaient payé des verres aux filles. Ils étaient déguisés en motards, en hippies, en camionneurs, en vendeurs itinérants, voire en avocats de passage, et s'arrêtaient les soirs où un certain gérant était de service, car le type en question n'était pas très regardant. Ils avaient de fausses cartes de membre mais ne les utilisaient jamais. Les agents infiltrés avaient fait onze visites au total et portaient des micros à chaque fois. Ils riaient avec les filles, discutaient des prix et de la prestation, puis se défilaient au dernier moment sous des prétextes divers. Stofer observait attentivement les clients et ne repéra pas les flics. Si quelqu'un avait des soupçons, cela ne se voyait pas.

Le jury était la clé, comme toujours, et la défense n'avait besoin que d'une voix.

***

Alors que le choc des arrestations s'amenuisait et que la présence policière se réduisait sur la côte, la vie nocturne reprit peu à peu ses droits. Stofer rapporta à Jesse que certaines filles étaient revenues, mais qu'elles ne flirtaient qu'avec les hommes qu'elles connaissaient. Elles étaient beaucoup moins agressives et ignoraient les étrangers. Lorsqu'elles s'éclipsaient dans les chambres, c'était avec un habitué. M. Malco lui-même était présent dans les clubs la nuit, pour s'assurer que les règles étaient respectées. Il serrait des mains, tapait dans les dos et lâchait des plaisanteries comme s'il n'avait aucun souci à se faire.

Hugh restait aux côtés de son père et était toujours armé, même si les deux hommes ne se sentaient pas spécialement menacés. Les gangsters avaient un problème plus sérieux à régler – Jesse Rudy – et ne se souciaient guère d'une nouvelle guerre de territoire entre eux. Les rivaux de Lance s'étaient retranchés dans leurs cachettes, craignant de nouvelles mises en examen. Les boîtes de nuit se méfiaient et appliquaient la loi à la lettre.

Hugh avait vingt-six ans et avait enfin dépassé le stade de la rébellion. Il ne se bagarrait plus, avait renoncé à l'alcool, aux voitures de sport, et sortait avec une jeune divorcée, autrefois serveuse au Foxy. Il l'avait éloignée des boîtes de nuit avant qu'elle ne s'adonne à une activité nettement plus lucrative. Désormais, elle travaillait dans une banque du centre-ville avec tenue correcte exigée et horaires stricts. Plus ils se fréquentaient, plus elle suppliait Hugh de s'éloigner du Strip et de trouver un travail honnête. La vie d'un hors-la-loi pouvait être exaltante et prospère pendant un certain temps, mais elle était aussi instable, voire dangereuse. Son père risquait la prison. Ses parents se séparaient. Une vie de criminel en valait-elle vraiment la peine ?

Cependant, Hugh ne voyait guère d'avenir du bon côté de la loi. Il traînait dans les clubs depuis l'âge de quinze ans, connaissait bien le milieu et avait une idée claire de la fortune que son père avait amassée. Cela faisait beaucoup d'argent, bien plus que son entourage ne l'imaginait, et bien plus que ce qu'un médecin ou un avocat pouvait gagner au cours de leur carrière.

Plus ils se disputaient, moins Hugh aimait cette fille.

Il s'inquiétait pour son père et était furieux que Jesse Rudy l'ait inculpé. Il ne pouvait imaginer son père derrière les barreaux, même s'il acceptait peu à peu cette possibilité. Si cela se produisait, quel serait l'impact sur leurs affaires ? Il avait posé plusieurs fois la question à son père, mais Lance était trop amer pour en discuter. Il était obsédé par la crainte d'un procès et d'une comparution devant un jury. Leur cauchemar était d'autant plus obsédant que les accusations étaient fondées, et que tout le monde le savait.

***

Jesse ne voulait pas d'un procès expéditif. Joshua Burch ralentissait la procédure avec quantité de motions et de requêtes qui prenaient du temps à traiter. Il avait besoin de la transcription des délibérations du grand jury ; il réclamait un non-lieu pour un certain nombre de raisons techniques ; il exigeait des procès séparés pour chacun de ses clients ; il voulait que le juge Oliphant se récuse et avait demandé à la Cour suprême du Mississippi de nommer un juge spécial. Une nouvelle démonstration de la capacité de l'avocat à brouiller les pistes et à enrayer la machine judiciaire.

Jesse se défendit en envoyant de longs rapports, mais au fil des mois, il devint évident que le procès n'aurait pas lieu dans un futur proche. Ce qui lui convenait parfaitement. Il avait besoin de temps pour tirer des ficelles dans l'ombre et passer des accords avec les trois gérants et les filles.

Et il avait une autre raison de vouloir prendre son temps. Les élections au poste de procureur étaient prévues l'année suivante. Le procès de Lance Malco ferait la une des journaux pendant des semaines, et Jesse serait au cœur de l'affaire. Une publicité inestimable qui pourrait refroidir un éventuel adversaire. Jesse n'avait pas connaissance d'un autre candidat, mais un verdict de culpabilité retentissant était pratiquement synonyme de victoire.

En revanche, une défaite serait dévastatrice.

***

La défaite se profila au début du mois de septembre, avec la disparition d'Haley Stofer. Le premier lundi du mois, son informateur ne se présenta pas à son bureau pour la première fois depuis son travail sous couverture. Jesse appela à son appartement, en vain. Comme il n'avait pas de moyen sûr de le contacter à son travail, il attendit deux semaines, jusqu'au troisième lundi du mois. Une fois de plus, Stofer ne vint pas. Ce soir-là, après que Jesse eut éteint les lumières et embrassé Agnes, le téléphone sonna.

C'était Stofer.

— Monsieur Rudy, ils sont après moi. Je me cache, mais je ne suis pas en sécurité.

— De quoi parlez-vous, Stofer ?

— Un gars au boulot a entendu Nevin Noll me traiter de mouchard. Il m'a demandé si j'étais une balance. J'ai nié. Et je me suis tiré. Vous devez me sortir de là, monsieur Rudy.

Une fuite du grand jury était peu probable, mais pas impossible.

Fats Bowman avait plus d'informateurs que le FBI.

— Où êtes-vous ? demanda Jesse.

— Je ne peux pas vous le dire pour le moment. Il y a trois jours, des hommes sont venus dans mon appartement, ont défoncé la porte et ont tout saccagé. C'est un voisin qui me l'a dit. Je ne peux pas y retourner. Je dois partir d'ici, et vite.

— Vous ne pouvez pas quitter l'État, Stofer. N'oubliez pas l'inculpation.

— Quelle importance si je me fais trancher la gorge ?

Jesse ne savait pas quoi répondre. Stofer le prenait totalement au dépourvu. Si son homme disait la vérité, ce qui était tout à fait plausible, il devait absolument quitter la région. Malco et ses hommes de main lui mettraient la main dessus et fui feraient subir une mort lente et douloureuse. Si Stofer mentait, autre scénario plausible, son plan était parfait, car il pouvait s'enfuir avec la bénédiction de Jesse. Quoi qu'il en soit, Jesse devait l'aider. Son témoignage au procès de Malco serait crucial.

— D'accord, où voulez-vous aller ?

— Je ne sais pas. Je ne peux pas retourner à la Nouvelle-Orléans. Mon ancien gang est là-bas et ces gars ont une dent contre moi. Peut-être que je vais aller dans le Nord.

— Je me fiche de savoir où vous allez, mais il faut qu'on reste en contact. Le procès n'aura pas lieu de sitôt, mais vous ne pouvez pas le manquer. Ça fait partie du marché, on est bien d'accord ?

— Ouais, ouais, je serai là pour le procès, si je suis encore en vie.

— J'imagine que vous êtes à sec.

— Oui, j'ai besoin d'argent. Il faut que vous m'aidiez.

Trois heures plus tard, Jesse se gara dans le parking d'un relais routier à l'est de Mobile. Dans le restaurant ouvert toute la nuit, des camionneurs buvaient du café, fumaient et mangeaient, tout en parlant et en riant bruyamment. Stofer se trouvait à une table dans le fond, caché derrière un menu. Il semblait vraiment nerveux et gardait un œil sur la porte. Jesse s'assit en face de lui et déclara sans préambule :

— Vous ne devez surtout pas vous faire arrêter ni vous attirer des ennuis. Compris ? À la minute où vous serez arrêté, les flics découvriront que vous êtes inculpé de trafic de drogue dans le comté d'Harrison et vous mettront sous les verrous.

— Je sais, je sais, mais pour l'instant, je ne m'inquiète pas pour les flics.

— Vous êtes un criminel condamné sous le coup de graves accusations. Méfiez-vous, Stofer.

— Oui, monsieur.

Jesse lui tendit une liasse de billets.

— Trois cent vingt dollars, c'est tout ce que j'ai pu trouver. Il faudra vous débrouiller avec ça.

— Merci, monsieur Rudy. Où dois-je aller ?

— Chicago, c'est assez grand pour s'y perdre. Allez dans les bars, trouvez un job payé en liquide, vous savez comment ça marche. Appelez mon bureau, en PCV, tous les lundis matin à 8 heures précises. J'attendrai votre appel.

— Oui, monsieur.

32.

La stratégie consistant à se serrer les coudes et à présenter un front de défense uni commença à se déliter quelques semaines après les arrestations. Joshua Burch comprit vite qu'il était absurde de vouloir contrôler les intérêts contradictoires de Malco, de ses trois gérants et de ses treize filles de joie.

La première à craquer fut une strip-teaseuse répondant au nom de scène de Blaze. Comme elle se méfiait de Lance et de ses acolytes, elle engagea Duff McIntosh, un avocat pénaliste coriace et ami du procureur. Un après-midi, autour d'une bière, Jesse fit sa première offre. Si Blaze plaidait coupable de prostitution, il le réduirait à un délit mineur, oublierait les autres chefs d'accusation, et la laisserait partir avec une amende de cent dollars et trente jours de prison avec sursis. En échange, elle acceptait de témoigner au procès contre Lance Malco et ses gérants et de décrire en détail le commerce du sexe au Foxy. Elle promettait aussi de quitter l'établissement avant la fin de l'année. Ainsi que la côte, sorte d'adieu à sa vie de débauche. Quitter la ville ne serait pas une mauvaise idée après son témoignage. Comme plus personne ne voudrait la faire travailler sur le Strip, il valait mieux qu'elle parte de toute façon. Après un mois de négociations, Blaze accepta le marché et disparut des radars.

La nouvelle se répandit comme une traînée de poudre et Duff devint l'avocat attitré des prostituées. Lorsqu'elles comprirent qu'elles pouvaient s'en sortir sans peine de prison ni condamnation pour crime, elles firent la queue devant son cabinet. Tout au long de l'automne 1974, Jesse et lui se retrouvèrent régulièrement pour boire une bière et gérer cette affaire. Le procureur proposa le même marché à toutes les filles. Huit sur treize l'acceptèrent. Deux le refusèrent, par crainte de Malco. Deux autres avaient des avocats différents et étaient encore en pleines négociations. La dernière s'était évanouie après avoir payé sa caution.

***

Trois mois après leur rencontre à Mobile, Jesse n'avait toujours pas de nouvelles d'Haley Stofer. Il n'avait aucune idée de l'endroit où se terrait son informateur et n'avait pas le temps de le chercher. Son seul espoir était que ce crétin fasse une bêtise, soit arrêté, puis extradé vers le comté d'Harrison, où Jesse lui collerait son acte d'accusation sous le nez et le menacerait de quarante années de taule pour l'obliger à témoigner contre Lance Malco.

C'était loin d'être gagné.

L'autre possibilité était que Malco lui mette la main dessus en premier. Auquel cas, il ne le reverrait sûrement jamais.

***

À la mi-novembre, le juge Oliphant programma une nouvelle audience pour traiter l'avalanche de documents que déversaient les machines à écrire du cabinet de Joshua Burch. Ce jour-là, il s'agissait d'une requête argumentée visant à juger Lance Malco séparément de ses trois managers. Burch voulait que son client clé soit jugé en dernier afin qu'il puisse analyser les stratégies, les forces et les faiblesses de l'accusation. Jesse s'opposa à cette idée, faisant valoir que quatre procès pour une même affaire seraient un énorme gaspillage des ressources judiciaires. Plus de trois mois s'étaient déjà écoulés depuis les inculpations, et il faudrait encore un an pour les juger tous au coup par coup. Ce que Burch ne disait pas, c'est qu'il pensait que l'accusation aurait le plus grand mal à trouver quarante-huit jurés incorruptibles. Un jury suspendu, un vice de procédure, et la dynamique de l'accusation serait mise à mal.

Seule une poignée de spectateurs assista aux tergiversations des avocats. L'un des accusés, Fritz Haberstroh, était assis au dernier rang, sans doute envoyé par Malco pour lui faire son rapport. Haberstroh était manager au Foxy et employé de longue date par les entreprises Malco. Il avait été condamné à deux reprises pour recel de marchandises et avait purgé sa peine dans le Missouri, avant de partir vers le sud pour trouver du travail là où personne ne s'intéresserait à son passé. Jesse avait hâte de le faire comparaître devant un jury.

Après deux heures d'une argumentation tendue, Jesse changea soudain de stratégie et annonça :

— Votre Honneur, je vois que l'un des accusés, M. Haberstroh, est avec nous aujourd'hui.

— C'est mon client, interrompit Burch.

— Je le sais bien. Je suis d'accord pour juger M. Haberstroh en premier. Programmons son procès dans un mois. Le ministère public est prêt.

Oliphant, Burch et toute l'assemblée furent pris au dépourvu.

— Maître Burch ? interrogea le juge.

— Eh bien, Votre Honneur, je ne suis pas sûr que la défense sera prête.

— Vous vouliez des procès séparés, maître Burch. Vous avez passé les deux dernières heures à plaider cette cause, alors nous allons vous obliger. Vous pouvez sûrement être prêt dans un mois.

Jesse jeta un coup d'œil à Haberstroh, soudain pâle, qui semblait sur le point de prendre ses jambes à son cou.

Burch feuilleta des documents, puis se pencha vers son associé. Pour Jesse, c'était un plaisir rare que de voir le grand avocat de première instance perdre pied.

Burch finit par se redresser.

— D'accord, Votre Honneur. Nous serons prêts.

***

Deux jours plus tard, Keith quittait le palais de justice lorsqu'un inconnu lui ouvrit la porte et l'interpella :

— Dites, vous avez une minute ? (Il lui tendit la main.) Je m'appelle George Haberstroh, je suis le frère de Fritz.

Keith lui serra la main.

— Keith Rudy. Enchanté.

Ils s'éloignèrent de l'entrée principale et se campèrent sous un arbre.

— Cette conversation n'a jamais eu lieu, d'accord ? dit George.

— C'est à voir.

— Non, il me faut votre parole. Cela doit rester entre nous, vous comprenez ?

— Je vous écoute.

— Eh bien, comme vous savez, mon frère est dans la panade. On n'est pas d'ici, voyez-vous. Fritz est arrivé dans le coin il y a plusieurs années, après sa sortie de prison. Il a toujours eu un don pour s'attirer des ennuis. Il n'a rien fait de mal au club, vous savez. Il était juste un employé et il obéissait aux ordres de son patron. Malco. Maintenant, il risque gros. C'est une sacrée bande de truands, si vous voulez mon avis.

Keith, encore débutant dans la partie, ne savait pas trop quoi répondre, et il n'aimait guère cette situation. Il hocha la tête pour l'encourager à continuer.

— Fritz sait que Malco le poignardera dans le dos pour sauver sa peau, reprit Haberstroh. Il préférerait sauver la sienne d'abord. Il ne peut pas retourner en taule, surtout pas dans une prison d'ici.

— Il a un avocat, un des meilleurs, répondit Keith.

— Il ne fait pas confiance à Joshua Burch, et encore moins aux autres accusés.

— On n'est pas censés discuter de cette affaire.

— Pourquoi ? Je ne suis pas l'accusé. Vous n'êtes pas le procureur. Mon frère veut une porte de sortie, d'accord ? Il est peut-être stupide mais ce n'est pas un criminel, et il n'a rien fait de mal dans ce club. Bien sûr, les filles se prostituaient, mais ce n'est pas lui qui a établi les règles. Il n'a pas touché un centime là-dessus. Malco lui versait un salaire pour qu'il fasse son boulot, point barre.

Keith faillit s'éloigner, mais il sentit une opportunité. Il connaissait l'acte d'accusation sur le bout des doigts, car son père et lui en avaient discuté pendant des mois. Ils avaient passé des heures à disséquer les activités criminelles et les stratégies potentielles des deux parties. Jesse avait inculpé Haberstroh et les deux autres gérants dans le seul but de leur mettre la pression jusqu'à ce que l'un d'eux craque et se retourne contre Malco.

Le processus venait juste de s'enclencher.

— Qu'est-ce que vous attendez de moi ? interrogea Keith.

— S'il vous plaît, parlez à votre père et sortez Fritz de là.

— Il est prêt à témoigner contre Malco ?

— Il est prêt à tout pour sauver sa peau.

— Est-il conscient du danger ?

— Bien sûr, mais Fritz a survécu à quatre ans dans une prison dure du Missouri. C'était pas franchement une partie de plaisir. Et il ne compte pas remettre les pieds en taule.

Keith prit une grande inspiration et regarda autour de lui.

— D'accord, je vais parler au procureur.

— Merci. Comment puis-je vous contacter ?

Keith lui tendit une carte de visite.

— Appelez le numéro de mon cabinet dans une semaine. J'aurai une réponse.

— Merci.

— Et les deux autres managers ?

— Je ne les connais pas.

— Fritz, lui, les connaît certainement.

— Je vais lui poser la question.

***

Leur deuxième rendez-vous eut lieu dans un café près des docks de Pascagoula. Keith s'était débarrassé de son manteau et de sa cravate pour ne pas ressembler à un avocat. Pour George Haberstroh, c'était facile : vieux chino, chaussures bateau usées, chemise en gabardine. Il expliqua qu'il travaillait pour un transporteur de Mobile et reconnut être allé au Foxy de temps à autre. Quand Fritz n'était pas en service, ses collègues et lui buvaient des bières et mangeaient des hamburgers en regardant les filles danser. Il était au courant des activités à l'étage, mais cela ne l'avait jamais intéressé. Il n'avait pas été tenté et se disait heureux en ménage. Fritz avait travaillé sur la côte pendant des années et avait parlé ouvertement, du moins à son frère, des jeux d'argent et des filles.

Keith revint à leur affaire.

— Bien sûr, Fritz n'est pas la cible ici. Lance Malco est le plus gros baron du crime de la côte et le procureur l'a dans sa ligne de mire depuis longtemps. Fritz peut sûrement l'aider. Est-il prêt à se présenter à la barre, à regarder Malco droit dans les yeux et à tout dire au jury sur le commerce du sexe au Foxy ?

— Oui, mais seulement s'il est libéré.

— Le procureur ne peut pas promettre la clémence, d'accord ? Vous devez comprendre à quel point c'est important. La plupart des prostituées vont signer un accord où elles acceptent de témoigner et d'être condamnées pour un délit mineur. Ce n'est pas grave, ce ne sont que des prostituées. Elles auront juste à convaincre le jury de leur repentir. Pour les trois managers, c'est différent. Prenons Fritz. Quand il témoignera contre Malco, Burch fera tout pour le descendre. Sa première question sera : « Le procureur vous a-t-il promis une remise de peine en échange de votre témoignage dans cette affaire ? » Il est impératif que Fritz réponde non, car c'est la vérité : on ne lui a rien promis, on n'a pas passé de marché.

— Je ne suis pas sûr de vous suivre.

— Le procès de Fritz est prévu dans deux semaines. Avant cela, il plaidera coupable, acceptera de coopérer avec l'État, et sera condamné après le procès de Malco. S'il coopère pleinement, le procureur recommandera la clémence.

— C'est un sacré risque pour mon frère. Plaider coupable, se planquer quelque part, revenir témoigner au procès, esquiver les coups, espérer que le jury flanque Malco en taule, et prier pour que le juge soit bien luné.

— À ce stade, tout est risqué pour votre frère. Vous êtes déjà allé à la prison de Parchman ?

— Non. Et on fait quoi de Burch ?

— Il faut vous en débarrasser. Si Fritz veut coopérer avec l'État et avoir une chance de retrouver la liberté, Burch ne l'aidera pas. Voici le plan : la semaine prochaine, Fritz se sépare de Burch en lui envoyant une lettre. Il en donne une copie au procureur et en dépose une au tribunal. Puis Fritz engage Duff McIntosh, un avocat que nous connaissons bien, un bon. Il vous prendra cinq cents dollars pour s'occuper de l'affaire. À partir de là, Fritz est en danger, il doit être prudent. Le 13 décembre, il se présente au tribunal, plaide coupable pour tous les chefs d'accusation, promet de coopérer, et va se terrer dans le Montana ou ailleurs jusqu'au procès.

— Quand est prévu le procès de Malco ?

— Le juge Oliphant l'a fixé au 17 mars.

33.

Pour éviter la foule et protéger l'accusé, une audience avait été organisée à la hâte le vendredi 13 décembre à 13 heures, dans la salle d'audience du juge Oliphant. Fritz Haberstroh se tenait devant le juge avec Duff McIntosh d'un côté et Jesse Rudy de l'autre. Pendant que le procureur passait en revue l'acte d'accusation, Fritz répondit posément « coupable » à tous les chefs d'accusation. Duff demanda au tribunal de libérer son client sous caution. Le juge accéda à sa demande et informa l'accusé qu'il serait jugé à une date ultérieure. Il était libre de partir.

Dans le sillage de Jesse et de Duff, les frères Haberstroh quittèrent la salle d'audience par une porte latérale et empruntèrent l'escalier de service pour gagner le premier étage. Devant la porte de derrière, ils échangèrent une poignée de main pour se dire au revoir. Les deux frères s'engouffrèrent à l'arrière de la voiture qui les attendait et partirent précipitamment.

Joshua Burch venait d'assister, médusé, au plaidoyer de culpabilité du manager. Ce n'était pas seulement une mauvaise nouvelle pour la défense de Malco, c'était un désastre. Burch perdait tous ses clients au profit de Jesse Rudy, qui les retournait un à un comme des crêpes. Le procureur allait certainement s'en prendre aux deux autres gérants et probablement aux prostituées qui n'avaient pas encore cédé sous la pression. La défense était face à un peloton d'exécution et Rudy en était le chef d'orchestre.

Burch quitta le tribunal et parcourut les trois pâtés de maisons jusqu'à son bureau, une superbe maison victorienne de trois étages héritée de son grand-père, lui-même avocat de renom. Joshua y avait installé son cabinet, avec ses associés et ses secrétaires, et profitait des avantages d'une équipe conséquente. À l'accueil, il maugréa auprès de la réceptionniste en vérifiant ses messages téléphoniques. Elle lui tendit un paquet qui venait d'être livré. Burch le prit avec un sourire. Son contrebandier préféré, un ancien client, avait encore réussi son coup. Il emporta le paquet dans son magnifique bureau donnant sur le centre et déballa une boîte de cigares noirs, des Partagas, venus tout droit de Cuba et soumis à un embargo sévère. En enlevant l'emballage, il pouvait presque en goûter un. Il l'alluma et souffla la fumée par la fenêtre. Puis il appela Lance et lui proposa de venir à son bureau.

Trois heures plus tard, une fois son personnel renvoyé chez lui plus tôt que d'habitude, Lance, Hugh et Nevin Noll arrivèrent. Burch les accueillit à la porte d'entrée et leur souhaita la bienvenue dans la salle de conférences du premier étage. C'était la pièce préférée de Lance dans tout Biloxi : des murs tapissés d'étagères en noyer contenant des milliers de livres, de grands portraits d'anciens avocats du cabinet Burch, des fauteuils en cuir volumineux et élimés par le temps autour d'une table en acajou luisant. Burch fit circuler sa nouvelle boîte de cigares cubains et tout le monde se mit à fumer. Il servit un bourbon avec glaçons à Lance et Nevin. Hugh préférait de l'eau.

Ils évoquèrent les aveux de culpabilité de Haberstroh et ses conséquences. Burch représentait toujours Bobby Lopez et Coot Reed, tous deux employés par le Foxy en tant que managers. Ils étaient surveillés de près par leur entourage. Ni l'un ni l'autre n'avaient émis l'idée d'une négociation de peine, et Burch n'avait bien évidemment pas abordé le sujet. Il ne savait pas comment Jesse Rudy s'était retrouvé dans l'orbite de Haberstroh pour lui proposer un marché. Quand Fritz l'avait remercié, Burch avait appelé Jesse pour lui tirer les vers du nez, sans succès.

Ils burent, fumèrent, et dirent le plus grand mal de Jesse. Rien de bien nouveau sous le soleil.

— Vous lui avez trouvé un adversaire pour les élections ? interrogea Lance.

Burch poussa un soupir dépité.

— Non, et on a écumé tout le barreau. Actuellement, il y a dix-sept avocats dans le comté d'Hancock, cinquante et un dans celui d'Harrison, onze dans celui de Stone. Au moins la moitié d'entre eux sont inéligibles pour des raisons d'âge, de santé, d'origine ou de genre. On n'a jamais eu de femme procureur dans cet État, ni de Noir. Ce n'est pas le moment d'ouvrir la voie. Les autres n'obtiendraient pas dix voix tant ils sont incompétents, alcooliques ou ingérables. Croyez-moi, beaucoup de pommes pourries pratiquent le droit. Une douzaine d'entre eux sont des avocats de gros cabinets qui s'en mettent plein les poches. On a restreint la liste à trois jeunes qui sont plutôt doués en politique et qui ont besoin d'un salaire régulier. Le mois dernier, je leur ai soumis l'idée. Aucun ne s'est montré particulièrement intéressé.

— Et Rex Dubisson ? demanda Lance.

— Il ne veut pas se représenter. Il a monté un cabinet qui tourne bien, et la politique ne lui manque pas. Et puis il s'est fait botter le cul la dernière fois. Il pense que Jesse Rudy est l'avocat le plus populaire de la côte et qu'il est imbattable. C'est d'ailleurs le sentiment de la plupart des gens.

— Vous avez parlé fric ?

— J'ai proposé à Rex cinquante mille dollars pour sa campagne, plus vingt-cinq par an en liquide pendant quatre ans. Il a dit non, sans hésiter.

Hugh fit un vague signe de main.

— Je peux poser une question ?

Burch haussa les épaules et tira une bouffée de son cigare.

— Bon, on parle d'élire un nouveau procureur, hein ? En supposant qu'on puisse payer un gars pour entrer dans la course, et que ce type ait une chance de gagner, l'élection aura lieu en août. Le procès est prévu en mars, dans trois mois. À quoi sert un nouveau procureur si le procès est déjà passé ?

Burch sourit.

— Le procès ne commencera pas en mars. Je n'en ai pas fini avec les manœuvres dilatoires. J'ai encore quelques tours dans mon sac.

Après une longue pause, Lance déclara :

— Vous voulez bien nous expliquer ?

— Quel âge avez-vous, Lance ?

— Quelle importance ?

— Répondez-moi, s'il vous plaît.

— Cinquante-deux ans. Et vous ?

— Aucune importance. Vous avez l'âge d'avoir des problèmes cardiaques. Vous allez prendre rendez-vous avec Cyrus Knapp, le cardiologue. C'est un médecin véreux, il fera ce que je lui demande. Dites-lui que depuis votre arrestation, vous avez des douleurs à la poitrine, des vertiges, des coups de fatigue. Il vous donnera une ordonnance. Allez chercher les médicaments, mais ne les prenez pas.

— Je ne vais pas faire semblant d'être malade, Joshua, grinça Lance.

— Bien sûr que non. Vous mettez une stratégie en place, vous laissez des traces, un dossier médical. C'est une ruse pour vous tenir à l'écart du jury le plus longtemps possible. Allez voir Knapp au plus tôt. Ensuite, vous attendez quelques jours, puis vous avez une crampe à la poitrine au bureau, dont Nevin et Hugh seront témoins. L'un de vous appellera une ambulance. Knapp viendra vous voir à l'hôpital, vous gardera quelques jours en observation, vous fera passer toute une batterie d'examens dont les résultats seront dûment consignés. Il vous renverra chez vous pour vous reposer. Vous le verrez une fois par mois, vous suivrez un traitement, vous lui direz que le stress vous consume et que vous avez peur de faire une crise cardiaque. À l'approche de votre procès, je demanderai un nouveau report pour raisons de santé. Knapp fera une déclaration sous serment ou témoignera si nécessaire. Il racontera tout ce qu'on voudra. Rudy fera objection, mais vous ne pouvez pas aller au tribunal si vous êtes dans un lit d'hôpital.

— Je n'aime pas ça, maugréa Lance.

— Peu importe. Je suis votre avocat et mon boulot est de vous défendre. Après le retournement d'Haberstroh ce matin, vous vous rapprochez dangereusement de Parchman. La situation ne se présente pas bien, Lance, alors faites ce que je vous dis. Nous sommes aux abois. Vous avez des problèmes cardiaques, d'accord ? Et vous avez déjà vu un psy ?

— Non, non, voyons, Burch. C'est hors de question.

— Je connais un type à la Nouvelle-Orléans, un vrai cinglé spécialisé dans le traitement des cinglés. Comme Knapp, il dira n'importe quoi si on met le prix. Il vous fera passer un examen psychiatrique complet et nous fournira un rapport qui mettrait n'importe quel juge mal à l'aise.

— Selon quelle théorie ? demanda Lance.

— Eh bien, depuis votre mise en examen, vous perdez pied. Vous êtes obsédé par l'idée de passer le reste de votre vie en prison. La perspective d'être enfermé entre quatre murs vous rend fou. Vous entendez des voix, vous avez des hallucinations, la totale. Ce type peut le prouver, il a l'habitude.

Lance abattit son poing sur la table et s'écria :

— Non, Burch ! Je ne jouerai pas les cinglés ! Je veux bien voir Knapp, mais pas de psy !

— Vous voulez aller en taule ?

Lance prit une grande inspiration et les rides de son visage se détendirent. Avec un mince sourire, il déclara :

— Non, mais ce n'est pas si grave. J'ai des amis au trou en ce moment même, et ils survivent. Je peux supporter ce que ces salauds veulent me faire subir, Burch.

Les trois comparses s'emparèrent de leur verre et en burent une grande lampée. Hugh sourit à son père, admirant sa fermeté. C'était de la pure fanfaronnade. Aucun homme sain d'esprit ne dirait que Parchman « n'est pas si grave », pourtant Lance l'avait fait sans vergogne. En privé, père et fils avaient évoqué la possibilité que Lance soit incarcéré pendant plusieurs années. Hugh était persuadé de pouvoir gérer les affaires familiales en son absence.

Son père n'en était pas aussi sûr.

Burch soupira, l'air pensif, souffla un autre nuage de fumée, et lança :

— Mon travail est de vous éviter la prison, Lance. J'ai réussi pendant une vingtaine d'années. Mais vous devez m'écouter.

— On verra.

— Et on peut repousser le procès jusqu'après les élections, n'est-ce pas ? demanda Hugh.

Burch sourit et regarda Lance.

— Tout dépend du patient.

Noll énonça l'évidence.

— Mais les élections ne nous aideront pas si on n'a pas de cheval dans la course.

— On va en trouver un, assura Lance. Il y a plein de juristes affamés dans le coin.

***

Pendant des décennies, le FBI ne s'était guère intéressé aux activités criminelles notoires du comté d'Harrison. Et cela pour deux raisons : d'une part, ces crimes violaient les lois de l'État, pas les lois fédérales ; d'autre part, Fats Bowman et ses prédécesseurs ne voulaient pas que les fédéraux empiètent sur leur territoire et découvrent leurs activités illicites. Le FBI avait suffisamment de pain sur la planche et n'avait pas envie de semer la zizanie dans une juridiction hostile.

Jackson Lewis était le seul agent spécial du bureau de Jackson à s'aventurer jusqu'à la côte, même si on le voyait rarement à Biloxi. Jesse l'avait croisé plusieurs fois et avait même déjeuné avec lui peu après sa prise de fonctions. Son objectif pour son prochain mandat, en supposant qu'il soit réélu, était de consolider ses relations avec Lewis et le FBI, et de s'appuyer sur eux.

Au cours de la première semaine de janvier, Lewis appela Jesse : il était de passage en ville et voulait lui dire bonjour. Le lendemain, il arriva au bureau de Jesse au palais de justice en compagnie de Spence Whitehead, un jeune agent qui effectuait sa première mission. Pendant près d'une heure, ils discutèrent de choses et d'autres autour d'un café. Whitehead était intrigué par la pègre de Biloxi et semblait décidé à l'attaquer de plein fouet. Apparemment, le FBI voulait renforcer sa présence sur la côte. Jesse soupçonnait le gouverneur Waller et la police d'État d'être secrètement en pourparlers avec les fédéraux.

— Quand aura lieu le procès Malco ? demanda Lewis.

— Le 17 mars.

— Comment ça se présente, d'après vous ?

— Je suis sûr qu'on obtiendra sa condamnation. Au moins huit filles témoigneront contre Malco et décriront le commerce du sexe dans son établissement. L'un de ses trois managers a accepté de coopérer. On ne lâche pas les deux autres, mais jusqu'à présent, ils ne cèdent pas. Son activité de prostitution est connue de tous depuis longtemps et la population en a assez. On va l'avoir, c'est sûr.

Les fédéraux échangèrent un coup d'œil.

— On a eu une idée, dit Lewis. Et si on allait faire un brin de causette à Malco ? Histoire de se présenter.

— Ça me paraît une bonne idée, répondit Jesse. Pour autant que je sache, il n'a jamais été inquiété par le FBI. Il est temps que vous lui rendiez une petite visite.

— C'est vrai, approuva Lewis, mais pour être honnête, les autorités qui contrôlent la côte n'ont jamais voulu de nous. Vous êtes le premier à avoir le courage de chercher à vous débarrasser de toute cette racaille.

— Oui, et regardez où ça m'a mené. Maintenant je porte une arme, et ma femme n'est même pas au courant.

— Écoutez, Rudy, on est là aujourd'hui. On va dire un petit bonjour à Lance Malco, Shine Tanner et à deux trois autres.

— J'ai la liste si vous voulez.

— Parfait. On va frapper à quelques portes, semer le trouble, alimenter les rumeurs.

— Je connais ces voyous. Certains s'effraient facilement, d'autres moins. Malco est coriace et ne dira pas un mot sans la présence de son avocat.

— Bah, on peut aussi aller voir son avocat, railla Lewis. Juste une petite visite de courtoisie.

— N'hésitez surtout pas. Et bienvenue à Biloxi.

34.

La santé déclinante de Lance Malco prit un nouveau coup quand Jesse Rudy mit dans sa poche un second manager. Dix jours avant son procès, Coot Reed, le gérant du Foxy depuis des lustres, prit peur et décida de changer son fusil d'épaule.

Un vendredi matin tôt, Coot se rendit à Gulf Shores, en Alabama, et dénicha la paillote en front de mer où se planquait Fritz Haberstroh. Fritz était censé retourner à Biloxi pour témoigner contre Coot, un scénario qui ne leur plaisait ni à l'un ni à l'autre. Au cours d'une longue promenade sur la plage déserte, Fritz détailla le marché que Keith Rudy avait proposé à son frère George. Il était d'avis que le même accord était sur la table pour Coot et Bobby Lopez, le troisième manager, dont le procès était prévu dans trois semaines.

Face à la perspective de passer des années derrière les barreaux, Coot craignait pour sa vie et était sur le point de craquer. Ceux qui s'accrocheraient à Malco sombreraient avec lui. Le vent avait tourné, la partie était terminée. Jesse Rudy allait les dézinguer devant un jury et les enverrait croupir en cellule. C'était chacun pour soi à présent. Fritz le persuada de sauver sa peau en adoptant la même attitude : plaider coupable, coopérer avec Rudy, témoigner contre Malco, puis quitter Biloxi pour ne jamais y revenir.

***

La stratégie de défense de Joshua Burch battait de l'aile. Quand Duff McIntosh l'appela pour l'informer qu'il était renvoyé par Coot Reed et que c'était désormais lui, Duff, qui le représentait, Burch raccrocha violemment et sortit en trombe de son bureau. Il se rendit au Red Velvet pour une discussion à couteaux tirés avec Lance, qui paraissait étonnamment détendu malgré ses problèmes cardiaques. Les apparences étaient trompeuses. Livide, Malco accusa Burch d'avoir fait échouer toute leur stratégie de défense. Exiger des procès séparés pour lui et ses trois managers était stupide – il suffisait de voir le résultat. Cela avait permis à Rudy d'exercer une pression énorme sur Fritz Haberstroh et Coot Reed et de les faire flancher. Il ne restait plus que Bobby Lopez, dont le procès aurait lieu dans quelques semaines. Il était évident que Rudy devait l'avoir à l'œil. Lance allait se retrouver seul face au jury, avec trois anciens employés qui chanteraient comme des enfants de chœur pour convaincre Rudy et le juge Oliphant de leur sincère coopération.

Une fois calmé, Lance renvoya Burch et le vira de son bureau. Nevin Noll l'escorta jusqu'au trottoir. Tandis que l'avocat se dirigeait vers sa voiture, Nevin lui lança :

— Il va redescendre. Je vais lui parler.

Burch n'était pas certain de vouloir être réengagé.

Une heure plus tard, Bobby Lopez était convoqué dans le bureau de Lance et se retrouvait face à son patron, à Nevin et à Hugh. Il jura ses grands dieux qu'il n'avait eu aucun contact avec le bureau du procureur et qu'il ne les dénoncerait jamais. Il serait fidèle à Lance, quelle que soit la pression exercée sur lui. Loyal jusqu'au bout, peu importait l'issue du procès. Il préférerait encore qu'on lui colle une balle dans le crâne.

Une exécution sommaire avait bien évidemment été envisagée. Comme tous les employés de Malco, Bobby était terrifié par Nevin Noll et le considérait comme un tueur de sang-froid. Nevin se réjouissait de cette réputation et avait toujours adoré l'intimidation. Pendant la discussion, il darda sur Bobby un regard brûlant, ce fameux regard de psychopathe que beaucoup lui connaissaient.

Bobby repartit très agité et terrorisé. Il rentra chez lui et se servit à boire. Le whisky l'apaisa et lui éclaircit les idées. Il pensa à ses vieux copains, Fritz et Coot, et à leur décision courageuse de dénoncer Malco pour sauver leur peau. Plus il buvait, et plus cela lui semblait sensé. Aller en taule avec Lance était certainement mieux que de se faire buter par Noll, mais Fritz et Coot avaient trouvé une parade. Ils survivraient à ce cauchemar et commenceraient une nouvelle vie ailleurs, en hommes libres.

C'est alors que Bobby eut une pensée terrible, qui le rendit presque malade. Et si Malco décidait de l'éliminer en premier, pour éviter qu'il ne se range à son tour du côté du procureur ? Dans le milieu interlope où ils évoluaient, cette décision semblait parfaitement acceptable. Malco évinçait ses ennemis depuis des années en toute impunité, et se débarrasser d'un sous-fifre potentiellement déloyal comme Bobby paraissait un moindre mal.

À midi, Bobby était ivre. Il dormit deux heures, essaya de se dégriser avec un litre de café, et se força à aller travailler le soir au Foxy.

***

Burch fut réengagé le lendemain et déposa immédiatement une requête pour fusionner les procès de Bobby Lopez et de Lance Malco. Jesse s'amusait de la panique qu'il semait dans le camp adverse et qui mettait les hors-la-loi aux abois. Il ne s'opposa pas à la requête. Lance Malco était toujours sa cible, pas ses subordonnés, et il était soulagé par la perspective d'un seul grand procès au lieu de deux.

Le 3 mars, deux semaines avant le procès, Burch fit une demande d'ajournement, au motif que M. Malco était en trop mauvaise santé pour se défendre. La demande était accompagnée de déclarations sous serment de deux médecins et d'un épais dossier médical. Jesse se méfiait de cette démarche et passa des heures avec Egan Clement et Keith à discuter de la marche à suivre. Autour d'un café, le juge Oliphant et lui examinèrent les possibilités qui s'offraient à eux. La seule décision courtoise était de repousser le procès d'un mois ou deux, avec une nouvelle date ferme. Cela laissait plus de temps à Jesse pour faire cogiter Bobby Lopez.

Jesse ne contesta pas la requête et le procès fut reporté au 12 mai. Oliphant informa Joshua Burch par écrit que ce serait le dernier ajournement, quels que soient les problèmes médicaux de M. Malco.

À 17 heures, le 4 avril, date limite de dépôt des candidatures, Jesse se rendit au bureau du greffier du circuit et demanda s'il avait un adversaire. La réponse était négative : pas d'autre candidat à l'élection de procureur. Il n'aurait pas à mener une campagne coûteuse et fastidieuse. Il se rendit en voiture dans les bureaux de Rudy & Pettigrew, où l'attendait une bouteille de champagne au frais.

***

Depuis la visite surprise du FBI à son bureau cinq mois plus tôt, Jesse n'avait revu l'agent Jackson Lewis qu'une seule fois. Il était passé au début du mois de mars pour prendre un café et lui raconter combien c'était amusant pour un agent fédéral de débarquer à l'improviste dans une boîte de nuit et de montrer son badge.

Fin avril, Lewis était de retour, accompagné de l'agent Spence Whitehead.

Ils parlèrent du procès Malco à venir et du bazar que cela allait être. Les fédéraux comptaient bien y assister.

— J'imagine que vous n'avez pas entendu parler d'une série de cambriolages de bijouteries, n'est-ce pas ? interrogea Lewis.

Jesse ne comprenait pas où il voulait en venir.

— Non, je n'ai encore jamais poursuivi de voleur de bijoux. Pourquoi cette question ?

— C'est une longue histoire, je vais vous en donner les grandes lignes. Il y a environ cinq ans, trois personnes, deux hommes et une femme, ont braqué cinq bijouteries, du genre je rafle tout et je déguerpis sans demander mon reste. Ils ont choisi les bijouteries familiales de petites villes, aucune dans le Mississippi, ont vidé le contenu des vitrines et ont pris la route. Pas très sophistiqué, mais plutôt réussi, jusqu'à la sixième. À Waynesboro, en Géorgie, ils sont mal tombés. Le propriétaire possédait une arme et savait s'en servir. Une fusillade a éclaté. Un voyou du nom de Jimmie Crane a été tué, ainsi que sa copine, une prostituée nommée Karol Horton, dont le dernier lieu de travail connu est le Red Velvet. Crane était en liberté conditionnelle depuis peu et habitait dans le coin. Le troisième larron conduisait la voiture et s'est enfui, mais six personnes dans les cinq premières bijouteries l'ont bien vu.

— Je ne suis pas au courant de cette histoire, dit Jesse. Encore une fois, j'ai assez de crimes à traiter ici.

Lewis fit glisser sur la table un portrait-robot du troisième suspect.

Jesse le regarda mais ne réagit pas.

— Le Bureau a fini par retrouver Crane et Horton à Biloxi, reprit Lewis. Deux agents ont fouiné quelques jours dans le coin, mais n'ont rien trouvé. Personne n'a reconnu ce type, ou alors personne n'a voulu le reconnaître. Avec le temps, l'enquête s'est essoufflée, et cinq ans ont passé. Il y a deux mois, nous avons démantelé une opération de recel à la Nouvelle-Orléans et recueilli quelques indices. Mais nous n'avons toujours pas identifié ce type. Une idée ?

Jesse fronça les sourcils, secoua la tête et fit son possible pour afficher son désintérêt.

— Écoutez, les gars, j'ai assez à faire en ce moment. Je ne vais pas m'occuper d'une série de vieux vols à main armée dans d'autres États.

Il leur adressa un sourire, puis baissa les yeux sur le portrait-robot et regarda les yeux froids de Hugh Malco.

Il demanda à Lewis s'il pouvait garder le croquis pour le montrer autour de lui. Les deux agents partirent au bout d'une demi-heure. Jesse fit plusieurs copies qu'il cacha dans son bureau. Il n'en parla à personne, pas même à Keith et Egan.

***

Le 5 mai 1975, une semaine avant le procès très attendu de Lance Malco et Bobby Lopez, le juge Oliphant convoqua les avocats dans son cabinet. Il avait promis de leur remettre la liste des jurés potentiels et les deux parties étaient impatientes de l'avoir entre les mains. Jesse et Egan étaient assis d'un côté de la table ; Joshua Burch et deux de ses associés de l'autre. Toutes les questions préalables au procès avaient été débattues et tranchées. L'heure de la bataille avait sonné et la tension était palpable.

Le juge Oliphant posa la question habituelle d'un règlement.

— Avez-vous pu parvenir à un accord entre les parties ?

Burch secoua la tête.

— Votre Honneur, déclara Jesse, l'État offre à M. Lopez la même considération qu'à Fritz Haberstroh et à Coot Reed. En échange d'un plaidoyer de culpabilité et d'une coopération totale contre M. Malco, nous recommanderons une réduction de peine.

Sans hésiter, Burch rétorqua :

— Et nous rejetons votre offre, maître Rudy.

— Vous ne pensez pas que vous devriez consulter votre client ? rétorqua Jesse.

— Je suis son avocat et je rejette votre offre.

— Je comprends, mais d'un point de vue éthique, vous avez le devoir d'en informer votre client.

— Ne me faites pas la morale sur l'éthique, maître Rudy. J'ai passé des heures avec M. Lopez et je connais ses intentions. Il attend ce procès avec impatience pour pouvoir se défendre et défendre M. Malco contre ces accusations.

Jesse sourit et haussa les épaules.

Le juge Oliphant prit la parole :

— Il me semble que M. Rudy n'a pas tort. M. Lopez devrait au moins être informé de cette possibilité.

Burch répondit d'un air suffisant :

— Avec tout le respect que je vous dois, monsieur le juge, j'ai une grande expérience de ces questions et je sais comment représenter mes clients.

Amusé, Jesse répliqua :

— Ne vous inquiétez pas, Votre Honneur, je retire mon offre.

Le juge Oliphant se gratta le menton en regardant fixement Burch. Il feuilleta quelques documents et lâcha :

— Bon, et M. Malco ? Accepterait-il un accord ?

— Votre Honneur, l'État a une offre pour M. Malco, intervint Jesse. En échange d'un plaidoyer de culpabilité pour le crime d'exploitation d'un lieu à des fins de prostitution, l'État recommandera une peine de dix ans et une amende de cinq mille dollars. Toutes les autres charges seront abandonnées.

Burch se mit à ricaner.

— M. Malco n'est pas prêt à plaider coupable de quoi que ce soit.

— D'accord, mais il doit répondre de treize autres chefs d'accusation pour incitation à la prostitution et dix de ses filles vont témoigner contre lui. Chaque chef d'accusation est passible d'une peine de dix ans et d'une amende de cinq mille dollars. Même chose pour Lopez. Ils pourraient passer le reste de leur vie en prison.

Burch répondit sèchement :

— Oh, je connais la loi, maître Rudy. Pas besoin de cours particuliers. La réponse est non.

— Et vous ne pensez pas que vous devriez informer M. Malco de cette offre ? intervint Oliphant.

— S'il vous plaît, monsieur le juge. Je sais ce que je fais.

— Très bien.

Le juge Oliphant farfouilla à nouveau dans ses papiers, puis lança :

— Voilà la liste des jurés potentiels. Le greffier de Bay St. Louis est convaincu qu'ils sont qualifiés et impartiaux.

— Bay St. Louis ? s'exclama Burch, surpris.

— Oui, maître. Je change de lieu. Cette affaire sera jugée dans le comté voisin d'Hancock, et non ici, à Harrison. J'ai dans l'idée que le jury du procès de Ginger Redfield a été suborné, et je ne veux courir aucun risque.

— Mais personne n'a demandé un changement de lieu.

— Vous devriez connaître la loi, maître Burch. Relisez les textes, j'ai le pouvoir discrétionnaire de changer le lieu du procès pour n'importe quel district de l'État du Mississippi.

Burch était tellement abasourdi qu'il ne trouva rien à répondre. Jesse était à la fois surpris et ravi, mais il réprima son sourire. Le juge remit à chacun une liste de noms et déclara :

— Il n'y aura aucun contact avec les membres de ce groupe. Aucun. (Il jeta un regard noir à Burch avant de reprendre :) Quand nous nous réunirons le 12 mai, j'interrogerai les jurés sur d'éventuels contacts inappropriés. Au moindre soupçon, je punirai sévèrement le coupable. Une fois que nous aurons sélectionné les douze titulaires, et deux suppléants, je leur ferai la leçon sur le caractère répréhensible de ces contacts interdits. Chaque matin et chaque après-midi, je répéterai le même laïus. Suis-je bien clair ?

— Clair comme de l'eau de roche, Votre Honneur, répondit Jesse avec un petit sourire à Burch.

III.

LES PRISONNIERS

35.

La salle d'audience était vide, les lumières éteintes. Big Red, le concierge unijambiste du palais de justice, tripotait des fils électriques sur le banc du juge. Jesse entra, lui fit un signe de tête de loin, et remonta l'allée pour poser sa mallette sur la table. En homme de peu de mots, Big Red marmonna un bonjour. Quand Joshua Burch arriva par la porte principale, Jesse demanda au concierge de les laisser un moment. Big Red fronça les sourcils, comme s'ils interrompaient un travail important, et s'en alla en maugréant.

Les deux avocats s'assirent l'un en face de l'autre et se passèrent des formules de politesse.

— Vous ne gagnerez pas ce procès, Joshua, déclara Jesse sans préambule. J'ai énormément de témoins et tout le monde sait ce qui se passe dans ces clubs. Malco fait travailler des filles depuis des décennies, mais la fête est finie. Quand il sera condamné, Oliphant l'enverra en taule et il mourra vieux à la prison de Parchman.

Burch encaissa le coup et ne répondit pas. L'heure n'était plus aux fanfaronnades. Cela s'annonçait mal et il avait perdu toute chance d'obtenir un jury sans majorité quand le procès avait été déplacé dans le comté d'Hancock, loin de Fats Bowman et de son influence tentaculaire.

— C'est vous qui vouliez me voir, dit Burch. Qu'avez-vous en tête ?

— J'ai un marché à vous proposer. Lance est un homme intelligent et il sait que le vent a tourné. Un procès révélerait tous ses vilains secrets. Ce serait très embarrassant.

— Il a des problèmes de santé.

— Allons, Joshua. Personne ne le croit, et même si c'est vrai, ça ne change rien. Parchman est rempli de malades. Ils ont des médecins là-bas. Son prétendu cœur fragile ne le sauvera pas.

— Je lui ai suggéré à plusieurs reprises de transiger. Il a menacé de me renvoyer. Je pense qu'il en a discuté avec Hugh… Quant au reste de la famille, je ne sais pas.

— J'ai un levier, une affaire qui va vous intéresser tous les deux.

Burch haussa les épaules.

— Je suis tout ouïe.

Jesse lui raconta la brève carrière de voleur à main armée du jeune Hugh. Le cambriolage de la dernière bijouterie, la fusillade, la mort de Jimmie Crane et de Karol Horton. La fuite miraculeuse de Hugh, qui n'avait pas été identifié, ce qui était encore plus miraculeux. Cinq années s'étaient écoulées depuis, mais le FBI était sur ses traces.

Burch affirma ne rien savoir de ces cambriolages et Jesse le crut sur parole. Lui-même n'avait jamais eu vent de cette histoire.

Il raconta ses échanges récents avec les fédéraux et lui remit une copie du portrait-robot.

— Eh bien, c'est Hugh. Si le FBI l'apprend, il montrera sa photo aux victimes. Et le gamin purgera une peine d'au moins vingt ans, peut-être plus.

Burch étudia le croquis, secoua la tête, et marmonna :

— Quel idiot.

Jesse s'approcha pour porter son coup fatal.

— Je n'ai encore rien dit au FBI. Je peux me taire si Malco accepte le marché.

Burch posa le croquis sur le bureau et secoua de nouveau la tête.

— Vous êtes impitoyable.

— Impitoyable ? Malco régente le crime organisé de la côte depuis trente ans. Alcool, jeu, prostitution, drogue, sans parler des passages à tabac, des incendies et de je ne sais combien de cadavres. Et c'est moi qui suis impitoyable ? Bon sang, Joshua, je joue à la marelle, à côté de Malco.

Burch s'affaissa sur son siège, puis reprit le portrait-robot. Il le regarda un long moment avant de le reposer.

— C'est du chantage.

— Appelez ça comme vous voulez. Je m'en fiche. Je veux Lance Malco derrière les barreaux.

— Alors, soyons bien clairs, Jesse. Vous lui proposez dix ans, et s'il refuse, vous dénoncerez Hugh au FBI.

— Pas tout à fait. S'il refuse, je le traduirai en justice dans le comté d'Hancock dans six jours et le jury le déclarera coupable de tous les chefs d'accusation. Parce qu'il est coupable ! Ensuite, j'irai voir le FBI et je lui donnerai le nom de son fils. Les deux iront en taule pour un sacré bout de temps.

— Bien compris. Mais s'il accepte le marché, vous ne direz rien au FBI.

— Vous avez ma parole. Je ne peux pas vous promettre que les fédéraux ne découvriront pas l'identité de Hugh autrement, mais cela ne viendra pas de moi. Je le jure.

Burch se leva, alla se poster à une fenêtre, le regard perdu dans le vide, puis revint s'appuyer à la barre des témoins.

— Et Bobby Lopez ?

— Il aura le même traitement qu'Haberstroh et Coot Reed. Il plaide coupable et il a droit à la liberté conditionnelle, avec un sévère avertissement. Après ça, il se tient à carreau.

— Pas de prison ?

— Pas un jour de plus derrière les barreaux.

Burch s'approcha de la table et s'empara du portrait-robot.

— Je peux le prendre ?

— Il est pour vous. Montrez-le à votre client.

— C'est du chantage.

— Impitoyable sonne mieux, mais peu importe. Vous avez vingt-quatre heures.

***

Lance Malco se tenait debout derrière son bureau, l'air abattu. Sur une chaise à côté de lui, Nevin Noll tirait sur sa cigarette. Près de la porte, Hugh semblait au bord des larmes. Burch était assis au milieu de la pièce, dans un nuage de fumée. Le portrait-robot se trouvait au centre de la table.

— Combien de temps je vais devoir purger ? demanda Lance.

— Environ les deux tiers de la peine. Libération pour bonne conduite.

— Le fils de pute, grommela Hugh pour la dixième fois.

— J'ai une chance de revenir ici, à la prison du comté ?

— Peut-être, au bout de quelques années. Fats peut probablement tirer quelques ficelles.

— Le fils de pute…

Lance se dirigea lentement vers son fauteuil pivotant et s'assit. Il sourit à Burch.

— Je sais encaisser les coups, Burch. Je n'ai pas peur du mitard.

***

Burch appela Jesse et prit le ton d'un vieil ami. Il avait une faveur à lui demander : une audience discrète et rapide pour en finir une bonne fois pour toutes. Jesse refusa tout net. Pour son heure de gloire, le procureur voulait un grand spectacle.

Le 12 mai, les gens étaient en nombre pour assister à ce procès historique. Le premier rang était occupé par les journalistes et, derrière eux, plusieurs dizaines de spectateurs attendaient nerveusement de savoir si les rumeurs étaient fondées. Dans chaque palais de justice, des avocats désœuvrés ou proches de la retraite ne manquaient pas une occasion de colporter des ragots, et ils étaient tous présents. En tant qu'officiers de justice, ils étaient autorisés à discuter avec les greffiers et même à s'asseoir dans le box des jurés s'il était vide. Keith ne se trouvait pas parmi eux : il préférait s'asseoir près de la table de l'accusation. En jetant un coup d'œil à l'importante assemblée, il croisa le regard de Hugh. Une vision désagréable. Si les regards pouvaient tuer.

Carmen Malco n'était pas présente, pas plus que ses deux autres grands enfants. Lance ne voulait pas qu'ils s'approchent de près ou de loin du tribunal. Les gros titres seraient suffisamment durs.

Un huissier rappela l'assistance à l'ordre et tout le monde se leva. Le juge Oliphant apparut et prit place sur le banc. Il fit signe aux spectateurs de s'asseoir et donna la parole à Rudy. Jesse annonça qu'un accord avait été conclu entre l'État et l'accusé Bobby Lopez.

Joshua Burch se pavana devant l'assemblée et fit signe à son client de le rejoindre. Jesse se tenait de l'autre côté. La salle d'audience écouta le juge lire l'acte d'accusation. Lopez plaida coupable pour tous les chefs d'accusation et fut sommé de revenir dans un mois pour l'énoncé de la sentence. Alors qu'il regagnait son siège, le juge déclara :

— L'État du Mississippi contre Lance Malco.

L'accusé se leva de son siège à la table de la défense et s'avança comme s'il n'avait rien à craindre. Vêtu d'un costume sombre, d'une chemise blanche empesée et d'une cravate à motifs, il aurait pu passer pour l'un des avocats. Il frôla Jesse sans lui adresser un regard. Il se posta entre Burch et le procureur et toisa le juge avec arrogance.

Après avoir plaidé coupable d'un chef d'accusation pour « avoir exercé le contrôle d'un lieu à des fins de prostitution et ce en toute connaissance de cause », on lui demanda s'il était prêt à entendre la sentence. Burch répondit par l'affirmative. Le juge Oliphant le condamna à dix ans de réclusion au pénitencier d'État de Parchman et à une amende de cinq mille dollars. Malco encaissa la sentence sans sourciller.

— Je vous remets à la garde du shérif du comté qui va vous transférer à Parchman, conclut le juge.

Malco hocha la tête, ne dit mot, et retourna fièrement à sa place. Dès que l'audience fut levée, deux huissiers le firent sortir par la porte latérale, direction la prison.

***

La une du *Gulf Coast Register* du lendemain matin était sans équivoque : MALCO PLAIDE COUPABLE – CONDAMNÉ À DIX ANS PRISON. Une photo en pleine page montrait Malco menotté et conduit à une voiture de police, Hugh sur ses talons.

Jesse en avait acheté plusieurs exemplaires et prévoyait d'en faire encadrer un pour son mur des victoires.

***

Deux jours plus tard, une longue berline Ford marron quitta la prison à l'aube avec le chef adjoint Rudd Kilgore au volant, Fats sur le siège passager, et le prisonnier à l'arrière, sans menottes. Hugh avait insisté pour faire le trajet de cinq heures aux côtés de son père. La première heure, alors qu'ils buvaient du mauvais café dans de grands gobelets en carton, ils ne parlèrent pas beaucoup. Le problème Jesse Rudy ne tarda pas à être évoqué, et le procureur en prit pour son grade.

Fats dirigeait le comté d'Harrison comme un dictateur depuis seize ans et refusait de s'inquiéter, même si Rudy paraissait de mèche avec le FBI. Lance avertit Fats que Rudy était incontrôlable et qu'il n'allait pas s'arrêter là. S'il parvenait à mettre fin à la prostitution et aux jeux d'argent, la plupart des boîtes de nuit allaient fermer et les rentrées d'argent de Fats en pâtiraient. Les bars et les clubs de strip-tease étaient toujours légaux et n'avaient pas besoin de la protection du shérif. Fats lui assura qu'il était conscient de tout cela.

Ils s'arrêtèrent à Hattiesburg pour prendre un copieux petit déjeuner, puis se mirent en route pour Jackson. À l'approche de Yazoo City, les collines s'aplanissaient et le delta apparaissait au loin. Sur cette vaste étendue, le sol était l'un des plus riches de la planète et semblait recouvert de tiges vertes de cotonnier, à hauteur de genou.

Hugh n'avait jamais vu le delta auparavant et le trouva très déprimant. Plus ils s'en approchaient, plus il détestait Jesse Rudy.

Lance avait déjà la nostalgie de la côte.

36.

Par un chaud week-end de fin septembre, toute la famille Rudy, les membres de leur cabinet et au moins une centaine de parents et amis se rendirent dans la ville de Meridian, à deux heures et demie au nord de la côte, pour célébrer le mariage de Keith Rudy et d'Ainsley Hart. Le couple s'était rencontré à Ole Miss, où Keith était en troisième année de droit et où Ainsley étudiait la musique. Elle venait d'obtenir son diplôme et travaillait à Jackson. Ils étaient las des contraintes d'une relation à distance et avaient fixé une date. Keith avait confié à son père qu'il n'était pas vraiment prêt à se marier parce qu'il n'était pas sûr de pouvoir subvenir aux besoins d'une épouse. Jesse lui avait répondu que personne ne le pouvait. S'il attendait d'être prêt, il ne se marierait jamais. Il était temps d'être un homme et de faire le grand saut.

Les copains d'université de Keith voulaient que le mariage ait lieu à Biloxi, pour aller voir les strip-teaseuses dans les clubs. Au début, Keith crut à une blague, mais lorsqu'il se rendit compte que certains étaient sérieux, il refusa tout net. Ainsley aussi. Elle préférait un mariage à l'église, la First Presbyterian, où elle avait été baptisée. Les Hart étaient foncièrement protestants. Les Rudy, de fervents catholiques. Le couple avait parfois abordé la question de l'appartenance à une Église, mais comme il s'agissait d'un sujet délicat, ils n'avaient pas progressé, espérant que les choses s'arrangeraient naturellement par la suite. Ils s'étaient mis d'accord pour se séparer le dimanche et n'avaient aucune idée de ce qui se passerait lorsque les enfants entreraient en scène.

Le vendredi soir, Jesse et Agnes organisèrent un splendide dîner de répétition au country club. Quatre-vingts invités, en tenue de cocktail, se régalèrent d'huîtres, de crevettes grillées et de limandes farcies, cadeau d'un grossiste de Point Cadet, ami proche de Jesse. Son entrepôt se trouvait à côté de la conserverie où, enfant, le père de Jesse travaillait dix heures par jour à l'écaillage des huîtres.

Beaucoup de presbytériens ne buvaient pas, bien que l'alcool ne soit pas un péché aussi mortel que pour les baptistes, mais la plupart d'entre eux appréciaient le vin au dîner. Ils étaient cependant surpris par la quantité d'alcool consommée par les gens de la côte. Ils avaient entendu parler des habitants de Biloxi et de leur mode de vie décontracté. Aujourd'hui, ils en étaient les témoins directs.

Après le vin d'honneur, ce fut le moment des discours. Tim Rudy, cheveux jusqu'aux épaules et barbe épaisse, venu en avion du Montana, était arrivé juste à temps. Il raconta des histoires drôles sur son grand frère, l'enfant parfait qui n'avait jamais d'ennuis. Tim, lui, se mettait toujours dans le pétrin et s'était souvent tourné vers Keith pour le soutenir lorsque Jesse avait envie de le tuer. Un colocataire de l'université raconta une histoire à vous donner la chair de poule, étant donné la réputation grandissante de Jesse. Un week-end, alors que Jesse et Agnes n'étaient pas en ville, une voiture remplie de joyeux lurons de Southern Miss était passée prendre Keith et ils étaient allés sur le Strip. Dans un bar appelé le Foxy, ils avaient bu verre sur verre, mais cela ne leur avait fait aucun effet. Keith avait dit à ses amis que la bière était diluée et que les cocktails n'étaient que de l'eau sucrée. Ils avaient réclamé une bouteille de whisky, mais le barman avait refusé. Comme ils voulaient aller ailleurs, Keith leur avait expliqué que la plupart des bars servaient la même flotte. Au bout d'un moment, ils faisaient tellement de tapage qu'un videur les avait jetés dehors. Imaginez Keith Rudy se faire expulser d'un club de strip-tease de

Biloxi ! Le colocataire insinua que certains étaient allés à l'étage, enfin certainement pas Keith. Joey Grasich évoqua ensuite son enfance heureuse à la Pointe et ses aventures de pêche et de voile dans le détroit. Il remercia ses amis de toujours, Keith et Denny Smith, mais bien sûr il ne mentionna pas Hugh.

À la fin du dîner, Jesse rendit hommage à son fils. Bien qu'il eût prononcé un millier de discours, l'émotion eut raison de lui. Lorsqu'il eut terminé, presque tous les invités avaient les larmes aux yeux.

Un groupe de musique soul animait la soirée et la fête se poursuivit sur la piste de danse. À minuit, Jesse et Agnes laissèrent les jeunes et regagnèrent leur hôtel.

Le lendemain matin, les parents d'Ainsley se réveillèrent paniqués. Ils avaient terriblement sous-estimé la quantité de bière, d'alcool et de vin pour le dîner de mariage. Plus de trois cents invités étaient attendus, dont près de la moitié venait de Biloxi, et ces catholiques étaient très portés sur la boisson ! M. Hart passa la matinée à écumer les magasins de spiritueux pour acheter de l'alcool.

La cérémonie de 17 heures se déroula comme prévu, même si plusieurs garçons d'honneur semblaient mal en point après leur longue soirée de la veille. Jesse, en tant que témoin, se tenait fièrement aux côtés de son fils. Ainsley n'avait jamais été aussi belle.

***

Haley Stofer fut arrêté à Saint-Louis pour conduite en état d'ivresse. Il avait payé la caution en espèces et sortait du poste de police quand son nom apparut sur la liste des personnes recherchées. Apparemment, l'homme avait eu des ennuis dans le Mississippi et faisait l'objet d'un mandat d'arrêt pour trafic de stupéfiants. Il fallut un mois pour l'extrader vers le comté d'Harrison, et quand Jesse vit son nom sur le registre hebdomadaire de la prison, il abandonna tout ce qu'il faisait pour lui rendre visite.

Un huissier poussa Stofer dans la salle où le procureur l'attendait. Jesse le dévisagea, étudia son visage mal rasé et décharné, sa combinaison orange délavée, ses menottes. Considéré comme un trafiquant de drogue, il avait même des chaînes aux chevilles.

— Où étiez-vous passé, Stofer ? maugréa Jesse.

— Content de vous revoir, monsieur Rudy.

— Je n'en dirais pas autant. Écoutez, on ne va pas revenir sur le passé. Je vous ai apporté une copie de votre acte d'accusation, j'ai pensé que vous aimeriez vous rafraîchir la mémoire. Qu'est-ce que je vous avais dit ?

— Vous m'avez dit de quitter la ville. Ces mafieux étaient à mes trousses. Je risquais ma peau.

— C'est vrai, mais je vous avais dit aussi de m'appeler une fois par semaine. Vous deviez témoigner contre Lance Malco. Cela faisait partie du marché. Or, vous avez disparu sans laisser d'adresse.

— Vous m'avez dit de partir.

— Je n'ai pas envie de discuter.

— J'ai témoigné devant le grand jury et je vous ai aidé à les coincer.

— D'accord, je vous fais grâce de quinze ans. Il vous en reste quinze pour trafic de drogue.

— Je ne peux pas passer quinze ans en taule, monsieur Rudy. S'il vous plaît.

— Vous n'aurez pas à le faire. Si vous vous comportez bien, vous sortirez au bout de dix ans.

Jesse se leva brusquement, laissa le document sur la table et se dirigea vers la porte.

Stofer prit un ton suppliant.

— Ils vont m'avoir, vous savez ? Je ne m'en sortirai pas.

— Vous n'avez pas respecté votre part du marché, Stofer.

— C'est votre faute. Vous m'avez forcé à m'infiltrer.

— Non, Stofer, vous avez choisi de vendre de la drogue. Maintenant, vous en payez le prix.

Jesse quitta la pièce.

***

Conformément aux directives laissées par son père, Hugh s'installa dans le grand bureau et prit en main l'empire familial. Il incluait les clubs de strip-tease – le Red Velvet, le Foxy, O'Malley, le Truck Stop et le Desperado – l'ancien Carousel – ainsi que deux bars où se donnaient rendez-vous les bookmakers, plusieurs magasins d'alimentation utilisés pour blanchir l'argent, trois motels où logeaient autrefois les prostituées, aujourd'hui vacants, deux restaurants qui, curieusement, n'avaient jamais servi à des activités illégales, plusieurs immeubles d'habitation, des terrains en front de mer et des condos en Floride. Lance conservait la propriété exclusive de tous ces biens, à l'exception de la maison familiale, qu'il avait cédée à Carmen. Elle n'avait pas demandé le divorce et était soulagée que son mari ne soit plus dans le paysage. Il était convenu que Hugh la soutiendrait financièrement, à hauteur de mille dollars par mois. Le frère et la sœur de Hugh avaient quitté la côte et n'avaient plus guère de contacts avec la famille.

Lance considérait son petit séjour à Parchman comme un simple contretemps, le prix à payer supportable pour toutes ces richesses. Il prévoyait de diriger son empire depuis la prison et de revenir rapidement, bien avant les dix ans que Jesse Rudy avait en tête. Avec Hugh en charge de la gestion, et Nevin Noll comme bras droit, ses biens étaient en sécurité. Ses ennuis seraient bientôt terminés.

Au bout de six mois, cependant, les chiffres n'étaient guère rassurants. Le jeu et la prostitution s'étaient drastiquement réduits, le monde interlope de Biloxi souffrait d'un nouveau ralentissement. Il y avait trop de bars et pas assez de clients. La condamnation de Lance Malco avait jeté un froid sur le Strip. Jesse Rudy s'en prenait aux barons du crime et personne ne savait qui serait le prochain. Pour ne rien arranger, la police d'État était de la partie et le FBI rôdait.

***

Limité par la loi de l'État à un mandat de quatre ans, le gouverneur Bill Waller quitterait ses fonctions et ferait ses valises à la fin de l'année 1975. Son mandat était un succès. Bien que l'État soit toujours à la traîne en matière d'éducation, de santé et surtout de droits civiques, il avait été le premier gouverneur à mettre en œuvre un programme progressiste. Il n'en avait pas terminé avec la politique et rêvait de siéger au Sénat, mais pour le moment, les deux sièges étaient occupés par John Stennis et James Eastland. Waller envisageait d'ouvrir un cabinet d'avocats privé à Jackson et se réjouissait à l'idée de retourner dans les salles d'audience.

Au début du mois de décembre, il invita Jesse et Keith à passer au manoir pour le déjeuner. Waller avait suivi de près l'affaire Malco et se tenait au courant des rumeurs de la côte. Il adorait les fruits de mer et, en guise de cadeau d'adieu, Jesse avait apporté une glacière remplie d'huîtres, de crevettes et de crabes. Le chef cuisinier les prépara pour le déjeuner et le gouverneur, un homme de haute stature, au solide appétit, se régala.

Ils discutèrent de Lance Malco. Le gouverneur avait appris par son « personnel pénitentiaire » que le détenu avait un comportement irréprochable et travaillait à la bibliothèque de la prison. Il avait sa propre cellule, qui comme les autres n'était pas climatisée. Jesse aurait préféré que Malco soit envoyé dans les champs de coton comme les criminels de droit commun.

— Dites à vos hommes de garder un œil sur lui. Il a beaucoup d'argent et la corruption est rampante en prison.

Ils rirent aux dépens de Malco. Keith connaissait sa place à cette table et se faisait discret. Il était ému de déjeuner avec le gouverneur en personne.

Waller prit un air sérieux et interrogea Jesse :

— Avez-vous des projets après votre mandat de procureur ?

Jesse fut pris au dépourvu.

— Pas vraiment. J'ai encore beaucoup de pain sur la planche.

— Pouvez-vous empêcher ce shérif de nuire ? Bowman sévit depuis tellement d'années.

— Je pense à lui tous les jours, gouverneur, mais il est sacrément rusé.

— Vous pouvez l'avoir. Je vous aiderai de mon mieux.

— Vous en avez assez fait. Sans la police d'État, nous n'en serions pas là. Les habitants de la côte ont une énorme dette envers vous.

— Ils ont voté pour moi, je n'en demandais pas plus.

Waller goba une huître. Une fois qu'elle eut glissé dans sa gorge, il déclara :

— Vous savez, Jesse, le parti démocrate dans cet État est un gâchis. Nous n'avons pas assez d'esprits progressistes, et la magistrature laisse à désirer, si vous voulez mon avis. Je discute de notre avenir avec beaucoup de gens, et votre nom revient sans cesse sur la table. Je pense que vous devriez envisager de vous présenter à un poste d'État. Procureur général, et ensuite gouverneur peut-être.

Jesse se défila par un petit rire.

— Écoutez, monsieur le gouverneur, je suis catholique. Nous sommes une minorité importante dans le Mississippi.

— Bah, cet État a voté pour JFK en 1960, ne l'oubliez jamais.

— Oui, et après, il a toujours voté républicain, sauf George Wallace.

— Eh bien, nous avons beaucoup d'électeurs acquis à la cause démocrate. Je n'imagine pas le Mississippi élire un gouverneur républicain. Votre religion n'a pas d'importance. Nous avons juste besoin de sang neuf.

— Je suis flatté, gouverneur, mais j'ai cinquante et un ans. Après ce prochain mandat de procureur, j'aurai cinquante-six ans, ce qui n'est plus vraiment tout jeune.

— J'ai cinquante ans, Jesse, et je ne suis pas prêt à prendre ma retraite. J'ai l'intention de me présenter au Sénat s'il y a une ouverture, ce qui semble peu probable. Mais vous et moi, on a ça dans le sang, hein ?

— Encore une fois, je suis flatté, cependant je ne l'envisage pas.

— Et vous, Keith ?

Keith faillit s'étouffer avec une bouchée de crevettes grillées. Il déglutit et réussit à articuler :

— Je suppose que je suis à l'autre bout du spectre. Je n'ai que vingt-sept ans.

— Il est temps de vous lancer. J'aime votre allure, Keith, et vous avez la personnalité de votre père, sans parler de votre nom de famille, ce qui peut constituer un véritable atout.

Le sujet n'était pas nouveau. Keith avait déjà discuté avec son père de briguer un siège à la législature, point de départ traditionnel des jeunes politiciens ambitieux. Keith ne l'avouerait à personne, pas même à son père, mais il rêvait de vivre un jour dans le manoir où ils étaient en train de déjeuner.

Jesse sourit.

— Il y songe, gouverneur.

— J'ai une idée, intervint Waller. A. F. Sumner vient d'être réélu pour un troisième mandat au poste de procureur général. Je ne sais pas pourquoi le gouverneur n'a droit qu'à quatre ans alors que tous les autres peuvent être nommés à vie, mais c'est la loi. Comme vous le savez, le corps législatif ne veut pas d'un gouverneur trop puissant. Quoi qu'il en soit, je suis proche d'A. F. et il me doit une faveur. Pourquoi ne pas venir à Jackson, travailler pour le bureau du procureur général pendant quelques années ? Je serai dans le coin et je pourrai vous présenter du monde. Ce serait un formidable tremplin.

Keith était flatté, mais il n'était pas décidé à quitter la côte.

— C'est très généreux, gouverneur, mais je viens de me marier et ma femme et moi venons d'emménager. Le cabinet d'avocats gagne en notoriété et les affaires tournent à plein régime.

— Envoyez-moi des dossiers. Je vais bientôt me retrouver au chômage.

— Merci pour votre proposition, gouverneur.

— Rien ne presse. L'offre tient toujours. Peut-être dans un an ou deux.

— Je vais y réfléchir, c'est certain.

Jesse avait une dernière faveur à demander. Le bruit courait que le chef de la police conserverait son poste après le changement d'administration. Jesse avait besoin de sa coopération pendant les quatre prochaines années. Les sept meurtres irrésolus, tous liés selon lui à des gangs, l'empêchaient de dormir. Fats n'avait jamais rien fait pour les résoudre et les pistes devenaient de plus en plus froides. Jesse avait besoin de renforts et espérait obtenir l'aide du chef de la police d'État.

Comme il ne lui restait plus qu'un mois de mandat, le gouverneur était prêt à faire n'importe quelle promesse.

37.

Tout bascula en février 1976, près de sept ans après le meurtre, lorsqu'un contrebandier du nom de Bayard Wolf, perclus de douleurs, se résolut enfin à consulter un médecin. Sa femme l'emmena pour faire des examens à Tupelo, et les résultats furent accablants. On lui diagnostiqua un cancer avancé du pancréas et on lui donnait peu de temps à vivre.

Wolf vivait dans le comté rural de Tippah, l'un des plus arides de l'État. Il avait gagné sa vie pendant des années en vendant clandestinement de la bière à des clients assoiffés, dont beaucoup étaient mineurs. Plus jeune, il s'était associé à la State Line Mob, une mafia qui opérait du Mississippi au Tennessee. Un temps, il avait aussi travaillé dans un club appartenant à Ginger Redfield et à son mari. Sa seconde femme l'avait convaincu de quitter ce monde instable et dangereux et de se remettre dans le droit chemin. La contrebande de bière ne présentait guère de risques. Le shérif l'avait laissé tranquille parce qu'il empêchait les jeunes de reprendre la route de Tupelo ou de Memphis.

À l'insu de sa femme et du shérif, Wolf était resté en lien avec la Dixie Mafia et leur fournissait un service que peu d'autres pouvaient offrir. Dans le milieu, son surnom était « le Courtier ». Pour une somme rondelette, il faisait l'intermédiaire entre un homme riche et rancunier et un tueur à gages professionnel. Depuis sa petite ferme reculée près de Walnut, dans le Mississippi, il avait permis l'exécution de nombreux contrats. Il était l'homme à contacter quand l'assassinat était la seule solution. Confronté à sa mort imminente, Wolf se tourna brusquement vers Dieu. Ses péchés innombrables, bien plus impressionnants que chez les gens du commun, étaient devenus un trop lourd fardeau. Il croyait au paradis et à l'enfer, et il était terrorisé par ce qui l'attendait.

Lors d'une messe nocturne, Wolf remonta l'allée en direction de l'autel devant toute la congrégation, et le pasteur vint à sa rencontre. En larmes, il confessa son passé de pécheur, sans donner trop de détails, la voix étranglée par l'émotion. L'assemblée se félicita qu'un célèbre trafiquant d'alcool et pauvre pécheur ait trouvé la voie du Seigneur.

Après sa conversion spectaculaire des plus sincères, Wolf éprouva un immense soulagement, mais il était toujours torturé par son passé. Il se sentait responsable de crimes horribles qui ne cessaient de le tourmenter. Au fil des semaines, son état physique se dégrada. Mentalement et émotionnellement, il n'était pas en paix. Son pasteur passait tous les jours pour prier avec lui, et à plusieurs reprises, Wolf perçut l'esprit le poussant à tout confesser. Mais il n'en avait pas le courage et sa culpabilité le rongeait toujours plus.

Deux mois après le diagnostic, il avait perdu dix-huit kilos et ne pouvait plus sortir de son lit. La fin était proche et il ne se sentait pas prêt à l'affronter. Il appela le shérif et lui demanda de passer quand le pasteur serait là. Sa femme était à son chevet, le shérif prenait des notes, et le pasteur avait les mains posées sur sa couverture. Alors Wolf se mit à parler.

L'après-midi même, le shérif se rendit à Jackson pour voir le chef de la police d'État. Le lendemain matin, deux policiers et deux techniciens arrivèrent au domicile des Wolf. Ils installèrent rapidement une caméra et un micro au pied du lit.

D'une voix tendue, éraillée et affaiblie, Wolf raconta en détail les meurtres sous contrat qui remontaient à deux décennies. Il cita les noms des commanditaires et donna les montants versés. Il nomma les intermédiaires. Les victimes. Plus il parlait, plus ses forces le quittaient. Sous l'effet de puissants sédatifs, et en proie à une grande souffrance, il était parfois incohérent et confus. Il se rappelait certains coups avec précision, tandis que d'autres étaient flous dans sa mémoire.

Sur le seuil, le shérif l'écouta en secouant la tête, totalement incrédule. Mme Wolf était tellement bouleversée qu'elle quitta la pièce. Elle servit du café et proposa des biscuits, mais personne ne pouvait rien avaler.

Bayard Wolf mourut trois jours plus tard, en paix avec lui-même. Son pasteur lui avait assuré que Dieu pardonnait tous les péchés confessés. Wolf n'était pas sûr que Dieu eût déjà entendu une confession aussi monumentale, mais il s'en remit à la bonne parole et sourit en rendant son dernier souffle.

Il laissa derrière lui quantité d'informations extrêmement précieuses, qu'il faudrait des années à analyser. Dix-neuf meurtres en vingt et un ans dans huit États. Des maris jaloux, des épouses jalouses, des petites amies jalouses, des partenaires commerciaux en conflit, des frères et sœurs en guerre, des escrocs, des investisseurs dupés, un politicien corrompu, et même un flic véreux.

Et un propriétaire de boîte de nuit décidé à éliminer la concurrence.

***

D'après Wolf, un homme nommé Nevin Noll lui avait donné rendez-vous dans un bar de Tupelo. Wolf se rendait souvent à Biloxi, où il fréquentait les clubs par le passé. Il n'avait jamais rencontré Lance Malco, mais sa réputation le précédait. Wolf savait que Noll était depuis longtemps le bras armé de Malco, mais il ne voulait pas connaître d'où venait l'argent. C'était hors de question. Noll lui donna vingt mille dollars en liquide pour assassiner Dusty Cromwell, un autre hors-la-loi au passé encore plus trouble. Wolf supposait qu'une énième guerre de territoire faisait rage à Biloxi et que Malco était au centre de l'affaire. Ce genre de règlements de comptes était courant dans la région et Wolf connaissait plusieurs des joueurs principaux.

Wolf gardait dix pour cent de la somme, sa commission habituelle, et contactait l'exécuteur. Son tueur à gages préféré était Johnny Clark, un ancien tireur d'élite renvoyé de l'armée pour des atrocités commises au Viêtnam. Son surnom, chuchoté dans certains cercles fermés, était « le Fusilleur ». Wolf le retrouva dans le même bar de Tupelo et lui remit le reste de l'argent. Deux mois plus tard, Dusty Cromwell était pratiquement décapité alors qu'il flânait sur une plage de Biloxi avec sa petite amie.

Des autres meurtres non élucidés sur la côte, Wolf affirmait ne rien savoir. Certains avaient toutes les caractéristiques d'exécutions par un professionnel, d'autres semblaient être l'œuvre de gangsters locaux qui avaient un compte à régler.

***

En mai, Jesse Rudy se rendit à Jackson pour une réunion au siège de la police d'État. On lui expliqua dans quel contexte Bayard Wolf s'était confessé et on lui montra la vidéo où il racontait la planification de l'assassinat de Cromwell. C'était un étonnant revirement de situation, que Jesse n'aurait jamais imaginé et qui constituait un énorme défi pour un procureur.

Tout d'abord, Wolf, le témoin principal, était décédé. Ensuite, l'enregistrement des aveux n'était pas recevable par un tribunal. Aucun juge ne l'accepterait, même s'il était fondamental, car la défense ne pouvait mener le contre-interrogatoire du témoin. Même si Wolf avait juré de dire la vérité, le jury ne pourrait ni le voir ni l'entendre. Enfin, comme la police l'avait découvert, il n'y avait aucune trace du dénommé Johnny Clark. Wolf pensait qu'il habitait près d'Opelika, en Alabama. La police locale avait trouvé trois hommes de ce nom dans la région, mais aucun ne pouvait être considéré comme suspect. La police de l'Alabama avait répertorié quarante-trois autres Johnny Clark dans l'État et les avait tous éliminés de la liste des suspects potentiels. Et, selon Wolf, le Fusilleur était responsable de deux autres attentats en Alabama, de sorte que les forces de l'ordre avaient du pain sur la planche. Le numéro de téléphone que Wolf leur avait donné pour Clark n'était plus en service depuis trois ans. Cela avait mené la police jusqu'à un parc de mobile-home dans la petite ville de Lanett, en Alabama, et à une caravane qui ne s'y trouvait plus. La caravane était au nom d'une femme nommée Irene Harris, qui avait disparu elle aussi. Elle était introuvable, mais les recherches se poursuivaient.

La police d'État et Jesse en avaient déduit qu'un tueur professionnel au passé sombre se déplaçait en se cachant derrière divers noms d'emprunt.

Selon les archives militaires américaines, vingt-sept hommes du nom de Johnny Clark avaient servi au Viêtnam. Aucun n'avait été réformé pour faute grave ; deux avaient été tués au combat.

La police de l'État avait enquêté sur les informations fournies par Wolf. Elle n'avait guère de doutes sur le fond : dix-neuf assassinats commandités. Avec les noms des victimes en main, il ne fut pas difficile de retrouver les affaires non élucidées dans les huit États. En revanche, impossible de vérifier tous les détails donnés par Wolf.

***

Jesse ne se souvenait pas de son trajet de retour en voiture à Biloxi. Son esprit bouillonnait de scénarios, de stratégies, de questions et d'absences de réponses. Le meurtre avec préméditation était un crime capital dans le Mississippi, et la possibilité de traduire en justice Lance Malco, Nevin Noll, et d'autres, pour l'assassinat de Dusty Cromwell ferait tourner la tête de n'importe quel procureur. Ces hommes méritaient le couloir de la mort, mais les y envoyer semblait impossible. Il n'y avait pas de témoin et la scène de crime n'avait fourni aucun indice. La balle de gros calibre, qui avait traversé la joue droite de Dusty et explosé l'arrière de son crâne, n'avait jamais été retrouvée. Jesse n'avait ni données balistiques, ni arme du crime, ni pièces à conviction d'aucune sorte à présenter à un jury.

Au bureau, Jesse raconta à Egan Clement sa réunion à Jackson. Il était soulagé de savoir qui avait assassiné Cromwell, même si Lance était le suspect numéro un depuis le début. Cette confirmation était néanmoins une victoire amère, car il ne voyait pas comment l'inculper de cet homicide.

Jesse et Egan classèrent les informations, ajoutèrent des mémos à des dossiers trop minces, et attendirent le prochain rapport de la police d'État. Le compte rendu arriva un mois plus tard, mais il ne leur apprit rien de plus. Les dix-huit autres enquêtes suivaient leur cours, la plupart avec aussi peu de succès que l'affaire Cromwell. Grâce aux aveux de Wolf, les polices de huit États menaient des investigations, sans grands résultats. Ils recherchaient des tueurs à gages professionnels qui ne laissaient aucune trace derrière eux. Ils s'insinuaient dans les bas-fonds de la pègre, où toutes les portes se fermaient. Ils voulaient rendre justice à des victimes qui s'avéraient être aussi des escrocs et suivaient les mouvements de l'argent liquide, qui les menaient dans des impasses.

Un mois s'écoula, puis un autre, sans succès. Mais les fouilles alimentèrent les ragots. Des rumeurs se répandirent dans les milieux interlopes et dans d'innombrables bars et honky tonks. Wolf aurait trop parlé avant de mourir.

***

Au cours des quinze dernières années, Nevin Noll avait amélioré les règles d'accréditation quand un étranger venait le voir au club. Prendre son nom, lui demander ce qu'il voulait, et lui préciser que M. Noll n'était pas là. Il serait peut-être de retour demain, ou bien il n'était pas en ville. Ne jamais recevoir un homme dont vous ne saviez rien.

Mais l'étranger connaissait les méthodes des barons du crime et n'avait pas l'intention de s'attarder. Il écrivit sur une serviette de table « Bayard Wolf », laissa le mot au barman et déclara :

— Je reviens dans une heure. Veuillez faire comprendre à M. Noll qu'il s'agit d'une affaire urgente.

Puis il s'en alla sans donner son nom.

Une heure plus tard, Noll était sur la plage, assis à une table de pique-nique, et il contemplait l'océan. L'étranger s'approcha, mais resta à distance respectueuse. Les deux hommes ne s'étaient jamais rencontrés, mais ils connaissaient Wolf. Le client en colère et l'exécuteur du contrat.

L'inconnu parla pendant deux minutes, puis regagna le parking et repartit en voiture. Il expliqua à Noll que Bayard Wolf avait tout déballé aux flics avant de mourir. Ils savaient que Malco avait négocié un contrat et que Noll avait remis vingt mille dollars à Wolf. Ils savaient aussi que le Fusilleur avait pressé la détente.

Le procureur de Biloxi enquêtait sur le meurtre de Cromwell.

38.

Dix ans plus tôt, il avait appris à fabriquer des bombes, lorsqu'il avait rejoint le Ku Klux Klan. À l'époque, il travaillait pour un entrepreneur qui démolissait de vieux bâtiments pour en construire de nouveaux. Dans ce cadre-là, il s'était initié aux rudiments de la démolition et s'était familiarisé avec le TNT et la dynamite. Par pur plaisir, il s'était amusé à fabriquer des bombes qui avaient détruit des églises noires et des maisons de sympathisants blancs. Il connut son apogée en 1969, quand le Ku Klux Klan déclara la guerre aux Juifs du Mississippi et mena une campagne de terreur pendant dix-huit mois. Ils accusaient les Juifs de financer la défense de droits civiques insensés et se promirent de chasser les trois mille de l'État. Ses bombes avaient pulvérisé des maisons, des entreprises, des écoles et des synagogues. Au bout du compte, le FBI était intervenu et avait mis fin à son petit hobby. Il avait été inculpé, puis acquitté par un jury entièrement blanc.

Désormais, il travaillait à son compte, acceptait occasionnellement une mission, par exemple quand un homme d'affaires véreux voulait faire exploser un bâtiment dans le cadre d'une escroquerie à l'assurance. Ses bombes n'avaient tué personne depuis des années et il était toujours enchanté de relever le défi.

Au-dessus de la poche gauche de sa chemise brune était brodé le prénom Lyle, son nom d'emprunt jusqu'à la fin de sa mission. Sa véritable identité était cachée avec son portefeuille, son argent et ses deux pistolets sous le lit de sa chambre de motel, à un kilomètre de là.

À 12 h 05, le vendredi 20 août 1976, Lyle attendait dans la cabine de son pick-up, un Dodge bleu marine de 1973. Il était garé dans une ruelle étroite près du palais de justice, d'où il pourrait facilement s'échapper. Il avait choisi un vendredi du mois d'août car l'activité juridique du comté tournait au ralenti à cette période, et le palais de justice était pratiquement désert. Les avocats, les juges et les greffiers qui n'étaient pas en vacances s'éclipsaient pour un long déjeuner avant de partir pour le week-end. Beaucoup ne revenaient même pas l'après-midi.

Lyle ne voulait pas de dommages collatéraux ni de victimes inutiles. Pas de témoins non plus, de personnes qui pourraient affirmer par la suite avoir vu un livreur UPS au deuxième étage juste avant l'explosion. Russ, le vrai livreur, venait le mardi et le jeudi, et était bien connu des employés du palais de justice. Une livraison inhabituelle le vendredi risquait de susciter un ou deux regards.

À l'arrière de son pick-up, il récupéra trois boîtes en carton brun. Deux étaient vides et ne portaient pas d'étiquette. La troisième mesurait vingt-cinq centimètres sur trente-cinq, pour quinze centimètres de profondeur. Elle pesait cinq livres et contenait un bloc de Semtex, un explosif militaire en plastique malléable. L'étiquette indiquait que le colis était adressé à l'*Honorable Jesse Rudy, procureur du district, salle 214, Tribunal du comté d'Harrison, Biloxi, Mississippi*. L'expéditeur était *Appellate Reporter, Inc.* avec une adresse à Wilmington, dans le Delaware. Il s'agissait d'une vraie société qui publiait des ouvrages juridiques depuis des décennies. Trois semaines plus tôt, Rudy avait reçu un colis identique, livré par Russ. À l'intérieur, deux gros livres reliés en cuir, ainsi qu'une lettre de la société lui proposant un abonnement gratuit pendant six mois.

Deux jours plus tôt, le 18 août, Lyle s'était introduit dans le palais de justice, avait crocheté la serrure du bureau du procureur, et vérifié que le magistrat avait bien reçu les deux premiers livres. Ils étaient empilés sur une étagère parmi des dizaines de traités, dont la plupart donnaient l'impression de n'avoir jamais été utilisés. Il avait consulté le calendrier sur le bureau de la secrétaire et vu que Jesse Rudy avait un rendez-vous dans son bureau le 20 août à 12 h 30. À ce moment-là, la secrétaire serait certainement sortie pour déjeuner, tout comme Egan Clement, son assistante. La cible serait logiquement dans son bureau, à attendre son rendez-vous.

Les trois cartons dans les bras, de manière à lui cacher partiellement le visage, Lyle monta rapidement les escaliers jusqu'au deuxième étage et, ce faisant, ne croisa personne. En entrant dans la salle d'audience, il passa entre deux avocats qui se disputaient à voix basse. Il continua d'un pas vif et, parvenu au bureau du procureur, posa les deux cartons vides dans le couloir, puis frappa à la porte.

Une voix d'homme lança :

— Entrez.

Lyle avança avec un sourire.

— J'ai un paquet pour M. Jesse Rudy, déclara-t-il en posant le colis sur la table.

— C'est moi, dit M. Rudy, levant à peine les yeux d'un document. Ça vient de qui ?

— Aucune idée, monsieur, répondit Lyle en reculant vers la porte.

Il ne craignait pas d'être identifié par la suite, car Jesse Rudy ne serait plus là pour le montrer du doigt.

— Merci, dit le procureur.

— Pas de problème, monsieur. Bonne journée.

Lyle quitta le bureau en trombe. Il ramassa les deux cartons vides, utilisa celui du dessus comme couverture et marcha nonchalamment dans le couloir. Les deux avocats étaient partis. Il ne vit personne, quand soudain, Egan Clement apparut en haut de l'escalier. Elle portait un sachet en papier d'une épicerie fine et une bouteille de soda. Elle lui jeta un coup d'œil en passant. *Oh merde !* songea Lyle, qui dut prendre une décision rapide. Dans quelques secondes, Egan entrerait dans le bureau et ferait partie des dommages collatéraux.

Lyle laissa tomber les boîtes et sortit de sa poche le détonateur. Il s'accroupit à côté de la rampe pour se couvrir et pressa le bouton, au moins trente secondes plus tôt que prévu.

Le plaisir d'une bombe, c'était aussi d'être assez proche pour sentir et entendre sa détonation, voire pour la contempler, tout en étant assez loin pour éviter la déflagration. Il était beaucoup trop près et allait en payer le prix.

L'explosion ébranla le bâtiment moderne, qui vacilla sur ses fondations en béton. Le bruit assourdissant fit éclater les tympans des employés du premier étage. Le souffle puissant brisa toutes les fenêtres, balaya les gens, fit trembler les murs, les portraits, les cadres, les panneaux d'affichage et les extincteurs. Dans la salle d'audience principale, des lampes s'écrasèrent sur les bancs vides des spectateurs. Le juge Oliphant mangeait un sandwich dans son bureau, seul à sa table. Son grand verre de thé glacé se renversa. Il courut à la salle d'audience en foulant des bris de verre, ouvrit les portes principales à la volée, et fut frappé par une vague de fumée et de poussière. À travers ce brouillard, il vit quelqu'un ramper sur le sol, au bout du couloir. Il retint sa respiration et se précipita vers la personne qui gémissait. C'était Egan Clement, dont le cuir chevelu était maculé de sang. Le juge Oliphant l'aida à revenir avec lui dans la salle d'audience et ferma les portes.

Totalement abasourdi, Lyle dégringola les marches jusqu'au palier entre le premier et le deuxième étage. Il avait pris un coup à la tête et resta un moment sans réaction. Il voulait se ressaisir et se diriger vers la sortie, mais sa jambe droite était chauffée à blanc par la douleur. Elle était sûrement cassée. Des voix paniquées résonnaient dans l'air et des gens couraient vers les doubles portes d'entrée. La poussière et la fumée avaient envahi tout le bâtiment.

Le détonateur. Lyle réussit à faire le vide dans sa tête pendant une minute pour réfléchir au détonateur. S'ils le trouvaient avec, il n'aurait aucune chance. S'agrippant à la rampe d'escalier, il descendit péniblement les marches et gagna le hall d'entrée, où il tituba jusqu'à la porte. Un homme l'aida à sortir et lui dit :

— C'est une fracture ouverte, mon pote. On voit l'os.

Os apparent ou pas, il ne pouvait pas rester ici.

— Pouvez-vous me faire sortir d'ici ? articula-t-il.

Sur la pelouse du palais de justice, des dizaines de personnes hébétées avaient réussi à s'extraire du bâtiment et s'étaient retournées pour observer les dégâts. Certains avaient de la poussière dans les cheveux et sur les épaules. D'autres pointaient du doigt le bureau du procureur, au deuxième étage, d'où s'échappait une épaisse fumée mêlée de poussière.

L'explosion avait résonné dans tout le centre-ville de Biloxi, attirant une foule de curieux. Des sirènes retentissaient, et continueraient à retentir pendant des heures, à mesure que les secours arrivaient sur place. D'abord les voitures de police, puis les camions de pompiers, et enfin les ambulances. Des policiers se précipitèrent au pas de course, le souffle court. Ils sécurisèrent les portes extérieures pendant que les pompiers déroulaient hâtivement leurs tuyaux. La foule ne cessait de grossir et les badauds reçurent l'ordre de reculer.

En entendant le bruit et l'agitation, Gage Pettigrew courut voir ce qui se passait. Dès qu'il vit le palais de justice, il comprit qu'une bombe avait explosé dans le bureau de Jesse Rudy. Non, on ne savait pas s'il y avait des victimes. Il voulut s'approcher d'un policier pour lui poser des questions, mais on lui demanda de s'éloigner. Il retourna en courant à son bureau et s'apprêtait à appeler Agnes quand Keith entra et lui demanda ce qui était arrivé. Il revenait d'une audience à Pascagoula. Son premier réflexe fut de se ruer vers le palais de justice pour prendre des nouvelles de son père, mais Gage l'avertit qu'il ne pourrait pas approcher du bâtiment.

— Rentre chez toi et reste avec ta mère, Keith. Je vais retourner là-bas et me renseigner. Je t'appelle dès que j'apprends quelque chose.

Keith était trop abasourdi pour discuter. Gage l'accompagna jusqu'à sa voiture et le regarda partir en marmonnant dans sa barbe : *C'est pas possible.*

Les sirènes retentissaient toujours au loin.

Hormis le coup violent qu'elle avait reçu à la tête, Egan semblait indemne. Sa blessure pansée, on l'avait sanglée à un brancard et hissée dans une ambulance. Une secrétaire du bureau du greffier de la chancellerie avait été blessée par un grand classeur de rangement qui avait basculé et lui était tombé dessus. Elle partit dans la deuxième ambulance. Lyle réussit à se couler sur le côté du palais de justice, où il ôta sa chemise brune et la fourra, avec le détonateur, dans une grande poubelle en plastique. Il était déterminé à regagner son pick-up et à filer au motel, où il pourrait se ressaisir. Puis, dès qu'il irait mieux, il quitterait Biloxi. Mais ses plans capotèrent lorsqu'il trébucha et s'affala sur le trottoir. Un secouriste vit la jambe ensanglantée, l'os à nu, et réclama un brancard. Lyle tenta de résister, affirma qu'il allait bien, etc., mais il faiblissait. Un ambulancier intervint et tous deux l'allongèrent sur la civière et le transportèrent dans une ambulance. L'incendie avait été contenu dans la partie ouest du deuxième étage et rapidement éteint.

Le capitaine des pompiers fut le premier à entrer dans le bureau du procureur. Les murs de la salle de réception étaient carbonisés et fissurés. Une cloison avait été soufflée. Les bureaux et les chaises avaient été brisés, les classeurs métalliques éventrés. Des débris et du plâtre recouvraient le sol et s'étaient mélangés à l'eau pour former une boue collante. La porte menant au bureau de Jesse avait été arrachée et, de là où il se trouvait, le capitaine des pompiers pouvait voir la victime.

Un corps avait été projeté contre un mur. L'arrière de la tête avait disparu, ainsi que la jambe gauche et le bras droit. La chemise blanche n'était plus que des lambeaux couverts de sang.

***

Pour la famille Rudy, le temps n'avait jamais paru aussi long. L'après-midi s'éternisa dans l'attente de l'inévitable. Keith et Ainsley étaient assis avec Agnes dans la véranda, sa pièce préférée de la maison. Beverly et Laura allaient arriver d'un moment à l'autre. Tim essayait d'attraper un vol depuis Missoula.

Gage et Gene Pettigrew se tenaient dans l'entrée de la maison et empêchaient les curieux de s'approcher. Les amis qui avaient envahi les lieux furent priés de partir. Peut-être plus tard. La famille ne recevait pas d'invités. Merci de votre sollicitude.

Un policier de Biloxi arriva avec des nouvelles : Egan Clement était à l'hôpital, mais elle allait s'en sortir. Elle avait une commotion cérébrale et une plaie qui avait nécessité des points de suture. Apparemment, elle se trouvait près de la porte du bureau quand l'explosion s'était produite. Le FBI et la police d'État étaient sur place.

— Pouvez-vous tenir Fats Bowman à l'écart ? demanda Gage.

Le policier hocha la tête.

— Ne vous inquiétez pas, le shérif Bowman ne sera pas impliqué.

Le corps ne serait pas déplacé avant des heures. Rien ne pressait. La scène de crime serait examinée sous toutes les coutures. Cela prendrait des jours. Peu après 15 heures, un technicien du FBI retira précautionneusement le portefeuille de la poche arrière gauche du défunt et confirma son identité.

Le portefeuille fut remis au chef de la police de Biloxi, qui se rendit directement au domicile des Rudy. Il connaissait bien Keith et c'était à lui que revenait la responsabilité d'annoncer l'horrible nouvelle. Ils se retranchèrent tous les deux dans la cuisine, à l'écart d'Agnes et des filles.

Keith reconnut le portefeuille et contempla le permis de conduire de son père. Les dents serrées, il articula :

— Merci, Bob.

— Je suis vraiment désolé, Keith.

— Moi aussi. Que savez-vous ?

— Pas grand-chose pour l'instant. Les gars du labo du FBI sont en route. Une bombe a explosé dans le bureau de votre père. Il n'avait pas la moindre chance.

Keith ferma les yeux et déglutit péniblement.

— Quand pourra-t-on le voir ?

Le chef chercha ses mots et bredouilla :

— Je ne sais pas, Keith. Je ne suis pas sûr que vous vouliez le voir, pas dans cet état.

— Il est en un seul morceau ?

— Non.

Keith prit une autre grande inspiration et s'efforça de garder son calme.

— Je suppose que je dois prévenir maman.

— Je suis vraiment désolé, Keith.

39.

Heureusement, du moins pour l'enquête, l'agent spécial Jackson Lewis se trouvait sur la côte lorsqu'il apprit la nouvelle. Il arriva au palais de justice à 12 h 45, alors que le FBI avait pris la situation en main. Il s'assura que le bâtiment était verrouillé et sécurisé. Seuls les enquêteurs pouvaient entrer et sortir. Il demanda aux adjoints du shérif de contrôler les allées et venues, et à la police de Biloxi d'interroger les spectateurs et de lister toutes les personnes présentes dans le bâtiment aux alentours de midi. Quand deux experts du FBI arrivèrent, il leur ordonna de photographier les plaques d'immatriculation de tous les véhicules garés dans le centre-ville.

Il envoya ensuite la police de l'État à l'hôpital pour vérifier l'état de santé des blessés. Aux urgences, une demi-douzaine de personnes avaient besoin de points de suture pour de profondes entailles. Quatre d'entre elles se plaignaient de fortes douleurs dans les tympans. Un homme non identifié avec une jambe cassée se faisait opérer. Egan Clement passait des radios. Une secrétaire était soignée pour une commotion cérébrale.

Les agents décidèrent que leur visite était prématurée et revinrent deux heures plus tard. À leur retour, ils trouvèrent Egan Clement dans une chambre, sous sédatifs, mais alerte. Ses parents se tenaient près de son lit. Egan avait été informée de la mort de Jesse et était inconsolable. Lorsqu'elle put s'exprimer, elle leur raconta ce dont elle se souvenait. Elle avait quitté le bureau vers 11 h 30 pour faire une course et était passée chez Rosini pour acheter des sandwichs. Au poulet pour elle, à la dinde pour Jesse. Elle était revenue au palais vers midi et s'était rappelé qu'il se vidait tous les vendredis à l'heure du déjeuner, surtout au mois d'août. Elle avait monté l'escalier et croisé un livreur UPS qui avait gardé le silence, ce qu'elle avait trouvé étrange car Russ avait toujours un mot à dire. Ce n'était pas grave. Ce n'était pas Russ. Et il descendait du deuxième étage avec des colis. Bizarre aussi, pour un vendredi. Elle lui avait jeté un coup d'œil, voilà son dernier souvenir. Elle n'avait pas entendu l'explosion, ne se souvenait pas de la déflagration qui l'avait assommée.

Les agents n'insistèrent pas – ils reviendraient plus tard. Ils la remercièrent et s'éclipsèrent. Lorsqu'ils fermèrent la porte, Egan était en pleurs. Au fil des heures, d'autres fourgons arrivèrent de Jackson et se garèrent aléatoirement dans la rue, devant le palais de justice. Les experts installèrent deux grandes tentes pour se protéger du soleil et de la chaleur du mois d'août, qui leur serviraient de QG temporaire. Les policiers dispersèrent la foule des badauds. Ils bouclèrent les rues du centre-ville et bloquèrent les places de parking vides à l'aide de cônes orange, à mesure que les clients et les employés quittaient les lieux pour la journée. Jackson Lewis demanda à la police de Biloxi d'informer les commerçants et les employés des bureaux du centre-ville qu'ils pouvaient rester ouverts pendant le week-end, mais qu'ils n'auraient pas accès aux places de stationnement. Il voulait que la zone soit bouclée pour les quarante-huit prochaines heures.

Dans une brève déclaration à la presse, le chef de la police déclara que Jesse Rudy, le procureur, avait été tué dans l'explosion. Il confirma qu'il s'agissait bien d'une bombe et répondrait aux questions ultérieurement.

L'homme souffrant d'une fracture ouverte et d'un traumatisme crânien n'avait ni portefeuille ni pièce d'identité sur lui et n'était pas en mesure de coopérer avec l'équipe des urgences. Il perdait connaissance par intermittence. Quoi qu'il en soit, une intervention chirurgicale urgente était nécessaire pour réparer sa jambe. Les radiographies de sa tête n'avaient pas révélé de lésions graves.

Lyle était suffisamment alerte pour parler, mais n'en avait aucune intention. Il ne pensait qu'à s'échapper, ce qui paraissait très irréaliste à ce moment-là. Quand l'anesthésiste voulut l'interroger, il fit semblant de comater. L'opération n'avait duré que quatre-vingt-dix minutes. À son réveil, il fut transféré dans une chambre pour se remettre. Une administratrice entra et lui demanda poliment s'il pouvait répondre à quelques questions. Il ferma les yeux et fut pris de vertiges. Après le départ de la femme, il regarda sa jambe gauche et s'efforça de rassembler ses idées. Un épais plâtre blanc couvrait sa jambe du genou au pied, ne laissant dépasser que les orteils. Le membre entier était suspendu en l'air par des poulies et des chaînes. Comme il ne pouvait s'échapper, il perdait connaissance chaque fois que quelqu'un entrait dans la pièce.

***

Agnes chuchota à Laura qu'elle avait besoin de s'allonger. Laura la prit par un coude, Beverly par l'autre, et Ainsley quitta la véranda avec elles pour gagner la chambre principale. Les stores étaient tirés, et la seule source de lumière provenait d'une petite lampe posée sur une commode. Agnes voulait une fille de chaque côté d'elle, et toutes restèrent un long moment allongées en silence, dans la pénombre insupportable. Ainsley s'assit sur un coin du lit, les joues noyées de larmes. Keith allait et venait, mais l'atmosphère de la chambre était trop pesante. De temps à autre, il parlait avec les frères Pettigrew, toujours postés à l'entrée. Dans la rue, les voisins s'agitaient, impatients d'échanger avec un membre de la famille. Plusieurs équipes de journalistes étaient arrivées dans des vans aux couleurs vives et avaient installé des caméras sur des trépieds.

À 17 heures, Keith gagna l'extrémité de l'allée et salua les voisins et amis d'un signe de tête. Il se tourna vers les caméras et fit une brève déclaration. Il remercia toutes les personnes qui étaient venues pour les soutenir. La famille peinait à accepter la terrible nouvelle et attendait l'arrivée des proches. En leur nom à tous, il demandait à tout le monde de respecter leur deuil. *Merci pour vos prières et vos attentions*. Il se retira sans répondre aux questions.

Keith repéra Joey Grasich dans la foule et lui fit signe d'entrer. Voir son ami d'enfance l'émut énormément et il pleura pour la première fois de la journée. Les deux amis étaient seuls dans la cuisine. Jusqu'à présent, Keith n'avait pas laissé libre cours à son chagrin devant les femmes.

Au bout d'une demi-heure, Joey s'en alla et fit le tour du pâté de maisons. Keith prit des nouvelles des femmes et les informa qu'il allait voir Egan à l'hôpital. Il se glissa dans la cour de derrière et rejoignit Joey dans la rue adjacente. Tous deux réussirent à s'échapper discrètement et se rendirent au cabinet. Ils parcoururent la distance qui les séparait du périmètre de scène de crime et discutèrent avec un policier de Biloxi qui en barrait l'entrée.

Derrière lui, le palais de justice grouillait de policiers et d'enquêteurs. Tous les camions de pompiers et les voitures de patrouille de la ville et du comté étaient là, ainsi qu'une demi-douzaine de véhicules de la patrouille routière. Deux unités mobiles du FBI étaient garées sur la pelouse, près de la porte d'entrée.

La fenêtre du bureau de Jesse avait été soufflée et les briques tout autour étaient carbonisées. Keith voulut la regarder, mais c'était trop douloureux.

Alors qu'ils retournaient au bureau, ils virent une femme déposer un bouquet de fleurs sur le perron de Rudy & Pettigrew. Ils la remercièrent de son attention et remarquèrent plusieurs autres bouquets laissés par des anonymes.

À l'hôpital, Keith frappa à la porte de la chambre d'Egan et entra doucement. Comme Joey ne la connaissait pas, il resta dans le couloir. Ses parents étaient encore là et Egan était calme, avant de voir Keith. Il la serra doucement dans ses bras, veillant à ne pas toucher ses pansements.

— Je n'arrive pas à y croire, bredouilla-t-elle, encore et encore.

— Au moins, tu es en sécurité, Egan.

— Dis-moi que ce n'est pas vrai.

— D'accord, ce n'est pas vrai. Tu iras au bureau demain et Jesse se mettra à hurler pour un rien, comme d'habitude. Ce n'est qu'un mauvais rêve.

Elle faillit sourire et lui serra la main en fermant les yeux.

Sa mère lui fit un signe de tête et Keith comprit qu'il devait partir.

— Je reviendrai demain, dit-il en embrassant délicatement Egan sur la joue.

Quand Joey et lui se dirigèrent vers les ascenseurs, ils passèrent devant la chambre 310. Dans le premier lit, la jambe en l'air, se trouvait l'homme qui avait tué Jesse Rudy.

40.

Pour tout dîner, il fallait se contenter d'un sandwich froid, mangé debout sous une tente étouffante, dans l'attente anxieuse de nouvelles. À minuit, l'en-cas fut une part de pizza, encore plus froide, toujours sous la tente.

Les équipes du FBI furent en alerte toute la nuit. Jackson Lewis leur avait demandé de rester et n'avait pas l'intention de les libérer tant que le boulot ne serait pas terminé. Pendant des heures, ils examinèrent avec un soin méticuleux chaque centimètre carré de la scène de crime et recueillirent des milliers d'échantillons de débris. Le premier expert en explosifs arriva de Quantico à 9 h 30. Il inspecta le site de la bombe, huma l'air, et déclara à voix basse à Jackson Lewis :

— Sûrement du Semtex, du matériel militaire, bien plus qu'il n'en faut pour tuer un seul homme. Je dirais que le poseur de bombe s'est un peu emballé.

L'agent Lewis savait, de par sa formation et son expérience, que la scène de crime contenait toujours la preuve la plus accablante, mais parfois, elle échappait à la vigilance des experts. Il s'agissait de sa plus grosse affaire, une affaire qui pourrait accélérer sa carrière, et il s'était promis de ne rien laisser au hasard. Personne ne devait quitter le palais de justice sans son accord. Les trente-sept personnes identifiées jusqu'à présent comme étant présentes au palais de justice avaient été autorisées à rentrer chez elles, après la fouille méticuleuse de leurs sacs, portefeuilles et mallettes. Chacune d'elles serait interrogée plus tard. Lewis disposait des noms et adresses des blessés, au nombre de treize, dont deux seulement étaient encore hospitalisés. Toutes les corbeilles à papier et les poubelles avaient été apportées sous la tente des experts.

Lewis n'avait pas fumé depuis trois semaines, mais la pression le fit craquer. À 21 heures, à la nuit tombée, il alluma une Marlboro et fit le tour du palais de justice en tirant des bouffées, savourant pleinement le tabac. Sa femme n'en saurait jamais rien.

Les rues étaient bloquées. Il n'y avait pas de circulation. Avec sa Marlboro de 23 heures, il remarqua un pick-up Dodge bleu foncé garé dans une rue latérale. C'était un beau pick-up, qui ne semblait pas abandonné. Le magasin le plus proche était fermé depuis 18 heures. Il n'y avait pas d'appartements au-dessus des magasins et des bureaux ; aucune fenêtre n'était allumée. Au bout de la rue, les quelques maisons étaient toutes dotées de places de parking. Le pick-up n'était pas à sa place.

L'homme à la jambe cassée n'avait pas été identifié et les soupçons de Lewis grandissaient d'heure en heure. La police avait tenté de l'interroger à deux reprises, mais il était à peine conscient.

***

La nouvelle de la mort de Jesse fut chaleureusement accueillie sur le Strip. Pour la première fois depuis des mois, voire des années, les propriétaires de clubs et leurs employés pouvaient se détendre. Alors que Rudy n'était plus là, ils allaient peut-être à nouveau passer du bon temps. Dans les clubs de strip-tease, les bars, les salles de billard et les salles de jeu, les verres s'entrechoquaient gaiement. Avec des alcools de premier choix, pas les boissons édulcorées que l'on servait aux clients.

Hugh Malco, Nevin Noll et leur barman favori organisèrent un dîner de fête chez Mary Mahoney. Entrecôtes épaisses et vins fins – ils sortirent le grand jeu. Comme le restaurant était bondé et que les clients les observaient, ils tempérèrent leur euphorie et s'efforcèrent de donner l'impression de vieux amis en train de partager un bon moment.

Toutefois, de temps à autre, ils échangeaient des sourires entendus.

Pour Hugh, l'occasion était douce-amère. Il était ravi que Jesse Rudy ne soit plus en travers de son chemin, mais pour son père, ce n'était pas aussi simple. Lance aurait dû être avec eux et savourer ce moment.

***

Lance l'apprit au journal télévisé de 22 heures. Sur le poste noir et blanc de trente-huit centimètres avec une antenne en V apparut le visage de Jesse Rudy. Le présentateur annonça son décès d'un air éploré.

À l'autre bout de la salle, Monk lança :

— Ce n'est pas lui qui t'a envoyé ici ?

— C'est lui, approuva Lance avec un sourire.

— Félicitations.

— Merci.

— Une idée de qui a fait ça ?

— Pas la moindre.

Monk rit.

— D'accord.

Le reportage passa à un plan large du palais de justice de Biloxi. Une voix off déclara : « Bien que les autorités n'aient fait aucun commentaire, une source nous a informés que Jesse Rudy avait été tué sur le coup vers midi aujourd'hui, lors d'une explosion survenue dans son bureau. Une douzaine d'autres personnes ont été blessées. Les enquêteurs feront une déclaration demain. »

***

À minuit, le pick-up était toujours là.

Quarante-cinq minutes plus tard, il y eut de l'agitation dans la tente, après l'examen du contenu d'une poubelle. En plus des déchets habituels se trouvait un petit engin non identifié, ainsi qu'une chemise UPS à manches courtes portée par un certain Lyle. L'expert en explosifs du FBI étudia l'engin et conclut :

— C'est le détonateur.

La cigarette de 2 heures du matin passa à l'as alors que Lewis supervisait la tâche écœurante de l'enlèvement du cadavre. Les restes de Jesse furent rassemblés sur un brancard. Une ambulance l'emmena à la morgue, au sous-sol de l'hôpital. Là, le corps attendrait d'être autopsié, bien que la cause du décès soit évidente.

À 3 heures du matin, Lewis fit une pause pour fumer une autre cigarette tout en faisant un nouveau tour du palais de justice. Cela lui permit de s'aérer l'esprit et de faire circuler le sang dans ses jambes. Le pick-up n'avait toujours pas bougé.

Il avait des plaques d'immatriculation délivrées par le comté d'Hancock. Lewis attendit impatiemment toute la nuit et appela le shérif de Bay St. Louis à 7 heures. Le shérif se rendit au bureau des immatriculations. Les plaques avaient été déclarées volées quatre jours plus tôt.

À 9 heures, les magasins ouvrirent leurs portes, mais les rues étaient toujours bloquées. Le palais de justice, bien sûr, était fermé. Depuis la table de sa salle à manger, le juge Oliphant émit un mandat de perquisition pour le pick-up Dodge. Sous le siège, les agents du FBI trouvèrent un jeu de plaques d'immatriculation délivrées par le comté d'Obion, dans le Tennessee. Et sous le tapis de sol, la clé de la chambre 19 du Beach Bay Motel à Biloxi.

Oliphant délivra un second mandat pour la chambre 19. Comme l'agent Lewis avait la clé, il ne s'embarrassa pas de prévenir le gérant du motel. Avec l'agent Spence Whitehead et un policier de la ville de Biloxi, ils pénétrèrent dans la petite chambre, où ils trouvèrent un tas de linge sale et un lit défait. Quelqu'un avait dormi ici plusieurs jours. Entre le matelas et le sommier à ressorts, ils dénichèrent un portefeuille, de l'argent liquide, deux pistolets, un trousseau de clés et un couteau de poche. Le permis de conduire du Tennessee identifia leur homme comme étant

Henry Taylor, né le 20 mai 1941 et domicilié à Union City. Trente-cinq ans. Le portefeuille contenait également deux cartes de crédit, deux préservatifs, un permis de pêche et quatre-vingts dollars en liquide.

L'agent Lewis glissa les deux pistolets dans un sachet en plastique. Ils laissèrent les autres objets en l'état et retournèrent au palais de justice. Des techniciens relevèrent les empreintes digitales des armes, puis l'agent Whitehead les remit à leur place dans la chambre 19.

Après une série d'appels téléphoniques, d'autres pièces du puzzle s'assemblèrent. Henry Taylor avait été accusé d'avoir fait exploser une église noire près de Dumas, dans le Mississippi, en 1966, mais un jury entièrement blanc l'avait acquitté. En 1969, il avait été arrêté pour avoir posé une bombe dans une synagogue à Jackson, mais un autre jury composé uniquement de Blancs l'avait innocenté. Selon le bureau du FBI à Memphis, Taylor était toujours actif au sein du Ku Klux Klan. D'après le shérif du comté d'Obion, il dirigeait une entreprise de nettoyage de tapis et ne faisait pas d'histoires. Grâce à quelques recherches supplémentaires, le shérif découvrit que Taylor était divorcé, sans enfant, et qu'il vivait au sud de la ville.

Lewis demanda à un autre agent d'entamer les démarches pour obtenir un mandat de perquisition au domicile de Taylor.

Comme Lewis et Whitehead n'avaient pas dormi depuis trente heures, ils firent une pause dans un café près de la plage. Même s'ils parvenaient à contrôler leur euphorie, ils ne purent s'empêcher de se réjouir de leur succès et de s'étonner de leur chance. En à peine vingt-quatre heures, ils avaient non seulement identifié le tueur, mais l'avaient placé sous surveillance dans une chambre d'hôpital.

Ils burent leur café à grandes gorgées. Lewis était trop excité pour se reposer. Il prit Whitehead complètement au dépourvu lorsqu'il déclara :

— Maintenant qu'on le tient, on le laisse partir.

— Quoi ? interrogea Whitehead, bouche bée.

— Écoute, Spence, il n'a aucune idée de ce que nous savons. On le laisse sortir de l'hôpital sans lui poser de questions, parce qu'on n'est qu'une bande de débiles, d'accord ? Il rentre chez lui, en espérant qu'il arrive à conduire avec une jambe cassée, et il se croit chanceux. Les flics l'avaient sous leur nez et l'ont laissé s'échapper. On met ses téléphones sur écoute, on le surveille de près et, avec le temps, il nous mènera à l'homme qui tire les ficelles.

— C'est de la folie.

— Non, c'est brillant.

— Et s'il s'échappe ?

— Eh bien, il ne va pas disparaître. Pourquoi il le ferait ? On peut venir le cueillir quand on veut.

41.

Gulf Coast Register
JESSE RUDY TUÉ DANS L'EXPLOSION DU PALAIS DE JUSTICE

Le *Clarion-Ledger* de Jackson
UNE BOMBE AU PALAIS DE JUSTICE DE BILOXI :
LE PROCUREUR EST DÉCÉDÉ

Le *Times-Picayune* de la Nouvelle-Orléans
LA MAFIA SE VENGE – MORT DU PROCUREUR

Le *Times* de Mobile
LE PROCUREUR DU DISTRICT DE BILOXI PRIS POUR CIBLE

Le *Commercial Appeal* de Memphis
LE PROCUREUR EN CROISADE TUÉ À BILOXI

Atlanta Constitution :
LE CÉLÈBRE PROCUREUR JESSE RUDY
DÉCÈDE À CINQUANTE-DEUX ANS

Gage Pettigrew acheta les journaux du matin dans plusieurs kiosques de la côte et les apporta au domicile des Rudy. La maison était sombre, triste et silencieuse. Les voisins, les journalistes et les curieux n'avaient pas encore fait leur apparition. Gene Pettigrew somnolait dans un fauteuil à bascule sur le porche en attendant son frère. Dès que Gage arriva, ils entrèrent, verrouillèrent la porte à clé derrière eux et allèrent préparer du café dans la cuisine.

Keith les entendit remuer. Lors de la pire nuit de sa vie, il était resté dans la chambre de ses parents et avait dormi d'un sommeil agité sur une chaise, en gardant un œil sur sa mère et en priant pour elle. Laura était allongée à sa droite, Beverly à sa gauche. Ainsley dormait à l'étage.

Il quitta la pièce obscure et se rendit dans la cuisine. Il était bientôt 7 heures du matin, le samedi 21 août, la deuxième pire journée de son existence. Il s'assit à la table avec Gage et Gene, but une gorgée de café en regardant les gros titres, mais il n'avait aucune envie de lire les journaux. Il connaissait l'histoire par cœur. À côté de la tasse de café de Gene se trouvait un bloc-notes jaune, et Gene finit par lancer :

— Tu as des affaires pressantes à régler.

— Vas-y, soupira Keith.

— Désolé.

Gage commença par le plus urgent : une discussion pénible avec les pompes funèbres au sujet de l'organisation des funérailles ; au moins une vingtaine d'appels téléphoniques à des personnes importantes – dont des juges, des politiciens et l'ancien gouverneur Bill Waller ; une réunion avec le FBI et la police d'État pour faire le point sur l'attentat ; la préparation d'un communiqué pour la presse ; et aller chercher Tim à l'aéroport de la Nouvelle-Orléans.

— Ça suffit, dit Keith en buvant un café dont il ne sentait pas le goût, le regard perdu par la fenêtre.

Laura entra dans la cuisine et s'assit à la table sans un mot, comme dans un autre monde. Ses yeux étaient rouges et gonflés, comme si elle n'avait pas dormi depuis des jours.

— Comment va maman ? interrogea Keith.

— Elle est sous la douche.

Après un long silence pesant, Gene reprit la parole :

— Vous devez avoir faim. Et si j'allais chercher le petit déjeuner ?

— Je n'ai pas faim, répondit Keith.

— Où est papa ? demanda Laura.

— Il est à l'hôpital, à la morgue.

— Je veux le voir.

Gage et Gene échangèrent un regard embarrassé.

— On ne peut pas, déclara Keith. La police pense que c'est une mauvaise idée. Après l'autopsie, le cercueil restera scellé.

Laura se mordit la lèvre et se tamponna les yeux.

— Le petit déjeuner, c'est une bonne idée, dit Keith à Gene. On doit se doucher, s'habiller et parler de l'accueil des invités.

— Je ne veux voir personne, lâcha Laura.

— Moi non plus, mais on n'a pas le choix. Je vais parler à maman. On ne peut pas rester assis toute la journée à pleurer.

— C'est ce que j'ai l'intention de faire, Keith, et tu devrais pleurer aussi. Tu n'as pas besoin d'être aussi stoïque.

— Ne t'inquiète pas pour moi.

***

Henry Taylor, l'homme sans nom, avait subi l'indignité de se soulager dans un bassin et d'être essuyé par un aide-soignant de l'hôpital. Son tibia gauche brisé le faisait souffrir, mais il était toujours déterminé à sortir de là à la première occasion. Comme il se plaignait de sa position inconfortable, une infirmière lui injecta une forte dose d'antidouleur en intraveineuse qui le fit flotter proche de l'inconscience. Il se réveilla face au visage souriant d'une très jolie infirmière qui voulait lui poser des questions. Il feignit d'être à moitié dans les vapes et réclama un annuaire téléphonique. Lorsqu'elle revint une heure plus tard, elle lui apporta une glace au chocolat et flirta gentiment avec lui. L'administrateur de l'hôpital insistait pour qu'elle recueille les informations de base afin d'établir sa facture.

— Je m'appelle Alan Taylor, et mon adresse est Route 5, Necaise, dans le comté d'Hancock. Vous connaissez ?

— J'ai bien peur que non, répondit l'infirmière en griffonnant sur son calepin.

Grâce à l'annuaire téléphonique, il avait trouvé plusieurs Taylor autour de Necaise et en avait choisi un au hasard.

Sa commotion cérébrale le rendait encore groggy et les analgésiques n'arrangeaient rien, mais il avait les idées plus claires. Il était à deux doigts de se faire arrêter pour le meurtre d'un procureur et devait à tout prix quitter la ville.

Une heure plus tard, il fut horrifié de voir deux agents de la police de Biloxi entrer dans sa chambre. L'un d'eux resta près de la porte. L'autre s'approcha de son lit et lui demanda avec un grand sourire :

— Alors, comment allez-vous, monsieur Taylor ?

— Pas trop mal, mais j'ai vraiment envie de sortir d'ici.

— Bien sûr, c'est bien normal. Dès que les médecins vous donneront le feu vert, vous pourrez partir. Où habitez-vous ?

— À Necaise, dans le comté d'Hancock.

— Ah d'accord. Il y a un pick-up Dodge abandonné près du palais de justice, immatriculé dans le comté d'Hancock. Ce ne serait pas le vôtre, par hasard ?

Henry était dans un sacré pétrin. S'il admettait que le pick-up lui appartenait, les enquêteurs allaient découvrir que les plaques d'immatriculation étaient volées. Mais on était samedi, le palais de justice était fermé, alors ils ne l'apprendraient peut-être pas avant lundi. Peut-être. D'un autre côté, s'il niait être le propriétaire du pick-up, les flics ou la fourrière allaient l'embarquer, etc. Le pick-up était son passeport pour la liberté. Comme il venait du Tennessee, il pensait que les flics du Mississippi étaient stupides, et il n'avait pas vraiment le choix.

— Oui, monsieur, c'est le mien, répondit-il en grimaçant, comme s'il risquait à nouveau de défaillir.

— D'accord, voulez-vous qu'on ramène votre pick-up à l'hôpital ? proposa le policier avec un sourire aimable.

Tout pour aider cette victime qui n'était pas d'ici. Ensuite, ils laisseraient M. Taylor tranquille. Le téléphone de l'hôpital était sur écoute et une équipe de techniciens du FBI s'apprêtait à pénétrer dans sa maison, à six cent soixante-dix kilomètres au nord, à la sortie d'Union City.

— Ce serait super, oui, merci.

— Vous avez les clés ?

Les clés étaient dans la poche de l'agent spécial Jackson Lewis, qui se trouvait derrière la porte et écoutait la conversation.

— Je les ai laissées sous le tapis de sol.

C'était vrai, pas loin des plaques d'immatriculation du Tennessee cachées sous le siège.

— D'accord, on va vous le ramener. Peut-on faire autre chose pour vous ?

Taylor n'arrivait pas à croire à sa chance. Les flics n'étaient pas du tout méfiants.

— Non, merci. Sortez-moi de là.

Le FBI comptait sur les médecins pour remettre le plâtre en place et en réduire la taille afin que Taylor puisse reprendre le volant. Les médecins étaient plus que désireux d'obtempérer.

***

Agnes s'était retranchée dans sa chambre et ne voulait voir personne d'autre que ses enfants. Ses amis voulaient la serrer longuement dans leurs bras, pleurer avec elle, etc. Mais elle n'en avait pas la force. Peut-être dans un jour ou deux, quand le choc serait passé.

Elle ne pouvait cependant pas renvoyer leur prêtre, le père Norris, qui ne s'attarda pas. Ils se serrèrent les mains, prièrent ensemble, et toute la famille écouta ses paroles réconfortantes. Il proposa d'organiser le service funèbre le samedi suivant, et Agnes accepta. Trente minutes après, il était parti.

En milieu de matinée, un flot continu d'amis et de voisins apporta de la nourriture, des fleurs, et tous eurent un mot gentil pour Agnes et la famille. Les Pettigrew les accueillirent, acceptèrent leurs présents en les remerciant comme il se doit, puis les congédièrent gentiment. Les cousins, les tantes et les oncles furent autorisés à entrer. Ils s'installèrent dans la salle de séjour, prirent un café et une part de tarte, et parlèrent à voix basse, en espérant voir Agnes. Elle n'apparut pas, mais Keith et ses sœurs sortaient de temps à autre de leur cachette pour remercier les proches de leur venue et transmettre leurs condoléances à leur mère.

À midi, Gene Pettigrew fit deux heures de route pour gagner l'aéroport de la Nouvelle-Orléans et ramener Tim Rudy, qui avait voyagé toute la nuit depuis le Montana. Durant le trajet de retour, Tim lui posa un millier de questions, mais Gene n'avait guère de réponses. Ils discutèrent à bâtons rompus. Des quatre frères et sœurs Rudy, Tim était le plus en colère. Il voulait venger le sang par le sang. En passant devant le Strip, il lança des menaces au Red Velvet et au Foxy, tant il était convaincu que les Malco avaient assassiné son père.

À la maison, Agnes craqua de nouveau en voyant son plus jeune fils. La famille versa encore des larmes, mais Keith commençait à en avoir marre de pleurer.

Les Rudy réclamèrent un peu d'intimité et les visiteurs quittèrent lentement la maison. À 18 heures, les membres de la famille et les frères Pettigrew se rassemblèrent dans le salon pour regarder les informations locales, qui portaient sur l'attentat. À l'écran apparut une photo en couleur de Jesse en costume sombre, le sourire confiant. C'était douloureux à voir. Le reportage passa ensuite à des images en direct du palais de justice, où l'enquête suivait son cours. Un gros plan montra la fenêtre carbonisée du bureau du procureur au deuxième étage. Le chef de la police et le FBI s'étaient adressés aux journalistes quelques heures plus tôt, mais n'avaient donné aucun détail. Le journal télévisé diffusa un extrait des propos de Jackson Lewis : « Le FBI va poursuivre son enquête sur les lieux pendant quelques jours. Nous n'avons pas de commentaires, et pour le moment, nous n'avons pas de suspect. »

L'histoire de Rudy occupa la quasi-totalité du journal d'une demi-heure, qui fut suivi par l'édition du week-end de CBS à New York. Gage Pettigrew avait été contacté par un correspondant de CBS qui voulait interviewer la famille. C'était hors de question. Gage avait également vu une équipe d'ABC qui cherchait à s'approcher du palais de justice. Les vautours rôdaient.

À la fin du bulletin de CBS, le présentateur signala le meurtre d'un procureur à Biloxi, dans le Mississippi. Il donna l'antenne à un journaliste posté près du palais de justice qui bafouilla et ne leur apprit rien de nouveau. De retour à New York, le présentateur informa le public que, d'après le FBI, Jesse Rudy était le premier procureur élu à être assassiné au cours de son mandat de toute l'histoire des États-Unis.

***

La famille n'avait pas l'intention d'aller à la messe dominicale. Agnes n'était pas prête à être vue en public et ses enfants ne voulaient pas attirer l'attention. En fin de matinée, ils prirent un brunch en famille dans la véranda, où les frères Pettigrew assumèrent le rôle de serveurs et préparèrent des Bloody Mary.

Enfant, Jesse assistait à la messe à l'église catholique St. Michael. Bâtie au début des années 1900 par des immigrants français et croates de Louisiane, elle était surnommée « l'église des pêcheurs ». Jesse avait pratiquement grandi à St. Michael et manquait rarement l'office dominical avec ses parents. La vie de la communauté s'organisait autour de l'église, avec les prières quotidiennes, les baptêmes, les mariages, les enterrements et les nombreuses activités sociales. Le prêtre de la paroisse était une figure paternelle toujours à l'écoute de ses ouailles.

Jesse était revenu de la guerre avec une épouse. En revanche, Lance et Carmen Malco s'étaient mariés à St. Michael en 1948, devant un parterre de parents et d'amis. Jesse était assis au dernier rang.

Deux jours après l'attentat, alors que la communauté était encore sous le choc, St. Michael était bondée pour l'office du dimanche – les amis, voisins, connaissances et électeurs cherchaient du réconfort dans la foi. Tout le monde voulait prier pour la famille Rudy. Jesse était leur plus belle réussite, et sa mort violente et absurde avait durement frappé les esprits.

Dans les quartiers de la Pointe, de Back Bay et dans tout Biloxi, les églises catholiques étaient plus fréquentées que d'habitude en ce sombre dimanche matin. Les églises St. John, Nativity, Our Mother of Sorrows, ainsi que St. Michael, accueillirent de nombreuses personnes en deuil, toutes convaincues d'avoir un lien avec Jesse Rudy.

42.

Lundi matin, une infirmière injecta dans la perfusion d'Henry une forte dose d'anesthésique qui l'assomma. Puis on le transporta au bloc opératoire où les médecins passèrent une heure à remettre son tibia en place et à immobiliser sa jambe avec un plâtre plus court. Suivant la politique de l'hôpital, il fallait soigner le patient au mieux afin qu'il puisse sortir au plus vite. Il n'était pas question de la police ou du FBI. En réalité, le message était clair pour tout le monde : Henry Taylor devait quitter rapidement les lieux.

Pendant qu'il était endormi à l'hôpital, deux camionnettes appartenant à une entreprise de plomberie d'Union City se garèrent dans son allée. Les plombiers firent plusieurs fois le tour de sa maison, comme s'ils cherchaient une fuite dans les canalisations, mais en réalité, ils étudiaient le voisinage. Taylor vivait sur un terrain de quatre-vingts ares à la périphérie de la ville. La maison de son plus proche voisin était à peine visible. Après s'être assurés que personne ne les observait, les agents pénétrèrent rapidement dans la maison et fouillèrent les tiroirs, les placards, les bureaux – tous les endroits où Henry pouvait conserver des documents. Deux agents mirent son téléphone sur écoute et cachèrent un émetteur dans le grenier. Un troisième photographia des documents bancaires à l'aide d'un mini-appareil photo. Un quatrième trouva un trousseau de clés et essaya toutes les serrures une à une.

Dans la cour de derrière, un grand hangar contenait des produits de nettoyage de tapis et du matériel d'entretien pour la pelouse. Une porte partiellement cachée, fermée d'un gros cadenas, dissimulait une pièce de dix mètres sur dix où, manifestement, un poseur de bombe dérangé avait assemblé de nombreux engins. Comme aucun des agents ne savait manipuler les explosifs, ils ne touchèrent à rien. Ils prirent de multiples photos et quittèrent la pièce, qui serait passée au crible un autre jour, avec un autre mandat de perquisition.

À leur retour à Biloxi, le pick-up de Taylor fit également l'objet d'un examen minutieux. Soucieux de ne pas accumuler trop de kilomètres au compteur, Jackson Lewis l'emmena dans un garage de la Pointe et donna au propriétaire une forte somme pour qu'il ferme les yeux. Les techniciens installèrent un traceur magnétique étanche entre le radiateur et la calandre, avant de le relier à la batterie. Sans une recherche approfondie, il était impossible de découvrir le mécanisme. L'antenne fut remplacée par une antenne identique qui non seulement recevait les signaux radio, afin qu'Henry puisse continuer à écouter ses stations préférées, mais qui transmettait également un signal dans un rayon de quinze kilomètres.

Si tout se passait comme prévu, le système de repérage serait régulièrement vérifié, voire remplacé si nécessaire, une nuit où Henry serait profondément endormi.

Après son opération, le poseur de bombe dormit bien et se réveilla le lundi en début d'après-midi. Il accusa l'infirmière de lui avoir donné une dose trop forte de sédatifs et elle le menaça de l'assommer à nouveau. Il constata avec plaisir que son plâtre était beaucoup plus petit et affirma que sa jambe allait beaucoup mieux.

Le mardi matin, son médecin vint lui rendre visite et déclara qu'il pouvait s'en aller. La paperasse était déjà prête et, quand tout fut en ordre, un aide-soignant l'aida à s'asseoir dans un fauteuil roulant pour le conduire jusqu'à la sortie. Là, les deux policiers de Biloxi l'attendaient avec une paire de béquilles. Ils l'aidèrent à clopiner jusqu'à son pick-up bien-aimé, l'installèrent sur le siège du conducteur, et le félicitèrent d'avoir eu la sagesse d'acheter une automatique, avant d'ajouter d'un air satisfait qu'ils lui avaient fait le plein d'essence.

Sa jambe le faisait déjà souffrir, mais il démarra le sourire aux lèvres.

— Quels crétins ces deux-là !

D'autres imbéciles suivirent le Dodge bleu jusqu'au Beach Bay Motel, où ils regardèrent le sujet gagner péniblement la chambre numéro 19 à l'aide de ses béquilles.

À l'intérieur, Henry souleva le matelas en gémissant de douleur et récupéra son portefeuille, son argent, ses clés, son canif et ses pistolets. Il en avait rêvé et n'en revenait pas que les femmes de ménage ne les aient pas trouvés.

Il les jeta dans son sac de voyage avec ses vêtements et s'apprêtait à nettoyer la chambre de fond en comble quand on frappa à la porte. C'était le gérant qui lui réclamait soixante-deux dollars pour les quatre dernières nuits. Henry boitilla jusqu'à la commode, prit l'argent et lui régla son dû.

Quand le gérant fut parti, Henry verrouilla la porte, mouilla une serviette et se mit à frotter consciencieusement toutes les surfaces qu'il avait pu toucher au cours de la semaine écoulée. Les télécommandes de la télévision, les stores, les poignées de porte, les robinets, les tiroirs de la commode, la douche, les interrupteurs, les portes et même le porte-papier toilette.

C'était un peu tard. L'équipe du FBI avait déjà relevé ses empreintes sur toutes ces surfaces, ainsi que dans son pick-up et dans sa chambre d'hôpital. Peu de suspects avaient fourni un éventail d'empreintes digitales aussi impressionnant.

Taylor effaça soigneusement ses traces, fier de son ingéniosité et convaincu qu'il était plus malin que ces bouseux. Une fois certain que la chambre 19 ne contenait plus aucune empreinte, il laissa la clé sur le lit, regagna son pick-up en claudiquant et, après avoir jeté son sac à l'arrière, s'installa péniblement au volant, et démarra.

Les fédéraux le suivirent le long de la Route 90, puis vers le nord, sur la 49. Il les emmena à Hattiesburg, puis à

Jackson. Six heures plus tard, Henry contournait le centre-ville de Memphis par la rocade et prenait la Route 51 en direction du nord. Dans la ville de Millington, il s'arrêta pour faire le plein et acheter une boisson à la supérette. Même s'il s'efforçait de ne pas faire peser son poids sur sa jambe gauche, il boitait douloureusement. Deux heures plus tard, il était pris en filature de la périphérie d'Union City jusque chez lui. À peine dans la maison, il alla directement à la cuisine pour avaler un verre d'eau avec une poignée d'antidouleurs. Puis il s'effondra sur le canapé. Sa jambe lui donnait l'impression qu'on avait planté des couteaux chauffés à blanc dans ses muscles.

Au bout de quelques minutes, la douleur s'estompa et il put respirer normalement pour la première fois depuis des heures. Il avait passé ses erreurs en revue un millier de fois à l'hôpital et ne voulait pas recommencer. Il s'estimait extrêmement chanceux d'avoir pu s'échapper avec tous ces policiers dans les parages.

C'était vraiment une bande d'idiots.

***

Mardi en fin d'après-midi, Keith et Tim se rendirent en voiture au cabinet. À leur grande surprise, une quantité de compositions florales recouvrait entièrement le porche et une grande partie de la petite pelouse. Ils parcoururent les quelques pâtés de maisons qui les séparaient du cordon de police et étudièrent l'état du palais de justice. Keith parla à un policier de Biloxi qu'il connaissait et le remercia pour ses condoléances. De retour au cabinet, Keith et Tim entrèrent dans le bureau de Jesse et restèrent un long moment au centre de la pièce, à contempler l'œuvre de leur père. Sur le mur des victoires se trouvaient des diplômes, des récompenses, des photos et des coupures de presse datant de l'époque de Camille. Sur la commode, une dizaine de photos d'Agnes et des enfants à différents âges. La table, peu utilisée ces cinq dernières années, était en parfait état, avec des cadeaux offerts par les enfants :

un coupe-papier en argent, de jolies plumes d'oie qui n'avaient jamais servi, une pendule en bronze, une loupe dont il n'avait pas l'usage, et une balle de baseball signée par Jackie Robinson. Jesse l'avait vu jouer lors d'un match amical en 1942.

Leur sentiment de perte était insondable. Ils se sentaient totalement dévastés. La douleur physique, après cinq jours, leur donnait le vertige. Un homme qu'ils adoraient pour son amour inconditionnel, pour sa famille, pour son intégrité, pour son courage, pour son intelligence et son affabilité, leur avait été arraché dans la fleur de l'âge. Les quatre enfants n'avaient jamais songé qu'ils pouvaient perdre leur père. Jesse était très présent dans leur vie et serait toujours là pour eux. Impossible qu'il soit mort à l'âge de cinquante-deux ans.

Tim, le plus émotif des quatre, s'étendit sur le canapé et enfouit sa tête dans ses mains. Keith, le plus stoïque, resta longtemps assis au bureau de son père, les yeux fermés, en essayant de se remémorer la voix de Jesse.

Au lieu de cela, il entendit un léger tapotement à la porte d'entrée. Il jeta un coup d'œil à sa montre et se leva d'un bond. Il avait oublié leur rendez-vous de 17 heures.

Keith accueillit chaleureusement le juge Oliphant et le conduisit dans la salle de conférences du premier étage. À plus de soixante-dix ans, le juge était toujours vif et alerte, mais à ce moment-là, il accusait le coup. Il boitait légèrement et refusa un café. Il s'était lié d'amitié avec Jesse Rudy pendant les litiges de Camille et leur lien s'était renforcé quand le nouveau procureur s'était installé dans le bureau au bout du couloir. Ils étaient si complices que le juge doutait même parfois de sa propre impartialité. Jesse lui reprochait au contraire de lui compliquer la tâche pour ne pas faire de favoritisme. Pendant les audiences publiques, les deux hommes ne se faisaient aucun cadeau, puis riaient en privé de leur comédie autour d'un verre et d'un cigare.

Oliphant était bouleversé par la mort de Jesse et semblait difficilement s'en remettre. Ils s'attardèrent un moment sur le drame, ce qui s'avérait pénible pour Keith. Afin d'éloigner toute cette tristesse de la maison et d'Agnes, il organisait des rencontres au bureau. Chaque visite commençait par son lot habituel de larmes et de condoléances, et cela devenait lourd à porter.

— Non seulement c'est un meurtre de sang-froid, disait Oliphant, mais c'est aussi une attaque contre notre système judiciaire. Ils ont bombardé le palais de justice, Keith, l'endroit même où on rend la justice dans ce pays ! Ils auraient pu éliminer Jesse n'importe où, ils n'ont pas l'air de manquer de moyens, mais ils ont choisi cette institution.

— Et qui sont « ils » ?

— Les hommes que Jesse voulait traduire en justice. Les hommes qu'il a inculpés, traînés au tribunal, et qui ont tellement flippé qu'ils ont plaidé coupable.

— Les Malco ?

— Bien sûr, les Malco. Keith. En cinq ans, Jesse a fait largement sa part en mettant tous ces criminels derrière les barreaux, même si c'était son boulot. Mais Lance Malco était un trop gros poisson, soutenu par un syndicat du crime très actif, très porté sur la vengeance.

— Dès que j'ai appris qu'une bombe avait explosé dans le palais de justice, j'ai prononcé le nom « Malco ». C'est tellement évident qu'on se demande s'ils sont totalement inconscients ou stupides.

— Ils bafouent les lois depuis si longtemps qu'ils se croient intouchables. Cela nous choque tous, mais cela ne devrait pas nous surprendre.

Tous deux se turent un long moment, en réfléchissant aux implications de ces paroles.

— Vous pensez que Lance a commandité le coup depuis la prison ?

— Je m'interroge à ce sujet. Ce serait facile pour lui, et il n'a rien à perdre. Mais il est trop intelligent pour faire une chose pareille. Lance n'a jamais cherché à attirer l'attention. Il opérait dans l'ombre, il n'aimait pas être vu ni entendu. En ce moment, tout le monde sur la côte, en particulier les forces de l'ordre, chuchote le même nom : Malco.

Keith hocha la tête.

— Je suis d'accord. Lance est trop intelligent, mais Hugh est un idiot. Maintenant qu'il a le contrôle de l'empire, il veut prouver qu'il est un vrai baron du crime. En assassinant le procureur, il devient une légende, s'il s'en tire à bon compte.

— Ce sera difficile à démontrer, Keith. Les assassinats commandités sont pratiquement impossibles à prouver car le coupable ne touche rien.

— Sauf l'argent liquide.

— Oui, sauf l'argent liquide, qui est intraçable.

Un autre silence s'installa, pendant lequel ils écoutèrent les voix au-dehors. On venait de livrer d'autres fleurs.

— Vous savez, Keith, le gouverneur Finch va nommer un procureur intérimaire pour reprendre le poste de votre père. Je connais Cliff. Nous avons siégé ensemble à la législature de l'État. Il a aussi été procureur pendant huit ans. Je veux que vous envisagiez d'assumer ces fonctions. Je suis sûr que cela vous a traversé l'esprit.

— Oui, brièvement. Je n'en ai parlé ni à Ainsley ni à ma mère. Je doute qu'elles soient très enthousiastes.

— Mais vous y réfléchirez ?

— J'ai parlé à Egan, mais cela ne l'intéresse pas. Elle a l'intention de prendre un congé. Je ne vois pas qui d'autre pourrait prendre ce poste, surtout après ce qui s'est passé. C'est plutôt risqué.

Oliphant sourit.

— Vous avez ça dans le sang, Keith, et vous pourriez reprendre là où votre père s'est arrêté.

— Et je serai au cœur de l'enquête. Le gouverneur Waller a appelé hier soir pour présenter ses condoléances. Comme vous le savez, papa et lui étaient proches. Il a promis de parler au gouverneur Finch pour qu'il donne la priorité à cette affaire. Apparemment, la police d'État et le FBI travaillent main dans la main pour une fois. Je veux être là, monsieur, au milieu de tout ça.

— Je parlerai au gouverneur Finch.

— Et de mon côté à ma mère, mais pas tout de suite. Après les funérailles.

***

Grâce au père Norris, la cérémonie se déroula dans la stricte tradition catholique. Le vendredi soir, une foule immense se rassembla à St. Michael pour la veillée. Le père Norris dirigea les prières et demanda à plusieurs proches de lire des passages des Écritures. Comme il n'y aurait pas d'éloges funèbres le lendemain, ils furent prononcés au cours de la veillée. Un ami d'enfance de la Pointe prit la parole le premier et brisa la glace en racontant une histoire drôle de l'époque. Le juge Oliphant évoqua avec éloquence les modestes débuts de Jesse, sa détermination à devenir avocat en suivant des cours du soir à Loyola, à la Nouvelle-Orléans, ses efforts et son ambition. Surtout, il insista sur sa bravoure.

L'ancien gouverneur Waller expliqua combien il était difficile pour un procureur de recevoir des menaces simplement parce qu'on fait bien son travail. Il était passé par là et avait connu la peur. Le courage de Jesse lui avait coûté la vie, mais sa mission serait un jour achevée. Les voyous et les mafieux qui l'avaient assassiné seraient traduits en justice.

Au sein de la famille, tout le monde savait qui allait prendre la parole. Tim était incapable de garder son calme. Beverly et Laura s'en remettaient toujours à leur frère aîné. Quand Keith monta à la tribune, un silence de plomb tomba sur l'église. D'une voix forte et claire, il remercia les membres de l'assemblée de leur présence, au nom de toute la famille. Il leur promit que non seulement ils allaient survivre, mais qu'ils surmonteraient l'adversité. Sa mère, Agnes, et ses frères et sœurs, Beverly, Laura et Tim, étaient reconnaissants de leurs prières et de leur soutien.

Jesse lui avait enseigné de nombreuses leçons de vie, mais aussi de droit. On n'était pas un grand avocat de naissance, on le devenait. Les grands avocats ne se contentaient pas de raconter une histoire au jury. L'histoire était écrite et réécrite, jusqu'à ce que l'avocat en connaisse les moindres mots, les moindres silences, et tous les temps forts. Le discours devait être fluide, mais pas trop policé. En écoutant Keith parler sans notes, et sans hésitation, il était difficile de croire que l'avocat n'avait que vingt-huit ans et qu'il n'avait dirigé que trois procès avec jury.

Keith évoqua la pêche avec son père dans le détroit du Mississippi, des parties de baseball dans la cour, et des centaines de matchs auxquels Jesse avait assisté dans les gradins. Son père n'en avait pas manqué un seul. Pour ses quinze ans, Jesse l'avait emmené à un procès au tribunal et, au cours du dîner, ils avaient passé en revue les faits et gestes des avocats et du juge. Ce fut le premier d'une longue série. À seize ans, Keith venait au tribunal en costume-cravate et était assis juste derrière son père.

La voix de Keith ne trembla pas. Son débit était aussi fluide que celui d'un acteur de théâtre chevronné. Bien qu'il paraisse impassible, son éloge funèbre fut extrêmement émouvant. Il termina par ces mots.

— Notre père n'est pas mort en vain. Son œuvre vient de commencer, et elle sera achevée. Ses ennemis mourront en prison.

***

La messe de funérailles attira une foule encore plus nombreuse, qui débordait sur le parvis de l'église. Les retardataires furent dirigés vers une grande tente à côté de la bâtisse. Un système de sonorisation retransmettait l'événement : l'aspersion d'eau bénite sur le cercueil au moment de franchir les portes d'entrée ; la réception du cercueil par la famille devant l'autel ; la pose d'une bible ouverte sur le couvercle ; la lecture d'un extrait des Saintes Écritures par Beverly et Laura ; un chant interprété par une soprano ; un passage de l'Évangile selon saint Luc lu par le frère de Jesse ; une longue homélie du père Norris où il évoqua la mort dans le monde chrétien et fit l'apologie de Jesse Rudy. La communion dura une demi-heure, puis le père Norris aspergea le cercueil d'eau bénite en prononçant l'éloge final.

43.

Le mardi suivant le Labor Day, le palais de justice rouvrit ses portes. La moitié ouest du deuxième étage était fermée par une cloison temporaire tandis que les équipes terminaient le déblayage des débris et entamaient les réparations. Le juge Oliphant était impatient de reprendre son rôle et de programmer les audiences.

Deux jours plus tard, une brève cérémonie eut lieu dans sa salle d'audience. Le gouverneur Cliff Finch avait nommé Keith Rudy au poste de procureur laissé vacant par le décès de son père. Keith occuperait les fonctions de procureur intérimaire pendant le reste du mandat, jusqu'en 1979. Le juge Oliphant lut la nomination du gouverneur et fit prêter serment au nouveau jeune procureur. Agnes et Ainsley étaient fières de Keith, malgré leurs doutes silencieux. Toutes deux s'étaient opposées à ce qu'il reprenne le poste, mais Keith avait pris sa décision. Pour Agnes, il ressemblait énormément à Jesse. Et quand il était convaincu d'être sur le droit chemin, rien ne pouvait l'arrêter.

Beverly et Laura observèrent la scène en silence, tout comme Egan, les frères Pettigrew et une poignée de proches. Ils n'avaient pas encore digéré les conséquences de l'attentat, mais la nomination de Keith leur donnait l'espoir que justice serait faite. Le nouveau procureur ne fit pas de discours, mais un journaliste du *Register* couvrit l'événement et s'entretint avec Keith à la fin de la cérémonie. Sa première question était attendue :

— Pensez-vous pouvoir être juste et objectif quand vous devez poursuivre le ou les personnes responsables du meurtre de votre père ?

— Je peux être juste, mais je ne suis pas obligé d'être objectif. Dans toute enquête sur un homicide, la police et le procureur établissent la culpabilité des auteurs bien avant le jury. Dans ce processus, ils ne sont pas entièrement objectifs. Je peux seulement vous promettre d'être juste.

— Si le meurtre est résolu, est-ce vous qui irez au procès ?

— Il est bien trop tôt pour parler de procès.

— Avez-vous des suspects ?

— Non.

— Allez-vous vous impliquer dans l'enquête ?

— Oui, à tous les niveaux. Nous suivrons toutes les pistes, nous ne laisserons rien au hasard. Je n'aurai pas un instant de repos tant que ce crime ne sera pas résolu.

On lui posa des questions similaires pendant les premiers jours de son mandat. Les journalistes qui rôdaient autour de Rudy & Pettigrew furent priés de débarrasser le plancher à plusieurs reprises. Amis et sympathisants passaient témoigner de leur compassion, mais Keith se lassa rapidement de ces attentions déprimantes. Ils finirent par verrouiller la porte d'entrée. Gage et Gene travaillaient dans la salle de conférences du rez-de-chaussée et surveillaient les allées et venues. Le téléphone sonnait sans arrêt et parfois, personne ne répondait. Les clients étaient priés d'être patients.

La plupart des dossiers ayant été détruits dans l'explosion, l'un des premiers défis de Keith fut de les reconstituer et de déterminer les mises en examen et les statuts de chaque accusé. Tout le barreau du district vint à la rescousse en lui fournissant des copies. Le juge Oliphant ne céda pas un pouce de terrain aux avocats de la défense. Rex Dubisson passa des heures avec Keith pour lui expliquer les tenants et les aboutissants de son métier. Pat Graebel, le procureur du Dix-neuvième District, fit de même et mit son personnel à sa disposition.

Keith débutait ses journées en emmenant Agnes à la messe à St. Michael.

***

Deux jours après la nomination de Keith au poste de procureur, Hugh se rendit une nouvelle fois dans le no man's land pour rendre visite à son père. Le coton était en fleurs et, de part et d'autre de la route, les plaines semblaient recouvertes d'un manteau neigeux. Le delta changeait de couleur au fil des saisons, mais alors que l'on se préparait à la récolte, Hugh trouvait toujours ce paysage déprimant.

Il revint à la réalité en voyant la première cueilleuse de coton, une machine John Deere d'un vert éclatant qui ressemblait à un insecte géant rampant dans la neige. Puis il en vit d'autres et, bientôt, les machines grouillèrent. Il dépassa un camion qui se dirigeait vers l'égreneuse, les capsules voletant dans les airs avant d'échouer comme des détritus sur le bord de la route.

À huit kilomètres au sud de la prison, Hugh vit un spectacle si surprenant qu'il ralentit et faillit s'arrêter sur l'accotement. Un gardien de prison armé d'un fusil de chasse et coiffé d'un chapeau de cow-boy était assis sur un cheval de trait et surveillait une douzaine de détenus noirs occupés à arracher les capsules des tiges qui leur arrivaient presque jusqu'à la poitrine. Ils fourraient le coton dans d'épais sacs en toile de jute qu'ils traînaient derrière eux.

C'était en septembre 1976, plus de cent ans après l'abolition de l'esclavage.

Parchman s'étendait sur sept mille hectares d'une terre riche. Avec sa réserve inépuisable de main-d'œuvre gratuite, elle était, historiquement du moins, une vache à lait pour l'État. À la grande époque, bien avant l'intervention des tribunaux fédéraux et de la notion de droit des prisonniers, les conditions de travail étaient abominables, en particulier pour les détenus noirs.

Hugh secoua la tête et poursuivit sa route, stupéfait une fois de plus par le caractère arriéré de l'État du Mississippi, et heureux d'être originaire de la côte. Un autre monde.

Jusqu'à présent, Lance avait évité la corvée de cueillette du coton, un travail détestable, infligé comme punition. Il vivait dans l'unité 26, l'un des nombreux « camps » disséminés dans la vaste ferme. Bien que les tribunaux fédéraux aient réclamé à plusieurs reprises à l'État le démantèlement de Parchman, il existait encore des endroits où les détenus aisés pouvaient survivre sans craindre de mauvais traitements. L'unité 26 était leur lieu de prédilection, même si les cellules manquaient d'air conditionné et de ventilation.

Hugh franchit le portail d'entrée et suivit la route indiquée jusqu'aux profondeurs de la ferme. Il se gara sur le petit parking de l'unité 26, franchit un autre poste de sécurité et entra dans un bâtiment administratif en briques rouges. Il fut à nouveau fouillé, puis conduit dans la salle des visites.

Lance apparut de l'autre côté d'un grillage et ils se saluèrent. Bien que les visites soient censées être confidentielles, Lance ne faisait confiance à personne dans la prison et avertit Hugh de ne pas trop en dire.

À part quelques cheveux gris supplémentaires et des rides autour des yeux, Lance n'avait guère changé en seize mois. Le problème cardiaque qui menaçait de le tuer l'année précédente s'était mystérieusement envolé. Il affirma être en bonne santé et survivre aux affres de la prison. Il travaillait à la bibliothèque, se promenait dans le camp plusieurs fois par jour et écrivait des lettres à ses amis, bien que tout le courrier soit filtré. En termes prudents, ils évoquèrent l'entreprise familiale, et Hugh lui assura que tout allait bien. Fats lui passait le bonjour, tout comme Nevin et les autres. Carmen allait beaucoup mieux depuis le départ de Lance, mais Hugh préféra minimiser le bonheur de sa mère. Lance feignit de s'inquiéter de son bien-être.

Ils parlèrent de tout sauf de l'évidence. La mort de Jesse Rudy ne fut pas mentionnée. Lance n'était pas impliqué dans cette affaire, mais il était très inquiet à l'idée que son imprévisible fils ait fait une énorme bêtise.

Tous les soupçons se portaient sur Hugh, le seul suspect crédible.

***

Comme son prédécesseur Bill Waller, le gouverneur Finch avait effectué deux mandats en tant que procureur. Le meurtre brutal de l'un des leurs étant impensable, il avait fait de l'enquête sa priorité absolue. Il monta une équipe d'investigation avec la police d'État et le FBI, et leur promit sa pleine et entière coopération ainsi qu'un financement important.

Fin septembre, l'équipe de choc se réunit en secret pour la première fois. Les agents spéciaux Jackson Lewis et Spence Whitehead représentaient le FBI. Le chef de la police d'État, le capitaine Moffett, présidait la réunion. Il était accompagné par deux de ses enquêteurs.

Deux agents en uniforme gardaient la porte. Keith intervint peu, se contentant de prendre des notes.

L'absence des forces de l'ordre locales était criante. Fats Bowman et sa clique n'avaient pas été conviés, par mesure de précaution. La police de Biloxi n'était pas qualifiée pour prendre part à une enquête aussi importante. Personne ne voulait impliquer les policiers locaux si cela n'était pas absolument nécessaire. Le secret était la clé de la réussite.

L'agent Lewis examina un rapport du laboratoire de Quantico. Les experts étaient catégoriques : l'explosion avait été provoquée par du Semtex, un explosif plastique utilisé par l'armée américaine. Le poseur de bombe s'était procuré le produit le plus dangereux, mais n'en avait pas maîtrisé la puissance. Ils estimaient son poids entre deux et quatre kilos, ce qui était beaucoup trop pour tuer un seul homme dans son bureau.

Tout en discutant des dégâts, ils entendaient le bruit des marteaux et des scies dû aux travaux de réparation au bout du couloir.

Keith s'efforçait d'ignorer qu'il était assis dans la salle d'audience où son père s'était fait un nom en s'attaquant aux compagnies d'assurances après Camille, et par la suite à des gangsters notoires. À moins de six mètres de là se trouvait le banc où Lance Malco s'était tenu lorsqu'il avait plaidé coupable et avait été condamné par le juge Oliphant.

On évoqua ensuite les témoins potentiels. Henry Taylor ne fut pas mentionné. Le FBI l'avait pratiquement chassé de la ville avec sa jambe cassée, trois jours après le meurtre, puis avait demandé à la police locale de taire son existence. Le FBI avait de grands projets pour Taylor, mais il était beaucoup trop risqué d'impliquer qui que ce soit à Biloxi à un stade aussi précoce de l'enquête. Une indiscrétion pouvait compromettre le plan de Jackson Lewis. De même, le juge Oliphant, qui avait signé les mandats de perquisition du pick-up et de la chambre de motel du suspect, avait promis le secret.

Keith serait informé de l'histoire d'Henry Taylor en temps voulu. Le jeune homme était accablé de chagrin, assoiffé de vengeance, et n'avait pas encore fait ses preuves. Le tenir dans l'ignorance était délicat, mais les fédéraux n'avaient pas le choix. Il faudrait aussi décider si Keith allait diriger l'accusation lors d'un éventuel procès. Personne ne pensait qu'il serait autorisé à poursuivre lui-même en justice le ou les assassins de son père. Un procureur spécial serait sûrement nommé par la Cour suprême de l'État, selon les discussions en coulisses entre le capitaine Moffett et le FBI.

Le groupe de travail examina la liste de toutes les personnes présentes dans le palais de justice ou qui avaient quitté le bâtiment juste avant l'explosion. Treize personnes avaient été blessées, la plupart par des éclats de verre. Après avoir été projetée par terre, Egan Clement avait eu une entaille à la tête ainsi qu'une légère commotion cérébrale. Un certain Alan Taylor, de Necaise, avait dégringolé les escaliers et s'était cassé la jambe. D'après sa déposition, il allait acheter des plaques d'immatriculation au bureau du deuxième étage. Son histoire avait été vérifiée par le FBI.

Keith intervint :

— J'ai parlé plusieurs fois à Egan et elle pense avoir vu un livreur avec des cartons près de l'escalier au moment de l'explosion.

Lewis acquiesça.

— Oui, et on lui a longuement parlé. Comme vous le savez, elle a perdu connaissance. Ses souvenirs sont flous. Son récit est assez confus. On va continuer à creuser.

— Alors on a peut-être un suspect ?

— Oui, peut-être. Cet homme, s'il existe, est une priorité.

— Et personne d'autre ne l'a vu ?

— Non, personne.

— Comment la bombe a-t-elle été introduite dans le bureau ?

— On n'en sait rien encore. C'est seulement l'enquête préliminaire, Keith.

Keith n'était pas dupe, mais il n'insista pas. Il était trop tôt pour presser les enquêteurs, même s'il était convaincu qu'ils en savaient plus qu'ils ne le prétendaient. Au moins, ils avaient un suspect potentiel.

Les efforts conjoints des forces de l'ordre de l'État et du gouvernement fédéral étaient généralement sapés par des guerres de pouvoir. Après de longues tergiversations, ils décidèrent que Jackson Lewis et le FBI prendraient la direction des opérations. Moffett feignit la frustration, mais il avait reçu l'ordre direct du gouverneur de laisser la main aux fédéraux.

***

Durant les quatre-vingt-dix jours précédant le meurtre, Henry Taylor avait passé ou reçu cinq cent quinze appels. Tous les numéros avaient été vérifiés. La plupart étaient des appels locaux de membres de la famille, d'amis, de deux femmes qu'il semblait bien connaître. Trente et un s'avéraient être des appels longue distance, mais aucun n'était suspect. Deux semaines avant le meurtre, il avait reçu un appel d'une cabine téléphonique à Biloxi, mais il était impossible d'en identifier le correspondant.

Taylor dirigeait son entreprise dans un petit local situé dans un vieil entrepôt. Un magistrat avait délivré un autre mandat et le téléphone de son bureau avait été mis sur écoute. Les enregistrements collectés auprès de la compagnie de téléphone étaient en cours d'analyse. Pratiquement tous ses appels étaient liés à son activité professionnelle ; là encore, rien ne paraissait douteux.

L'agent Lewis était perplexe. L'explosion d'une bombe aussi spectaculaire nécessitait une activité téléphonique. D'où venaient les explosifs ? Comment les avait-il obtenus ? Lewis et Whitehead fouillèrent son petit laboratoire de fabrication artisanale de bombes situé derrière sa maison et ne trouvèrent aucun explosif, seulement des résidus et des pièces de détonateurs. Il avait forcément eu des contacts avec le commanditaire de l'attentat, ou avec un intermédiaire. Plusieurs appels passés depuis son domicile leur apprirent que sa jambe cassée le handicapait terriblement et qu'il était incapable de travailler. Il discuta avec deux employés à temps partiel et n'était satisfait d'aucun des deux. L'un affirmait que Taylor lui devait des arriérés de salaire. Ils se disputèrent. Taylor appela aussi son médecin pour se plaindre. Il demanda à un frère de lui prêter de l'argent, mais la conversation tourna au vinaigre. Les appels de clients potentiels à son bureau se faisaient de plus en plus rares.

Il racontait qu'il était allé pêcher dans le golfe et qu'il avait glissé dans une marina et s'était cassé la jambe. Six semaines après le meurtre, il se déplaçait toujours avec des béquilles et souffrait constamment.

Le 14 octobre, il passa un coup de fil intéressant. Un certain M. Ludlow prit l'appel de Taylor à la banque et écouta ses jérémiades. Il n'avait pas beaucoup de travail, avec sa jambe cassée et tout le reste, et il avait besoin d'un emprunt.

Les deux hommes semblaient se connaître et avoir fait affaire par le passé. Henry voulait dix mille dollars et était prêt à prendre une deuxième hypothèque sur sa maison. M. Ludlow répondit qu'il allait y réfléchir. Il rappela le lendemain et l'informa que sa demande était rejetée.

Un suspect en difficultés financières. Les fédéraux étaient à l'écoute.

44.

Le County Board du comté d'Harrison décida de financer la reconstruction de son palais de justice et de prévoir un grand bureau pour son nouveau procureur. Quand Keith emménagea, une semaine avant Thanksgiving, il fut impressionné par la rénovation, le mobilier précieux et le matériel de bureau dernier cri. Les murs, les sols et les plafonds sentaient encore la peinture fraîche. De beaux tapis recouvraient les sols. Des œuvres d'art moderne ornaient les murs, mais il comptait les remplacer. Dans l'ensemble, c'était un beau geste.

Son problème le plus urgent était le manque de personnel. La secrétaire de longue date de Jesse refusait de remettre les pieds au palais de justice et Keith ne parvenait pas à la convaincre de prendre sa retraite. Sa propre assistante n'était pas non plus prête à revenir. Egan Clement était déprimée et toujours effrayée. Une dame du bureau des registres fonciers se porta volontaire pour répondre au téléphone pendant deux mois. Les premiers jours, Keith lutta contre l'émotion qui l'assaillait chaque fois qu'il entrait dans l'ancien bureau de son père, puis il décida d'aller de l'avant. Jesse n'aurait pas aimé qu'il se lamente sur son sort alors qu'il avait tant à faire. Le nœud dans son estomac finit par s'atténuer, puis par disparaître. Lorsqu'il n'était pas occupé, il faisait de longues promenades dans la campagne au nord de la ville. Ce dont il avait besoin, c'était de son premier procès devant un jury. Rien de tel qu'une bonne joute oratoire dans une salle d'audience pour faire oublier ses soucis à un avocat.

Il convoqua son premier grand jury et présenta une demi-douzaine d'affaires : un petit trafic de drogue, une violente dispute conjugale et un cambriolage à main armée qui avait failli très mal tourner.

L'affaire *État du Mississippi contre Calvin Ball* concernait une bagarre dans un honky tonk qui avait dégénéré en fusillade et fait une victime. Jesse avait tout juste réussi à obtenir une mise en examen de son dernier grand jury six mois plus tôt. Calvin Ball, l'homme au cœur de l'échauffourée, invoquait la légitime défense. Pas moins de huit clients étaient impliqués d'une manière ou d'une autre, tous ivres, drogués ou en passe de l'être. L'incident s'était produit juste après minuit, un samedi, dans le comté de Stone. L'avocat de Ball voulait absolument un procès pour laver le nom de son client. Keith finit par céder, même si l'issue était incertaine.

Le procès dura trois jours à Wiggins et faillit tourner au pugilat. Après huit heures de délibérations houleuses, le jury resta bloqué à six voix contre six, et le juge déclara l'annulation du procès. En rentrant à Biloxi, Keith prit le parti de sourire au souvenir de certains témoignages, et du fait d'avoir perdu son premier procès en tant que procureur. Il se rappelait les histoires que son père lui avait racontées sur le honky tonk. Jesse n'avait jamais voulu s'occuper du procès de Calvin Ball.

La semaine suivante, Keith obtint sa première victoire dans une affaire de détournement de fonds. La semaine précédant Noël, il fit condamner deux motards californiens qui avaient roué de coups un pompiste à Gulfport sans raison apparente.

Keith avait pratiquement grandi dans les salles d'audience. Adolescent, il portait la mallette de son père au tribunal. Il connaissait les règles des pièces à conviction avant de commencer ses études de droit. Il avait appris la procédure, l'étiquette et les stratégies argumentatives en regardant au moins une centaine de procès. Pendant les débats, Jesse lui chuchotait des conseils, des astuces et lui expliquait des tactiques, comme s'il transmettait des secrets d'initiés.

Face à un jury, un avocat avait mille choses en tête. Et un procès réclamait une préparation méticuleuse. Il n'avait pas le temps de s'inquiéter, d'avoir peur ni de s'apitoyer sur son sort. À vingt-huit ans, Keith était en train de devenir un bon avocat plaidant, dont son père aurait été fier.

Ses trois premiers procès l'avaient maintenu en haleine, lui faisant oublier un temps le cauchemar.

***

Agnes était déterminée à remonter le moral de la famille en organisant de joyeuses fêtes de fin d'année. Elle décora la maison comme jamais auparavant et planifia au moins trois fêtes. Beverly, Laura et Tim seraient présents pour Noël. Keith et Ainsley habitaient à quatre rues de là. Leur cuisine était devenue un lieu de rassemblement où la famille allait et venait et où les amis apportaient des pâtisseries, des fleurs et des cadeaux. Même si beaucoup de larmes coulaient la nuit, et que Jesse n'était jamais loin de leurs pensées, ils passèrent les fêtes comme à l'accoutumée. À l'église, ils prirent place côte à côte, entourés de leurs amis, pour assister à la messe de minuit.

Un nouveau chapitre de leur vie s'ouvrit le lendemain, pendant le déjeuner de Noël, quand Keith annonça qu'Ainsley était enceinte de deux mois. Un nouveau Rudy allait entrer en scène, et sa venue était providentielle.

Agnes avait réussi à prendre sur elle pendant les fêtes, mais lorsqu'elle apprit la merveilleuse nouvelle – elle allait être grand-mère ! –, elle ne put se contenir davantage. L'émotion était contagieuse et, en un instant, toute la famille pleurait. Des larmes de joie.

45.

L'appartement se trouvait dans un grand immeuble vieillissant. Henry Taylor était déjà venu faire du nettoyage ici. Ces petits logements bon marché attiraient des locataires qui s'enfuyaient souvent au milieu de la nuit, laissant derrière eux tout ce qui n'était pas cloué au sol, ainsi que la crasse et les taches. Le type au téléphone lui avait expliqué qu'il emménageait et voulait que les tapis soient rafraîchis. Ils se retrouvèrent devant la porte à l'heure convenue, et le type lui remit cent vingt dollars en liquide pour son travail. Puis il s'en alla en précisant qu'il reviendrait plus tard.

Henry travaillait seul – il n'aurait pas pu trouver d'aide décente si peu de temps après les vacances – et il boitait. Il maudissait déjà sa mauvaise jambe alors qu'il n'était que 8 heures du matin. Il transportait deux grands bidons de détergent dans l'appartement lorsqu'un inconnu surgit de nulle part le fit sursauter. Costume, cravate, sourcils froncés, avec un regard dont Henry se méfiait, à cause de son penchant pour la violence. Si les gens savaient à quel point Henry s'effrayait facilement. Artificier aux mains sûres et à la tête froide, il perdait tous ses moyens lorsqu'il était confronté au genre d'homme qui l'observait depuis l'embrasure de la porte. L'air indéchiffrable, l'homme lança :

— Je cherche Henry Taylor.

Un flic ? Sur ses traces ? Henry avait-il commis une erreur en cours de route et était-il sur le point de se faire épingler par la police scientifique ?

— C'est moi. Qu'est-ce que vous voulez ?

Enfin, un petit sourire. L'inconnu lui tendit sa carte de visite.

— J. W. Gross, détective privé.

Henry soupira de soulagement, mais ne le montra pas. L'homme lui donnait une carte de visite, pas un mandat. Il la saisit et l'examina. Un détective privé avec une adresse à Nashville. Il lui rendit la carte comme si elle ne l'intéressait pas, mais Gross ignora son geste.

— Enchanté, dit Henry.

— De même. Vous avez une minute ?

— Non. J'ai du travail et je suis en retard.

Gross haussa les épaules mais ne fit nullement mine de s'en aller.

— Deux minutes, c'est tout ce que je vous demande, et cela en vaudra peut-être la peine.

— Je vous accorde une minute, pas une de plus.

Gross jeta un coup d'œil autour de lui.

— Alors entrons.

Ce qui prendrait certainement plus d'une minute, pourtant Henry se laissa faire. Gross referma la porte derrière eux et Henry regarda sa montre comme un vrai dur à cuire.

— Un client d'un ami fortuné a besoin des services d'un expert, vous voyez ce que je veux dire ?

— Pas du tout.

— Vous nous avez été hautement recommandé, monsieur Taylor. Un vrai professionnel, avec une grande expérience, un homme qui fait avancer les choses.

— Vous êtes flic ?

— Absolument pas. Je n'aime pas franchement les flics.

— Si ça se trouve, vous portez un micro. Qu'est-ce que vous me voulez ?

Gross rit et écarta les bras.

— Fouillez-moi. Vous souhaitez que j'enlève ma chemise ?

— Oh non, j'en ai vu assez. La minute est écoulée. J'ai à faire.

Gross lui adressa un autre sourire faux.

— Bien sûr. Mais il s'agit de beaucoup d'argent. Beaucoup plus que Biloxi.

Un coup de pied dans les tripes n'aurait pas été plus violent. La mâchoire d'Henry se crispa et il fixa le détective privé du regard, incapable de prononcer une parole.

Gross profita de sa stupeur pour renchérir :

— Cinquante mille dollars, en liquide. Vous avez mon numéro.

L'homme fit volte-face, quitta la pièce, et ferma derrière lui.

Henry regarda la porte un long moment, l'esprit en ébullition. Personne n'était au courant pour Biloxi, à part son contact sur place. Comment le savait-il ? Henry n'en avait parlé à personne, ce n'était pas son genre. Impossible de survivre dans ce métier si on ne savait pas garder un secret. Quelqu'un à Biloxi avait la langue bien pendue. La rumeur circulait dans le milieu interlope qu'Henry Taylor avait encore frappé. Mais Henry ne voulait pas de cette réputation. Cela risquait d'attirer l'attention des flics.

Il nettoya les tapis sales pendant deux heures, puis eut besoin d'une pause et de cachets. Il reprit sa voiture pour se rendre à la bibliothèque d'Union City et feuilleta les annuaires téléphoniques des grandes villes du Tennessee. Dans les pages jaunes de Nashville, il trouva une petite annonce pour « J. W. Gross, détective privé. Honnête. Fiable. Vingt ans d'expérience. »

Ces gars qui se vantaient de leur honnêteté le faisaient bien marrer.

Il se rendit à son bureau, prit un antalgique et s'étendit sur un lit de camp qu'il utilisait souvent pour faire la sieste. Les médicaments firent effet et la douleur s'estompa. Il décrocha le téléphone et appela un ami. Le numéro était celui d'une maison à Brentwood, dans le Tennessee, non loin de Nashville.

Ils écoutaient.

— Imaginons que j'ai rencontré un privé de ta ville natale. Un gars du nom de J. W. Gross, ça te parle ?

— Pourquoi je connaîtrais un connard de privé ? répondit le type.

— Je croyais que tu connaissais tous les gars louches.

— Ben, je te connais, toi.

— Ha ha. Ça te dérangerait de passer un coup de fil ou deux, pour vérifier qui est ce gars ?

— Qu'est-ce que j'y gagne ?

— Mon amitié éternelle.

— J'essaie de m'en débarrasser depuis des années.

— Allez. Tu me dois bien ça.

— Je vais voir ce que je peux trouver.

— Te casse pas la tête. Je veux juste m'assurer qu'il est réglo, OK ?

Ils parlèrent ensuite de femmes pendant un moment, puis raccrochèrent. Henry réfléchit à la somme. Il avait été payé vingt mille dollars pour faire disparaître Jesse Rudy – il aurait dû demander plus. S'en prendre à un élu de premier plan valait deux fois plus. Qui, au monde, valait cinquante mille dollars ? Si le commanditaire était vraiment blindé et proposait cinquante mille dollars dès le départ, il pouvait certainement lui soutirer plus. L'appât du gain s'insinua dans ses pensées, en même temps que la survie.

Il s'assoupit en souriant.

***

Le profil de J. W. Gross inspirait confiance. Il dirigeait une petite société avec quelques employés et jouissait d'une bonne réputation. Il s'occupait essentiellement de divorces de couples fortunés et de problèmes de sécurité dans les entreprises. Rien dans le domaine criminel.

Henry était obsédé par l'argent. Il appela le numéro figurant sur la carte de visite et donna rendez-vous au détective privé sur le parking d'un terrain de softball à Union City. Pas de circulation, pas de témoins. Et au début du mois de janvier, pas de match.

Un vent glacé soufflait sur le parking. J. W. suivit Henry, qui s'aidait d'une canne pour marcher, jusqu'à la buvette ouverte. Ils entrèrent pour se mettre à l'abri du vent.

— Comment je sais que vous ne portez pas de micro ? demanda Henry.

Une fois de plus, J. W. écarta les bras.

— Je vous en prie.

— Ça vous dérangerait d'enlever votre manteau ?

Malgré son agacement, Gross s'exécuta. En dessous, il portait un blazer noir tout simple. Henry lui palpa la poitrine et la ceinture. Il s'arrêta à la hanche droite.

— Vous avez un flingue ?

J. W. retira son blazer et montra à Henry un pistolet automatique dans un étui.

— Je l'ai toujours sur moi, monsieur Taylor. Vous voulez voir mon permis ?

— Pas la peine. Tournez-vous.

Gross fit volte-face et Henry lui tâta le cou, les aisselles et la taille.

— OK, c'est bon.

— Merci.

Gross remit son manteau.

— Je vous écoute, dit Henry.

— Je ne connais pas le commanditaire, ni son vrai nom, alors appelons-le M. Getty. Il a une soixantaine d'années, vit dans cet État, et possède plusieurs belles propriétés dans tout le pays. Sa femme a vingt ans de moins que lui, c'est la troisième je crois. On est face au schéma classique : un homme riche et âgé, une femme jeune et jolie. Elle a la belle vie, sauf qu'à côté, elle a gardé un ex-mari qui lui plaît encore beaucoup. M. Getty est bouleversé, furieux, le cœur brisé, et ce n'est pas le genre d'homme à se faire larguer. Pire, il la soupçonne, avec son étalon, de préparer un coup pour lui voler sa fortune. Une sale affaire. Il y a quelques années, M. Getty et ses riches amis ont fait bâtir une résidence près de Gatlinburg, dans les montagnes.

— Je connais Gatlinburg.

— Sa femme aime les montagnes, elle y passe du temps avec ses amies, parfois seule. Parfois avec M. Getty. Et souvent avec son amant. C'est leur petit nid d'amour préféré.

— Et le boulot consiste à le faire sauter.

— La femme. Et son amant. M. Getty veut que ce soit spectaculaire, de préférence quand ils sont au lit.

— Cela peut poser des problèmes de timing.

— J'imagine. Je ne fais que transmettre les infos, monsieur Taylor.

— Et la résidence ?

— Un immeuble de cent quatre-vingts mètres carrés. L'un des quatre appartements. Les trois autres ne sont occupés que le week-end, et rarement en hiver. Mon contact vous fournira des plans, des photos, tout ce que vous voudrez. Nous surveillons Mme Getty et son amant pour savoir quand ils iront faire un séjour là-bas.

— Vous avez dit que votre contact était le client d'un ami, ou l'ami d'un client. C'est assez vague.

— C'est mieux comme ça. Je ne vais pas rencontrer M. Getty. Si j'ai bien compris, c'est le client d'un ami qui travaille dans le même domaine. Secteur privé.

— Et comment m'a-t-il trouvé ?

— Je ne peux pas répondre à cette question.

— D'accord. Deux cibles de premier plan valent bien plus que cinquante mille dollars.

— Je n'ai pas le pouvoir de négocier, monsieur Taylor. Je ne fais que transmettre l'offre de mon employeur.

— Cent mille.

Gross tressaillit, puis il se ressaisit aussitôt.

— Je ne vous jette pas la pierre. Je transmettrai votre demande.

— Quels sont les délais ?

— Le plus tôt sera le mieux. M. Getty a un important service de sécurité et il les surveille de près. Il est manifestement inquiet. De plus, à l'approche des beaux jours, la résidence sera de plus en plus fréquentée. M. Getty pense qu'il faut agir avant le mois d'avril.

— Je vais vérifier mon emploi du temps.

Gross haussa les épaules.

— Apportez-moi les plans et les photos, je vais jeter un coup d'œil.

***

L'étau se resserrait autour de Taylor.

Il quitta son domicile avec son pick-up le samedi 22 janvier et fit trois heures de route jusqu'à Nashville, où il avait rendez-vous avec Gross sur le parking d'un centre commercial. Le détective privé lui remit un dossier avec toutes les informations nécessaires. De là, il gagna Pigeon Forge, à quatre heures de route, et prit une chambre dans un motel au pied des Great Smoky Mountains. Il régla vingt-quatre dollars en liquide pour une nuit et utilisa un faux permis de conduire en guise de pièce d'identité. Ensuite, il mangea un sandwich puis parcourut douze kilomètres jusqu'à Gatlinburg. Il se perdit sur les routes escarpées et sinueuses et ne trouva la résidence qu'à la tombée de la nuit.

Pendant son absence, une équipe de techniciens du FBI entra dans sa chambre de motel, mit son téléphone sur écoute et installa six mouchards.

Gross avait assuré à Taylor que l'appartement serait vide pendant le week-end et que l'immeuble n'était pas équipé d'un système d'alarme. Il se rendit dans un restaurant et but café sur café. À 21 heures, il retourna à la résidence, qui était pratiquement déserte, et se faufila jusqu'à la porte de l'appartement à la faveur de l'obscurité. Sans trop d'efforts, il crocheta la serrure et entra.

Les traqueurs du FBI furent impressionnés par la capacité de Taylor à se déplacer en toute discrétion.

Il rentra à son motel à 23 heures et appela J. W. Gross. Ils se donnèrent rendez-vous le dimanche matin dans un relais routier sur l'Interstate 40, à l'est de Nashville. Puis il alla se coucher.

De la neige fondue tombait sur le relais routier, où plusieurs poids lourds avaient fait halte. Gross trouva le Dodge de Taylor garé près du restaurant, mais Taylor n'était pas à l'intérieur. Il attendit un moment, bien que 11 h 30, l'heure convenue, soit passée. C'est alors qu'il vit Taylor sortir du restaurant et s'approcher. Gross lui fit signe de monter dans son pick-up, où il faisait chaud et sec. Taylor s'assit du côté passager.

— C'est bondé là-dedans, déclara Taylor. Impossible d'avoir une table.

La cabine du pick-up était sur écoute. Les agents, cachés à une cinquantaine de mètres, retinrent leur souffle. Quel coup de chance ! C'était vraiment stupide de la part de Taylor.

— Vous avez trouvé l'appartement ? interrogea Gross.

— Oui, très facilement, répondit Taylor avec suffisance. Je ne vois pas de problème, à part le timing. J'ai besoin d'un préavis d'au moins trois jours.

— Dans trois semaines, le 11 février, M. Getty et sa femme prévoient de partir en week-end. Au dernier moment, il ne pourra pas l'accompagner, une urgence au bureau. Elle ira sûrement avec son amant à la place, pour se payer du bon temps. Ça sera l'occasion idéale. Vous serez prêt ?

— Ça devrait aller. Et vous voulez qu'ils meurent tous les deux ?

— Personnellement, je m'en fiche. Mais M. Getty veut qu'ils soient tués tous les deux et que la résidence soit réduite en poussière.

— Je ne peux pas le garantir, vous comprenez ?

— Que pouvez-vous garantir, exactement ? Enfin, pour cent mille dollars, vous devez nous promettre un minimum, monsieur Taylor.

— Je sais. Mais sachez qu'il n'y a pas deux missions identiques, pas deux bombes qui se comportent de la même manière. C'est un art, monsieur Gross, pas une science. Je la programmerai à 3 heures du matin, quand ils seront logiquement dans le même lit, d'accord ?

— Si vous le dites. C'est vous l'expert.

— Merci. Maintenant, à propos de l'argent...

***

Les problèmes d'approvisionnement étaient le lot de tous les poseurs de bombes, et les appels téléphoniques laissaient des traces.

Le 26 janvier, alors que le FBI épiait ses moindres faits et gestes, Henry Taylor se rendit en voiture dans une résidence située dans les monts Ozark, près de la petite ville de Mountain Home. Ce n'était pas sa première visite, et il pensait être le bienvenu. C'était le camp de base bien gardé d'un homme considéré par les autorités fédérales comme un important trafiquant d'armes. Dans un pays où les lois sur les armes à feu étaient pour le moins laxistes, l'homme ne faisait rien de mal et n'avait jamais été condamné.

Henry n'eut pas l'autorisation d'entrer et dut rebrousser chemin. Les fédéraux supposaient qu'il était à la recherche d'explosifs. Leur homme gagna alors Memphis et passa des appels de trois cabines téléphoniques publiques, qui ne purent être tracés à temps.

Le 30 janvier, Gross joignit Henry chez lui et lui demanda de le rappeler le lendemain d'une ligne sécurisée. Henry suivit ses instructions, et Gross lui expliqua que le week-end du 11 février de M. Getty et de son épouse était toujours d'actualité. Henry serait prêt, lui assura-t-il, omettant qu'il avait des difficultés à trouver les explosifs.

Le 1er février, Henry commit sa plus grosse erreur. Il y avait six cabines téléphoniques dans un rayon de huit kilomètres autour de son domicile et de son bureau. Le FBI les avait toutes mises sur écoute, au cas où il aurait la mauvaise idée d'en utiliser une, par facilité. Leur intuition s'avéra payante. Henry mangea un hot-dog dans le centre d'Union City et entra dans une cabine téléphonique. Son appel était destiné à une boîte de nuit de Biloxi, connue sous le nom de Red Velvet. Cinq minutes plus tard, la cabine téléphonique sonna et Henry décrocha.

Il expliqua à Nevin Noll qu'il avait un besoin urgent de matière première. Noll le maudit d'avoir appelé le club et raccrocha. Quelques minutes plus tard, Noll le rappela lui aussi d'une cabine, toujours furieux. Dans un langage prudent, voire codé, Henry lui expliqua qu'il avait besoin de cinq livres. Noll lui répondit que cela lui coûterait mille dollars la livre.

C'était scandaleux, s'indigna Henry, mais il se trouvait au pied du mur. Parvenus à un accord, ils décidèrent de régler les détails de la livraison plus tard.

Jackson Lewis et son équipe étaient surexcités. Son plan et sa patience les avaient menés jusqu'au Strip. Leurs journées de dix-huit heures étaient sur le point de porter leurs fruits.

***

Le 8 février, Henry Taylor fit quatre heures de route pour se rendre dans un motel au sud de Nashville. Il paya en liquide pour une nuit et refusa de présenter une pièce d'identité. Il attendit dans le hall pendant une heure et observa les allées et venues. À 16 h 30 précises, J. W. Gross gara sa Buick sur le parking et se dirigea vers le hall d'entrée, une mallette à la main. À l'intérieur, il croisa le regard de Taylor et le suivit jusqu'à sa chambre au premier étage.

Comme ils formaient désormais une équipe, Taylor ne prit pas la peine de fouiller Gross. Il n'aurait rien trouvé, car le mouchard était dissimulé dans la boucle de sa ceinture, et l'émetteur dans la crosse du pistolet. Les traqueurs ne perdirent pas un mot de leur discussion.

TAYLOR : Alors, quoi de neuf ?

GROSS : Tout est en place. D'après M. Getty, les tourtereaux sont prêts pour un week-end romantique à la montagne et ils sont ravis de la météo. Le temps s'annonce magnifique.

TAYLOR : Super. Vous avez l'argent ?

GROSS : Ici même. Cinquante mille dollars en liquide. L'autre moitié dès qu'on apprendra la terrible nouvelle.

TAYLOR : Ça va être un vrai feu d'artifice. Vous devriez assister au spectacle. 3 heures du matin, ce samedi.

GROSS : Merci. Je transmettrai l'information. D'habitude, je dors à cette heure-là.

TAYLOR : C'est toujours amusant à regarder.

GROSS : Je suppose que vous avez trouvé les explosifs.

TAYLOR : Oui. Rendez-vous samedi après-midi pour le solde du paiement. Je vous appelle quand c'est terminé.

GROSS : Parfait.

Ils regardèrent le détective privé quitter le motel, puis attendirent deux heures que Taylor ressorte avec un petit sac de voyage. Ils le suivirent jusqu'à la ville de Pulaski, dans le Tennessee, où Nevin Noll l'attendait sur le parking d'une épicerie. Il écoutait la radio et fumait une cigarette en attendant le Dodge bleu. Dans son coffre, cinq livres de Semtex achetées au marché noir auprès de son fournisseur à Keesler.

Le FBI observait la scène, voir Noll fumer et jeter des cendres sur la chaussée, avec une bombe dans son coffre, les mettait mal à l'aise. Ils s'étaient postés à bonne distance.

Le Dodge bleu se gara à côté de Noll. Ce dernier grimpa dans le pick-up et les deux hommes discutèrent quelques minutes. Puis ils descendirent du véhicule et Noll ouvrit son coffre. Il tendit une caisse à Taylor, qui la déposa dans une caisse métallique à l'arrière de son pick-up. Noll échangea quelques mots avec Taylor, puis s'en alla.

Taylor avait prévu de rouler toute la nuit et de dormir chez un ami près de Knoxville. Ses explosifs étaient à l'abri dans la caisse hermétique et étanche, qu'il avait fabriquée lui-même. Il lui faudrait environ une heure pour assembler la bombe.

Voilà le plan. À huit kilomètres de Pulaski, l'autoroute était bloquée par des gyrophares bleus et soudain, plusieurs véhicules roulèrent dans sa direction. Il fut arrêté et menotté avant d'être poussé à l'arrière d'une voiture de la police d'État du Tennessee, et conduit à Nashville.

Les agents attendirent patiemment que Nevin Noll revienne dans le Mississippi. Inutile de s'embarrasser d'une extradition si on pouvait l'éviter. Dès que leur homme franchit la frontière de l'État près de Corinth, un imbécile de policier le prit en chasse tous feux allumés, et ne semblait pas vouloir le doubler. Puis les feux devinrent bleus.

46.

Bien sûr, il n'y avait pas de M. Getty, pas d'épouse volage, pas d'amant, pas de nid d'amour à faire sauter. J. W. Gross existait bel et bien et avait brillamment joué son propre rôle, ce qui lui valut une jolie compensation de la part du FBI. Le détective avait aimé l'aventure et était partant pour une prochaine expérience. Les cinquante mille dollars en petites coupures marquées avaient été récupérés. Jackson Lewis se réjouissait du succès de son opération et savait que c'était un grand pas dans sa carrière, même s'il n'avait guère le temps de se réjouir.

***

Après quelques heures d'un sommeil agité sur une paillasse sale – la couchette du bas, car celle du haut était le territoire de Big Duke –, un policier fit sortir Henry Taylor de sa cellule, le menotta à un fauteuil roulant, lui enveloppa la tête d'une cagoule noire et le conduisit sans un mot dans une pièce au sous-sol de la prison. Dès qu'il fut installé derrière une table, on lui enleva la cagoule, mais pas les menottes.

Les agents spéciaux Jackson Lewis et Spence Whitehead lui faisaient face, tous deux les sourcils froncés.

Pour détendre l'atmosphère, Taylor lâcha :

— Eh bien, les gars, je ne sais pas ce qui se passe, mais il y a erreur sur la personne.

Cela ne fit pas sourire les deux hommes.

— Vous n'avez rien trouvé de mieux ? demanda Lewis.

— Pas pour l'instant, non.

— On a trouvé cinq livres d'explosifs plastiques, de qualité militaire, et strictement interdits, dans votre pick-up. Où les avez-vous trouvés ?

— Je ne vois pas de quoi vous parlez. Quelqu'un a dû les mettre là.

— Bien sûr. Nous avons arrêté votre ami Nevin Noll hier soir dans le Mississippi. Il affirme que vous l'avez payé cinq mille dollars pour les explosifs. Coïncidence, il avait cinq mille dollars en liquide dans sa poche.

Taylor encaissa le coup. Ses épaules s'affaissèrent et son regard se fit fuyant. Lorsqu'il reprit la parole, sa voix était éraillée.

— Pourquoi vous m'avez mis cette cagoule sur la tête ?

— Parce que ta tête ne nous revient pas. Parce qu'on est le FBI et qu'on fait ce qu'on veut.

— Je suppose que vous allez garder mon argent, voire le partager entre vous.

— L'argent devrait être le cadet de vos soucis, Taylor. Association de malfaiteurs pour commettre un meurtre par contrat est un crime passible de la peine capitale dans le Tennessee. C'est la chaise électrique ici. Dans le Mississippi, vous allez directement dans la chambre à gaz.

— À part ça, j'ai mon mot à dire ?

— Non. On vous emmène à Biloxi. Vous y êtes déjà allé ?

— Non.

Whitehead tendit un objet à Lewis, qu'il posa sur la table.

— Vous reconnaissez ceci, Taylor ?

— Non.

— C'est bien ce que je pensais. C'est le détonateur que vous avez laissé derrière vous au palais de justice de Biloxi, celui qui a fait exploser la bombe et tué Jesse Rudy. Pas malin. Pas malin du tout. Vous vous appeliez Lyle à ce moment-là. On a trouvé votre chemise aussi, dans la même poubelle. Il y a une empreinte partielle sur le détonateur qui correspond à celles relevées dans votre chambre d'hôpital. Vraiment pas malin non plus. Et pure coïncidence, ces empreintes correspondent à une douzaine de celles que nous avons trouvées dans la chambre 19 du Beach Bay Motel à Biloxi. Et on en a aussi six sur les deux armes de poing que vous aviez cachées sous le matelas. Coïncidence toujours, ces empreintes correspondent à celles que nous avons relevées sur votre pick-up Dodge, ainsi qu'à plusieurs dizaines d'autres relevées chez vous, dans votre petit laboratoire de fabrication de bombes et dans votre bureau d'Union City. Vous êtes un véritable abruti, Taylor. Vous avez laissé assez d'empreintes pour faire tomber toute la Dixie Mafia.

— Je n'ai rien à dire.

— Vous devriez y réfléchir à deux fois. Votre copain Noll chante comme un oiseau, il essaie de sauver sa peau, vu qu'il se fout de la vôtre.

— Je veux parler à un avocat.

— D'accord, on finira par en trouver un. On va vous garder ici quelques jours, le temps de finir notre petite enquête. Vous serez dans une cellule tout seul, sans téléphone, sans contact avec personne.

— Je n'ai pas droit à un appel téléphonique ?

— C'est pour les ivrognes, ça. Vous n'avez droit à rien, Taylor, tant qu'on ne l'aura pas décidé.

— La nourriture est dégueulasse.

— Il faudra vous y faire. Dans le Mississippi, ils vous gardent dans le couloir de la mort en isolement pendant dix ans avant de vous gazer. Et deux fois par jour, ils vous donnent le même plat, de la sciure de bois mélangée à de la merde de rat.

***

Quatre heures plus tard, Lewis et Whitehead arrivaient à Corinth et se garaient devant la prison du comté d'Alcorn. Le shérif les accueillit et les conduisit dans une petite pièce où ils attendirent quelques minutes pendant que le geôlier allait chercher leur homme.

Noll était menotté, mais pas cagoulé. Il s'assit en face des deux agents et ricana, comme s'ils interrompaient quelque chose.

— Vous êtes loin de Biloxi, dit Lewis.

— Vous aussi.

— Vous aviez cinq mille dollars en poche hier soir. D'où viennent-ils ?

— J'aime bien avoir du cash. Ce n'est pas un crime.

— Bien sûr que non, mais le trafic de Semtex volé, c'en est un. Où l'avez-vous eu ? À Keesler ?

— Je veux mon avocat. Il s'appelle Joshua Burch. Je n'ai rien d'autre à dire.

***

Le King Air qu'ils affrétèrent leur fit gagner les six heures de trajet en voiture jusqu'à la côte. Ils arrivèrent à Biloxi à 15 h 30 et se rendirent directement au palais de justice. Keith Rudy les attendait. Le capitaine Moffett, de la police d'État, et deux de ses enquêteurs les rejoignirent. Ils s'installèrent dans le nouveau bureau de Keith et s'enfermèrent à clé. Deux policiers en uniforme étaient postés à l'extérieur pour empêcher quiconque de les déranger.

Jackson Lewis menait la danse et lança d'un air théâtral :

— Keith, nous avons en garde à vue l'homme qui a tué votre père.

Keith sourit et prit une profonde inspiration, sans toutefois montrer son émotion. Vu l'urgence de la réunion, il s'attendait à une grande nouvelle, mais rien n'aurait pu le préparer à un tel dénouement. Il hocha la tête et Lewis lui tendit une photo en couleur.

— Voici Henry Taylor, d'Union City, dans le Tennessee. Il nettoie des tapis pour gagner sa vie et fabrique des bombes pendant ses loisirs. Il y a dix ans, il appartenait au Ku Klux Klan et a fait sauter plusieurs églises noires. Il a été mis en examen deux fois mais n'a jamais été condamné. Il est connu dans le milieu comme un tueur à gages qui manie les explosifs.

— Où est-il ?

— Sous les verrous à Nashville. Je l'ai interrogé ce matin, mais il n'est pas très coopératif.

Keith se fendit d'un large sourire.
— D'accord, je vous écoute. Comment l'avez-vous trouvé ?
— C'est une longue histoire.
— Je veux tous les détails.

***

Pendant la réunion, Hugh Malco quittait son appartement de West Biloxi et se rendait au travail au volant de sa dernière voiture de sport, une Corvette Sting Ray de 1977. À deux rues de chez lui, il remarqua un policier municipal derrière lui dans une voiture de patrouille. Quand les gyrophares bleus s'allumèrent, Hugh poussa un juron. Il ne roulait pourtant pas trop vite et n'avait pas enfreint le code de la route. Il s'arrêta et descendit de sa voiture, prêt à parler au policier, lorsqu'il se rendit compte que la rue était bloquée par des agents de la police d'État.
— Mains en l'air ! cria l'un d'eux en s'approchant. Vous êtes en état d'arrestation !
Au moins trois armes de poing étaient pointées sur lui. Il leva lentement les mains et un agent le poussa sur le capot de sa Corvette, lui écarta les jambes pour le fouiller, et le menotta sans ménagement.
— Je jure que je n'ai pas dépassé la vitesse autorisée.
— Ferme-la, grogna le policier.
Ils le traînèrent à moitié jusqu'à une voiture de patrouille, le jetèrent à l'intérieur et repartirent en cortège. Deux heures plus tard, il était bouclé dans une cellule de la prison du comté d'Hattiesburg.

47.

La salle d'audience principale fut de nouveau choisie pour l'occasion. On avait déplacé les tables et les chaises et installé un podium, face à la galerie. Quand les portes s'ouvrirent, un groupe bruyant entra, avec à sa tête des journalistes et des cameramen de plusieurs chaînes d'information – Biloxi, Jackson, la Nouvelle-Orléans et Mobile. Ils se précipitèrent vers l'estrade et placèrent leurs micros bien en vue, puis reculèrent vers le mur du fond avec leurs encombrantes caméras. Un huissier les rassembla dans un coin. Les journalistes de la presse écrite se bousculaient aux premiers rangs. D'autres huissiers pointaient des places ici et là, tentant de maintenir un semblant d'ordre. Derrière les journalistes, la galerie se remplit rapidement d'habitués du palais de justice, de partenaires de l'accusé et de simples badauds. Les avocats et les greffiers s'affairaient derrière l'estrade, satisfaits de pouvoir aller et venir en leur qualité de membres du tribunal. Quand toutes les places furent occupées, un huissier ferma la porte tandis qu'un autre montait la garde dans le couloir et renvoyait les retardataires.

À 10 heures précises, assez tôt pour le bulletin d'informations de midi, la porte latérale s'ouvrit et le procureur apparut, suivi du FBI et de la police d'État. Aucun agent de la police municipale n'avait été invité au spectacle. Keith monta sur l'estrade, avec Egan Clement à sa gauche. Ils étaient entourés des agents spéciaux Jackson Lewis et Spence Whitehead, du capitaine Moffett et de deux enquêteurs de la police d'État.

Keith sourit et remercia l'assemblée d'être venue. Il avait vingt-huit ans, il était beau, élégant, bien habillé, et parfaitement conscient qu'il s'adressait à un très large public.

— Hier, le grand jury du comté d'Harrison s'est réuni dans cette même salle et a inculpé trois hommes pour l'assassinat de notre ancien procureur, Jesse Rudy. L'acte d'accusation stipule que le 20 août 1976, Nevin Noll et Henry Taylor ont conspiré pour commettre le meurtre de Jesse Rudy. Nevin Noll a versé une importante somme d'argent à Henry Taylor pour qu'il exécute le contrat. M. Taylor est un personnage connu de la pègre et un poseur de bombes expérimenté. Le grand jury accuse Henry Taylor d'avoir commis un meurtre pour le compte d'un tiers et, en vertu de la section 98-17-29 du Code du Mississippi, il est passible de la peine de mort au pénitencier d'État à Parchman. L'État du Mississippi réclame la peine capitale pour ces deux individus. Les accusés ont été placés en garde à vue la semaine dernière et sont détenus dans différentes prisons de l'État, mais pas dans le comté d'Harrison.

Keith fit une pause pour laisser aux journalistes le temps de digérer les nouvelles. Il s'efforça d'ignorer la rangée de caméras contre le mur du fond. Toute l'assistance était suspendue à ses lèvres.

— Ce meurtre a été résolu grâce à la brillante implication de notre police d'État, et surtout grâce au formidable travail d'investigation du FBI. Les agents spéciaux Jackson Lewis et Spence Whitehead ont mené une remarquable opération d'infiltration. Pour de nombreuses raisons, je ne peux pas entrer dans les détails, mais j'espère qu'un jour, nous pourrons vous raconter toute l'histoire. Nous, les citoyens de cet État, avons une immense dette envers ces agents. Je ne vais pas insister sur ce point. Le but de cette conférence de presse est d'informer le public. Je ne répondrai qu'à quelques questions.

Un journaliste au premier rang se leva d'un bond et cria :

— Quand les accusés se présenteront-ils au tribunal ?

— Le juge Oliphant a fixé la première comparution à vendredi matin, ici même.

— Bénéficieront-ils d'une libération sous caution ? lança un autre reporter.

— L'État s'opposera à la mise en liberté sous caution, mais cette décision revient au juge.

— L'enquête a-t-elle été entravée par les forces de l'ordre locales ?

— Eh bien, elles n'ont pas participé à l'opération. Nous avons eu le concours de la police de Biloxi, mais nous n'avons pas impliqué le shérif dans l'enquête.

— Pourquoi ?

— Pour des raisons évidentes. Le manque de confiance.

— Y aura-t-il d'autres mises en examen ?

— Sans commentaires. Je peux juste vous dire qu'on s'attend à de nombreuses manœuvres juridiques d'ici le début du procès.

— Allez-vous poursuivre vous-même les accusés ?

— J'en ai bien l'intention, oui. C'est mon travail.

— Vous ne voyez pas de conflit d'intérêts ?

— Non, mais si je dois me retirer, je le ferai.

— Voulez-vous que ces hommes soient condamnés à mort pour avoir tué votre père ?

Keith répondit sans hésiter :

— Oui.

***

Le grand jury inculpa également le sergent Eddie Morton, un mécanicien de carrière de l'armée de l'air en poste à Keesler depuis neuf ans. Un appel anonyme avait informé le FBI que Morton vendait des explosifs et des munitions en sous-main. Morton était incarcéré dans la prison de la base, et risquait de passer en cour martiale et d'être condamné à une lourde peine. Il faisait l'objet d'une surveillance anti-suicide.

En présence de son avocat, Morton s'entretint avec la police de l'armée de l'air et raconta son histoire. Il était à Keesler depuis neuf ans et avait passé beaucoup trop de temps dans les clubs. Il avait un sérieux problème d'alcool et d'importantes dettes de jeu. Au Lucky Star, M. Malco lui avait proposé d'effacer ses dettes en échange de quelques explosifs. Le 3 août de l'année précédente, Morton avait livré cinq livres de Semtex à Nevin Noll, un associé de Malco.

Quand Keith apprit cette information, il poussa un énorme soupir de soulagement. Puis il réunit son grand jury en urgence. Au cours d'une rapide réunion, il inculpa Hugh Malco d'homicide volontaire.

***

Joshua Burch ne trouvait pas ses clients et tout le monde s'en fichait. Il appela Keith à plusieurs reprises et s'indigna de ne pas pouvoir s'entretenir avec les trois accusés. Il parla d'un vague droit constitutionnel à être logé dans une prison proche de chez soi, mais Keith lui répondit poliment que cela sortait de nulle part.

Le dilemme immédiat de Burch était de décider quel accusé représenter, mais la réponse n'était pas si compliquée : il choisirait le plus riche. Lorsqu'il eut enfin Nevin Noll au téléphone, il lui expliqua gentiment que, dans une affaire de meurtre avec trois accusés, un seul avocat ne pouvait les représenter sans conflits d'intérêts. Burch était loyal envers les Malco, alors Noll devrait trouver un autre avocat. Le coup était dur pour Noll, qui lui était reconnaissant de l'avoir libéré après l'assassinat d'Earl Fortier treize ans plus tôt. C'était le premier meurtre de Noll et, après avoir été innocenté, il avait eu envie de tuer à nouveau.

Aujourd'hui, son avocat de toujours l'abandonnait. Burch promit de lui trouver un confrère hors pair, mais cela lui coûterait cher. Noll supposait que les Malco couvriraient les frais.

Comme son argent avait été confisqué, Henry Taylor n'avait plus de quoi engager qui que ce soit, surtout pas un avocat. Pendant quatre jours, il resta à l'isolement dans la prison de Nashville et n'eut droit à un coup de téléphone que le troisième jour.

***

L'inculpation avait fait la une des journaux dans tout le Sud profond, et le visage sévère mais séduisant de Keith était partout. L'histoire était fascinante : un fils voulait venger la mort de son père.

Elle prit toutefois une dimension supplémentaire quand le *Gulf Coast Register* dénicha une vieille photo de Keith et Hugh avec leurs coéquipiers, les All-Stars de Biloxi, en 1960.

Keith fut inondé d'appels et de demandes de journalistes de tout le pays. Il dut quitter son tout nouveau bureau au palais de justice et se réfugier chez Rudy & Pettigrew. La frénésie ne fit qu'augmenter alors qu'ils préparaient les premières comparutions.

***

Le vendredi 18 février, le palais de justice était encerclé de voitures de patrouille. Les policiers étaient partout, certains régulaient la circulation. Les vans des journalistes étaient garés sur un petit parking derrière l'édifice et les caméras étaient dirigées vers la porte latérale. La police de Biloxi assura aux équipes de tournage qu'elles étaient idéalement placées pour filmer les trois accusés lorsqu'ils entreraient au tribunal.

Et pour cause. À 9 h 45, trois voitures de police se matérialisèrent. Hugh Malco sortit de la première, poings et pieds liés, et fut escorté dans le bâtiment. Plusieurs journalistes lui lancèrent des banalités, mais il se contenta de sourire. Il était suivi de Nevin Noll, la mine renfrognée, et d'Henry Taylor, tête basse et les yeux dans le vide.

Keith avait un nœud à l'estomac de la taille d'une balle de softball. Il était assis à la table du ministère public, Egan à sa gauche, et l'assemblée silencieuse derrière lui. Tous attendaient le moment où les accusés entreraient par la porte latérale et où les regards de Hugh et Keith se croiseraient pour la première fois.

De l'autre côté de l'allée, Joshua Burch était assis avec ses confrères et son équipe juridique. Tous observaient des documents les sourcils froncés et discutaient stratégie à voix basse.

Keith n'était pas à la hauteur et il le savait. Depuis cinq mois qu'il exerçait les fonctions de procureur, il avait jugé huit affaires du début à la fin, et les sept qu'il avait gagnées étaient des victoires faciles. Il n'avait jamais assisté à un procès pour meurtre. Son père avait été procureur pendant près de cinq ans et n'en avait pas dirigé. La procédure était exténuante, compliquée, aux enjeux énormes.

À l'inverse, Burch avait passé les trois dernières décennies devant des jurys et affichait un air confiant, indépendamment de la culpabilité ou de l'innocence de ses clients. Jesse lui avait dit à plusieurs reprises que Joshua Burch était l'avocat le plus décontracté qu'il ait jamais affronté. « Si je suis inculpé un jour, c'est Burch que je voudrais pour me défendre. »

La porte latérale s'ouvrit, les policiers escortèrent les trois accusés jusqu'à la table de la défense et leur enlevèrent leurs menottes et leurs chaînes aux chevilles. Keith lança un regard à Hugh Malco, espérant lui faire passer le message : *Vous êtes dans ma salle d'audience, sous mon contrôle, et cela ne va pas se terminer bien pour vous.* Hugh gardait les yeux rivés au sol et ignorait tout le monde autour de lui.

Une fois à son poste, le juge Oliphant remercia l'assistance de faire preuve de tant d'intérêt pour l'exercice de la justice. Il expliqua que le but de la comparution initiale était de s'assurer que les accusés comprenaient bien les charges retenues contre eux et de vérifier leur représentation légale. Il appela d'abord Henry Taylor.

Six mois plus tôt, Taylor était entré dans la salle d'audience sombre et vide pour repérer les lieux et planifier son explosion. À l'époque, il n'aurait jamais pu imaginer qu'il reviendrait un jour menotté, inculpé, et risquant une condamnation à mort. Il boita jusqu'au banc où Keith Rudy l'attendait, la mine sombre. Taylor répondit à une série de questions du juge. Oui, il avait lu l'acte d'accusation et comprenait les charges. Il plaidait non coupable. Non, il n'avait pas d'avocat car il n'avait pas les moyens d'en embaucher un. Le juge Oliphant lui expliqua que l'État lui en fournirait un et le congédia.

Il convoqua ensuite Nevin Noll, qui s'avança avec Millard Cantrell, un spécialiste de la défense de la peine capitale originaire de Jackson, un type intransigeant avec qui Burch avait déjà collaboré. Après trois conversations téléphoniques, Keith méprisait ce type et savait qu'ils ne parviendraient jamais à un accord. L'affaire était loin d'être simple. Noll répondit aux mêmes questions, déclara qu'il n'était pas coupable et qu'il avait engagé maître Cantrell pour le représenter. Cantrell profita de l'audience pour réclamer une mise en liberté sous caution de son client. Le juge n'apprécia pas l'insolence et, en langage clair, lui fit comprendre qu'ils n'étaient pas là pour discuter de la caution et que cette question serait traitée ultérieurement, après une requête en bonne et due forme de l'accusé. Il les renvoya à leurs places.

À l'appel de son nom, Hugh fit un pas en avant et se retrouva entre Joshua Burch et le procureur. Les artistes de la salle d'audience esquissèrent des croquis pour immortaliser la scène. Seul le bruissement des fusains sur les carnets à dessin troublait le silence.

À l'époque où Keith et Hugh étaient des stars de douze ans, ils avaient à peu près la même corpulence et la même taille, alors que personne n'avait pris la peine de les mesurer à l'époque. En grandissant, leurs gènes avaient pris le dessus et Hugh s'était arrêté à un mètre soixante-dix. Ses jambes étaient devenues moins rapides et son torse s'était épaissi, une bonne carrure pour un boxeur. Keith avait pris dix centimètres et était toujours aussi efflanqué, pourtant il ne dominait pas son ancien ami. Hugh se déplaçait avec l'assurance d'un homme qui pouvait se débrouiller seul, même dans une salle d'audience.

Le juge Oliphant procéda aux mêmes formalités. Hugh plaida non coupable. Burch ne dit rien. De retour à leurs places, Burch se leva et demanda une audience au sujet du transfert des détenus dans la prison du comté d'Harrison. Burch avait déposé une requête écrite en bonne et due forme et le juge Oliphant avait accepté de l'entendre.

Comme toujours, Burch adorait avoir un public et se pavanait comme s'il était sur scène. Il trouvait injuste de « cacher » son client dans une prison située à plusieurs heures de route et de l'avoir déplacé sans que personne, pas même lui, son avocat, sache où il était. Comment voulez-vous préparer un procès dans ses conditions ? C'était scandaleux !

— Quel endroit suggérez-vous ? demanda le juge Oliphant.

— Ici même, à Biloxi ! Les accusés sont toujours incarcérés dans leur comté d'origine, Votre Honneur. Je n'ai jamais vu un client être transféré ailleurs.

— Maître Rudy ?

Keith avait préparé une repartie cinglante. Il se leva en souriant et déclara :

— Votre Honneur, si ces accusés sont remis à la garde du shérif du comté d'Harrison, ils seront libérés dans l'heure contre une caution de dix dollars et se rueront au Red Velvet pour boire des whiskys et danser avec les strip-teaseuses.

La salle d'audience explosa de rire et mit un certain temps à se calmer. Enfin, le juge Oliphant donna du marteau.

— Un peu de silence, s'il vous plaît !

Il fit un signe de tête à Keith, qui lui répondit :

— Monsieur le juge, peu importe où ils sont enfermés, assurez-vous juste qu'ils ne puissent pas sortir.

***

La semaine suivante, un grand jury de Nashville inculpa Henry Taylor et Nevin Noll d'association de malfaiteurs pour commettre un meurtre sous contrat. Keith avait convaincu le procureur d'obtenir ces nouvelles mises en examen, même si l'idée n'était pas de poursuivre les deux hommes dans le Tennessee. Ils avaient suffisamment de problèmes dans le Mississippi.

Keith voulait utiliser cette inculpation supplémentaire comme moyen de pression sur Taylor.

48.

La bataille juridique débuta pour de bon. Trois semaines plus tard, lors d'une audience au sujet de la libération sous caution qui dura une journée entière, le juge Oliphant refusa de relâcher les trois accusés, malgré toutes leurs belles promesses. Hugh se retrouva dans une prison du comté voisin de Jackson, où le shérif se moquait bien de Fats et de son gang, et promit de mettre son prisonnier aux fers, ou tout comme. Joshua Burch, qui se plaignait toujours de l'injustice de la situation, faisait trente minutes de route pour s'y rendre. Nevin Noll échoua à la prison du comté de Forrest à Hattiesburg pour se rapprocher de Millard Cantrell, à Jackson. Henry Taylor devint le client de Sam Grinder, un avocat bourru de Pass Christian. Il était incarcéré à la prison du comté d'Hancock.

Tout au long des premières audiences, Keith insista pour que les trois accusés soient tenus à l'écart les uns des autres, ce que le juge Oliphant accepta. Le juge était étrangement favorable à toutes les requêtes du ministère public, et Joshua Burch en prenait bonne note. Depuis des années, il affirmait qu'Oliphant était trop proche de Jesse. Maintenant qu'Oliphant avait perdu son avocat préféré, il semblait déterminé à aider l'État à mettre les tueurs hors d'état de nuire. Burch avait bien l'intention de déposer une motion demandant au juge de se récuser.

Cela n'arriva pas. Au début du mois de mai, Oliphant fit une chute dans son bureau et fut transporté d'urgence à l'hôpital. Sa tension artérielle était bien trop élevée. Les scanners révélèrent une série de mini-accidents vasculaires cérébraux, dont aucun n'avait été fatal, mais le mal était fait. Après trois semaines d'hospitalisation, il fut autorisé à rentrer chez lui pour se reposer et se retrouva avec une montagne de paperasse à traiter.

Sur ordre des médecins, il ne présiderait pas de procès dans un avenir proche, voire plus jamais. Sa femme le supplia de prendre sa retraite – il avait tout de même plus de quatre-vingts ans – et il lui promit d'y réfléchir sérieusement.

Fin juillet, il informa Keith et les avocats de la défense qu'il se récusait dans les trois affaires. Il demanda à la Cour suprême de l'État de nommer un juge spécial pour prendre le relais. La Cour accepta sa demande, mais plusieurs mois s'écoulèrent avant la nomination d'un nouveau juge.

Keith ne fit rien pour accélérer la procédure. Henry Taylor était à l'isolement dans la prison du comté d'Hancock, ce qui n'avait rien d'une promenade de santé. Plus il restait confiné dans une cellule exiguë, humide, sans fenêtre et sans air conditionné, plus il aurait peur de finir à Parchman.

Juge ou pas, Joshua Burch continua son travail de sape en déposant un nombre vertigineux de requêtes. Il finit par demander à la Cour de récuser le procureur, en raison d'un conflit d'intérêts évident. Keith réagit rapidement et s'indigna de cette demande.

Au début du mois d'août, pendant plusieurs jours merveilleux, Keith réussit à oublier les procès. Ainsley donna naissance à une petite fille en bonne santé, Eliza, et le clan Rudy se réunit à la maison pour l'accueillir. Keith était ravi d'avoir une fille. La venue d'un fils n'aurait pas été simple, tant il aurait été important pour lui de le prénommer Jesse.

***

En août, près d'un an après l'explosion, le sergent Eddie Morton passa en cour martiale et fut condamné à quinze ans de prison pour avoir vendu des explosifs provenant des réserves militaires de Keesler. L'accord qu'il avait passé l'obligeait à coopérer avec le procureur de Biloxi.

Lors de leur première rencontre à la base, en présence du FBI et de la police d'État, Morton avoua que le 3 août 1976, il avait remis cinq livres d'explosif plastique Semtex à Nevin Noll, un homme qu'il connaissait depuis quelques années. Morton avait des dettes de jeu et un penchant pour la vie nocturne sur le Strip. En échange des explosifs, M. Malco avait promis d'effacer son ardoise.

Cinq mois plus tard, Noll l'avait recontacté car il cherchait d'autres explosifs.

Morton reconnut avoir vendu de petites quantités de Semtex, d'Harrisite, de C4, d'HMX, de PETN et autres explosifs militaires au cours des cinq dernières années. Au total, son petit marché noir lui avait rapporté environ cent mille dollars. Aujourd'hui, il était ruiné, divorcé, déshonoré, et allait terminer en prison.

Keith et les enquêteurs furent impressionnés par Morton, qui ferait selon eux un excellent témoin. Mais celui qu'ils voulaient vraiment épingler, c'était Henry Taylor.

***

En septembre, alors qu'il attendait toujours la nomination d'un juge, Keith décida d'approcher Sam Grinder et de lui proposer un marché. Dans son bureau, il présenta à l'avocat de Taylor le dossier du ministère public contre son client. Les empreintes digitales à elles seules suffiraient à convaincre le jury. De plus, on pouvait facilement prouver que Taylor se trouvait dans le palais de justice au moment de l'explosion. Sinon, pourquoi ce fabricant de bombes chevronné était-il à Biloxi ?

Assurément, Keith devait se faire violence pour passer un accord avec l'homme qui avait tué son père. Mais sa vraie cible était Hugh Malco, et pour l'empêcher de nuire, il devait accepter des compromis.

Comme toujours, les marchés passés avec les accusés étaient truffés de failles. En échange de leur coopération, l'État ne promettait pas la clémence. Cependant, la clémence était possible. Tout d'abord, la mise en examen au Tennessee serait annulée. Ensuite, Taylor témoignerait contre Nevin Noll, son unique contact, raconterait toute l'histoire, puis plaiderait coupable et serait condamné. Le ministère public recommanderait une peine de dix ans. La police d'État lui trouverait une cellule tranquille dans une prison loin de Biloxi, qui lui éviterait Parchman. Si Taylor se tenait bien, il bénéficierait d'une libération conditionnelle anticipée et se mettrait au vert pour le restant de ses jours.

Dans le cas contraire, il irait tout droit dans le couloir de la mort, avant la chambre à gaz. Keith jugerait Taylor en premier et utiliserait sa condamnation pour faire pression sur Noll et Malco.

Avocat avisé, Grinder savait reconnaître les opportunités. Il passa des heures à discuter avec Taylor et finit par le convaincre d'accepter le marché.

***

À dire vrai, la Cour suprême eut du mal à trouver un juge désireux de présider une affaire ultra-médiatisée contre une bande de gangsters qui venaient de faire sauter le palais de justice où devait se dérouler le procès. Ça sentait le roussi à plein nez !

Ils finirent par convaincre un vieux juge haut en couleur, Abraham Roach, de dépoussiérer sa robe noire et de sortir de sa retraite pour se jeter dans l'arène. Roach était originaire du delta du Mississippi, non loin de Parchman, et avait grandi dans une société où les armes à feu étaient monnaie courante. Enfant, il chassait les cerfs, les canards, les cailles et pratiquement tous les autres animaux sauvages. Dans la force de l'âge – il avait été juge de circuit pendant plus de trente ans –, il était de notoriété publique qu'il avait un magnum .357 dans sa mallette et le gardait à portée de main pendant les audiences. Il ne craignait ni les armes ni les hommes qui en portaient. De plus, à quatre-vingt-quatre ans, il avait bien vécu, et il s'ennuyait.

En février 1978, il fit une entrée fracassante, présida deux journées consécutives de plaidoiries et couvrit un large éventail de questions. En raison de son âge, il ne prit rien en délibéré et statua sur-le-champ. Oui, le procès se déroulerait hors du comté d'Harrison. Non, il n'obligerait pas Keith Rudy à se récuser, du moins pas dans l'immédiat. Il y aurait trois procès distincts et c'était au ministère public, et non à la défense, de décider de l'ordre.

L'assassinat remontait à dix-huit mois. Les accusés étaient en détention depuis près d'un an. Il était temps d'ouvrir le procès, et le juge Roach fixa celui d'Henry Taylor au 14 mars 1978, au palais de justice du comté de Lincoln à Brookhaven, dans le Mississippi, à deux cent cinquante kilomètres au nord-ouest de Biloxi.

Alors que les avocats intégraient la décision, Keith se leva et déclara calmement :

— Votre Honneur, j'ai une annonce à faire. Il ne sera pas nécessaire de juger M. Taylor. Nous avons signé un accord en vertu duquel il plaidera coupable et coopérera avec le ministère public.

Joshua Burch lâcha un grognement, comme s'il avait reçu un coup de poing dans l'estomac. Millard Cantrell se retourna et pointa un doigt furieux sur Sam Grinder. Leurs assistants encaissèrent le coup, échangèrent des propos à voix basse, et feuilletèrent précipitamment leurs dossiers. Les deux parties de la défense étaient paniquées, car MM. Malco et Noll venaient d'être violemment poussés vers la chambre à gaz.

Burch réussit à se lever et s'indigna de cette annonce tardive, mais il ne pouvait rien tenter de plus. Le procureur avait le pouvoir de faire pression sur les témoins et de leur proposer des marchés.

— Monsieur Rudy, quand cet accord a-t-il été conclu ? interrogea le juge.

— Hier, Votre Honneur. Les pourparlers ont duré un certain temps, mais M. Taylor l'a signé hier.

— J'aurais aimé que vous m'en informiez à la première heure ce matin.

— Désolé, Votre Honneur.

Keith était tout sauf désolé. Il avait appris de son père l'art de la manœuvre. Il était important de prendre la défense au dépourvu.

***

Henry Taylor quitta la prison du comté d'Hancock dans une voiture banalisée. La police d'État le conduisit jusqu'à la ville d'Hernando, à six heures au nord, près de Memphis. Il fut enregistré à la prison du comté de DeSoto sous un nom d'emprunt et bénéficia d'une cellule individuelle, la seule équipée de l'air conditionné. Le dîner se composa de côtes de porc qu'un sympathique geôlier avait fait cuire dans la cour. Les gardiens n'avaient aucune idée de son identité, mais il était évident que le nouveau prisonnier était quelqu'un d'important.

Bien que toujours incarcéré, et ce pour de longues années, Henry était soulagé d'être loin de la côte, avec la menace constante de se faire égorger.

Après une année derrière les barreaux, il ne lui en restait plus que neuf. Il pouvait survivre et, un jour, il serait libre et ne regarderait jamais en arrière. Sa fascination pour les bombes appartenait déjà au passé. Heureusement qu'il ne s'était pas fait sauter avec, même si ce n'était pas passé loin.

***

Voilà une affaire réglée, n'en restait plus que deux. Le juge Roach programma immédiatement *L'État contre Nevin Noll* pour le 14 mars dans le comté de Pike.

Avant de quitter la côte pour regagner sa ferme, il était invité à déjeuner chez le juge Oliphant, un confrère qu'il connaissait depuis de nombreuses années. Keith était également de la partie, et tandis qu'ils dégustaient une salade de crevettes accompagnée de thé glacé sur la véranda, il comprit le but de ce déjeuner.

Le juge Roach s'adressa à lui :

— Keith, Harry et moi pensons qu'il est temps pour vous de vous retirer et de laisser un procureur spécialement choisi prendre le relais.

— Vous êtes trop proche de l'affaire, Keith, renchérit Oliphant. Vous êtes une victime. Vous avez fait un travail exemplaire jusqu'à présent, mais vous ne devriez pas défendre l'affaire devant un jury.

Keith n'était pas surpris – et curieusement, il se sentit soulagé. Plus d'une fois, il s'était imaginé devant un jury fantôme et avait fait sa déclaration d'ouverture et sa plaidoirie finale. Il les avait rédigées des mois auparavant et peaufinées une centaine de fois. Si elles étaient prononcées avec le ton juste, devant un public attentif, elles devaient émouvoir les gens aux larmes. Et les inciter à prendre la bonne décision. Mais Keith n'avait jamais pu terminer, même quand il était seul. Guère émotif, il savait se maîtriser, mais à l'idée d'évoquer la mort de son père devant douze étrangers, il s'effondrait. Et plus l'épreuve approchait, plus il était persuadé qu'il devait rester un observateur extérieur.

Il sourit.

— À qui pensez-vous ?

— Chuck McClure, répondit le juge Roach sans hésiter.

Oliphant hocha la tête. Il ne faisait aucun doute qu'ils s'étaient concertés.

— Il sera d'accord ?

— Si je le lui demande. Comme vous le savez, il est à l'aise devant les caméras.

— Et il est très fort, ajouta le juge Oliphant.

McClure avait été procureur de Meridian pendant douze ans. Il avait envoyé plus d'hommes dans le couloir de la mort que n'importe quel autre procureur dans l'histoire de l'État. Le président Johnson l'avait nommé procureur fédéral du District sud, où il avait rempli son office avec brio pendant sept ans. Il travaillait actuellement au département de la Justice à Washington mais, selon le juge Roach, il était impatient de rentrer chez lui. Le meurtre de Jesse Rudy était l'affaire idéale pour lui.

Avec beaucoup de respect, Keith déclara :

— Messieurs, je m'en remets à vous, comme toujours.

49.

Environ un mois avant le procès de Nevin Noll, par un matin lugubre, Millard Cantrell ouvrit le courrier et découvrit avec effroi une ordonnance du juge Roach. Ce dernier accédait à la requête de Burch de récuser Keith Rudy – requête à laquelle Cantrell ne s'était pas associé – et le remplaçait par Chuck McClure, un procureur de renom.

Cantrell était furieux contre Burch, qui avait commis une énorme bourde. Il avait bien compris que Burch était au sommet de son art dans un tribunal, où il possédait l'espace, mais l'élaboration de stratégies préalables au procès n'était pas son fort. Il avait voulu ensevelir son adversaire sous la procédure, seulement son petit jeu venait de se retourner contre lui.

Keith était un débutant, sans aucune expérience des meurtres capitaux. Alors que McClure était un tueur.

Cantrell appela Burch pour lui passer un savon, mais son confrère ne prit pas son appel.

Le retournement spectaculaire d'Henry Taylor et sa transformation d'accusé en témoin du ministère public avaient terriblement affaibli la défense de Nevin Noll et de Hugh Malco. L'arrivée de Chuck McClure était un nouveau clou dans leur cercueil. Enfin, leur défi le plus difficile à relever était le simple fait que les deux hommes étaient coupables du meurtre de Jesse Rudy.

Aux yeux de la loi, Nevin était cependant plus coupable que Hugh, simplement parce qu'il y avait plus de preuves contre lui. Henry Taylor n'avait jamais rencontré Hugh et n'avait aucune idée de ce qui s'était dit entre Noll et lui. Personne d'autre n'était dans la pièce quand Hugh avait commandité l'explosion. Alors que Taylor pouvait convaincre un jury que Noll l'avait payé vingt mille dollars pour tuer Jesse Rudy et lui avait fourni les explosifs.

Cantrell était l'avocat de Noll depuis un an et il avait passé des dizaines d'heures à discuter avec lui dans l'enceinte de la prison. Il ne faisait pas semblant d'apprécier son client, qu'en réalité il méprisait cordialement. Il le considérait comme un tueur de sang-froid incapable de remords, un gangster prétentieux qui n'avait jamais gagné un dollar à la sueur de son front, et un psychopathe qui tuerait à nouveau si cela lui permettait de s'enrichir. C'était un mafieux pur et dur, qui ne dénoncerait jamais un de ses acolytes.

En sa qualité d'avocat, Cantrell avait toutefois le devoir de veiller aux intérêts de son client. Noll risquait un procès sans issue, qui se solderait par dix à douze années misérables dans le couloir de la mort, et dix minutes dans la chambre à gaz à respirer du cyanure d'hydrogène. Cantrell n'était pas sûr de pouvoir lui ménager une fin meilleure, mais il était de son devoir d'essayer.

Ils se retrouvèrent comme à l'accoutumée dans une petite pièce de la prison du comté de Forrest. Une année en cellule avait beaucoup changé Noll. À seulement trente-sept ans, il avait des pattes d'oie au coin des yeux et des cernes sombres. Ses épais cheveux noirs grisonnaient de plus en plus. Il fumait cigarette sur cigarette, comme un lent suicide.

— Je vois le juge dans quelques jours, déclara Cantrell. Il voudra savoir si nous envisageons de conclure un accord. On devrait au moins en discuter.

— Vous voulez que je plaide coupable ?

— Je ne veux rien, Nevin. Mon travail consiste à vous expliquer les possibilités qui s'offrent à vous. La première est d'aller au procès. La deuxième est de passer un marché pour éviter le tribunal. Vous reconnaissez votre culpabilité, vous acceptez d'aider l'accusation, et le juge se montre clément.

Cantrell s'attendait à ce que son client l'envoie paître, de suggérer de coopérer avec les autorités. Un dur à cuire comme Nevin Noll était prêt à supporter n'importe quelle punition infligée par ces « salauds ».

Or Noll lui demanda :

— Clément à quel point ?

Cantrell crut avoir mal entendu.

— Aucune idée. On ne le saura que lorsqu'on aura discuté avec le procureur.

Noll alluma une autre cigarette et souffla la fumée au plafond. Sa morgue avait disparu, tout comme son air de dur à cuire et son sourire narquois. Pour la première fois depuis leur rencontre, Noll lui posa une question surprenante :

— Que feriez-vous à ma place ?

Cantrell mit de l'ordre dans ses idées, tout en restant sur ses gardes. C'était peut-être sa seule chance de sauver la vie de son client. Il devait choisir ses mots avec soin.

— Eh bien, je n'irais pas jusqu'au procès.

— Pourquoi ?

— Parce que vous serez jugé coupable, condamné à la peine maximale, et envoyé à Parchman pour croupir dans le couloir de la mort. Le jury s'empressera de vous condamner. Tout va vous retomber dessus. Vous n'en retirerez rien de bon.

— Alors vous ne serez pas là pour me protéger ?

— Bien sûr que si, mais je ne peux pas faire de miracles, Nevin. Il y a treize ans, vous avez échappé à une inculpation de meurtre grâce à vos amis. Ce ne sera pas le cas cette fois-ci. Il y a trop de preuves contre vous.

— Continuez.

— J'accepterais le marché, je limiterais les dégâts, et je garderais un peu d'espoir pour la suite. Vous avez trente-sept ans, peut-être que vous pourrez sortir à soixante ans et profiter des quelques bonnes années qui vous resteront.

— C'est atroce comme perspective.

— Moins que la chambre à gaz. Vous serez en vie.

Noll tira fortement sur le filtre, remplit ses poumons, puis laissa la fumée s'échapper par le nez.

— Et vous pensez que l'État me laissera m'en tirer ?

— Je ne le saurai que quand j'aurai posé la question. Keith a un nouveau membre dans son équipe, un certain Chuck McClure, probablement le meilleur procureur de l'État. Il a envoyé plus d'hommes dans le couloir de la mort que n'importe qui d'autre. Un vrai tueur dans la salle d'audience, une légende en vérité, et maintenant, vous êtes dans sa ligne de mire.

De la fumée s'échappa des narines et des lèvres de Noll. Enfin, il lâcha :

— D'accord, Millard, allez parler au procureur.

***

Bien qu'officiellement récusé, Keith était toujours le procureur du district et, en tant que tel, il suivrait la procédure de près. Il assisterait Chuck McClure dans toutes ses démarches, sauf le procès lui-même, au cours duquel il siégerait non loin de la table du ministère public, prendrait des notes et observerait le déroulement de l'audience. Il ne serait pas présenté aux jurés, lesquels ne sauraient pas qu'il était le fils de la victime.

L'appel téléphonique de Millard Cantrell survint de nulle part. Ils s'étaient parlé plusieurs fois au téléphone et n'avaient aucun atome crochu, mais lorsque Cantrell évoqua la possibilité d'un « marché », Keith tomba des nues. Il n'avait pas imaginé un seul instant qu'un criminel endurci comme Nevin Noll puisse envisager de plaider coupable. Mais combien d'entre eux avaient déjà été confrontés à la chambre à gaz ?

Le bateau coulait, les rats quittaient le navire. Les deux hommes se donnèrent rendez-vous deux jours plus tard dans le bureau de Keith. Cantrell avait proposé qu'ils se retrouvent à Hattiesburg, à mi-chemin, mais en tant que procureur, Keith voulait que l'avocat se plie à ses conditions et vienne sur son territoire.

Avant l'entrevue, Keith et Chuck McClure s'étaient entretenus pendant une heure et avaient discuté de la stratégie à adopter. Un accord avec Nevin Noll enverrait Hugh Malco tout droit dans le couloir de la mort, après la simple formalité d'un procès. Keith voulait les envoyer tous les deux dans la chambre à gaz, voire les exécuter en même temps si possible, mais McClure lui rappela que le gros lot était Hugh Malco.

Keith n'offrit pas de café à Cantrell et se montra tout juste aimable. Il fronça les sourcils et lâcha :

— Une coopération totale, un témoignage contre Malco, et il écope de trente ans, pas moins.

Cantrell n'avait aucune marge de manœuvre, ils le savaient tous les deux. Désabusé, il répliqua :

— J'espérais une proposition qui pourrait plaire à mon client. Un marché acceptable.

— Désolé.

— Écoutez, Keith, de mon point de vue, vous avez désespérément besoin de Noll parce qu'il est le seul à pouvoir incriminer Hugh Malco. Personne d'autre n'était dans la pièce. En supposant que Malco ait ordonné l'assassinat, seul Noll peut le prouver.

— L'État a beaucoup de preuves et votre client tombera en premier. Impossible qu'il évite la chambre à gaz.

— Je suis d'accord avec vous, Keith, vraiment. Mais vous n'aurez pas forcément Malco.

— Trente ans s'il plaide coupable. Et sa pleine et entière coopération. La mise en examen du Tennessee disparaît. Ce n'est pas négociable.

— Tout ce que je peux faire, c'est en discuter avec mon client.

— J'espère qu'il dira non, Millard. Je l'espère de tout cœur. Ma vie n'aura de sens que quand je les verrai attacher Nevin Noll dans la chambre à gaz et appuyer sur le bouton. Je visualise cette scène tous les jours et j'en rêve toutes les nuits. Je prie tous les matins à l'église pour que ce jour arrive, sans le moindre remords.

— J'ai bien compris.

— Mon offre expire dans quarante-huit heures.

50.

Le procès de Hugh Malco débuta le lundi 3 avril au matin, au palais de justice d'Hattiesburg. Le juge Roach avait choisi cette ville pour plusieurs raisons, certaines juridiques, d'autres pratiques. Curieusement, la défense préférait changer de lieu car Joshua Burch était convaincu que le nom des Malco était malvenu sur la côte. Le juge Roach avait engagé un expert pour sonder l'état d'esprit des trois comtés, et il fut surpris d'apprendre que la majorité des gens pensaient que le gang Malco avait éliminé Jesse Rudy par vengeance. L'État voulait éloigner le procès de Fats Bowman et de son influence néfaste. Hattiesburg se trouvait à cent kilomètres au nord, à mi-chemin de Jackson, et c'était une ville universitaire de quarante mille habitants, avec de beaux hôtels et restaurants. Lors d'un déplacement dans le delta, le juge Roach et son greffier visitèrent le palais de justice du comté de Forrest et furent impressionnés par sa salle d'audience spacieuse et bien entretenue. Le juge de la Cour de circuit avait mis son personnel à leur disposition. Le shérif du comté et le chef de la police avaient accepté d'en assurer la sécurité.

La veille de l'ouverture du procès, Hugh Malco fut transféré à la prison du comté de Forrest, où Nevin Noll avait passé l'année précédente. Mais il n'était plus là. Il avait été déplacé dans un lieu tenu secret et serait accompagné sous bonne escorte au moment opportun.

Les vans de la presse étaient arrivés dès 8 heures et les équipes de tournage s'étaient installées près de l'entrée principale, dans une zone surveillée par de nombreux policiers en uniforme. Toutes les portes du palais de justice étaient gardées et seuls les employés munis d'une accréditation étaient admis. Les spectateurs devaient présenter un laissez-passer délivré par le greffier du circuit. La salle d'audience pouvait accueillir deux cents personnes, dont la moitié était des jurés potentiels. Les équipes juridiques – Burch pour la défense et Keith et McClure pour l'accusation – entrèrent par une porte latérale et furent escortées jusqu'à la salle d'audience. L'accusé arriva au milieu d'un cortège et fut introduit par la porte de derrière, à l'abri des caméras.

Quand le juge Roach prit place sur son trône à 9 heures précises, il parcourut l'assistance du regard et la remercia de son intérêt. Il expliqua qu'ils allaient passer la majeure partie de la journée, et peut-être même le lendemain, à sélectionner un jury. C'était un processus lent, et il n'était pas pressé. Il présenta ensuite les participants.

À sa gauche, à la table la plus proche du box du jury, Chuck McClure, le procureur représentant l'État du Mississippi, avec à ses côtés Egan Clement, l'assistante du procureur.

Assis juste derrière McClure, Keith ne fut pas présenté.

À sa droite, l'accusé, M. Hugh Malco, entre ses avocats, Joshua Burch et son associé, Vincent Goode.

Keith jeta un coup d'œil au premier rang et sourit à Agnes, entourée de ses trois autres enfants. Derrière eux, deux rangées de journalistes.

L'exaltation des débuts se dissipa quand le juge Roach se mit à élaguer son jury. Bien que les personnes âgées de plus de soixante-cinq ans et les personnes malades aient été exclues, d'autres candidats avaient des excuses diverses pour ne pas participer – exigences professionnelles et familiales, problématiques médicales, ou réserves à l'idée de devoir prononcer la peine de mort. Près de la moitié avait entendu parler de l'attentat à la bombe contre le tribunal de Biloxi et de la mort de Jesse Rudy.

Keith résista à l'envie de jeter un coup d'œil à Hugh, qui griffonnait sans relâche sur son calepin et ne regardait personne. Un croquis réalisé par un dessinateur accrédité représenterait les deux hommes assis tout près l'un de l'autre en train de se fixer du regard, ce qui n'était pas conforme à la réalité.

Le juge Roach était méthodique, et douloureusement lent, mais juste dans ses échanges avec les jurés potentiels. À midi, il avait excusé trente des cent deux participants, et les avocats n'avaient pas encore dit un mot. Il se retira pour un déjeuner de deux heures et promit de poursuivre la procédure tout l'après-midi.

Pour un octogénaire, Son Honneur faisait preuve d'une endurance remarquable. Il passa à la vitesse supérieure en autorisant Chuck McClure et Joshua Burch à s'adresser aux participants. Ils n'avaient cependant pas le droit d'évoquer l'affaire ni de mettre en place une stratégie. Leur tâche était d'approuver les jurés qu'ils jugeaient convenables et de récuser ceux qui ne leur semblaient pas appropriés.

À 18 h 30, le juge leva l'audience alors que seuls quatre jurés étaient assis dans le box.

***

Le clan Rudy et l'équipe de l'accusation gagnèrent leur hôtel et profitèrent d'un long dîner au restaurant. Les avocats – Keith, Egan, McClure et les frères Pettigrew – trouvaient que la première journée s'était bien passée. Agnes était très nerveuse avant le procès et avait hésité à y assister, mais ses enfants avaient insisté et, durant la journée, elle s'était passionnée pour le processus de sélection. Pendant des années, elle avait travaillé dans un cabinet d'avocats et en connaissait le jargon, et elle avait si souvent vu Jesse plaider qu'elle connaissait bien la procédure. Au cours du dîner, elle leur fit part de plusieurs observations sur les jurés restants. Un homme en particulier avait un langage corporel bizarre et une mine renfrognée qui la mettaient mal à l'aise. McClure promit de l'éliminer.

***

Le dernier juré prit place à 10 h 45 le mardi matin. Sept hommes, cinq femmes, huit Blancs, trois Noirs, un Asiatique. Tous « qualifiés pour la peine de mort », selon l'expression consacrée, c'est-à-dire qu'ils avaient promis à Chuck McClure d'être capables de prononcer la peine capitale si on le leur demandait.

La mort flottait dans l'air. Elle les avait réunis, et elle serait discutée, envisagée, et présente au-dessus de leur tête jusqu'à la fin du procès. Justice ne serait pas rendue tant que Hugh Malco n'aurait pas été reconnu coupable et condamné à mort.

Le juge Roach fit un signe de tête à Chuck McClure, mais celui-ci était déjà debout, et il commença par une vibrante déclaration.

— L'accusé, Hugh Malco, est un meurtrier qui mérite la peine de mort, non pas pour une, mais pour trois raisons. Premièrement, dans cet État, le meurtre d'un élu est un crime capital. Jesse Rudy a été élu deux fois par les habitants de la côte au poste de procureur. Deuxièmement, dans cet État, engager une personne pour en tuer une autre est un crime capital. Hugh Malco a payé un tueur à gages vingt mille dollars pour éliminer Jesse Rudy. Troisièmement, dans cet État, l'assassinat d'une personne à l'aide d'explosifs est un crime capital. Le tueur à gages a utilisé des explosifs militaires volés pour faire sauter le palais de justice de Biloxi, et Jesse Rudy avec. Les preuves sont accablantes. Les faits parlent d'eux-mêmes. (McClure se retourna et pointa un doigt rageur vers Hugh.) Cet homme est un tueur de sang-froid qui mérite la peine de mort.

Les douze jurés scrutaient l'accusé. La salle d'audience retenait son souffle. Bien que le premier témoin n'ait pas encore été appelé, le procès était terminé.

Hugh absorbait les coups sans broncher. Il était déterminé à ne regarder personne, à ne réagir à rien, à ne rien faire d'autre que griffonner sur son calepin en faisant semblant de prendre des notes. Il semblait dans un autre monde, alors que ses pensées étaient bien dans la salle d'audience. Un tourbillon de questions agitait son esprit :

À quel moment ça a mal tourné ? Comment avons-nous pu faire confiance à un idiot comme Henry Taylor ? Comment Nevin a-t-il pu me trahir ? Comment faire pour le trouver et lui parler ? Combien de temps vais-je rester dans le couloir de la mort avant de pouvoir m'échapper ? Il ne réfléchissait pas à son innocence.

McClure laissa ses paroles résonner dans la salle d'audience, puis se lança dans un discours enflammé sur l'histoire du crime organisé sur la côte, en insistant lourdement sur le rôle central de la famille Malco. Le jeu, la prostitution, la drogue, l'alcool clandestin, la corruption, autant de vices encouragés par des individus comme Lance Malco, aujourd'hui derrière les barreaux pour ses péchés, puis par son fils, son successeur, son héritier, l'accusé ici présent. Après des décennies d'activités criminelles dans la région, le premier élu qui eut le courage de s'en prendre aux barons du crime fut Jesse Rudy.

McClure parlait sans notes et maîtrisait parfaitement son sujet. Il avait répété sa plaidoirie plusieurs fois avec son équipe et chaque nouvelle version était meilleure que la précédente. Il se déplaçait dans la salle d'audience comme si elle lui appartenait. Les jurés observaient ses moindres mouvements et buvaient ses paroles.

Il évoqua longuement les frustrations de Jesse au début de sa carrière de procureur, alors qu'il était un chevalier solitaire luttant contre le crime sans l'aide de la police locale, ses vains efforts pour faire fermer les boîtes de nuit, et son inquiétude quant à la sécurité de sa famille. Mais Jesse Rudy n'avait peur de rien et n'avait jamais baissé les bras. Les électeurs l'avaient compris et, en 1975, il avait été réélu sans opposition. Il avait continué à se battre, utilisant tout l'arsenal juridique à sa disposition jusqu'à ce qu'il remporte une première victoire. Bien plus qu'une épine dans le pied des barons de la pègre, il était désormais une menace pour leur empire. Lorsqu'il avait fait condamner Lance Malco, le père de l'accusé, l'heure de la vengeance avait sonné. Jesse Rudy avait combattu la Dixie Mafia au prix de sa vie.

Keith avait vu son père devenir un maître dans la salle d'audience, mais à ce moment-là, il devait reconnaître que Chuck McClure était tout aussi brillant. Et il se félicita une nouvelle fois d'avoir sagement décidé de rester sur la touche. Il n'aurait jamais été aussi percutant que McClure, pas avec des paroles aussi chargées d'émotions.

McClure termina au bout de quarante-cinq minutes, et tout le monde put enfin respirer. Il avait brillamment gagné la première bataille sans mentionner Henry Taylor ni Nevin Noll. Les dépositions fracassantes de ses témoins vedettes scelleraient le sort de Hugh Malco.

Joshua Burch dévoila rapidement sa stratégie, qui ne surprit personne. L'avocat n'avait guère de marge de manœuvre. Il affirma que son client était un innocent piégé par les vrais tueurs, des membres de la pègre qui avaient passé des marchés avec l'État pour sauver leur peau. Il mit en garde les jurés contre les mensonges qu'ils allaient entendre de la bouche même des assassins de Jesse Rudy. Hugh Malco n'était pas un gangster ! C'était un entrepreneur à la tête de plusieurs sociétés : une chaîne de magasins d'alimentation, un magasin de spiritueux avec une licence en bonne et due forme, et deux restaurants. Il gérait aussi des immeubles d'habitation et un centre commercial. Il travaillait depuis l'âge de quinze ans et aurait pu aller à l'université, mais comme l'entreprise familiale avait pris de l'ampleur, son père avait eu besoin de lui.

Le meurtre de Jesse Rudy était le plus spectaculaire de l'histoire de la côte, et le ministère public était déterminé à punir les coupables. Mais dans son empressement, il avait sacrifié la recherche de la vérité et pris pour argent comptant le témoignage d'hommes qui n'étaient pas dignes de confiance. Cette affaire n'avait pas d'autre lien avec Hugh Malco, un jeune homme bien, qui avait toujours respecté Jesse Rudy. À dire vrai, il admirait la famille Rudy.

Keith observa l'expression des jurés et ne lut aucune marque de sympathie, uniquement de la défiance.

Une fois Burch assis, le juge Roach alla prendre un long déjeuner.

***

Dans un procès pour homicide volontaire, la plupart des procureurs appelaient à la barre en premier un membre de la famille de la victime. Bien que rarement probant, ce témoignage donnait le ton et suscitait la compassion du jury. Agnes ne voulait pas témoigner et Keith estimait que ce n'était pas nécessaire.

McClure appela un enquêteur de la police d'État. Son travail consistait à montrer au jury la scène de crime et à leur expliquer ce qui s'était passé. À l'aide d'une série d'agrandissements, il décrivit au jury l'explosion et les dégâts qu'elle avait causés. Au moment d'exposer les photos de la victime, Keith fit un signe de tête à un huissier qui se dirigea vers le premier rang et escorta Agnes, Tim, Laura et Beverly hors de la salle d'audience. Cette sortie spectaculaire, soigneusement préparée par Keith et McClure, irrita au plus haut point Joshua Burch, qui se leva pour protester, puis se ravisa. Attirer l'attention du public sur la famille de Jesse ne ferait qu'aggraver la situation.

Keith avait la tête baissée tandis que les jurés regardaient avec effroi les quatre photos du corps mutilé et démembré de Jesse affichées au mur.

Un médecin légiste donna la cause de la mort, même si elle était évidente pour tout le monde.

Un expert scientifique du FBI passa une demi-heure à expliquer l'impact de la détonation de cinq livres de Semtex dans une petite pièce de la taille d'un bureau. C'était bien plus qu'il n'en fallait pour tuer un homme.

Joshua Burch ne posa pas une seule question aux trois premiers témoins.

Jusqu'à présent, il s'agissait de témoignages clairs et précis. McClure était bref et concis. Les photos se passaient de commentaires.

Pendant la pause de l'après-midi, Agnes et sa famille reprirent leurs places au premier rang. Ils ne verraient jamais les photos insoutenables du corps de Jesse. Keith les avait vues des mois plus tôt et ces images le hanteraient pour le restant de ses jours.

La tension monta d'un cran avec le quatrième témoin, l'ancien sergent de l'armée de l'air Eddie Morton. McClure mit immédiatement les choses au clair : Morton avait été traduit en cour martiale et purgeait une peine dans une prison fédérale. Le témoin expliqua qu'il avait vendu illégalement des explosifs militaires à divers acheteurs pendant cinq ans. Il reconnut avoir des dettes de jeu et un penchant pour les clubs de strip-tease de Biloxi et, environ trois ans plus tôt, il avait fait la connaissance d'un certain Nevin Noll. Le 6 juillet 1976, il avait sorti en douce cinq livres de Semtex de la base de Keesler, s'était rendu dans un club du Strip appelé le Foxy, et avait bu un verre avec Noll. Nevin Noll lui avait donné cinq mille dollars en liquide pour le Semtex. Les deux hommes étaient sortis sur le parking, où Morton avait ouvert son coffre et remis à Noll une caisse contenant les explosifs. En février 1977, il avait été recontacté par Noll, qui voulait lui en acheter encore.

Le témoignage de Morton était fascinant – toute l'assistance était captivée.

Lors du contre-interrogatoire, Joshua Burch fit valoir que le témoin était un criminel condamné, un voleur, un traître et une honte pour l'uniforme et son pays. Il remit en question la crédibilité de Morton et lui demanda à plusieurs reprises si on lui avait promis une remise de peine en échange de son témoignage. Morton nia catégoriquement, mais Burch continua à le harceler.

Comme tous les grands avocats de première instance, Burch gardait son calme et paraissait toujours confiant. Mais Keith l'avait déjà vu à l'œuvre et sentait qu'il avait perdu une partie de sa superbe. Son client était un homme mort, et il le savait.

Hugh continuait à griffonner sur son calepin sans jamais lever les yeux sur l'assemblée. Il ne chuchota pas un mot à son avocat, ne réagit à aucune parole des témoins. Keith le regardait de temps à autre en se demandant ce qu'il pouvait bien écrire. Sa mère, Carmen, n'était pas dans la salle, pas plus que ses frères et sœurs. Son père passait une nouvelle journée en prison, sans doute impatient de lire les nouvelles du jour. Keith et Chuck McClure avaient réfléchi pendant des heures au choix des témoins. Ils auraient pu citer à comparaître d'autres criminels du Strip et les cuisiner à la barre. L'objectif étant de prouver le mobile. Tous ces gens détestaient Jesse Rudy. Leur idée la plus brillante était de faire venir le shérif Albert « Fats » Bowman à la barre et de le mettre en pièces devant le jury. En fin de compte, ils s'accordèrent à dire que les faits étaient en leur faveur. Ils avaient des preuves et des témoins. Mieux valait ne pas brouiller les pistes. Jouer franc jeu, frapper fort, et obtenir une condamnation ferme.

***

Le mercredi débuta en fanfare quand McClure annonça son témoin suivant : Henry Taylor. Pour l'occasion, il avait été autorisé à enlever sa combinaison orange de détenu pour se présenter au tribunal vêtu d'une chemise blanche et d'un pantalon repassé. McClure avait passé deux heures avec lui la nuit précédente et leur dialogue était bien rodé.

Taylor souhaitait coopérer, même s'il savait que pour le restant de ses jours, il regarderait derrière son épaule. Devant l'assemblée silencieuse, il raconta qu'un intermédiaire l'avait contacté en juillet 1976 pour lui proposer un « travail » à Biloxi. Une semaine plus tard, il s'était rendu à Jackson, dans le Mississippi, et avait rencontré un certain Nevin Noll. Ils étaient parvenus à un accord au sujet de l'assassinat de Jesse Rudy et s'étaient serré la main. Pour vingt mille dollars en liquide, Taylor fabriquerait une bombe, irait à Biloxi pour étudier les allées et venues de Jesse Rudy, introduirait la bombe dans son bureau et la ferait exploser au bon moment. Noll disposait d'une source d'explosifs militaires et pouvait lui livrer la marchandise. Le 17 août, Taylor était retourné à Biloxi pour voir Noll, qui l'avait informé du meilleur moment pour exécuter le contrat et lui avait donné cinq livres de Semtex.

Le lendemain, il s'était introduit dans le palais de justice pour repérer les lieux. Le vendredi 20 août à midi, il était entré dans l'édifice déguisé en livreur UPS, des paquets sur les bras, avait frappé à la porte du procureur, parlé à M. Rudy, et laissé un colis sur une chaise près de son bureau. Il s'était enfui rapidement, mais la situation s'était compliquée quand il avait croisé Egan Clement, l'assistante du procureur, qui revenait de déjeuner. Il ne voulait pas qu'elle soit un dommage collatéral, alors il avait décidé de déclencher la bombe immédiatement. La déflagration, bien plus puissante que ce à quoi il s'attendait, l'avait projeté dans la cage d'escalier, lui fracturant la jambe. Il avait réussi à se traîner dehors, mais était incapable de marcher. Il s'était évanoui et avait été transporté à l'hôpital de Biloxi, où il avait passé trois jours à préparer son évasion. Il était finalement rentré chez lui en pensant avoir échappé de peu à la catastrophe.

Le témoin bénéficiait de toute l'attention de la salle d'audience et McClure prenait son temps. Il passa en revue les mouvements d'Henry et étoffa l'histoire. Il demanda au juge si le témoin pouvait quitter la barre pour venir à une table placée devant les jurés. Les jurés et les avocats, ainsi que tous les spectateurs des premiers rangs, regardèrent avec fascination Taylor manipuler les pièces d'une fausse bombe. McClure l'invita à détailler toutes les parties. Ensuite, le témoin assembla la bombe avec précaution, tout en expliquant les dangers inhérents à chacun de ses gestes. Il régla la mise à feu et expliqua comment la déclencher à distance. Après quoi, il déposa délicatement la fausse bombe dans une caisse en bois et fit semblant de la sceller.

De retour à la barre des témoins, Taylor dut répondre à une question délicate : « Combien de bombes avait-il fait sauter ? » Il refusa de s'incriminer. Burch lui demanda alors s'il avouait un meurtre passible de la peine de mort. Taylor s'agita un peu, répondit qu'il n'était pas certain de l'élément capital, mais que oui, il avait tué Jesse Rudy pour de l'argent. Il reconnut avoir passé un accord avec l'État en échange de son témoignage accablant, et Burch le poussa dans ses retranchements. Pour quelle raison un homme admettrait-il un crime passible de la peine de mort si on ne lui avait pas promis une peine plus légère ? Le contre-interrogatoire était captivant, à couper le souffle.

Burch ne retenait pas ses coups et finit par ne laisser aucun doute dans l'esprit des jurés sur le fait qu'Henry Taylor témoignait pour éviter une punition sévère. Après deux heures de ce matraquage, Taylor était sur le point de craquer et l'assistance était épuisée. Quand le témoin fut excusé, le juge Roach annonça une suspension d'audience.

La pause n'atténua en rien la tension dramatique, qui se cristallisa quand Nevin Noll prit la parole à la barre. McClure commença par démontrer que Noll était au service de la famille Malco depuis des années. Il ne lui posa pas de question sur ses autres meurtres. Un tel témoignage serait problématique à bien des égards, et McClure ne voulait pas discréditer son témoin vedette. Noll ne nia toutefois pas avoir fait usage de la violence dans ses divers rôles de videur, garde du corps, homme de main, intermédiaire, trafiquant de drogue et gérant de club.

Noll ne regarda pas une fois Hugh, qui écrivait toujours frénétiquement sur son calepin.

Son passé de gangster bien établi, McClure en vint à l'assassinat de Jesse Rudy. Noll admit que Hugh et lui avaient envisagé d'éliminer le procureur dès l'arrestation de Lance. Leurs tergiversations avaient duré des semaines, et même des mois. Lorsqu'ils avaient appris que Jesse Rudy enquêtait sur l'assassinat de Dusty Cromwell, ils avaient décidé d'agir. Ils avaient l'impression de ne pas avoir le choix.

— Qui a pris la décision d'assassiner Jesse Rudy ? demanda McClure, dont la question résonna dans la salle d'audience feutrée.

Noll prit son temps avant de répondre.

— C'était Hugh le patron. La décision lui appartenait, mais j'étais d'accord avec lui.

Après avoir reçu le feu vert, Noll avait appelé ses contacts dans la Dixie Mafia. Personne ne voulait faire ce boulot, peu importe le prix. Assassiner un élu était trop risqué.

Éliminer un procureur très en vue comme Jesse Rudy, c'était du suicide. Il avait fini par obtenir le nom d'Henry Taylor, un homme dont il avait entendu parler au sein de la pègre. Ils s'étaient rencontrés et mis d'accord sur le prix – vingt mille dollars en liquide. Hugh avait obtenu les explosifs auprès d'Eddie Morton à Keesler.

Il s'avéra douloureux pour Keith d'entendre les détails du plan destiné à tuer son père. Une fois de plus, il était reconnaissant à Chuck McClure d'avoir pris le relais. Au premier rang, Agnes et ses filles se tamponnaient les yeux. Tim braquait sur Nevin Noll un regard haineux. S'il avait eu une arme entre les mains, il aurait été tenté de l'abattre.

Son récit terminé, le témoin reprit sa place. L'auditoire était éreinté et le juge Roach suspendit la séance pour une longue pause déjeuner.

***

L'après-midi appartenait à Joshua Burch. Après trente minutes d'un contre-interrogatoire impitoyable, l'avocat établit que Nevin Noll était un voyou notoire, qui n'avait jamais exercé une profession honnête de toute sa vie, et qui s'était employé à battre et même à tuer une foule de gars dans le milieu interlope de Biloxi pour le compte de la famille Malco. Noll ne chercha pas à minimiser son passé. Comme toujours, il était arrogant et fier de sa carrière et de sa réputation. Burch le descendit en flammes, faisant comprendre à toute l'assistance qu'on ne pouvait pas lui faire confiance. Il alla même jusqu'à évoquer la mort d'Earl Fortier treize ans plus tôt à Pascagoula, mais Noll l'arrêta tout net.

— Mais, maître Burch, vous étiez mon avocat à l'époque, et vous m'avez suggéré de mentir au jury.

— C'est encore un mensonge ! hurla Burch. Pourquoi ne dites-vous pas la vérité ?

Le juge s'empressa de rappeler les deux hommes à l'ordre.

Burch ne se laissa pas décourager, et lança d'une voix forte :

— Combien d'hommes avez-vous tués ?

— Un seul, et c'était de la légitime défense. Vous m'avez tiré d'affaire, maître Burch. Vous vous souvenez ?

— Oui, et je le regrette, rétorqua Burch, avant de réfléchir à ses paroles.

— Ça suffit !

Le juge Roach avait pratiquement hurlé dans son micro. Burch inspira profondément et se dirigea vers sa table où il consulta son confrère, Vincent Goode. Toujours aussi professionnel, Burch se reprit et parla calmement à Noll des hommes qu'il avait malmenés, frappés ou tués. Hugh s'en souvenait bien et avait transmis ces informations à Burch. Bien sûr, Noll nia la majorité des faits, en particulier les meurtres.

Comment le jury pourrait-il croire la moindre de ses paroles ?

***

La défense débuta doucement jeudi matin, en faisant venir à la barre un certain Bobby LaMarque, livreur pour le compte du gang Malco. Burch avait gonflé son CV en ajoutant des qualificatifs tels que « vice-président exécutif », « manager » et « superviseur ». Son témoignage consistait pour l'essentiel à dire qu'il était très proche de Hugh Malco depuis des années, et aussi de Lance. Il traitait quotidiennement avec Hugh et Nevin Noll et en savait autant qu'eux sur les affaires du club. Il n'avait jamais entendu Hugh ou Nevin parler de Jesse Rudy. Voilà tout. S'il y avait eu un plan pour éliminer le procureur, lui, LaMarque, l'aurait su. Il avait vu le jeune Hugh apprendre le métier et le connaissait bien. C'était un brave garçon qui travaillait dur pour gérer les activités légales de l'entreprise en l'absence de son père. En quinze ans, LaMarque n'avait jamais vu le jeune homme faire preuve de violence, sauf, bien sûr, lorsqu'il pratiquait la boxe.

McClure discrédita rapidement le témoin en rappelant qu'il était toujours au service de Malco, et ce depuis dix-huit ans. LaMarque avait abandonné l'école après la seconde. Outre les emplois prestigieux mentionnés par Burch, il admit avoir bossé comme cuisinier, concierge, barman, livreur et chauffeur. Il reconnut également avoir joué au black-jack par le passé.

LaMarque s'exprimait lentement et jetait des coups d'œil nerveux aux jurés, comme s'il était lui-même sur la sellette. Il avait été choisi pour défendre la cause de Hugh parce qu'il était l'un des rares employés de Malco à ne pas avoir de casier judiciaire.

Si la vie de Hugh dépendait d'hommes comme LaMarque, il n'avait aucune chance d'échapper à la chambre à gaz.

Le deuxième témoin vedette était encore pire. Dans l'espoir d'impressionner les jurés masculins, et de les déstabiliser, Burch appela Tiffany Barnes à la barre. Dans les clubs, pour son numéro de strip-tease, elle se faisait appeler Sugar, mais lorsqu'elle était habillée décemment, elle était Tiffany. On pouvait néanmoins se demander si elle était décemment habillée. Sa jupe crayon s'arrêtait à quelques centimètres au-dessus des genoux, révélant de longues jambes galbées qu'il était impossible de ne pas regarder, ne serait-ce qu'une seconde. Pull moulant court, décolleté généreux, beau visage au sourire étincelant. La moitié de son témoignage était fait dès la présentation.

Son récit était un impressionnant tissu de mensonges. Hugh et elle sortaient ensemble depuis trois ans, ils étaient fiancés depuis deux ans, ils vivaient ensemble depuis un an et prévoyaient de se marier le mois suivant. En supposant, bien sûr, que ce soit possible. Tiffany connaissait ses pensées les plus intimes, ses rêves, ses inquiétudes, ses peurs, ses préjugés, tout. Son fiancé ne ferait jamais de mal à un autre être humain ; ce n'était tout simplement pas dans son ADN. C'était un homme attentionné et aimant toujours prêt à aider son prochain. Elle ne l'avait jamais entendu prononcer le nom de Jesse Rudy.

Une performance magnifique, que les jurés, du moins les hommes, apprécièrent, sur le moment.

Chuck McClure la démolit en moins de cinq minutes.

— Mademoiselle Barnes, quand avez-vous fait la demande d'un certificat de non-opposition au mariage ?

Grand sourire, dents parfaites.

— Eh bien, nous ne l'avons pas encore faite. C'est difficile tant qu'il est en prison.

— Bien sûr. Hugh a deux sœurs. Vous connaissez leurs prénoms ?

Son sourire s'évanouit tandis que ses épaules et ses seins s'affaissaient. Elle jeta un coup d'œil au jury, avec l'air paniqué d'une biche prise dans les phares d'une voiture.

— Oui, l'une s'appelle Kathy. Je n'ai pas encore rencontré l'autre.

— Non, désolé. Hugh n'a qu'une sœur et elle s'appelle Holley. A-t-il des frères ?

— Je ne sais pas. Il n'en parle pas. Ils ne sont pas très proches dans la famille.

— Eh bien, il parle sûrement de sa mère. Elle vit à Biloxi. Comment s'appelle-t-elle ?

— Je l'appelle Mme Malco. Cela fait partie de mon éducation.

— Bien sûr. Et son prénom ?

— Je n'ai jamais demandé.

— Où vit-elle à Biloxi ?

— Dans la partie ouest.

— Quelle rue ?

— Mon Dieu, je ne sais pas. Je ne me souviens jamais des noms de rue.

— Ni des prénoms. Vous êtes sortis ensemble pendant trois ans, vous avez été fiancés deux ans, vous vous êtes mis en ménage pendant un an, et vous ne savez pas où habite sa mère.

— Je vous l'ai dit, elle habite dans la partie ouest de Biloxi.

— Désolé, mademoiselle Tiffany, mais Carmen – c'est son prénom – Carmen Malco a déménagé à Ocean Springs il y a deux ans.

— Oh.

— Savez-vous où *vous* habitez ?

— Bien sûr que oui. Avec Hugh.

— Et quelle est votre adresse ?

Les larmes auraient peut-être pu la sauver. Elle fixa McClure du regard, fit un vague geste de la main et s'essuya les joues. Après un long silence douloureux, McClure déclara :

— Votre Honneur, je n'ai pas d'autres questions.

***

Jeudi en fin d'après-midi, le jury délibéra pendant quarante-sept minutes et déclara Hugh Malco coupable d'homicide volontaire. Le vendredi matin, Chuck McClure appela Agnes Rudy à la barre, car le jury devait encore déterminer la peine. Avec une volonté de fer et quelques larmes silencieuses, Agnes s'acquitta avec brio du scénario que Keith et elle avaient mis au point. Elle parla de son mari, de leur vie commune, de leurs enfants, de son travail et, surtout, du vide inimaginable que sa mort avait laissé.

Son mari lui manquait beaucoup, même douloureusement, et elle n'avait pas vraiment accepté sa mort. Peut-être que lorsque les responsables de son assassinat seraient définitivement hors d'état de nuire, elle pourrait envisager de tourner la page. Une deuxième mère suivit la première. Jusqu'à présent, Carmen Malco n'avait pas mis les pieds au tribunal et n'avait pas l'intention de participer au procès. Mais Joshua Burch l'avait convaincue qu'elle était la seule personne capable de sauver la vie de son fils.

Ce ne fut pas le cas. Malgré son plaidoyer émouvant devant les jurés, ceux-ci mirent moins d'une heure à se prononcer pour la peine capitale.

IV.

LE COULOIR

51.

Le mois de janvier 1979 avait débuté lentement mais se termina sur une note exaltée. Le 17, Ainsley Rudy donna naissance à sa deuxième fille, et les fiers parents feuilletèrent le livre des prénoms pour en choisir un qui n'avait aucun lien avec le reste de la famille. La petite Colette Rudy naquit avec presque un mois d'avance, elle pesait deux kilos deux cent cinquante, mais elle était en bonne santé, comme en témoignaient ses cris perçants. Quand Agnes finit par prendre la petite dans ses bras, les parents crurent qu'elle ne la leur rendrait jamais.

Le 20 janvier, le bureau du procureur général informa Keith que les avocats de Hugh Malco avaient déposé un recours devant la Cour suprême de l'État. Première étape d'un processus d'appel qui allait durer des années.

Joshua Burch se considérait comme un pur avocat plaidant et n'était pas intéressé par la procédure d'appel. Hugh et lui se séparèrent d'un commun accord après le procès. Même si Burch aimait être sous les feux de la rampe, il en avait assez des Malco et voulait engranger de plus gros honoraires au civil. Il conseilla à Hugh un cabinet d'Atlanta spécialisé dans la peine capitale et tourna la page. Joshua Burch et son équipe savaient qu'il n'y avait guère d'espoir en appel. L'affaire avait été jugée « proprement », comme on disait dans la profession, et le juge Roach avait rendu des décisions justes.

En vertu de la législation de l'État, les affaires liées à la peine de mort étaient traitées par la Division des appels criminels du bureau du procureur général à Jackson. Une semaine après le verdict de culpabilité à Hattiesburg, Keith s'empressa de rassembler ses dossiers sur Malco et de les envoyer au procureur général. Tant qu'il serait procureur, il resterait dans la boucle et serait tenu au courant de tous les développements. Cependant, il ne serait pas obligé 1) de parcourir les cinq mille pages de la transcription du procès à la recherche d'éventuelles failles, 2) de rédiger d'épais rapports en réponse aux requêtes incessantes des avocats de Hugh en appel, 3) ni de participer aux plaidoiries devant la Cour suprême de l'État deux ans plus tard.

Pour l'instant, Malco n'était plus sa préoccupation et Keith pouvait se concentrer sur des questions plus urgentes. Le 31 janvier, il déposa des documents auprès du greffier de la Cour de circuit et annonça qu'il se présentait pour son premier vrai mandat de quatre ans. À trente ans, il était le plus jeune procureur de l'État, et sans doute le plus connu. La mort tragique de son père et le procès spectaculaire de Hugh Malco avaient fait figurer le nom de Rudy à la une des journaux. Après le procès, il se montra généreux de son temps et donna de nombreuses interviews. Il resta discret quant à ses projets d'avenir, mais il ne tarda pas à être interrogé sur ses visions politiques.

Il ne s'attendait pas à avoir d'adversaire dans sa course au poste de procureur et, au fil des semaines, personne ne se présenta contre lui. Le grand jury se réunit en mars et décréta une série de mises en accusation, l'éventail habituel de détentions et usages de stupéfiants, de vols de voiture, de cambriolages, de disputes conjugales, de coups et blessures et de petits détournements de fonds. Deux affaires de viol semblaient sérieuses.

Ce n'était pas la première fois que Keith se demandait combien de temps il allait poursuivre des petits délinquants et les envoyer derrière les barreaux, où ils passeraient trois ans avant de sortir, pour enfreindre à nouveau la loi. Il avait plaidé dans des salles d'audience bondées et ressenti la pression quasi étouffante des grands procès, et cela lui manquait. Il continuait cependant à travailler, à remplir ses fonctions et à profiter de sa vie de jeune papa.

Il gardait un œil sur le Strip, où les propriétaires de clubs semblaient faire profil bas. La police d'État envoyait parfois des espions pour évaluer leurs activités. Les jeux d'argent n'étaient pas visibles. Beaucoup de filles nues dansaient sur scène, mais il était impossible de savoir ce qui se passait à l'étage. Les informateurs avaient assuré à Keith et à la police que les prostituées avaient quitté la côte et que les joueurs s'étaient réfugiés à Las Vegas.

***

Fin mars, par une journée froide et venteuse, Lance Malco fut menotté par un gardien et conduit dans un vieux fourgon pénitentiaire impropre à la circulation sur route. Un administrateur était au volant tandis que deux gardiens surveillaient Lance à l'arrière. Ils empruntèrent des chemins de terre à travers les vastes champs de Parchman et passèrent devant les camps encerclés de barbelés où grouillaient des prisonniers vaquant à leurs activités inutiles. Tuer le temps. Compter les jours.

Pour Lance, les jours étaient désormais sur une pente descendante. Il avait purgé la moitié de sa peine et envisageait de retourner sur la côte. Fats et lui avaient un plan pour le faire transférer dans un établissement de moyenne sécurité dans le sud du Mississippi, et de là, le shérif pensait pouvoir déplacer un ou deux prisonniers pour ramener son vieux copain à la prison du comté d'Harrison. Ce projet devait néanmoins rester secret. Si Keith Rudy l'apprenait, il serait furieux, appellerait le gouverneur et torpillerait tout.

Lance ne s'était jamais rendu à l'unité 29, surnommée simplement « le couloir ». Elle se situait à quatre kilomètres et demi de son unité, mais cela semblait le bout du monde. Parchman n'organisait pas de visites entre détenus. Sa demande pour voir son fils avait attendu treize mois dans le bureau du directeur avant d'être approuvée.

Le couloir de la mort était pourtant la source de folles rumeurs, et il semblait que chaque détenu de Parchman connaissait au moins une personne à l'intérieur. Le fait que

Lance y ait un fils lui conférait un statut particulier, dont il se moquait bien. Tous les prisonniers maudissaient le procureur qui les avait fait enfermer, et en avoir assassiné un faisait de Hugh une légende à Parchman, même si cela n'impressionnait guère Lance. Près de trois ans après le meurtre, il avait encore du mal à croire que son fils ait pu faire une chose aussi stupide.

***

Alors que la poussière s'échappait des pneus usés, ils passèrent devant l'unité 18, une caserne datant de la Seconde Guerre mondiale, utilisée à l'époque pour loger les prisonniers de guerre allemands. D'après une de ses sources, Nevin Noll avait été affecté à cette unité, mais sous un nom d'emprunt. Durant ses quatre premiers mois à Parchman, Noll avait été placé sous protection, selon la même source. Puis il avait été mêlé à la population générale sous une fausse identité.

Lance était sur ses traces, il soudoyait les gardiens, les administrateurs et les informateurs pour le retrouver.

Lance, Hugh et Nevin étaient de nouveau réunis, en quelque sorte. Disséminés dans une plantation maudite, abandonnée et peuplée de cinq mille autres âmes perdues, qui s'évertuaient à survivre dans des conditions misérables, au jour le jour.

Le couloir était un bâtiment massif en briques rouges et au toit goudronné, à l'écart des camps. L'administrateur gara le fourgon et les quatre hommes en descendirent. Les gardiens escortèrent Lance à l'intérieur, lui firent signer le registre, lui enlevèrent les menottes et le conduisirent jusqu'à une salle de visite vide divisée en deux par un grillage épais.

Hugh attendait de l'autre côté, nonchalamment assis sur une chaise métallique, un large sourire aux lèvres.

— Quoi de neuf, Pops ? lança-t-il gaiement.

Lance ne put s'empêcher de sourire. Il s'assit sur une chaise et regarda son fils à travers le grillage.

— On forme une sacrée paire, hein ?

— Je suis sûr que maman est fière de nous.

— Tu as de ses nouvelles ?

— Une lettre par semaine. Elle a l'air d'aller bien. Franchement, depuis que tu as quitté la maison, elle va beaucoup mieux. Elle est une autre femme. Je ne l'ai jamais vue aussi heureuse.

— Tant mieux. Si seulement elle pouvait demander le divorce.

— Parlons d'autre chose. Je suppose qu'on nous écoute en ce moment même, hein ?

Lance parcourut du regard la pièce miteuse et mal éclairée.

— Légalement, ils ne sont pas censés nous espionner, mais je suppose qu'ils le font toujours. Ne fais confiance à personne ici – tes compagnons de cellule, tes amis, les autres détenus, les gardiens, et surtout pas à ceux qui dirigent cet endroit. N'importe qui peut te planter un couteau dans le dos.

— Alors, on ne parle pas de nos problèmes ? Passés, présents ou futurs ?

— Quels problèmes ?

Les deux hommes réussirent à sourire.

— Mes compagnons de cellule ? Qui a dit que j'avais une cellule ? Ma chambre fait deux mètres sur trois, j'ai une couchette, une commode en métal, pas de douche. Il n'y a pas de place pour deux, même s'ils ont fait une tentative. Je suis en isolement vingt-trois heures sur vingt-quatre et je ne vois personne d'autre que les gardiens, une bande d'animaux. Je peux parler à mon voisin de droite, mais je ne le vois pas. Le type à ma gauche a lâché l'affaire il y a des années et ne parle plus à personne.

— C'est qui le type à ta droite ?

— Un Blanc nommé Jimmy Lee Gray. Il a violé et tué la fille de trois ans de sa petite amie. Il dit qu'il en a tué d'autres. Un vrai prince.

— Donc il reconnaît ses crimes. Je pensais que la plupart des gars ici se prétendaient innocents.

— Personne n'est innocent ici, Lance. Et ces gars adorent se vanter de leurs meurtres, du moins entre eux.

— Et tu te sens en sécurité ?

— Bien sûr. Le couloir de la mort est l'endroit le plus sûr de la prison. On n'a pas de contact avec les autres détenus. J'ai une heure de sortie par jour dans la cour, un peu de soleil pour parfaire mon bronzage, mais tout seul.

Tous deux allumèrent des cigarettes et soufflèrent un nuage vers le plafond. Lance était empreint de pitié pour son fils, un garçon de trente ans qui devrait profiter de la vie sur la côte, courir après les filles comme il l'avait toujours fait, diriger des clubs qui tournaient pratiquement tout seuls, et compter les jours jusqu'à ce que son père rentre à la maison et que la vie reprenne son cours normal. Au lieu de cela, il était enfermé au fin fond d'une terrible prison et mourrait probablement dans la chambre à gaz au bout du couloir. Par chance, la pitié était un sentiment que Lance avait appris à mettre de côté. Père et fils avaient fait leurs choix. Ils se considéraient comme des gangsters coriaces et avaient bafoué la loi pendant des décennies. Ils croyaient au vieil adage : « Si tu ne peux purger la peine, ne commets pas le crime. »

Et pour Lance Malco, au moins, la vie criminelle n'était pas terminée.

52.

Les élections de 1979 furent plus calmes que les précédentes. Fats Bowman ne trouva personne pour se présenter contre lui et rempila pour un nouveau mandat de quatre ans, son cinquième. Le jeu et la prostitution étant désormais contrôlés, il ne pouvait plus racketter les établissements en échange de sa « protection », et les criminels n'avaient plus besoin de lui. Les clubs de strip-tease et les bars étaient toujours très fréquentés, mais comme ils ne proposaient plus d'activités illégales, leurs propriétaires n'avaient pas grand-chose à craindre. La police d'État maintenait sa surveillance grâce à des agents infiltrés et des informateurs. La ville de Biloxi s'était dotée d'une nouvelle administration, déterminée à maintenir le Strip sur le droit chemin. Les Malco croupissaient en prison et leurs subalternes géraient toujours leurs clubs, mais les autres barons du crime respectaient la loi. Le procureur ne les lâchait pas d'une semelle et n'avait pas peur d'eux.

Étant donné cette perte de revenus, Fats imagina gagner une mine d'or en s'associant à des trafiquants de drogue.

***

En avril 1980, la Cour suprême du Mississippi confirma à l'unanimité la condamnation pour meurtre de Hugh Malco. Ses avocats déposèrent des rapports épais pour demander à la Cour de reconsidérer sa décision, ouvrant la voie à d'interminables tractations. Des mois s'écouleraient avant que la Cour ne se prononce à nouveau.

***

En juin, Keith reçut un appel téléphonique d'un inconnu qui devait lui remettre une lettre qu'il avait sortie clandestinement de Parchman. Keith se rendit dans un café de Gulfport et rencontra un homme prénommé Alfonso. Il était l'ami d'un certain Haley Stofer, un trafiquant de drogue que Jesse avait fait condamner à quinze ans de taule en 1975.

Rien chez Alfonso ne lui inspirait confiance, mais Keith était intrigué. L'homme avait rendu visite à Stofer à Parchman et ce dernier lui avait demandé de remettre une lettre au procureur. Il lui tendit une enveloppe scellée portant au recto la mention « À L'INTENTION DU PROCUREUR KEITH RUDY », puis il alluma une cigarette et regarda Keith la parcourir.

Cher M. Rudy, je suis désolé pour votre père. Il m'a envoyé en prison il y a cinq ans pour trafic de drogue, ce dont j'étais coupable. Je n'éprouve aucune rancune à son égard. À l'époque, j'étais en affaires avec des trafiquants de la Nouvelle-Orléans. Grâce à ces contacts, je suis en possession d'informations précieuses concernant l'implication de votre shérif dans des opérations de contrebande. Les drogues, principalement la cocaïne, entrent dans le pays par la Nouvelle-Orléans et sont parachutées dans une ferme du comté de Stone, propriété de votre shérif. Je peux vous fournir plus d'informations, mais en échange, je veux sortir de prison. Je vous jure que vous ne serez pas déçu. Je suis sincère. Merci pour votre temps, Haley Stofer.

Keith remercia Alfonso et regagna son bureau avec la lettre. Les dossiers de Jesse ayant été détruits par l'explosion de la bombe, Keith se rendit au bureau du greffier et fouilla dans les archives. Il retrouva le dossier d'Haley Stofer et le lut avec le plus grand intérêt.

Au cours de sa troisième année d'études de droit à Ole Miss, Keith avait visité Parchman avec sa classe de droit pénal. Cette incursion lui avait suffi et il n'avait jamais envisagé d'y remettre les pieds. Néanmoins, la lettre de Stofer l'intriguait. Il avait aussi un désir pervers de voir à quel point l'endroit était horrible maintenant que ses ennemis y moisissaient. En tant que procureur, il n'aurait aucun mal à accéder au couloir de la mort. Il pourrait même organiser une rencontre avec Hugh, bien qu'il n'en ait aucune envie.

Une semaine après sa rencontre avec Alfonso, il prit un jour de congé et fit cinq heures de route jusqu'à Parchman. Il appréciait la solitude, loin des appels téléphoniques incessants et de la frénésie du palais de justice. Il pensa beaucoup à son père, ce qui n'était pas inhabituel lorsqu'il était seul en voiture. Il souffrait d'avoir perdu l'amitié d'un homme qu'il vénérait. En général, quand ces pensées devenaient un fardeau, il insérait une cassette dans le lecteur et chantait à tue-tête avec Springsteen et les Eagles.

Au nord de Jackson, quand les collines s'aplanirent et que le delta apparut, ses pensées s'égarèrent vers Lance et Hugh Malco, deux hommes qu'il avait connus toute sa vie, aujourd'hui enfermés dans une prison miteuse, loin de leur côte bien-aimée. Lance était là depuis cinq ans et, de l'avis général, il ne s'en sortait pas si mal. Il se trouvait dans la partie la plus sûre au sein de la population générale, disposait de sa propre cellule, avec une télévision et un ventilateur, et bénéficiait de repas de meilleure qualité. Étant donné ses moyens financiers, comparé aux autres pensionnaires de Parchman, il pouvait se payer presque tout, à l'exception de la liberté. Et, au bout de cinq ans, il cherchait à manipuler la commission des libérations conditionnelles pour sortir de là. Keith le surveillait d'aussi près que possible.

Hugh, quant à lui, était coincé dans une cellule de deux mètres sur trois, vingt-trois heures par jour, dans une chaleur suffocante l'été et un froid glacial l'hiver.

Keith avait vu le couloir de la mort et s'était assis sur une couchette vide, avec la porte ouverte, comme tous les étudiants en droit lors de leur visite. Il ne pouvait imaginer comment une personne, en particulier une personne élevée dans un monde aussi privilégié, pouvait survivre dans ces conditions.

Alors qu'il approchait de l'entrée de la prison, une image fugace le fit sourire. Deux garçons, les Biloxi All-Stars, frappaient deux home runs consécutifs lors d'un match éliminatoire contre Gulfport.

Keith se gara et réussit à chasser les Malco de ses pensées. Il signa le registre et entra sans autre formalité. Comme il était procureur, on lui amena Haley Stofer. Pendant deux heures, il écouta le détenu raconter son histoire rocambolesque, à savoir que Jesse l'avait forcé à s'infiltrer dans la mafia en échange d'une réduction de peine. Stofer s'attribua tout le mérite de l'inculpation de Lance Malco pour prostitution, ce qui l'avait envoyé tout droit en prison. Ensuite, il avait laissé tomber Jesse, mais il s'était fait prendre et avait été renvoyé dans le comté d'Harrison. Il avait dû affronter la colère du procureur. Jesse avait fait preuve de clémence et lui avait accordé une peine de quinze ans, au lieu des trente dont il aurait pu écoper. Stofer avait maintenant purgé sa peine, de son point de vue, et voulait retrouver la liberté. Son contact à la Nouvelle-Orléans était un cousin qui travaillait toujours pour les narcotrafiquants et qui connaissait leurs itinéraires de contrebande vers le Mississippi. Décidé à s'enrichir toujours plus, le shérif Bowman était un acteur clé de ce trafic.

***

Une opération de cette envergure n'étant pas pour le bureau du procureur, Keith appela les agents du FBI Jackson Lewis et Spence Whitehead. Ceux-ci contactèrent à leur tour la Drug Enforcement Agency, et ensemble, ils mirent au point un plan d'action.

Keith s'en remit à la police d'État et fit en sorte que Stofer soit transféré à la prison de Pascagoula, dans le comté de Jackson. Il lui fallut un mois pour entrer en contact avec son cousin de la Nouvelle-Orléans. Jusqu'à présent, toutes les paroles de Stofer avaient été vérifiées par la DEA.

***

Le 3 septembre, peu après minuit, Fats Bowman, accompagné de Rudd Kilgore, son chef adjoint de longue date, prit tranquillement la route de Biloxi en direction du nord et arriva dans l'une de ses fermes, au cœur du comté de Stone. Deux policiers bloquaient l'unique route de gravier menant à la bâtisse. Fats et Kilgore retrouvèrent deux autres agents dans un pick-up, et les quatre hommes attendirent dans un hangar à foin près d'un vaste champ, en buvant des bières et en fumant des cigares. La lune brillait dans le ciel.

Une équipe d'agents de la DEA surgit des bois et arrêta discrètement les deux hommes qui fermaient la route. Une douzaine d'autres agents lourdement armés se rapprochèrent du hangar dans la pénombre et surveillèrent le reste de la petite bande. À 1 heure du matin, comme prévu, un Cessna 208 Caravan survola le champ en rase-mottes et décrivit un cercle au-dessus. Lors de son passage suivant, il descendit à moins de trente mètres du sol et largua sa cargaison, six caisses enveloppées dans un plastique épais. Fats, Kilgore et leurs deux complices chargèrent rapidement le tout dans le pick-up et s'apprêtaient à partir lorsqu'ils furent encerclés par des hommes en tenue de combat et à la puissance de feu impressionnante. Les quatre hommes furent arrêtés et emmenés dans un lieu tenu secret.

Le lendemain, au palais de justice d'Hattiesburg, le procureur du District sud présida une conférence de presse devant un parterre de journalistes. Keith Rudy se tenait à ses côtés, et derrière eux, une rangée d'agents fédéraux. Il annonça l'arrestation du shérif Albert « Fats » Bowman, de trois de ses adjoints et de quatre trafiquants de drogue appartenant à une organisation criminelle de la Nouvelle-Orléans. Les caisses saisies, et disposées derrière eux, contenaient cinquante-quatre kilos de cocaïne, d'une valeur marchande de trente millions de dollars. Il précisa que la part supposée du shérif Bowman était de dix pour cent.

Les procureurs des États-Unis étaient connus pour monopoliser l'attention, mais il n'hésita pas à reconnaître le mérite de Keith Rudy et de son équipe de Biloxi. Sans M. Rudy, l'opération n'aurait pas été couronnée de succès. Keith prit la parole pour remercier toute l'équipe et déclara que le travail entrepris par son père en 1971 avait porté ses fruits. Il promit d'autres inculpations devant les tribunaux de l'État pour les élus et les criminels qui bafouaient les lois depuis si longtemps.

L'histoire eut un énorme retentissement, et pendant des jours, le *Gulf Coast Register* et d'autres journaux du Mississippi publièrent des articles sur le sujet. Le beau visage de Keith s'afficha en première page de Mobile à la Nouvelle-Orléans en passant par Jackson.

À Parchman, Lance Malco maudit la nouvelle et comprit qu'il ne sortirait pas de sitôt. Hugh finit par apprendre lui aussi l'arrestation, mais il avait d'autres chats à fouetter. Ses appels avaient été rejetés et il devait faire face à des années d'appels en *habeas corpus* devant la cour fédérale.

Après six mois dans une prison de comté, Fats Bowman plaida coupable pour trafic de drogue et fut condamné à vingt ans de réclusion. Avant son incarcération définitive, il reçut une permission de week-end pour rentrer chez lui et dire au revoir à sa famille. Au lieu de cela, il se rendit à son pavillon de chasse dans le comté de Stone, gagna le lac, marcha jusqu'au bout de la jetée et, dégainant son magnum .357, se fit sauter la cervelle. Haley Stofer fut libéré sur parole, mais sa vie était en danger. Grâce au programme de protection des témoins, il alla vivre paisiblement en Californie du Nord, sous un nom d'emprunt.

53.

Avec Lance et Hugh Malco derrière les barreaux et Fats Bowman plus de ce monde, la vie était relativement calme sur le Strip.

Keith commençait à tourner en rond dans son rôle de procureur en chef de la côte. Le poste lui semblait acquis dans les années à venir, mais il voulait une promotion, et pas des moindres. Depuis qu'il avait déjeuné avec le gouverneur Bill Waller, alors qu'il était un tout jeune avocat, il rêvait de briguer un poste au niveau de l'État, et l'occasion se présentait enfin.

Fin 1982, il déjeuna à Jackson avec Bill Allain, l'actuel procureur général, pour discuter de l'avenir. D'après les rumeurs, Allain allait briguer le poste de gouverneur et Keith le pressa de questions. En fin politicien, Allain ne voulut pas s'engager. Keith quitta pourtant Allain avec la conviction que la course au poste de procureur général serait bientôt ouverte. Il n'avait que trente-quatre ans et se sentait trop jeune pour une fonction aussi importante, mais il avait appris qu'en politique, le moment était primordial. Le Mississippi avait pour tradition de réélire ses procureurs généraux jusqu'à leur mort, de sorte que si le poste était sur le point de se libérer, il fallait s'engouffrer dans la brèche.

Le travail de procureur général serait plus exigeant que celui d'un procureur local. Keith se sentait capable d'assumer ces fonctions. Il disposerait d'un bureau entier composé de dizaines d'avocats spécialistes en droit civil comme en pénal, et il aurait chaque jour de nouveaux défis à relever. C'était aussi un poste à haute visibilité, le début d'une brillante carrière.

Le seul aspect que Keith préférait ne pas évoquer était les spécificités de la Division des appels criminels. En tant que patron, il aurait le contrôle ultime de tous les appels relatifs à la peine de mort. Plus précisément, celui de Hugh Malco.

Keith rêvait d'assister à l'exécution de l'homme qui avait tué son père. En tant que procureur général, il pouvait faire en sorte d'accélérer la procédure.

Les appels étaient embourbés dans les délais interminables des stratégies post-condamnation. Mais l'horloge tournait, même si ce n'était que très lentement. Jusqu'à présent, les avocats de Malco n'impressionnaient personne. Et ils n'avaient guère d'arguments. Le procès n'avait pas été entaché de vices de procédures. Et l'accusé avait été déclaré coupable parce qu'il était bel et bien le commanditaire de l'assassinat.

***

En janvier 1983, Lance Malco déposa une demande de libération conditionnelle. Il avait purgé huit ans de sa peine pour incitation à la prostitution, s'était montré un prisonnier modèle, et en tant que tel, y était éligible.

Les cinq membres de la commission subirent des pressions de la part de Keith, de Bill Allain et d'autres personnes influentes, dont le gouverneur, pour rejeter la demande. Par cinq voix à zéro, la libération conditionnelle fut refusée.

Pour Keith, le soulagement n'était que temporaire. Étant donné sa bonne conduite, Lance finirait par sortir de prison, et il serait libre de reprendre ses activités sur la côte. Avec la mort de Fats, et des hommes honnêtes à la tête du bureau du shérif et de la ville de Biloxi, personne ne savait ce que Lance comptait faire. Peut-être essaierait-il de rentrer dans le droit chemin et d'éviter les ennuis. Il avait de nombreux commerces légaux à superviser. Mais quoi qu'il décide de faire, Keith resterait vigilant.

Vu l'imminence du retour de son mari, Carmen Malco demanda enfin le divorce. Ses avocats négocièrent un accord généreux et elle déménagea à Memphis, à seulement deux heures de Parchman. Elle rendait visite à son fils dans le couloir de la mort tous les dimanches.

Elle n'alla pas voir son ex-mari une seule fois.

***

En février, Keith, Ainsley et le reste du clan Rudy organisèrent une grande fête au Broadwater Beach Hotel, non loin du Strip. La grande salle de bal était bondée de parents et d'amis, ainsi que de membres du barreau local, d'employés du palais de justice et de chefs d'entreprise. Keith prononça un discours enflammé et promit d'utiliser le bureau du procureur général pour poursuivre la lutte acharnée contre la criminalité, en particulier contre le trafic de drogue. La cocaïne se répandait comme une gangrène dans tout le pays et le sud du Mississippi était constellé de centres de distribution qui changeaient toutes les semaines. Les cartels avaient énormément d'hommes et de moyens, et l'État, comme toujours, était à la traîne pour enrayer l'épidémie. Dans son discours, Keith s'attribua sans trop se vanter une grande partie du mérite du nettoyage de la côte, mais rappela que le jeu et la prostitution n'étaient rien comparés aux dangers de la cocaïne et d'autres drogues dures. Il promit de s'en prendre non seulement aux narcotrafiquants et aux revendeurs de rue, mais aussi aux fonctionnaires et aux flics corrompus.

De Biloxi, Keith et Ainsley s'envolèrent vers Jackson pour donner une interview. Keith était le premier candidat à se qualifier pour la course au poste de procureur général et la presse s'intéressait à lui. Il attira une large foule dans l'hôtel de Jackson où il était descendu, puis il rencontra un groupe d'avocats spécialisés dans les affaires pénales, qui avaient de l'argent à investir et voulaient s'engager sur le plan politique.

Ces six derniers mois, il avait réactivé son réseau de la faculté de droit, une centaine d'amis éparpillés dans tout l'État. Comme il ne s'opposait pas au candidat sortant, ils étaient ravis de le soutenir. Après Jackson, Ainsley rentra chez elle et Keith prit la route dans une voiture de location. Pendant dix-huit jours, il sillonna le Mississippi, rencontra les bénévoles recrutés par ses amis avocats, visita les palais de justice, prit la parole dans des associations, discuta avec les rédacteurs en chef de petits journaux, et alla même jusqu'à serrer des mains dans des centres commerciaux. Il logeait chez des copains et dépensait le moins possible.

Lors de son premier déplacement de campagne, il traversa trente-cinq des quatre-vingt-deux comtés de l'État et rallia des centaines de partisans. Déjà, l'argent affluait.

Sa stratégie consistait à mener une importante campagne dans la moitié sud de l'État pour remporter la côte avec une bonne longueur d'avance. L'un de ses adversaires potentiels était originaire de Greenwood, dans le delta. Un autre était un sénateur d'une petite ville près de Tupelo. Plusieurs autres candidats avaient été évoqués, mais tous vivaient au nord de Jackson. Il n'y avait pas de favori pour le poste, jusqu'à ce qu'un rédacteur en chef d'un journal d'Hattiesburg informe Keith qu'il arrivait en tête d'un sondage officieux. Dès que le sondage fit l'objet d'un article, en page quatre de la première section, Keith en fit imprimer un millier d'exemplaires et les envoya à ses bénévoles et à ses partisans. Le rédacteur en chef affirmait aussi que le nom de Rudy était extrêmement respecté. Le candidat accepta son rôle de leader et s'efforça de convaincre le plus grand nombre.

Depuis sa défaite face à Jesse en 1971, Rex Dubisson avait monté un cabinet d'avocats très en vue, spécialisé dans les accidents sur les plates-formes pétrolières offshore. Il gagnait une fortune et s'impliquait dans des associations d'avocats. Il incita ses confrères spécialistes du droit civil à investir dans la campagne de Keith. Puis il organisa un cocktail chez Mary Mahoney et informa Keith qu'il avait récolté cent mille dollars et qu'il en rassemblerait au moins autant d'ici l'été. Rex s'employait à faire les poches des avocats de première instance, et il était persuadé de pouvoir collecter encore plus d'argent.

Autour d'un verre, Rex expliqua à Keith que les avocats plaidants cherchaient un soutien et voyaient en lui une étoile montante. Il était jeune, or on avait besoin de sang neuf. Ils le voulaient dans la résidence du gouverneur pour les aider à lutter contre la marée montante de la réforme du droit civil.

Keith ne lui fit aucune promesse, mais il accepta l'argent avec enthousiasme. Il engagea aussitôt une société de conseil de Jackson pour organiser sa campagne. Il ouvrit un petit bureau à Biloxi et embaucha un chauffeur. À la fin du mois de mars, quatre autres hommes étaient en lice, deux de Jackson et deux du nord de l'État. Keith et ses conseillers se réjouissaient de l'augmentation du nombre de candidats et espéraient que d'autres allaient se déclarer. Les sondages internes le plaçaient toujours en tête et son avance se creusait. Environ 40 pour cent de la population du Mississippi habitait dans les vingt comtés du Sud, et le nom de Rudy était connu de 70 pour cent des personnes interrogées. Le numéro deux n'obtenait que 8 pour cent des suffrages.

Les meilleures campagnes étaient alimentées par la peur de perdre, aussi Keith ne ralentit-il jamais la cadence. À partir d'avril, il laissa Egan aux commandes du bureau du procureur et prit la route. Il embrassait Ainsley le lundi avant l'aube et la serrait dans ses bras lorsqu'il rentrait le vendredi à la tombée de la nuit. Entre-temps, il était allé dans tous les palais de justice de l'État avec son équipe. Il prenait la parole lors de rassemblements dans des églises, pendant des barbecues, des déjeuners au barreau, lors de conférences de juges, et il prenait le café avec d'innombrables avocats de petites villes. Cependant, il passait tous les week-ends à la maison avec Ainsley et les filles, et tous les dimanches, la famille assistait à la messe avec Agnes.

Son trente-cinquième anniversaire tombait un samedi d'avril. Rex Dubisson organisa une fête sur la plage, où il invita deux cents amis et collaborateurs de la campagne. Le lundi 4 juillet, une foule immense se rassembla pour écouter son discours à la foire du comté d'Harrison. Bill Allain et cinq autres candidats étaient en lice pour le poste de gouverneur, et les six hommes étaient présents. Keith fut accueilli chaleureusement par le public et leur promit pratiquement tout ce qu'il voulait. Deux de ses adversaires prirent la parole à sa suite. Tous deux étaient des politiciens chevronnés, plus âgés, qui avaient l'impression d'empiéter sur le territoire de Rudy. Le contraste était saisissant. La jeunesse contre la vieillesse. L'avenir contre le passé.

Deux semaines plus tard, le 17 juillet, le *Gulf Coast Register* et le *Hattiesburg American* publièrent des éditoriaux en faveur de Keith Rudy. Le message fit boule de neige. La semaine suivante, une douzaine de journaux du comté, presque tous proches de la côte, leur emboîtèrent le pas. Sans surprise, le quotidien de Tupelo soutenait le sénateur originaire du coin. Mais le dimanche 31 juillet, deux jours avant les primaires, le plus grand journal de l'État, *The Clarion Ledger* de Jackson, donna sa voix à Keith.

Le 2 août, près de sept cent mille électeurs se rendirent aux urnes pour les primaires démocrates. Bénéficiant d'un soutien massif de tout le sud du Mississippi, Keith arriva en tête avec 38 pour cent des voix, soit le double de son adversaire en deuxième position. Et comme le succès attirait l'argent, les financements affluèrent de toutes parts, notamment de puissants groupes d'entrepreneurs désireux d'obtenir les bonnes grâces de l'élu et de prendre leur part du gâteau. Les consultants de Rudy étaient prêts et, en l'espace de trois jours, la campagne diffusa des spots télévisés aux heures de grande écoute. Son adversaire était à sec et ne pouvait pas contre-attaquer.

Lors du second tour, le 23 août, Keith Rudy remporta les primaires avec 62 pour cent des voix, une victoire écrasante, que ses propres sondeurs n'avaient pas anticipée. Lors de l'élection générale de novembre, Keith fut confronté à une opposition bien moindre de la part de son adversaire républicain. À trente-cinq ans, il devint le plus jeune procureur général de l'histoire de l'État, et le plus jeune du pays.

54.

La liesse post-électorale s'arrêta brutalement une semaine plus tard, lorsqu'une histoire bien plus sensationnelle s'empara des esprits. Les gagnants et les perdants furent oubliés quand on apprit que le Mississippi était sur le point d'utiliser sa fameuse chambre à gaz pour la première fois depuis plus de dix ans. Un meurtrier notoire était parvenu au bout de ses demandes d'appel et son rendez-vous avec le bourreau faisait la une des journaux.

En 1972, la Cour suprême des États-Unis, dans l'*Affaire Furman contre l'État de Géorgie,* avait mis fin à toutes les exécutions. La Cour s'était prononcée par cinq voix contre quatre, et face aux opinions contradictoires ne laissa pas de consignes claires aux États. La loi changea du tout au tout en 1976 quand la Cour, à nouveau divisée par cinq voix contre quatre, mais dans la configuration inverse, donna le feu vert aux États adeptes de la peine de mort pour reprendre les exécutions. La plupart le firent avec enthousiasme.

Dans le Mississippi, cependant, les autorités étaient frustrées par la lenteur des procédures – de 1976 à 1983, il n'y eut aucune mise à mort à Parchman. Les hommes politiques de tous bords s'insurgeaient contre un système qu'ils jugeaient laxiste envers les condamnés. Au moins 65 pour cent de la population se déclarait en faveur en la peine capitale, et si certains États l'appliquaient régulièrement, pourquoi le Mississippi était-il à la traîne ? Enfin, un condamné à mort perdit ses appels et apparut comme le candidat idéal.

Il s'appelait Jimmy Lee Gray, et on n'aurait pu trouver de méchant plus emblématique dans les couloirs de la mort de tout le pays. Un vagabond blanc de trente-quatre ans, originaire de Californie, condamné pour meurtre en Arizona à l'âge de vingt ans. Après sept ans de prison, il avait obtenu une libération conditionnelle anticipée et s'était rendu à Pascagoula, où il avait kidnappé, violé et étranglé une fillette de trois ans. Il avait été arrêté, condamné et envoyé à Parchman en 1976. Sept ans plus tard, sa chance avait tourné et les autorités de l'État préparaient son exécution avec fébrilité. Le 2 septembre, Parchman fut envahie de représentants des forces de l'ordre, de journalistes du monde entier et de quelques hommes politiques désireux d'être au cœur de l'action.

À l'époque, la chambre à gaz était équipée d'un poteau en acier qui courait du sol à la ventilation du plafond, juste derrière la chaise. Alors que les témoins regardaient la scène depuis les salles d'observation, Gray fut conduit dans la pièce exiguë, un cylindre d'à peine un mètre cinquante de large. On l'attacha à l'aide des lanières en cuir puis le directeur lui lut l'arrêt de mort. Gray n'avait pas de dernières paroles à prononcer. La porte fut ensuite dûment verrouillée, et le bourreau fit son travail. Il n'y avait pas de courroie pour maintenir la tête de Gray, de sorte que lorsqu'il respira le cyanure, il se mit à se débattre et à se cogner contre le poteau métallique. Il se frappa plusieurs fois dessus de l'arrière du crâne en gesticulant et en poussant des grognements. Huit minutes après la libération du gaz, les fonctionnaires pris de panique évacuèrent les pièces.

Loin d'une mort rapide et indolore, l'exécution fut dramatique, car il était évident que Gray avait horriblement souffert. Plusieurs journalistes décrivirent la scène en détail, l'un d'eux la qualifia de « châtiment cruel et anormal ». L'État essuya tellement de critiques qu'il passa rapidement à l'injection létale, mais seulement pour les détenus condamnés après le 1er juillet 1984.

Lorsque son heure fut venue, Hugh Malco n'eut pas la chance de partir paisiblement par injection létale. Il avait été condamné en avril 1978 et la chambre à gaz l'attendait toujours.

Comme les hommes étaient en isolement vingt-trois heures sur vingt-quatre, qu'ils se douchaient et faisaient de l'exercice seuls, ils ne pouvaient guère se lier d'amitié dans le couloir de la mort. Hugh n'avait jamais considéré Jimmy Lee Gray comme un ami, mais leurs cellules étant adjacentes, ils se parlaient plusieurs heures par jour. Ils s'échangeaient des cigarettes, de la nourriture en conserve et des livres de poche. Gray n'avait pas un sou, mais il ne lui demanda jamais d'argent. Pourtant, Hugh était sans doute le détenu le plus riche jamais envoyé dans le couloir de la mort, et il était heureux de partager avec Gray. Une secrétaire du Foxy lui envoyait cinq cents dollars par mois, le maximum autorisé, pour avoir de meilleurs repas et quelques extras. Personne d'autre, à l'exception peut-être de son père, n'avait accès à de tels fonds.

L'exécution de Gray, à moins de cent mètres de là, attrista Hugh bien plus qu'il ne l'aurait imaginé. Comme la plupart des détenus du couloir, il s'attendait à un miracle de dernière minute, qui donnerait à son compagnon quelques années de sursis. Quand Gray fut emmené, Hugh lui dit adieu, convaincu qu'il ne se passerait rien. Une fois Gray mort, sa cellule resta vide pendant une semaine, et leurs longues conversations lui manquèrent. Après une enfance misérable, Gray semblait condamné à une vie difficile. Hugh, quant à lui, avait eu une enfance heureuse, et il se demandait encore comment cela avait pu si mal tourner. Maintenant que Gray n'était plus là, Hugh ressentait douloureusement son absence. Les heures et les jours semblaient interminables. Hugh tomba dans une profonde dépression, et ce n'était pas la première fois.

Après l'exécution de Gray, le couloir fut beaucoup plus calme. Quand les détenus apprirent ce qui s'était passé dans la « chambre de la mort » et à quel point les autorités avaient bâclé les choses, la plupart d'entre eux prirent brusquement conscience de ce qui les attendait. Avant, une plaisanterie circulait dans le couloir – l'État était trop incompétent pour tuer un détenu –, mais plus maintenant. Le Mississippi avait repris ses mises à mort et ses dirigeants voulaient augmenter le rythme.

Les appels de Jimmy Lee Gray avaient duré moins de sept ans. Hugh en était à cinq ans, mais ses avocats semblaient perdre espoir. Alors que ses ennemis montaient en puissance, Hugh était inquiet. Il était arrivé à Parchman avec la certitude que la fortune et les relations de son père lui sauveraient miraculeusement la vie, voire lui rendraient la liberté, mais une nouvelle réalité s'imposait désormais à lui.

***

Si l'exécution avait jeté un voile sombre sur le couloir, elle eut peu d'impact sur le reste de la prison. Dans l'unité 18, à seulement trois kilomètres de là, de l'autre côté des champs de coton, c'était un tout autre monde, où la vie continuait comme si de rien n'était. Quand Nevin Noll apprit la nouvelle concernant Jimmy Lee Gray, il eut le sourire. Il était heureux d'apprendre que le bourreau reprenait enfin du service. Peut-être allaient-ils régler le sort de Hugh plus tôt que prévu.

Mais Noll n'avait pas vraiment le temps de penser aux Malco. Il était persuadé qu'ils ne le retrouveraient jamais, et même s'ils découvraient son identité, il serait prêt à les recevoir. Son nom d'emprunt, choisi par les responsables de la prison, était Lou Palmer, et si une personne mettait la main sur son faux dossier, elle apprendrait qu'il purgeait une peine de vingt ans pour avoir vendu de la drogue dans les environs de Jackson.

Au cours de ses cinq années à Parchman, Noll s'était intégré à un gang aryen et était à présent un lieutenant en pleine ascension. Il ne lui avait fallu que deux bagarres à mains nues pour attirer l'attention des chefs de gang, et il avait survécu à l'initiation sans trop de difficultés. Pas surprenant que le crime organisé lui convienne si bien ; il ne connaissait pratiquement rien d'autre. Les gangs étaient divisés par couleurs – noirs, métis et blancs – et votre survie dépendait souvent de qui assurait vos arrières. La violence était omniprésente, mais la guerre était mal vue. Si les gardes étaient obligés de sortir leurs armes, ils risquaient d'écoper de punitions sévères.

Nevin Noll faisait la vaisselle pour cinq dollars par jour et, quand les cuisiniers regardaient ailleurs, il volait des pommes de terre et de la farine pour la distillerie gérée par son gang. La vodka maison était très populaire dans le camp et leur procurait revenus et protection. Noll avait trouvé un moyen de faire passer l'alcool dans d'autres camps en soudoyant les gardes qui conduisaient les camions de livraison. Il avait également mis en place un réseau de contrebande d'herbe grâce à ses contacts sur la côte, qui lui envoyaient la marchandise par colis à un bureau de poste à Clarksdale, à une heure de là. Un gardien les récupérait et les introduisait en douce dans l'unité 18.

Au début, Noll ne s'intéressait pas au commerce du sexe, mais il fut surpris de découvrir combien il était dynamique. Depuis l'âge de vingt ans, il avait eu un accès illimité aux femmes et n'avait jamais été exposé à la sexualité entre hommes. Jamais à court d'idées, il avait saisi l'opportunité et établi un bordel dans les toilettes d'un ancien gymnase qui faisait désormais office d'imprimerie. Il le contrôlait avec des règles strictes et tenait les gardiens à distance grâce à des pots-de-vin en espèces sonnantes et trébuchantes et à de la vodka fruitée.

Le bingo était populaire et, en peu de temps, Noll organisa des tables de jeu et offrit de petits lots d'herbe et de cochonnerie volée dans les cuisines.

En résumé, après quelques années à Parchman, il avait repris exactement les mêmes activités qu'à Biloxi. Mais au bout de cinq ans, il avait envie de changer d'air.

Son but n'avait jamais été de prendre le contrôle d'un gang. Ni de réaliser des profits. Depuis le jour de son arrivée à Parchman, il planifiait son évasion. Il n'avait aucune intention de moisir trente ans en taule. Bien avant de penser à une libération conditionnelle, il avait prévu de s'enfuir en Amérique du Sud et de mener la belle vie.

Il surveillait tout : les véhicules qui entraient et sortaient du camp, les tours de garde, les allées et venues des visiteurs, les détenus qui arrivaient et ceux qui étaient libérés. Au bout de quelques mois, tous les nouveaux se pliaient aux règles du jeu. Ils rentraient dans le rang sans se plaindre, car cela ne ferait que leur compliquer l'existence. Ils suivaient les consignes et les horaires établis par le personnel. Ils mangeaient ce qu'on leur donnait, s'acquittaient de leurs corvées, prenaient leurs pauses, nettoyaient leur cellule et essayaient de survivre un jour de plus, parce que le lendemain était un pas supplémentaire vers la liberté. Presque tous cessaient d'attendre, de regarder, de compter, de comploter, de s'interroger et de croire.

Pas Nevin Noll. Après trois ans d'observation minutieuse, il avait choisi Sammy Shaw comme partenaire d'évasion. Shaw était un Noir originaire d'un quartier difficile de Memphis, qui avait été pris en flagrant délit de trafic de drogue et avait plaidé coupable pour quarante ans d'emprisonnement. Lui non plus n'avait pas l'intention de s'éterniser. C'était un homme intelligent, solide, observateur, et doué d'une intelligence de la rue sans égale.

Noll et Shaw se serrèrent la main et commencèrent à élaborer des plans. Une prison qui s'étendait sur sept mille hectares était impossible à garder. Ses frontières étaient poreuses. Les allées et venues s'avéraient difficiles à contrôler.

Parchman avait une longue histoire d'évasions. Nevin Noll attendait son heure, toujours aux aguets.

55.

Le 5 janvier 1984, Keith Rudy prêta serment et devint le trente-septième procureur général du Mississippi. La cérémonie se déroula dans le calme de la salle de la Cour suprême, avec le président de la Cour suprême. Ainsley et leurs deux filles, Colette et Eliza, se tenaient fièrement aux côtés de Keith. Agnes, Laura, Beverly, Tim et les autres membres de la famille assistaient à la cérémonie depuis le premier rang. Les frères Pettigrew, Egan Clement, Rex Dubisson et une douzaine d'amis proches de la faculté de droit applaudirent poliment après la prestation de serment, puis attendirent d'être photographiés avec le nouveau procureur général.

Lors des vacances précédentes, Keith et Ainsley avaient emménagé à Jackson, dans une petite maison située dans une rue calme du centre, près du collège Belhaven. Keith mettait quinze minutes pour aller à son nouveau bureau sur High Street, en face du capitole de l'État.

Le lendemain matin, à 7 h 30, il était à son poste, en bras de chemise, prêt pour son premier rendez-vous. Depuis 1976, Witt Beasley dirigeait la Division des appels criminels et, à ce titre, était chargé de défendre les condamnations des trente et un détenus du couloir de la mort. L'enthousiasme suscité par l'exécution de Jimmy Lee Gray n'avait fait qu'accentuer la pression sur Beasley et son équipe pour qu'ils mettent fin aux atermoiements et donnent le feu vert au bourreau de Parchman. Après des années passées dans les tranchées, Beasley connaissait parfaitement les complications et les frustrations des affaires de peine capitale. Ce n'était pas le cas des hommes politiques. Il savait également que son nouveau patron voudrait accélérer la procédure d'appel de Hugh Malco.

Keith se lança :

— J'ai passé en revue les trente et un dossiers de vos condamnés à mort. Difficile de dire qui sera le prochain sur la sellette.

— En effet, Keith, répondit Beasley en se grattant la barbe.

Il avait vingt ans de plus que son patron et ne voulait pas se montrer désobligeant. Keith avait mis en place une politique de tutoiement pour les quarante-six avocats de son équipe. Les secrétaires et les employés devaient s'en tenir à « Monsieur » et « Madame ».

— Les appels de Jimmy Lee Gray ont été réglés assez rapidement, enfin tout est relatif, mais il n'avait pas grand-chose pour sa défense. Je ne vois pas d'autre exécution avant au moins deux ans. Si je devais prendre les paris, je pencherais pour Wally Harvey.

— Quel crime atroce.

— Ils sont tous atroces. Ils n'ont pas été condamnés à mort pour rien. Et c'est pour ça que les gens en veulent encore.

— Et Malco ?

Beasley prit une grande inspiration et continua à se gratter la barbe.

— Difficile à dire. Ses avocats sont bons.

— Je connais son dossier par cœur.

— Je sais. On a passé les cinq ans après le verdict. On devrait gagner l'*habeas* devant le tribunal fédéral cette année, peut-être l'année prochaine. Ils n'ont guère d'arguments : ils ne peuvent pas avancer l'excuse de l'avocat commis d'office incompétent. Cela dit, ils font du bon travail sur les preuves. Comme vous le savez, les seuls témoins sont Henry Taylor et Nevin Noll, deux ex-associés qui ont vendu leur acolyte pour sauver leur peau. Malco a présenté un dossier qui tient la route, mais je ne vois pas le tribunal tomber dans le panneau. Encore une fois, je dirais qu'il faut deux ans pour atteindre la ligne d'arrivée, puis les Ave Maria habituels. Ils feront tout pour retarder l'inévitable et ils ont de la bouteille.

— Je veux que ce soit prioritaire, Witt. Est-ce trop demander ?

— Ils sont tous prioritaires, Keith. Il s'agit de la vie d'un homme. On prend ces affaires-là très au sérieux.

— Je le sais, mais là, c'est différent.

— Je comprends.

— Mettez vos meilleurs éléments sur le coup. Je ne veux pas de retard. Pour l'instant, je ne suis que quatre ans à ce poste. Qui sait ce qui se passera ensuite.

— Je comprends.

— Peut-on le faire en quatre ans, Witt ?

— Eh bien, c'est impossible à prédire. Il n'y a eu qu'une seule exécution depuis 1976.

— Et on est à la traîne. Le Texas les enterre à la pelle.

— Ils ont beaucoup plus de condamnés à mort.

— Et l'Oklahoma ? Ils en ont eu cinq ces trois dernières années alors qu'on a plus de candidats qu'eux.

— Je sais, je sais, mais ce n'est pas toujours du ressort du bureau du procureur général. On doit attendre une bande de juges fédéraux qui n'aiment pas les *habeas* et qui traînent des pieds. Leurs greffiers détestent les affaires de peine capitale à cause de la paperasse. C'est mon univers, Keith, et je sais à quel point le système est lent. Mais on fera le maximum, je vous le promets.

Satisfait, Keith sourit.

— C'est tout ce que je vous demande.

Beasley le regarda attentivement.

— On fera en sorte que cela se produise, et le plus tôt possible. Mais vous, êtes-vous prêt, Keith ? Vous êtes considéré comme la victime dans cette affaire, vous et votre famille. C'est un cas unique où la victime exerce un pouvoir énorme sur la machine de mise à mort. Plusieurs observateurs ont soulevé la question du conflit d'intérêts.

— Je sais, Witt, et je comprends leurs objections. Mais ça ne m'atteint pas. Les gens qui m'ont élu procureur général savaient que mon père avait été assassiné par Hugh Malco et que je représentais le ministère public. Je ne me laisserai pas distraire par une poignée de journalistes. Au diable la presse.

— D'accord.

Witt retourna à son bureau, situé un peu plus loin. Seul, il ricana en songeant aux efforts maladroits du procureur général pour feindre son désintérêt pour la presse. Récemment, peu d'hommes politiques avaient montré autant d'inclination pour les caméras que Keith Rudy.

***

Pendant les trois premiers mois de l'année, les électeurs retenaient leur souffle tandis que le corps législatif de l'État se réunissait au capitole. La ville de Jackson était envahie par les cent quarante-quatre législateurs élus, des politiciens chevronnés, qui affluaient de tout le Mississippi avec leurs équipes, leurs entourages, leurs lobbyistes, leurs programmes et leurs ambitions.

Des milliers de projets de loi, pratiquement tous inutiles, étaient examinés par des dizaines de commissions. Les audiences importantes n'attiraient guère de monde. Les débats s'éternisaient devant des tribunes vides. La Chambre passait des semaines à enterrer les projets de loi adoptés par le Sénat, lequel, dans le même temps, s'employait à torpiller les projets de loi adoptés par la Chambre. On ne s'attendait pas à des avancées significatives. Il y avait déjà suffisamment de lois en vigueur pour la population.

En tant que procureur général, Keith avait la responsabilité de représenter toutes les agences et les commissions existantes, ce qui ne nécessitait pas moins d'une trentaine d'avocats. Au cours des premiers mois de son mandat, il avait parfois eu l'impression de n'être rien de plus qu'un bureaucrate bien payé. Ses longues journées étaient rythmées par d'interminables réunions avec le personnel chargé de suivre l'évolution des projets de loi. Au moins deux fois par jour, il se campait devant la grande fenêtre de son splendide bureau et contemplait le capitole en se demandant ce qui pouvait bien se passer là-bas.

Une fois par semaine, le mercredi à 8 heures précises, il prenait un café rapide avec Witt Beasley, qui lui donnait les dernières nouvelles sur les appels de Hugh Malco. Cela progressait à la vitesse de l'escargot.

Début mai, on l'informa que Lance Malco serait libéré en juillet, huit ans et trois mois après sa condamnation pour exploitation d'une maison close. Keith devait reconnaître qu'il s'agissait d'une peine sévère pour un délit relativement anodin, mais il s'en moquait. Lance avait commis des crimes bien plus graves dans sa vie de chef de gang et méritait de mourir en prison comme son fils.

Surtout, Keith était toujours convaincu que Lance avait commandité l'assassinat de son père. Seulement, à moins d'une miraculeuse confession, cela serait impossible à prouver.

***

Pour annoncer son retour à la vie civile, ou peut-être simplement pour se préparer à reprendre du service, Lance décida d'envoyer un message depuis la prison.

Au cours des six dernières années, Henry Taylor avait purgé sa peine dans divers pénitenciers à travers l'État. À chaque transfert, on lui attribuait un nouveau nom et un passé légèrement différent. La police d'État comptait sur le shérif pour garder un œil sur le détenu, le traiter correctement, voire le laisser participer à la vie de la prison. Les shérifs avaient reçu l'assurance que l'homme n'était pas dangereux, il avait simplement eu affaire à des narcotrafiquants sur la côte. Chaque shérif régnait sur son propre royaume et partageait rarement ses petits secrets avec ses collègues.

En fin d'après-midi, Henry fut envoyé faire une course. Il quitta le bureau du greffier du circuit avec une pile de citations à comparaître pour les jurés, qu'il devait apporter au bureau du shérif. En tant qu'aide pénitentiaire, il portait une chemise blanche et un pantalon bleu avec une bande blanche le long de la jambe, un rappel pour tous qu'il était un des résidents de la prison du comté de Marshall. Tout le monde s'en fichait. Les aides allaient et venaient dans le palais de justice. Alors qu'il s'apprêtait à sortir par la porte de derrière, un club métallique le frappa à la base du cou et l'assomma. Son agresseur le traîna jusqu'à un petit placard obscur. La porte fermée, il l'étrangla avec une corde en nylon et fourra son corps dans une boîte en carton. Puis il sortit de la petite pièce, verrouilla la porte derrière lui et alla dans des toilettes dotées de deux urinoirs et d'une cabine. À 16 h 50, un concierge entra, jeta un coup d'œil autour de lui, et éteignit la lumière. L'assaillant se cachait dans la cabine, accroupi sur le couvercle des toilettes.

Deux heures plus tard, alors que toutes les lumières étaient éteintes dans le palais de justice vide, l'agresseur parcourut les couloirs du rez-de-chaussée et de l'étage à pas de loup et ne vit personne. Comme il avait procédé à un repérage du bâtiment, il savait qu'il n'y avait ni gardien, ni système de sécurité. Qui entrerait par effraction dans le palais de justice d'une petite ville ?

Taylor aurait dû retourner à la prison deux heures plus tôt et manquait probablement déjà à l'appel. Le temps était compté. L'agresseur sortit de l'édifice par l'arrière, fit signe à son complice, qui gara son pick-up devant la porte de la véranda. L'heure de fermeture était passée depuis longtemps et les magasins et les bureaux autour de la place étaient vides et sombres. Les deux cafés animés se trouvaient de l'autre côté de la place.

Comme le cadavre suintait le sang, ils lui enveloppèrent la tête avec des chiffons sales avant de le transporter dans le carton et de le balancer à l'arrière du pick-up. De retour à l'intérieur, l'agresseur, dont les mains étaient gantées, jeta les citations à comparaître dans le couloir et ne se donna pas la peine d'essuyer le sang par terre. À cinq kilomètres au sud de la ville d'Holly Springs, le pick-up emprunta une route secondaire, puis un sentier de terre qui s'enfonçait dans les bois. Les deux hommes transférèrent le cadavre dans le coffre d'une voiture. Six heures plus tard, les deux véhicules arrivaient à la marina de Biloxi où le corps d'Henry Taylor fut hissé sur un crevettier.

Dès les premières lueurs de l'aube, le chalutier largua les amarres et glissa dans le détroit à la recherche de crevettes. Comme aucun autre bateau n'était en vue, ils jetèrent le corps sur le pont, lui enlevèrent ses vêtements et lui enroulèrent des cordes de filet autour du cou. Le cadavre fut hissé à un mât, le temps de prendre des photos. Ensuite, le mât de charge pivota au-dessus de l'eau, le filet fut tranché, et Henry donné en pâture aux requins.

Comme au bon vieux temps.

***

La disparition d'Henry du palais de justice du comté de Marshall était un vrai mystère. Une semaine plus tard, la police d'État se rendit au bureau du procureur général pour informer Keith que leur témoin protégé ne l'avait pas été suffisamment. Keith avait une petite idée de ce qui s'était passé. À l'approche de sa libération, Lance Malco avait voulu faire savoir à ses ennemis qu'il était toujours le Boss.

Comme son père, Keith n'avait pas peur des Malco et n'hésiterait pas à fondre sur Lance si le gangster reprenait ses mauvaises habitudes.

De plus, la perte d'Henry Taylor ne le dérangeait pas outre mesure. Après tout, c'était lui qui avait appuyé sur le détonateur et tué Jesse Rudy.

***

La photo en noir et blanc avait été introduite clandestinement à Parchman par un gardien au service de Lance Malco. Il l'admira toute la journée et regretta de ne pas en posséder plusieurs exemplaires. C'était le poseur de bombe, pendu à un mât, nu et en sang – l'incompétent qui avait dénoncé son fils et l'avait envoyé dans le couloir de la mort.

Lance soudoya un autre gardien pour qu'il remette la photo à Lou Palmer, alias Nevin Noll, actuellement détenu dans l'unité 18 de la prison de Parchman.

Inutile d'ajouter un message.

56.

Le 7 juin, Keith et son assistant prirent place à l'arrière d'une voiture de patrouille banalisée toute neuve pour se rendre à Hattiesburg. L'un des avantages de la fonction de procureur général était d'avoir un garde du corps et un chauffeur pour vous conduire n'importe où. L'inconvénient était les menaces récurrentes d'atteinte à votre intégrité physique, qui se présentaient généralement sous la forme de lettres délirantes et bourrées de fautes, envoyées depuis des centres pénitentiaires. La police d'État surveillait le courrier et, jusqu'à présent, n'avait rien repéré d'inquiétant.

Un autre avantage était l'utilisation exceptionnelle du jet de l'État, un privilège convoité par une poignée d'élus, mais à la discrétion du gouverneur. Keith l'avait emprunté une fois, avait beaucoup apprécié l'expérience, et espérait bien la renouveler.

Le rassemblement avait lieu au palais de justice fédéral d'Hattiesburg. Keith allait prononcer une plaidoirie devant le juge chargé de la requête en *habeas corpus* déposée par Hugh Malco. Deux journalistes postés devant la salle demandèrent à Keith un commentaire. Il refusa poliment.

À l'intérieur, Keith prit place à la table du ministère public avec Witt Beasley et deux de ses principaux avocats.

En face d'eux, les avocats d'Atlanta chargés de l'appel de Hugh feuilletaient des documents. Jusqu'à présent, leurs volumineux dossiers n'avaient aidé en rien leur client. Ils avaient perdu devant la Cour suprême de l'État par neuf voix à zéro. Ils n'avaient même pas obtenu de nouvelle audience, ce qui n'était pourtant qu'une formalité. Dès lors, ils avaient fait appel devant la Cour suprême des États-Unis, qui refusa d'entendre l'affaire. Le deuxième round consistait en une demande d'assistance auprès de la Cour suprême de l'État, qui fut rejetée. Ils réclamèrent une nouvelle audience, une autre formalité, toujours sans succès. Ils firent appel de cette décision devant la Cour suprême des États-Unis, qui refusa une nouvelle fois de se saisir de l'affaire. Enfin, ils entamèrent le troisième round devant le tribunal fédéral en déposant une requête en *habeas corpus*.

Hugh avait été reconnu coupable et condamné à mort par le tribunal de circuit du comté de Forrest, à Hattiesburg, en avril 1978. Six ans plus tard, dans la même ville mais dans un autre tribunal, son affaire était encore en cours et il était toujours en vie. Mais d'après Witt, les deux étaient en péril. La ligne d'arrivée se profilait. Hugh avait des avocats brillants et expérimentés, mais leurs arguments ne faisaient pas mouche. Keith, qui lisait attentivement toutes les requêtes, n'était pas inquiet.

Alors qu'ils attendaient le juge, plusieurs journalistes se rassemblèrent au premier rang, derrière les avocats. Il n'y avait pas foule. Après tout, il s'agissait d'une manœuvre d'appel plutôt banal. Quand il l'avait apprise un mois plus tôt, Keith avait voulu se charger lui-même de la plaidoirie. Il connaissait l'affaire aussi bien que Witt et était capable d'affronter les avocats de l'*habeas*, mais il s'était dit ensuite que ce n'était pas une bonne idée. Le meurtre de son père serait forcément au cœur des débats, de sorte qu'ils se mirent d'accord pour que Keith reste en retrait.

Hugh avait demandé à assister à l'audience, mais la coutume voulait qu'une telle requête soit approuvée par le procureur général, et Keith eut la satisfaction de la rejeter. Il voulait que Hugh quitte le couloir de la mort dans un cercueil, pas autrement. C'était un plaisir de lui refuser ne serait-ce que quelques heures en dehors de sa misérable cellule.

Son Honneur apparut et rappela les parties à l'ordre. En tant que partie lésée, les avocats de Hugh décrivirent pendant une heure le travail lamentable de Joshua Burch pour défendre leur client. D'habitude, les plaidants désespérés mettaient en avant l'inefficacité et l'incompétence de l'avocat commis d'office. Le problème, c'était que loin d'être commis d'office, Joshua Burch était l'un des meilleurs avocats de la défense pénale de l'État. Le juge allait avoir du mal à avaler cette couleuvre.

Ensuite, un autre avocat affirma que la crédibilité des témoins du ministère public était plus que douteuse. Henry Taylor et Nevin Noll étaient eux aussi des accusés avant de retourner leur veste pour éviter la chambre à gaz.

Le juge semblait s'assoupir. Tout ce qui venait d'être dit avait déjà été présenté dans d'épais rapports déposés des semaines auparavant. Pendant deux heures, les avocats se succédèrent. Depuis des mois, Keith et Witt avaient compris que Hugh et son équipe n'avaient rien de nouveau : pas de témoin surprise, pas de stratégie inédite, pas d'idée brillante oubliée par Joshua Burch lors du procès. Ils se contentaient de retarder la procédure de leur client manifestement coupable.

Lorsque le juge en eut assez, il le fit savoir en décrétant une pause-café.

Vétéran de trente ans de plaidoiries en appel, Witt Beasley avait appris depuis longtemps à présenter ses arguments par des mémos concis et logiques, et à en dire le moins possible au tribunal. Il pensait que les avocats parlaient trop et que plus un juge entendait d'idioties, plus il perdait patience.

Witt fit le tour de la question en moins d'une heure, et tout le monde put aller déjeuner.

Connaissant le juge, Witt espérait un avis en leur faveur dans les six mois. S'il avait vu juste, Hugh ferait alors appel devant le Cinquième circuit de la Nouvelle-Orléans, dont la cour avait la réputation d'être industrieuse et de rendre ses décisions en moins d'un an. Si elle donnait raison à l'État, le dernier recours de Hugh serait la Cour suprême des États-Unis, où il avait déjà perdu deux fois.

Keith ne comptait pas les mois jusqu'à la date d'exécution, il comptait les années. Si tout se passait bien, Hugh

Malco serait sanglé à la chaise alors que Keith serait encore procureur général.

***

L'euphorie de Lance Malco à sa sortie de Parchman fut tempérée par son retour à la vie civile sur la côte. Sa famille n'était plus là. Carmen avait déménagé à Memphis pour se rapprocher de Hugh. Ses autres enfants s'étaient dispersés une dizaine d'années plus tôt et n'avaient pratiquement plus aucun contact avec leur père ni avec Hugh. Après le divorce, la maison familiale avait été vendue, sur ordre de Lance. Ses fidèles lieutenants avaient quitté la côte. Son roc, Fats Bowman, était mort. Le nouveau shérif et les fonctionnaires de la ville avaient déjà fait savoir à M. Malco qu'il n'était pas le bienvenu et qu'ils le surveilleraient de près.

Il possédait toujours ses clubs – le Red Velvet, le Foxy, le Desperado, le O'Malley et le Truck Stop – mais ils avaient grand besoin d'être rénovés. Ils avaient perdu de leur popularité au profit de nouveaux établissements plus luxueux le long du Strip. Deux de ses bars avaient fermé. Dans un monde où l'argent liquide était roi, Keith était presque certain que ses gérants, ainsi que les barmans et les videurs, avaient pioché dans la caisse. Il s'était rendu compte qu'il était impossible de tout gérer depuis sa cellule. Si Hugh et Nevin n'avaient pas fait n'importe quoi, ils auraient pu contrôler leur empire et tenir leurs concurrents en respect. Mais en leur absence, personne n'avait eu le courage ni l'intelligence de prendre la relève, de suivre les ordres du Boss et de protéger ses intérêts.

L'euphorie dura quelques jours, puis Lance réalisa qu'il s'enfonçait dans la dépression. À soixante-deux ans, il était en bonne santé, malgré huit années de prison qui avaient accéléré le processus de vieillissement. Son fils préféré moisissait dans le couloir de la mort. Son mariage était fini depuis longtemps. Malgré ses nombreuses possessions, son empire était en plein déclin. Ses amis l'avaient abandonné.

Les rares personnes dont il respectait l'opinion étaient convaincues qu'il avait ordonné la mort de Jesse Rudy.

Le nom de Malco, autrefois craint et respecté par tous, avait perdu son éclat.

Il possédait plusieurs appartements dans la baie de Saint-Louis, dans le comté d'Hancock. Il emménagea dans l'un d'eux, loua des meubles, et acheta un petit bateau de pêche pour passer ses journées sur l'eau, sans rien attraper, et sans en avoir vraiment envie. Il était un homme seul, sans famille, sans amis, sans avenir. Il décida de rester à cet endroit et de dépenser toute sa fortune si nécessaire pour sauver Hugh, et si cela s'avérait infructueux, il vendrait tout, compterait son argent, et se retirerait dans les montagnes.

Le Strip lui semblait à des années-lumière.

57.

L'opportunité tant attendue se profila fin septembre, quand Sammy Shaw remarqua que les détenus qui travaillaient à l'imprimerie avaient jeté des cartons vides dans la benne à ordures, qui débordait presque. Lorsque Sammy vit le camion poubelles cabossé arriver devant la porte latérale pour récupérer la benne, il fit signe à Nevin Noll, qui se tenait prêt. Cette première étape de leur évasion, ils l'avaient passée en revue des centaines de fois. Tous deux sautèrent dans la benne avec un sac en papier rempli d'affaires et se cachèrent sous les cartons. La benne servait aux cuisines et à la buanderie, et bientôt, ils furent ensevelis sous des déchets et des saletés. La première étape était couronnée de succès : personne ne les avait remarqués.

Les câbles grincèrent et le moteur gémit quand la benne se remit lentement en place sur le camion. Enfouis sous un mètre de détritus, dans le noir le plus complet, Nevin et Sammy furent soulagés de sentir le véhicule se remettre à rouler. Le camion s'arrêta de nouveau, le chauffeur cria quelque chose, on lui répondit sur le même ton, une porte claqua, et le camion reprit sa route.

La décharge était un gigantesque bourbier d'ordures et de boue, creusé à plusieurs kilomètres des unités. Chaque unité était entourée d'une clôture de fils barbelés et surveillée par des gardes, mais ce n'était pas le cas de la ferme carcérale. Quand le camion passa une autre clôture, les évadés surent qu'ils avaient échappé à la vigilance des gardiens, du moins pour le moment. La deuxième étape avait été franchie avec succès.

Le déchargement s'avérait la partie la plus délicate. La porte arrière se déverrouilla et la benne s'inclina brusquement. Nevin et Sammy se laissèrent glisser, une chute qui leur rendrait la liberté ou qui les ferait abattre sur place. Ils avaient découpé les cartons de manière à être dissimulés dessous. Ils prirent de la vitesse avec les sacs poubelles, les bouteilles, les canettes et les boîtes de conserve, basculèrent brutalement de la benne à ordures et atterrirent trois mètres plus bas, dans la vaste étendue de déchets en décomposition, d'animaux morts et de vapeurs nocives.

Nevin et Sammy restèrent pétrifiés sur place. Ils entendirent la benne retomber sur son socle et le camion repartir. Au loin, un bulldozer roulait sur les derniers déchargements d'ordures pour les tasser et faire de la place.

En s'efforçant d'étouffer leurs haut-le-cœur, ils remontèrent prudemment vers la lumière du jour. Le bulldozer sillonnait le terrain à environ une centaine de mètres. Lorsqu'il repartit dans l'autre sens, les deux fuyards s'extirpèrent des ordures et progressèrent discrètement dans la décharge jusqu'à ce que le bulldozer tourne, les obligeant à se cacher à nouveau. Au loin, un autre camion poubelles venait dans leur direction.

Bien que le temps leur soit compté, ils ne pouvaient pas se permettre de trop se presser. Il était environ 13 h 30. Le premier contrôle des cellules était prévu à 18 h 30.

En évitant le bulldozer et les camions poubelles, ils parvinrent à sortir de la décharge et pénétrèrent dans un magnifique champ de coton blanc comme neige, dont les tiges leur arrivaient à hauteur de poitrine. Là, ils se mirent à courir, un jogging régulier et mesuré qui leur fit quitter le périmètre de la prison et entrer dans une propriété privée. La troisième étape se déroulait bien : ils étaient techniquement libres, mais loin d'être tirés d'affaire.

Si on pouvait s'évader de la plupart des prisons, pourquoi les fugitifs étaient-ils presque tous rattrapés dans les quarante-huit heures ? Nevin et Sammy en avaient discuté pendant des heures. D'une manière générale, ils savaient à quoi s'attendre à l'intérieur du pénitencier. À l'extérieur, ils n'avaient pratiquement aucune idée de ce qui se profilerait devant eux. Une chose était sûre, ils n'iraient pas bien loin en courant. Des jeeps, des motos, des hélicoptères et des limiers seraient bientôt à leurs trousses.

Au bout de deux heures, ils trouvèrent un étang boueux et s'affalèrent dedans. Ils se débarrassèrent de leurs vêtements de prisonniers puants et enfilèrent les jeans et les chemises qu'ils avaient volés et cachés des mois plus tôt. Ils mangèrent des sandwichs au fromage et burent de l'eau en canette. Puis ils roulèrent leurs vêtements sales en une boule compacte qu'ils enveloppèrent de fil de fer, avant de la nouer à une grosse pierre et de la laisser couler dans l'étang. Dans leurs sacs en papier, ils avaient de la nourriture, de l'eau, un pistolet et un peu de liquide.

D'après Marlin, le frère de Sammy, le magasin le plus proche se trouvait sur la Route 32, à environ huit kilomètres de la limite ouest de la prison. Ils l'atteignirent vers 16 heures et appelèrent Marlin de la cabine téléphonique. Celui-ci quitta Memphis immédiatement, pour un rendez-vous qui, selon lui, n'aurait probablement jamais lieu. Conformément au plan, il devait se rendre au Big Bear, un honky tonk au nord de Clarksdale, à une heure de la prison. Marlin commanderait une bière et guetterait la porte en espérant voir son frère apparaître.

Il était 16 h 30. Encore deux heures avant la vérification des lits et le déclenchement de l'alarme, en supposant, bien sûr, que leur évasion n'ait pas déjà été signalée. Ils quittèrent le magasin et marchèrent trois kilomètres à l'abri des regards. Puis ils se cachèrent derrière un arbre et étudièrent la circulation. Comme la majorité des habitants de la région étaient noirs, Sammy prit le rôle de l'auto-stoppeur. Avec le pistolet. Quand une voiture approcha, il se campa sur le bas-côté et tendit son pouce. Le conducteur blanc ne ralentit même pas. Le véhicule suivant était un vieux pick-up conduit par un homme noir âgé qui ne ralentit pas non plus. Ils attendirent quinze minutes. L'autoroute n'était guère fréquentée. Au loin, apparut une berline dernier modèle et ils décidèrent que Nevin prendrait le relais.

Il tendit le pouce, prit un air inoffensif, et le conducteur mordit à l'hameçon. C'était un homme blanc d'une quarantaine d'années, au sourire jovial, qui vendait des engrais. Nevin lui raconta que sa voiture était tombée en panne un peu plus loin. Alors qu'ils retournaient vers le magasin, Nevin sortit son pistolet et ordonna au conducteur de faire demi-tour. Celui-ci pâlit et répondit qu'il avait une femme et trois enfants. Super, lui dit Nevin, il les retrouverait dans la soirée s'il ne faisait pas le malin.

— Comment tu t'appelles ?

— Scott.

— OK, Scott. Fais ce que je te dis et personne ne sera blessé, d'accord ?

— Oui, monsieur.

Ils s'arrêtèrent pour faire monter Sammy et reprirent la direction de l'ouest sur la Route 32. Nevin lança par-dessus son épaule :

— Dis, Eddie, voici Scott, notre nouveau chauffeur. Dis-lui qu'on est de braves gars qui ne veulent de mal à personne.

— C'est vrai, Scott. Juste deux boy-scouts.

Scott était incapable de prononcer une parole.

— Il reste combien d'essence ? demanda Nevin.

— Un demi-plein.

— Tourne là.

Nevin avait mémorisé le réseau routier de la région. Ils zigzaguèrent en direction du nord jusqu'à ce qu'ils quittent la ville de Tutwiler. Puis Nevin lui indiqua un chemin de terre :

— Prends par là.

Cent mètres plus loin, il demanda à Scott d'arrêter la voiture et échangea sa place avec la sienne. Nevin donna le pistolet à Sammy sur la banquette arrière, qui pointa le canon sur la nuque de Scott. Un peu plus loin, sur un sentier désert, entre deux champs de coton, Nevin stoppa la voiture et lâcha :

— Descends.

— S'il vous plaît, monsieur, supplia Scott.

Sammy lui donna un coup avec le canon du pistolet et l'homme obtempéra. Ils l'escortèrent le long d'une rangée de coton, s'arrêtèrent, et Nevin ordonna :

— À genoux.

Scott pleurnichait.

— S'il vous plaît, j'ai une belle femme et trois merveilleux enfants. S'il vous plaît, ne faites pas ça.

— Donne-moi ton portefeuille.

Scott le lui tendit rapidement et se mit à genoux. Il baissa la tête et pria en marmonnant plusieurs fois « pitié ».

— Allonge-toi, dit Nevin.

Scott s'exécuta. Nevin fit un clin d'œil à Sammy, qui glissa le pistolet dans sa poche. Ils laissèrent Scott sangloter dans le champ de coton. Une heure plus tard, ils garèrent la berline devant l'épicerie d'un quartier mal famé de Clarksdale. Les clés sur le contact. Deux rues plus loin, Nevin attendit à l'extérieur, dans l'obscurité, pendant que Sammy entrait au Big Bear et serrait son frère dans ses bras.

Marlin les conduisit dans un motel de Memphis où ils prirent une longue douche chaude, mangèrent un hamburger et des frites, burent des bières fraîches et enfilèrent des vêtements plus adaptés. Ils partagèrent leur butin : deux cent dix dollars en liquide économisés en prison et trente-cinq dollars du pauvre Scott. Ils jetèrent son portefeuille et ses cartes de crédit à la poubelle.

À la gare routière, ils se séparèrent sans effusion. Inutile d'attirer l'attention sur eux. Ils se serrèrent la main comme de vieux amis. Nevin partit le premier dans un bus pour Dallas. Une demi-heure plus tard, Sammy se dirigeait vers Saint-Louis.

Marlin était soulagé d'être débarrassé des deux fugitifs. Il savait que leurs chances de réussir étaient faibles, mais vu qu'ils risquaient des années, voire des décennies, à Parchman, pourquoi ne pas prendre le risque ?

***

Deux jours plus tard, Keith apprit la nouvelle par la police d'État. Une évasion était toujours inattendue, mais Keith n'était pas surpris. Après la mystérieuse disparition d'Henry Taylor, il savait que l'étau allait se resserrer autour de Nevin Noll. Et il était persuadé qu'on finirait par mettre la main sur lui.

Pourtant, il était troublant de savoir Noll en liberté. Il était aussi coupable du meurtre de Jesse Rudy que Taylor et Hugh Malco, et sa place était dans le couloir de la mort.

***

Sammy Shaw fut arrêté à Kansas City grâce à un appel à « Échec au crime ». Une personne qui le connaissait avait besoin de cinq cents dollars en liquide.

Un mois s'écoula sans signe de vie de Nevin Noll.

Puis un deuxième.

Keith essayait de ne pas penser à lui.

Lance Malco n'était pas inquiet non plus. Le dernier endroit où Noll referait surface était la côte. Lance avait mis un contrat de cinquante mille dollars sur sa tête et s'était assuré que Noll le sache.

S'il avait un peu de bon sens, ce qui était le cas, il filerait au Brésil.

58.

Tel un boxeur acculé dans les cordes, épuisé et en sang, mais refusant de se laisser décourager, la défense juridique de Hugh Malco encaissait coup sur coup, et revenait encore à la charge. En octobre 1984, le juge fédéral d'Hattiesburg rejeta toutes les demandes. Les avocats de Hugh firent dûment appel auprès du Cinquième circuit, qui confirma la décision du tribunal précédent en mai 1985. En dernier recours, les défenseurs firent de nouveau appel à la Cour suprême des États-Unis. Bien qu'elle ait déjà débouté les deux appels précédents, il lui fallut sept mois pour dire non une troisième fois. Puis elle demanda à l'État du Mississippi de fixer une date d'exécution.

Keith se trouvait au capitole et se préparait à témoigner devant la commission judiciaire du Sénat de l'État, quand Witt Beasley vint le trouver. Sans un mot, il lui tendit un bout de papier sur lequel il avait griffonné : *Exécution fixée au 28 mars à minuit. Félicitations*.

La nouvelle se répandit à la vitesse de l'éclair. Presque tous les journaux de l'État firent leur une sur Jesse Rudy, avec des photos d'archives du défunt procureur sur les marches du palais de justice. Le *Gulf Coast Register* réédita le vieux cliché de Keith et Hugh en champions de baseball de la Petite Ligue – leur amitié passée était du pain béni pour la presse. Des histoires fleurirent sur leur enfance à la Pointe. D'anciens entraîneurs, professeurs, amis et coéquipiers furent interviewés. Quelques-uns refusèrent de faire des commentaires, mais la plupart avaient une anecdote pittoresque à partager.

Keith fut submergé de demandes d'interview, mais même s'il appréciait cette visibilité, il n'en donna aucune. L'exécution pouvait encore être repoussée.

***

Au cours de leurs deux années de mandat, le gouverneur et le procureur général travaillèrent main dans la main. Bill Allain avait occupé ce poste quatre ans avant Keith et était toujours prêt à lui donner des conseils. Allain avait apprécié son propre mandat de procureur général, mais son poste actuel était autrement plus contraignant. Au cours d'une campagne impitoyable, il avait été faussement accusé de harcèlement sexuel, une histoire calomnieuse et grotesque et, bien qu'il ait obtenu 55 pour cent des voix, le nuage noir ne se dissiperait jamais. Il aspirait à la vie privée d'un avocat de campagne dans sa ville natale de Natchez.

Les hommes blancs qui avaient rédigé la constitution de l'État en 1890 voulaient un corps législatif fort et un gouverneur faible, d'où la limite des quatre années à ce poste. Aucune autre fonction élective dans l'État n'était restreinte à un seul mandat.

Bill Allain allait partir, et le plus tôt serait le mieux.

Keith et lui avaient pris l'habitude de déjeuner le premier mardi de chaque mois à la résidence du gouverneur, où ils s'efforçaient de ne pas parler de politique. Le football et la pêche étaient leurs sujets de prédilection. Tous deux étaient catholiques, une bizarrerie dans un État à 95 pour cent protestant, et ils aimaient partager des plaisanteries sur les baptistes, les pasteurs, les manipulateurs de serpents et même, à l'occasion, les prêtres. En février 1986, cependant, ils ne pouvaient ignorer le sujet brûlant du moment.

Étant le gouverneur, et un orateur-né, Allain fit la conversation. Lorsqu'il était procureur général, il avait assisté à l'exécution de Jimmy Lee Gray, et il aimait se remémorer cet événement dramatique.

— À la fin, c'était la folie. Les avocats ont déposé des requêtes et des pétitions dans tous les tribunaux possibles.

Ils voulaient parler aux journalistes, s'exprimer devant les caméras. Les politiciens recherchaient la même exposition médiatique, réclamant à cor et à cri davantage d'exécutions. Le gouverneur Winter s'est attiré les foudres des défenseurs des droits de l'homme d'un côté et des partisans de la peine de mort de l'autre. Il a reçu au moins six cents lettres de vingt pays différents. Le pape est intervenu pour lui demander d'épargner la vie de ce garçon. Le président Reagan voulait le gazer. L'affaire a fait le tour du pays, car cela faisait longtemps qu'on n'avait pas exécuté un condamné. La presse libérale ne nous a pas épargnés. La presse conservatrice nous soutenait. À deux jours de l'échéance, alors que plus rien ne semblait pouvoir stopper le processus, Parchman est devenu un zoo. Des centaines de manifestants ont surgi de nulle part. D'un côté de la Route 49, des gens réclamaient du sang, des cinglés agitaient des fusils ; de l'autre côté, des religieuses, des prêtres et des gens pacifiques priaient. Tous les shérifs de l'État ont trouvé une excuse pour venir à Parchman assister au spectacle. Et ce n'était qu'un échauffement. L'exécution de Malco sera un cirque encore plus grand.

— Il a déposé un recours en grâce hier.

— Je viens de le voir. Il est sur mon bureau. Qu'en pensez-vous ?

— Je veux qu'il soit exécuté.

— Et votre famille ?

— On en a discuté plusieurs fois. Ma mère est un peu hésitante, mais je veux me venger, et mes frères et sœurs aussi. C'est aussi simple que ça, gouverneur.

— Ce n'est jamais aussi simple. Rien de ce qui concerne la peine de mort n'est simple.

— Je ne suis pas d'accord.

— Eh bien, je vais vous prouver à quel point c'est compliqué. Je vous passe la main sur cette affaire, Keith. Ce sera à vous de décider de la grâce, pas à moi. Je pourrai statuer dans un sens comme dans l'autre. J'ai connu votre père et j'avais beaucoup de respect pour lui. L'assassinat par contrat d'un procureur est une atteinte au cœur même de notre système judiciaire que nous ne pouvons tolérer. C'est évident. Je peux défendre ce point de vue, ce ne serait pas la première fois. Je comprends votre besoin de vengeance. Je peux appuyer sur ce bouton. Mais, d'un autre côté, si tuer est mal, et nous sommes tous d'accord pour dire que c'est mal, alors pourquoi l'État serait-il autorisé à tuer ? Est-il si vertueux qu'il peut se placer au-dessus des lois et s'absoudre de ses propres meurtres ? Je suis déboussolé, Keith. Pour moi, ce n'est pas une question simple.

— Mais accorder la clémence est votre privilège, pas le mien.

— Selon la loi, oui, mais personne n'a besoin d'être au courant de notre petit arrangement. Une simple poignée de main. Prenez la décision, Keith. Je la rendrai publique et j'en assumerai les conséquences.

— Et les retombées ?

— Je ne m'inquiète pas des retombées, Keith, car je n'ai pas l'intention de me représenter. Quand je quitterai ce bureau, et ce ne sera pas trop tôt, j'en aurai terminé avec la politique. Je sais de source sûre que la législature envisage sérieusement d'autoriser la succession au poste de gouverneur. Je le croirai quand je le verrai, mais cela ne changera rien pour moi car je ne serai plus de la partie. L'époque de la chasse aux électeurs est révolue pour moi.

— Eh bien, j'imagine que je dois vous dire merci. Je n'ai rien demandé et je ne suis pas sûr de vouloir assumer cette responsabilité.

— Il va falloir vous y habituer, Keith. Vous êtes le favori pour ce poste dans deux ans. Et il y a au moins quatre mises à mort qui se profilent.

— Plutôt cinq.

— Peu importe. Ce que je veux dire, c'est que le prochain gouverneur aura du pain sur la planche.

— Je ne suis pas vraiment impartial dans cette affaire, gouverneur.

— Alors vous avez pris votre décision ? Si vous me dites non pour la clémence, alors ce sera la chambre à gaz pour Malco.

— J'ai besoin d'y réfléchir.

— Bien sûr. Et ce sera notre petit secret, d'accord ?

— Je peux en parler à ma famille ?

— Évidemment. Je ferai ce que votre famille et vous avez décidé et personne n'en saura jamais rien. D'accord ?

— Ai-je vraiment le choix ?

Le gouverneur afficha un sourire rare et déclara :

— Non.

59.

Le gouverneur lui proposa généreusement de prendre le Learjet de l'État et le procureur général accepta aussitôt. Quand le dernier appel fut rejeté, peu après 20 heures, Keith quitta son bureau de Jackson et s'envola pour Clarksdale, la ville la plus proche disposant d'une piste d'atterrissage adéquate. Deux policiers l'accueillirent à son arrivée et l'accompagnèrent jusqu'à leur voiture de patrouille. Dès qu'ils sortirent de l'aéroport, Keith leur demanda d'éteindre les gyrophares et de ralentir. Il n'était pas pressé, et pas d'humeur à discuter.

Seul sur la banquette arrière, il contempla les champs à perte de vue du delta, si loin de l'océan.

Ils ont douze ans.

C'est la meilleure semaine de l'année : le camp d'été à Ship Island avec trente autres scouts. La fin de la saison décevante de baseball est oubliée depuis longtemps, car les garçons campent, pêchent, ramassent des crabes, cuisinent, nagent, naviguent, font de la randonnée, du kayak, de la voile, et pataugent des heures durant dans les eaux peu profondes de l'île. La maison n'est qu'à vingt kilomètres de là, mais c'est un autre monde. L'école reprend dans une semaine, pourtant ils ne veulent pas y penser.

Keith et Hugh sont inséparables. En tant qu'All-Stars, ils sont adulés.

En tant que chefs scouts, ils sont respectés.

Seuls dans leur catamaran de 14 pieds, ils voient l'île à un mille de distance. Le soleil décline à l'ouest. Une autre longue journée de farniente sur l'eau touche à sa fin. Leur semaine est à moitié écoulée et ils voudraient qu'elle dure toujours.

Keith tient la barre et vire lentement contre la brise légère. Affalé sur le pont, ses pieds nus dépassant de la proue, Hugh lance : « J'ai lu dans Boys' Life *l'histoire de ces trois gars qui ont grandi ensemble au bord de l'eau, en Caroline du Nord je crois. Quand ils ont eu quinze ans, ils ont eu l'idée folle de retaper un vieux voilier et de traverser l'Atlantique après le lycée. Et ils l'ont fait ! Ils ont passé un temps fou à le rénover, ils ont économisé pour acheter les pièces et le matériel, et le lendemain de l'obtention de leur diplôme, ils ont pris la mer. Leurs mères ont pleuré, leurs familles ont pensé qu'ils étaient fous, mais ils s'en fichaient.*

— Que leur est-il arrivé ?

— La totale. Des tempêtes. Des requins. La radio en panne pendant une semaine. Ils se sont perdus plusieurs fois. Il leur a fallu quarante-sept jours pour atteindre l'Europe, et ils ont accosté au Portugal. En un seul morceau. Ils étaient fauchés, alors ils ont vendu leur très cher bateau pour acheter les billets de retour.

— Ça a l'air fun.

— Un type a écrit leur histoire dix ans plus tard. Un jour, le trio s'est retrouvé sur le même quai. Pour eux, c'était la plus grande aventure de leur vie.

— J'adorerais être en haute mer pendant plusieurs jours, pas toi ?

— Bien sûr. Des jours, des semaines, des mois, renchérit Hugh. On oublierait le reste du monde et on relèverait chaque jour un nouveau défi.

— Tu sais quoi ? On devrait le faire.

— Tu es sérieux ?

— Pourquoi pas ? On n'a que douze ans, alors on a quoi, six ans pour se préparer ?

— On n'a pas de bateau.

Ils réfléchissent tandis que la brise se lève et que le catamaran glisse sur l'eau.

— On n'a pas de bateau, répète Keith.

— Eh bien, ces trois-là n'en avaient pas non plus. Il doit y avoir un millier de vieux sloops en cale sèche autour de Biloxi. On peut en trouver un pas cher et se mettre au boulot.

— Nos parents ne seront jamais d'accord.

— Leurs parents n'étaient pas chauds non plus, mais ils avaient dix-huit ans et étaient très déterminés.

Un long silence s'installe, pendant lequel ils profitent de la brise. Ils se rapprochent de Ship Island.

— Et le baseball ? interroge Keith.

— Oui, ça pourrait poser problème. Tu ne te demandes jamais ce qui se passera si on n'arrive pas à entrer dans la cour des grands ?

— Pas vraiment.

— Moi non plus. Mais imagine ? Mon cousin m'a dit que cette année, en 1960, pas un seul joueur de la côte ne joue dans les Ligues majeures. D'après lui, les chances d'y arriver sont extrêmement faibles.

— Je n'y crois pas.

— D'accord, mais admettons qu'il se passe quelque chose et qu'on n'y arrive pas. On pourrait prendre cette escapade en mer comme solution de secours. On partirait pour le Portugal le lendemain de la remise des diplômes.

— Ça me plaît. On aura peut-être besoin d'un troisième larron.

— On a tout le temps. Gardons le secret pendant un an ou deux.

— Marché conclu.

***

À quelques kilomètres de là, ils virent les lumières clignotantes de deux hélicoptères planant au-dessus de la prison comme des lucioles. La Route 49 était peu fréquentée en ce jour de grande affluence, mais à 21 heures, les voitures furent bloquées au nord et au sud de l'entrée principale. Des manifestants s'étaient rassemblés sur le bas-côté avec des bougies et des pancartes peintes à la main. Certains chantaient, beaucoup priaient. De l'autre côté de la route, un groupe plus restreint les observait respectueusement, tout en brandissant ses propres pancartes. Les deux camps étaient surveillés de près par ce qui semblait une armée entière de policiers du comté et d'agents de la circulation. Juste en face de la barrière, un espace improvisé pour la presse avec une dizaine de vans de la télévision. Des caméras et des câbles couraient ici et là tandis que les reporters attendaient des retours.

Keith remarqua une camionnette aux couleurs vives de WLOX-Biloxi. Bien sûr, les journalistes de la côte étaient là aussi.

Son chauffeur tourna à l'entrée et attendit derrière deux autres voitures de police. Des gars du comté. C'était une exécution, un grand événement pour les forces de l'ordre, et une vieille tradition était en train de renaître. Tous les shérifs du Mississippi devaient venir à Parchman dans une voiture dernier modèle, et attendre la bonne nouvelle : tout s'était passé comme prévu. Un autre meurtrier avait été éliminé. Beaucoup se connaissaient et se retrouvaient pour discuter et rigoler pendant qu'un groupe de détenus faisait griller des hamburgers. Si la bonne nouvelle arrivait, ils se réjouiraient, se congratuleraient les uns les autres, puis ils rentreraient chez eux. Le monde serait plus sûr.

À la porte du bâtiment administratif, Keith bouscula un journaliste qui avait suffisamment d'accréditations pour pénétrer dans la prison. La nouvelle de l'arrivée du procureur général se répandit rapidement. En tant que victime, il était autorisé à assister à l'exécution. Son nom figurait sur la liste.

Agnes lui avait demandé de ne pas y aller. Ni Tim ni Laura n'avaient eu le courage de le faire, même s'ils voulaient se venger. Beverly hésitait et reprochait au gouverneur de faire pression sur la famille. La famille souhaitait simplement en finir.

Keith se rendit directement dans le bureau du directeur pour le saluer. L'avocat de la prison était présent et confirma que les défenseurs de Hugh avaient rendu les armes.

— Ils n'ont plus aucun recours, conclut-il d'un ton grave.

Ils discutèrent quelques minutes, puis montèrent dans un fourgon pénitentiaire blanc et se dirigèrent vers le couloir.

***

Deux chaises pliantes se trouvaient au centre d'une petite pièce sans fenêtre. Une table et une chaise de bureau avaient été poussées contre le mur. Keith s'assit et patienta, cravate desserrée, manches retroussées. La soirée était chaude pour une fin mars. Le loquet de la porte claqua et le fit sursauter. Un gardien entra, suivi de Hugh Malco, puis d'un deuxième gardien. Hugh regarda autour de lui. Il était visiblement ébranlé par la présence de Keith. Poignets menottés, chevilles enchaînées, il portait une chemise et un pantalon blancs qui semblaient bien repassés. La tenue de la mise à mort. Les vêtements d'enterrement. Son corps serait ensuite ramené à Biloxi et reposerait dans la concession familiale.

Keith s'adressa au premier gardien sans se lever :

— Enlevez-lui les menottes et les chaînes.

Le gardien hésita, comme si on lui demandait de commettre un crime.

— Vous voulez que j'aille chercher le directeur ? s'agaça Keith.

Les deux gardiens enlevèrent les menottes et les chaînes et les posèrent sur la table. L'un d'eux ouvrit la porte et l'autre dit :

— On est juste là.

— Je n'aurai pas besoin de vous.

Les gardiens partis, Hugh s'assit sur la chaise pliante libre. Les deux hommes se trouvaient à un mètre cinquante l'un de l'autre. Ils se regardèrent un long moment sans ciller, ne voulant pas montrer le moindre signe de malaise.

Hugh prit la parole en premier :

— Mon avocat m'a dit que tu serais présent. Je ne m'attendais pas à ce que tu viennes me parler.

— C'est le gouverneur qui m'envoie. Il se débat avec la question de la clémence, il a besoin d'aide. Alors il m'a donné son pouvoir. C'est moi qui décide.

— Eh bien. J'imagine que c'est ce que tu voulais. La vie et la mort sont dans la balance. Tu peux jouer Dieu. Le décisionnaire ultime.

— C'est un drôle de moment pour m'insulter.

— Désolé. Tu te souviens de la première fois où tu m'as traité de petit malin ?

— Oui. En sixième, dans la classe de Mme Davidson. Elle m'a entendu dire des gros mots, m'a traîné dans le couloir et m'a donné trois coups de règle sur les doigts pour langage grossier. Tu t'es moqué de moi pendant une semaine.

Tous deux parvinrent à esquisser un petit sourire. Un hélicoptère bourdonna à basse altitude, puis s'éloigna.

— C'est un sacré cirque là dehors, hein ? fit Hugh.

— C'est vrai. Tu as suivi ce qui se passe ?

— J'ai une petite télé couleur dans ma cellule, et comme les gardiens ici sont super sympas, ils m'ont accordé un peu plus de temps d'écran pour la dernière soirée de ma vie. On dirait que je vais tirer ma révérence en pleine gloire.

— C'est ce que tu veux ?

— Non, je veux rentrer chez moi. Si je comprends bien, le gouverneur a quatre possibilités. La clémence, pas de clémence, un sursis, ou la grâce totale.

— C'est la loi.

— Alors voilà, je pensais à une de ces grâces totales.

Keith n'était pas d'humeur à plaisanter ni à tomber dans la nostalgie. Il le regarda droit dans les yeux et lui lança :

— Pourquoi as-tu tué mon père ?

Hugh prit une profonde inspiration, baissa les yeux, puis regarda le plafond. Après une longue pause, il déclara :

— Ce n'était pas censé se passer comme ça, Keith, je te le jure. C'est vrai, on a engagé Taylor pour poser une bombe dans son bureau, mais personne n'était censé être blessé. Ce devait être un avertissement, un acte d'intimidation. Ton père a envoyé le mien en prison, et Jesse enquêtait sur le meurtre de Dusty Cromwell. Il s'en prenait à nous et on a senti le couperet. Faire sauter son bureau au palais de justice était l'avertissement ultime. Je jure qu'on ne voulait faire de mal à personne.

— Je ne te crois pas. J'ai bien écouté les témoignages d'Henry Taylor et de Nevin Noll au tribunal. J'ai observé leurs regards, leur langage corporel, et personne n'a douté une seconde que Nevin et toi aviez engagé Taylor pour tuer mon père. Tu continues à mentir, Hugh.

— Je te jure que non.

— Je ne te crois pas.

— Je te le jure, Keith.

La façade du gangster pur et dur se craquela. Il ne cherchait pourtant pas à se défendre, il avait plutôt l'air de quelqu'un qui disait la vérité, et qui voulait désespérément qu'on le croie. Les deux hommes se regardèrent fixement, aucun des deux ne cligna des yeux, et pour la première fois, le regard de Hugh se voila. Ils ne s'étaient pas parlé depuis des années, et Keith fut soudain frappé par l'idée que les choses auraient peut-être été différentes s'ils n'avaient pas rompu le dialogue depuis si longtemps.

— Lance était-il impliqué dans le meurtre ?

— Non, non, non, répliqua Hugh en secouant la tête, une réaction manifestement sincère. Il était en prison et ne savait rien de nos projets. Et encore une fois, ce n'était pas censé être un assassinat.

— Va dire ça à ma mère, Hugh. Et à mon frère et mes sœurs.

Hugh ferma les yeux et fronça les sourcils, sa première expression douloureuse.

— Mlle Agnes, marmonna-t-il. Quand j'étais petit, je pensais qu'elle était la plus belle femme de Biloxi.

— Elle l'était. Elle l'est toujours.

— Est-ce qu'elle veut ma mort ?

— Non, mais elle est beaucoup plus clémente que nous.

— Alors, la famille est divisée ?

— Ça ne te regarde pas.

— Vraiment ? J'ai l'impression que ça me concerne un peu. C'est mon cou sur le billot, non ? Est-ce que je suis censé te supplier pour avoir la vie sauve, Keith ? Tu as le pouvoir du roi, la vie ou la mort, tu peux me couper la tête ou pas. C'est pour ça que tu es venu me voir ? Tu veux que je rampe devant toi ?

— Non. Est-ce que Lance s'est occupé d'Henry Taylor ?

— Je ne sais pas. Crois-le ou pas, Keith, je ne suis pas au courant des ragots de la côte dans le couloir, et j'avais d'autres sujets d'inquiétude. Mais ça ne me surprendrait pas. Ce sont les règles de notre monde. C'est le code.

— Et d'après votre code, il était temps de se débarrasser de Jesse Rudy.

— Non, c'est faux. D'après le code, il était temps de lui donner une leçon, pas de lui faire du mal. Voilà pourquoi on a décidé de faire sauter le palais de justice, une prise de position plutôt audacieuse contre le système. Taylor a totalement merdé.

— Pour ma part, je suis content qu'il soit mort.

— On est deux alors.

Keith jeta un coup d'œil à sa montre. Des voix résonnaient dans le couloir. Un hélicoptère vrombissait au loin. On entendait le tic-tac d'une horloge.

— Lance sera là ce soir ? interrogea Keith.

— Non. Il voulait être avec moi jusqu'à la fin, mais j'ai refusé. Je ne peux pas supporter l'idée qu'un de mes parents me regarde mourir comme ça.

— Je ne vais pas rester non plus.

— Écoute, Keith, je, euh, c'est la fin pour moi, d'accord, et je suis en paix avec ça. J'ai passé du temps avec le prêtre, j'ai fait mes prières, tout ça. Je suis ici depuis huit ans et si le gouverneur ou toi m'accordez la clémence, je sortirai du couloir de la mort et je finirai ma vie dans une autre unité. Réfléchis, Keith. Toi et moi, on a trente-huit ans, on n'en est même pas encore à la moitié. Je ne veux pas passer les quarante prochaines années dans cet endroit horrible. Ce serait pire que la mort. Ne t'en fais pas. Débranchons la prise et finissons-en.

Keith hocha la tête et vit une larme rouler sur la joue gauche de Hugh.

— Mais écoute, Keith, juste une chose. Tu dois me croire quand je te dis que je n'avais pas l'intention de tuer ton père. S'il te plaît. Je ne ferais jamais de mal à un membre de ta famille. S'il te plaît, crois-moi, Keith.

Il était impossible de ne pas le croire.

— Je suis un homme mort, Keith. Pourquoi je continuerais à mentir ? Dis à Mlle Agnes et au reste de la famille que ce n'était pas mon intention.

— Je le ferai.

— Et tu me crois ?

— Oui, Hugh, je te crois.

Hugh s'essuya les yeux du revers de sa manche. Il serra les dents et s'efforça de se calmer. Après une longue pause, il marmonna :

— Merci, Keith. C'est quand même ma faute. C'est moi qui ai tout déclenché, mais je te jure que je n'ai jamais voulu faire de mal à Jesse. Je suis vraiment désolé.

Keith se leva et se dirigea vers la porte. Il regarda son ancien ami, un homme qu'il détestait depuis dix ans, et éprouva presque de la sympathie pour lui.

— Le jury a statué que tu méritais de mourir, Hugh, et j'étais d'accord avec lui à l'époque. Je suis toujours d'accord. J'ai longtemps rêvé d'assister à ton exécution, mais je ne peux pas le faire. Je m'envole pour Biloxi pour être auprès de ma mère.

Hugh leva les yeux, hocha la tête, et eut un petit sourire.

— Au revoir, mon pote. Rendez-vous de l'autre côté.

Note de l'auteur

Au milieu du siècle dernier, des bandes de hors-la-loi sillonnaient le Sud pour semer la pagaille. Ils achetaient et vendaient tout ce qui était illégal et avaient un fort penchant pour la violence. On n'a jamais su si leurs activités étaient coordonnées. Quelqu'un, sans doute un membre des forces de l'ordre, les a surnommés la « Dixie Mafia », et la légende est née.

Plusieurs de ces gangsters se sont installés sur la côte du golfe vers 1950, probablement attirés par le laxisme des autorités à l'égard des lieux de débauche. L'histoire haute en couleur de Biloxi, de son industrie des fruits de mer et des immigrants qui l'ont bâtie est bien réelle. Tout le reste n'est que pure fiction.

Deux agents du FBI, Keith Bell et Royce Hignight, ont travaillé sur la côte dans les années 1970 et 1980. Ils sont aujourd'hui à la retraite et m'ont raconté suffisamment d'anecdotes pour remplir une douzaine de livres. J'en ai utilisé certaines ici, que j'ai beaucoup embellies. Mike Holleman est un ami proche, de l'époque où nous étudiions le droit à Ole Miss. Il a toujours vécu à Gulfport et a été une précieuse source de connaissances sur l'histoire, la géographie, les habitants, les légendes, les mythes et les procédures juridiques de la région. Son père, le grand Boyce Holleman, a été procureur du district et est devenu par la suite un avocat de renom.

Mary Mahoney a bel et bien existé et a ouvert un excellent restaurant à Biloxi en 1964. Elle l'a appelé The Old French House et aujourd'hui, il est géré par son fils Bob, un ami cher. Lui a grandi à la Pointe, est fier de ses origines, et connaît encore plus d'histoires que les deux agents du FBI.

Un grand merci aussi à Gerald Blessey, Paige Gutierrez, Teresa Beck Tiller, Michael J. Ratliff, Ronnie Musgrove et Glad Jones.

Cet ouvrage a été composé par Nord Compo
pour le compte des Éditions J.-C. LATTÈS
17, rue Jacob – 75006 Paris
contact-lattes@jclattes.fr

Imprimé en France par
CPI BRODARD & TAUPIN (72200 La Flèche)
en février 2025